黃文吉古典文學論集

黃文吉 ◆ 著

自　序

　　今年春天，內人受到有機農產品的影響，於是將公寓樓頂的花臺改種蔬菜，有青江菜、空心菜、小白菜、地瓜葉、紅菜、珠蔥等等，相當多樣。剛播種、插枝時，萌芽很慢，有些似乎沒有動靜，內人生長在都市，沒有下田的經驗，很擔心長不出來。但經過幾場春雨之後，從冒芽、長葉子，每天都可看見它們在成長。如今花臺一片翠綠，每天和內人上樓頂巡視，內心充滿著喜悅。

　　記得當年考上東吳大學中文系時，心情一片茫然。因生長在農村，只想學商以改善家庭經濟，但卻陰錯陽差誤闖這個冷門學系。外雙溪的景色很美，青山環抱，綠水縈繞，我的文學因子終於開始萌芽。經過四年的涵育，讓我產生動力，繼續攻讀中文研究所。在東吳碩士班期間，受到許多名師的指導，文學的葉片更加舒展。所以服完兵役後，又回母校就讀博士班，完成了正規的學術訓練，也讓自己在文學園地裡充滿著成長的喜悅。

　　在求學過程中，古典文學一直是自己最關愛的對象，畢業後從事教職，任教的科目也都是屬於古典文學的範疇。個人平日所寫的專書、單篇論文，也都圍繞著古典文學，尤其詩詞方面。從碩士班以來，除了撰寫學位論文、專書之外，也陸陸續續發表一些單篇論文，這些論文中有關詞學部份共二十四篇，曾在民國92年11月結集成書，書名為《黃文吉詞學論集》，由臺灣學生書局出版。十年來，個人仍然在古典文學園地裡成長，又累積了不少單篇論文。成長的過程固然艱辛，但每次重讀這些論文，還是充滿著欣慰，就像自己種的菜，不管它長的好壞，畢竟都是自己的心血。為了不讓這些論文散落各處，因此再次將過去所發表的論文結集成書，這些論文都與古典文學有關，所以題名為《黃文吉古典文學論集》。

　　本論文集共收三十篇論文，約可分為五部份：

　　第一部分綜論，所收的論文計有八篇：前四篇都在論述臺灣古典文

學研究狀況，或分析臺灣學界從 1949 到 1993 年所編撰中國文學史的成果，或綜述臺灣從 1949 到 2000 年有關唐代文學通論的著作，或單一介紹臺灣 1998 年這一年度古典文學研究的概況與特色，或概述國科會文學一學門 90-94 年度研究成果發表會的會議過程及論文內容等。接著兩篇則在介紹中國大陸的古典文學研究，其一是個人鑑於當時海峽兩岸資訊流通不便，特別蒐集大陸 1985 到 1987 年中國古典文學討論會相關的訊息，提供給臺灣學界參考。另一篇則因大陸出版界的「鑑賞辭典熱」而寫，當時蒐集的鑑賞辭典有一一九種，如今增補之後，已高達四三七種，可見這股熱潮並未消退。第七篇在解析文學鑑賞的形式與要領，並透過範例引導讀者如何從事文學鑑賞寫作。末篇則是介紹歷代皇后在不同境遇下，創作文學作品所表現的內涵與風格。

　　第二部分古文，所收的論文計有三篇：其一是探索〈報任少卿書〉的弦外之音，從中發掘司馬遷寫這封信的用意。其二是根據曹操夫婦與楊彪夫婦往還的四封書信，探究曹操殺了楊修之後，如何處理善後，以及受難家屬的反應。其三則是介紹清代參與平定朱一貴事件的藍鼎元生平，探析其〈紀水沙連〉一文的創作背景及題意，並作深究鑑賞。

　　第三部分詩詞，所收的論文計有九篇：前六篇都與古典詩相關，其一是受鄭師因百（騫）於博士班講授「宋詩專題研究及討論」之啟示，探討宋詩的特質，並敘述宋詩從萌芽、建立到發達的整個發展過程。其二是拙著《千家詩詳析》出版之後，發現裡面仍有許多尚未考訂的問題，於是重新作一補正。三、四、五篇是析論明代作家瞿佑晚年的詩集《樂全詩集》、《東遊詩》及《樂全續集》，並針對其現存詩集所未收的佚詩作研究。另一篇是蒐羅臺灣前賢吟詠八卦山的古典詩，探討八卦山在詩人筆下所呈顯的意義。後三篇則與詞相關，其一是介紹《花間集》、《樂章集》、《東坡樂府》、《清真集》、《樵歌》、《漱玉詞》、《稼軒長短句》等七部詞集名著。其二是探討宋詞中含有「人生」一詞的作品三百餘首，藉此觀察宋人對人生的感悟與面對人生的態度。其三則是介紹筆者博士論文《宋南渡詞人研究》所用的研究方法，及該論文對往後研究者的影

響。

　　第四部分語文教育，所收的論文計有六篇：筆者在師範大學任教，也參與國文教材的編纂工作，對語文教育極為關注，尤其詩歌方面更是個人關注的重點。前四篇所論分別就國中、高職、高中國文教材中有關古典詩歌的編選表示意見，希望對詩歌教育有所幫助。另一篇是考察各級學校國語文教科書選用原住民文學的情況，並對未來教科書的編纂及原住民的文學創作提出一些期許。末篇則是應《國文天地》雜誌之邀，解答讀者所提有關語文的一些疑惑，共有四則，也將之收錄在此。

　　第五部分書評，所收的論文計有四篇：前兩篇評介的對象為中國大陸的古典文學工具書，其一就中山大學中文系資料室所編《中國古典文學研究論文索引‧1949～1980》（南寧：廣西人民出版社，1984年6月），針對其收錄範圍、編纂體例、輔助索引等表示個人看法。其二就陳玉堂所編《中國文學史書目提要》（合肥：黃山書社，1986年8月），針對其收錄範圍、提要內容等提出一些意見。後兩篇評介的對象為臺灣出版的圖書，其一是掛名張淑瓊主編的《唐詩新賞》（臺北：地球出版社，1989年4月），此書其實是將蕭滌非、程千帆等撰《唐詩鑑賞辭典》（上海：上海辭書出版社，1983年12月）稍作增補，加以改頭換面而來，個人揭露其資料來源，旨在提醒出版商如此做法並不足取。其二是劉兆祐老師與四位教授共同出版的《國學導讀》（臺北：五南圖書出版公司，2002年11月），此書緒論為劉老師所執筆，因此筆者透過這部分，介紹劉老師的國學概念，以及引導學子研治國學的方法。

　　以上這些論文，最早發表於民國66年，最晚是100年才完成，前後共達三十餘年之久，今天重讀舊作，某些看法或許會有所改變，但為了保持原作面貌，除了修改一些明顯的錯誤及統一注釋體例外，其他則不再更動。少數資料有所更新或增補，則加按語說明。至於論文原來發表的刊物，或另有轉載、收錄，在每篇論文之末均已詳加註明，在此不贅。

　　每個人在成長的過程中，都會遇到許多良師的教導與益友的砥礪，

個人在學術成長的過程中,也曾得助於許多良師,如劉兆祐老師在文獻學的引導、盧聲伯(元駿)老師在詞曲的啟蒙、鄭因百(騫)老師在詩詞及論文的指導等,都是讓筆者經常感念在心。至於益友,如林慶彰兄在目錄學、張高評兄在宋代文學、董金裕兄在語文教材等,也都曾給筆者許多提攜與鼓勵,增加不少的成長。尤其慶彰兄從碩士班同學迄今,他為學術拼鬥的精神,實在令人敬畏,筆者許多著作的發表與出版,都在他的邀約壓力或者推薦協助下完成的,本書也是經他向華藝出版社引薦,本來好朋友心靈契合不必言謝,但個人仍然覺得應該在出版序言交代清楚。

　　回想住家公寓樓頂加蓋書房及花臺完成時,家母興沖沖地說這些花臺種菜有多好,我和內人覺得她以鄉下人的角度思考太迂,怎麼拿花臺來種菜呢?但事隔二十多年,沒想到我和內人卻每天跑到樓頂觀賞蔬菜的成長,所幸九十歲的家母在我們的攙扶下,還能夠爬上樓頂跟我們分享蔬菜成長的喜悅,但不曉得她是否還記得當年被我們澆冷水的往事?家母從大女兒出生就一直跟我們住在一起,幫忙照顧小孩與料理家事,內人也侍婆婆如親生母親,並從事教職及養育小孩,家中有她們當支柱,讓我能夠專心教書、研究、寫作,不斷成長,在母親節前夕,謹將本書獻給這兩位偉大的母親。

民國 102 年 5 月
黃文吉謹誌於國立彰化師範大學臺灣文學研究所

目次

自序 ……………………………………………………………… i

綜論

1. 臺灣近四十年（1949～1993）編撰中國文學史之成果分析 … 001
2. 臺灣五十年來（1949～2000）唐代文學通論綜述 …………… 025
3. 臺灣1998年古典文學研究概況與特色 ………………………… 037
4. 國科會文學一學門90-94年度研究成果發表會概述 ………… 047
5. 中國近三年來（1985～1987）古典文學討論會概述 ………… 065
6. 必也正名乎——談「鑑賞辭典」…………………………………… 085
7. 文學鑑賞寫作 …………………………………………………… 115
8. 一種蛾眉明月夜，南宮歌管北宮愁——談皇后的文學創作 … 135

古文

9. 〈報任少卿書〉試探 ……………………………………………… 145
10. 曹操殺楊修，如何處理善後 …………………………………… 151
11. 藍鼎元及其〈紀水沙連〉探析 ………………………………… 157

詩詞

12. 宋詩的特質及其發展 …………………………………………… 167
13. 《千家詩詳析》補正 ……………………………………………… 195
14. 明代運河紀行——瞿佑《樂全詩集》析論 …………………… 203
15. 瞿佑返鄉續曲——《東遊詩》及《樂全續集》析論 ………… 233

16. 瞿佑佚詩研究 …………………………………………… 265
17. 八卦山在臺灣古典詩中的意義 ………………………… 299
18. 唐宋詞名著欣賞七種 …………………………………… 331
19. 宋詞中的「人生」探究 ………………………………… 349
20. 文學三要素與宋南渡詞人研究 ………………………… 379

語文教育

21. 發揚詩教,重建詩國——談臺灣國民中學的古典詩歌教育 … 387
22. 臺灣高職國文教科書詩選之檢討與建議 ……………… 397
23. 臺灣高中古典詩歌教育新趨向 ………………………… 407
24. 臺灣《高中國文》唐宋詩詞教材探究——以八十四年課程標準編纂的六家教科書為例………………………………… 415
25. 臺灣國語文教科書之考察——以原住民文學選文為對象 … 457
26. 《國文天地》解惑四則 ………………………………… 477

書評

27. 研究中國古典文學的一座指標——談《中國古典文學研究論文索引》………………………………………………… 481
28. 文學史的歷史——談《中國文學史書目提要》……… 485
29. 我們不需要拼裝車——《唐詩新賞》的資料來源 …… 489
30. 一盞學術明燈——劉兆祐教授的《國學導讀》……… 495

臺灣近四十年（1949～1993）
編撰中國文學史之成果分析

一、前言

　　自光緒三十年（1904），林傳甲完成中國人自著的第一部中國文學史以來，有關中國文學史的著作，便如雨後春筍，紛紛產生。除文學通史外，各朝代文學斷代史、各類文學專史，著作如林，洋洋大觀，蔚為風尚。欲瞭解中國文學史著作的發展過程，則必須編纂書目。

　　中國文學史書目的輯錄，始於梁容若、黃得時兩位先生（見 1960 年 7 月東海大學《圖書館學報》第 2 期），以後曾加重訂（1967 年 5 月《幼獅學誌》第 6 卷第 1 期）、三訂（1967 年 9 月《文壇》87 期），因尚有闕漏，於是青霜先生又加以增補，寫成〈中國文學史書目新編〉（見 1976 年 8 月、9 月、11 月、12 月《書評書目》第 40、41、43、44 期）。

　　從上述目錄，固然可以瞭解歷來「中國文學史」著作的出版情況，但對其內容梗概得失，則無從窺曉。梁容若先生曾寫專文評劉大杰《中國文學發展史》（初評見 1960 年 6 月《東海學報》2 卷 1 期，再評見 1966 年 9 月 10 日《書和人》第 40 期），又完成〈中國文學史十一種述評〉（見 1967 年 7 月三民書局出版的《中國文學史研究》），其中對每一本書所作的「簡評」，都鞭辟入裏，能導引讀者認識這些著作的優缺點，這是更進一步的作法。

　　1986 年 8 月，大陸黃山書社出版了一本《中國文學史書目提要》，作者陳玉堂先生，他把 1949 年以前有關「中國文學史」的著作都寫成提要，分為「通史」、「斷代史」、「分類史」三大部分，共收錄三百四十六種，筆者在 1988 年 11 月出版的《國文天地》（4 卷 6 期），曾撰〈文學史的歷史──談《中國文學史書目提要》〉一文，加以評介，文末並提出呼籲：「我們在檢閱方便之餘，也寄望海峽兩岸的學術

界,繼續努力,把民國三十八年到今天出版的有關『中國文學史』著作,再寫成提要。」可是事隔多年,卻未見回響,在「求人不如求己」的激勵下,便於1992年以「中國文學史書目提要(臺灣部分,1949～1993)」為題,向國科會申請專題研究計畫補助,希望先將臺灣出版的「中國文學史」相關著作撰成提要,以顯現臺灣近四十年編撰中國文學史之成果。

　　湊巧的是專題研究計畫獲國科會審查通過的同時,大陸由吉平平、黃曉靜編著《中國文學史著版本概覽》(瀋陽:遼寧大學出版社,1992年6月初版)也剛好出版,該書著錄1949～1991年海峽兩岸及香港等地出版的各類中國文學史著作版本和內容簡介,正符合筆者先前的呼籲。但經仔細閱讀內容、核對資料後,發現該書實不足以反映臺灣近四十年編撰中國文學史之總成績,其理由如下:一、表面上該書著錄臺灣出版的中國文學史專著有七十五種,但將翻印一九四九年以前的舊著,如謝无量《中國大文學史》、趙景深《中國文學小史》等二十三種扣除外,則只剩五十二種,其中又將楊宗珍與孟瑤誤為兩人,而將所著的《中國文學史》重複著錄,另有九種只錄存目,未見原書,再扣除後,則實際著錄介紹者只剩四十二種。而筆者所搜集到的專書有一百七十一種,比該書多出一二九種,如再加上尚未正式出版的博碩士論文七十九種(這些論文其實也是不可忽視的研究成果,在臺灣要參考這些論文並不難),則筆者所搜集的中國文學史著作高達二百五十種,比該書多出二百零八種,足足有六倍之多。二、該書著錄外文著作的譯本時,若臺灣與大陸各有譯本,皆以介紹大陸譯本為主,如青木正兒《清代文學評論史》,臺灣有陳淑女譯本(臺北:開明書店,1969年12月初版),大陸有楊鐵嬰譯本(北京:中國社會科學出版社,1988年1月初版),該書在介紹陳淑女譯本時,僅寥寥數語:「本書共分十章,凡三十節,目次、內容與楊鐵嬰譯本基本相同,詳見楊譯本。」其他如鄭樑生、張仁青譯青木正兒《中國文學思想史》(臺北:臺灣開明書店,1977年10月初版)、劉向仁譯吉川幸次郎《中國詩史》(臺北:明文書局,1983年4月初版)也是如此,而洪順隆譯鈴木虎雄《中國詩論史》(臺北:臺灣商務印書館,

1972年9月初版），則連條目都沒有，僅在許總譯本（南寧：廣西人民出版社，1989年9月初版）條下一筆帶過，該書所採取的主從態度甚為明顯。三、該書實際著錄介紹臺灣著作雖有四十二種，但作者介紹部分僅見十六位，如李曰剛、羅錦堂、張健、王金凌等作者介紹都付之闕如，該書對臺灣學術界瞭解之有限可見一斑。

因此筆者在國科會補助下，與共同主持人林慶彰教授、協同主持人鄭靖時教授、及研究助理連文萍、黃惠菁、張惠淑、林明珠、孫秀玲等五位講師、研究生，花了一年半的時間，合作完成了「中國文學史書目提要（臺灣部分，1949～1993）」專題研究計畫，計收錄1949～1993年間臺灣出版的各類中國文學史著作，共二百五十種，其中專書一百七十一種，尚未正式出版之博碩士論文七十九種，已大致將臺灣近四十年編撰中國文學史的成果網羅其中。每部著作提要主要包括：作者介紹、出版情況、成書經過、內容簡介、評論得失及其對學界之影響，並將每部著作的目次章節加以著錄，若著作有人撰寫書評，亦將書評之作者、篇名、刊名、卷期、頁次、年月，一一註明，以便查閱參考，本研究所撰的提要確實比大陸所撰的內容詳備許多。以下則根據這項專題研究計畫成果報告，分別從「文學思想史」、「古代文學史」、「現代文學史」、「各體文學史」、「臺灣文學史」等五大類，擇要分析臺灣近四十年編撰中國文學史的成果。

二、文學思想史

在「文學思想史」這個大類中，筆者又按著作的性質細分為「思想史」、「理論史」、「批評史」三小類。在「思想史」方面，計有兩種譯本及兩種著作。譯本分別是：青木正兒著、鄭樑生、張仁青譯《中國文學思想史》（臺北：臺灣開明書店，1977年10月初版）、及青木正兒著、陳淑女譯《清代文學評論史》（臺北：臺灣開明書店，1969年12月初版），青木正兒是日本知名學者，對中國文學思想史、及中國戲劇史頗有研究，其著作除以宏觀掌握全體外，亦能從微觀提出深刻見解，如《清

代文學評論史》是將《中國文學思想史》第七章〈清代文學思想〉加以擴充而成，此書雖名為「評論史」，其實就撰述的內容角度而言，也就是「思想史」，洵如作者所言：「全體思想的動向，總是成為評論表現出來，讀評論是瞭解思潮的捷徑。思想是底流，評論是蕩漾於表面的波。」由此可以看出作者的創作意圖，不僅僅止於追尋蹤跡，同時亦想藉此辨別思想的動向。書中內容涉及層面極廣，包括詩、詞、文、戲曲等文體的評述，唯一遺憾處，乃是小說付之闕如，除此，有關清代文學的全部領域，幾乎含括殆盡。其著作譯成中文後，對臺灣學術界頗有影響。國人自撰的「思想史」著作有兩種：一是張仁青《魏晉南北朝文學思想史》（臺北：文史哲出版社，1978年12月初版），一是李瑞騰《晚清文學思想論》（臺北：漢光文化事業公司，1992年6月初版），這兩本著作原都是博士論文，所探討的對象一是六朝的唯美文學思想，一是新舊文學交界的晚清文學思想，皆極有意義。

在「理論史」方面，王金凌先撰有《中國文學理論史（上古篇）》（臺北：華正書局，1987年4月初版），探討的範圍以先秦兩漢文學理論材料中，關涉文、文學和文學作品等觀念和論述為主。接著又撰有《中國文學理論史（六朝篇）》（臺北：華正書局，1988年4月初版），討論魏晉南北朝的文學理論，作者在撰述時，頗為留心文學理論的產生背景及其發展歷程，對各時代的文學理論都有詳盡的分析。如果能往下探疏析派，繼續將「唐宋篇」、「明清篇」推出，則臺灣第一部完整的「中國文學理論史」將可預期。另外朱榮智有《兩漢文學理論之研究》（臺北：聯經出版事業公司，1978年9月初版），龔顯宗有《明洪、建二朝文學理論研究》（臺北：華正書局，1986年6月初版），兩書雖不以史命名，也都屬於文理理論史的一部分。

在「批評史」方面，臺灣迄今並沒有通代的批評史著作產生，但斷代的文學批評研究則不少，如：蔡芳定《唐代文學批評研究》（國立臺灣師範大學國文研究所博士論文，1990年5月）、朱榮智《元代文學批評研究》（臺北：聯經出版事業公司，1982年3月初版）、鄭靖時《金代文

學批評研究》（臺中：弘祥出版社，1992年4月初版）、張健《明清文學批評》（臺北：國家出版社，1983年1月初版）、簡錦松《明代文學批評研究》（臺北：臺灣學生書局，1989年2月初版）等，簡錦松之書名為《明代文學批評研究》，實際只討論成化至嘉靖中期文學批評之形成、現象與變化。張健之書共收四十四篇獨立的論述，析論評介明清兩代六十餘位文學批評大家及其理論，各篇綱舉目張，言簡意賅，全書無異於一部明清文學批評史。作者研究文學批評多年，著作甚豐，有《中國文學批評》、《宋金四家文學批評研究》、《滄浪詩話研究》、《朱熹的文學批評研究》等多種，以其功力，是目前臺灣撰寫一部完整中國文學批評史最具資格的學者。

三、古代文學史

在「古代文學史」類中，屬於「通史」部分的著作甚多，共達四十種，從數量而言，似乎非常可觀，但就質量而言，則有不少充數者，之所以會有這種情形，其原因約有下列數端：

（一）某些作者對中國文學根本外行，卻率爾操觚，上焉者尚知剪裁他人著作，雖拾人牙慧，敘述猶有條理，下焉者則隨便拼湊，令人不知所云。如姜渭水《中國文學史》（臺北：和平出版社，1954年9月初版），該書論上自周代，下迄清代的文學，但其中穿插〈中國哲學大綱〉、〈十三經要義〉、〈中國經學大綱〉、〈諸子百家總表〉、〈中國語言文字學大綱〉、〈目錄學大綱及其緣起〉等章節，令人讀來滿頭霧水。又如王宇綏《中國文學通論》（臺北：五洲出版社，1974年8月初版），全書由文字的起源寫起，再依各種文體敘述其大要，分為八章，第三章介紹詩詞曲，篇幅最巨，長達百頁，但只是收錄許多作品，連起碼的解說都沒有，很容易看出拼湊之跡。第四章介紹小說，則僅約兩百字，其內容簡陋自不待言。最後附錄是古今韻分類表，不知作者之意圖何在？像這類著作，實在談不上有什麼價值。

(二) 某些作者在中國文學領域中，從未深入做過專題研究，即大膽撰寫文學史，如此往往流於淺陋，對學術發展狀況矇然無知，不能吸收別人的研究成果，所以內容見解極為陳腐。如王孝編著《中國文學史》（臺北：臺灣商務印書館，1989 年 5 月初版），我們只要看他書後所列的參考書目僅寥寥七種：吳宏編譯《中國文學史參考資料》、林紓著《韓柳文研究法》、胡適《白話文學史上卷》、梁容若《文學十家傳》、葉慶炳《中國文學史》、歷代正史文苑傳及儒林傳、錢基博《現代中國文學史（增訂本）》等，即可窺知這本書是很難有什麼學術水準的。再就其內容而言，作者對後世散文之祖的先秦散文，隻字未提，在唐代文學中、對詞、變文也都未加介紹，像這樣的文學史如何讓讀者瞭解文學演變過程呢？

(三) 某些作者應授課之需，草草成編之後，未再增訂刪補，這種不嚴謹的講義也充斥坊間。如易蘇民《中國文學史初稿》（臺北：昌言出版社，1965 年初版），此書為作者在 1965 年於淡江文理學院夜間部講授中國文學史的講義所編輯而成，他嘗於首章之末附註聲明：「本稿為便於學者記憶及代板書之勞而趕寫，僅屬資料性質，有待整理，故不得對外發表。」態度雖然坦誠，但該書確實也有內容不足、編排錯亂、以及引文訛誤等缺失。其他如李鼎彝《中國文學史》（臺北：文星書店，1966 年 3 月初版），為作者在吉林大學講授中國文學史的講義，該書僅著重作家個別特色的介紹，對於文體的興替，各家各派的文學主張，前後期的文學現象等，都未能述及，不能說不是一大缺憾。

在眾多文學史中，比較值得重視的約有下列幾種：

(一) 葉慶炳《中國文學史》（臺北：臺灣學生書局，1987 年 8 月增訂版），本書原為作者在國立臺灣大學等校講授中國文學史課程之講義，於 1965 年印行上冊。1966 年印行下冊，後經過增訂再版時，加入許多現代人的研究成果，及作者自己的意見，已有一番新面貌。本書比一般的文學史較富學術性，如介紹作家生平，都儘量

引用相關的傳記資料原文，並註明出處，而不加改寫，對於作家作品的評論，也常列舉前人的意見，另外有些涉及考證之問題，作者亦以嚴謹態度，不憚其煩提供論證資料，尤其作者對魏晉南北朝小說素有研究，所以這一部分論述特別詳盡，為其他文學史所不及。而作者處理文學發展的觀點也比較持平，不像劉大杰《中國文學發展史》偏重唯物史觀。但本書用文言文寫成，則比較難以推廣。

（二）蘇雪林《中國文學史》（臺中：光啟出版社，1970年10月初版）。作者編撰此書，對每個朝代多元而複雜的文學現象皆能顧及，而不偏重單一的文學成就。作者在《楚辭》方面用力甚深，所以介紹《楚辭》時有許多獨特的見解。更值得一提的，是作者累積長期的創作經驗，以及對現代文壇的深刻瞭解，簡要地記錄清代以後中國文學史上種種強烈的轉型，及其前因後果，此部分在過去的文學史中往往被忽略。

（三）孟瑤《中國文學史》（臺北：大中國圖書公司，1974年8月初版）。作者秉持較圓融的文學觀，認為中國文學有詩、散文、小說、戲劇等四個源頭，棄一不可，故本書以此為講述範圍，而且對文人雅製或民間創作，亦予並重，可見作者的用心與宏觀。全書涵括的豐富，於論點的闡述，多有創新，可惜於成說則往往略而不論，如論詞的長成及元曲的興起，皆僅提音樂的刺激與文體的蛻變兩種因素，對於文學與時代、環境的關係，皆缺乏闡述。

（四）王忠林等合著《增訂中國文學史初稿》（臺北：福記文化圖書公司，1985年5月修訂三版）。本書是由八位在各大學中文系或國文系擔任「中國文學史」的教授，採用集體分工的方式，依據「歷史的重心在民生」之民生史觀，就各人所長撰寫而成，於1978年12月由臺北：石門圖書公司初版。本書多以分期的方式介紹當代的重要作家及作品，並分析各種文學現象，進而探索其背景與導因。在內容上，確能於既有之基礎更加擴充，如「中國神話不發

達的原因」、「敦煌變文」等,均可補其他文學史著作之不足。在體例上,多依該時期所發展之各種文體為主,別立成章,順序論列,前後一貫。在編寫工作上,因採個人執筆、集體討論的方式完成,故能力排主觀之失;又文中常列舉標題,頗利於讀者對全文重點之掌握。

(五) 王夢鷗等合著《中國文學的發展概述》(臺北:中央文物供應社,1982年9月初版)。本書共分七篇,由八位教授共同執筆,一面配合時代的順序進行,一面也注重文類變遷的歷史、再就各人平日所專意的部分,分章撰寫。書中對於各種文體產生之原因、背景及興衰的現象,都有簡要的論述。自詩書騷賦寫起,依序以各時期的代表文體為主,逐次編寫,至清末民初的文學為止。涵括的時代相當久遠,但由於僅限以歷代的代表文體為範疇,故可免蕪雜、交錯之苦,致力於更深入的探究,能使讀者對各朝代最鮮明的文學現象有較系統的認識。

(六) 中華文化復興運動推行委員會、國家文藝基金管理委員會主編《中國文學講話》(臺北:巨流圖書公司,1982年12月~1987年11月初版)。本書共分十冊,五十篇,每篇之下再細分若干目,每一目均由一位教授於「中國文藝研究班」擔任主講,經錄音筆記整理成章後,再編輯出版。本書採取廣義的文學觀,故無論經、史、子、集,皆屬於中國文學的範疇,是以本書收羅宏富,且各章均延請學有專精的教授負責講授,則章章皆為精闢、獨到之論文。但由於授者的析解各有其法,整理人的文體各有其風格、標準,故在文章的章法、範式上,難免有風格殊異的情形。雖然本書有部分篇章超出中國文學史的範圍,但集合如此眾多的學者專家,完成這樣規模宏大的著作,誠實不易。

(七) 李鍌等合著《中國文學概論》(臺北:國立空中大學,1987年11月、1988年1月初版)。本書為國立空中大學「中國文學概論」課程教材,由李鍌等五位教授共同執筆。全書共分八章,以縱的

文學發展與變遷為經，以橫的文學性質與種類為緯，依次而述。除首章緒編為略述中國文學的若干基本概念外，第二章至第七章則各以「辭賦」、「詩歌」、「散文與駢文」、「詞曲」、「小說」、「戲劇」為題，分別撰述其名義、特質、起源及發展；除理論之外，並列舉各家代表作品，以資佐證，進而論述其於中國文學史上的藝術價值及影響。末章為文學理論與文學批評，乃綜合而通盤地探討中國文學創作的基礎，並確立從事文學批評的基本原則。由於本書依文體為別，逐一概論其發展歷程，實有助於讀者對各種文體流變興替之認識。

由以上這些較為突出的文學史著作，我們可發現編纂文學史已經從過去單打獨鬥走向分工合作的時代，中國文學史綿亙的時間那麼久長，作品及作家那麼眾多，實非個人能力所能全部觀照，必須透過合作的方式，結合不同研究領域的專家學者，才能減少疏失，寫出較有見地的文學通史。

另外在「斷代史」方面的著作也有十四種，其中除了吳先寧《北朝文學研究》（臺北：文津出版社，1993 年 9 月初版）、劉躍進《永明文學研究》（臺北：文津出版社，1992 年 3 月初版）、詹杭倫《金代文學史》（臺北：貫雅文化事業公司，1993 年 5 月初版）等三種，屬於大陸學者在臺灣出版的著作不能列入臺灣研究成果（筆者所主持的「中國文學史書目提要」研究計畫，有鑑於大陸學者在臺灣初次出版的著作，大陸編的書目搜集不易，有失收可能，因此也一併收入，至於翻印大陸版圖書，則不在收錄之列），其餘十一種較重要的有：楊德本《曹魏文學研究》（高雄：作者自印本，1971 年 3 月初版）、張仁青《六朝唯美文學》（臺北：文史哲出版社，1980 年 11 月初版）、楊志莊《兩宋文學研究》（臺北：臺灣商務印書館，1973 年 12 月初版）、蘇文婷《宋代遺民文學研究》（臺北：作者自印本，1979 年 3 月初版）、陳啟佑《遼代之文學背景及其作品》（中國文化學院中國文學研究所碩士論文，1979 年 6 月）、鄭靖時《金代文學之研究》（國立政治大學中國文學研究所博士論文，1987

年7月)、韓石秋《清代文學史》(高雄:百成書店,1973年10月初版)等。楊志莊之書係針對兩宋三種重要文體:古文、詩、詞,揭舉其特色,陳述興衰本末,藉此勾劃出宋代文學發展的脈絡,但未述及宋代的話本小說與戲曲,總是一種缺陷。遼、金文學在中國文學史上往往受到忽略,陳啟佑之論文除探討遼代的地理環境及文化背景外,並將遼詩與遼文各分三期述其流變。鄭靖時之論文則將金代文學分成:肇始期、經營期、創新期、大成期,每一期皆詳舉代表作家及作品,這兩本著作正可填補文學史之不足。韓石秋之書分別從古文、駢文、詩、詞、戲曲及小說等六大文體,介紹清代著名的作家及作品,所錄之著名作家凡一百八十餘位,大抵可代表清代文學之業績,但作者在介紹各家作品之精神風貌時,敘述過於簡略,對清代文學的整體評價,亦付之闕如,這些都令人感到缺憾。

四、現代文學史

臺灣過去由於長期戒嚴的關係,三十年代的許多作品都在查禁之列,觸及這一階段的文學變成極為敏感的事,所以當時許多作家都無法得到客觀的評價。在這種不利的環境下,還是有些學者致力於現代文學史的研究,其中以周錦、劉心皇、尹雪曼、蘇雪林較為突出。

周錦著有《中國新文學史》(臺北:長歌出版社,1970年4月初版),這是國內第一本記述現代文學史的專著,意義不凡。全書除精簡勾勒出中國新文學的形相與實質,並對中國新文學運動史之意義作一概述外,作者又以治史觀點,將新文學的發生與發展依時序分期加以敘論,並給予適切的批判。史論之餘,作者兼採逐年列舉的方式臚列有關的新文學大事記,以期展現新文學的發展軌跡。作者以史家治史態度編纂此書,裁選資料,求全求實,運筆則盡力符合史實,而且對於重要資料則予以全文收錄,求其完備,是為本書特色。然對於文學重要作家與作品之評介則著墨較少,尤其漏載臺灣本土文學之演變及作家作品介紹,是一大缺憾。作者另出版有《中國新文學簡史》(臺北:成文出版社,

1980年5月初版)、《中國新文學大事記》(臺北：成文出版社，1980年5月初版)，這兩書是從《中國新文學史》析出，並無補漏增新，殊為可惜。

　　劉心皇著有《現代中國文學史話》(臺北：正中書局，1971年8月初版)，共分五卷，包括新文學運動的前夕、新文學運動面面觀、三十年代文學對我國的影響、抗戰時期文藝評述、「自由中國」時代的文藝等五大內容。作者除注重文學史料的介紹，同時對於代表性作家和作品都作極詳細的分析評論，而非僅是羅列與排比資料，頗具參考價值。作者另著有《抗戰時期淪陷區文學史》(臺北：成文出版社，1980年5月初版)、及《抗戰時期淪陷區地下文學》(臺北：正中書局，1985年5月初版)，前者專門討論依附敵偽的作家，所介紹的作家簡歷有一百六十二人，後者則專門討論抗敵反偽，在淪陷區從事地下活動的作家，介紹的作家簡歷亦多達一百五十二人，為抗戰淪陷區文學研究提供許多難得一見的材料，可見作者對現代文學史料的用心。然而作者對於作家的介紹僅止於其簡歷，並未涉及作品的評論或介紹，或僅止於幾句空泛的評論，就文學史而言，這是不夠充實的。

　　尹雪曼在中華文化復興運動推行委員會的經費支持下，主持編纂完成《中華民國文藝史》(臺北：正中書局，1975年6月初版)。書中總結六十餘年來中華民國文藝的發展過程，縱橫交錯論述，縱的方面是以時間的水流劃分為四個時期，橫的方面是以文藝的門類分別敘述。包括：文藝思潮與文藝批評的演進、新舊詩歌、散文、小說、音樂、舞蹈、美術、戲劇(國劇、話劇、電影)等，並介紹海外華僑文藝與國際文藝交流，是一部文藝資料的大彙集。書後並附錄臺灣省光復前的文藝概況及大陸淪陷的文藝概況兩篇。足見本書的編纂力求資料完備之用心。其寫作體例上，以專章專人負責，故處理史料與評述方式隨人而異，水準難免參差，並且作家生平簡述分見各章重複記述不少，而每章撰稿人沒有標明以示負責也是個缺陷。此書出版之後，評介文字很多，尹雪曼曾撰〈中華民國文藝史的缺失與增訂——兼答夏志清、司馬長風、姜穆等〉

一文(見《中華文化復興月刊》10卷11期,1977年11月)、文中除對某些缺失提出解釋外,並說該書計劃每五年增訂一次。可是事隔二十年,卻未見增訂版的蹤影,令人遺憾。作者另有《中國新文學史論》(臺北:中央文物供應社,1982年9月初版),全書計十七篇專論,各篇專論之間雖無章節串屬,然內容實則關連相接,可從中窺曉中國新文學發展以來的軌跡。其中,論述中國早期翻譯文學一文,不僅評述翻譯文學在文壇上的價值及影響,並蒐集臚列當代國內作家翻譯英美俄法等外國文學作品重要目錄,極具參考價值。

蘇雪林著有《二三十年代作家與作品》(臺北:廣東出版社,1979年12月初版),此書後改由臺北:純文學出版社出版,並改名為《中國二三十年代作家》。本書與同類著作不同之處,在於略寫作家身世,而注重派別和其作品的作風。每一作家獨立為一章。派別同者則附錄於後,全書各門類皆有「前言」、「後語」一篇,用以提挈綱領及評騭優劣。作者以人品與文藝並重的觀念貫串全書,對每一作家的剖析涉及文藝技巧、人生觀及政治見解,評論頗為平允深刻。

以上這些著作受到時代的侷限,或許有些不盡人意,但有如此之成績,也算難能可貴。現在資料取得較為容易,海峽兩岸研究成果可以互通,希望有志於研究現代文學者,能夠寫出更翔實客觀的現代文學史。

五、各體文學史

(一)詩史

針對某一體文學撰述其發展歷程,是學術分科精細的必然趨勢。中華民族是一個喜愛詩的民族,從《詩經》、《楚辭》、漢賦、樂府、唐詩、宋詞、元曲、以至於現代詩,構成一個源遠流長的傳統,因此各體文學史中以詩史的著作最發達,為了分析方便起見,我們將詩史著作分成七小類:

1. 通代部分

即涵蓋歷朝各代詩歌（或詩論）流變的著作，共有十二種，其中較重要的有：傅隸樸《中國韻文概論》（臺北：中華文化出版事業委員會，1954年6月初版）、葛賢寧《中國詩史》（臺北：中華文化出版事業委員會，1956年9月初版）、張敬文《中國詩歌史》（臺北：幼獅書店，1970年12月初版）、李曰剛《中國詩歌流變史》（臺北：文津出版社，1987年2月初版）。傅隸樸之書後改由臺北：正中書局出版，並改名為《中國韻文通論》，雖稍有增訂，但變動不大。全書從《詩經》、《楚辭》論到白話詩，不僅所有的韻文皆在其中，尚有一章專論「變文」，作者以時人響應胡適俗文學的號召，而大肆吹捧變文，為免讀者以疏漏見責，故予納入。其實作者在唐詩、宋詞之間插入變文已屬不倫，又否定其價值，雖自認「深惡譁眾取寵之習」，欲以「端正學風」，但其見解未免陳腐。葛賢寧之書以時代為序，略述詩歌演變發展的軌跡，大抵言簡意賅。但作者側重抉發歷代詩歌中含有民族、民權、民生思想及精神者，如第十六章〈明代的詩〉部分，即特闢「明末的詩人」一節，以相當多的篇幅介紹當時一些反清志士的詩歌，中如熊廷弼、袁崇煥、孫承宗、袁繼咸等，率皆忠烈武人，一般詩史絕少記載、然本書特標舉之，可見作者著作另有其用意。張敬文之書所認定的「詩歌」範圍極廣，包含變文、雜劇、傳奇，另外作者極為重視女性作家，於唐、宋、清三代，各立有子目，別為女作家作品之探討。全書章節安排雖然清晰，惟因篇幅所限，揭舉問題，不及深入。李曰剛之書原為《中國文學流變史》之第三編（詩歌編），於1976年由臺北：聯貫出版社初版。全書所敘詩歌流變之跡，分別由《詩經》、樂府、古詩、絕律四部分評述，其最大特色在於以「詩家流派」為論述點，藉由品評各派詩人之行跡造詣，探看各時期詩歌之特色及詩運之嬗替。大抵包羅宏富，非一般只著眼於少許大家或時期的詩史可比，而其能觀照眾多小家的詩歌成就，讓他們擁有一席之地，尤具重要意義。另外吉川幸次郎著、劉向仁譯《中國詩史》（臺北：明文書局，1983年4月初版）、鈴木虎雄著、洪順隆譯《中國詩論史》（臺

北：臺灣商務印書館，1972 年 9 月初版），也都值得國人借鑑。尤其鈴木之書，論述細密，考證精詳，為早期研究中國詩論之名著，啟迪後人極大。

2. 斷代部分

即針對某一朝代詩歌（或詩論）述其流變之著作。由於國內設有許多中文研究所，斷代的詩歌研究頗合研究生口味，所以這方面的論文不少，雖然一般皆以「研究」為題目名稱，但所述大都為這一階段的詩史，其成果亦不容忽略。茲按時代先後列舉斷代詩史的重要著作：劉漢初《六朝詩發展述論》（國立臺灣大學中文研究所博士論文，1983 年 5 月）、李瑞騰《六朝詩學研究》（中國文化大學中文研究所碩士論文，1978 年 6 月）、王次澄《南朝詩研究》（東吳大學中國學術著作獎助委員會，1984 年 9 月初版）、盧清青《齊梁詩探微》（臺北：文史哲出版社，1984 年 10 月初版）、前野直彬著、洪順隆譯《唐代的詩人們》（臺北：幼獅文化事業公司，1976 年 5 月初版）、馬楊萬運《中晚唐詩研究》（國立臺灣大學中文研究所博士論文，1974 年 6 月）、王小琳《大曆詩人研究》（國立臺灣大學中文研究所碩士論文，1983 年 12 月）、呂正惠《元和詩人研究》（東吳大學中文研究所博士論文，1983 年 4 月）、何金蘭《五代詩人及其詩》（國立臺灣大學中文研究所博士論文，1977 年 6 月）、嚴思紋《宋詩概論》（臺北：華國出版社，1956 年 10 月初版）、吉川幸次郎著、鄭清茂譯《宋詩概說》（臺北：聯經出版業公司，1977 年 4 月初版）、蔡瑜《宋代唐詩學》（國立臺灣大學中文研究所博士論文，1990 年 6 月）、胡幼峰《金詩研究》（輔仁大學中文研究所碩士論文，1975 年）、吉川幸次郎著、鄭清茂譯《元明詩概說》（臺北：幼獅文化事業公司，1986 年 6 月初版）、包根弟《元詩研究》（臺北：幼獅文化事業公司，1978 年 1 月初版）、吳宏一《清代詩學初探》（臺北：臺灣學生書局，1986 年 1 月修訂再版）等。

3. 詩經、辭賦史

詩經方面有林葉連《中國歷代詩經學》（臺北：臺灣學生書局，1993

年3月初版），書中就中國歷代社會背景、學術取向、詩經學之流派、代表作家及其作品逐一推闡，為目前較完整之《詩經》學史專著。辭賦方面以李曰剛《辭賦流變史》（臺北：文津出版社，1987年2月初版）最為完備，該書原為《中國文學流變史》之第二編（辭賦編），於1971年8月由臺北：聯貫出版社初版。書中分就騷賦（《楚辭》）、短賦（荀賦）、古賦（漢賦）、俳賦（魏晉南北朝賦）、律賦（唐宋賦）、散賦（宋賦）、股賦（明清賦）等七種類型加以論述，而賦體隨時間之推移，所展現的不同風貌，其由盛而衰之過程，亦因此而清晰呈現。另有斷代賦史之著作，如：張清鐘《漢賦研究》（臺北：臺灣商務印書館，1975年1月初版）、蕭湘鳳《魏晉賦研究》（輔仁大學中文研究所碩士論文，1980年5月）、李瓊英《宋代散文賦研究》（國立臺灣師範大學國文研究所碩士論文，1991年6月）等，皆能針對一代賦的產生背景、特色、代表作家及作品、評價等加以探討說明，內容自有參考價值。

4. 樂府史

臺灣迄今雖還沒有一部統合各代的完整樂府史，但各階段的樂府詩研究卻非常熱絡，最早有李純勝《漢魏南北朝樂府》（臺北：臺灣商務印書館，1966年10月初版），後又有陳義成《漢魏六朝樂府研究》（臺北：嘉新水泥公司文化基金會，1976年10月初版），所探討的樂府詩涵蓋漢、魏、晉及南北朝，民間樂府與文士樂府皆有所著墨。而研究兩漢樂府的專著亦有：張清鐘《兩漢樂府詩之研究》（臺北：臺灣商務印書館，1979年4月初版）、亓婷婷《兩漢樂府研究》（臺北：學海出版社，1980年3月初版）等，張清鐘之書較為簡略，亓婷婷之書一方面著重其歷史時代背景的因素，探討樂府的興起與樂府官署的關係，一方面著重詩歌本身的源流發展，了解其含括的內容及對後世的影響，敘述較為完備。南北朝部分有：周誠明《南北朝樂府詩研究》（中國文化學院中文研究所碩士論文，1971年），唐代部分有：張國相《唐代樂府詩之研究》（東海大學中文研究所碩士論文，1980年6月），其主題在探討唐代樂府詩的

發展，分成初、盛、中、晚四個階段，惜內容過於簡省，深度不夠。而金銀雅《盛唐樂府詩研究》（國立政治大學中文研究所博士論文，1990年6月）、張修蓉《中唐樂府詩研究》（臺北：文津出版社，1985年10月初版），則很詳盡探究盛唐、中唐兩階段的樂府詩，頗具價值。

5. 詞史

　　詞萌芽於唐，大盛於宋，綿延於元明，後興於清，迄今共有千餘年之歷史，但臺灣目前尚未有一部完整的詞史，分階段的研究則有：陳弘冶《唐五代詞研究》（臺北：文津出版社，1980年3月初版），係針對唐五代詞的產生、詞體、詞風、詞家、成就，作全面性的探討，大體綱舉目張，立論肯綮。黃文吉《宋南渡詞人》（臺北：臺灣學生書局，1985年5月初版），本書探究南北宋之交的詞人計有十六家，充分反映作品與時代環境之密切關係。王偉勇《南宋詞研究》（臺北：文史哲出版社，1987年9月初版），著重論述南宋詞人如陸游、范成大、辛棄疾、姜夔、史達祖等十大家，而南宋之詞論，亦有專章論及。張子良《金元詞述評》（臺北：華正書局，1979年7月初版），本書論述之廣，不啻為一部斷代詞史，其選錄詞作計三百三十餘篇，金代詞家四十九人，元代詞家一百零八人，大抵金元詞人事之有可述者，詞之有可傳者，詳備於此，而二代時運之升降，亦約而可見。汪中《清詞金荃》（臺北：臺灣學生書局，1965年6月初版），旨在概略考覽有清一代詞學業績，論述簡要而中肯。另外關於詞學理論之研究有：梁榮基《詞學理論綜考》（國立臺灣大學中文研究所博士論文，1976年）、張筱萍《兩宋詞論研究》（國立臺灣師範大學國文研究所碩士論文，1957年）、朴永珠《明代詞論研究》（中國文化大學中文研究所碩士論文，1982年6月）、李京奎《清初詞學綜論》（國立臺灣大學中文研究所博士論文，1990年6月）、林玫儀《晚清詞論研究》（國立臺灣大學中文研究所博士論文，1979年7月）等。

6. 曲史

　　散曲盛於元代，明、清兩代作品亦有可觀。羅錦堂《中國散曲史》（臺北：中國文化大學出版社，1983年8月新一版），為作者就讀臺灣大學中文研究所於1956年通過之碩士論文，除首章概論散曲之起源、形式及特質外，第二章以下則分論元、明、清三代之散曲面貌。全書網羅資料頗豐，於前賢論見亦有採擷，而綱舉目張，頗利觀覽。王忠林、應裕康合撰《元曲六大家》（臺北：東大圖書公司，1977年2月初版），吳曉華《晚清散曲研究》（東吳大學中文研究所碩士論文，1992年6月），則屬於階段性的散曲研究。

7. 現代詩史

　　現代詩自新文學運動發生迄今，已有七、八十年的歷史，作家及流派甚多，並且複雜，王志健（筆名上官予）對探究現代詩的發展面貌頗為用心，曾經與葛賢寧合撰《五十年來的中國詩歌》（臺北：正中書局，1965年3月初版），介紹民國元年至民國50年這五十年中國新詩的興起與發展，討論其演變的痕跡。後又獨撰《現代中國詩史》（臺北：臺灣商務印書館，1975年12月初版），但只介紹到民國37年為止，作者在陳述現代詩的發展軌跡時，也描述重要詩人的風貌，並在各個作家的評論中，呈現出作者的詩觀。另外周伯乃《中國新詩之回顧》（臺北：廣文書局，1969年9月初版），瘂弦《中國新詩研究》（臺北：洪範書店，1981年1月初版），也都有詩史的性質，可惜周伯乃之書只介紹到抗戰期間，瘂弦之書也只介紹到民國38年，所以臺灣研究現代文學者，應該有人寫一部嶄新的現代詩史。

（二）戲劇史

　　臺灣近四十年有關戲劇史的著作頗為宏富，在通史方面即有八種之多，以鄧綏寧《中國戲劇史》（臺北：中華文化出版事業委員會，1956年9月初版）成書最早，該書規模架構大抵完整，由推溯戲劇的起源，至民國以來話劇的傳入與發展、政府遷臺初期的戲劇概況，均有述及。由於內容包羅眾多，篇幅有限，某些部分敘述難免過於簡略。其次問世

的孟瑤《中國戲曲史》（臺北：傳記文學出版社，1960年1月初版），則比鄧綏寧之書詳盡很多，作者以傳統戲劇為取材，除敘述其主流發展外，兼及種類龐雜之地方戲劇，其中論述近代戲曲部分，尤鉅細靡遺，可謂全書最精彩處。另外唐文標《中國古代戲劇史初稿》（臺北：聯經出版事業公司，1984年5月初版），從整個文明發展、中國文化生活背景上著眼，論述中國戲劇的流變，並多引西方文明為比對參證，相當新穎可觀。史煥章《中華國劇史》（臺北：臺灣商務印書館，1985年11月初版），書名「國劇」，並不專指平劇，而是中國戲劇藝術之總名。本書概述中國戲劇之孕育發展，最末有四章專論皮黃戲，評述劇務、科班、劇史等，而所列國劇名伶之藝術造詣及生平行誼，栩栩如生，為全書最用力之所在。而魏子雲《中國戲劇史》（臺北：臺灣學生書局，1992年3月初版），是近年成書之著作，作者重視藝術史觀，有些論點與傳統說法不同，值得參考。除了通代戲劇史外，也有斷代或單一劇種的史著，如陳萬鼐《元明清劇曲史》（臺北：鼎文書局，1974年10月增訂初版）、朱尚文《明代劇曲史》（臺北：高長印書局，1959年10月初版），所論述的對象僅限於雜劇和傳奇。其他專論雜劇有：吉川幸次郎著、鄭清茂譯《元雜劇研究》（臺北：藝文印書館，1960年初版），曾永義《明雜劇概論》（臺北：學海出版社，1979年4月初版），陳芳《清初雜劇研究》（臺北：學海出版社，1991年4月初版）等。專論傳奇有：張敬《明清傳奇導論》（臺北：華正書局，1986年10月新一版）。亦有專論平劇者，如李浮生《中華國劇史》（臺北：作者自印本，1983年1月增訂版）、葛林‧馬克拉斯著、馬德程譯《清代京劇百年史》（臺北：中國文化大學出版部，1989年8月初版）等。至於現代的劇種話劇、電影亦有人為之撰史，如：王子龍《中國影劇史》（臺北：建國出版社，1960年3月初版）、吳若、賈亦棣合撰《中國話劇史》（臺北：行政院文化建設委員會，1985年3月初版），杜雲之《中國電影史》（臺北：臺灣商務印書館，1972年初版）等，皆有可觀之處。

（三）小說史

在小說通史方面，以葛賢寧《中國小說史》（臺北：中華文化出版事業委員會，1956年11月初版）、孟瑤《中國小說史》（臺北：文星書店，1966年3月初版）為最著。葛賢寧之書主述中國小說兩千餘年來的變化，至民國20年新小說蠭出乃止，書中專以小說內容與形式的演變為綱要，並陳述小說所表現的思想及其對民間戲劇所造成的影響，敘述簡要，少有冗言，頗利入門者閱讀。孟瑤之書是以魯迅《中國小說史略》為依據，但更詳盡明白，除增加講唱文學之外，其他各類新加的材料也不少，尤其注重作品的評價分析，極具參考價值。另外以斷代分體的小說史研究亦甚為普遍，從六朝志怪小說、唐傳奇、宋話本，乃至現在小說，都有研究專著，亦屬小說史的一部分，如周次吉《六朝志怪小說研究》（臺北：文津出版社，1986年初版）、王國良《魏晉南北朝志怪小說研究》（臺北：文史哲出版社，1984年7月初版）、祝秀俠《唐代傳奇研究》（臺北：中華文化出版事業委員會，1957年5月初版）、劉瑛《唐代傳奇研究》（臺北：正中書局，1982年11月初版））、李本燿《宋元明話本研究》（國立臺灣師範大學國文研究所碩士論文，1973年）、樂蘅軍《宋代話本研究史》（臺北：國立臺灣大學文學院，1969年12月初版）、夏志清著、劉紹銘等譯《中國現代小說史》（臺北：傳記文學出版社，1979年9月初版）等。夏志清之書一出，備受學界重視，其特色有二：一是作者批評眼光有獨到之處，書中提到的作家及作品，有許多在當時未為中國或西方學者注意到，後來卻成為熱門、肯定的討論對象，如張愛玲、錢鍾書二人。其次是作者雖有反共立場，但對左翼作家如茅盾、丁玲、蕭軍、趙樹理等，皆能給予公允的評價。難怪此書常被奉為經典之作。

（四）散、駢文史

作為文學一體的散、駢文，其歷史相當久長，作品也為數可觀，可是相關史著並不多見，通史有：張仁青《中國駢文發展史》（臺北：

臺灣中華書局，1970 年初版）及倪志僩《中國散文演進史》（臺北：長白出版社，1985 年 11 月初版）等兩種。張仁青之書將駢文發展按時代分為：未分時期、胚胎時期、孳乳時期、蕃衍時期、全盛時期、激盪時期、蛻變時期、復興時期，各期分就形式、內容特色加以探討，對於文體發展促因，亦有追索，全書窮源究委，脈絡清楚。倪志僩之書則介紹散文的演變歷程，分析源流派別，並掌握每一時代的散文思潮特質，客觀敘述各家之成就，徵引其代表作，略加品評，內容頗為豐富，具有參考價值。另外斷代研究有：林伯謙《劉宋文研究》（東吳大學中文研究所碩士論文，1985 年 4 月）、呂武志《唐末五代散文研究》（臺北：臺灣學生書局，1989 年 2 月初版）、江菊松《宋四六文研究》（臺北：華正書局，1977 年 9 月初版）、張仁青《六十年來之駢文》（臺北：文史哲出版社，1977 年 4 月初版）、周麗麗《中國現代散文的發展》（臺北：成文出版社，1980 年 7 月初版）等。而斷代文論的著作亦有：廖蔚卿《六朝文論》（臺北：聯經出版事業公司，1978 年 4 月初版）、劉漢《魏晉南北朝文論佚書鉤沈》（國立臺灣師範大學國文研究所碩士論文，1990 年 5 月）、陳邦禎《兩宋文話初探》（中國文化大學中文研究所碩士論文，1980 年 6 月）、劉懋君《兩宋文話述評》（東吳大學中文研究所碩士論文，1982 年 5 月）等。

六、臺灣文學史

臺灣地處海洋要衝，三百年來歷經不同政權統治，島上居民除原住民外，皆來自四面八方，其文學免不了受到各種影響而顯得複雜，但融入斯土之後也逐漸形成一股新生命力，我們對過去臺灣文學的發展自然不能忽略，已有不少學者在這方面盡力，其成果大體如下：

（一）通代部分

有王國璠、邱勝安合著《三百年來臺灣作家與作品》（高雄：臺灣時報社，1977 年 8 月初版）、葉石濤《臺灣文學史綱》（高雄：文學界雜誌

社，1987年2月初版）。王、邱合著之書，以傳記之方式，藉由描述作家作品的內容及特色，呈現臺灣文學三百年來的演變軌跡。全書雖介紹了八十多位臺灣重要作家，但受限於敘寫方式，未能論述文學流派及文體之流衍情形，是其不足之處。葉石濤之書是第一部比較完整的臺灣文學史著作，但它也只描繪出主要輪廓而已，並不夠詳盡，所以撰寫一部完整的臺灣文學史，是研究臺灣文學者責無旁貸的工作。

（二）現代部分

有陳少廷《臺灣新文學運動簡史》（臺北：聯經出版事業公司，1977年5月初版）、彭瑞金《臺灣新文學運動四十年》（臺北：自立晚報社文化出版部，1991年3月初版）、周永芳《七十年代臺灣鄉土文學研究》（中國文化大學中文研究所碩士論文，1992年6月）等。陳少廷之書敘述民國8年至民國32年之間的臺灣新文學運動始末。除了介紹重要的作家及作品外，作者更著力於描繪當日盛極一時的新舊文學論戰及臺灣話文學，且能有系統地加以說明及分析，將光復前臺灣新文學運動情形作一次鳥瞰。彭瑞金之書則描述二次大戰後四十年間（1945～1985）臺灣的新文學運動，作者是由臺灣文學記錄臺灣民族成長經驗的角度來加以思考、撰寫，從中可見作者著眼於文學扎根鄉土的觀點。

（三）分體部分

在詩歌方面，有廖雪蘭《臺灣詩史》（臺北：武陵出版社，1989年8月初版），此書由臺灣文學發展的情形寫起，並對臺灣的詩社有全面而深入的解說，再將臺灣自荒服時期至日治時期的詩歌，分為六階段，逐一介紹各期之詩人、作品，及詩社活動情形，對瞭解臺灣文人過去在古典詩的創作成就極有助益。在戲劇方面，有呂訴上《臺灣電影戲劇史》（臺北：銀華出版部，1961年9月初版）、邱坤良《舊劇與新劇——日治時期臺灣戲劇之研究（1895～1945）》（臺北：自立晚報文化出版部，1992年6月初版）、曾永義《臺灣歌仔戲的發展與變遷》（臺北：聯經出版事

業公司，1988 年 5 月初版）等，呂訴上之書涵蓋範圍極廣，舉凡臺灣的電影、播音劇、南管戲、平劇、車鼓戲、歌仔戲、話劇、布袋戲、皮猴戲、傀儡戲等等，作者都不厭其詳地一一介紹其發展歷程，內容相當翔實可觀。邱坤良之書是以日治時期為背景，探討舊劇與新劇在當時社會所呈現的文化意義、和鑼鼓喧天的戲劇景觀，純由民間的戲劇傳統作論述基礎，並由社會史的角度探索臺灣社會的戲劇現象，態度十分嚴謹。曾永義之書從閩南的歌樂戲曲和臺灣歌樂戲曲的關係與狀況談起，進而說到臺灣歌仔戲的形成、發展、轉型、現況，以及今日應有的因應之道。是作者將數年來參與民俗藝術活動的所見所聞，參酌田野調查和研究成果，並證以文獻資料，薈萃貫串而成，頗具學術性與可讀性。在小說方面，有許俊雅《日據時期臺灣小說研究》（國立臺灣師範大學國文研究所博士論文，1992 年 5 月），此書全盤透視日據時期臺灣小說的真貌，肯定其文學史上的價值，並省思當時的社會現象。在民間文學方面，臧汀生有《臺灣閩南語歌謠研究》（臺北：臺灣商務印書館，1980 年 5 月初版）及《臺灣閩南語民間歌謠新探》（國立政治大學中文研究所博士論文，1989 年 6 月），對臺灣傳統歌謠及晚近的流行歌曲，用力至深。

七、結論

　　總括臺灣過去四十多年來，由於設了許多中文系，後又興辦中文研究所，在攻讀中國文學的人口不斷增加之下，教授或為了教學、研究需要，研究生或為了撰寫學位論文，因此有關中國文學史方面的著作紛紛問世，無論就「文學思想史」、「古代文學史」、「現代文學史」、「各體文學史」、「臺灣文學史」等各類加以考察，都有可觀的成果，但我們不可因此滿足，隨著學術的發達，新資料的發掘，加上現代人對文學品味觀點的改變，每一個時代對過去文學發展的詮釋皆可能有新的方法與看法，所以有志於從事中國文學史研究者，應該在前人的基礎上，繼續努力，善於汲取學術界的最新研究成果，以現代人的眼光寫出具有現代特色的文學史來，尤其前人尚未著墨、或成果未臻理想之部分，更應該有人擔

負起這個責任。中國大陸近幾年來無論通代文學史、斷代文學史、分體文學史、或分體斷代文學史，不斷有新著出版，當然有不少內容陳陳相因、或觀點偏執的著作，但他們的反省與努力也值得我們借鑑，希望兩岸在和平競賽之中，我們對中國文學史（尤其臺灣文學史）的解釋權不要屈於劣勢。

——國科會中文學門專題研究計畫成果發表研討會論文，國立清華大學中國語文學系主辦，1995年5月6日。收入王安祈、楊儒賓主持：《國科會成果報告——八十三年度中國文學學門研究成果評析》（新竹：國立清華大學中國語文學系，1996年1月），頁1-1～1-23。

臺灣五十年來（1949～2000）唐代文學通論綜述

唐代文學就形式而言，可分為詩、詞、文、小說等四大類，但由於敦煌石窟所藏卷軸的發現，裡面蘊含豐富的寶藏，研究者相當多，敦煌學也成為專門學問；其中所藏的許多唐代文學資料，諸如變文、曲子詞等，也受到研究者的矚目，因此敦煌文學被學界單獨劃為一類。除了這五類之外，有許多論著是涵蓋唐代各類文學，無法分屬上述五類，所以別立通論一類。以下針對臺灣五十年來唐代文學通論的研究論著，分為文學批評、文學與政治、文學與社會、其他等四部份，擇要介紹其成果。

一、文學批評

唐代文學批評雖不甚發達，但在中國文學批評史上卻佔有相當重要的地位；中國文學批評有意義的轉變，乃從唐代開始。羅聯添有鑒於唐代文學批評資料多屬零星篇章，散見於總集、別集、史傳、類書、隨筆當中，於是編纂《隋唐五代文學批評資料彙編》，將隋唐五代中一些重要文學批評資料彙集於一處，以利讀者檢索、查閱。全書可大別為緒論與正文二個部份，前者係編者為此書所撰寫的〈隋唐五代文學理論的發展與演變〉一文，後者即將所收資料按時代先後排列，每一則均註明原書版本及卷次，學者使用時相當方便。上書緒論〈隋唐五代文學理論的發展與演變〉一文，曾先發表於《國立編譯館館刊》6卷2期，本文將隋唐五代三百七十多年文學理論的發展與演變，分為四個時期：第一個時期為隋至初唐，一般主張詩文復古，抨擊六朝文風，但在創作方面仍未脫離六朝宮體駢儷餘習，是一個文風將變而未變的時期。第二個時期為盛唐，詩歌理論方面，一則有李白繼續鼓吹復古，再則有杜甫起而折衷，提倡「力親風雅」，而又「不廢齊梁」。在創作上，已逐漸擺脫六朝宮體駢儷的影響，照著「風雅比興」標準從事寫作，是一個文風已經轉變的

時期。第三個時期為中唐,有提倡「文以貫道」的韓柳,有主張「詩以載義」的元白,他們以復古為鵠的,將理論付諸實踐,是文學理論和實踐發展到極盛而又將衰的時期。第四個時期是從晚唐到五代。此期之初文章興起反古潮流,提倡四六;而詩歌有李商隱、韓偓等人主張豔麗,這是駢儷宮體的迴流。其後黃滔、吳融等人復起而反對,提倡寓有教化意義的詩文。降及五代,《舊唐書》作者遂起而折衷,主張文質並重,古今兼取。但五代淫靡文風已成,調和之論並未產生什麼影響。蔡芳定的博士論文《唐代文學批評研究》,也是綜合探討唐代文學批評全貌的專著,作者分別從詩評、文評二大類別著手。詩評方面,分復古革新派及藝術派二大派別論述,舉重要批評家,揭櫫其批評主張及批評業績。論述批評家的方式,除闡析、比較其文學批評之外,並約略考證諸家的生平經歷、重要著作與批評地位。文評方面,按古文運動理論之發展分為五期:醞釀期、開創期、成熟期、興盛期與銷沉期,逐期舉出重要批評家,分別展示其文評主張。論述方式,與詩評同。最後並論唐代文學批評對後代文學批評的影響,尤致力於在中國文學批評史上之定位與評價。楊承祖〈論唐代文學復古的詩文異趨〉一文,則在論述復古思想在唐代的詩文中何以會有不同的表現,作者研究指出:唐代文學復古最先詩文並進,主要是厭薄齊梁以下過於繁縟碎瑣的形式和缺乏鼓舞人生理想的積極內容,於是提倡詩復古體,文用古文。但詩的古近體是同時發展,融匯而成眾體兼備,並沒有嚴重的排擠效應。杜甫兼納古新開創新局集大成,並非由於他的折中,纔結束了詩的復古;詩的復古溶化於盛唐詩海,是共適共榮成功,並非挫折而消散。又社會詩之興雖得力於詩之復古,但主要是社會因素激起,所以往後發展,只有內容的變遷,並無藝術的進境,所以社會詩不能在詩史上因為藝術而成為徹古貫今的一支主流。詩的復古早興早息,文的復古興起稍晚而文化上的意義和影響較大;專以藝術論,未必較唐詩更能久燦而不減光采。故郭紹虞〈試論古文運動〉所謂文學復古中詩人重視對立統一,文人強調對立鬥爭,殆應修正。

唐初修史的風氣非常興盛,史官經常透過〈文苑傳〉、〈文學傳〉的

序文,來表達對文學的看法,因此論唐代的文學批評,唐初史官的文學思想自然不得忽視。曾守正的碩士論文《唐初史官文學思想及其形成》,即在探討唐初官修前代史之史官文學思想及其思想之成因,從思想內容而言,作者提出三個主要論題:文學本質論、重北輕南論、南北折衷論。至於思想的主要成因,作者分從:史官地域的集中性、史館制度的禁中化、繼統意識的承續性等三方面加以論述。黃濤鈞的碩士論文《初唐文史二家文學理論及其比較研究》,所關注的則是初唐文學家與史學家在文學上的論點有何差異,作者歸納出三點結論:(一)文學家著重於文學形式的探求,而史學家則否,其差異在於文學家從事創作,需要對於形式作出檢討與探索,而史學家就無法呈現這一觀察了。(二)史學家重視教化與文學家如出一轍,但史學家將文學與政治的關係拉得更近,這與其視文學為一上行下效的作用有關,也與觀察歷史的知鑑作用有關。(三)文學家與史學家在文學理論的本質觀察上有其不同,原因並不僅在於身分上的差異,而在於意識上的理解態度,所以文、史意識給予文、史二家一種深層的思考形態,於是呈現出二者觀察思考取向的不同。陳志信〈論唐初官方文學意識的形成——以史官文論為研究對象〉一文,作者以「人對所處環境所起的意識反應」為觀察模型,分別討論了唐初史官對所面臨文學問題性質的界定,及其針對該問題所形構的解決方式。本文研究發現:唐初史官體悟到當前的文學危機,主要來自文學創作偏於形式與表達淫靡之情這兩個問題;而他們所採取的解決方式,乃是重新聯繫於〈詩大序〉一類傳統儒家文論,以在文章當施用於風俗教化的原則架構下,一面將作者之情思聚焦於士人經世憂民的崇高情操,一面把六朝文人集體研發出的文學技術,轉來施用於正道、義理等政教課題的表述上。如此一來,唐初史官不但在理論上遏止了文學於形式與情思上的淫靡化所將導致的政治危機,也在某種程度內舒緩了抒情文學與政教文學間經常存在的緊張、抗衡關係。

另外也有學者就唐代文人的心理結構加以探討,如黃惠菁〈試論唐代文人二重心理結構的形成與特色〉一文指出,唐代文人所呈現的心理

結構,乃是儒、釋、道思想合流後,反射在中國文人智慧中的歷史結果。而因緣於政治氣候與個人文化修養的不同,其心理結構也有相近、相異之別,然基本上不出「二重」的心態格局——進取與隱逸、狂放與適意。這是因為科舉制度的實施,使得唐人對政治的涉入,較之前代,有過之而無不及。因此,上述的心理格局也就特別明顯。這二重心理結構,正反映出唐代文人內心的矛盾與掙扎,看似背離,其實有著對立卻又能統一的特色。從衝突到調和,其中顯示的,正是中華民族深層文化的心理積澱,亦即儒、釋、道三家思想的交融與互補。黃惠菁另有一文〈試論唐宋文人的「體」「性」觀〉,則從中國古代文學批評史上重要的美學範疇「體」、「性」切入,探討唐宋文人的文學概念。「體」指的是作品的體製風格,「性」則是指作家的情性、才性。本論文即在歸結唐宋文人有關「先道德而後文學」、「文以氣為主」、「詩品本於人品」等主張,以了解時人對作家主體性與道德性的重視。蓋立身誠在於「德」,有德才能創造優美的藝術作品,所以,歷來多數的作家仍傾向於相信個人高尚品德的養成,是藝術創造的先決條件。唐宋普遍都有強調立身對藝術創造的根本影響,認為「有德之文信,無德之文詐」、「先道德而後文學」等說法。從唐宋文人對這種人格與風格之間關係的看重,即能了解到當時文人的審美心理傾向,而進一步也可聯繫到大時代文學思想的動向。

二、文學與政治

唐代在政治上以科舉取士,許多讀書人都藉此獲得仕宦的機會。尤其進士詞科,在玄宗以後,已經成為士人「仕得清望,婚娶高門」的終南捷徑。因此唐代文學與科舉考試關係極為密切。臺靜農〈論唐代士風與文學〉一文,認為唐代科舉重視進士詞科,致使文士舉動浮華,放蕩不羈,出入妓院,以為風流,娼妓於是成為唐代文士生活的一部分,故唐代文士表現在文學方面的浪漫情調,大都是娼妓生活的反映。另外又認為,唐代文士之不重視操守,初因承六朝遺風,只知以文學奉事主子,

無所謂出處之義；後來武則天特重進士科，使文士更加傾向於利祿的追求，常依附權貴，甘為羽翼，故唐一代文士，往往皆有朋黨的關係。其中以牛李黨爭最烈，被捲入的文士最多，而影響朝局也最大。羅龍治《進士科與唐代的文學社會》一書，原是作者的碩士論文，也在探討進士科與唐代文學、社會的關係，文章歸納進士科對唐代文學、社會所發生的重要影響為四點：（一）促成唐詩和傳奇的發達。（二）造成山林讀書，隱逸求祿以及私家講授文選經史的風氣。（三）促使魏晉南北朝四百年的門第社會逐漸趨於崩潰。（四）形成南北兩種不同文化的社會型態。

　　清末劉申叔在〈論文雜記〉引用趙彥衛《雲麓漫鈔》的資料，證明唐代傳奇小說是受到士人投獻主司溫卷的影響，以後學界許多人都相信這種說法，如上述兩篇論文也都曾加援引。但羅聯添並不贊同這種說法，他在〈唐代文學史兩個問題探討〉一文，其中一個問題就是探討唐人傳奇是否與溫卷有關？他的二點結論是：（一）裴鉶《傳奇》、牛僧孺《幽怪錄》並非投獻的溫卷，其他流傳的傳奇作品絕大部分是作者撰於擢進士第或進入仕途以後，也不是溫卷。傳奇和溫卷實在牽不上關係。（二）唐五代文獻（詩文集、雜史、筆記）沒有舉人投獻傳奇小說的記載，《雲麓漫鈔》時代甚晚，又是孤文單證，誠難以取信。但唐代士人（多為舉人或下僚）投獻於顯貴者的書函或詩文作品，以達到干謁目的之上書行卷，對唐代詩文確實有所影響，羅聯添在另一文〈論唐人上書與行卷〉指出，上書行卷不僅有助於寒門舉子之仕進，亦使朝廷得以拔擢真才。唐代進士科所以得人最盛，與上書行卷之風不無關係。其次，此風亦有助於唐代文學之興盛與發展，唐士人為博取賞識，上書行卷莫不盡心，以期一鳴驚人。因而出現甚多作家，產生無數佳作。唐代詩歌、古文之成就，實得力於此風之盛行。至其流弊則為若干士人「擇捷趨邪」，形成「躁進苟得之風」。唐代士風之敗壞，實由於此。

　　至於黨爭對唐代文學的影響，傅錫壬《牛李黨爭與唐代文學》一書，原是作者的博士論文，論文原名《唐代牛李黨爭與當時之文學關係析論》，旨在探討牛李黨爭與唐代文學的關係。作者分別從散文、詩歌和小

說三種文體著手,揭露了黨爭對文學的影響。就散文而言,討論最多的主題,不外乎是「朋黨」的定義。再者,較多的散文著墨於兩黨間的攻訐。就詩歌而言,文人多利用它來發抒恩怨。韓愈「南山有高樹」的比興、楊虞卿的虔州之斥,與溫庭筠詩中所見兩邊不討好的情況,皆是黨爭對詩歌情感偏向的影響。就小說而言,作者認為〈李娃傳〉是白行簡為其兄白居易洗脫罪名而作,〈霍小玉傳〉是李黨蔣防為揭露牛黨李益的醜行而作,〈周秦行紀〉則出自韋瓘之手,其目的正在誹謗牛僧孺;以上都將小說中所深埋的黨爭種子挖掘出來。作者另外也論述文士在黨爭時的態度因應。其間,有的人捲入了黨爭糾紛,而難以掙脫;有的人擺脫了黨爭羈絆,而退身自保。因此,一方面,我們看到了不同於文學形象,充滿鑽營躁進、不擇手段的元稹;與牛李各有交往、各有恩怨,但也因此而淪於宦海浮沉的杜牧;以及在政治婚姻下,力圖依違於兩黨,卻兩面落空的李商隱。而另一方面,我們也瞧見了貶斥以避禍、假病以遠害、平淡以超脫的劉禹錫和白居易。由上述的論說,可見文學與政治的關係密不可分。

三、文學與社會

唐代是一個普遍重視文學的社會,文學對當時的社會情況也有所反映,兩者的關係相當密切。龔鵬程〈論唐代的文學崇拜與文學社會〉一文,即在探討唐代文學社會的形成。作者從爵祿或做為一考選人才之辦法等各方面觀察,進士科與它所獲得的尊重並不相稱,進士入仕之卑與榮耀之大,實在是一鮮明的對比,因此想由這奇怪的現象出發,去解析唐代社會的特質。論文分別從進士科受尊崇的原因、進士科舉與文學崇拜、文學崇拜諸現象、社會對文人的供養、由文學到反文學、反文學以昌大文學、「道/藝」「文/教」之間、社會生活的文學化、社會階層的文士化、文學權威之神秘化等方面去論述,最後歸結為文學社會的形成。作者認為,在唐朝時,文學及文人創新了整個時代新的習慣、道德和思想方式,顯示了社會的理想和規範,提供了榜樣;一切思想方式、趣味

傾向、表達感情的方法及價值標準，都由文學中來；所以這是一個文學的社會。馬銘浩《唐代社會與元白文學集團關係之研究》一書，則在探討文學對唐代社會的影響。作者先從文學意識、政治關係兩種因素論述元白文學集團的組成，接著介紹元白文學集團的文學表現，最後探討元白文學集團在中唐的社會作用，共有四點：其一為元和詩風，使傾向於世俗化之文學，不僅備受民眾喜好，而且逐漸為文人所接受。其二為促成唐傳奇的興起，因其能在文人風格的下移與世俗百姓的上達之間有所折衝調和。其三為延續社會詩的傳統，使得其後的詩人作品往往具有通俗化取材的傾向，而且或多或少都帶有一些社會性。其四為文學運動的推行，為了藉由文學而達到理想中的目標，勢須有一連串的文學活動和計畫，這就形成了所謂的古文運動與新樂府運動。

　　社會風氣與文學更是息息相關，李書群的碩士論文《唐代飲茶風氣及其對文學影響之研究》，作者從關於茶的詩文中，探討其特殊的表現方式。分別由用字、遣詞及構句三方面，來研究唐代飲茶風氣與文學間的關係。經過整理後發現，詩文中常以茗、芽、筍、荈、皋盧、靈草、草中英、瑞草魁、甘旨、團等來代稱茶。或運用聯想、譬喻的「形象喻詞」來引起對茶的形象描述，例如用「塵」、「花」、「雲、霞」、「花乳、乳聯、綠乳、香膏」、「鎗旗」、「黃金、圭璧、瓊玉、羅錦」、「鷹嘴、掌、拳、爪」、「魚眼、魚鱗、蝦眼、蟹目、珠、浪」、「松雨聲」對茶的外形或煮茶等作形象上的譬喻聯想，內容詳盡而生動，更能清楚的反映出飲茶風氣的發展狀況。也由此可看出唐代人對茶的重視，顯示了唐代精緻的茶文化。文人對茶葉、茶湯、及茶器的讚譽也讓後人了解體會茶在唐代的尊貴。宋德熹〈唐代曲江宴遊之風尚〉一文，論述曲江宴遊風氣在唐代社會中的意義，並涉及與唐代文學的關係。曲江位於唐代長安城南，長安八景之一，為唐代帝王遊宴之所，玄宗年間曲江的遊賞活動則到達了前所未有的盛況，因為隨著唐代長安城的高度發展，使宴遊活動由貴族化色彩轉為大眾化的享樂，四民不拘貴賤皆可到此飲酒賦詩遊賞。唐人曲江遊賞的內容，因參加者身份的不同，遂有名稱和項目上的區別，

大致可分為：皇室及百官曲江宴、進士曲江會、士民曲江遊賞等三個主要內容。至於文人雅士遊江之際，吟詩弄詞者大有人在，唐人所寫以曲江為題材的詩篇，其中既精且多者，有杜甫、白居易、李商隱及韓偓等四人。四人大抵遭逢亂世，故往往借景傷情，而感慨亦深。

　　文學也經常反映社會習俗，張修蓉的碩士論文《唐代文學所表現之婚俗研究》，即從各層面對唐代文學中的婚俗作研究，舉凡皇宮婚俗制度儀節、和親政策、唐代的婚姻門第觀念等，均能以相關的史傳記載為參照，從歷史的流變加以省視。作者並考察唐代士大夫的婚姻狀況，由其好蓄姬妾，在外喜與倡伎冶遊，蔚為風尚，而有許多淒美故事，成為後代小說等文體的題材；這說明了唐代人的婚姻觀念，男主外，女主內，而男性在社會上，負謀生之責，而給予較寬鬆的道德標準，女子嫁人後，因須依附丈夫，而較無地位。唐代的民間婚俗方面，則依其貧富的程度，而有繁簡的差異。作者在論述過程中，能利用敦煌出土的變文有關婚俗記載，作為佐證，值得肯定。

　　唐代詩文興盛的原因固然很多，但它之所以能普及到各個角落，則和當時社會傳播發達有密切關係。葉美妏的碩士論文《唐代的文學傳播活動研究》，經由唐代社會、文化、經濟等各個層面的分析，歸納出唐代文學傳播媒介之型態可分為：口頭傳播（謠諺、說話）與文字傳播（手抄手寫式、雕版印刷）；其傳播活動之類型分為：小眾傳播（文人宴遊贈答、采詩、上書行卷）、大眾傳播（題詩、唱詩、說唱）、間接傳播（山林寺院、圖書收藏類）。作者並考察傳播與唐代文學的互動關係，媒介與讀者間之閱讀情境息息相關，口耳、書面、歌唱諸媒介，最能影響讀者對作品的看法，進而改變文風，可見傳播媒體的發展促進文學傳播，文學技術對傳播方式及效果亦有影響。最後總述唐代文學與傳播的效果及影響。唐代文學整個浸潤存在於社會每個層面及生活之中，再配以縱橫交錯的傳播網路架構，使一般之士子文人藉此熱絡的傳播活動，得以舒展才華，造成李唐一代的詩文黃金時代。

四、其他

　　羅聯添《唐代文學論集》一書，是作者平日撰寫有關唐代文史論文的彙編，共收論文二十二篇，其內容可分為二類，一為唐代一般文學析論，一為唐代文史考辨。文學析論有五篇，如：〈論唐代古文運動〉、〈論唐人上書與行卷〉、〈隋唐文學理論的發展與演變〉等；這些文章，或探討上書與行卷之間的關係，或論述韓愈道統觀的淵源及形成等問題。文史考辨有十七篇，如：〈唐代文學史兩個問題探討〉、〈唐代詩人軼事考辨〉、〈唐代詩文集校勘問題〉、〈唐代進士科試詩賦的開始及其相關問題〉、〈韓文公的郡望與籍貫〉、〈長恨歌與長恨歌傳「共同機構」問題及其主題探討〉、〈劉賓客嘉話錄校補及考證〉等，這些文章，或考證唐代詩人軼事、或探究以詩取士與唐詩興盛有無關係、或辨明韓愈的郡望與籍貫之所在等問題。作者論述問題時，並不盲從前輩專家的結論，反而能在前人的基礎上，繼續發展而有所突破。如：〈唐代文學史兩個問題探討〉一文，其中一個問題是「唐人傳奇是否與溫卷有關？」在本文第二節已介紹過，作者認為唐傳奇與溫卷無關的結論，現已為多數學者所接受。另一個問題是「元和時代究竟誰是文章宗主？」韓愈倡導古文運動並寫作古文，是唐元和時代文章的宗主，北宋古文家都以為然，並且八九百年來為大家所公認。但近代陳寅恪卻另立新論，認為「元和一代文章正宗，應推元白而非韓柳」。作者針對陳寅恪的五點理由一一提出辯駁，並得出兩點結論：（一）唐人對韓文的評價，和北宋古文家對韓文的評價，沒有兩樣。韓愈在唐代文壇上的聲名和地位，並非完全由於北宋古文家的宣揚和認定。（二）唐元和時代文壇上領導人物應推韓愈（或韓柳並稱），而詩壇領導人物當稱元白。元白成就在詩歌，韓柳成就在古文。推元白為「元和一代文章正宗」，甚不確當。

　　羅聯添在論文集中的另一篇文章〈唐代詩文集的校勘問題〉認為，詩文校勘是文學研究賞析的基礎，基礎未作好，文學研究賞析都不易獲得正確的結果。因此就平日涉獵所得，提出八個實際的校勘問題一一加

以討論,最後並歸納在版本上所獲得的三點啟發:(一)詩文集本越早,可供校勘的價值自然越高,但也不能拘泥迷信。因為同是舊本,文字上也有差異謬誤。(二)有些文字,版本越早,未必是最佳。就欣賞來說,經潤飾的文字,或可能勝過原作。(三)宋以來若干詩詞作品,因用典或有取自唐人詩文集,可作為輔佐校勘之用,值得注意。以上三點是作者從事校勘的親身經驗,並非空談,因此可供有志於詩文校勘者之參考。

謝海平《唐代文學家及文獻研究》一書,也是一部論文集,共收論文五篇,依其內容性質可分為「文學家研究」、「文獻研究」兩類。前者含〈唐大曆十才子成員及其集團形成原因之考察〉、〈錢起事蹟及其詩繫年考述〉、〈郎士元里籍及仕履考〉三文;後者有〈錢起詩集有關問題之考察〉、〈講史性之變文研究〉兩文。從論文篇目可知本書焦點主要集中在唐大曆間的詩人,以及講史變文兩方面,而其內容則包含詩人集團的成因考察、詩人生平考訂、詩作繫年考述、詩集版本源流與真偽,以及講史變文的題材、傳說來源、情節衍變與時代推測等,涵蓋面相當廣泛。

綜合上列所述,臺灣五十年來有關唐代文學通論的著作,大多集中在文學批評方面,羅聯添編纂《隋唐五代文學批評資料彙編》,及對唐代文學理論發展與演變的論述,已提供學界一個完整的研究輪廓。唐初史官的文學思想也是過去臺灣學界喜愛探討的對象。在文學與政治方面,科舉考試及黨爭對唐代文學的影響,則成為學界討論的焦點。在文學與社會方面,唐代文學社會的形成、社會風氣對文學的影響、唐代文學對社會習俗的反映等,都有學者做相關的研究。其他方面,羅聯添許多有關唐代文史考辨的論文,都能掌握充分證據,有獨到的見解,對研究唐代文學頗具參考價值。雖然就總量而言,臺灣有關唐代文學通論的著作並不算多,但經過多位學者的努力,已經累積一定的研究成果。唯較為不足的,以有唐一代文學之盛,卻未見有一部通論唐代各體文學發展的唐代文學史,令人不無遺憾。另外唐代的經濟相當繁榮、宗教非常興盛、藝術也有輝煌成就,但文學與經濟、宗教、藝術等的關係,卻罕見有著作專門論述。故未來臺灣學界在唐代文學通論方面,應該有更宏觀的視

角,使唐代文學的研究面更為寬廣。

　　——原載傅璇琮、羅聯添主編:《唐代文學研究集成‧第七卷》(西安:三秦出版社,2004年11月),頁1-13。

臺灣 1998 年古典文學研究概況與特色

一、前言

今年（1998），臺灣有關古典文學的研究，並不受經濟景氣影響，可說是一片繁榮景象。根據筆者與孫秀玲合編的〈1998古典文學研究論著選目〉（以下簡稱〈選目〉），本年度出版的專書有八十七種，論文七二〇篇，合計條目高達八〇七條，它大抵已反映出臺灣研究古典文學的盛況。

臺灣研究古典文學之所以蓬勃發展，其主要原因應有下列數點：

（一）中（國）文系、語文教育系等普設碩士班、博士班

最近幾年的大學教育採開放政策，使研究所的設立如雨後春筍，與中國文學有關的碩士班已有二十餘所，博士班也有十三所。今年畢業的博碩士論文計二六七篇，其中研究古典文學的有一一一篇，約占百分之四十二。這些學位論文也成為古典文學研究的一項成果。除學位論文外，許多學校還規定研究生必須有其他論文發表，因此他們積極參與外面的學術活動，甚或自己辦學術會議，出版學術刊物，是古典文學研究一股不可忽視的新興力量。

（二）大專教師升等及國科會獎勵

目前各大專院校教師升等辦法，都極重視平日研究成果，每一等級的教師升等，五年內的研究成績都占有一定的比例。近年大專教師新增「助理教授」一級，使大專教師要升到教授又多一道關卡，在這樣的制度設計下，大專教師為了升等，就必須不斷從事學術研究，發表論文，每年出版有關古典文學專書中，有部分即是升等的代表著作。另外，每年國科會的研究成果獎勵及專題研究計畫的經費補助，也都對古典文學研究提供助力。

（三）學術會議的召開

近幾年各大學及研究機構、團體，往往配合其發展特色召開相關的學術會議，如國立彰化師範大學國文系以詩學為研究特色，每年都召開詩學會議，一年古典，一年現代，今年所召開的第四屆中國詩學會議，即以唐代詩學為主題，會議共發表了十八篇論文，並出版論文集，對唐代詩學研究成果的累積，有一定的貢獻。

（四）專業期刊的創辦

除各學校、研究單位所出版的學報、期刊外，某些有學術熱忱的學者，為了要凝聚學界的研究力量，不辭辛勞創辦專業期刊，如研究宋詩成果卓著的張高評教授，獨力主編《宋代文學研究叢刊》，今年十二月出版第四期，共刊登了二十三篇論文，不但邀請專家學者撰稿，也提供給年輕學子切磋琢磨的機會，對推動宋代文學研究功不可沒。

二、研究成果分析

今年古典文學的研究成果，除了〈選目〉所收的八〇七條論著外，在本年度所召開的學術會議，有些論文集在明年才正式出版，因此未能收入〈選目〉中，為了更真實呈現今年的研究狀況，本文也將這些論文酌予介紹。以下按文類分別從「通論」、「文學思想」、「詩」、「戲劇」、「小說」、「散、駢文」等六方面加以分析。

（一）通論

就古典文學整體而言，今年唐代文學研究在臺灣的學術星空最為燦爛。除了上述彰化師大主辦的詩學會議以唐代詩學為主題外，另有中正大學中文系與中華民國古典文學研究會合辦的「隋唐五代文學研討會」，以及成功大學中文系與中國唐代學會合辦的「第四屆唐代文化學術研討會」，這三場學術會議所發表有關唐代文學的論文相當可觀，合計高達五十三篇，涵蓋唐代的詩文、小說等各體文學。

其次，臺灣古典文學方面的研究已開始綻放光芒。東海大學中文系在今年舉辦的中華文化與文學學術研討系列——第四次會議，即以「臺灣古典文學與文獻」為主題，在發表的十一篇論文中，有書目的編纂、臺灣方志藝文篇述評、作家及其作品探討等多方面，葉石濤於會後撰文評論這次研討會，認為它「跨出了臺灣文學罕見的一大步，開拓了臺灣的中國古典文學研究的原野，應該是臺灣學術研究上的創舉。」給予高度的肯定。

龔顯宗將近年所寫的臺灣古典文學論文合編為《臺灣文學研究》，內容含小說、詩人與作品、詩話、區域文學等，由五南圖書公司出版。他並為臺南縣立文化中心整理出版《沈光文全集及其研究資料彙編》，也指導中山大學林煜真完成《沈光文及其文學研究》碩士論文。另外，江寶釵受嘉義市立文化中心邀請，完成了《嘉義地區古典文學發展史》，堪與臺中縣、彰化縣等縣已出版的文學發展史媲美。

（二）文學思想（含文學理論、文學批評、文學思潮）

《文心雕龍》不愧是一部中國文學理論經典之作，今年研究它的論著就高達二十二種。王忠林由三民書局出版了《文心雕龍析論》一書，是從《文心雕龍》的整體，分析其結構，討論其內容，然後在各章節中，就各篇原文論述其細節，使讀者能精確認識其理論。另外有臺灣師大劉渼及東吳大學胡仲權所撰寫的兩篇博士論文，分別研究《文心雕龍》的文體論、修辭理論與實踐。而呂武志則一口氣發表了五篇論文，分別探討《文心雕龍》與陸機〈文賦〉、陸機〈與兄平原書〉、左思〈三都賦序〉、皇甫謐〈三都賦序〉、《抱朴子》文論等之關係，由這些論文可窺知古典文學理論在魏晉南北朝的傳承與開展。

清代也是中國文學批評史上輝煌的時代，吳宏一近年來在這方面用力甚深，尤其是清代詩話研究成果卓著，他將這些論文結集為《清代文學批評論集》，由聯經出版公司刊行。

運用美學的觀念研究古典文學，在臺灣已行之多年，淡江大學中文系也陸續舉辦「文學與美學」學術研討會，去年的會議論文集（第六集）

已由文史哲出版社於今年五月出版。另外，國立歷史博物館與高雄師範大學今年也合辦了「中國『文學與美學』學術研討會」，其中有些論文是結合美學來探討古典文學的。

（三）詩

在古典文學研究中，詩的論著最為可觀，〈選目〉所收的條目高達三八〇條，學位論文亦高達五〇篇，幾乎占全部古典文學論著、學位論文的一半。

在《詩經》、辭賦方面，臺灣師大林奉仙所撰的博士論文《詩經興詩研究》，將毛公以下注詩者以為興體的詩文一一摘出，實地研究其與下文之關係，透過客觀而科學的探討，有較正確而可信的結果。鄭良樹在臺灣學生書局出版的《辭賦論集》中，對宋玉賦作的真偽及其專集的討論，最為用心，另外對司馬相如〈子虛〉、〈上林〉二賦的分合問題，司馬遷的賦學等，都有深入的分析探究。廖國棟的《建安辭賦之傳承與拓新》，針對建安時期重要辭賦作品，就史的觀點分析其內容、形式的變與不變，該書由高雄復文圖書出版社刊行。政大李翠瑛所撰的博士論文《六朝賦論研究》，勤於搜羅六朝論賦的篇章文字，透過歸納、分析，使這些理論呈現完整面貌。

在古、近體詩（含樂府詩）方面，研究成果相當豐碩。去年東海大學中文系與中華民國古典文學研究會合辦「第三屆魏晉南北朝文學國際學術研討會」，論文集於今年由文史哲出版社出版，其中十餘篇皆與論詩有關。今年年底中國文化大學文學院主辦「魏晉南北朝學術國際研討會」，在有關古典文學的三十九篇論文中，詩歌又占有二十一篇。洪順隆平生專注於六朝文學研究，今年他在多項學術會議上發表論文論六朝贈答詩、祖餞詩群、王褒〈詠月贈人詩〉等，都從文類學原理著手，有其一貫性及系統性。陶詩是代表魏晉南北朝詩歌的最高成就，阮廷瑜為國立編譯館編纂的《陶淵明詩論暨有關資料分輯》兩冊，將提供研究陶詩者莫大的便利。高雄師大黃惠菁所撰的博士論文《唐宋陶學研究》，就唐

宋人對陶詩的看法有詳盡的論述。

唐代是詩歌最興盛的時代，加上今年有關唐代文學的學術會議有三種，其中彰化師大明確以「唐代詩學」為會議主題，其他的會議論文也以詩歌居多，因此累積的研究成果極為可觀。另外與唐詩相關的碩士論文高達十篇，是各朝代所難望其項背的，唯一美中不足的是缺少博士論文。蔡瑜沈浸「唐詩學」十餘年，今年由里仁書局出版《唐詩學探索》，透過四篇論文探討唐詩律化的理論進程、唐詩學中意境理論的形成、唐詩時代意義的遞嬗，及論「聲音之道與政通」的意涵。王禮卿取元人周弼《唐賢三體詩法》一書，為之詮釋、評論，頗見功力，榮獲行政院新聞局重要學術著作出版補助，由臺灣學生書局刊行。綜觀唐詩的論著，或從內容、格律、分期作研究，而論述的唐詩人則以王維、李白、杜甫、白居易為對象的論文居多。如果要推舉今年最奇特的論文，則非簡錦松的〈唐代時刻制度與張繼「夜半鐘聲」新解〉一文莫屬，他研究指出，張繼夜泊在楓橋那一夜，可能是天寶十四年九月十六日，寒山寺的鐘聲應是在凌晨三時三十八分（手錶時間三時二十二分）響起，不知讀者相信嗎？該文在彰化師大舉辦的第四屆中國詩學會議上發表，只有抽印本，未及收入論文集中。

宋詩研究近年逐漸受到重視，今年文津出版社就刊行了三篇與宋詩相關的學位論文：黃奕珍《宋代詩學中的晚唐觀》（1994年臺大博士論文）、黃美鈴《歐、梅、蘇與宋詩的形成》（1997年臺灣師大博士論文）、鄭倖朱《蘇軾「以賦為詩」研究》（1993年成大碩士論文）；臺灣大學出版委員會也刊行了謝佩芬的《北宋詩學中「寫意」課題研究》（1997年臺大博士論文）。另外明詩學值得注意的是，東吳大學連文萍所撰的博士論文《明代詩話考述》，該論文全面發掘明代詩話計三一八種，除考述每部詩話的作者、版本及典藏情形外，並分析其內容，評論其詩學主張與價值。

在詞曲方面，詞的研究成績還算不錯，張以仁承繼前年出版的《花

間詞論集》之後，今年又在《文史哲學報》48、49兩期發表了〈花間集中的非情詞〉，以極嚴謹的研究方法論定《花間集》五百首詞中，有一二四首為非男女情詞，並將之歸納為行旅、邊塞、弔古、詠史、隱逸等十六類，徹底打破歷來學者誤以《花間》為豔詞集、寫作範圍狹隘的成見。黃文吉自去年發現明抄本《天機餘錦》這部詞總集的價值之後，今年特別將其所保存的宋金元詞及瞿佑等明人詞輯出，分別刊登在《宋代文學研究叢刊》4期及《書目季刊》32卷1期，是近年罕有的詞作大發現。另外今年研究詞的學位論文有十二篇，東吳大學蘇淑芬所撰的博士論文《辛派三家詞研究》，研究對象是辛棄疾、陳亮、劉過等三位詞人。徐照華前年完成的博士論文《厲鶚詞論及其詞之研究》，也已由高雄復文圖書出版社刊行。而有關散曲的研究，今年顯得特別冷清，除了寥寥三、四篇論文外，幾無成果可言，高雄復文圖書出版社刊行周碧香的《東籬樂府語言風格研究》一書，還是1994年中正大學碩士論文。

（四）戲劇

相對於散曲乏人問津，戲劇研究則非常熱絡。除了去年中央研究院中國文哲研究所籌備處舉辦的「明清戲曲國際研討會」之論文結集出版，累積許多研究成果外，今年年底文史哲出版社一口氣出了六冊與戲劇相關的專書：黃欣欣《雜技與戲曲發展之研究》、李惠綿《元明清戲曲搬演論研究》、許子漢《元雜劇聯套研究》、游宗蓉《元雜劇排場研究》、郝譽翔《民間目連戲中庶民文化之探討》、林宗毅《西廂記二論》等，也特別令人矚目。

有關戲劇的學位論文，今午則高達二十一篇，其中博士論文五篇，碩士論文十六篇。有的就角色探討，有的就劇本、劇種研究，有的就曲辭、排場、戲曲故事、藝術結構、時空表現、社會反映等各種不同角度切入，如郝譽翔《儺——中國儀式戲劇之研究》（臺大博士論文）、宣中文《水滸戲曲研究》（臺灣師大博士論文）、許子漢《明傳奇排場三要素發展歷程之研究》（臺大博士論文）等，皆有其特殊之處。

曾永義無論在指導研究生撰寫學位論文（今年共指導九篇，有四篇為博士論文），或自己對劇種淵源之研究，如〈梨園戲之淵源形成及其所蘊含之古樂古劇成分〉（《海峽兩岸梨園戲學術研討會論文集》）、〈臺閩歌仔戲關係之探討〉（《張以仁先生七秩壽慶論文集》）等，其成果皆頗為可觀，對戲劇研究貢獻卓著。華瑋在〈才子牡丹亭作者考述〉一文（《中國文哲研究集刊》13期），考定《才子牡丹亭》刻者為吳震生，批者「阿傍」即其妻程瓊；以及另一文〈拈花悟與望洋嘆──新發現的劉清韻劇作及生平資料〉（《中國文哲研究通訊》8卷3期），都表現出考證的功力。

（五）小說

在所有文類中，小說受學界重視的程度大概僅次於詩。以學位論文而言，今年研究小說的博碩士論文有二十三篇，比戲劇多出兩篇，〈選目〉所收的論著條目也比戲劇多二、三十條，可見小說自有迷人之處。

魏晉南北朝的志人小說，是以《世說新語》為代表，今年臺灣師大吳惠玲特別從人物美學的角度撰寫碩士論文，而文津出版社刊行的李玉芬《六朝志人小說研究》（1994年文化大學碩士論文），除以《世說新語》為主外，並旁及《西京雜記》、《古小說鉤沈》所輯的佚書等，將故事依人物的心性分為十一類，透過故事看清六朝的時代面貌。至於志怪小說，在去年舉辦的第三屆魏晉南北朝文學國際學術研討會中，即有四篇相關論文。今年文化大學主辦的魏晉南北朝學術國際會議，王國良承繼稍早在隋唐五代文學研討會上所撰寫的〈金剛般若經靈驗記探究〉一文，向上發展，發表了〈六朝佛教應驗記研究〉，對六朝時出現的佛教應驗小說作整體探討。另外李進益也發表了〈六朝人狐異類婚姻論──兼論日本狐妻生子〉，他研究發現中日狐妻生子的故事具有密切關聯性，而且都被引用在宣揚佛教思想上，饒富興味。

唐人傳奇是中國小說的一項成就，因此這方面的論著也不少，輔仁大學蔡明真特別從報意識去探討唐人小說，撰成碩士論文。東海大學段莉芬則專研內容與仙道相關的唐五代傳奇，完成了博士論文。

明清小說的論著中，值得注意的是魏子雲《金瓶梅的作者是誰——中國文學史公案試解》一書（臺灣商務印書館出版），作者花了數十年的心血，從一般只知「蘭陵笑笑生」，追尋到可能是「屠隆」的推論，其研究精神及毅力令人敬佩。另外去年臺大徐志平所撰的博士論文《清初前期話本小說之研究》，已由臺灣生書局出版，該書將清代話本小說的完整風貌清晰的呈現在讀者眼前，正可彌補晚明至清初短篇白話小說研究的缺口。東吳大學施鐵民所撰的博士論文《紅樓夢章法與技巧——以西洋文學批評與清代紅樓夢批語論證》，則是在眾多的紅學著作中，別開蹊徑的一種寫法。

（六）散、駢文

一般而言，散、駢文是實用性最高，文學性較弱的文類，因此，學界在這方面的研究顯得較為冷清。以學位論文而言，今年研究散、駢文的只有六篇碩士論文，其中一篇是臺灣師大蒲基維所寫的《徐幹散文研究》，屬於漢建安時期外，其餘都集中在清朝，如中央大學呂善成的《桐城古文義法研究》、東吳大學董雅蘭的《紀昀文初探》、臺灣師大林淑雲的《林琴南先生的文章學》等皆是，而唐宋元明的古文大家未見有學位論文研究。

今年有關散、駢文的專書中，有兩本值得注意，一是馮永敏的《散文鑑賞藝術探微》（文史哲出版社），作者從散文鑑賞理論體系著手，以歷史、演繹、歸納等法，對散文的特質進行研究，並舉古今優秀之作品，與理論相互印證，以此重新對散文鑑賞藝術作全面性的探討。一是熊琬的《文章結構學——文章運思結構之藝術》（五南圖書出版公司），作者先從措詞與修辭（句法與字法）、謀篇（篇法）論述古文的運思結構，後選錄二十八篇古文作為例證，使理論與實際互相密切配合，以提升讀者欣賞文學藝術美的能力。

三、結語

綜觀今年古典文學研究成果，就朝代而言，以唐代文學最為豐碩，次為六朝，明代最為低迷；就文類而言，則以詩最受重視，其次為小說、戲劇，而散、駢文的論著最少。如果再就研究者的身分背景觀察，可以發覺到一些現象：

（一）年輕化。目前許多剛獲得博碩士學位的年輕學者，已開始嶄露頭角，在學術會議發表論文，或有專著出版，充滿清新活潑的氣息。

（二）普及化。由於研究所的激增，及在職進修管道暢通，中學教師素質也隨之提升，目前有些中等學校，已開始創辦學報，提供老師從事教學與學術研究的發表園地，使學術研究普及到各級學校。

（三）國際化。近年臺灣陸續舉辦國際性的學術會議，廣邀世界各地學者發表論文；同樣臺灣本地學者，也有許多機會赴海外參加學術會議，其中以海峽兩岸交流最為頻繁，使古典文學研究走向國際舞臺，各地專家學者常聚集一堂，切磋討論，呈現一片熱絡景象。

最後，筆者也願意提供兩點淺見供古典文學界參考：

（一）專業化。臺灣古典文學研究固然蓬勃興盛，論著的數量也大幅增加，但品質的提升則有待加強。因此希望學者在自己研究領域內，力求專業化，不要到處跑龍套以炫博通，必須深入研究後才能有所創獲，不致膚淺浮泛。

（二）系統化。近年由於學術會議、學報、期刊需稿孔急，稍具分量的學者常應接不暇，有時為了配合會議或刊物性質，常有許多應卯之作，因此學者如果沒有自己的一套研究計畫，將來這些各自獨立的論文，只能勉強湊成一本論文集，無法成為首尾一貫、體系完整的專著，這種情況是值得我們深思的。

——原載文訊雜誌社編：《1998臺灣文學年鑑》（臺北：行政院文化建設委員會，1999年6月），頁61-67。

國科會文學一學門 90-94 年度研究成果發表會概述

一、緣起與目的

　　國科會每年均接受大學教授及研究單位人員申請專題研究計畫，經送請專家學者審核通過後，則給予補助，這是國內學術發展的一項重要動力。國科會所屬人文及社會科學發展處，負責推動國內文學一學門（中文學門）相關領域的研究，自 90 年度到 94 年度通過之計畫案達 1004 件，補助的數量及累積的成果都相當可觀。

　　中文學門曾於民國 84 年舉辦「83 年度中文學門研究成果發表會」，由國立清華大學中國語文學系主辦（計畫主持人為王安祈教授、共同主持人為楊儒賓教授），當時共有十六位計畫主持人參加，分別以專題報告、論文宣讀、調查成果發表等方式發表研究成果，但迄今已十餘年未再舉辦類似活動。

　　人文及社會科學發展處有鑒於此，擬辦理「文學一學門 90-94 年度研究成果發表會」，又由於過去類似的學術活動都在北部舉行，所以這次成果發表會決定委託中部地區學校舉辦。國立彰化師範大學國文學系暨研究所多年來推動學術不遺餘力，每年都固定舉辦詩學會議，成效卓著，頗受學界好評。此次在人文及社會科學發展處的邀約下，深覺文學一學門研究成果發表頗具意義，因此接受委託，承辦此項工作。

　　本次成果發表會舉辦的目的，是為了使文學一學門專題計畫主持人能將成果展現出來，促進相關研究者充分交流其研究成果，以期進一步提升研究水準。

二、籌備過程

　　國立彰化師範大學國文學系暨研究所接受委託之後，即由副校長同時也是文學院院長的林明德教授擔任計畫案之主持人，黃文吉教授擔任

共同主持人，擬定成果發表會計畫書，並獲國科會審查通過。

由於文學一學門所涵蓋的範圍相當廣，有中國文學、經學、學術思想、臺灣文學、語言文字學等十個領域，這次成果發表會為了聚集焦點，特別以「中國文學」、「經學」兩個領域為研討主題。其中90-94年度「中國文學」通過的計畫案有四百〇四件，「經學」有一百二十三件，因此按比例邀請「中國文學」領域三十五位，「經學」領域十五位。邀約對象以多次通過計畫案的主持人為優先，並考慮各大學或研究機構的參加人數，希望涵蓋面更廣，所以獲邀成果發表的計畫主持人，其研究能量都很強盛，研究成績突出，可說是各大學或研究機構的學術菁英。

成果發表是以論文的方式呈現，每位發表人都撰寫一篇與計畫案相關的論文，每篇論文約一萬五千字，論文必須符合學術規範，而且未曾發表。每位成果發表人都須在規定時間內交稿，以便印製，成果發表會當天每位與會者都可拿到論文資料。當發表人宣讀論文之後，與會者可以就論文內容提出意見，與發表人交流，或供在場學者專家共同討論。

為了因應如此大型的成果發表會，彰化師大國文系所暨臺文所於是成立了籌備委員會，除了由計畫主持人林明德副校長擔任會長、共同主持人黃文吉教授擔任召集人外，另由周益忠主任擔任總幹事，黃忠慎教授擔任副召集人，並設有：議事組、文書組、論文校印組、總務經費組、文宣接待組，每組都有四至五位老師參與，各推舉組長、副組長負責綜理該組事務，系上黃琇雯助教、許弘源及林佳蓉兩位助理、所學會黃承達會長、系學會蔡明儒會長更是全力投入，領導系所學會幹部、同學站在第一線幫忙會議大大小小事務，俾使會議流程能夠順暢，與會者都有賓至如歸的感覺，希望能圓滿達成任務。

三、會議議程

此次成果發表會為了凝聚人氣，整個議程安排在95年11月25日（星期六）一天完成，從早上八點半開幕典禮之後，分別在彰化師大體育館一樓視聽教室、國文系館四樓視聽教室，兩個場地同時進行，每個

場地各安排五場，每場有五位學者發表論文。每一場次 80 分鐘，主持人 5 分鐘，每位研究成果發表人主講 10 分鐘，為了讓與會人士有充足時間與成果發表人互動，因此每場綜合討論的時間為 25 分鐘，開放給大家提問，並請成果發表人回應。茲將當天會議議程表列如下：

第一會場：進德校區體育館一樓視聽教室（中國文學）

時間	場次	主持人	發表人及題目
08：00～08：30	報到：群賢畢至　少長咸集		
08：30～08：40	開幕致辭	林副校長兼文學院長	國立彰化師範大學校長致詞 來賓致詞
08：50～10：10	第一場	顏天佑	蕭麗華：東坡詩中的華嚴世界 張高評：陸游讀詩詩與唐宋讀書詩之嬗變——從資書為詩到比興寄託 黃文吉：瞿佑返鄉續曲——《東遊詩》及《樂全續集》析論 林玫儀：全明詞訂補之重要性—以三陸父子為例 王偉勇：清代「論詞絕句」論李白詞探析
10：10～10：30	茶敘交誼（國文系館二樓）		
10：30～11：50	第二場	張高評	魯瑞菁：論王逸《楚辭章句》的聖人觀 廖棟樑：稽其道里——蔣驥《山帶閣注楚辭》的地理論述 簡宗梧：從暇豫文會到科舉取士——賦體演變之考察 謝海平：1908-2000 年敦煌變文「通論」部份研究述評 王璦玲：論金批《西廂》之文本意識與閱讀轉化
11：50～13：00	午餐交誼（學校餐廳）		
13：00～14：20	第三場	謝海平	王文進：盛唐邊塞詩的真幻虛實——兼論南朝詩人時空思維對盛唐邊塞詩形式的規範 歐麗娟：論杜甫詩中的女性神話 簡錦松：我怎樣為杜甫夔州詩重訂編年 徐國能：袁枚性靈說論杜探究 李建崑：姚合在晚唐詩人體派地位之評議
14：20～14：30	休息		

時間	場次	主持人	發表人及題目
14：30～15：50	第四場	曾永義	蔡英俊：「詩史」概念再界定——兼論中國古典詩中「敘事」的問題 朱曉海：論庾信〈擬詠懷〉二十七首 謝佩芬：「詩豪」石延年析論 嚴志雄：陶家形影神——錢謙益的自畫像、反傳記行動與自我聲音 曹淑娟：《春星堂詩集》中的才女群像
15：50～16：10	茶敘交誼（國文系館二樓）		
16：10～17：30	第五場	蔡英俊	柯慶明：「表」「奏」作為文學類型之美感特質的研究 楊玉成：啟蒙與暴力——李卓吾與文學評點 陳昌明：明陸時雍詩話中的「感官」論述 謝明陽：錢澄之的遺民晚景——以《田間尺牘》為考察中心 劉少雄：鄭騫先生的詞史觀
17：40～17：50	閉幕	國文系周主任	副校長致謝詞
18：00～20：00	餐敘、賦歸		

第二會場：進德校區國文系館四樓視聽教室（經學、中國文學）

時間	場次	主持人	發表人及題目
08：00～08：30	報到：群賢畢至 少長咸集		
08：30～08：40	開幕致辭（體育館一樓視聽教室）	林副校長兼文學院長	國立彰化師範大學校長致詞 來賓致詞
08：50～10：10	第一場	李威熊	葉國良：公孫尼子及其論述考辨 車行健：試析鄭玄《論語注》中的《詩》說 陳逢源：朱熹《四書章句集注》撰作史料帖證 金培懿：轉型期《論語》研究之主旋律——近代日本《論語講義》研究 黃忠慎：姚際恆、崔述、方玉潤的說《詩》取向及其在學術史上的意義
10：10～10：30	茶敘交誼（國文系館二樓）		

時間	場次	主持人	發表人及題目
10：30～11：50	第二場	葉國良	楊晉龍：明代《詩經》學論著運用佛典的研究 林慶彰：明人文集所收《詩經》資料的學術價值 林素英：論〈衛風〉史事詩的禮教思想 張寶三：朝鮮正祖《詩經講義》論考 岑溢成：戴震《孟子》學中的訓詁實例
11：50～13：00	午餐交誼（學校餐廳）		
13：00～14：20	第三場	林慶彰	蔣秋華：王闓運《尚書》著述考 賴貴三：臺灣《易》學史與人物志綜論 張素卿：《左傳》「古義」及其解釋方向 林啟屏：重構與詮釋——一個儒學研究方向的反省 陳恆嵩：十三經著述現存版本目錄編纂過程及其學術價值
14：20～14：30	休息		
14：30～15：50	第四場	王安祈	高莉芬：壺象宇宙與神話樂園——蓬萊三壺神話及其宇宙思維 王國良：魯迅編撰《唐宋傳奇集》探析 高桂惠：明清小說遊戲觀的辯證——以《十二樓》、《照世盃》為起點的討論 黃錦珠：晚清小說的女性書寫——以《俠義佳人》為例 胡曉真：王薀章的雜誌編輯事業——兼論民初彈詞小說的發展情況
15：50～16：10	茶敘交誼（國文系館二樓）		
16：10～17：30	第五場	簡宗梧	曾永義：餘姚腔新探 陳芳：宋、元南戲以「崑劇」重構的得失 王安祈：京劇女性塑造與旦行流派藝術 洪惟助：北黃鐘宮〈水仙子〉曲牌初探 毛文芳：樂此不疲——清代金農（1687-1763）的畫像自題析論
17：40～17：50	閉幕（體育館一樓視聽教室）	國文系周主任	副校長致謝詞
18：00-20：00	餐敘、賦歸		

四、會議論文內容概述

此次研究成果發表會共邀請五十位專題計畫主持人發表論文，其中「中國文學」領域有三十五位，「經學」領域有十五位。就「中國文學」領域而言，所提的論文包含有詩歌、詞曲、戲劇、古文、小說等各方面，其中以詩歌十八篇最為熱門，另外詞曲、戲劇、古文、小說等文類亦有十七篇。就「經學」領域而言，所提的論文包含有經學通論及《周易》、《尚書》、《詩經》、《左傳》、《四書》等經書之研究，其中又以《詩經》、《論語》相關的論文最多。茲將這五十篇論文的內容概述如下。

（一）詩歌

1. 詩學通論

蔡英俊〈「詩史」概念再界定──兼論中國古典詩中「敘事」的問題〉，係依據抒情／敘述的對比分析為基點，試圖探討古典詩學論述在「敘述」、「敘事詩」與「詩史」等概念或議題上所展示的論述內容，藉以闡明古典詩歌傳統發展的主要趨勢及其可能顯示的審美旨趣。

2. 辭賦

魯瑞菁〈論王逸《楚辭章句》的聖人觀〉，認為王逸在《楚辭章句》中高揚屈原之忠貞，並讚其為聖人，是以實際的人格典範磨礪華夏帝國官吏士大夫之風骨氣節也，其影響極為深遠。廖棟樑〈稽其道里──蔣驥《山帶閣注楚辭》的地理論述〉，闡述在講究確鑿知識和博學主義的風氣下，蔣驥如何通過地理論述，糾正明代以來《楚辭》研究高蹈凌虛的習慣，希望重新確立真理的終極根據。簡宗梧〈從暇豫文會到科舉取士──賦體演變之考察〉，認為賦體因子蛻變最關鍵的時期是在東漢，並提出賦體主流，從暇豫文會到科舉取士，可大致分為先秦西漢優言文學、東漢六朝文士文學、唐宋場屋文學三個階段。

3. 南北朝詩歌

朱曉海〈論庾信〈擬詠懷〉二十七首〉，考訂庾信〈擬詠懷〉二十七首的大致寫作時間，並歸納、解說這組詩的五個主題，另外又解說〈擬

連珠〉四十四首的內容,最後考訂〈擬詠懷〉乃庾信手訂原題,「擬」並非後人所加,嘗試解說〈擬詠懷〉的「擬」或許當如何理解。

4. 唐詩

王文進〈盛唐邊塞詩的真幻虛實——兼論南朝詩人時空思維對盛唐邊塞詩形式的規範〉,透過「實景實用」、「實景虛用」、「虛景實用」、「虛景虛用」等書寫模式,探究在盛唐邊塞詩中時空的真幻交錯對作品所造成的虛實交疊,予以美學結構上的特殊意義。歐麗娟〈論杜甫詩中的女性神話〉,考察杜甫詩中的女性神話,主要集中於安史之亂後的晚年階段,與其離開長安後浪遊川東楚湘等神話盛傳之地的生涯息息相關;其運用手法乃是無關宏旨的虛描旁語,其內涵則充滿聖俗糾纏、信疑交織、虛實相生的自我解構。簡錦松〈我怎樣為杜甫夔州詩重訂編年〉,旨在介紹重新編年的三項依據,一是地面的條件,掌握夔州城內外的空間地理結構,二是書面的條件,掌握杜甫的住居狀況及人事往來,三是空中的條件,掌握曆法與天文星象的活動。文中舉出許多詩篇為例,利用上述三條件實際進行詮釋。李建崑〈姚合在晚唐詩人體派地位之評議〉,從體派的角度,檢視活躍在長慶至開成時期的苦吟詩人群體,就其交往關係與相似的文學風貌,粗分為賈島系與姚合系,嘗試說明這些詩人與姚賈的承襲關係。至於姚合編選《極玄集》,收詩雖僅百首,卻深具體派意識,姚賈雖然齊名,但從文學史的角度言,姚合在苦吟詩人體派的地位,應比賈島更為重要。

5. 宋詩

謝佩芬〈「詩豪」石延年析論〉,擇要詳析石詩,彰顯其宏闊雄豪風格,呈現〈籌筆驛〉長篇敘事、情韻深遠之面貌,並肯定〈首陽〉識見獨到之處,及石詩以古硬語言寫物詠景成就;接著論證石延年以集句成詩方式矯易西崑後學流弊,最後闡明「詩豪」意涵,論述石延年之「豪」乃源自詩人軒輊本性及其希冀用世心志、效習杜詩、對抗時風諸項。蕭麗華〈東坡詩中的華嚴世界〉,本文處理東坡詩中的《華嚴經》思想,重心在考察「東坡與《華嚴經》的關係」、突顯「華嚴世界與其詩化特

徵」、歸納出「東坡詩的華嚴詩境」三部分。從中可知，東坡詩境的高度創造來自《華嚴經》，華嚴世界觀使東坡詩顯出「空花鳥跡，世界的虛幻性」、「大千一味，一與多的相即」、「法身遍現，華嚴世界海的概念」等三大思維型態，形成東坡詩特出的創造方式，因得禪佛之助，使東坡詩開創出宋詩格局。張高評〈陸游讀詩詩與唐宋讀書詩之嬗變——從資書為詩到比興寄託〉，發現陸游所作讀詩詩，其寫作方式為綜述、尊題、次韻、摘句、戲作、追賦，與抒感，大抵以「詠懷寫志」為主，偏重唐音之「比興寄託」；故雖博觀唐宋詩集詩篇，要皆作為比興之觸發、悲憤之媒介，以供其「憂時憫己」之慨嘆而已。由此可見，陸游讀詩（書）詩之寫作模式，已與北宋大相逕庭。

6. 明詩

　　黃文吉〈瞿佑返鄉續曲——《東遊詩》及《樂全續集》析論〉，透過《東遊詩》、《樂全續集》這兩部詩集，介紹瞿佑東遊及返杭之旅的時間及路線，接著指出續曲的創作基調仍然承繼前曲《樂全詩集》的「樂全」，並分別從旅途記事、寫景、抒懷、酬唱等方面，探析兩部詩集的內容重點。另外又從形式多樣、平易自然等方面論述其詩藝特色。結語指出續曲這兩部詩集和《樂全詩集》必須合在一起來看，才能聽到瞿佑完整的返鄉之歌。曹淑娟〈《春星堂詩集》中的才女群像〉，針對《春星堂詩集》十種詩文集收錄汪汝謙主賓題詠才女之大量詩作，分從美麗的邂逅、薄命與高才、虧負與重尋三個群組進行討論，具體分析文本使用的文化符號與彼此間的意義脈絡，從中反映文士和詩文映照中的才女們既有性別出發點的差異，又有著尊重性別差異的自我壓抑，矛盾而又和諧的兩性關係維持了數十年。陳昌明〈明陸時雍詩話中的「感官」論述〉，認為陸時雍《詩鏡》對於聲色嗅味等感官問題的重視與討論，成為其詩學特色。陸氏論詩以《詩經》為審美標準，強調含蓄委婉的重要，在「感官」的表現上即要平和自然，不可過求。此外陸氏強調要從感官描繪透入精神內涵，亦提供「神韻」說一個重要的詮釋角度。所以陸時雍是一位善於運用「感官」視角，切入理論核心的理論家。

7. 清詩

嚴志雄〈陶家形影神——錢謙益的自畫像、反傳記行動與自我聲音〉，討論錢氏詩文大都內涵著一個「自傳性時刻」，亦顯露出一個「轉喻性結構」。嘗試透視錢氏如何運用文本、文學活動的種種資源，形構出不同的自我形象。逼近錢謙益的這些身影，傾聽錢氏的自我聲音，分辨其中的主體與「言語行為」（speech act）、「文學主體性」（literary subjectivity）的微妙關係。毛文芳〈樂此不疲——清代金農（1687-1763）的畫像自題析論〉，透過揚州書畫名家金農留下的十二幅個人畫像，每幅畫像均預設了贈畫的動機、目的與對象，包括：知交、弟子、高僧、市井、塾師等；從中了解金農「樂此不疲」地繪像與自題，創造各種人際聯繫的網絡，書寫各式身分的寓言，據以建構個人的神話。徐國能〈袁枚性靈說論杜探究〉，認為袁枚論杜極不同於格調推崇而學習之的崇拜思維，批判歷來學杜的習氣。他將杜詩視為中國詩學整體脈絡中之一體，發覺杜詩「苦」與「多創」的特質，強調杜詩「轉益多師」、「不廢學力」、「善用口語與方言之天籟」等創作方法，並以自己的創作來體現杜詩中平易、敏銳、多悟、大膽創新等詩歌美學，見證了杜詩在豪放沉鬱的風格外，另有相當「性靈」的創作風格。

（二）詞曲、戲劇、古文、小說

1. 詞曲

林玫儀〈全明詞訂補之重要性——以三陸父子為例〉，本文以北京中華書局出版《全明詞》所收的三陸詞作為例，進行探討，分別對其作者張冠李戴、衍收詞人、跳頁錯接、重收、漏收，乃至於標韻、訂律及文字之舛誤等各項問題，一一提出檢討，以突顯全面訂補《全明詞》之重要性。王偉勇〈清代「論詞絕句」論李白詞探析〉，先敘述目前有關清代「論詞絕句」蒐集與出版之情形，而後就此中論及李白詞者，歸納為詞壇初祖論辯、論李白詞風、李白、溫庭筠並論等三部分，予以會通探析。劉少雄〈鄭騫先生的詞史觀〉，認為鄭先生建構的詞史體系相當完

密，主要論點有三：一、詞是詩的支流，有其婉雅的特質，獨特的地位；二、詞史五期說：詞萌芽於中唐，發展於晚唐五代到北宋中，成熟於北宋末到南宋，衰落於明，復興於清；三、詞史呈婉約（正）、豪放（變）並流對峙之格局。這些看法充分反映了先生尊體、主雅、通變的意識。洪惟助、黃思超〈北黃鐘宮〈水仙子〉曲牌初探〉，研究〈水仙子〉曲牌的流變，在不同曲譜、劇目的比較研究，歸納同曲牌在不同劇目中增句、減句、增字、減字，訂譜時如何處理，由此可進而探究格律譜的價值意義。探討訂譜者如何處理訂譜過程中，四聲、情感的不同造成音樂旋律的差異。

2. 戲劇

曾永義〈餘姚腔新探〉，探討餘姚腔的演唱特色，從明《想當然》傳奇和傅一臣雜劇集《蘇門嘯》卷二《賣情紮囤》可見其語言是俚俗的，曲牌是快板的粗曲，它的音律全從腔板緊湊顯現出來，歌唱時要一歌一接腔幫襯，同時用鑼鼓幫扶。此外，或謂從明末張岱《陶庵夢憶》所提到「本腔戲」、會稽人單本在其所著《蕉帕記》第八齣特別注出【本腔雙煞尾】、越中武林（杭州）之戲班，頗有可能就是用其本地土腔餘姚腔演唱者，但或許也未必，因為當時崑山水磨調已取得劇壇盟主，越中、武林的戲班自然也會有崑班。陳芳〈宋、元南戲以「崑劇」重構的得失〉，探討《張協狀元》、《宦門子弟錯立身》及《小孫屠》三劇由崑劇團改編後，表面上仍維持著南戲故事的框架，但骨子裡卻各自考量了新穎的現代觀點，如《小》劇改編本打破全本崑劇以生、旦為主的慣例，集中筆力刻畫丑腳（小孫屠）的市井味與好漢氣，眼光獨到，不可否認是提高了該劇的「可觀賞性」，可惜音樂結構不合崑劇聯套組曲的規範，這也是現今大多數新編崑劇共有的問題。王璦玲〈論金批《西廂》之文本意識與閱讀轉化〉，認為聖嘆於《西廂記》一書的評點，最特殊之處，在於他企圖確立劇本「文本」本身的獨立性。並進一步探索在戲曲批評史與《西廂》評點史上，金聖嘆批點《西廂》這番強調以文本閱讀與鑒賞為主的「批評作為」有何特殊意義、金批《西廂》之鑒賞興味如何將戲曲

文本予以「轉化」、金批《西廂》如何論述讀者的「主體性」與「批評意識」、金批《西廂》之批評語境與接受理論之關係為何等等。王安祈〈京劇女性塑造與旦行流派藝術〉，集中考察演員的表演與性別關係，從乾旦的歷史淵源考述，到乾旦「男身塑女形」，以及坤伶出現後模仿「男人所塑造的女人」，從表演角度考察乾旦的傳統；而京劇表演的核心「流派藝術」也在乾旦傳統脈絡之內，本文以梅蘭芳為主，析論京劇乾旦流派的形成，不僅是劇中女性人物的累積塑造，更是乾旦本人藉戲建構自我的過程。梅蘭芳刻意追求女性端莊形象，一方面以雅正為提升京劇至藝文正統的手段，一方面也試圖擺脫個人出身於「相公堂子」（稚齡乾旦侑酒陪宴）的陰影，本文第三部份試圖闡發這兩層內在隱衷。

3.古文

　　柯慶明〈「表」「奏」作為文學類型之美感特質的研究〉，以「語言溝通」理論，從「受訊者」為帝王；而「發訊者」為其臣屬，因而有其一般性的「符碼」與特殊的「語境」之討論肇始，就此體類的歷代名篇，歸納其「訊息」為：命運的鑑戒與貞定、存亡承繼危機的勸諫、用世之心與讓謝之辭、對「他者」的揄揚彈抑、對帝王本身的規諫等五大類，並對溢出其外之「另類的〈表〉作」亦加以討論。指出各類「訊息」所形成的作品如何貫穿了敘事、描寫、抒情、議論等範疇，遂綜合成繁富而各異的美感特質，故雖已成為停止使用之「文類」，卻仍是具歷史「文學」之欣賞價值。謝海平〈1908-2000 年敦煌變文「通論」部份研究述評〉，分為兩部分介紹關於變文「通論」性研究的成果：一、1908 年至 1949 年的研究成果；二、1949 年至 2000 年的研究成果。後者又劃分為「大陸地區」、「臺灣與香港地區」、「日本及其他地區」討論。結論則對本計畫的成果，提出檢討。楊玉成〈啟蒙與暴力——李卓吾與文學評點〉，全面審視李氏的評點書籍，環繞啟蒙和暴力兩大議題，展現李卓吾文學評點的特徵及其影響，包括「心眼」與「大膽」蘊涵的閱讀策略與價值重估，嬉笑（遊戲）與怒罵（諷刺）的評點風格，貫串其生平事跡與書寫的反諷策略，揭示李卓吾關於經典、語言、文學隱含的解構傾向與語用策略，解剖李卓吾的死，形上學與暴力的幽微關係，展開一系列

晚明的新興論述：惡、晦昧（黑暗）、污穢、藥與毒、文學與治療等，透過這些令人瞠目結舌的新穎面向，重新詮釋李卓吾在近代文學史與思想史的深遠意義。謝明陽〈錢澄之的遺民晚景——以《田間尺牘》為考察中心〉，從明遺民錢澄之的書信集《田間尺牘》，探討其暮年所面臨的生命難題。為了解決難題，錢澄之只能透過交接清吏的方式來獲得資助。然交接清吏對於遺民志節卻是一種減損，因此錢澄之晚年更陷入晚節難保的愧疚之中。幸而錢澄之從未忘懷前朝遺民的身分，心志仍存於故國，從錢澄之的晚年生活，看到了明遺民之老壽者的生命困境與悲哀。

4. 小說

高莉芬〈壺象宇宙與神話樂園——蓬萊三壺神話及其宇宙思維〉，以蓬萊神山神話為研究主體，聚焦於蓬萊「三壺」神話之研究，採用比較神話學研究視角，以及母題分析之方法，並結合語源學之考察，嘗試在學界已有定論的論題上，重新檢視探討蓬萊「三壺」神話以「壺」為象所具有的神話思維及其宇宙觀，以見在神話言敘事層底下所蘊涵的深層象徵思維，並探討壺形聖山與樂園神話間之關係，揭示神話思維所建構的宇宙觀與現實生存理想境域間的微妙連繫。王國良〈魯迅編撰《唐宋傳奇集》探析〉，重新評估魯迅所收錄唐宋傳奇作品之代表性及完整性，發現其唐代部分未收專集中的名篇，宋代部分也嫌選樣不夠周延，宜重加增補。再者，他選文所採用的底本，大抵精善可信；校錄原文也非常忠實準確，可惜增刪改正部分文字的地方，未能做必要的說明。吾人倘能彙整近七、八十年來學界的研究成果，並加補苴其罅漏，相信是一件十分重要且深具意義的工作。高桂惠〈明清小說遊戲觀的辯證——以《十二樓》、《照世盃》為起點的討論〉，從小說家的角色辯證，分梳明清小說文化生產機制與小說觀的演變，並結合小說創作中遊戲色彩的展演，初步突顯若干遊戲況味的文化現象。文中指出明清小說家由醒世、型世進而行世、傳世、救世，終至發展成現代意義的知識處境。遊戲的文化取向雖然在相對意義上有悖離國家社會集體倫理的色彩，卻也體現了文人主體意識對個體倫理缺如的文化土壤進行改造的另一辯證性

手法。黃錦珠〈晚清小說的女性書寫——以《俠義佳人》為例〉，本文查考《俠義佳人》作者的真實姓名、生平事蹟，並以性別研究的觀點，分析作者在小說〈自序〉所表述的創作意念與性別認知，然後站在〈自序〉的分析基礎上，進一步根據小說內容，深入探討其中所呈現的女性意識及女性書寫，藉此探索並印證，這位晚清女作者的女性書寫具有什麼質性，所謂的女性書寫又具有那些特點。綜觀這部小說在婦女小說史上是極為突出的，值得現今晚清小說及婦女文學研究者特別注意。胡曉真〈王蘊章的雜誌編輯事業——兼論民初彈詞小說的發展情況〉，本文旨在勾勒1910年代一度活躍於上海上出版界的傳統派文人王蘊章的編輯事業。探討王蘊章主編《小說月報》與《婦女雜誌》兩份商務印書館重要雜誌的淵源，分析刊物的若干特色，釐清王蘊章主編退位的過程。同時，作為舊文藝一支的彈詞小說，在諸多民初雜誌中一向有一席之地，因此本文也另闢一節，略述彈詞小說這種形式在《小說月報》與《婦女雜誌》兩種刊物中的表現，兼及作者在其他民初雜誌中所接觸到的作品。

（三）經學

1. 經學通論

林啟屏〈重構與詮釋——一個儒學研究方向的反省〉，本文以「儒學意識摶成」之問題意識為分析焦點，進一步反省在今日儒學研究上所遭遇的諸般問題。首先分析「儒學意識」的可能內涵與詮釋困境問題。其次以「出土文獻」所引發的問題，檢討儒學史的爭議。最後透過「新觀點」之運用所帶來的新詮釋，再次反省今日儒學研究的方向。陳恆嵩〈十三經著述現存版本目錄編纂過程及其學術價值〉，作者將眾多著錄《十三經》古籍版本書目彙聚在一起，依著者時代先後，給予適當的分類編次，條分子目，詳著其書籍篇章卷數、作者、版本異同及存藏處所，成《十三經著述現存版本目錄》，本文詳述其編纂過程，並指出書中的資料不僅作為經學文獻工具書檢尋，版刻資料可供學者考校經書版本異同之憑藉，亦可作為學者從事古籍整理時的旁參眾異本版本依據，進而更可提供古代教育傳播的概況。

2.《周易》

　　賴貴三〈臺灣《易》學史與人物志綜論〉，本文係作者執行研究計畫「臺灣易學史」與「臺灣易學人物志」的成果綜合論述。兩項計畫互為表裏，前者重在易學歷史面向，後者則重在易學人物研究。本文考察自明清以來三百餘年間，臺灣易學歷史發展的脈絡，以見代表性的人物研究成果，俾供辨章考鏡、參照觀摩的意義。

3.《尚書》

　　蔣秋華〈王闓運《尚書》著述考〉，晚清學者王闓運以文章揚名於當世，轉而研治經學，撰成經解十餘種，以作育多士，成就斐然，影響一代學風至深。其眾多著作中，《尚書》部分，即有《尚書箋》、《尚書今古文注》、《尚書大傳補注》三書，前人鮮有論及，本文考辨此三書撰作之過程，讓學界對其《尚書》學之研究，能有所認識。

4.《詩經》

　　林素英〈論〈衛風〉史事詩的禮教思想〉，風體詩之中，〈衛風〉有關史事之記載最多，本文藉由史事之輔證，進而探求〈衛風〉史事詩之禮教思想。在前言之後，先行定義〈衛風〉史事詩，並為之分成三類；然後再就歌頌衛國國君、描述宣公與宣姜事件組詩以及愛國女詩人作詩等三種類型之史事詩，分別解析詩文、史事以及禮教思想之間的連鎖關係；最後，則以〈相鼠〉為核心，總結〈衛風〉史事詩的整體禮教思想。林慶彰〈明人文集所收《詩經》資料的學術價值〉，以《四庫全書》所收明人文集的《詩經》資料約四十種為研究對象，其中有跋、有論文，各數十篇。序跋類中，如陸深的〈詩準序〉等，都可彌補《詩經》史料的不足。明人不脫宋人好「議論說經」之習氣，文集中的資料也可以反映這一事實。明人文集中以陸深《儼山集》中的《詩微》最具分量，該書和呂柟《毛詩說序》的觀點接近，乃將《詩序》恢復過來，逐篇檢討其得失，《詩序》已有逐漸復興的跡象。楊晉龍〈明代《詩經》學論著運用佛典的研究〉，以《四庫全書》、《續修四庫全書》、《四庫存目叢書》、《四庫未收書輯刊》及國家圖書館和日本圖書館收藏的明代《詩經》學

專著為對象,旨在探討明代《詩經》學專著的詮釋材料中,出現儒家視為「異端」的佛教典籍與概念的實況及其隱含的學術意義與價值。黃忠慎〈姚際恆、崔述、方玉潤的說《詩》取向及其在學術史上的意義〉,認為三人在推翻舊說陳注的背後,依舊視三百篇為聖人垂訓萬世的經典,這就表示他們終究無法擺脫傳統的視域,而拘泥經典的神聖性也使得其思考的獨立無法真正地開展,三人之新乃在於說解內容之新奇,而非方法觀念上之創新。因此,即便視其為傳統經學家並非全然妥切,以之為新潮的說《詩》者亦恐有未當,三人只在傳統與變異之間,走出了屬於自己的一條路線。張寶三〈朝鮮正祖《詩經講義》論考〉,《詩經講義》為朝鮮正祖(1752-1800)與抄啟文臣之間有關《詩經》之問答紀錄,本文以《詩經講義》中正祖之條問為主要探討對象,分從《詩經講義》撰作之背景與形式、內容、對朱熹《詩集傳》之態度,與朝鮮正祖對《詩經》之校勘、訓詁,及其解《詩》觀、《詩經》論之檢討等方面入手,讓學界對朝鮮正祖《詩經講義》有更深入之瞭解。

5.《左傳》

張素卿〈《左傳》「古義」及其解釋方向〉,認為清代「漢學」典範下的《左傳》學,其發展脈絡大抵自惠棟奠基,經馬宗槤、洪亮吉、張聰咸、沈欽韓後勁傳承發展,紛紛撰述「古義」,短長互見,而大要旨歸實則相通。「古義」之作,考據廣博,詳核名物,有存古之功;此外,並致力於精鍊學術方法,建立學術規範。清儒以漢規杜,雖或矯枉過正,其積極意向乃有意扶翼微學以挑戰權威,而考求古禮制度以裨政術,亦寓有經世的關懷。

6.《四書》

車行健〈試析鄭玄《論語注》中的《詩》說〉,鄭玄一生遍注群經,成書於黨錮之禍事後的《論語注》與《毛詩箋》均為其晚年的重要經注。鄭玄既都有對這二部經典作注,因此鄭玄的注語亦在一定程度上呈現了互文的狀況,特別是關於《論語》中引用及論述《詩經》的部分。本文將鄭玄對這些《詩經》論說的注解拿來和其《詩經》的箋注做比較,嘗

試將《論語鄭注》中的《詩》說之內涵與特性呈顯出來。陳逢源〈朱熹《四書章句集注》撰作史料輯證〉，嘗試釐清朱熹徵引情形，解決漢、宋之爭的歧義，希望從文獻分析中，進一步上究朱熹思索進程。朱熹有關四書撰作，從《集解》、《精義》，到《集注》、《或問》，其中累積蘊釀已久，而朱熹《四書章句集注》反覆鎔鑄改易，文字更臻簡潔，皆是其中重要關鍵。然而「簡嚴」文字，後人不易了解；間附時人之見，去取之間，用意更難明白。其中思索過程，有賴書信之中，輯出線索，於是從相關史料，檢視朱熹去取之間，思索過程，對於朱熹一生建構《四書章句集注》，方能有清楚的方向。金培懿〈轉型期《論語》研究之主旋律——近代日本《論語講義》研究〉，本文針對「為什麼是經學？」、「為什麼是《論語》？」、「為什麼是日本漢學？」等三個提問之回答，以說明作者自92年至93年所執行之國科會研究計畫的研究動機。再由所謂「朝向一個開放文本的經學研究」這一訴求，說明作者是從何種觀點來研究近代日本注解、講解《論語》之專著，最後則簡介竹添光鴻《論語會箋》、安井小太郎《論語講義》、澀澤榮一《論語講義》等注解、講說《論語》之特色，以報告近三年執行計畫之成果。岑溢成〈戴震《孟子》學中的訓詁實例〉，嘗試通過戴震《孟子字義疏證》中兩個訓詁的實例（一個是《孟子‧告子上》的「乃若其情」，另一個則是《周易‧繫辭上》的「形而上者謂之道」），一方面探索戴震「義理存乎訓詁」的方法，另一方面則是研究由此引起的訓詁問題。從這兩個實例可知，戴震的訓詁所涵蓋的範圍很廣，至於「義理存乎訓詁」的方法，則是把思想的問題，轉換成語言的問題，語文問題的解決，往往能夠導致思想問題的解決。葉國良〈公孫尼子及其論述考辨〉，旨在探討前人對公孫尼子各種見解的可信度，討論的重點，則在檢討前人立論的依據和論證方式。作者以為，可信為公孫尼子遺文者，除了洪頤煊、馬國翰所輯的《公孫尼子》佚文外，只有〈樂記〉中的〈樂化〉篇。至於前人有關公孫尼子的陳述，惟班固《漢書‧藝文志》和王充《論衡‧本性篇》可信。至於其學說，可注意的有情性說、養氣說、樂論三部分，此三部分可以互相

詮釋印證，並和〈樂記〉多篇、郭店簡〈性自命出〉、上博簡〈性情論〉基本思想相通，而和〈緇衣〉無任何交集。至於公孫子學派的歸屬，僅知系出七十子，但無法確定為何人之弟子。

五、會議成果

此次「文學一學門 90-94 研究成果發表會」圓滿完成，其成果約可從四方面論述：

（一）會議內容與計畫書完全相符：計畫書預定在 11 月 25 日舉辦「文學一學門 90-94 研究成果發表會」，邀請「中國文學」、「經學」兩領域共五十位之計畫主持人發表研究成果；計畫書在執行時相當確實，不僅按預定日期舉行，所邀請的五十位成果發表人都在規定時間內完成論文，沒有一位延誤或缺席，可見承辦單位執行計畫的能力，及文學一學門專題計畫主持人的凝聚力與配合度相當高。

（二）研究成果發表會規模盛大，參與熱烈：此次會議有五十位學術菁英發表論文，他們來自十八個單位，涵蓋中央研究院及臺灣北、中、南、東各區域的公私知名大學，如此規模為國內所罕見；並且有各大學教授、中學教師、研究生近三百人蒞臨聆聽、討論，會議分兩個場地進行，每個場地參與者眾多，反應熱烈。

（三）成果發表會進行流暢，圓滿完成：此次會議經過精心籌劃，從成果發表人的邀約、聯繫，會議論文、海報、邀請函的印製，乃至會議當天的議程安排，與會來賓的接待，每一環節都用心準備，國文系所及臺文所全體師生都共同參與，所以會議進行流暢，深獲與會學者來賓讚賞、肯定。

（四）成果發表會論文擬正式出版，以廣流傳：此次研究成果發表會，幾乎網羅了中央研究院及國內各著名大學的學術菁英，他們從近五年所獲得補助的專題計畫中，撰寫一篇與計畫相關的學術論文，這五十篇論文可代表臺灣近五年來中國文學、經學的重大研究成

果。會議結束後，這五十篇約一百萬字的論文，將與五南圖書出版公司合作出版，其中「中國文學」兩冊、「經學」一冊，預計在96年6月以前問世，使研究成果的流通更廣，影響更深遠。（按：這次成果發表會的論文，已結集為三大冊，書名為《臺灣學術新視野：中國文學之部（一）》、《臺灣學術新視野：中國文學之部（二）》、《臺灣學術新視野：經學之部》），由五南圖書出版公司於96年6月正式出版）

——原載《人文與社會科學簡訊》8卷2期（2007年3月），頁77-88。

中國近三年來（1985～1987）古典文學討論會概述

中國大陸在「文革」期間（1966～1976），知識份子慘遭迫害，許多學者專家、研究工作者都受到批鬥，學術性刊物一一停刊，自然地也就沒有什麼學術論文、著作發表，只有少數持著共黨教條的文章在那裏叫囂著，或者不得不蒙上馬列保護外衣的書籍在那裏掙扎著，學術界一片空白，出現了嚴重的斷層，這真是中國人民咬牙切齒所說的「十年浩劫」！這場噩夢過後，僥倖存活者也慢慢甦醒過來，雖然心有餘悸，但在所謂「雙百」方針（即百花齊放、百家爭鳴）等開放政策的撫慰下，學術園地又逐漸恢復生機，許許多多的學術性刊物有的復刊、有的創刊，真如「雨後春筍」，令人應接不暇。於是一連串的學術活動也不斷展開，各式各樣的討論會、座談會、研究會隨時都在召開著，即使以前被批鬥得非常厲害的俞平伯先生，在1986年1月20日，中國社會科學院文學研究所還特地為他舉辦「慶賀俞平伯先生從事學術活動六十五週年」活動。我們看到這些現象，一方面固然為他們劫後能夠翻身感到慶幸，對他們在惡劣環境下的研究精神及某些研究成果也應持以肯定的態度，但一方面我們也不能對中國抱著太浪漫的憧憬，因為中國的學界往往受到政策很大的箝制，有時一夕之間又有很大的變化，因此只能以實事求是的態度，睜開眼睛，密切注意他們的動態，以作為我們研究學術的參考。本文擬就中國近三年來（1985～1987），有關中國古典文學討論會的召開情形，按時間順序一一介紹於後，對關心海峽彼岸學術活動的讀者，或許稍有助益。

一、1985年部分

（一）《清詩紀事》討論會

4月28日至5月5日，在蘇州舉行。《清詩紀事》的編纂工作，是由蘇州大學錢仲聯教授主持的明清詩文研究室負責，經過四年的努力，

共查閱有關書籍一千多種,積累卡片六萬餘張,並按計劃在 1984 年中結束基本資料搜集工作,進入了整理考訂、編纂成書的階段,為了廣泛聽取各方的意見,因而召開這項會議,共有三十多位各地的教授、學者應邀參加。會上,與會者閱讀和研究了《清詩紀事》樣稿和初步編定的部分書稿,以及選入《紀事》的人名錄和引用書目等。實地考察和了解明清詩文研究室的工作情況,並就《清詩紀事》的學術概貌、編寫體例、內容取捨,乃至一些具體的作家、作品、紀事條目展開了廣泛而深入的討論,發表了許多建設性的意見。討論會認為,《清詩紀事》的問世,將是一項填補空白的重大成果,必能開創清詩研究的新局面。

(二) 首屆中國古代戲曲學術討論會

4 月 12 日至 17 日,在河南鄭州舉行。由中國社會科學院文學研究所古代文學研究室、《文學遺產》雜誌編輯部、河南省社會科學院文學研究所、河南省文學學會共同籌辦。有來自各地從事古代戲曲研究、教學與編輯出版工作的專家、學者一百五十多人參加,向會議提交論文九十二篇。討論會涉及了中國戲曲的起源、元雜劇繁榮的原因、古代戲曲理論與戲曲批評,以及古代戲曲家、戲曲作品的研究等等問題。同時,在這次討論會期間成立了「中國古代戲曲學會」,並決定編輯出版《中國古代戲曲學刊》,以繁榮戲曲藝術、建設精神文明。

(三) 中日李白詩詞研討會

5 月 29 日至 6 月 3 日,在李白的終老之鄉——安徽馬鞍山市(唐代宣州當塗縣)舉行。研究李白的專家學者:日本十二人、大陸二十一人參加。會上宣讀了論文二十一篇,所探討的內容包括:李白生平、遊蹤與交游的考證、李白對文化遺產的批判繼承、李白思想與時代思潮及文化的關係、李白詩詞的藝術特點、李白詩歌對後代人的影響、李白詩歌對日本詩人的影響、東西方對李白詩歌的研究、以及李白著作版本注本的評價等等。雙方學者力圖從各個角度對李白詩詞進行全面綜合的、立體交叉的多線研究,以推動李白的研究的深入發展。會議期間,雙方也分別介紹了目前李白研究學術發展的概況。

（四）首屆《金瓶梅》學術討論會

6月8日至12日，在徐州舉行。由江蘇省明清小說研究會、江蘇省社會科學院文學所、徐州師院中文系等單位共同發起。有近七十名專家學者和古典文學研究工作者參加。會上分別就《金瓶梅》的作者、成書經過、版本流變、思想藝術、以及研究方法等問題提出討論。關於《金瓶梅》的思想和藝術價值，與會者認為：《金瓶梅》在中國長篇小說創作史上是一部里程碑式的著作，它的主題、人物、結構、語言和表現手法，都具有繼往開來的意義。此外，從書中還可以看到明代後期社會的政治、經濟、文化、宗教、民俗等方面的歷史發展，因而，它不但具有較高的文學藝術價值，而且具有重大的歷史認識價值。

（五）首次先秦兩漢文學座談會

7月26日、27日，在長春東北師範大學舉行。有十一個省市的專家和教師三十五人參加，提交大會的論文共二十四篇。座談會集中對先秦兩漢文學的教學、科研、教材更新、課程改革以及研究生培養等問題進行了探索和討論。有人認為，先秦文學是多元的，不但反映中原文化、還有荊楚文化、吳越文化、淮夷文化、戎狄文化，因此要充分考慮到這些文化的特徵和差別，不能簡單劃一，忽視它們自身固有的色彩，更不宜把它們都納入中原文化的框套看待。與會教師對先秦兩漢教材內容的改革也提出了一些意見，指出過去編寫的某些教材因受階級鬥爭的影響，對於思想性的理解偏於狹隘，對作品的選取主要偏重思想性，忽略藝術性，因而存在某些缺點，有加以修改審訂的必要。

（六）中國古代文學理論學會第四次年會

7月31日至8月5日，在長春市召開。由吉林大學、東北師範大學等十二個單位共同籌辦。有來自各地的代表一百八十人參加，提交論文九十餘篇。會議圍繞著中國古代文學理論的民族特點和開創研究工作的新局面兩個議題，進行討論。關於第一個議題，有的從宏觀角度出發，通過對東、西社會歷史、經濟政治狀況、思想文化傳統的對比研究，探

討了中國古代文學理論的民族特點。有的從微觀入手,透過實際狀況,探討中國古代文學理論的形成和發展。關於第二個議題,與會人士表現極大的熱情和關心,普遍認為,運用比較方法是探討和總結中國古代文學理論民族特點的重要途徑。

(七)第三屆《水滸傳》學術討論會

8月上旬,在秦皇島市舉行。由湖北省、北京市、浙江省三省市《水滸》研究會主辦。有各地的專家、研究工作者二百餘人參加,大會共收到論文一百餘篇。會議對《水滸》成書時代問題作了討論,元末明初說、明前期說、嘉靖初年說三種意見仍然相持不下。在對於《水滸》主題思想的討論中,有人認為它以農民起義為題材,而且對農民起義持同情和讚揚的態度;有人則認為它是寫忠奸鬥爭,是地主階級內部革新派與保守派的鬥爭。《水滸》作者的婦女觀,是這次討論的焦點之一,有人認為《水滸》同情婦女的不幸遭遇,也有人認為《水滸》的婦女觀是庸俗、落後的。此外,會議還就《水滸》小說藝術的研究、《水滸》的作者、金評《水滸》等問題進行了討論,尤其是對金聖嘆在中國小說理論發展史上的地位充分給予肯定。

(八)全國民族院校古代文學教學研究會議

8月12日至16日,在北京中央民族學院舉行。參加會議的院校及單位有:中央民院、中南民院、西北民院、西北第二民院、西南民院、雲南民院、西藏民院、貴州民院、新疆大學、新疆師大、延邊大學、吉首大學、黔東南師專、內蒙昭盟師專、廣西百色師範、社會科學院《民族文學研究》編輯部等十五所院校,共有二十五位代表出席。會議分為三個階段進行。第一階段是交流各院校古代文學的教學經驗。第二階段,著重討論、研究古代文學教學中幾個學術理論問題。這些問題主要有:如何估價少數民族文學在中國文學發展中的地位,如何評論古代文學中的愛國主義問題。代表們在討論中,紛紛同意馬學良教授的倡議,認為在當前,編寫一部結合民族院校特點的、能夠充分反映少數民族文學成

就的《中國文學史》教材是十分必要的。會議的第三階段討論了組織工作等問題。為了交流各民族教學經驗，協作編寫《中國文學史》教材，代表們一致同意成立全國民族院校古代文學教學研究會審委會。

（九）元好問學術討論會

9月16日至22日，在山西省忻州市舉行，來自各地的八十餘名專家和研究工作者參加，會議期間，大家就元好問的生平、思想、作品、及其在文學、史學等方面的傑出成就和貢獻，以及金代文學概況和地位等專題，展開了討論。與會者一致認為，元好問創作了大量的詩、詞、散文、小說作品，在質與量上都是金元之際首屈一指的大作家。同時他的《論詩三十首》是古代文學批評的寶貴遺產。有的代表指出：以往由於我們大多數古典文學研究工作者，沿習了以漢族為中心的觀念，對少數民族統治時期或地區的文學現象重視不夠，研究極為薄弱，不僅像元好問這樣的作家研究不夠，金代文學更是一片空白，以後一定要加強這方面的工作。與會者還就元好問的族籍問題、氣節問題，進行了討論。會議倡議：1990年於元好問誕辰八百周年時，舉行第二次全國元好問學術討論會。

（十）全國首屆宋代文學討論會

9月17日至22日，在四川大學舉行。由中國社會科學院文學研究所（文學遺產）編輯部、巴蜀書社、成都大學、四川大學聯合發起，參加會議的有來自各地的專家學者六十多人，收到論文五十篇。會議著重於討論宋詩的分期、特點、流派的評價以及如何加強宋代文學研究等幾個問題。關於宋詩特點的討論，概括有幾種說法：一、宋詩是宋代「士人政治」下的士人之詩，側重思想內容和詩境的開拓，富有書卷氣和理致、理趣。二、宋詩重在對「意」的追求，在寫景寫情的同時表達了某種理性的認識。三、宋代詩人多是學人，宋詩以理取勝，又不抽象說理，宋人對人生體驗更加深化，達到哲學高度，因而宋詩沒有唐詩的絢爛色彩和強烈激情，而表現得超逸脫俗，平淡空靈。這次討論會收到的論文

也有對宋詞、宋代散文、宋代的文藝思想、宋代哲學宗教與文學的關係、具體的作家作品作了多方面的探索，提出許多富有啟示意義的觀點。

（十一）桐城派學術討論會

　　10月1日至7日，在安徽省桐城縣舉行。由安徽省社會科學院文學研究所、安徽省古典文學研究會、《江淮論壇》雜誌社、桐城縣人民政府聯合舉辦。有來自大陸十六個省、市及香港、日本的學者共一六〇餘人參加。會中就桐城派的整體評價、桐城派何以能綿延久遠、桐城派與程朱理學的關係、姚鼐「義理、考據、文章」的文學批評標準、戴名世、曾國藩在桐城派的地位等問題，提出討論。會上，有些人士還從美學、哲學、評點學、語言學、史學、作家所處時代的學術文化、作家思想、作品等各方面去探討研究桐城派。一些老專家認為，研究桐城派，不僅僅對文學史有意義，而且對哲學史、思想史、美學史、歷史學、語言學、教育學，甚至對經濟學、民族問題都將有所貢獻。

（十二）第一次嚴羽學術討論會

　　10月26日至31日，在福建省邵武市舉行。由中國古代文論學會、福建省文聯、福建省社會科學院、福建師範大學中文系、以及邵武市人民政府共同籌辦。與會者有來自十多個省市的高等院校、文化科研單位和出版社的一百二十多名專家、學者和編輯。大會收到學術論文五十多篇。代表們對嚴羽《滄浪詩話》的審美本質特徵、禪學與詩學在思維方式上的相似性、「妙悟」說、「興趣」說的確切含義、嚴羽詩歌創作的評價、以及嚴羽的生卒年代和《滄浪吟卷》的版本流變等一系列問題進行了討論。

（十三）第三屆全國《三國演義》學術討論會

　　10月22日至26日，在江蘇鎮江市舉行。參加會議者一百三十四人，提交大會的論文八十多篇。對於東吳人物形象的探討，是這次會議的一個重要議題，討論到的人物有孫權、周瑜、魯肅、呂蒙、陸遜、張昭等。著重探討這些人物的性格、小說人物與歷史人物的異同、作者對

這些人物改形換貌的動機。關於《三國演義》作為「歷史小說」的特徵問題，會議展開了熱烈的討論；另外研究方法問題，也是這次《三國演義》學術討論會最熱門的話題。

二、1986年部分

(一)中國唐代文學學會第三次學術討論會

4月8日至13日，在洛陽舉行。大陸著名專家學者如程千帆、霍松林、胡國瑞、傅璇琮等代表和美國密執安大學教授李珍華先生，在山東大學進修的美國耶魯大學車淑珊女士，共一百六十一人出席了會議。會中大家對如何進一步推動研究事業和若干具體的學術問題進行了深入的探討。關於如何推進研究事業問題，代表們從如何選取研究角度、如何開拓研究領域、如何擇用研究方法等發表自己的看法。某些學術問題，如洛陽、中州對唐代文學的特殊貢獻問題、白居易與新樂府運動問題，都被提出討論。此外，對以前已成定論的許多問題，又展開了爭論。例如，有人提出把陳子昂稱為詩歌革新家失之過譽；元結的詩論是一種落後的復古理論等等。會上，詹鍈教授、李珍華教授、車淑珊女士分別介紹了國外研究唐代文學的情況。

(二)中國《文心雕龍》學會第二次年會

4月15日至19日在安徽省屯溪市舉行。由大陸作協副主席、《文心雕龍》學會會長張光年先生主持會議，來自各地的一百三十餘名從事《文心雕龍》研究與教學的專家學者參加，大會收到學術論文七十餘篇。這次年會的中心議題是如何使《文心雕龍》研究卓有成效地深入開展下去，就大會論文與分組發言報告看，會議著重討論了如下幾個問題；一、《劉子》一書的作者問題。二、關於從文化傳統背景上研究《文心雕龍》問題。三、關於運用新方法研究《文心雕龍》的問題。四、關於研究《文心雕龍》為建立具有中國特色的馬列主義文藝理論服務的問題。會上，還有不少人士從微觀方面，談了自己對「宗經」、「神思」、「物色」、「通

變」等問題的新見解。也有一些人士將劉勰的《文心雕龍》與亞里士多德的《詩學》，以及與鍾嶸的《詩品》作了比較研究，這些都引起與會者的極大興趣。下次年會將於1988年在廣東省汕頭市舉行。

(三)《古本水滸》辨偽座談會

4月19日於湖北舉行，由湖北省《水滸》研究會和湖北大學《水滸》研究室召開。與會者就河北人民出版社新近出版的《古本水滸》是否真出於所謂元末明初施耐庵之手的問題，提出了否定性的意見，並針對四月五日《北京晚報》所發表的此書的「校勘者」蔣祖鋼先生文章〈《古本水滸傳》不是梅寄鶴的偽作〉一文，從不同角度進行了反駁。

(四) 哈爾濱國際《紅樓夢》研討會

6月13日至19日在哈爾濱市舉行。由哈爾濱師範大學和美國威斯康辛大學共同發起。出席會議的大陸正式代表六十一名，特邀代表十八名，列席代表十八名；國外代表十九名，來自美國、日本、法國、澳大利亞、新加坡等大學，香港地區代表四名。提交大會的論文，按議題有：一、曹雪芹家世、生平和思想；二、《紅樓夢》版本和成書過程；三、《紅樓夢》的思想內容和歷史及時代；四、《紅樓夢》的淵源與影響；五、《紅樓夢》藝術成就與技巧；六、《紅樓夢》研究、改編的歷史與現狀之檢討；七、脂評與探佚；八、《紅樓夢》的語言文字；九、《紅樓夢》電腦檢索。

(五) 第四次明清小說座談會

6月21日至25日，在瀋陽市召開。由遼寧春風文藝出版社主辦。有各大專院校、文學所及其他學術單位的研究人員共五十六人，法國、美國研究中國古代小說的學者共五人參加。會中就「中國古代小說的民族傳統問題」進行專題發言。與會者認為，研究小說的民族傳統，要注意分清民族的內容和民族的形式兩個方面。民族傳統包括民族的審美觀、道德、倫理、觀念、心理特徵以及生活、語言和風俗習慣、欣賞情趣等

多方面。座談會認為，今後的研究，應當強調從具體地研究具體作品入手，尤其是明末清初的小說，要加強微觀的研究考證，弄清作者、著作年代、版本。

（六）全國師專元、明、清文學和教學研討會第五屆年會

7月28日至8月2日，在內蒙古自治區草原鋼城——包頭舉行。來自十五個省、市、自治區的四十多位代表參加。會議集中就師範專科學校的元、明、清文學的教學改革問題，科研和教學的互相結合及相互滲透等問題總結和交流了經驗，並就如何解決目前在這方面存在的主要問題，進行了認真的切磋和有益的探索。

（七）首次《鏡花緣》學術討論會

8月14日至17日，在江蘇省連雲港市海濱風景區墟溝鎮舉行。由連雲港市《鏡花緣》研究會領頭，市社聯、文聯、報社、文化局及連雲港教育學院聯合召開。與會代表五十餘人，其中半數是來自各地的專家學者和新聞、文藝界人士，會議共收到論文三十餘篇。會中肯定了《鏡花緣》在明清小說史上應得的地位，對《鏡花緣》的藝術價值有了一些新的見解，並加深了對《鏡花緣》的再認識。有的代表認為，對於《鏡花緣》應進行具體價值的評價，如認識價值、歷史價值、審美價值……不能孤立地論其一點不及其餘。這次會議的論文，涉及面很廣，其中包括研究史的研究、比較文學的研究、信息的研究等，會上應用比較文學的方法進行研究的論文多篇，用作比較的對象有《格列佛遊記》、《儒林外史》、《歧路燈》等，視野較往昔大為展開。

（八）全國蘇軾研究學會第四次學術討論會

9月18日至23日，在河南省平頂山市召開。有三十一個省、市和自治區的一百二十多位代表出席了會議，提交研究論文八十四篇。與會代表圍繞著蘇軾的散文、蘇軾與北宋文學、蘇軾在元祐時期的詩歌創作以及蘇軾的文藝美學思想等中心議題展開了討論，發表了許多新的見解

和觀點。大會主席團學術組準備選出部分優秀論文編撰為論文集,由河南大學出版社出版。

(九)首屆中國文學發展方向青年學者研討會

　　10月6日至11日,在大連舉行。由遼寧師範大學中文系和遼寧社科院文學所聯合主辦。出席會議的是近年來在文學研究界嶄露頭角的,以文革後畢業的研究生為主幹的青年研究工作者共四十餘人,其中大部分從事古典文學研究。大會共收到古典文學方面的論文三十多篇,大多能從各種角度對古典文學許多方面的問題進行了新的探索。會議圍繞在有關中國文學發展方向的問題展開討論。代表們認為,古典文學研究的危機是理論的危機,必須徹底更新古典文學研究的觀念系統,對過去有重大影響的觀念如階級性、人民性、現實主義、愛國主義等要給予重新審視,對庸俗社會學的研究方法必須批判和擯棄。對方法論熱所帶來的研究方法的更新,在給予充分肯定的同時,強調要克服花俏玄虛的毛病,把重鑄的文學觀念和更新的批評方法真正內化到具體的文學對象研究之中。

(十)第二次中國古代戲曲學術討論會

　　10月6日至11日,在山西省臨汾市召開,由山西師範大學主辦。有來自各地的專家、學者一百六十餘人參加。日本著名學者岩成秀夫、美國華盛頓大學沙洵澤教授、以及香港總督戲劇顧問梁沛錦先生也應邀出席。會中代表們圍繞在中國戲曲的形成和發展,中國戲曲美學、作家作品論等專題展開了討論。研究方法的更新是大家最關心的問題,與會代表認為,戲曲研究必須引用各種學科的新成果。應當確立中國戲曲美學的重心,建立合理的戲曲美學理論體系,多角度、多層次地研究戲曲。山西代表披露的明代萬曆年間的手抄本《迎神安社禮節傳簿四十曲宮調》引起了大會的關注,一些專家指出,這是近年來戲曲史研究的重大發現,它對研究中國戲曲史有極為重要的作用。

（十一）第二屆《金瓶梅》學術討論會

10月21日至25日，在古城徐州舉行。由江蘇省明清小說研究會、江蘇省社科院文學所、徐州師範學院等十個單位籌辦。來自十四個省、市、自治區的專家學者和古典文學研究者一百餘人參加，向大會提交了三十餘篇論文。會上大家繼續對《金瓶梅》的作者、成書過程、版本衍變展開討論。至於《金瓶梅》的思想價值，有人認為，此書反映了明中後葉進步思想湧發前夕的極為黑暗的一幕，帶有作品產生那個時代的哲學色彩，頗具認識價值。對於性描寫產生的原因，有人認為，除了受時代習尚之影響外，還跟作者把好色這種社會病態，錯誤地當作社會病根，把封建統治階級的腐朽沒落，錯誤地歸咎於商品經濟的繁榮，這與形而上學的唯心史觀是分不開的。

（十二）全國第二屆《西遊記》討論會

11月3日至6日，在浙江普陀山召開。來自各地的《西遊記》研究者一〇六人參加，大會收到論文三十多篇。會上主要就以下問題進行探討：一、關於《西遊記》的思想主題。二、《西遊記》與宗教的關係。三、孫悟空形象的「國籍」問題。四、關於《西遊記》的喜劇風格。除了這幾個問題外，有的研究者還就《西遊記》的成書過程、著作年代、世德堂本《西遊記》所署校者「華陽洞天主人」與吳承恩的關係，以及《西遊記》版本等問題發表了自己的見解。還有的人運用美學、比較文學、結構分析等觀點和方法來研究《西遊記》，提出了一些較為新穎的論點。

（十三）李煜詞學討論會

11月5日至9日，在古城開封舉行，由開封市文聯、社聯等單位發起，有四十餘名研究工作者參加，提交大會的論文有二十餘篇。會議就當前李煜詞研究中的一些重要問題，展開了討論：一、關於李煜詞的評價問題。多數人認為，從前對李煜的評價，受到「左」的思想影響，爭論沒有充分展開，評價偏低，很不公道。與會人士都承認李煜在詞學發展史上有承前啟後的重大貢獻。二、關於思想內容問題。一致的意見是，

李煜詞的思想內容比較複雜，須就他所處的時代、南唐形勢，及失國後的狀況進行分析，不宜籠統地肯定或否定。三、關於人性和共同美問題。與會者一致認為，李煜雖然受皇帝生活的思想情感影響，但主要的是詠嘆人生，抒發生活中通常會經歷到的人生體驗，超越了其個人生活的局限，所以便能引起情感上的共鳴。

（十四）韓愈學術討論會

11月30日至12月2日，在汕頭舉行。由汕頭大學、韓山師專、潮州韓愈研究會共同主辦。出席會議的正式代表七十三名，其中包括美國、法國、日本、新加坡及香港學者十五名。收到論文六十餘篇。這些論文和會議發言主要圍繞著以下幾個議題展開：一、韓愈的政治、哲學思想及其在中國歷史上的作用。二、韓愈評價問題。三、韓愈與佛教的關係。四、韓愈的文學思想。五、韓愈的詩歌和散文的藝術風格。六、韓愈生平和作品的考訂辨偽。七、韓愈與潮州。會中兩位日本學者清水茂、筧竹生向代表們介紹了日本研究韓愈的概況，香港中文大學饒宗頤倡議建立一門「韓學」，引起了大家的共鳴。

（十五）第二次詞學討論會

12月18日至22日，在上海杭州灣畔的金山賓館召開。由華東師範、南京大學、南京師大、杭州大學發起籌辦。來自十九個省市的九十名代表參加。在提交大會的四十五篇論文中，以作家作品研究為最多，既涉及李煜、柳永、蘇軾、秦觀、周邦彥、李清照、辛棄疾等大家，也有周紫芝、王以寧、蔣捷、周密、汪元量等以前較少數論及的詞人，除評析思想意義外，對藝術手法和美學意蘊探討頗多。詞論研究則有張炎、陳子龍、劉熙載、王國維、胡適等。探討南宋詞是原擬的會議中心議題，代表們就吳文英等人的評價及王國維對南宋詞的藝術偏見發表了看法。在討論中，對方法論問題表現出濃厚的興趣，雖然不同年齡層次和不同知識的代表對傳統的方法和新方法表現出不同的熱情，但堅持前者，發展後者則是共同看法。

三、1987年部分

(一) 北京文藝學會《水滸》研究會第二屆學術研討會

3月18日至19日,在北京市社聯會議室召開。在這次會上,有人認為,對《水滸》這樣一部由不同時代的不同作者所寫成的長篇小說,僅用農民起義說或為市民寫心說都難以概言其主題;《水滸》前七十回是故事原型,後五十回是後人添加的筆墨,應該在考察全書的內容基礎上概括其主題。有的研究者通過分析《水滸》作者的佛道觀來探討其成書過程,結論是:《水滸》前七十回作者的總傾向是揚道抑佛,後五十回則佛道一齊否定;根據宋元明三代佛道發展史分析,《水滸》後五十回可能是入明後增補的,且增補者也非一人。對潘金蓮形象的認識與評價問題,引起了研究者的熱烈爭論。有人將《水滸》、《金瓶梅》、荒誕川劇《潘金蓮》中的潘金蓮形象綜合起來考察。通過研究三個金蓮形象的價值涵義嬗變,來探討在作品表象背後隱藏的中國傳統文化的深層結構及內部缺陷。有些研究者強調,重新研究潘金蓮的形象,決非為其翻案,目的是為了研究這個形象所具有的文化意義。此外,與會者還就《水滸》的犯罪與犯罪心理描寫、版本流變等問題進行了廣泛的探討。

(二) 中國古典文學宏觀研究討論會

3月20日至24日,在杭州大學召開。由《文學遺產》、《文學評論》、《語文導報》、《天府新論》四家雜誌聯合發起,與會的專家學者有一百五十餘人。會前,《文學遺產》編輯部曾進行了宏觀研究徵文活動,應徵文章達一百三十餘篇。會議圍繞著四個議題展開了討論:一、關於古典文學的宏觀研究問題;二、關於中國古典文學的特徵問題;三、關於古典文學的發展規律問題;四、關於中國傳統文化與古典文學的關係問題。與會代表一致認為,宏觀研究對古典文學工作來說是十分重要的。有人提出,以作家作品為中心的研究格局具有它歷史的合理性,但今天研究的重心轉向宏觀,則是必然的趨勢。關於規律問題,代表們從不同

視角作了探討，有人提出，規律是流動形態，不能用固定框子套住我們的思想；有人提出，推動中國文學前進的是反傳統的力量；還有人提出，在理論上對規律作概括困難重重，我們不如首先在觀念更新的基礎上調整研究工作。代表們還以民族文化為大背景，從不同角度考察了古典文學中的文化因子，以及文化對文學的影響。

（三）第二屆竟陵派文學討論會

5月7日至9日，在湖北省天門縣（明代的竟陵）召開。這次會議是繼一九八五年五月在天門召開的首屆竟陵派文學討論會之後召開的，由竟陵派文學研究會發起，展示了對該派文學研究的可觀成績。參加會議的代表共一百二十餘人，大會收到論文二十八篇。會上主要圍繞《詩歸》一書，對該派的文學思想、審美追求及其評選標準進行了多角度的討論。

（四）首屆公安派文學討論會

6月11日至13日，在湖北省公安縣舉行。由公安派文學研究會發起，來自四十餘所大專院校、科研單位、新聞出版單位的代表近二百人出席。大會收到近二十篇論文，會議主要就公安三袁的詩文觀、創作實踐及其對後世的巨大影響等進行了探討，對公安派的文學觀給予了充分的肯定，對袁宏道的山水遊記的文學成就也作了多層次的研究。

（五）國際王國維學術研討會

6月8日至11日，在華東師範大學召開。由華東師範大學和王氏故鄉浙江海寧市人民政府籌辦。有國內及美、日等國的專家學者、王門弟子和王國維的親屬，共八十餘人參加。會議收到國內外學者論文近八十篇，內容廣涉王國維的生平、政治思想及哲學、文學、美學、戲曲、殷周古史、甲骨金文、漢魏碑刻、漢晉簡牘、敦煌學、蒙元史、西北地理、版本目錄學、校勘學、音韻學、教育學等各方面，充分反映了當前學術界對王國維研究的新水平。會上，與會人士對於王國維所倡導的「二重證據法」作了進一步分析，認為除了文獻與甲骨金石銘文的二重相證外，

還應包括文獻與文獻、文獻與實物遺跡相證的形式。此外，人們還對王國維治學方法的性質，進行了討論。有人認為，王國維是清代乾嘉考據學的殿軍，其治學方法主要是樸學方法。也有人認為，王國維主要是接受了西方近代的實證論，他應是「新史學」的開山，是資產階級學者。會中，大家對王國維的愛國思想也有所討論，有的認為他是一個具有愛國思想的學者，也有的認為他後期將愛國與對清皇室的眷戀混在一起，這種愛國觀念，有其局限性。

（六）〈長恨歌〉──《梧桐雨》──《長生殿》學術討論會

6月20日至24日，由中山大學中文系主持召開。有四十多位來自各地的專家學者參加。會上大家就《長生殿》的主題和如何看待李楊愛情上展開討論。一些研究者從歷史劇和悲劇的角度去審視《長生殿》的主題，認為它堪稱一部出色的歷史劇，但卻是部失敗的愛情劇。與此相反的論者指出，洪昇有意淨化李楊愛情，極力歌頌李楊生死不渝的愛情，它是明清傳奇中最出色的愛情作品。有些人認為，這部劇作的表層意義是以李楊的離合來寫興亡之感，總結「樂極哀來」的歷史教訓；而深層意緒則旨在通過描寫李隆基在「江山美人」兩者間的得失際遇，來探討如何處理人生的「兩難」問題。一些論者指出，這部長篇巨著的完成歷時十幾年，修改三次，可視為作者「心靈的演變史」，因此，不妨引進西方關於小說創作「主題多層次」的理論來分析其主題。關於研究的方法問題，會上也有很多新見貢獻，有些論者提出可使用「模糊思維」，亦有論者從文化學的角度來看待對李楊愛情的描寫，認為這是中國神妓文化末期的產物，它反映了封建社會中地主階級中「優秀分子」的愛情理想。

（七）全國首屆《西廂記》學術研討會

8、9月間，由北京師範學院中文系主持召開。有來自北京及全國省市高等院校、研究單位的《西廂記》研究專家以及北京上海演出《西廂

記》的著名演員五十餘人參加。會議探討了《西廂記》的作者、版本流變、思想藝術成就、在中國戲曲史上的地位以及改編演出等問題，並交流了學術經驗和學術信息。與會人士有的從文化思想史的角度肯定了「願普天下有情的都成了眷屬」主題的歷史意義；有的從中國戲曲發展史的角度肯定了《西廂記》繼往開來的歷史地位；有的則從戲曲美學的角度肯定了《西廂記》「臺上案頭兩擅長」的美學價值。大家一致認為，《西廂記》應是中國戲曲史上最好的範本，對今天的戲曲創作有著直接的借鑒意義。

（八）中國古代文學理論學會第五次年會

10月7日至12日，在成都召開，來自各地的學者一百多人參加。會議圍繞著「如何將中國古代文論研究引向深入」這一個主題展開了討論。與會人士指出，由於過去長期的關門閉戶，妨礙了我們視野的拓展，現在隨著改革和開放，應該適時地提出「走向世界文學的中國古代文論」這個概念。也有人認為，中國古代文論是世界文論的寶貴遺產，可惜不為世界所知，所以除了加強翻譯力量外，還應當自覺將中國古代文論置於整個世界文學之中，來認識中國古代文論的民族特色和獨具的理論價值，在比較中「認識特性，取長補短」，尋求中西文論的互補。與會代表還研討了將中國古代文論研究引向深入的其他重要途徑，不少人認為，學者應當從「研究的研究的研究」中解脫出來，讓古代文論充滿現實感和當代性。與會代表還指出，宏觀性和系統性，長期以來是古代文論研究的一個薄弱環節，因此，從宏觀角度把握它的整體性及本質精神特點，是很有意義的課題。

（九）元代文學學術研討會

10月中旬，在重慶師範學院召開。有來自十餘個省、市、自治區的代表共五十餘人參加。與會人士認為，以往研究元代文學的多偏重戲曲，而對元代詩、詞、文和少數民族文學的研究十分薄弱，應當歷史地、全面地、系統地、深入地研究元代文學的全貌。會議集中就元代文學繁榮

的原因、發展規律及其歷史地位,對元代的政治、文學的總體評價以及二者的關係,對元代民族意識和愛國主義的認識及評價,對元代各種傳統的、新興的文體及其源流的研究等問題,展開了討論。特別對劉知漸教授主編的《元代大文學史》,提出了很多寶貴意見。

(十) 中國古代文學學術研討會

10月間,在成都召開。由中國社會科學院文學研究所、四川師範大學中國古代文學研究所和巴蜀書社聯合主辦。有來自二十二個省、市的一百多位專家、學者、中青年研究工作者參加。這次大會討論涉及古典文學研究的許多方面,其中有的就重新編寫中國文學史所應採用的體例,提出了新的意見;有的對宋詞發展的分期、宋詞風格的劃分等問題,發表了不同於前人的見解;有的對過去涉及較少或評價較低的二三流作家作品,進行了深一步的研究和重新評價;還有的對《西遊記》版本流傳情況,經過考證,提出了新的看法等等。

(十一) 第四次《三國演義》《水滸》學術討論會

11月間,在歷史名城襄樊召開。由中國《三國演義》學會、中國《水滸》學會籌委會、湖北大學和襄樊大學主辦。有來自各地的專家學者一百六十餘人參加。與會人士從政治、軍事、外交,以及道德觀念、審美意識、藝術表現、應用價值等方面,對這兩部名著作了「面的拓寬、點的深入」的切磋探討。許多專家指出,在研究的觀念和方法上,要打破穩態,開拓新路,既要從宏觀上、總體上把握住研究的方向,還要在邊緣問題上打開新路子,形成多元性、多向性的研究體系和網路。戴勝蘭副教授說,《水滸》是一部發憤之作,它以儒家倫理思想為武器,來觀察社會、分析現實,抵制和批評了宋以後的理學樊籬,閃現出早期民主思想的光輝,對當世和後世甩掉羈絆、解放思想很有啟示意義。鄭州大學學報副編審呂致遠認為,評論界長期受「左」的影響,導致對人物形象的分析簡單化:好則絕對的好,壞則絕對的壞。實際上,《水滸》人物的性格常常表現出「二重性」,即正與反、善與惡、美與醜、積極與消

極，兩者互相映襯、對立、聯結、轉化，才使得一百零八名梁山好漢栩栩如生。有的學者提出，對兩部名著的研究不要圍於「學術圈子」，要貼近現實，參與現實，使研究富有時代感。

（十二）首屆劉鶚與《老殘遊記》學術討論會

11月11日至13日，在江蘇省淮安縣召開。有五十餘名專家學者和劉氏後裔劉蕙孫等參加了會議。大會共提交論文近四十篇，論文從不同角度論述了劉鶚和他的《老殘遊記》。代表們一致認為：絕大多數教科書中認定的「劉鶚是漢奸」的罪名是不能成立的，應予推翻。代表們對劉鶚在事業、文學等各方面的成績給予了新的評價，說他是「成功的文藝、學術領域的開拓者」、「晚清新型知識分子的先驅」、「功大於過」，還有的代表論證了他與太谷學派的關係。對《老殘遊記》本體的研究也有了可喜的深入，對其思想內容、審美情趣、藝術手法、與民國文藝的關係等各方面都進行了進一步的分析。會議選舉產生了「劉鶚與《老殘遊記》學會籌備委員會」，並決定下屆學術討論會將於一九八九年劉鶚逝世八十周年之際召開，屆時將正式成立「劉鶚與《老殘遊記》」學會。

（十三）蘇軾居儋學術討論會

12月17日至18日，在廣東儋縣舉行，共有全國蘇軾研究學會的六十多位專家參加。一代文豪蘇軾於紹聖四年（1097）由廣東惠州貶到海南儋州，他居儋三年，敷揚文教，移風易俗，勸導漢黎團結，為開發儋州文化做出了卓越貢獻。元朝泰定年間，儋州人民為了紀念蘇軾，在他當年講學的地方建起了載酒堂，後改為東坡書院。幾百年來，儋州人民不斷在此舉行紀念活動。本次學術討論會就是紀念蘇軾貶儋州八百九十周年，與會人士就蘇軾居儋期間的思想、心態和創作成就進行了探討。會議決定第五次全國蘇軾學術討論會於1988年11月在杭州舉行。

從近三年來中國所召開的有關古典文學討論會的主題及內容來看，

以前所否定的、禁忌的,現在都重新加以肯定、公開,也能以較客觀的態度加以評價、定位,如1986年在汕頭舉行的韓愈學術討論會上,很多代表都認為,幾十年來受極左思想影響,對韓愈的評價是不公平的;一位錢伯城代表在發言中認為,很長一段時間,我們常常把偉大人物肆意貶低,或非要把他說成反動人物,造成了惡劣的後果;另一位吳小林代表認為,所謂韓愈「哲學上唯心、政治上保守、人品上庸俗」幾項大帽子,都有不實之詞,應該給韓愈「落實知識份子政策」。又如同年在開封舉行的李煜詞學術討論會上,多數與會人士也認為:李煜的評價,受到左的思想影響,評價很低,很不公道。基於以上省思,中國學術界已經覺悟到,長時期以來,古典文學研究都受到左的影響,往往用簡單的、片面的方法,來對待豐富多彩的文學現象;帽子太多,框框套套太多,路子比較狹窄,整體性、規律性探索更為欠缺,因此,無論在內容和研究的方法方面,都面臨著變革的問題。所以每次在學術會議上,他們熱烈討論的都是關於研究方法的問題,亟思在研究方法上有所突破。近年來,他們廣泛地移植和運用西方的自然科學研究方法來探討人文科學,即所謂的新三論:信息論、系統論、控制論。經常提到要注意比較研究、宏觀研究、立體研究,比較能夠以美學、藝術的眼光來看待文學作品,這是中國學術界可喜的現象。但話說回來,中國學術界是否真的能達到一些學者所提出的「學術研究無禁忌」、「學術研究無禁區」的地步呢?我們還是持著保留的態度。因為鄧小平在1979年3月提出四個堅持:堅持社會主義道路、堅持無產階級專政、堅持共產黨領導、堅持馬列主義、毛澤東思想。所以學術界還是無法走出這個巨大陰影的籠罩之下,各種討論會依然要呼應共黨的政策,一再強調:堅持辯證唯物主義與歷史主義立場,堅持發展論、反映論和階級分析、社會分析的方法;雖然他們說:「應注意不能形成一種呆板、固定的模式。」但一再強調這些預設的大框框,很自然地在思想模式上就被固定了,正如傅偉勳教授所說:「像非常有名的李澤厚教授,這位曾經被點名批判的開明改革派,在他的《中國古代思想史論》裡主張『西體中用論』,還是堅持馬克斯主義中

國化的路向。李澤厚已經算是極前進開放的學者了,遇到思想繼承問題,仍然不能擺脫馬列教條,其他的學者可想而知。」(見《文化中國與中國文化》,頁 27-28,東大圖書公司)我們瞭解這些情形之後,如果中國當局的政策沒有改弦易轍的話,可以預知未來的學術發展,還是有很多的瓶頸存在,令人不敢有太樂觀的期望。(本文資料取材自《文學遺產》及《光明日報》)

　　——原載《國文天地》4 卷 3～5 期(1988 年 8～10 月),頁 84-87;100-103;96-99。

綜 論

必也正名乎——談「鑑賞辭典」

　　近三、四年來，中國大陸出版界掀起一股風潮，爭先恐後在編纂「鑑賞辭典」，好像出版社不編一本這樣的書，就無法生存似的，所以各式各樣的鑑賞辭典不斷出籠，真是五花八門，令人目不暇給。當我們剛接觸「鑑賞辭典」這個書名時，一定會覺得很新奇，迫不及待想要看它葫蘆裡賣的什麼膏藥，等翻閱之後，又會覺得很納悶，明明是許多鑑賞文章集合在一起，怎麼會稱為「辭典」呢？

一、「鑑賞辭典」算不算辭典？

　　我們一般對「辭典」的認知，是為了與「字典」區別而來。中國漢字雖然是單字單音，但由於新事物、新觀念的與時俱增，便產生許許多多的複詞，如原先創造的「車」字，隨著時代的改變，已不足於清晰表達各種不同的車子，因此必須創造如：「馬車」、「牛車」、「火車」、「汽車」、「計程車」、「公共汽車」等複詞來。字和詞的界限便很明顯。加上專門術語日益豐富，外來語也大量湧入，所以除瞭解釋單字的「字典」外，又產生了以解釋複詞為主的「辭典」。當然某些字典也會附帶解釋一些有關的詞語，而辭典也通常先解釋單字，後面再解釋以這個單字為詞頭的各種複詞，兩者雖然不同，但還是有共通的地方。

　　既然「辭典」是「搜集多數的字、詞、語、句，加以解釋，供人檢查的工具書。」（教育部《重編國語辭典》對「辭典」的解釋），那麼「鑑賞辭典」怎麼能算「辭典」呢？因為它已超過「字、詞、語、句」的界限，擴充為「對一篇詩、文、小說、戲劇，甚至藝術作品的解釋」，膨脹得太厲害，令人一時難以接受。但如果我們聽聽日本最早編纂「文學鑑賞辭典」的學者吉田精一的說法，或許對「鑑賞辭典」有進一步的認識。他在所編纂的《日本文學鑑賞辭典・近代編》（東京堂，1960年）序言說：

向來文學辭典都尊重辭典的客觀性，將重點擺在文獻學方面為主，對於深刻品味的鑑賞方面則較為缺乏。……本書有鑑於此，除了一面遵循正確的文獻學調查研究外，也有幾分的轉變，主要著眼在如何品讀意義內容的鑑賞方面，這是我們新的編纂嘗試，也是取名為「文學鑑賞辭典」的理由。

因此他希望這本鑑賞辭典，「對初學者而言，是日本文學鑑賞的啟蒙書，對學者、教授而言，也有參考價值，對一般人而言，能單獨成為有趣的讀物。」從吉田氏的說法，及個人對許多「鑑賞辭典」的觀察，它確實也具有「辭典」的一些特色：

（一）辭典是按一定次序編排，方便大家參考查閱的工具書。鑑賞辭典的編排方式，大都按作家作品的時間先後為序，除篇目表外，有的還附有各種索引，方便檢索。而裡面的內容，固然可供平日閱讀，但也具有工具書的性質，當我們看到某些文學或藝術作品不太理解時，順手翻尋鑑賞辭典，或許它的解釋賞析可以幫助我們解決問題，所以鑑賞辭典都強調：「將文學賞析讀物和工具書融為一體。」

（二）辭典所收的詞條，有的標榜齊全，有的標榜取捨精審，它的篇幅隨使用對象的不同，相差懸殊，但大體而言，都具有一定的份量。我們觀察鑑賞辭典，有的分上下兩冊，高達二千六、七百頁，少者也有近千頁，都是厚厚的一本，從外形看來，頗具「辭典」架式，而它的內容，也大都涵蓋較常見的作品，擺在案頭上，說它是「辭典」，誰曰不宜？

（三）辭典的詞條，從早期的「字」、「詞」（以前把只搜集簡單詞語的叫「詞典」，現已與「辭典」混用），到後來搜進成語、歇後語、諺語等較長的「語」、「句」，可見「辭典」本身的意義也在膨脹，如果加上「鑑賞」兩字，把一件文學作品或藝術作品，當作一個詞條來處理，也未嘗不可？

（四）辭典的解釋有它的權威性，尤其一些著名嚴謹的辭典，它對詞條

的定義解說,常被援引為依據。鑑賞辭典的編撰人員,大都由學者專家擔任,每一篇鑑賞文字後面,都標有作者以示負責,及展現其權威性,這和辭典的特質也有幾分相近。

從以上的分析,「鑑賞辭典」雖然和傳統的「辭典」不盡相同,但還是有許多類似,如果我們接受這個名詞的話,或許可為它下這樣的定義:「大量搜集文學、藝術作品,按次序編排,加以解說、賞析,具有閱讀、參考雙重功能的工具書。」儘管「鑑賞辭典」這個名詞在中國大陸已經被普遍使用,但有些人還是相當堅持,不接受這個名詞,如袁行霈主編的《歷代名篇賞析集成》(中國文聯出版公司,1988年),精選了先秦到五四各種體裁的名作九百篇,達二千七百頁,按以上的標準,大可稱為「歷代名篇鑑賞辭典」,而他卻不跟隨流行,選用「賞析集成」這個比較確切的詞。又如蕭滌非、程千帆等人撰寫的《唐詩鑑賞辭典》(上海辭書出版社,1983年),由商務印書館香港分館出香港版的時候,即改名為《名家鑑賞唐詩大觀》,不再沿用「鑑賞辭典」這個名詞。臺灣也翻印了幾種大陸的鑑賞辭典,但書名都改了,如地球出版社把上述的《唐詩鑑賞辭典》,改為《唐詩新賞》,五南圖書公司則把它改為《唐詩鑑賞集成》,文史哲出版社將《古文鑑賞辭典》(吳功正主編,江蘇文藝出版社,1987年),改為《古文鑑賞集成》。一方面可見臺灣對「鑑賞辭典」這個名詞還不容易接受;另一方面翻印的這些書,都把字體放大,裝訂成數冊,較方便閱讀,並不方便檢索,如果再稱「辭典」,也是不宜的。

二、日本人首開鑑賞辭典的編纂風氣

中國大陸為何會引發這股「鑑賞辭典」熱,筆者擬從兩方面加以探討:一是外來的影響;一是內在的需要。先說外來的影響。我們都知道,日本人很勤於編纂工具書,他們所編纂的辭典,除了各種學門的專科辭典外,在每一個學門裡面,他們又能編出各種類型的辭典,就以日本文學為例,他們除編有《日本文學大辭典》(藤村作編,新潮社,1950年)、《近代日本文學辭典》(久松潛一、吉田精一編,東京堂,1966年)

外,他們還編出像《和歌大辭典》(犬養廉、井上宗雄等編,明治書院,1986年)、《芭蕉辭典》(飯野哲二編,東京堂,1959年)、《江戶文學地名辭典》(浜田義一郎監修,東京堂,1973年)、《歌枕歌語言辭典》(片桐洋一,角川書店,1973年)、《源氏物語事典》(池田龜鑑編,東京堂,1960年)等這樣的辭典來,一種文體、一個作家、一本作品都可以編成辭典,可見他們的用心。東京堂是日本出版辭書的重要出版社,它從1960年6月及12月先後出版了由吉田精一主編的《日本文學鑑賞辭典》(近代編、古典編),這是「鑑賞辭典」的開山之作。由於反應良好,銷路不錯,便接著推出《世界文學鑑賞辭典》、《世界名詩鑑賞辭典》、《近代詩鑑賞辭典》、《和歌鑑賞辭典》、《俳句鑑賞辭典》等書。由於日本研究漢學風氣很盛,自然地,有關中國文學的鑑賞辭典也就出現了,東京堂請了著名的漢學家前野直彬主編了《唐詩鑑賞辭典》(1970年)、《宋詩鑑賞辭典》(1977年),另外又請細田三喜夫主編《中國名詩鑑賞辭典》(1977年),後來前野直彬又和石川忠久合編《漢詩的注釋及鑑賞辭典》(1979年),其他書店也跟進,如角川書店請山田勝美編《中國名詩鑑賞辭典》。這股編纂鑑賞辭典的風氣,終於在1983年吹進了中國大陸,也就是由上海辭書出版社出版的《唐詩鑑賞辭典》開始,從此中國大陸各出版社起了連鎖反應,風起雲湧,紛紛編出各式各樣的鑑賞辭典來。

三、鑑賞辭典為什麼廣受歡迎?

接著說內在的需要。如果這些鑑賞辭典沒有市場的話,失去了誘因,相信他們也不會編得這麼起勁。我們看上海辭書出版社的《唐詩鑑賞辭典》,不斷地再版,又有香港版,其銷路可見一斑。再看1987年北京春季圖書交易會全國優秀暢銷書書目,文學藝術類有三十八種,《宋詞鑑賞辭典》(賀新輝主編,北京燕山出版社,1987年)、《唐宋詞鑑賞辭典》(唐圭璋主編,江蘇古籍出版社,1986年)都名列其中,顯示這些鑑賞辭典有廣大的市場,在中國大陸對出版社要求「自負盈虧」之下,才

肯大筆投資在這上面。至於鑑賞辭典為什麼會廣受歡迎呢？大概有下列幾種原因：一是從前那種評注的方式，已經不符合現代人的需求。前人讀文學作品，往往不求甚解，較重視作品對個人的感興，對於作品的形式、技巧、結構等客觀的分析，並不太在意。如今文學既然也變成一門學科，不只是供個人吟風弄月、娛情遣興而已，所以研究者非常重視科學理性的分析，於是以徹底剖析文學作品為主的鑑賞辭典，正符合社會大眾的需要。其次是中國文學浩如煙海，現代人受到時間、環境種種限制，不可能對每一首作品都能全面地瞭解，如果案頭有一本這樣的「鑑賞辭典」，透過名家的鑑賞分析，利用極短的時間，即可深入掌握一篇作品，豈不方便？尤其中國大陸經過文化大革命十年浩劫之後，變成一段嚴重的文化斷層，許多年輕人由於沒有接受良好的古典文學訓練，當然閱讀古典作品的能力就相對減弱，為了彌補這段空白，深入淺出的文學鑑賞辭典似乎可以發揮這種功能。

四、鑑賞辭典的明天

自從上海辭書出版社出版了中國大陸第一本鑑賞辭典──《唐詩鑑賞辭典》之後，經過了二、三年的觀望與準備，從1987年開始便形成了出版鑑賞辭典的熱潮，每年都有一、二十種的鑑賞辭典出現，據筆者統計，到目前為止已有一百多種，而且還在繼續進行當中，詳細書目請參見後面附錄。我們看到這麼多的出版社、學者專家投入其中，對他們為了提升社會大眾文學、藝術鑑賞力的熱情，感到欽佩；但另一方面，我們也對這一窩蜂的現象有幾分憂心，尤其中國大陸物力艱困，出版不易的情況下，如果所出的鑑賞辭典一再重複，不把有限的物力作有效的運用，豈不是一種浪費？如附錄所列，性質相近的古文鑑賞辭典就有三、四種，詩歌類的「歷代詩歌鑑賞辭典」、「山水詩鑑賞辭典」、「愛情詩鑑賞辭典」，也一再重複，又《詩經》、唐詩、唐宋詞、金元明清詞、元曲等的鑑賞辭典也都有重出的情形。有些是在同一時間計畫、出版，屬於不知情的重複，這種現象無法避免姑且不論，但有些是人家已經出版，

才再跟著湊熱鬧、搶生意,這就有待商榷了。尤其所收的作品大同小異,鑑賞並無特殊之處,更沒有它存在的意義。

　　個人認為,與其浪費在同類型的鑑賞辭典上,倒不如像「辭典」一樣,按使用者的層次來分等級,如詩歌鑑賞辭典,有的出版社可出小學版,有的出中學版,有的出大學版或社會版,作品的選擇、鑑賞文字的深淺,儘量配合使用者的程度,如果能這樣做的話,對中國大陸人民文學、藝術鑑賞力的提升,才有全面性的幫助。否則以目前出版的鑑賞辭典內容來看,恐怕對中小學生的文學藝術紮根工作,沒有多大功用。至於供大學生、教師或研究人員參考的鑑賞辭典,除了要增加鑑賞的深度外,所收錄的作品更要注意廣度,不要每一本鑑賞辭典所選的作品都是大同小異,應該擴充涵蓋面,將平日大家比較少見的好作品也能夠把它選出來,經過有計畫地鑑賞,勢必可以編成一部頗具規模的鑑賞辭典,這樣對學界才有更高的價值。我們看到中國大陸出版了這麼多的鑑賞辭典,也很期待臺灣的出版界,是否也該結合學術界的力量,共同編纂幾種有我們自己觀點的鑑賞辭典,而不只是向中國大陸買版權,或等而下之的盜印吧?

附錄:中國大陸出版鑑賞辭典書目

一、中外文藝合類

文藝鑑賞大成　江曾培、郝銘鑑等主編　上海文藝出版社　1988 年 10 月
文藝賞析辭典　唐達成主編　四川人民出版社　1989 年 4 月
文藝鑑賞大觀　張曉生編　解放軍出版社　1989 年 4 月
中學文藝鑑賞辭典　鞠慶友等主編　明天出版社　1990 年 1 月
文學藝術鑑賞辭典　李峰主編　陝西人民出版社　1991 年 9 月
中外文藝沙龍精鑑辭典　黃卓越、桑思奮主編　中國國際廣播出版社　1991 年

中外文學名著精神分析辭典　　陳思和主編　　工人出版社　1988 年 10 月
中外古典文學名作鑑賞辭典　　李子光主編　　中國農業科技出版社　1990 年 2 月
中外文學名作愛情描寫鑑賞辭典　　李子光主編　　中國文聯出版社　1992 年
中外散文名篇鑑賞辭典 傅德岷、張耀輝主編　　安徽文藝出版社　1989 年 8 月
中外抒情散文鑑賞辭典　　魏國強、姚翠文主編　　長春出版社　1990 年
中外散文詩鑑賞大觀（外國卷）　　許淇主編　　灕江出版社　1992 年
中外散文詩鑑賞大觀（中國古代類散文詩卷）　　陶文鵬主編　　灕江出版社　1992 年
中外散文詩鑑賞大觀（中國現、當代卷）　　敏歧主編　　灕江出版社　1992 年
中外散文詩名篇大觀　　徐志超、盧啟元編著　　百花洲文藝出版社　1995 年
中外愛情詩鑑賞辭典　　錢仲聯、范伯群主編　　江蘇教育出版社　1989 年 3 月　　臺灣國文天地雜誌社　1990 年 1 月　　國文天地雜誌社後又分為三冊，書名分別為《古代愛情詩鑑賞集》、《現代愛情詩鑑賞集》、《西方愛情詩鑑賞集》　1990 年 5 月
中外現代抒情名詩鑑賞辭典　　陳敬容主編　　學苑出版社　1989 年 8 月
古今中外朦朧詩鑑賞辭典　　徐榮街、徐瑞嶽主編　　中州古籍出版社　1990 年 11 月
中外現當代女詩人詩歌鑑賞辭典　　高巍編　　民族出版社　1992 年
古今中外哲理詩鑑賞辭典　　孫鑫亭主編　　中州古籍出版社　1997 年 8 月
中外古典名劇鑑賞辭典　　郭英德主編　　北嶽文藝出版社　1992 年
中外寓言鑑賞辭典　　陳蒲清主編　　湖南人民出版社　1989 年
中外微型小說鑑賞辭典　　張光勤、王洪主編　　社會科學文獻出版社　1990 年 11 月

中外微型小說精品鑑賞辭典　　凌煥新主編　　江蘇文藝出版社　　1991 年
微型小說鑑賞辭典　　江曾培主編　　上海辭書出版社　　2006 年 4 月
中外小學生作文寫作鑑賞辭典　　吳緒彬、呂桂申主編　　中國國際廣播出
　　版社 1992 年
中外童話鑑賞辭典　　任溶溶、戴達主編　　上海辭書出版社　　2006 年 7
　　月
演講名篇鑑賞辭典　　劉德強主編　　上海辭書出版社　　2009 年 1 月
現代藝術鑑賞辭典　　顧森主編　　學苑出版社　　1988 年
中外古典藝術鑑賞辭典　　成敏、王勇主編　　學苑出版社　　1989 年 3 月
中外通俗歌曲鑑賞辭典　　楊曉魯、張振濤主編　　世界知識出版社　　1990
　　年

二、中國文學類

（一）詩文合類

歷代名篇賞析集成　　袁行霈主編　　中國文聯出版公司　　1988 年 12 月
　　臺灣五南圖書公司翻印　　1991 年 11 月　　高等教育出版社　　2009 年
中國文學名篇鑑賞辭典　　蕭滌非、劉乃昌主編　　山東大學出版社　　1997
　　年
中國古代文學名篇鑑賞辭典　　黃岳洲、茅宗祥主編　　漢語大詞典出版社
　　2002 年 1 月　　華語教學出版社　　2013 年 1 月
中國文學鑑賞辭典（古文、唐詩、宋詞、元曲，全四函套珍藏本）　　該
　　社文學鑑賞辭典編纂中心編　　上海辭書出版社　　2012 年 1 月
歷代名句賞析辭典　　喻懷澄編著　　宇航出版社　　1988 年 11 月
古詩文名篇難句解析辭典　　黃岳洲　　上海辭書出版社　　2005 年 8 月
中國經典名句鑑賞辭典　　吳禮權編著　　吉林教育出版社　　2010 年 1 月
中學古詩文鑑賞辭典　　郁賢皓主編　　江蘇古籍出版社　　1988 年 7 月　　臺
　　灣新地文學出版社　　改名《古詩文鑑賞入門》　　1990 年 9 月
新編中學古詩文鑑賞辭典　　周振甫主編　　光明日報出版社　　1995 年

學生古詩文鑑賞辭典　　該社文學鑑賞辭典編纂中心編　　上海辭書出版社　　2005 年 1 月

學生必備經典古詩文鑑賞辭典　　江龍編　　江西教育出版社　　2012 年 1 月

文學人物鑑賞辭典（中國文學之部）　　吳偉斌、張兵編　　復旦大學出版社　　1989 年 12 月

中國名勝詩文鑑賞辭典　　佘樹森、喬默主編　　北京大學出版社　　1989 年 4 月

中國山川名勝詩文鑑賞辭典　　陽光、關永禮主編　　中國經濟出版社　　1992 年 6 月

中國名人勝跡詩文碑聯鑑賞辭典　　諸定耕主編　　重慶出版社　　1994 年 3 月

中國宗教勝蹟詩文碑聯鑑賞辭典　　諸定耕主編　　重慶出版社　　2000 年

中國歷代愛情文學系列賞析辭典　　張燕瑾、門巋主編　　哈爾濱出版社　　1991 年 12 月

戰爭文學名著鑑賞辭典　　魏玉芬等主編　　長征出版社　　1991 年

休閒古詩文鑑賞辭典　　陳文新、魯小俊編著　　湖北辭書出版社　　2000 年 1 月

中華愛國詩詞散文鑑賞大辭典（先秦～一九四九）　　傅德岷、李書敏主編　　重慶出版社　　1997 年

甘肅歷代詩文詞曲鑑賞辭典　　匡扶主編　　敦煌文藝出版社　　1994 年

建安詩文鑑賞辭典　　王巍、李文祿主編　　東北師範大學出版社　　1994 年 4 月

三曹詩文鑑賞辭典　　該社文學鑑賞辭典編纂中心編　　上海辭書出版社　　2013 年 3 月

陶淵明詩文鑑賞辭典　　該社文學鑑賞辭典編纂中心編　　上海辭書出版社　　2012 年 5 月

歐陽修詩文鑑賞辭典　　該社文學鑑賞辭典編纂中心編　　上海辭書出版社　　2013 年 3 月

蘇軾詩文鑑賞辭典　該社文學鑑賞辭典編纂中心編　上海辭書出版社
　　2011 年 8 月
黃庭堅詩文鑑賞辭典　該社文學鑑賞辭典編纂中心編　上海辭書出版社
　　2012 年 5 月
陸游詩文鑑賞辭典　該社文學鑑賞辭典編纂中心編　上海辭書出版社
　　2013 年 3 月
近代詩文鑑賞辭典　張正吾、陳銘主編　光明日報出版社　1991 年

（二）古文類

古文鑑賞辭典　吳功正主編　江蘇文藝出版社　1987 年 11 月　臺灣文史
　　哲出版社　改名《古文鑑賞集成》，分為《唐以前古文鑑賞之部》、《唐
　　宋金元古文鑑賞之部》、《明清古文鑑賞之部》三冊　1991 年 3 月
古代散文鑑賞辭典　王彬主編　農村讀物出版社　1987 年 12 月
古文鑑賞大辭典　徐中玉主編　浙江教育出版社　1989 年 11 月
古文鑑賞辭典　章培恒、陳振鵬主編　上海辭書出版社　1997 年 7 月
袖珍古文鑑賞辭典　門巋等撰　上海辭書出版社　2003 年 6 月
古文鑑賞辭典　蘭東輝　中國書籍出版社　2011 年 11 月
中學古文鑑賞手冊　吳功正主編　江蘇文藝出版社　1988 年 3 月
學生古文鑑賞辭典　陳慶元主編　福建人民出版社　1992 年 8 月
中學古文鑑賞辭典　朱昌元主編　浙江古籍出版社　2004 年 7 月
古文鑑賞辭典（學生版）　程帆編　湖南教育出版社　2011 年 6 月
古文鑑賞辭典（珍藏版）　該社文學鑑賞辭典編纂中心編　上海辭書出
　　版社　2012 年 2 月
中國散文精品分類鑑賞辭典　李樹平主編　南京出版社　1992 年 12 月
古文觀止‧續古文觀止鑑賞辭典　關永禮主編　上海同濟大學出版社
　　1990 年 6 月
古文觀止鑑賞辭典　傅德岷編　長江出版社　2006 年 10 月
古文觀止鑑賞辭典　該社文學鑑賞辭典編纂中心編　上海辭書出版社
　　2006 年 12 月

古文觀止鑑賞辭典　宋安群編　知識出版社　2007 年 10 月
古文觀止鑑賞辭典　傅德岷主編　上海科學技術文獻出版社　2008 年 1 月
古文觀止鑑賞辭典（學生版）　程帆編　湖南教育出版社　2011 年 6 月
古文觀止鑑賞辭典（學生雙色版）　江龍編　江西教育出版社　2012 年 1 月
中國雜文鑑賞辭典　樓滬光等主編　山西人民出版社　1991 年 1 月
歷代小品鑑賞辭典　湯高才主編　上海三聯書店　1990 年
古代小品文鑑賞辭典　劉傳新主編　山東文藝出版社　1991 年
歷代小品文精華鑑賞辭典　夏咸淳、陳如江主編　陝西人民教育出版社　1991 年　臺灣萬卷樓圖書公司　1996 年 3 月
中國隨筆小品鑑賞辭典　杜文遠主編　山西人民出版社　1997 年
古代小品文鑑賞辭典　該社文學鑑賞辭典編纂中心編　上海辭書出版社　2011 年 1 月
書信寫作鑑賞辭典　范橋主編　中國國際廣播出版社　1991 年
名家書信鑑賞辭典　李鋒、羅友松主編　上海辭書出版社　2012 年 6 月
中國序跋鑑賞辭典　樓滬光、孫琇主編　河北教育出版社　2003 年
中國遊記鑑賞辭典　臧維熙主編　青島出版社　1991 年
中國遊記鑑賞辭典　張田主編　陝西旅遊出版社　1992 年
休閒古文鑑賞辭典　陳文新、魯小俊編著　湖北辭書出版社　2000 年
國學名篇鑑賞辭典　該社編　上海辭書出版社　2009 年 8 月
諸子百家名句鑑賞辭典　天人編著　內蒙古人民出版社　1999 年
諸子百家名篇鑑賞辭典　該社編　上海辭書出版社　2003 年 9 月
四書五經名句鑑賞辭典　天人主編　內蒙古人民出版社　1999 年
四書五經鑑賞辭典　施忠連主編　上海辭書出版社　2006 年 3 月
論語鑑賞辭典　施忠連主編　上海辭書出版社　2007 年 9 月
老子鑑賞辭典　劉康得主編　上海辭書出版社　2010 年 6 月
莊子鑑賞辭典　方勇主編　上海辭書出版社　2010 年 2 月

孟子鑑賞辭典　方勇、高正偉主編　上海辭書出版社　2012 年 1 月
荀子鑑賞辭典　方勇、盛敏慧主編　上海辭書出版社　2012 年 1 月
墨子鑑賞辭典　孫中原主編　上海辭書出版社　2012 年 1 月
淮南子鑑賞辭典　劉康得主編　上海辭書出版社　2012 年 1 月
呂氏春秋鑑賞辭典　許富宏主編　上海辭書出版社　2012 年 1 月
韓非子鑑賞辭典　高華平主編　上海辭書出版社　2012 年 2 月
古代兵法鑑賞辭典　熊武一主編　軍事譯文出版社　1991 年
孫子兵法鑑賞辭典　楊善群主編　上海辭書出版社　2012 年 1 月
史記鑑賞辭典　傅德岷主編　長江出版社　2006 年 7 月
唐宋八大家鑑賞辭典　關永禮主編　北嶽文藝出版社　1989 年 10 月
唐宋八大家散文鑑賞辭典　呂晴飛主編　中國婦女出版社　1991 年 1 月、2004 年 7 月重排版

（三）詩歌類

1. 通代
中國古詩名篇鑑賞辭典　（日）前野直彬、石川忠久編　楊松濤譯　江蘇古籍出版社　1987 年 8 月　本書原名《漢詩的注釋及鑑賞辭典》
中國歷代詩歌鑑賞辭典　劉亞玲等主編　中國民間文藝出版社　1988 年 12 月
古代詩歌精萃鑑賞辭典　王洪主編　北京燕山出版社　1989 年 8 月
詩詞曲賦名作鑑賞大辭典（詩歌卷、詞曲賦卷）　楊濟東等主編　北嶽文藝出版社　1989 年 11 月
中國歷代詩歌名篇鑑賞辭典　俞長江、侯健主編　農村讀物出版社　1989 年 12 月
中國古代詩歌欣賞辭典　馬美信、賀聖遂編　漢語大詞典出版社　1990 年 6 月
詩賦詞曲精鑑辭典　李春青、桑思奮主編　中國國際廣播出版社　1991 年 1 月

中華詩詞鑑賞辭典　　賀新輝主編　　中國婦女出版社　　1991 年
中國歷代名詩名詞鑑賞辭典（詩卷、詞卷）　　李漢秋著　　延邊人民出版
　　社 2001 年
中國詩詞名句鑑賞大辭典　　高偉主編　　成都科大出版社　　1987 年 9 月
中國歷代名詩名句鑑賞大辭典　　何弦編　　學苑出版社　　1991 年 5 月
中國詩詞曲賦名句鑑賞大辭典　　亞民、志林主編　　河北教育出版社
　　1992 年
中國詩詞名句鑑賞辭典　　閆凱編著　　內蒙古人民出版社　　1994 年　　臺
　　灣好讀出版社　　2001 年
中國詩詞名句鑑賞辭典　　司徒博文編　　當代世界出版社　　2005 年 7 月
中華詩詞名句鑑賞辭典　　傅德岷、盧晉主編　　崇文書局　　2005 年 1 月
　　上海科學技術文獻出版社　　2008 年 1 月
中國歷代詩詞名句鑑賞大辭典　　丁子予、汪楠編著　　中國華僑出版社
　　2009 年 10 月　　時事出版社　　2012 年 6 月
詩詞名句鑑賞辭典（圖文本）　　傅德岷、盧晉主編　　長江出版社　　2010
　　年 11 月
學生古今詩詞鑑賞辭典　　林庚主編　　福建人民出版社　　1989 年 9 月
中學課外古詩詞閱讀與鑑賞辭典　　喻選芳主編　　遼寧教育出版社　　2002
　　年
中學生古詩詞曲鑑賞辭典　　朱昌元主編　　浙江古籍出版社　　2004 年 10
　　月
小學生詩歌鑑賞辭典　　鄧魁英編　　中國大百科全書出版社　　2005 年 4
　　月
新課標高考古詩詞鑑賞辭典　　程浩平編　　世界圖書出版公司　　2005 年
　　10 月
新課標中學生古詩詞鑑賞辭典　　王建平編　　世界圖書出版公司　　2005 年
　　10 月
新課標小學生古詩詞鑑賞辭典　　孟瑀編　　世界圖書出版公司　　2006 年 2
　　月

中國古典詩詞名篇分類鑑賞辭典　夏傳才主編　中國礦業大學出版社　1991年10月
歷代詩分類鑑賞辭典　張秉成主編　中國旅遊出版社　1992年
中國歷代才女詩歌鑑賞辭典　鄭光儀主編　中國工人出版社　1991年
歷代婦女詩詞鑑賞辭典　沈立東、葛汝桐主編　中國婦女出版社　1992年
中國歷代民歌鑑賞辭典　周中明等主編　廣西教育出版社　1993年
中國古代民歌鑑賞詞典　中國古代民歌鑑賞詞典編委會編　山西古籍出版社　1993年
中國古代民歌鑑賞辭典　李文祿、王巍主編　遼寧教育出版社　1999年
古今絕句鑑賞辭典　郁源主編　中國廣播電視出版社　1993年
歷代絕句精華鑑賞辭典　霍松林主編　陝西人民出版社　1993年5月
中國古代山水詩鑑賞辭典　余冠英主編　江蘇古籍出版社　1987年7月　臺灣新地文學出版社　改名《山水詩鑑賞辭典》　1991年9月
山水詩歌鑑賞辭典　張秉成主編　中國旅遊出版社　1989年10月
歷代山水名勝賦鑑賞辭典　章滄授主編　中國旅遊出版社　1998年
古代愛情詩詞鑑賞辭典　李文祿、宋緒連主編　遼寧大學出版社　1990年7月
中國古代愛情詩歌鑑賞辭典　呂美生主編　黃山書社　1990年11月
中國情詩鑑賞小辭典　成志偉主編　知識出版社　1991年4月
愛情詞與散曲鑑賞辭典　錢仲聯主編　湖南教育出版社　1992年
中國歷代詠花詩詞鑑賞辭典　孫映逵主編　江蘇科學技術出版社　1989年5月
花鳥詩歌鑑賞辭典　張秉成、張國臣主編　中國旅遊出版社　1990年5月
古代詠花詩詞鑑賞辭典　李文祿、劉維治主編　吉林大學出版社　1990年8月
花卉詩歌鑑賞辭典　孫耀良等編著　漢語大詞典出版社　2004年12月

歷代怨詩趣詩怪詩鑑賞辭典　周溶泉等主編　江蘇文藝出版社　1989 年 6 月
中國探索詩鑑賞辭典　陳超編　河北人民出版社　1989 年
中國題畫詩分類鑑賞辭典　張晨主編　遼寧美術出版社　1992 年
中國禪詩鑑賞辭典　王洪、方廣錩主編　中國人民大學出版社　1992 年
愛國詩詞鑑賞辭典　王步高主編　南京大學出版社　1992 年 5 月
歷代抒情詩分類鑑賞集成　侯健等主編　北京十月文藝出版社　1994 年
歷代哲理詩鑑賞辭典　徐應佩主編　湖北教育出版社　1994 年

2. 隋以前

詩經鑑賞辭典　任自斌、和近健主編　河海大學出版社　1989 年 12 月
詩經鑑賞辭典　金啟華等主編　安徽文藝出版社　1990 年 2 月
詩經三百篇鑑賞辭典　該社文學鑑賞辭典編纂中心編　上海辭書出版社　2007 年 8 月
詩經楚辭鑑賞辭典　周嘯天主編　四川辭書出版社　1990 年 3 月　臺灣五南圖書公司　改名《詩經鑑賞集成》、《楚辭鑑賞集成》　1993 年　商務印書館國際公司　2012 年 1 月
詩經楚辭鑑賞辭典　蘭東輝主編　中國書籍出版社　2011 年 11 月
楚辭名篇鑑賞辭典　該社文學鑑賞辭典編纂中心編　上海辭書出版社　2009 年 4 月
歷代辭賦鑑賞辭典　霍旭東主編　安徽文藝出版社　1992 年　商務印書館國際公司　2011 年 8 月
古詩鑑賞辭典　賀新輝主編　中國婦女出版社　1988 年 12 月
古詩鑑賞辭典（圖文修訂版）　賀新輝主編　北京燕山出版社　2012 年 1 月
古詩三百首鑑賞辭典　該社文學鑑賞辭典編纂中心編　上海辭書出版社　2007 年 12 月
先秦漢魏六朝詩鑑賞辭典　馬茂元、繆鉞等撰　三秦出版社　1989 年
先秦詩鑑賞辭典　姜亮夫等撰　上海辭書出版社　1998 年 12 月

袖珍先秦詩鑑賞辭典　馬祖熙等撰　上海辭書出版社　2003 年 1 月
漢魏晉南北朝隋詩鑑賞辭典　盧昆、孫安邦主編　山西人民出版社
　　1989 年 3 月
漢魏晉南北朝詩鑑賞辭典　本書編委會編　三晉古籍出版社　1989 年
漢魏六朝詩歌鑑賞辭典　呂晴飛等主編　中國和平出版社　1990 年 10
　　月
漢魏六朝詩鑑賞辭典　王運熙等撰　上海辭書出版社　1992 年 9 月
袖珍漢魏六朝詩鑑賞辭典　丁福林等撰　上海辭書出版社　2003 年 6
　　月
先秦兩漢魏晉南北朝詩歌鑑賞辭典　魏耕原等主編　商務印書館國際公
　　司　2012 年 1 月
樂府詩鑑賞辭典　李春祥主編　中州古籍出版社　1990 年 3 月

3. 唐以後

唐詩鑑賞辭典　蕭滌非、程千帆等撰　上海辭書出版社　1983 年 12 月
　　商務印書館香港分館　改名《名家鑑賞唐詩大觀》　1984 年 4 月
　　臺灣地球出版社　略有增補，改名《唐詩新賞》，分為十五冊　1989
　　年 4 月　臺灣五南圖書公司　改名《唐詩鑑賞集成》　1990 年 9 月
全唐詩精華分類鑑賞集成　潘百齊編著　河海大學出版社　1989 年 8
　　月
蒙讀唐詩鑑賞辭典　湯高才、黃銘新主編　中州古籍出版社　1990 年
　　12 月
唐詩鑑賞辭典補編　周嘯天主編　四川文藝出版社　1990 年 6 月
唐詩鑑賞辭典　孫育華主編　北京燕山出版社　1996 年 10 月
袖珍唐詩鑑賞辭典　馬茂元等撰　上海辭書出版社　2003 年 6 月
唐詩精品鑑賞辭典　賀新輝等主編　中國社會科學出版社　2003 年
全唐詩鑑賞辭典　賀新輝主編　中國婦女出版社　2004 年
兒童唐詩鑑賞辭典（彩圖注音）　聞怡等編撰　上海辭書出版社　2007
　　年 4 月

中華唐詩鑑賞辭典：初中卷　中華書局編輯部編　中華書局　2007 年 6 月
中華唐詩鑑賞辭典：高中卷　中華書局編輯部編　中華書局　2007 年 6 月
唐詩鑑賞辭典　該社編輯部主編　中國戲劇出版社　2007 年 7 月
唐詩鑑賞辭典　傅德岷、盧晉主編　崇文書局　2005 年 1 月　上海科學技術文獻出版社　2008 年
唐詩鑑賞辭典　于至堂編著　北京出版社　2009 年 5 月
唐詩鑑賞辭典　《線裝經典》編委會　雲南教育出版社　2010 年 1 月
唐詩鑑賞辭典、宋詞鑑賞辭典　張傲飛主編　高等教育出版社　2011 年 6 月
唐詩鑑賞大辭典　楊旭輝主編　中華書局　2011 年 8 月
唐詩鑑賞辭典　周嘯天主編　商務印書館國際公司　2012 年 1 月
唐詩鑑賞辭典　賀新輝主編　北京燕山出版社　2012 年 1 月
唐詩鑑賞辭典（珍藏版）　該社文學鑑賞辭典編纂中心編　上海辭書出版社　2012 年 1 月
唐詩鑑賞辭典　蘭東輝主編　中國書籍出版社　2012 年 12 月
唐詩名句速查鑑賞辭典　楊文科主編　商務印書館國際公司　2007 年 6 月
唐詩三百首鑑賞辭典　該社文學鑑賞辭典編纂中心編　上海辭書出版社　2006 年 7 月
唐詩三百首今用鑑賞辭典　杜常善等編撰　上海古籍出版社出版　2007 年 7 月
唐詩三百首鑑賞辭典　高曠道編　知識出版社　2007 年 10 月
唐詩三百首辭典　王薇編　吉林人民出版社　2010 年 1 月
唐詩三百首鑑賞辭典　傅德岷主編　崇文書局　2005 年 1 月　長江出版社　2009 年 7 月
唐詩三百首鑑賞辭典（插畫版）　林丹環編　中國書籍出版社　2010 年 12 月

唐詩三百首鑑賞辭典（學生版）　程帆編　湖南教育出版社　2011 年 6 月
唐詩三百首鑑賞辭典（學生彩圖版）　江龍編　江西教育出版社　2012 年 1 月
千家詩鑑賞辭典　蒙萬夫等主編　世界圖書出版公司　2006 年 10 月
唐宋詩詞評析辭典　吳熊和主編　浙江人民出版社　1990 年 11 月
唐宋詩詞名篇鑑賞辭典　天人主編　內蒙古人民出版社　2000 年
唐詩宋詞鑑賞辭典　傅德岷、盧晉主編　崇文書局　2005 年 8 月　上海科學技術文獻出版社　2008 年 1 月
唐詩宋詞鑑賞辭典（學生版）　程帆編　湖南教育出版社　2011 年 6 月
唐詩宋詞元曲鑑賞辭典　叢書編委會編　吉林出版公司　2012 年 7 月
唐宋詩鑑賞辭典　傅德岷、盧晉主編　湖北辭書出版社　2005 年 1 月　上海科學技術文獻出版社　2008 年 1 月
唐宋絕句鑑賞辭典　周嘯天主編　安徽文藝出版社　2010 年 1 月
唐宋詩三百首鑑賞辭典（圖文本）　傅德岷、盧晉主編　長江出版社　2010 年 11 月
三李詩鑑賞辭典　宋緒連、初旭主編　吉林文史出版社　1992 年
李白詩歌鑑賞辭典　該社文學鑑賞辭典編纂中心編著　上海辭書出版社　2012 年 5 月
杜甫詩歌鑑賞辭典　該社文學鑑賞辭典編纂中心編　上海辭書出版社　2012 年 5 月
宋詩鑑賞辭典　繆鉞、霍松林等撰　上海辭書出版社　1987 年 12 月
袖珍宋詩鑑賞辭典　馬祖熙等撰　上海辭書出版社　2003 年 1 月
宋詩鑑賞辭典　傅德岷主編　上海科學技術文獻出版社　2008 年 7 月
宋詩三百首鑑賞辭典　該社文學鑑賞辭典編纂中心編　上海辭書出版社　2007 年 8 月
宋詩三百首鑑賞辭典（圖文本）　傅德岷等主編　長江出版社　2010 年 11 月
宋元明清詩鑑賞辭典（圖文修訂版）　賀大龍主編　北京燕山出版社　2006 年 9 月

金元明清詩詞曲鑑賞辭典　　田軍、王洪主編　　光明日報出版社　　1990 年 8 月

元明清詩鑑賞辭典　　周嘯天主編　　四川辭書出版社　　1990 年　　商務印書館國際公司　　2011 年 8 月

元明清詩鑑賞辭典　　錢仲聯主編　　上海辭書出版社　　1994 年 12 月

袖珍元明清詩鑑賞辭典　　丁儀等撰　　上海辭書出版社　　2003 年 6 月

元明清詩三百首鑑賞辭典　　該社文學鑑賞辭典編纂中心編　　上海辭書出版社　　2012 年 1 月

清詩鑑賞辭典　　張秉戌、蕭哲庵主編　　重慶出版社　　1992 年 12 月

近代詩歌鑑賞辭典　　毛慶耆主編　　安徽教育出版社　　1997 年

近現代詩詞鑑賞辭典（圖文修訂版）　　賀新輝主編　　北京燕山出版社　　2006 年 9 月

毛澤東詩詞鑑賞辭典　　羅熾主編　　華夏出版社　　1993 年

毛澤東詩詞鑑賞辭典　　該社文學鑑賞辭典編纂中心編　　上海辭書出版社　　2011 年 12 月

世界華人詩歌鑑賞大辭典　　高巍主編　　書海出版社　　1993 年

老一輩革命家詩詞鑑賞辭典　　秦建華編　　山西人民出版社　　2009 年 8 月

4. 詞

歷代詞賞析辭典　　章泰和主編　　黑龍江朝鮮民族出版社　　1988 年 11 月

歷代詞分類鑑賞辭典　　張秉戌主編　　中國旅遊出版社　　1993 年

唐宋詞鑑賞辭典　　唐圭璋主編　　江蘇古籍出版社　　1986 年 12 月　　中華書局香港分局出香港版　　改名《唐宋詞鑑賞集成》　　1987 年 7 月　　臺灣新地文學出版社　　1991 年 4 月

唐宋詞鑑賞辭典（唐五代北宋卷、南宋遼金卷）　　唐圭璋、繆鉞等撰　　上海辭書出版社　　1988 年 4 月、8 月　　臺灣地球出版社　　內容略有增減，改名《宋詞新賞》，分為十五冊　　1990 年 1 月　　臺灣五南圖書公司　　改名《唐宋詞鑑賞集成》，分為三冊　　1991 年 6 月

唐宋元小令鑑賞辭典　陳緒萬等主編　華岳文藝出版社　1990 年 3 月
　　世界圖書出版公司　2007 年 2 月
袖珍唐宋詞鑑賞辭典　唐圭璋等撰　上海辭書出版社　2003 年 6 月
唐宋詞鑑賞辭典　傅德岷、盧晉主編　崇文書局　2005 年 1 月　上海
　　科學技術文獻出版社　2008 年 5 月
唐宋詞鑑賞辭典　唐圭璋、鍾振振編　安徽文藝出版社　2007 年 6 月
唐宋詞鑑賞大辭典　劉石、楊旭輝主編　中華書局　2012 年 7 月
唐宋詞三百首鑑賞辭典（圖文本）　傅德岷、盧晉主編　長江出版社
　　2010 年 11 月
唐五代詞鑑賞辭典　潘慎主編　北京燕山出版社　1991 年
唐五代詞三百首鑑賞辭典　該社文學鑑賞辭典編纂中心編　上海辭書出
　　版社　2012 年 7 月
宋詞鑑賞辭典　賀新輝主編　北京燕山出版社　1987 年 3 月
全宋詞精華分類鑑賞集成　潘百齊主編　河海大學出版社　1991 年
宋詞精品鑑賞辭典　賀新輝、張厚餘主編　中國社會科學出版社　2003
　　年
宋詞鑑賞辭典　夏承燾等撰　上海辭書出版社　2003 年 8 月
全宋詞鑑賞辭典　賀新輝主編　中國婦女出版社　2004 年 7 月
宋詞鑑賞辭典　傅德岷編　崇文書局　2005 年 1 月　上海科學技術文
　　獻出版社　2008 年 1 月
中華宋詞鑑賞辭典　中華書局編輯部編　中華書局　2008 年 9 月
宋詞鑑賞辭典　韋立軍編著　北京出版社　2009 年 5 月
宋詞鑑賞辭典　《線裝經典》編委會　雲南教育出版社　2010 年 1 月
宋詞鑑賞辭典　唐圭璋、鍾振振主編　商務印書館國際公司　2011 年 8
　　月
宋詞鑑賞大辭典　劉石主編　中華書局　2011 年 8 月
宋詞鑑賞辭典（珍藏版）　該社文學鑑賞辭典編纂中心編　上海辭書出
　　版社　2006 年 7 月

宋詞鑑賞辭典　蘭東輝主編　中國書籍出版社　2012 年 3 月
宋詞三百首鑑賞辭典　該社文學鑑賞辭典編纂中心編　上海辭書出版社
　　2006 年 7 月
宋詞三百首鑑賞辭典　宋安群編　知識出版社　2007 年 10 月
宋詞三百首鑑賞辭典（圖文本）　傅德岷主編　崇文書局　2005 年 1 月
　　長江出版社　2010 年 11 月
宋詞三百首鑑賞辭典　蘭東輝主編　中國書籍出版社　2011 年 11 月
宋詞三百首鑑賞詞典（學生版）　程帆編　湖南教育出版社　2011 年 6
　　月
宋詞三百首鑑賞辭典（學生彩圖版）　江龍編　江西教育出版社　2012
　　年 1 月
辛棄疾詞鑑賞辭典　該社文學鑑賞辭典編纂中心編　上海辭書出版社
　　2013 年 3 月
金元明清詞鑑賞辭典　王步高主編　南京大學出版社　1989 年 4 月
金元明清詞鑑賞辭典　唐圭璋主編　江蘇古籍出版社　1989 年 5 月
　　臺灣新地出版社　1992 年 9 月
袖珍元明清詞鑑賞辭典　鍾振振等撰　上海辭書出版社　2003 年 6 月
元明清詞鑑賞辭典　錢仲聯等撰　上海辭書出版社　2005 年 7 月
元明清詞三百首鑑賞辭典　該社文學鑑賞辭典編纂中心編　上海辭書出
　　版社　2008 年 8 月
全清詞鑑賞辭典　賀新輝主編　中國婦女出版社　1996 年
清詞鑑賞辭典　賀新輝主編　北京燕山出版社　2006 年
人間詞話鑑賞辭典　黃霖等編　上海辭書出版社　2011 年 12 月

5. 曲

元曲鑑賞辭典　賀新輝主編　中國婦女出版社　1988 年 5 月
元曲鑑賞辭典　蔣星煜主編　上海辭書出版社　1990 年 7 月
休閒元曲鑑賞辭典　楊合鳴、童勉之主編　湖北辭書出版社　2000 年 1
　　月

元曲精品鑑賞辭典　賀新輝等主編　中國社會科學出版社　2003 年 1 月
袖珍元曲鑑賞辭典　蔣星煜等撰　上海辭書出版社　2003 年 1 月
元曲鑑賞辭典　傅德岷、余曲主編　上海科學技術文獻出版社　2008 年 7 月
元曲鑑賞辭典　趙義山主編　商務印書館國際公司　2012 年 1 月
元曲鑑賞辭典（珍藏版）　該社文學鑑賞辭典編纂中心編　上海辭書出版社　2012 年 1 月
元曲鑑賞辭典（圖文修訂版）　賀新輝主編　北京燕山出版社　2012 年 1 月
元曲三百首鑑賞辭典　該社文學鑑賞辭典編纂中心編　上海辭書出版社　2006 年 7 月
元曲三百首鑑賞辭典　宋安群編　知識出版社　2007 年 10 月
元曲三百首鑑賞辭典（學生彩圖版）　江龍編　江西教育出版社　2012 年 1 月
古代戲劇鑑賞辭典　王志武撰　陝西人民出版社　1988 年 5 月
劇詩精華欣賞辭典（元雜劇部分）　呂後龍撰　學苑出版社　1990 年
中國古典名劇鑑賞辭典　徐培均、范民聲主編　上海古籍出版社　1990 年 12 月
中國古代戲曲名著鑑賞辭典　霍松林、申士堯主編　中國廣播電視出版社　1992 年 4 月
古典戲曲鑑賞辭典　呂薇芬等主編　湖北辭書出版社　2004 年 1 月
中國戲曲名句鑑賞辭典　天人主編　內蒙古人民出版社　2000 年
明清傳奇鑑賞辭典　蔣星煜等主編　上海辭書出版社　2004 年 12 月
西廂記鑑賞辭典　賀新輝主編　中國婦女出版社　1990 年 5 月
湯顯祖曲文鑑賞辭典　該社文學鑑賞辭典編纂中心編　上海辭書出版社　2013 年月

（四）小說類

中國古典小說鑑賞辭典　關永禮、高烽等編　中國展望出版社　1989年8月

古代小說鑑賞辭典　本書編輯委員會編　學苑出版社　1989年10月

古代小說鑑賞辭典　關永禮等主編　中國新聞出版社　1989年

中國古典小說藝術鑑賞辭典　段啟明主編　北京師範大學出版社　1991年4月

中國古代微型小說鑑賞辭典　樂牛編　中國婦女出版社　1991年6月

歷代文言小說鑑賞辭典　談鳳梁主編　江蘇文藝出版社　1991年7月

古代小說鑑賞辭典（上、下）　董乃斌、黃霖主編　上海辭書出版社　2004年5、12月

中國古代小說六大名著鑑賞辭典　霍松林主編　華岳文藝出版社　1988年12月

中國通俗小說鑑賞辭典　周鈞韜等主編　南京大學出版社　1993年5月

明清小說鑑賞辭典　何滿子、李時人主編　浙江古籍出版社　1992年

山海經鑑賞辭典　王紅旗著　上海辭書出版社　2012年6月

金瓶梅鑑賞辭典　石昌渝主編　北京師範大學出版社　1989年5月

金瓶梅鑑賞辭典　上海市紅樓夢學會、上海師範大學文學研究所編　上海古籍出版社　1990年1月

金瓶梅鑑賞辭典　孫遜主編　漢語大詞典出版社　2005年

金瓶梅鑑賞辭典　黃霖等編著　上海辭書出版社　2008年8月

紅樓夢鑑賞辭典　上海市紅樓夢學會、上海師範大學文學研究所編　上海古籍出版社　1988年5月

紅樓夢鑑賞辭典　孫遜主編　漢語大詞典出版社　2005年5月

紅樓夢鑑賞辭典　孫遜、孫菊園主編　上海辭書出版社　2011年8月

紅樓夢詩詞鑑賞辭典　賀新輝主編　紫禁城出版社　1990年6月

紅樓夢名句鑑賞辭典　王士超編著　臺灣好讀出版社　2001年10月

紅樓夢詩詞鑑賞辭典　　何士明主編　　上海辭書出版社　　2011 年 6 月
紅樓夢詩詞曲賦鑑賞辭典　　賀新輝主編　　黃山書社　2012 年 9 月
儒林外史鑑賞辭典　　李漢秋等編著　　中國婦女出版社　1992 年　上海辭書出版社　　2011 年 10 月

（五）現代文學類

當代中國文學名作鑑賞辭典　　該書編委會編　　遼寧人民出版社　1992 年 8 月
學生現代詩文鑑賞辭典　　該社文學鑑賞辭典編纂中心編　　上海辭書出版社　　2006 年 12 月
現代散文鑑賞辭典　　王彬主編　　農村讀物出版社　1988 年 12 月
中國當代散文鑑賞辭典　　王強主編　　中國集郵出版社　1989 年 6 月
中國現代散文欣賞辭典　　王紀人主編　　漢語大詞典出版社　1990 年 1 月
現代散文鑑賞辭典　　賈植芳主編　　上海辭書出版社　2003 年 6 月
袖珍現代散文鑑賞辭典　　於止等撰　　上海辭書出版社　2003 年 6 月
今文觀止鑑賞辭典　　該社文學鑑賞辭典編纂中心編　　上海辭書出版社　　2008 年 8 月
現代散文鑑賞辭典（學生版）　　程帆編　　湖南教育出版社　2011 年 6 月
中國新詩鑑賞大辭典　　吳奔星主編　　江蘇文藝出版社　1988 年 12 月
中國新詩名篇鑑賞辭典　　唐祈主編　　四川辭書出版社　1990 年
新詩鑑賞辭典　　公木主編　　上海辭書出版社　1991 年 11 月
袖珍新詩鑑賞辭典　　公木等撰　　上海辭書出版社　2003 年 6 月
新詩三百首鑑賞辭典　　該社文學鑑賞辭典編纂中心編　　上海辭書出版社　　2008 年 8 月
中國探索詩鑑賞辭典　　陳超撰　　河北人民出版社　1989 年 8 月
朦朧詩名篇鑑賞辭典　　齊峰主編　　陝西師範大學出版社　1989 年
愛情新詩鑑賞辭典　　谷輔林主編　　陝西師範大學出版社　1990 年 3 月
影視文學鑑賞詞典　　劉普林、賈佑吉編撰　　遼寧教育出版社　2001 年

中國武俠小說鑑賞辭典　甯宗一主編　國際文化出版社　1992 年
中國現代武俠小說鑑賞辭典　陳東林等編著　中國國際廣播出版社
　　1991 年 7 月
中國現代武俠小說鑑賞辭典　劉新風等主編　中央民族學院出版社
　　1993 年
武俠小說鑑賞大典　溫子建主編　灕江出版社　1994 年
魯迅名作鑑賞辭典　王景山主編　中國和平出版社　1991 年
魯迅名篇分類鑑賞辭典　張盛如等編　中國婦女出版社　1991 年 10 月
魯迅名篇鑑賞辭典　吳奔星、范伯群主編　廣西教育出版社　1992 年
魯迅詩文鑑賞辭典　傅德岷、包曉玲編　長江出版社　2006 年
郭沫若名詩鑑賞辭典　臧克家主編　中國和平出版社　1993 年
臺灣散文鑑賞辭典　盧今、王宇鴻主編　北嶽文藝出版社　1991 年
臺灣新詩鑑賞辭典　陶本一、王宇鴻主編　北嶽文藝出版社　1991 年
臺港小說鑑賞辭典　明清、秦人主編　中央民族學院出版社　1994 年

（六）其他

成語典故源流故事賞析辭書　章俗、谷超編撰　教育科學出版社　1990
　　年 6 月
名聯鑑賞辭典　顧平旦主編　黃山書社　1988 年 11 月
中國名勝楹聯鑑賞　呂選忠等撰　中國青年出版社　1990 年
中國楹聯鑑賞辭典　王馳主編　湖南文藝出版社　1991 年 2 月
絕妙好聯賞析辭典　蘇淵雷主編　上海辭書出版社　1994 年
中國楹聯鑑賞辭典　汪少林、吳直雄主編　百花洲文藝出版社　2000 年 7
　　月
分類名聯鑑賞辭典　蔣竹蓀等著　上海辭書出版社　2004 年 5 月
名聯鑑賞辭典　蘇淵雷主編　上海辭書出版社　2007 年 1 月
中國名聯鑑賞大辭典　李文鄭編　中原農民出版社　2010 年 6 月
寓言鑑賞辭典　文傑、羅琳主編　中國商業出版社　1991 年 2 月

古今優秀燈謎鑑賞辭典　趙首成、邵濱軍主編　灕江出版社　1991 年
佳謎鑑賞辭典　吳仁秦主編　黃山書社　1991 年 1 月

三、中國藝術類

中國書畫鑑賞辭典　郎紹君、蔡星儀等主編　中國青年出版社　1988 年 10 月
中國書法篆刻鑑賞辭典　王玉池主編　農村讀物出版社　1989 年 9 月
中國書法鑑賞大辭典　劉正成主編　大地出版社　1989 年 10 月　中國人民大學出版社　2006 年 6 月
中國歷代書法鑑賞大辭典　周倜主編　北京燕山出版社　1990 年 2 月
中國書法名作鑑賞辭典　李名方、常國武主編　南京大學出版社　1991 年
唐碑鑑賞辭典　蔣文光撰　北京體育學院出版社　1990 年
漢字字體鑑賞辭典　吳惠良主編　武漢出版社　2005 年 4 月
雕塑繪畫鑑賞辭典　張秉堯主編　中國旅遊出版社　1993 年
中國名畫鑑賞辭典　伍蠡甫主編　上海辭書出版社　1993 年
中國美術名作鑑賞辭典　潘耀昌主編　浙江文藝出版社　1999 年 8 月
中國名畫鑑賞辭典（新編本）　邵洛羊主編　上海辭書出版社　2006 年 12 月
中國歷代珍寶鑑賞辭典　齊吉祥主編　文心出版社　1996 年
中國文物鑑賞辭典　高大倫等主編　灕江出版社　1991 年
文物鑑賞大辭典　文達、成工主編　人民中國出版社　1993 年
文物收藏鑑賞辭典　葉佩蘭主編　大象出版社　2004 年 11 月
中國古代瓷器鑑賞辭典　余繼明、楊寅宗主編　新華出版社　1992 年
花卉鑑賞辭典　胡正山、陳立君主編　湖南科學技術出版社　1992 年
中國古今建築鑑賞辭典　孫大章主編　河北教育出版社　1995 年
中國園林鑑賞辭典　陳從周主編　華東師範大學出版社　2001 年 1 月
現代音樂欣賞辭典　羅忠鎔主編　高等教育出版社　1997 年

中國電影名片鑑賞辭典　程樹安主編　長征出版社　1997年
數文化鑑賞詞典　武立金編著　軍事誼文出版社　1999年
黃帝內經鑑賞辭典　王慶其主編　上海辭書出版社　2011年3月

四、外國文藝類

外國文學名著賞析辭典　懷文編　浙江文藝出版社　1989年
世界名著鑑賞大辭典　（美）麥吉爾主編　王志遠主編譯　中國書籍出版社　1990年10月
當代世界文學名著鑑賞辭典　該社編　遼寧人民出版社　1991年5月
諾貝爾文學獎名著鑑賞辭典　劉文剛、關福堃主編　湖南文藝出版社　1991年7月
東方文學鑑賞辭典　彭端智主編　華中師範大學出版社　1990年
東方文學名著鑑賞大辭典　陶德臻主編　河南人民出版社　1994年
泰戈爾作品鑑賞辭典　郁龍余、董友忱主編　上海辭書出版社　2011年12月
外國散文鑑賞辭典　崔寶衡、王立新主編　上海辭書出版社　2010年4月
世界傳記名著鑑賞辭典　宗河主編　中國工人出版社　1989年12月
世界名人傳記鑑賞辭典　李松晨主編　中國工人出版社　1992年
外國傳記鑑賞辭典　楊正潤、劉佳林主編　上海辭書出版社　2009年12月
古希臘羅馬神話鑑賞辭典　晏立農、馬淑琴編著　吉林人民出版社　2006年1月
外國神話史詩民間故事鑑賞辭典　孟昭毅、黎躍進主編　上海辭書出版社　2010年4月
世界著名童話鑑賞辭典　蔣風主編　江蘇少年兒童出版社　1990年7月
世界著名童話鑑賞辭典　進生等編著　海潮出版社　1993年

世界名著情書鑑賞大觀　田地人主編　復旦大學出版社　1990 年 7 月
世界情愛名著鑑賞辭典　白燁、於青等編著　農村讀物出版社　1992 年
外國散文鑑賞辭典（一）：古近代卷　崔寶衡主編　上海辭書出版社
　　2010 年 8 月
外國散文鑑賞辭典（二）：現當代卷　王立新主編　上海辭書出版社
　　2010 年 8 月
外國傳記鑑賞辭典　楊正潤、劉佳林主編　上海辭書出版社　2009 年
　　12 月
世界名詩鑑賞辭典　飛白主編　灕江出版社　1989 年 7 月
外國名詩鑑賞辭典　呂進主編　河北人民出版社　1989 年
外國名詩鑑賞辭典　張紹先主編　中國工人出版社　1989 年 12 月
外國抒情詩賞析辭典　張玉書主編　北京師範學院出版社　1991 年 1
　　月
世界散文詩鑑賞大辭典　杜紓等主編　北京廣播學院　1992 年
外國詩歌鑑賞辭典（一）：古代卷　吳笛、吳斯佳主編　上海辭書出版
　　社　2009 年 12 月
外國詩歌鑑賞辭典（二）：近代卷　彭少健主編　上海辭書出版社
　　2010 年 3 月
外國詩歌鑑賞辭典（三）：現當代卷　楊恆達主編　上海辭書出版社
　　2010 年 4 月
莎士比亞戲劇賞析辭典　亢西民主編　山西教育出版社　1992 年
外國戲劇鑑賞辭典（一）：古代卷　郁龍余、楊曉霞主編　上海辭書出
　　版社　2009 年 12 月
外國戲劇鑑賞辭典（二）：近代卷　劉亞丁主編　上海辭書出版社
　　2010 年 3 月
外國戲劇鑑賞辭典（三）：現當代卷　宮寶榮主編　上海辭書出版社
　　2010 年 4 月
世界短篇小說名著鑑賞辭典　王洪、吳嶽添主編　北京燕山出版社
　　1990 年

外國小說鑑賞辭典（一）：古代至 19 世紀中期卷　陳融主編　上海辭書出版社　2009 年 6 月
外國小說鑑賞辭典（二）：19 世紀下半期卷　朱憲生主編　上海辭書出版社　2009 年 12 月
外國小說鑑賞辭典（三）：20 世紀前期卷　張介明主編　上海辭書出版社　2010 年 2 月
外國小說鑑賞辭典（四）：20 世紀中期卷　張弘主編　上海辭書出版社　2009 年 9 月
世界著名演說詞鑑賞辭典　杜占明主編　北京燕山出版社　1993 年
世界電影鑑賞辭典初編、續編、三編　鄭雪來主編　福建教育出版社　1993 年、1995 年
外國通俗名曲欣賞辭典　羅傳開編著　上海辭書出版社　1987 年 3 月
人體藝術鑑賞辭典　本書編寫組編　國際廣播出版社　1989 年
世界人體藝術鑑賞大辭典　陳醉主編　社會科學文獻出版社　1990 年
西方美術名作鑑賞辭典　劉德濱等編　吉林美術出版社　1989 年
世界美術名作鑑賞辭典　朱伯雄編著　浙江文藝出版社　1991 年
世界美術鑑賞詞典　徐公度主編　湖南美術出版社　1992 年
世界經典美術鑑賞辭典　朱伯雄主編　中國青年出版社　2001 年 1 月
世界經典雕塑建築鑑賞辭典　朱伯雄主編　中國少年兒童出版社　2004 年 5 月

後記：本書目剛編成，共收九十九種，承蒙新竹師院副教授王志成兄告知並提供《辭書研究・1991 年第 1 期》（上海辭書出版社，1991 年 1 月），內有黃鎮偉先生所編《鑑賞辭典目錄》，共收七十九種，經比對結果，有二十種為筆者所未收，今據以補入，全部共收一百一十九種，謹此註明並表謝意。
又記：此次出版，本書目再加以增補，總計共收四百三十七種。

　　——原載《國文天地》7 卷 7 期（1991 年 12 月），頁 29-36。

文學鑑賞寫作

一、前言

　　文學鑑賞跟隨文學創作而來，作者用心完成了作品之後，當讀者閱讀作品時，努力去探索作者之用心，鑑賞便由此產生。換言之，讀者閱讀文學作品，就是一種鑑賞的行為。但本文所要介紹的「文學鑑賞寫作」，這裡的「文學鑑賞」，已經超越只是純粹的閱讀行為，它是作者與讀者的一座橋樑。「文學鑑賞寫作」的目的，就是幫作者詮釋作品，為讀者導覽作品，這時鑑賞者本身必須要深刻了解作品，全面掌握作品的內在意涵及外在形式，作者的創作動機及時代背景也不能忽略，並且要用導覽對象能懂的語言，將作品鑑賞形之文字。當讀者閱讀作品有障礙或不能完全了解時，透過鑑賞文字的說明或啟發，可以更充分掌握作品的精髓及妙處，這時鑑賞文章的功能便達成了。

　　文學鑑賞寫作的歷史固然源遠流長，但符合現代意義的文學鑑賞寫作應該是五四文學革命之後的事了。隨著白話文學的蓬勃發展，古典文學也必須透過新注、語譯、賞析，才能讓以白話為日用的讀者接受、了解、乃至欣賞，因此有關古典文學作品的鑑賞文章、專書便應運而生。尤其中國在1966至1976年發生了文化大革命所造成的文化浩劫，為了彌補這段文化斷層，文學普及工作顯得極為迫切，從1983年上海辭書出版社出版了《唐詩鑑賞辭典》開始，便形成了一股「鑑賞辭典熱」，文學鑑賞成為中國學界相當熱門的寫作。[1]

　　臺灣雖沒有編纂「鑑賞辭典熱」，但早在1976年由吳宏一策劃，長橋、獅谷兩出版社陸續出版的《中國古典文學賞析精選》，計有：《江南江北——唐詩選》、《曉風殘月——宋詞選》、《小橋流水——元曲選》、《沈醉東風——戲曲選》等十二冊，每篇作品都有賞析，當時讀者反應

---

[1] 參見拙文〈必也正名乎——談「鑑賞辭典」〉，《國文天地》7卷7期（1991年12月），頁29-36。

相當熱烈。不久,筆者也完成了《千家詩詳析》[2],以及後來黃永武、張高評合著的《唐詩三百首鑑賞》[3],因都附有鑑賞,頗受讀者的歡迎。除了古典文學鑑賞之外,現代文學的鑑賞也隨之啟動,如林明德等編著的《中國新詩賞析》三冊[4],即在 1981 年出版。後來這股文學鑑賞熱潮吹入了國文教材中,首先是國立編譯館邀請國內各大學對詩歌教學有研究的專家學者,編輯一套《中國古典詩歌欣賞系列》共九冊[5],作為中小學國語文的補充讀物,從 1995 年開始由中視文化公司陸續出版,每首作品之後都附有深入淺出的賞析,對學生課外閱讀頗有幫助。接著 1997 年國立編譯館陸續出版的《國民中學選修國文》教材,每課選文都附有賞析。1999 年高中教科書開放民間編纂,2001 年國中教科書也開放民間編纂,這些由民間出版的高中、國中國文教材,每課選文之後的賞析更加多元、活潑。

　　從以上文學鑑賞的歷史回顧,我們可以了解,現代人對文學作品的閱讀,不管古典或現代,都可以藉助專家學者的鑑賞指引,以增加閱讀的深度與廣度。相對的,學生閱讀文學作品之後,也可透過文學鑑賞寫作,考核其對作品的理解、感受程度。目前不管是學校的平時考試或入學考試,經常可見文學鑑賞寫作的相關命題,所以學生接受這方面的寫作訓練乃是必須的。

二、文學鑑賞寫作形式

　　文學鑑賞寫作與一般應用文最大的差別,它沒有固定的格式,它既不像公文需要分成「主旨、說明、辦法」等段落,也不同於書信需要「稱謂、提稱語、啟事敬辭、開頭應酬語」等等許多結構,它可以很自由的

---

[2] 拙著《千家詩詳析》(臺北:國家書店,1979 年 9 月;後改由臺北:頂淵文化事業公司出版,1985 年 6 月;今又由臺北:國家書店出版,2007 年)。
[3] 黃永武、張高評:《唐詩三百首鑑賞》(臺北:尚友出版社,1983 年;後改由黎明文化事業公司出版,1986 年 11 月)。
[4] 林明德等編著:《中國新詩賞析》(臺北:長安出版社,1981 年 4 月)。
[5] 國立編譯館主編《中國古典詩歌欣賞系列》分為國小 4 冊(臺北:中視文化公司,1995 年 1 月)、國中 3 冊(臺北:中視文化公司,1997 年 5 月)、高中 2 冊(臺北:中視文化公司,1997 年 6 月)。

揮灑,只要內容言之有物,能將文學作品的創作背景、主旨、內容、形式、技巧等特色,說明清楚,分析的頭頭是道,如此它的任務也就完成了。

文學鑑賞寫作固然重在內容,形式並不是它的重點,但我們根據二、三十年來這類的文章,約可歸納出文學鑑賞寫作在形式上的幾個特點:

(一) 以語體散文寫作

文學鑑賞不管是古典或現代作品,也不論是詩、文、小說或戲劇,既然是提供給當代人閱讀作品時參考,所以在文體選擇上必非語體散文莫屬。一些古典文學研究者當他鑑賞古典文學作品時,雖然使用的是語體散文,但往往無法完全擺脫文言文的羈絆,不是文白夾雜,就是遣詞用字過於艱澀,或者引用太多古人的說法,使鑑賞文章不容易閱讀,這樣的寫作可以說是失敗的。文學鑑賞寫作使用語體散文,必須做到淺白易讀、論述清晰、段落分明等基本要求。

(二) 按作品段落順序逐一鑑賞

文學鑑賞為了配合讀者對照作品閱讀,往往根據作品的段落順序,逐一鑑賞,尤其古典詩詞,篇幅不長,字句凝鍊,因此在鑑賞時往往以逐句說明的方式。如孟浩然〈宿建德江〉這首詩:

> 移舟泊煙渚,日暮客愁新。野曠天低樹,江清月近人。[6]

張高評作鑑賞時,就是如此寫法:

> 這是一首懷鄉之作,……首句敘地,次句敘時,三句寫岸上景物,四句寫水上風光。將船駛往煙霧裊繞的洲渚上停泊著,這個地方是建德江,作者寫過「建德非吾土」的詩,可見這兒不是作者的故鄉。離鄉飄泊來到此地,俯瞰江上則煙波千里,明

---

[6] 〔唐〕孟浩然撰、李景白校注:《孟浩然詩集校注》(成都:巴蜀書社,1988年3月),頁499。

月近人;仰視岸上則草木凋零,正是個冷落的清秋時節,更何況又值黃昏夕陽殘照之際,因此,又新添了許多客中的愁思。想那故鄉的天,故鄉的月,跟此地所見的天與月,是沒有兩樣的;但是,故鄉卻遙遠得不可見、不可及。此情此景,怎不會「客愁新」呢?……

前人讀詩,特別欣賞三四兩句,……詳加分析:這兩句,不僅寫景,而且景中寓情。由於草木零落,所以原野便愈形空曠,天也好像比樹木要低了。黃永武先生說:「本詩的好處在能使靜的東西生出動感,使無情處生出情來:像天有低於樹的動作,月有近於人的情態,而這些動態,都是從舟中看,更是從動的舟中看,切緊著開頭『移舟』。」可見這是從船窗裡所見的陸上景物。換個地方觀望,所見就未必如此了。因為秋江清澈,所以江中的月影更親近人了。旅途無聊,一月臨江,居然也倍覺親近,所謂「慰情聊勝於無」,就是這種心境。末兩句渾涵又不失鍛鍊,江邊獨泊與旅程孤寂之情,乃愈覺真切可味。

全詩以「秋」字為脈絡線索,詩中都不提「秋」字,但著「野曠」與「江清」,則秋色自然呈現。[7]

這篇鑑賞的形式結構,很明顯可以看出:首段先解說「移舟泊煙渚,日暮客愁新」兩句,次段分析「野曠天低樹,江清月近人」兩句,末段再做總結。如此一來,學生在閱讀原詩時,就可以逐句參照。

(三)歸納作品的特色分點論述

文學鑑賞有時因為原作篇幅太長,難以逐段解說,或者為了避免只是將作品的意思重複說一遍而已,因此便不採用按作品段落順序逐一鑑賞的方式,而直接將作品的特色歸納出來,分幾個重點加以論述,這種方式的好處,可以讓讀者很容易掌握到作品的特色所在。如筆者鑑賞陶淵明〈桃花源記〉時,就是如此寫法:

---

[7] 黃永武、張高評合著:《唐詩三百首鑑賞》(臺北:黎明文化事業公司,1986年11月),頁722-723。

本文是作者用來寄託理想的虛構作品。桃花源乃作者想像中一個環境優美、生活安樂的地方，那裡人人努力工作，平等自由，沒有剝削和壓迫，表達了作者追求美好生活的願望，也隱含他對現實社會的不滿。

綜觀桃花源記的寫作特色，有下列幾點值得稱述：

一、真實與虛構結合，善於寄託。桃花源雖然是作者想像出來的，但它所涉及的人和事都以現實的生活經驗為基礎，並故意提到「晉太元」、「武陵」、「南陽劉子驥」等實有的年號、地點、人物，使真實與虛構結合，所以文章新奇而不荒誕，讓讀者信其真有，又覺虛無縹緲，極具吸引力。陶淵明所處的時代，政治黑暗，民不聊生，因此藉著桃花源來寄託他的理想，他所虛構的樂園，是上古純樸社會的寫照，與秦漢以來的黑暗社會形成十分鮮明的對比，文章善於寄託，由此可見。

二、主線分明，時空安排有序。全文是以漁人進出桃花源為線索，把發現桃花源的經過、在桃花源中的所見所聞，以及出來之後的事情貫穿起來，組織結構完整，脈絡分明有致。就時間處理上，主要是用順敘法。從第一段的「晉太元中」，到第二段的「停數日」，以及第三段的「後遂無問津者」，是按照時間的先後順序敘述下來，文章條理井然。就空間轉換上，第一段寫洞之外，第二段寫洞之內，第三段則又回到洞之外，層層開展，極有秩序。

三、語言精鍊，平淡中富有詩意。本文的敘述語言不僅樸素，而且非常精鍊。如第一段寫桃花源外面的景色，用了簡短的文字，就描繪出一幅迷人的暮春桃林圖，看似平淡，卻富有詩意。又如寫漁人與桃花源裡的人談話的情景，作者以「此人一一為具言所聞，皆嘆惋」一句話作了交代。漁人在世上所知道的詳細情況，不是作者所要著力描寫的，所以在上半句一筆帶過。而後半句雖只三個字，但從桃花源裡的人共同的「嘆惋」中，可以想像漁人所說的世上的情形，與桃花源內的生活相比之下，世上是多麼混亂不堪，而桃花源內的生活又是多麼安定！由此可見作者駕馭文字的功夫頗為獨到。[8]

---

[8] 康熹版《高中國文・第 1 冊》（臺北：康熹文化事業公司，2007 年 9 月），頁 186。

這篇鑑賞除了首段說明〈桃花源記〉的主旨之外，其他則針對該篇的藝術手法：真實與虛構結合、主線分明、語言精鍊等加以論述，如此讀者對〈桃花源記〉的特點就很清楚可以理解了。

另外，筆者在鑑賞陳冠學〈田園之秋選〉時，也是這種寫法，由於該篇鑑賞太長，這裡只將歸納的特點錄之如下：

一、描繪西北雨之奇，對大自然充滿欣賞與敬畏之心。
二、取材臺灣本土，並與西方戲劇、音樂連結。
三、先總後分的結構，深入刻劃雷雨特色。
四、善用譬喻、誇飾等修辭技巧，文章生動。[9]

透過以上的重點分析，讀者對《田園之秋》中9月7日的這篇日記，不論主旨、題材、結構、修辭等方面的特色，都能一一掌握。

（四）先解說段落大意，再論述作品特色

文學鑑賞如果只是歸納作品的特色，對於某些讀者想要按序了解作品文意也有不便之處，因此許多鑑賞文章就將上述兩種寫法結合，先按段落解說文意，再論述作品特色，如袁行霈鑑賞白居易〈琵琶行〉時，就是如此寫法：

> 〈琵琶行〉是唐代詩人白居易的著名詩篇。詩的內容是寫他和一位琵琶女的邂逅相遇、琵琶女的彈奏，以及他們兩人各自的身世遭遇，帶有很強的敘事性。故事是這樣的：
> 在一個深秋的夜晚，幾隻客船停泊在潯陽江頭，船蓬裡透出微弱的燈光。岸邊的楓樹上滿是紅葉，和水中蘆荻的白花一起點綴著秋色。……
> 其中誰的淚水最多呢？江州司馬白居易的青衫都沾濕了！
> 這首詩的突出成就是在敘事方面。……在這批詩人裡，尤以白居易的敘事技巧最突出，就拿這首〈琵琶行〉來說吧，其中就

---

[9] 康軒版《國中國文教師手冊・2上》（臺北：康軒文化事業公司，2004年9月第二版），頁121-124。

頗有一些值得總結的藝術經驗。

首先是敘事與抒情的結合。在敘事的過程中，字裡行間都滲透著對那女子的同情，深摯而雋永。詩人很善於刻劃對方的心理活動，而在刻劃對方心理的時候流露出自己的感情。……

其次，〈琵琶行〉的敘事富於詳略虛實的變化，脈絡分明，曲折生動。詩從秋夜送客寫起，由「舉酒欲飲無管絃」引出琵琶聲和琵琶女，這些過程都寫得比較簡單。接著一段音樂描寫，一共用了二十二句，寫得很詳盡。把曲調的變化、彈奏的技巧、曲中的感情，淋漓盡致地描寫出來。……

〈琵琶行〉對音樂的描寫尤有獨到之處。……他運用了三種寫法。

第一，是比喻，用一連串比喻反覆形容。……

第二，寫彈者與聽者的感情交流。……

第三，不但寫有聲，而且寫無聲。……[10]

這篇鑑賞首段點明詩的內容大意，其次將整首詩的故事敘說一遍，讓讀者能完全掌握詩的內容。接著將詩的藝術技巧歸納成兩方面，即敘事技巧與音樂的描寫。敘事技巧又分從「敘事與抒情的結合」、「敘事富於詳略虛實的變化」兩點加以論述。音樂的描寫則點出「比喻」、「寫彈者與聽者的感情交流」、「不但寫有聲，而且寫無聲」等三種寫法。透過如此鑑賞，讀者對作品的內涵及技巧，應該可以較全面的掌握。

三、文學鑑賞寫作要領

文學鑑賞的形式固然可以根據需要求變化，不必太過拘泥，但其內容則應力求充實，不論作品的創作背景、主旨，或作品的內容、題材、形式、技巧等特色，乃至作品的整體成就，都需要全面掌握，才能達到完整的鑑賞。既然文學鑑賞是幫助讀者導覽作品，所以撰寫鑑賞文章時

---

[10] 人民文學出版社編輯部編：《唐詩鑑賞集》（北京：人民文學出版社，1987年1月），頁293-299。

必須先掌握閱讀對象的程度，以下則依次說明文學鑑賞的寫作要領：

（一）掌握閱讀對象的程度

《文心雕龍・辨騷篇》說：「故才高者菀其鴻裁，中巧者獵其艷辭，吟諷者銜其山川，童蒙者拾其香草。」[11] 意思是說：屈宋作品對後代讀者的影響，寫作才能較高的人，就從中吸取重大的思想內容；具有小聰明的人，就學到些美麗的辭藻；一般閱讀的人，喜歡其中關於山水的描寫；初學啟蒙的人，只拾取那些香花美草的字眼。這一段文字說明了文學作品雖然是客觀的存在，但讀者隨著程度的差別，而有不同的切入點。所以從事文學鑑賞寫作者，必須先考慮閱讀對象的層級。如筆者曾參與編纂康軒版《國中國文》課本及教師手冊、康熙（今改為康熹）版《高中國文》課本及教師手冊，因為課本是給學生閱讀的，所以課文的鑑賞文字必須要符合學生的程度，讓學生看得懂，篇幅也不能過長，一般都限制在四、五百字左右。而教師手冊是提供給老師參考，所以鑑賞必須要詳盡、深入，篇幅也比較沒有限制，有時一篇鑑賞就高達二、三千字。

如果學生寫作業或參加考試，因為閱讀對象是評分老師，所以鑑賞作品基本上要力求深入，面面俱到。但另外需要考慮的，是題目的配分，假若一題是十分，鑑賞只要掌握作品的重點特色即可，若是二、三十分，當然就需要巨細靡遺、大力揮灑。

（二）掌握作品的創作背景

在鑑賞作品之前，必須要有基本的準備功夫，首先要通訓詁、明典故，瞭解作品中字句的正確含意及典故的運用，才不會望文生義，曲解作品原意。其次察背景、考身世，察考作品的時代背景及作者的身世，才能掌握作品的題旨，不致任憑己意，附會古人。

一般較著名的作家，其作品大都有人作注，或者作繫年，如鑑賞李

---

[11] 〔梁〕劉勰著、王更生注譯：《文心雕龍讀本》（臺北：文史哲出版社，1985 年 3 月），頁 66。

白的詩,可以參考瞿蛻園、朱金城撰《李白集校注》[12];鑑賞辛棄疾的詞,則需參考鄧廣銘撰《稼軒詞編年箋注》[13]。某些作品如果被收入選集或鑑賞辭典,也可先留意,如要鑑賞一首宋詩,可查看此詩是否收入金性堯選注《宋詩三百首》[14]、或繆鉞等撰《宋詩鑑賞辭典》[15],以便參考。假若作品都沒有前人作注或鑑賞,這時遇到不懂的字詞或典故,則要勤於翻檢辭書,如《中文大辭典》[16]、《漢語大詞典》[17]都是很好的幫手。另外對於作者的傳記資料也要儘量蒐集,才能掌握作品的創作背景。

筆者曾鑑賞翁森〈四時讀書樂〉一詩,我根據翁森有限的傳記資料,先介紹該詩的創作背景如下:

> 翁森,字秀卿,號一瓢,臺州仙居(今浙江省仙居縣)人,生卒年不詳,只知他處於宋元時代。學問淵博,書無不窺,人向他請教,「舉傳疏不遺一言,或歷代史上下數千年,纚纚如貫珠」(《古今圖書集成‧學行典》),有「翁書櫥」的雅號。宋亡之後,隱居不出,創安洲鄉學,取朱子〈白鹿洞書院學規〉來教導弟子,從遊者前後達八百餘人。元以異族入主中國,對士人極為仇視,有「九儒十丐」之目,並廢科舉,以斷其生路。因此,「富家子弟多不讀書,而習于壟斷之技,或為吏胥以求仕進,或挾冊哦詩以餬口於四方」(《光緒仙居志》)。只有翁森以儒術來教化其鄉人,造成一股很好的讀書風氣。[18]

翁森的生平資料雖然不多,但從他的學問淵博及創辦鄉學的事蹟,就可了解他之所以高唱「讀書之樂樂無窮」的原因了。

---

[12] 瞿蛻園、朱金城撰:《李白集校注》(上海:上海古籍出版社,1980年;臺北:里仁書局,1981年3月翻印)。
[13] 鄧廣銘撰:《稼軒詞編年箋注》(上海:上海古籍出版社,1993年;臺北:華正書局,2003年翻印)。
[14] 金性堯選注:《宋詩三百首》(上海:上海古籍出版社,1986年;臺北:文津出版社,1987年9月翻印)。
[15] 繆鉞等撰:《宋詩鑑賞辭典》(上海:上海辭書出版社,1987年12月)。
[16] 中文大辭典編纂委員會編纂:《中文大辭典》(臺北:中國文化大學出版部,1982年)。
[17] 漢語大詞典編輯委員會編纂:《漢語大詞典》(上海:上海辭書出版社,1986年11月)。
[18] 黃文吉、袁行霈等著:《國中國文古典詩詞曲鑑賞》(臺北:國文天地雜誌社,1989年11月),頁138。

（三）掌握作品的主旨

作者從事創作時，一定有他的中心理念，也就是作品的命意所在，所以鑑賞一篇作品，必須要能掌握它的主旨。如北朝民歌〈木蘭詩〉，中國學界對它的主題眾說紛紜，王洪等主編《古詩百科大辭典》將此歸納為以下四種：1.女性取勝論。2.民族英雄論。3.孝道忠君論。4.厭戰反戰論。並說：「近年來學術界對於〈木蘭詩〉的主題，觀點基本上趨於一致，認為它刻畫了木蘭剛強勇敢的性格、贊頌她保家衛國、不愛功名富貴的高尚品德。」[19]中國共黨政權信仰唯物主義，將傳統孝道視為封建思想，所以對木蘭代父從軍、及凱旋歸來急於返鄉與父母團聚的孝道表現，故意視而不見。筆者在鑑賞此詩時，就明確指出它「表現孝道主題，塑造女英雄形象」，並做如下之論述：

> 作者在本詩中塑造了木蘭這位極為孝順、英勇的婦女形象，透過木蘭的優美形象所反映出的主題相當鮮明，並蘊含有別於傳統的新思想：
> 一、孝道主題明確。木蘭在父老弟幼的情況下，勇敢的挺身而出，代替父親從軍，表現出的孝心令人印象深刻。不僅她從軍的出發點是為了孝道，在初赴戰場時還是心繫著父母，腦海仍然縈繞著過去爹娘呼喚她的聲音。即使凱旋歸來，她寧願放棄高官厚祿，只求早日回家與父母團聚，全詩圍繞著孝道這個主題至為明顯。
> 二、肯定女性的能力。本詩的主題固然在闡揚孝道，但隨著木蘭在戰場上傑出的表現，也成功的展示了女性不讓鬚眉的能力與智慧，尤其木蘭視高官厚祿如浮雲的人生態度，更遠非功名心重的男性所能企及。中國傳統有根深柢固的重男輕女觀念，經過本詩對女性的讚揚與肯定，確實可引發讀者的反思。[20]

個人認為這才是本詩真正的主旨，也是本詩長期以來被選入國中教材的

---

[19] 王洪等主編：《古詩百科大辭典》（北京：光明日報出版社，1991年12月），頁331-332。
[20] 康軒版《國中國文教師手冊・2下》（臺北：康軒文化事業公司，2004年2月初版），頁300。

原因。臺灣接受中華文化的薰陶，和中國共產黨排斥傳統文化，從對詩旨的詮釋亦可見一斑。

〈木蘭詩〉主題如此明確，都會有許多不同主張，更何況某些主旨隱晦的作品，鑑賞時就顯得相當棘手。如李商隱〈嫦娥〉詩：

雲母屏風燭影深，長河漸落曉星沉。
嫦娥應悔偷靈藥，碧海青天夜夜心。[21]

這首詩的主旨也有許多不同的解讀，筆者在康熹版《高中國文教師手冊・第一冊》鑑賞時，就將各家說法歸納為：1.藉嫦娥來抒發作者悵惘失意的心情。2.將本詩落實在黨爭的不幸遭遇上。3.藉嫦娥寫所思念的女子。4.以嫦娥為困守宮觀的女冠（女道士）代言。[22] 因為教師手冊是提供老師參考，可以將不同說法一一列出，但課本是供學生閱讀，不能過於複雜，筆者鑑賞時便採用第一種說法：「藉嫦娥來抒發作者悵惘失意的心情」，作為題旨來加以闡釋。[23]

主旨是一篇作品的靈魂，從事文學鑑賞寫作，如果能掌握到正確的主旨，在鑑賞之初，就以簡短的文字道破，這樣的鑑賞文章，可以說「好的開始，是成功的一半」。

（四）掌握作品的內容、題材特色

文學作品透過描寫的內容，選用的題材，來表現主旨，所以鑑賞時必須留意作品的內容、題材有何特色。如杜甫〈聞官軍收河南河北〉：

劍外忽傳收薊北，初聞涕淚滿衣裳。
卻看妻子愁何在？漫卷詩書喜欲狂。
白首（一作日）放歌須縱酒，青春作伴好還鄉。
即從巴峽穿巫峽，便下襄陽向洛陽。[24]

---

[21] 〔清〕馮浩注：《玉谿生詩詳注》（臺北：華正書局，1977年8月），頁591。
[22] 康熹版《高中國文教師手冊・第1冊》（臺北：康熹文化事業公司，2006年9月第一版），頁265-266。
[23] 康熹版《高中國文・第1冊》（臺北：康熹文化事業公司，2006年9月第一版），頁145。
[24] 〔清〕浦起龍著：《讀杜心解》（臺北：九思出版公司，1979年3月），頁628。

霍松林在〈老杜生平第一快詩——說聞官軍收河南河北〉一文曾就首聯的內容作如下的鑑賞分析：

> 「劍外忽傳收薊北」，起勢迅猛，恰切地表現了捷報的突然。「劍外」乃詩人所在之地，「薊北」乃安史叛軍的老巢，即〈恨別〉詩裡希望收復的「幽燕」。詩人多年飄泊「劍外」，艱苦備嘗，想回故鄉而不可能，就由於「薊北」未收，安史之亂未平。如今於「劍外」飄泊之地「忽傳收薊北」，真如春雷乍響，山洪突發，一下子衝開了鬱積已久的情感閘門，驚喜的洪流，噴薄而出，濤翻浪湧，洋溢為以下各句。「初聞涕淚滿衣裳」，就是這驚喜的情感洪流湧起的第一個浪頭。
>
> 「初聞」緊承「忽傳」。「忽傳」表現捷報來得太突然，「涕淚滿衣裳」則以形傳神，表現突然傳來的捷報在「初聞」的一剎那所激起的感情波濤。詩人當年從叛軍攻陷的長安逃出，九死一生，投奔到臨時政府所在地鳳翔，作詩有云：「喜心翻倒極，嗚咽淚霑巾。」（〈喜達行在所〉）注家說這是「喜極而悲」、「悲喜交集」。如今竟然「涕淚滿衣裳」，更是百倍的「喜極而悲」、「悲喜交集」。「薊北」已收，戰亂將息，乾坤瘡痍、黎元疾苦，都將得到療救，個人顛沛流離、感時恨別的苦日子，總算熬過來了，怎能不喜！然而痛定思痛，回想八年來的重重苦難是怎樣熬過來的，又不禁悲從中來，無法壓抑。可是，這一場浩劫，終於像惡夢一般過去了，自己可以返回故鄉了，人們將開始新的生活了，於是又轉悲為喜，喜不自勝。這「初聞」捷報之時的心理變化、複雜感情，如果用散文的寫法，必將付出很多筆墨，而詩人只用「涕淚滿衣裳」五個字作形象的描繪，就足以概括這一切；還不止這一切，那個「滿」字的深廣內涵，是可以作更多發掘的。[25]

短短的兩句才十四個字，經過如此的闡釋，讀者對老杜詩句蘊含內容之豐富，必定有極為深刻的印象。

---

[25] 霍松林：《唐宋詩文鑑賞舉隅》（北京：人民文學出版社，1984年3月），頁127-128。

又如清康熙年間到臺灣採硫磺的郁永河，他將採硫的過程及在臺所見所聞寫成《裨海紀遊》一書，康熹版《高中國文·第二冊》將他描寫探察北投硫穴的這段歷程選入教材，筆者鑑賞時特別從題材的角度，指出它具有「題材新穎」的特色，並作如下的分析：

> 作者所描寫的景物，都是他前所未見的，如寫茂盛的林木，謂「大小不可辨名」；寫樹上的禽聲，說「耳所創聞」。有些則透過嚮導解說，表示景物的新奇，如大十圍的巨木，「導人謂楠也」；藍靛色的溪水，「導人謂此水源出硫穴下，是沸泉也」。尤其最後出現的「硫穴」，更是大自然的奇觀。作者選擇這些題材來描寫，已經完全掌握了讀者好奇喜新的心理。[26]

作者首次來到臺灣，對臺灣的風土民情、自然風光都感到十分新奇，他寫探察北投硫穴的這段歷程，所見的奇特景物也都一一在文中呈現，所以我們從事鑑賞時，必須要加以點出以讓讀者了解。

（五）掌握作品的形式、技巧特色

文學作品與一般記錄文書不同，它有優美的形式及高明的寫作技巧，因此鑑賞每篇作品時，也可以從結構、修辭、格律等方面去掌握其特色。結構是作品的骨架，任何一篇完美的作品，它的結構一定相當嚴密，值得我們去注意。如臺灣文學的著名作家鍾理和，他有一篇短篇小說〈草坡上〉常被選入國中國文教材，筆者為康軒版《國中國文教師手冊·一下》作鑑賞時，特別就其結構作如下之分析：

> 本文故事情節很單純，非常符合短篇小說的特徵，它沒有過多的頭緒，也沒有橫生的枝節，但它的結構完整，有開端、發展、高潮和結局，安排得相當緊湊，扣人心弦。
> （一）開端：以母雞的風溼病占據情節開頭的中心，緊接著引發小雞們的疑惑，「六張小口一齊鳴叫著，好像在詢問為什麼母

---

[26] 康熹版《高中國文·第2冊》（臺北：康熹文化事業公司，2006年12月初版），頁182。

親不再像往日一樣領牠們玩去了？」然而母雞何嘗不想呢？但母雞即使用盡了全身的力氣，也只能勉強的挪動一點點，在心有餘而力不足的情況下，最後只能伏倒在地面，用絕望的眼神與小雞們相對，用虛軟無力的臉頰撫慰著嚇得無助的孩子。故事情節發展至此，悲劇性的氣氛已經逐漸在文字的醞釀中產生了。

（二）發展：在悲劇氣氛達到高潮之前，作者穿插了小雞和小白蛾在香蕉乾燥廠門口嬉戲的一段小插曲，這段輕鬆有趣的插曲，表面上緩和了悲劇的氣氛，但它背後隱藏著小雞貪玩，在這即將與母雞永世隔絕的一刻，竟然如此的天真無知，拋下孤伶伶的母雞，其悲劇氣氛又往前推進了一步。

（三）高潮：母雞被宰以及小雞找不到母雞的悲哀，可說是悲劇性情節的高潮，為全文最哀傷的部分。試想作者如果安排母雞是因病而死，女主人與作者對小雞沒有一份愧疚感，整篇故事就缺乏戲劇張力。也正因為女主人在作者的默許之下，將母雞宰殺，當小雞得不到母雞的呵護，以及小雞尋找母雞而發出悽愴尖厲的叫聲時，女主人及作者的心理產生極大的衝突。尤其「飯桌上」的這段情節，可說是整篇小說的精神所在，兩個孩子依偎在母親懷中與六隻失去母親、孤伶伶的小雞，還有那湯碗裡被犧牲的母雞，形成一個最強烈的對比，也因為這段情節細緻的描寫，將本文的主題親情或者對生命的肯定，全然的烘托出來。

（四）結局：由於作者一家人對小雞的惻隱之心和愧疚感，所以他們擔負起彌補的責任，極力的照顧小雞，儼然成為母雞的化身。而小雞在作者一家人悉心的照料下，擺脫了失去母雞的陰影，成長茁壯，終於變成羽翼豐滿的大雞了。最後作者提到：「我和妻相視而笑，感覺到如釋重負般的快樂」，因此整個情節就在作者和其妻洋溢著的笑容中，以圓滿的結局收場。[27]

---

[27] 康軒版《國中國文教師手冊・1下》（臺北：康軒文化事業公司，2003年2月初版），頁377-378。

透過小說的結構分析，可看出作者安排情節之用心。

其次是文學作品的修辭，一篇優美的文學作品，修辭一定有它的特殊之處，鑑賞時也可以從這方面去加以著墨。如王粲〈登樓賦〉是一篇相當著名的抒情短賦，徐公持作鑑賞時，曾指出它的用典特色：

> 接著用孔子困於陳時曾歎息「歸歟，歸歟！」（《論語‧公冶長》）以及春秋時楚人鍾儀被囚於晉國而操南音、越人莊舄在楚國任顯職而喜越聲的故實，進一步襯托自己對故土的強烈眷念。這裡「鍾儀」句和「莊舄」句，所詠事跡相反，而用意正同，乃所謂「反襯」修辭手法。從這一「反襯」中又引出末二句來：窮達雖異，而懷土情同。這一段裡表現了更深的憂思，到了「孰可任」的地步。[28]

又如屈原的〈橘頌〉，是一篇借詠物以抒寫懷抱的佳作，李大明鑑賞時，特別指出它在以物喻人方面的特色：

> 這是屈原寫的一首詠物寄志詩。……我們讀〈橘頌〉有兩點突出的感受，一是表達了「受命不遷，生南國兮」的深厚愛國情感和強烈的民族意識；二是表達了「蘇世獨立，橫而不流」的守志不移、嚴於律己的高尚情操。而這些思想感情的表達，又是寄託在對橘樹的贊頌之中的。[29]

分析作品修辭技巧的運用，必須掌握較為突出的部份，避免每一種修辭都要列舉，而流於瑣碎。

詩歌最大的特色在於格律，尤其古典詩歌更是如此，有的比較謹嚴，有的比較寬鬆，它都是根據漢字的特點來適應詩歌的需要，經過長期醞釀發展而逐漸形成的，如果對詩歌的平仄、押韻、對仗和句法等多加留意，鑑賞詩歌也才能夠深入，並可發現古人用心之處。如崔顥〈黃鶴樓〉這首七言律詩：

---

[28] 吳功正主編：《古文鑑賞辭典》（南京：江蘇文藝出版社，1987年11月），頁430-431。
[29] 周嘯天主編：《詩經楚辭鑒賞辭典》（成都：四川辭書出版社，1990年3月），頁1096。

> 昔人已乘白雲（一云作黃鶴）去，此地空餘黃鶴樓。
> 黃鶴一去不復返，白雲千載空悠悠。
> 晴川歷歷漢陽樹，春（一作芳）草萋萋鸚鵡洲。
> 日暮鄉關何處是？煙波江上使人愁。[30]

張高評為此詩作鑑賞時，就特別從格律的角度分析：

> 就音響節奏而言，「昔人已乘黃鶴去，此地空餘黃鶴樓」。出句首字可不論，拗第六字作仄，則下句第五字用平聲黃字以救之。三四兩句「黃鶴一去不復返，白雲千載空悠悠」。似對非對，律間出古，上句連用六仄，下句連用五平，然音節依然瀏亮，並不拗口。五六兩句「晴川歷歷漢陽樹，芳草萋萋鸚鵡洲」。陽字孤平，故鸚字宜仄而用平以救之。……總之，本詩氣格超然，高唱入雲，不為律詩所縛，純以韻勝，品之自有餘味。[31]

由格律的分析可見，崔顥〈黃鶴樓〉確實具有不拘律詩常格，勇於創新的特色。

（六）掌握作品的整體成就

文學作品經過嚴謹的鑑賞分析，其主旨、內容、形式等特色既已一一呈現，最後則需總括其整體成就，如黃庭堅〈寄黃幾復〉一詩：

> 我居北海君南海，寄雁傳書謝不能。
> 桃李春風一杯酒，江湖夜雨十年燈。
> 持家但有四立壁，治病不蘄三折肱。
> 想得讀書頭已白，隔溪猿哭瘴溪（文集、明大全本作煙）藤。[32]

---

[30] 清聖祖御定：《全唐詩》（臺北：文史哲出版社，1978年12月），冊2，頁1329。

[31] 黃永武、張高評合著：《唐詩三百首鑑賞》（臺北：黎明文化事業公司，1986年11月），頁555。

[32] 北京大學古文獻研究所編：《全宋詩》（北京：北京大學出版社，1995年3月），冊17，頁11337。

陶文鵬作鑑賞時，先按序逐聯分析，指出每一聯的旨意及特色：首聯寫兩人遠隔南北、音信難通。頷聯深情抒寫友人昔日的歡聚和別後的思念。頸聯進而寫友人的生活和品格。尾聯與首句照應，想像友人在瘴氣彌漫的嶺南仍發憤讀書，使得頭髮過早地斑白。最後總括本詩的成就如下：

> 這首詩抒真情，造硬語，作拗句，押險韻（如「能」、「肱」二韻），點化成語，活用詞彙，體現了庭堅七律的藝術特色。黃庭堅駕馭格律，達到了游刃有餘的境地。[33]

這段鑑賞將〈寄黃幾復〉一詩的情意、形式技巧等諸多特色做總結，並指出它在黃庭堅的作品中具有代表性的地位。

鑑賞在總括作品的成就時，如果前人有恰當的評價，我們也可參考引用，如李煜這首〈浪淘沙〉：

> 簾外雨潺潺，春意闌珊，羅衾不耐五更寒。夢裡不知身是客，一餉貪歡。　獨自莫憑欄，無限江山，別時容易見時難。流水落花春去也，天上人間。[34]

筆者為康熹版《高中國文教師手冊・第四冊》作鑑賞時，就曾引用王國維《人間詞話》對李後主詞的評價，來說明這首詞的成就：

> 早期的詞，只是音樂的附庸，內容大都寫男女相悅相思之情，像作者這樣寄託身世之感，抒寫亡國之痛，則非常罕見。一般學者都認為李煜就詞體境界的提升、題材範圍的擴大，有其特殊貢獻，如王國維《人間詞話》說：「詞至後主而眼界始大，感慨遂深，遂變伶工之詞而為士大夫之詞。」我們從李煜這首詞確實可獲得印證。[35]

王國維這幾句話，就詞的發展歷程來評論李後主詞的地位，非常有見地，

---

[33] 楊濟東等編：《詩詞曲賦名作鑒賞大辭典・詩歌卷》（太原：北岳文藝出版社，1991年2月），頁1107-1108。

[34] 張璋、黃畬編：《全唐五代詞》（上海：上海古籍出版社，1986年2月），頁478。

[35] 康熹版《高中國文教師手冊・第4冊》（臺北：康熹文化事業公司，2007年11月初版），頁320。

也是學界大家耳熟能詳的,所以拿來說明像〈浪淘沙〉這一類作品的成就,可說相當貼切。

四、習題

1. 請鑑賞詹冰〈黃昏時〉這首新詩:

    黃昏時,
    夜神點起黑色的燈。
    黑色的光太寂寞,
    所以天神點起星星的燈,
    人們點起油燈和電燈。
    住在我胸裡的小精靈,
    也點起詩的魔燈。

【說明】:按作品段落順序逐一鑑賞的方式,分析本詩的內涵及技巧,寫成一篇鑑賞文章。

2. 請鑑賞柳宗元〈與浩初上人同看山寄京華親故〉這首七言絕句詩:

    海畔尖山似劍芒,秋來處處割愁腸。
    若為化作身千億,散向峰頭望故鄉。

【說明】:王國安撰《柳宗元詩箋釋》(上海:上海古籍出版社,1993年)考證,浩初上人,為長沙龍安海禪師弟子,柳宗元被貶為永州(今湖南零陵)司馬時,兩人開始認識。後來柳宗元被放逐到柳州(在今廣西)當刺史,元和十二年(817),浩初上人又去拜訪他,此詩應作於是年秋天。請根據上述資料,先說明本詩的創作背景,再以歸納作品特色分點論述的方式,寫成一篇鑑賞文章。

3. 請鑑賞李清照〈一翦梅〉這首詞：

   紅藕香殘玉簟秋，輕解羅裳，獨上蘭舟。雲中誰寄錦書來？雁字回時，月滿西樓。　花自飄零水自流，一種相思，兩處閒愁。此情無計可消除，才下眉頭，卻上心頭。

【說明】：元伊世珍《瑯嬛記》云：「易安結褵未久，明誠即負笈遠游。易安殊不忍別，覓錦帕書〈一翦梅〉詞以送之。」根據這則資料可知本詞的創作背景。鑑賞時請先按作品段落順序逐一說解，再歸納作品的特色分點論述。

　　──原載張高評主編：《實用中文講義（上）》（臺北：三民書局，2008年6月），頁241-261。

綜論

一種蛾眉明月夜，南宮歌管北宮愁
——談皇后的文學創作

一、前言

如果說皇帝是中國古代最有權勢的男人，那麼皇后當然是中國古代最有權勢的女人。但皇帝世襲，寶座被某姓人家註冊之後，一專利就好幾百年，可憐多少英雄豪傑，也只有望天浩嘆。如此說來，女人應當比男人幸運，因為后座沒有專利權，誰都有機會成為最有權勢的女人。當衛子夫坐上漢武帝的皇后寶座時，弟弟衛青貴震天下，民間流行一首歌謠：「生男無喜，生女無怒，獨不見衛子夫霸天下！」（《史記・外戚世家》）後來白居易的〈長恨歌〉也遙相唱和：「遂令天下父母心，不重生男重生女」。

然而話說回來，皇后的權勢畢竟依附在皇帝身上，龍顏難悅，天威叵測，有朝一日判入冷宮，可不好受，我們試看被衛子夫取而代之的阿嬌——陳皇后，當武帝幼時，信誓旦旦要「金屋藏嬌」（事見班固《漢武故事》），曾幾何時，卻罷退居長門宮，還要花錢請司馬相如為她寫〈長門賦〉，以感悟主上。自古許多騷人墨客，為阿嬌感懷興嘆，寫下無數〈長門怨〉的詩篇。唐裴交泰即有一首道：

自閉長門經幾秋，羅衣濕盡淚還流；
一種蛾眉明月夜，南宮歌管北宮愁。

寫盡後宮的辛酸血淚，得寵與失寵之間，簡直霄壤之別。

我們常說：「文學可以反映人生」，與其聽那些失意文士呶呶嚷嚷，假裝作皇后的代言人，倒不如直闖宮闈，偷窺皇后的文學作品，讓皇后自己作深入心靈的告白。

二、皇后母儀天下，著作多主教化

中國傳統政治一向重視儒家的「德治」思想，所謂「君子之德風，小人之德草，草上之風必偃」，皇后既然是天下最有權勢的女人，她就應盡「為天下女人表率」之義務，因此許多皇后都想扮演好這個角色，於是教導天下婦女的著作便在她們手中產生，如：唐太宗長孫皇后，她出身在一個有教養的家庭，史傳說她「少好讀書，造次必循禮則」，謹守分寸，極力避免觸及朝政，可算是皇后的典範。她曾採古婦人善事，撰成《女則要錄》十卷，又著論斥漢之馬皇后，「不能檢抑外家，使與政事，乃戒其車馬之侈，此謂開本源，恤末事。」（《新唐書‧后妃傳》）又如，明太祖馬皇后，史傳說她：「仁慈有智鑒，好書史，太祖有劄記，輒命掌之，倉卒未嘗忘」，明太祖非常欣賞她，常對群臣述說她的賢慧，比作唐代長孫皇后。馬皇后也是「勤於內治，暇則講求古訓。告六宮以宋多賢后，命女史錄其家法，朝夕省覽」（《明史‧后妃傳》），著有《高后內訓》一卷，及《列女傳》。以上兩位皇后的著作，只見史志著錄，如今都已經很難見到了。

至於被唐太宗長孫皇后批評的東漢顯宗馬皇后，她是伏波將軍馬援的女兒，其實她也是一個好皇后，人長得漂亮，又有學問，《後漢書‧皇后紀》說她：「身長七尺二寸，方口，美髮。能誦《易》，好讀《春秋》、《楚辭》，尤善《周官》、《董仲舒書》。」顯宗皇帝崩殂後，肅宗即位，她被尊為皇太后，曾自撰《顯宗起居注》，可見她頗有史學素養。尤其可貴的，她將自己哥哥馬防參與醫藥的事蹟刪去，她的兒子肅宗皇帝為他舅舅抱不平說：「黃門舅旦夕供養且一年，既無褒異，又不錄勤勞，無乃過乎！」但她堅持說：「吾不欲令後世聞先帝數親後宮之家，故不著也。」（見同上）馬皇后也是知道避免讓外戚干政的明理女人，唐代長孫皇后批評她「不知檢抑外家，使與政事」，要求標準未免過高吧？

上述這些皇后都喜歡讀書，很有學問，並且有著作，可惜我們站在純文學的立場來看，這些著作都不能算作文學作品，但不容否認，母儀天下，教化婦女，是「模範皇后」生活的重心，寫這類勸勉婦女同胞的書也是適如其分的。

三、皇后蒙恩得寵，作品華貴風流

由於皇后的權力是得自皇帝，當她飛上枝頭變鳳凰時，難免要引吭高歌，發出美妙得意的聲音，尤其在龍恩眷寵之際，又如何不嬌昵詔諛一番？先舉遼道宗蕭皇后，她小字觀音，「姿容冠絕，工詩，善談論。自制歌詞，尤善琵琶。」（《遼史‧后妃傳》）從這段記載，可知她是一位多才多藝的美女。清寧二年（1056），她率領妃嬪跟隨皇帝上山打獵，行至伏虎林，皇帝命之賦詩，她應聲吟出七絕一首：

威風萬里壓南邦，東去能翻鴨綠江；
靈怪大千俱破膽，那教猛虎不投降。

全詩氣勢雄偉，有北方豪邁奔放作風，極力誇讚皇上之英勇，難怪乎皇帝聽了龍心大喜，出示群臣說：「皇后可謂女中才子！」由於這首詩的鼓舞，第二天打獵，有虎突林而出，皇帝說：「朕射得此虎，可謂不愧后詩。」果然一箭就把老虎射死，群臣皆呼萬歲（《焚椒錄》）。

隔年秋天，道宗皇帝作〈君臣同志華夷同風〉詩，蕭皇后應制屬和作了一首五律：

虞廷開盛軌，王會合奇琛；
到處承天意，皆同捧日心。
文章通蠹谷，聲教薄雞林；
大宇看交泰，應知無古今。

這首詩雖是應和之作，但對仗工整精美，尤其頸聯，「蠹谷」，本作「谷蠹」，是匈奴藩王封號，為了與下句「雞林」（古國名，即新羅）相對，而加以倒裝，經過倒裝之後，銖兩悉稱，不同凡響。全詩將原作的主題——「君臣同志，華夷同風」，表現得非常成功，相信與原作相較，絕不遜色。

次舉宋高宗吳皇后，聽說她出生前，她父親夢到一個亭子，扁額寫著「侍康」，傍種芍藥，獨開一花，非常妍麗可愛，花下一隻白羊。這個

夢就已經注定她要「侍候康王（後即帝位，就是宋高宗）」，當皇后的命運。吳皇后由於「博習書史，又善翰墨」，因此「寵遇日至」。《書史會要》記載：「帝常書六經，賜國子監刊石，稍倦，即命后續書，人莫能辨。」可見她書法功力之深。《韻石齋筆談》收有她一首七絕〈題徐熙芍藥〉：

> 穠李夭桃掃地無，眼明驚見玉盤盂；
> 揚州試識春風面，看盡群花總不如。

說來湊巧，吳皇后這首題畫詩所寫的——芍藥，就是她父親夢境中她的化身，詩中她把芍藥形容成花中之王，正如她在女性中的地位。這或許不是有意，但文學作品經常毫不自覺將作者的身分、個性表現出來。後兩句是化自杜牧〈贈別〉詩：「春風十里揚州路，捲上珠簾總不如」。「玉盤盂」比喻芍藥的花又白又大，倒是蠻生動的。

再如宋寧宗楊皇后，她少以姿容選入宮，進為貴妃，寧宗前一個太太——韓皇后過世，她由於「頗涉書史，知古今，性復機警」（《宋史‧后妃傳》）所以被立為皇后。她是一個懂權術、深諳報復之道的女人，當上皇后後，就用計把反對她當皇后的韓侂胄殺掉。她作有許多〈宮詞〉，我們選其中二首：

> 溶溶太液碧波翻，雲外樓臺日月閑；
> 春到漢宮三十六，為分和氣到人間。

> 雲影低涵柏子池，秋聲輕度萬年枝；
> 要知玉宇涼多少，正在觀書乙夜時。

如果就文學而論，楊皇后確實頗有才情的，前一首寫春天降臨宮廷景象，雍容華貴之餘，而不失詩的興味。後一首則寫秋天後宮情形，要體會秋涼，是在乙夜觀書時候，這要不是曾身歷其境，是難以苦思雕琢出來的。

四、皇后變為皇帝，文采不肯讓人

　　有些皇后覺得「母儀天下」還不過癮，她也想要嚐嚐「君臨天下」的滋味，於是角色易位，牝雞真的司晨起來，歷史上最有名的例子，非唐高宗武皇后莫屬了。這位集皇后、皇帝威權於一身的武則天，以她名義完成的著作，達廿三種之多，如《樂書要錄》、《字海》、《孝女傳》、《垂拱格》、《紫樞要錄》等，各類都有，屬於文學的別集類也有《垂拱集》一百卷、《金輪集》十卷，可見她在文采方面，亦不肯讓人。但《新唐書‧藝文志》著錄《字海》注云：「凡武后所著書，皆元方頃、范履冰、苗神客、周思茂、胡楚賓、衛敬業等撰」，《全唐詩話》也說：「大凡后之詩文，皆元萬頃、崔融等為之」，如此一揭發，醜態畢現。而且這些著作也都亡佚了，只剩《全唐文》收文六十六篇，《全唐詩》收詩四十六首，孫望《全唐詩補逸》又補一首而已。

　　其實武則天也頗有文學素養，《舊唐書‧則天皇后本紀》說：「后素多智計，兼涉文史」，即使駱賓王聲討她的檄文，她讀了都會感歎說：「有才如此，而使之流落不偶，宰相之過也。」所以除了宣揚政教的作品外，某些富有情趣的詩文，我們不應因她曾請人捉刀而全部將之抹煞，如〈夏日遊石淙詩序〉就是一篇很好的駢文佳作，舉其中片段：

> 密葉舒帷，屏梅氛而蕩燠；疏松引吹，清麥候以含涼。就林藪而王心神，對煙霞而滌塵累。森沈邱壑，即是桃源；淼漫平流，還浮竹箭。紉薜荔而成帳，聳蓮石而如樓。洞口全開，溜千年之芳髓；山腰半坼，吐十里之香粳。

這段文字除對仗工整、韻律和諧外，描繪景色亦極巧妙細膩，很值得欣賞。詩歌如：〈早春遊宴〉、〈遊九龍潭〉等，都是不錯的作品。以〈臘日宣詔幸上苑〉為例：

> 明朝遊上苑，火急報春知；
> 花須連夜發，莫待曉風吹。

《全唐詩話》說:「天授二年臘,卿相欲詐,稱花發,請幸上苑,有所謀也。許之,群疑有異圖。乃遣使宣詔云云,於是凌晨名花布苑,群臣咸服其異,后託術以移唐祚。此皆妖妄不足信也。」我們不論此事可信與否,一般而言,皇帝、文人在風花雪月作品中,頗懂得憐芳惜草,不像武則天霸氣十足,命令群花要連夜開,正顯示出她稱雄天下之野心,她不僅要當「花中之王」而已,更要當「花中之主」了。大抵武則天詩文,都不脫初唐唯美作風。

五、皇后遭讒失寵,作品酸楚淒切

飛上枝頭固然變鳳凰,但從枝頭摔下來,連一隻螞蟻都不如,這是皇后失去寶座之後最鮮明的寫照。如魏文帝甄皇后,她本來是嫁給袁紹的兒子袁熙,曹操打敗袁紹,曹丕看到她姿貌絕倫,便納為夫人,深受寵愛。曹丕即帝位後,她也就成了皇后。可是好景不常,曹丕變心愛幸郭女王、李貴人、陰貴人,她失寵有怨言,因而被賜死,臨終作一首詩——〈塘上行〉:

蒲生我池中,其葉何離離;
傍能行仁義,莫若妾自知;
眾口鑠黃金,使君生別離。
念君去我時,獨愁常苦悲;
想見君顏色,感結傷心脾;
念君常苦悲,夜夜不能寐。
莫以豪賢故,棄捐素所愛;
莫以魚肉賤,棄捐蔥與薤;
莫以麻枲賤,棄捐菅與蒯。
出亦復苦愁,入亦復苦愁;
邊地多悲風,樹木何脩脩;
從君致獨樂,延年壽千秋。

首段陳述自己的品德無虧,卻遭讒言,與君王生別離。中段直抒自己的痛苦與思念之情,並用三組比喻,反覆陳詞,期望君王回心。末段寫自己進退失據,已臨末日,還對君王表示祝福。全詩除情感豐富外,並表現極高度的修辭技巧,令人讀後不禁寄以無限的同情。

又如陳後主沈皇后,她「性端靜,有識量,寡嗜欲,聰敏強記,涉獵經史,工書翰」(《南史・后妃傳》),有《沈皇后集》十卷,已經亡佚。她是一個謹守禮教的好皇后,可是遇人不淑,後主偏寵張貴妃(名麗華),動輒半年見不到一次面,某次後主到沈后住處,進去馬上出來,還故意說:「何不留我也?」並送一首詩戲弄她:「留人不留人,不留人也去;此處不留人,自有留人處。」這種倨慢輕薄的姿態,任憑誰都受不了,唯沈后修養到家,只答他一首詩:

誰言不相憶,見罷便成羞;
情知不肯住,教我若為留。

詩中前兩句表現款款深情,後兩句才沒脾氣地辯說:「明明是自己不肯留下來,還要人家留您。」正如史傳所說:「張貴妃有寵,總後宮之政,后澹然未嘗有所忌怨。」這種胸襟雅量實在超人。後主怠於政事,她數上書諫爭,後主想廢掉她,改立張貴妃,剛好陳國滅亡,她才免於被廢的命運,與後主到長安當俘虜,後主去世,她還「自為哀辭,文甚酸切」,像這樣深具傳統婦女美德的皇后,我們只能為她抱屈,又怎忍心苛責她「癡情」呢?

前面我們提過遼道宗蕭皇后,她得寵時頗為風光,後來因進諫皇上打獵而失寵,她希望皇上回心轉意,作〈回心院〉詞十首,被之管絃,以第一首為例:

掃深殿。閉久金鋪暗。游絲絡網塵作堆,積歲青苔厚階面。掃深殿。待君宴。

這種住在冷宮深盼得幸的心情,從作品中表現無遺。但不幸的事總是接

連發生。蕭皇后喜愛音樂,只有伶官趙惟一能演奏〈回心院〉曲子,樞密使耶律乙辛因此誣陷她與趙惟一淫通,偽造〈十香淫詞〉為證,並指皇后所寫的〈懷古〉詩:「宮中只數趙家妝,敗雨殘雲誤漢王;惟有知情一片月,曾窺飛燕入昭陽。」一、三兩句包含「趙惟一」三字,是皇后想念趙惟一的證據,道宗皇帝於是命令她自盡。蕭皇后含冤莫辯,臨終時作〈絕命詞〉一首,今錄其後半:

> 將剖心兮自陳,冀迴照兮白日。
> 寧庶女兮多慼,遏飛霜兮下擊。
> 顧子女兮哀頓,對左右兮摧傷。
> 共西曜兮將墜,忽吾去兮椒房。
> 呼天地兮慘悴,恨今古兮安極。
> 知吾生兮必死,又焉愛兮日夕。

全篇以騷體寫來,如泣如訴,令人讀之不禁鼻酸。

六、末代皇后悲歌,文辭哀戚感人

中國傳統觀念是「妻以夫貴」,相對地,末代皇后也要跟著亡國皇帝倒楣,如前面所述的沈皇后,當皇后的好處沒有享受到,最後卻要與陳後主過亡國奴的日子。再舉隋煬帝蕭皇后,她「性婉順,有智識,好學解屬文,頗知占候」(《隋書·后妃傳》),但可惜的,她遇上荒淫無道的隋煬帝,卻不敢進言,內心掙扎痛苦,因此作了一篇〈述志賦〉,我們將它節錄如下:

> 承積善之餘慶,備箕箒於皇庭。恐修名之不立,將負累於先靈。……願立志於恭儉,私自兢於誡盈。孰有念於知足,苟無希於濫名。惟至德之弘深,情不適於聲色。……珠簾玉箔之奇,金屋瑤臺之美,雖時俗之崇麗,蓋吾人之所鄙。……唯生知之不敏,庶積行以成仁。懼達人之蓋寡,謂何求而自陳。誠素志之難寫,同絕筆於獲麟。

整篇文章裏面,她一再強調自己要如何修德,不近聲色,不奢侈浮華,不盈滿驕縱,要節儉,要知足謙虛,要明善惡是非,這些雖是自己的心志,其實無非是要向煬帝進諫的話,如此反覆致意,誠是傷心人之懷抱,但對於麻木不仁的煬帝,卻無動於衷,最後被宇文化及所殺,隋朝滅亡。煬帝雖然咎由自取,但可憐的蕭皇后,一沒於宇文化及,化及敗,再沒於竇建德,尋為突厥處羅可汗所迎,飄流異域,實在可悲啊!

另外再舉宋欽宗朱皇后,欽宗即帝位一年多,就發生了「靖康之難」,朱皇后僅享受短暫的榮華,便隨徽宗、欽宗一同被金人擄到北方去,北宋結束,這位北宋末代皇后最後死在北方,連什麼時候死的都不知道。相傳她在北方作有〈怨歌〉二首:

幼富貴兮厭綺羅裳,長入宮兮奉尊王;
今委頓兮流落異鄰,嗟造物兮速死為強。

昔居天下兮珠宮貝闕,今日草莽兮事何可說;
屈身辱志兮恨何可雪,誓速歸泉下兮此愁可絕。

兩首詩都用騷體寫成,以過去的富貴和今日的困頓成強烈對比,最後希望速死來求解脫,像這樣無奈哀戚的作品,教人讀後如何不掩卷嘆息?

七、結語

綜上所述,皇后由於生活在一個極封閉的特殊環境裏,因此她們的文學作品題材非常狹窄,內容都不外乎在得寵失寵之間打轉,得寵時作品華貴風流,充滿歡愉情調,失寵時作品酸楚淒切,充滿憂傷氣氛,尤其遇到亡國之君,她們進退失據,所發出的悲鳴,更哀戚感人。王國維《人間詞話》批評李後主說:「詞人者,不失其赤子之心者也。故生於深宮之中,長於婦人之手,是後主為人君所短處,亦即為詞人所長處。」我們對皇后的文學亦應作如是觀,毋須要求她們像杜甫一樣,寫出〈三

吏〉、〈三別〉之類的作品,畢竟現實的社會環境距離後宮太遙遠了,她們能夠透過文學作品表現——南宮歌管北宮愁,也就盡到文學反映人生的責任了。

——原載《國文天地》6卷9期(1991年2月),頁37-42。

〈報任少卿書〉試探

太史公何以要寫這封信？其用意何在？這是很值得關切的一個問題。據《漢書‧司馬遷傳》記載：「遷既被刑之後，為中書令，尊寵任職。故人益州刺史任安予遷書，責之古賢臣之義，遷報之曰……」，以下就引錄遷報書全文。班固這種說法，只不過把它當作一種純粹的回信而已，我想這是不夠的。當然乍看之下，我們也同樣會發覺，司馬遷再三的發牢騷，強調他不夠資格引薦別人，好像僅針對任安所說的「推賢進士」而已。但只要仔細觀察當時的背景，就會發覺許多問題，如太史公何如此之無聊，對一個將被處極刑的人講這些不關痛癢的話，因當時任安已在獄中，到冬天恐怕就要行大刑，如書中所說：「今少卿抱不測之罪，涉旬月，迫季冬，僕又薄從上雍，恐卒然不可為諱。」情況之危急可想而知，當一個人面臨死亡的挑戰時，最要緊的是求生，這是人類最自然之原始意識，也是人性中不可變性之一，我想司馬遷並非不曉得，否則的話他就不會埋怨：「家貧貨賂不足以自贖，交遊莫救，左右親近不為一言。」更不會說出「人情莫不貪生惡死」的話來。既然自己有這種經驗，何以當任安處於生死邊緣時，還向他說一大堆自己不能推賢進士的廢話，豈不同於向一個得重症者說天氣一樣的好笑嗎？再者，任安寫信給太史公也是很久的事了，書中說：「書辭宣答，會東從上來，又迫賤事，相見日淺，卒卒無須臾之間，得竭至意。……闕然久不報，幸勿為過！」因此許多人都認為，太史公是經過二年多才回信的，依我自己的想法也是如此，因任安在獄中不可能寫勸司馬遷「推賢進士」這樣的信，而任安下獄距子長覆信也有一段時間，《漢書》並說：「益州刺史任安予遷書」，考任安下獄時是官「北軍使者護軍」，所以可能是當益州刺史時寫的，因這時任安甚得意，說出「推賢進士」這類堂皇的話，豈不符合他的心境嗎？如果任安寫信給司馬遷的時間可靠的話，就會附帶引出一個問題來，何以太史公要經過這麼久才回信？忙嗎？這祇不過是一個客套話，不成理由的名詞罷了！又何以要等到人家快殺頭時，才回

信說我不能推賢進士,這豈不是牛頭不對馬嘴,太不知趣了嗎?由於存在的問題重重,所以就產生對任安來信的種種推測。

首先我舉出業師戴靜山(君仁)先生的說法(見《大陸雜誌》第6卷第4期,頁2,〈司馬遷報任安書〉),戴老師是由褚少孫對《史記》增補的史料(見《史記・田叔列傳》卷104),來作任安的人格判斷:「任安是有智略,喜功名,能找機會而頗滑頭的一個人。」以下就根據任安的人格推出:

> 便知道他給子長信的企圖,他是一個熱衷做官,能找機會的人,看見老朋友做了當今皇帝的紅人,自然要打主意,想子長在武帝面前,替他說話。而這人又是相當有智略的,不肯老老實實的說,請子長替自己提名,同時也許要保持自己的身份,所以只要子長推賢進士。如子長肯做的話,自然其中便有他。而要子長推賢進士,這話如何說起呢?便從李陵的事情入題,要子長交友須慎重。這樣便很冠冕堂皇,好像完全為子長打算,其實為了自己。

如果任安確實是這種人,老師立論的理由當然就很充分,可是我看了《漢書・衛青霍去病傳》卷五十五卻有這樣的記載:「自是後青日衰,而去病日益貴,青故人門下多去事去病,輒得官爵,唯獨任安不肯去。」由此可見,任安並非那種喜歡逢迎,熱衷做官的人,否則為什麼人家都去事去病,得官爵,而唯獨他一個人不肯去,其氣節可見一斑。尤其值得注意的,梁玉繩《史記志疑》曾說:「褚生所續之傳,多不足據。」因此與其根據褚生所續之傳,而說任安是「滑頭的人」,我們倒不如從班史來斷定他是一個「有氣節的人」,這樣比較來得可靠。並且褚少孫也有這樣記載:

> 是時任安為北軍使者護軍,太子立車北軍南門外,召任安,與節令發兵,安拜受節,入閉門不出。武帝聞之,以為任安為詳邪,不傅事,何也?任安笞辱北軍錢官小吏,小吏上書言之,以為受太子節,言幸與我其鮮好者。書上聞,武帝曰:「是老

吏也，見兵事起，欲坐觀成敗，見勝者，欲合從之，有二心。安有當死之罪甚眾，吾常活之，今懷詐，有不忠之心。」下安吏，誅死。

任安的死實在有點冤枉，不管任安當時的居心是不是如武帝所想的，但是他受到小吏的挾怨陷害則是事實。我很懷疑任安為什麼有那麼多的「當死之罪」，武帝又為何不治他？可想任安並不是所謂「滑頭的人」，所以時常暴露稜角，觸怒皇上，武帝當時雖然氣他，但是「以忠獲罪」，其情尚有可憫，所以過後便活了他。這次情況可不同了，被認為「不忠」而得罪，加之以前的舊怨，當然唯有死路一條。任安死得有點不明不白，實在與他重氣節的個性大有關係；既然任安不配稱為「滑頭」，那麼戴老師的推論恐怕就有疑問了。

另外包世臣〈復石贛州書〉說：「竊謂推賢薦士，非少卿來書中本語，史公諱言少卿求援，故以四字約來書之意，而斥少卿為天下豪儁，以表其冤。」少卿被囚下獄，固然亟於求援，太史公當時是武帝身旁的紅人，當然也是他求援的好對象，任安是否曾寫信向太史公求援，這我們不可得而知，但如果像包世臣所說：「推賢薦士，非少卿來書中本語」，而把任安的來信認為是求援的話，這未免太過大膽，而且抹煞了司馬遷這封信的大半，試讀書中第一段，司馬遷對於來書的內容、時間都說得那麼確定，怎可憑一己之猜想，而誣衊事實呢？任安在入獄前寫信給太史公是事實，教太史公「慎於接物，推賢進士」也是有的，必須把這個前提認定，才不會游談無根，以致於厚誣古人。

前提認定後，我們再來討論，任安為什麼要教司馬遷「推賢進士」呢？他信上的內容說些什麼？只要我們仔細的拜讀司馬遷的回信是可以找到答案的。從「報任少卿書」裏，大家都能體會出太史公對政治的消極，對社會人生的悲觀，如果說時間能沖淡一切的話，二年前的太史公豈不是更消極、更悲觀嗎？雖然他已重被重用，當了中書令，尊寵任職，但這又怎能彌補身體的殘闕、心理的創傷、和受刑的恥辱呢？「若僕大質已虧缺矣！雖才懷隨、和，行若由、夷，終不可以為榮，適足以見笑

而自點耳！」這種話雖然已經過時間的沖淡，但表現出來的還是那麼悲痛、淒慘！這才是受刑後的太史公面目，真正發自心靈深處的呼號！「太上不辱先，其次不辱身，……其次肌膚肢體受辱，最下，腐刑極矣！」宮刑帶給太史公奇恥大辱，心理永遠無法平衡，難怪他「居則忽忽若有所亡，出則不知其所往。」這種困境，別人或許不知道，但當人家朋友的任安怎麼可以不曉得呢？曉得後又要怎樣安慰他？寫信從何提筆？這都是很令人煞費周章的。任安於是講一些提高他自尊心的話，說你現在是皇帝身旁的重臣，也順便舉一些古代的賢臣如伊尹、周公、管仲等來比擬他，因此勸他不要為過去的事再耿耿於懷，要力圖振作，積極進取，所以順便教他「慎於接物，推賢進士」，多為國家做一點事。任安的目的，不外在給太史公打氣，想重建他的信心，不要消極厭世，其他的內容都是外衣而已。當時任安是益州刺史，也蠻有政治抱負，所以信中所講的都是勸太史公要有政治理想，但是他決不曉得太史公所以隱忍苟活的原因。太史公的不死，是為了修《史記》，「鄙沒世而文彩不表於後」、「思垂空文以自見」、「藏諸名山，傳之其人，通邑大郡。」他的生命，除了「立言」這個信念在支持著以外，已別無其他意義，受刑前急於「立功」的思想，也一樣被閹了，這是無形的，任安怎能看到呢？而且也不曉得太史公另有積極的一面，否則他的信就不會套錯了外衣，而顯得如此的冒昧。職是之故，任安的信當然沒有收到效果，反而刺痛了太史公的傷痕，使他更自卑，也勾起了他無限的憤懣而已。太史公當時之所以沒有立即覆信，恐怕就是為了這個原因，他說：「顧自以為身殘處穢，動而見尤，欲益反損，是以獨鬱悒而誰與語？」「誰為為之？孰令聽之？」「士為知己者用，女為悅己者容。」由此看來，太史公已變成一個走極端而很偏激的人，這也難怪，萬一我們也受到這樣的奇恥大辱，誰還敢擔保自己不會偏激呢？因此他要怪任安：「今少卿乃教以推賢進士，無乃與僕私心剌謬乎！」對於一個不瞭解他心境的人，當然他不願回信了。

　　由於兩者在觀念上發生了磨擦，再加上太史公對任安的用心不諒解，一直不覆信，任安見太史公久久沒有回音，也不便再多干擾人家，因為

要安慰別人本來是一件吃力不討好,而且又很危險的事。往後任安可能當了「北軍使者護軍」,與京師必有一段距離,所以兩人不能見面,同時各為自己的理想奮鬥,再也沒有通信了。詎料事隔兩年,任安也被捕下獄,而且有生命的危險,重感情的太史公見到老朋友這種下場,當然不可能不想辦法救他,但是李陵案的教訓卻亮起了紅燈在警戒著太史公,而且父親的遺命也在他的腦海裏迴旋著:

> 余死,汝必為太史,為太史,無忘吾所欲論著矣!且夫孝始於事親,中於事君,終於立身,揚名於後世,以顯父母,此孝之大者!夫天下稱誦周公,言其能論歌文武之德,宣周召之風,達太王王季之思慮,爰及公劉以尊后稷也。幽厲之後,王道缺,禮樂衰,孔子修舊起廢,論《詩》《書》,作《春秋》,則學者至今則之。自獲麟以來,四百有餘歲,而諸侯相兼,史記放絕;今漢興,海內一統,明主賢君,忠臣死義之士,余為太史而弗論載,廢天下之史文,余甚懼焉!汝其念哉!

救與不救,在太史公的內心矛盾衝突著,假若今天他已完成了《史記》,生命對他而言就不具意義,因此他在信中說:「則僕償前辱之責,雖被萬戮,豈有悔哉?」可是這時《史記》偏偏尚未完稿,若為了救任安而喪失性命,豈不前功盡棄,「重為鄉黨所笑,污辱先人,亦何面目復上父母之丘墓乎?」因此這種死是「輕於鴻毛」,不值得的。既然不能救他,但站在朋友的立場就不得不給他安慰,把情形說明白,否則任安死後的魂魄,必會私恨無窮。因此太史公便提筆寫信,也就成了這封著名的〈報任少卿書〉。剛開始當然要回憶往事,由上一次任安的來信說起,但話匣子一開之後,憋了二年多的滿肚子牢騷就如長江大河一樣的傾瀉,本來想要安慰任安的話,也都被這些牢騷所淹沒了。但最重要的兩點不難看出:

(一) 人情固然淡薄,世態雖然炎涼,但是我並非薄情寡義之輩,想一想,我以前為何要替李陵講話,他跟我「素非能相善也,趣舍異路,未嘗銜杯酒接慇懃之懽」,像這樣一個人我都會救他,何況我

們是好朋友？我不救你不是沒有原因的。

（二）我以前受到人間最大的恥辱，之所以苟活下來，並不是為了貪生，現在沒有救你，更不是因為惡死，我苟活下來，為了《史記》，我不救你，也是為了《史記》，我之身，就是《史記》之身，我當然可以為你而死，但《史記》卻不可因你而廢呀！少卿，你不要難過，我司馬遷早已死了，活著的只是《史記》而已，忍耐吧！「死日然後是非乃定。」

總之，在這篇文字裡頭，太史公不僅僅在舒其憤懣而已，主要目的在安慰少卿，並且曉以大義。每當說到政治黑暗、是非不明時，出語是多麼沉痛！因他和好友少卿都是受害者。而等筆鋒轉到自己為作《史記》而忍辱苟活時，又是何等的悲壯！漢朝的事雖然早已成為陳跡，但《史記》卻代代留傳著，人人讚頌著。它裡面所流的血液，不僅是司馬遷本身，而且也曾注入任少卿的。太史公結語說：「死日然後是非乃定」，任少卿在九泉之下，也應頷首應允了。

——原載《東吳大學中國文學系系刊》3期（1977年6月），頁89-95。

曹操殺楊修，如何處理善後

　　現行《高中國文課本》第二冊，選了《世說新語》五則，其中一則「絕妙好辭」，是敘述曹操與楊修（字德祖）鬥智的故事，結果曹操自嘆：「我才不及卿，乃覺三十里」，大家對楊修的智慧一定印象深刻。另外舊版《高中國文課本》第四冊，曾選一篇曹植〈與楊德祖書〉的文章，曹植在信中高談闊論，結尾說：「其言之不慚，恃惠子之知我也！」兩人交誼之深，讀者應記憶猶新吧？

　　像楊修這樣博學高才，自魏太子以下都爭與交好，而且當曹操主簿，到後來怎麼會被曹操殺害呢？一般人都認為曹操忌才，其實這並不是主因，如果曹操不懂得欣賞人才的話，魏國底下絕不可能濟濟多士。楊修之所以被害，除露才揚己、自恃聰明、常擅作主張外，最重要原因恐怕是曹操居於政治考量所下的決定。到底居於何種政治考量呢？有說楊修是袁術外甥，曹操殺楊修是為了杜絕後患。也有說楊修父親楊彪不滿曹操，曹操曾想加害楊彪未果而累積下來的悲劇。這些說法都沒有觸及問題的核心，其實楊修被殺，是曹氏兄弟權力鬥爭下的犧牲品。曹氏兄弟中，以曹丕、曹植最突出，兩人旗鼓相當，曹丕為世子，先天條件佔優勢，曹植資質稟異，以才華居上風，兩兄弟各結黨羽，培植勢力。曹操重才，本想立曹植，所以太子之位久懸未決，但曹植才子作風，任性而行，不自雕飾，飲酒不節，而曹丕矯情自節，宮人左右替他說話，最後曹丕反敗為勝，在建安二十二年（217）被立為太子。曹操既然立了曹丕，擔心日後曹氏兄弟骨肉相殘，為削弱曹植的勢力，當然先從曹植的親密戰友、並最富才略的楊修下手。這與曹丕即位後，再殺曹植陣營中的丁儀、丁廙兄弟，如出一轍。

　　那麼曹操是以何種罪名殺楊修？《後漢書・楊修傳》只說：「遂因事殺之」，並沒有明言。章懷太子注引《續漢書》說：「人有白修與臨淄侯曹植飲醉，共載從司馬門出，謗訕鄢陵侯彰，太祖聞之，大怒，故遂收殺之。」從這段記載可知，曹操是借用楊修違法亂紀的事實而加以殺害，但也與曹植有關，換句話說，曹操是運用法律問題來解決政治問題。

曹操殺了楊修之後，他是個聰明人，如何來處理善後呢？受難家屬的反應又如何？這是本文重心所在。我們根據《古文苑》所收的四篇文章來加以剖析。這四篇分別是：曹操〈與太尉楊彪書〉、卞后〈與楊彪夫人袁氏書〉、楊彪〈答曹公書〉、袁氏〈答曹公夫人卞氏書〉（以上四文又見嚴可均輯《全上古三代秦漢三國六朝文》）。楊修的父親楊彪，是楊震（有「關西孔子」之稱）的曾孫，從楊震、子秉、孫賜，到楊彪，四代都累官到太尉，且能以德業相守，是東京名族，為海內士人所同欽。我們從曹操曾以叛亂罪嫌欲加害楊彪（借楊彪夫人的兄弟——袁術僭立稱帝為由），而孔融以辭職強硬要求曹操釋放的事實，可窺知楊家在當時深具人望。加上楊修的母親袁氏，是袁安的玄孫女，從袁安以下，子敞及京、孫湯、曾孫逢，累世都貴為宰相，玄孫輩的袁紹及袁術，在東漢末年混亂的政局裡，都曾叱吒風雲、屬於要角，雖然後來都被曹操打敗，但曹操對袁氏家族的勢力應該頗懷戒心的。在這種情況下，曹操處理楊修事件的善後問題，則相當棘手，因為如果處理不妥的話，將使曹操的聲望大打折扣。

曹操首先由自己親自具名寫信給楊彪，從禮數上，這已給受難家屬很大的顏面。再觀察這封親筆函的內容，可分成兩部分，前半段為：

> 操白：與足下同海內大義，足下不遺，以賢子見輔。比中國雖靖，方外未夷，今軍征事大，百姓騷擾，吾制鐘鼓之音，主簿宜守，而足下賢子恃豪父之勢，每不與吾同懷，即欲直繩，顧頗恨恨，謂其能改，遂轉寬舒，復即宥貸，將延足下尊門大累，便令刑之，念卿父息之情，同此悼楚，亦未必非幸也。

曹操在此段文字裡，極力為自己的行為辯護，將事件發生原因，歸咎於楊修「恃豪父之勢」，屢屢不遵法紀，而且是不知悛改的累犯，如果再加寬貸，恐怕將來禍延楊家，因此不得不斷然處置，這對楊家而言，也未必是一件不幸的事。從曹操這番說詞，令人覺得他相當理直氣壯，絲毫無半點缺失，楊修受刑實在罪有應得。末尾則以姑念你們父子之情，而表示哀悼，完全針對撫慰楊彪而發，因此後半段緊接著開出贈品清單：

今贈足下錦裘二領，八節銀角桃杖一枚，青氈牀褥三具，官絹五百匹，錢六十萬，畫輪四，望通幰七，香車一乘，青犉牛二頭，八百里驊騮馬一匹，赤戎金裝鞍轡十副，鈴眊一具，驅使二人。竝遺足下貴室錯綵羅穀裘一領，織成靴一量，有心青衣二人，長奉左右。所奉雖薄，以表吾意，足下便當慨然承納，不致往返。

從這份清單看來，所送的東西不少，僕役、婢女、車馬、牀具、衣物、錢財都包括在裡面，大概可算作曹操對楊彪的一種「人道恩賜」吧？他當然不用「賠償」字眼的。

另外曹操又請太座——卞后出馬，由她具名寫信給楊彪夫人袁氏，這是一篇文情並茂的好文章：

卞頓首：貴門不遺，賢郎輔位，每感篤念，情在凝至。賢郎盛德熙妙，有蓋世文才，闔門欽敬，寶用無已。方今騷擾，戎馬屢動，主簿股肱近臣，征伐之計，事須敬咨，官立金鼓之節，而聞命違制，明公性急忿然，在外輒行軍法。卞姓當時亦所不知，聞之心肝塗地，驚愕斷絕，悼痛酷楚，情自不勝。夫人多容，即見垂恕，故送衣服一籠，文絹百匹，房子官錦百斤，私所乘香車一乘，牛一頭，誠知微細，以達往意，望為承納。

由於曹操是事件發生的當事人，他為了維護自己用刑正確的立場，因此在他具名的信中，重點全部擺在解釋對楊修用刑的不得已。卞后不是當事人，又是婦道人家，她具名寫這封信的目的固然也在迴護曹操的立場，但在撫慰受難家屬方面，她的措詞就比較具有彈性，能夠說一些讓受難家屬可以接受的話，這也是為什麼曹操還要卞后具名寫信的緣故吧？信一開端，即感謝楊家對曹操的支持，並盛讚楊修的才華，比起曹操的信隻字不提楊修的才華迥然不同。至於說到不幸事件的發生，她除了和曹操「統一口徑」——歸罪楊修不守法外，還數落自己的先生「性急」，這當然是無關痛癢的指責，但總比一味訴說死者的不是要高明多了，對受難家屬而言聽起來較能入耳。另外她又說當時自己不知情，這話意味著

是如果知情的話,勢必不會讓事件發生,如此湊巧只能怪天吧?而接著寫到自己悲痛的心情,真是哀傷欲絕,令人感動。這篇短短的文章,遣詞用字極為簡鍊,情理法面面俱到,內容精闢,實不失為「建安風骨」的佳作。兩封信相比,曹操的信偏重在法的解釋上,卞后的信則偏重在情的訴求上,與兩人的身分立場符合,而用在安撫受難家屬的目的上則完全一致。卞后信的末尾也提到贈品,包括衣服、絹、錦,還有卞后自己的香車、牛也一併奉送,如此在請求楊家寬恕上,更能表現出相當的誠意。

　　總括兩封信的內容,可以看出曹操殺害楊修的善後處理是:一、對受難家屬提出合理解釋,說明用刑的原因及其不得已,請求對方諒解。二、稱讚肯定死者的才華,對過去的支持表示感謝,並承認自己的缺失──「性急」。三、除上述兩項精神上的安慰外,並給予物質上的補償。而受難家屬對於這樣的處理是否滿意?也是值得我們關切的,楊彪在接到曹操的信及贈物後,曾回了一封信:

> 彪白:雅顧隆篤,每蒙接納,私自光慰。小兒頑鹵,謬見采錄,不能期效,以報所愛。方今軍征未暇,其備位匡政,當與戮力一心,而寬玩自稽,將違法制。相子之行,莫若其父,恆慮小兒,必致傾敗,足下恩怒,延罪迄今。近聞問之日,心腸酷裂,凡人情誰能不爾,深惟其失,用以自釋。所惠馬及雜物,自非親舊,孰能至斯?省覽眾賜,益以悲懼。

楊彪表面上好像接受這個事實,承認自己兒子罪有應得,並對曹操的恩賜表示感謝,我想這只不過是在威權統治之下不得不低頭,作出這樣的回應罷了。但仔細玩味其中文句,似乎也透露出一些不滿訊息,如「近聞問之日,心腸酷裂,凡人情誰能不爾」,強烈表現受難家屬哀痛的心情,而面對曹操的贈物,他說:「自非親舊,孰能至斯?省覽眾賜,益以悲懼」,這段話固然用來感激曹操顧恤親舊,但也未嘗不是控訴曹操「不念親舊,遽下毒手」,那些賜物,只徒增喪家「悲懼」而已。另外最引人注目的,莫過於中間「相子之行,莫若其父,恆慮小兒,必致傾

敗」這四句，它雖是用來呼應曹操信中「足下賢子恃豪父之勢，每不與吾同懷」的指責，但骨子裡也隱隱約約反刺曹操，平日不知教導子弟，為了避免骨肉相殘，把別人兒子當作犧牲品，這種只顧自己孩子，不管人家死活，一定會招致失敗！我想這是直搗事件的核心，作最嚴重的抗議了！《後漢書・楊彪傳》記載，楊修為曹操所殺，操見彪問曰：「公何瘦之甚？」對曰：「愧無日磾先見之明，猶懷老牛舐犢之愛！」這裡是用金日磾殺子的典故，金日磾長子為漢武帝所愛，當作「弄兒」，後來弄兒壯大不謹，在殿下與宮女嬉戲，剛好被日磾撞見，惡其淫亂，於是親手把弄兒殺掉。這句話一方面謙稱自己教子無方，一方面也嘲諷曹操無武帝的雅量，只怪自己無先見之明，以致讓兒子平白在他人手下犧牲。「猶懷老牛舐犢之愛」，更強烈暗示對事件的不能忘懷，曹操聽了「為之改容」，大概為自己的陰謀感到羞愧吧！

楊彪夫人袁氏接獲卞后的信後，在禮貌上也回了一封信：

> 彪袁氏頓首頓首：路跂雖近，不展淹久，歎想之勞，情抱山積。曹公匡濟天下，遐邇以寧，四海歸仰，莫不感戴。小兒疏細，謬蒙采拾，未有上報，果自招罪戾。念之痛楚，五內傷裂，尊意不遺，伏辱惠告。見明公與太尉書，具知委曲，度子之行，不過父母，小兒違越，分應如此。憐其始立之年，畢命埃土，遺育孤幼，言之崩潰。明公所賜已多，又加重賚，禮頗非宜，荷受輒付往信。

既然卞后的來信採取低姿態的情感攻勢，而她又不是決策者，因此楊彪夫人的回信較為溫和，沒有什麼諷刺為難對方的字眼，僅在談及楊修的死，表現無限的悲痛，我想以卞后的仁厚心腸（史載卞后每隨軍征行，見高年白首，輒住車呼問，賜與絹帛），讀完此信後一定非常難過。

曹操是在建安二十四年（219）秋天殺害楊修，當時楊修正值四十五歲壯年。楊修死後百餘日，曹操也跟著在建安二十五年春天去世。曹丕因此很順利取得政權，繼承魏王王位，同年他篡漢自立，即為魏文帝。曹丕在位時，對楊修家屬繼續推恩，想用楊彪為太尉，楊彪卻推辭說：

「彪備漢三公,遭世傾亂,不能有所補益,耄年被病,豈可贊惟新之朝?」除對漢朝舊恩表現忠心氣節外,兒子被殺的創傷應該也是推辭的主因。但曹丕還是硬授給他光祿大夫,賜几杖衣袍,在朝會引見,使彪著布單衣、鹿皮冠,持杖而入,待以賓客之禮。這固然是假借楊彪的聲望,來掩飾自己篡逆之迹,但也未嘗不是曹氏王朝對楊修事件的一種贖罪行為吧?

──原載《國文天地》7卷10期(1992年3月),頁54-58。

藍鼎元及其〈紀水沙連〉探析

一、前言

　　早在十年前（民國86年），彰化師範大學國文學系與五南圖書出版公司合作，編纂了《大學國文精選》，筆者當時忝為編輯小組召集人，鑒於過去各級學校教科書對臺灣文學的忽略，因此在這本大學國文教材中首開風氣之先，收入許多與臺灣相關的古典詩文小說，其中就有藍鼎元〈紀火山〉一文。如今教育部在新公佈的「高級中學國文課程綱要」中，也特別將藍鼎元〈紀水沙連〉一文，納入文言文四十篇的選文範圍，可以預見未來高中生都能認識藍鼎元及閱讀到他的這篇文章。

　　〈紀水沙連〉一文出自《東征集》，《東征集》共有六卷，主要收錄藍鼎元為堂兄藍廷珍勦撫朱一貴事件所作的公文書，《四庫提要》以為是書「雖廷珍署名，而其文則皆鼎元作。」本書大抵按時間順序編纂，為朱一貴事件留下第一手資料，具有很高的文獻價值。卷六另收有紀遊之作數篇，〈紀水沙連〉就是其中之一。《東征集》曾被收入《四庫全書》，而臺灣最為通行的莫過於臺灣省文獻委員會印行的《臺灣文獻叢刊》本。現在網路發達，《臺灣文獻叢刊》電子檔已建立在「中央研究院漢籍電子文獻瀚典檢索系統」（http://www.sinica.edu.tw/~tdbproj/handy1/）中，提供大眾檢索閱讀，相當方便。

二、藍鼎元生平大略

　　藍鼎元，字玉霖，又字任庵，號鹿洲，清福建省漳浦縣莨谿（今赤嶺鄉）山尾頂村人。生於聖祖康熙十九年（1680）八月二十七日，卒於世宗雍正十一年（1733）六月二十二日，年五十四。

（一）十歲而孤，刻苦向學

　　鼎元出生在一個書香世家，祖父繼善，博學多識，以隱居為清高。

祖母陳氏，有孝德，曾背負婆婆避賊，踰山越溪，疾走十五里，人驚為神助。父斌，縣諸生，以文學行誼為世所重，學者稱文庵先生。鼎元自幼聰穎好學，父親教他讀書，要求他一定要把書背起來。但不幸的，父親年僅三十二歲便去世，當時鼎元才十歲，靠母親許氏日課女紅及賣蕃薯、種菜以維持生活。母親除了負擔家計外，也親自教鼎元讀書，反覆開導，終日不厭。

　　鼎元十一、二歲時，母親將他送到灶山（福建省的名山），跟黃長民先生讀書，黃長民是鼎元父親生前的好友，所以義不容辭的來教導他。鼎元家境貧困，只攜帶食米及白鹽一罐以佐餐，沒有其他菜餚，有時遭到同學揶揄，但他怡然自得，不以為羞恥，而且作〈白鹽賦〉自我激勵。鼎元在這樣艱難的環境下，日以繼夜，勤奮向學，除背誦四書、五經外，並泛覽諸子百家，究心韜略行陣，紮下深厚的學問根基。

（二）受人器重，初露頭角

　　漳浦藍氏族中多世習海事，鼎元十七歲時亦偕族人到廈門觀海，泛舟北行，溯閩浙沿海諸島嶼，乘風而南，沿廣東南澳海門而歸。他此行細心觀察島嶼與港口，海疆形勢，水域水理，頗有心得，為他後來隨堂兄藍廷珍平治臺灣的張本。

　　康熙四十二年（1703），以翰林出任漳浦知縣的陳汝咸，在漳浦設義學書院，延請學行兼優的學者擔任講師，聚集縣裡的士大夫及成績優異的士子，為他們講習五經，並教導制藝、詩歌、古文辭。鼎元時年二十四，得到陳汝咸的賞識，請業問難，所學益加精進，被拔為童子試第一。

　　是年冬，進士沈涵擔任學使來福建視學，鼎元又以優秀品學被「招入使院」，學識又大有長進，被沈涵譽為「國士無雙，人倫冰鑒」。

　　康熙四十六年，翰林張伯行當福建省巡撫，在福州建鰲峰書院，延聘全省有學行者纂訂先儒著作，鼎元又被選中。由於他對工作認真和出眾的學識，又得到張伯行器重，稱他「藍生確然有守，毅然有為，經世之良材，吾道之羽翼也」，給予很高的評價。

（三）居家行孝，杜門耕讀

鼎元於十七歲觀海後返家，奉母家居數年，及時行孝，不作遠遊。娶妻許氏，賢慧刻苦，分擔寡母之勞。後來他得到福建巡撫張伯行的賞識，被選中受聘鰲峰書院，雖然在鰲峰書院有名師指點，還有大量書籍可讀，這對鼎元來說是一個發揮才華的好機會，可是他每當想起家中的母親和年邁的祖父母，還有年長而未婚嫁的弟妹，心裡總覺得很難過，於是毅然辭歸，挑起家中的擔子。張伯行曾多次寫信催他回書院，但鼎元都覆函婉謝，他的覆函寫的像李密〈陳情表〉一樣，張伯行深受其孝行感動，因此不再勉強他。

鼎元自康熙四十九年至五十九年，也是他三十一歲至四十一歲這段寶貴時間，「杜門耕讀十有一年」，經濟困難自不待言，他作〈餓鄉紀〉自我勉勵，用心潛研程朱理學，完成在書院未竟的事業。在這期間，鼎元的祖父母、母親相繼去世，他在家中守孝，並通過刻苦自學，學識更加成熟，初步形成自己的思想體系。

（四）平臺治粵，貢獻卓著

康熙六十年（1721），臺灣朱一貴起事，鼎元堂兄藍廷珍時任南澳總兵，奉命統軍平臺，於是邀鼎元隨軍東征，充當幕僚。藍廷珍在七日平臺、兩年安撫的過程中，所有的策略和措施，都是出自鼎元之手，因此鼎元被譽為「經世之良才」、「籌臺之宗匠」。鼎元在臺灣僅一年多的時間，但他手著的《東征集》、《平臺紀略》二書，敘述周詳平允，為臺灣的開發和建設制定了一個發展藍圖，成為日後治臺者必讀的參考書，他對臺灣的貢獻可謂功不可沒。

雍正元年（1723），鼎元從臺灣回到漳浦，雖應科舉並未成功，所幸被破格選拔進京，入太學，參修《大清一統志》。鼎元十分珍惜這次機會，時時以圖報皇恩為念，努力工作。在京的五年間，他寫了大量文章，並提出了一系列的政治主張和改革措施，揚名京師，因而得到了朝廷的重視。

雍正五年，皇帝召見鼎元並委以重任，授廣東省普寧縣令，後又兼任潮陽縣令，鼎元從此走上宦途，雍正皇帝對他的才華十分賞識，曾說：「朕觀此人，便用作道府，亦綽然有餘」。鼎元任普寧、潮陽縣令時，勤政愛民，斷獄嚴明，將貪官污吏、土豪劣紳及盜匪一一繩之於法，一年多的時間，政聲大震，被視為包公再世，人稱他為「藍包公」。

（五）廉介遭忌，齎志以沒

鼎元在廣東擔任縣令期間，由於為官嚴正廉明，秉公辦事，但因而得罪按察使（一省的司法長官）樓儼，被他誣陷栽贓，在雍正七年（1729）遭革職入獄。被誣陷的罪狀中，第一條竟是因為豁免漁船例金，虧空公款千餘兩。原來當時潮陽有船四百艘，按舊例新縣令到任，每條船要交四兩銀子換新牌照。鼎元廢除了這一苛政，想不到卻被列為罪狀。鼎元入獄時，廣東官民無不為他喊冤，並積極設法營救。不久，潮州郡守胡恂以延修府志為名，保他出獄。判繳的款項，幸賴士民及長官同事傾囊相助，因此得以結案，回復官籍。雍正十年冬，廣東制府鄂爾泰具摺申明鼎元受誣始末，奉特旨入京。雍正十一年三月，雍正皇帝再次召見鼎元，冤案昭雪，又委以廣州知府。

鼎元為上報君恩，酬謝鄂公知己，思廣州省會地處要衝，洋舶出入縱橫，洋人在香山、澳門築城，設炮臺，視為屬地。他很想有一番作為，以維護國家主權，於是急於上任，長途受暑不以為意，到任才一個月，竟因旅途勞頓，引發痰喘疾，病逝於廣州任內，享年五十四歲。

（六）著作甚豐，流傳後世

鼎元的官位並不高，從政的時間也不長，可是在當時及身後的文名卻很大，這與他的著作流傳有密切關聯。鼎元留下大量著作，計有《鹿洲初集》、《東征集》、《平臺紀略》、《鹿洲公案》、《修史試筆》、《棉陽學準》、《女學》等書傳世，茲將《東征集》除外較重要的三種介紹如下：

1.《鹿洲初集》

二十卷，為鼎元好友曠敏本所編。集中收錄鼎元的文章，計有書、

序、傳、記、論、說、檄、銘、祭文、行狀等各體皆備，內容喜講學、講經濟，於時事最為留心，如論閩、粵、黔諸省形勢，及有關臺灣事宜，皆得諸閱歷，言之有據，非紙上空談。

2.《平臺紀略》

一卷，是書依時間順序記載平定臺灣朱一貴事件始末，始於康熙六十年（1721）四月，迄於雍正元年（1723）四月，為時二年。內容所載，都是作者親歷目睹，相當詳實，而論述事件功罪，亦秉史家直筆，客觀公允。許多治臺理念，亦深中問題核心，因此被後世所推崇。

3.《鹿洲公案》

二卷，本書為作者於雍正五年（1727）出任廣東潮州府普寧知縣，後又兼署潮陽縣的兩年間審案選錄。全書故事性較強，真實地反映了清代前期潮州一帶的社會生活現實，也顯現作者公正嚴明的辦案態度。

鼎元的著作，有的單行，有的被收入叢書，如《鹿洲初集》、《東征集》、《平臺紀略》都見於《四庫全書》。而其絕大部分都收錄於《鹿洲全集》，最早有書稿八種，據悉雍正十年（1732）已有刻本問世，隨後還有同治四年（1865）廣東緯文堂刻本、光緒五年（1879）藍謙重印刻本、光緒六年七世孫藍王佐再補刻本。1977 年臺灣沈雲龍主編《近代中國史料叢刊續編》第四十一輯，又把《鹿洲全集》收入，鉛印本十冊，文海出版社出版。1989 年藍鼎元故鄉鄉親又集資重印《鹿洲全集》線裝本一套二十四本。1995 年蔣炳釗、王鉭點校《鹿洲全集》，並補充《鹿洲藏稿》、《鹿洲詩選》二種，由廈門大學出版社出版，這是搜集整理鼎元著作最為完整的本子。

三、〈紀水沙連〉創作背景及題意

清聖祖康熙六十年（1721），臺灣發生朱一貴事件，藍鼎元隨堂兄南澳總兵藍廷珍出征，充當幕僚。雖然清軍「七日平臺」（從六月十七日

到二十三日收復臺灣府治,即今臺南市),但朱一貴及其部眾仍然趁機反擊,所以征撫工作持續進行著。藍鼎元隨軍所撰寫的公文書,藍廷珍於六十一年十月編纂為《東征集》,本文〈紀水沙連〉亦在其中。由此可知,藍鼎元於這段征撫期間,曾深入到日月潭,當他被水光山色所吸引時,更關心當地原住民的教化問題,因而創作此文。

〈紀水沙連〉創作的確切時間,根據作者〈紀虎尾溪〉一文所云:「余以辛丑秋初,巡斗六門而北,將之半線,至溪岸,稍坐,令人馬皆少休。」(《東征集》卷六)本文編在〈紀虎尾溪〉之後,亦云:「自斗六門沿山入,過牛相觸,溯濁水溪之源,翼日可至水沙連內山。」另外作者〈紀荷包嶼〉又云:「辛丑秋,余巡臺北,從半線遵海而歸。」並提到水沙連云:「水沙連潭中浮嶼,與斯彷彿。」可知藍鼎元應該是在康熙六十年(辛丑)秋天來到日月潭之後所寫。

本文所寫的水沙連,即今南投縣魚池鄉的日月潭。沙連,是平埔族語 Soalian 的譯音(也有人認為是 Tualihen 的譯音),它原是彰化平埔族對南投一帶山地的稱呼,因日月潭水域遼闊,所以就添加「水」,稱為「水沙連」。但水沙連有廣狹二義,廣義的水沙連約包括沙連堡的濁水溪流域、五城堡、埔里社堡等廣大區域,也就是今天竹山鎮的一部分(田仔溪以南山區除外)及鹿谷鄉、名間鄉、集集鎮、水里鄉、信義鄉、魚池鄉、埔里鎮、國姓鄉、仁愛鄉等都是。狹義的水沙連則特指五城堡及埔里社堡等清代漢人勢力以外的區域,即今天的魚池鄉和埔里鎮。此外,這地區最突出的景物莫過於日月潭,所以也有人將水沙連特指日月潭這個地方。

四、〈紀水沙連〉深究鑑賞

本文是作者紀遊之作,文分五段,首段從「自斗六門沿山入」至「羈縻勿絕而已」,點出日月潭的位置及生活其中的原住民。次段從「水沙連嶼在深潭之中」至「不是過也」,寫潭中的水沙連嶼(今拉魯島),並描繪日月潭整體之美。三段從「番繞嶼為屋以居」至「不然不能至也」,

則著重寫原住民的特殊生活習俗。四段從「嗟乎」至「則不獨余之幸也已」，讚嘆日月潭為世外桃源，並呼籲當局應教化原住民。末段云：「水沙連內山，產土茶，色綠如松蘿，味甚清冽，能解暑毒，消腹脹，亦佳品云。」屬於補記性質，無關題旨，選文如果為了讓文章結構緊密，應將此段刪除較妥。

綜觀全文，有以下三個值得注意的重點：

（一）文章旨在呼籲重視原住民的教化

作者為文注重經世致用，即使本文在描寫日月潭的見聞，但仔細探究其內容，作者並不純粹玩賞風景，而有另外的寫作意圖。如第一段點出日月潭的位置後，馬上就將鏡頭瞄準住在內山的原住民，說這裡的原住民共有十個部落，並擁有上千名的武力，非常剽悍，不十分馴良，而君王教化的傳布，只是籠絡不棄絕罷了。從文章開始，作者已隱約對當局的消極作為不以為然。

到了文章末段，作者再呼應第一段，說原住民「服教未深」，和「王化所敷，羈縻勿絕而已」呼應，又說自己「必時挾軍士以來遊」，則和「控弦千計，皆鷙悍，未甚馴良」相呼應，他認為靠軍隊保護才敢來遊玩，心情並不十分舒暢，而且還怕山神嘲笑自己沒情調。所以結尾作者提出呼籲，希望為政當局修明恩德教化，使原住民受到感動，而不和外界產生衝突，讓每個人都能來此宴遊，那麼這美麗的山水就不只是自己有幸享受而已，文章的題旨昭然可見。

（二）選材著重描寫原住民的生活習俗

本文的題旨既然在重視原住民的教化，所以作者眼睛所見的不只是山水而已，他更有興趣的還是生活其中的原住民，第三段就花了相當多的篇幅來介紹原住民特殊的生活習俗。首先他描寫原住民居住景觀的特殊，說原住民繞著水沙連嶼建造許多房屋，但卻空出中央山頂，他並進一步引用老原住民的話來說明原因，原來這是原住民的禁忌，如果山頂蓋房屋則部落會發生火災，因此才有這樣的景觀。其次描寫原住民特殊

的耕種方式,也就是把竹筏架在水上放置泥土來種植稻子的「浮田」。接著又描寫原住民不用魚網,而以弓箭射魚的特殊捕魚方式。另外原住民的交通工具也很特別,因為週遭都是水,沒有道路,所以出入都以「蟒甲」(獨木舟)代步。整段除了衣著沒有描寫之外,食、住、行都已涉及,而且作者對原住民特殊的生活習俗不但沒有鄙視,反而持著一種尊重與欣賞的態度,所以當他看到原住民舉家喝酒高歌的情形,忍不住讚嘆:「洵不知帝力於何有矣!」把他們當作像生活在帝堯太平時代的子民一樣。

(三)善用典故比擬襯托的筆法

作者寫日月潭的美好,除了直接刻劃之外,而最值得注意的特點莫過於運用典故,來加以比擬襯托,如第二段寫日月潭宛如仙境,作者說:「古稱蓬瀛,不是過也。」用古代神話傳說中的仙山蓬萊、瀛洲比擬日月潭,而且說蓬萊、瀛洲還比不上日月潭,日月潭之美因此被襯托出來了。

又如末段,作者讚嘆日月潭原住民生活的美好:「萬山之內有如此水,大水之中有此勝地,浮田自食,蟒甲往來,仇池公安足道哉!」以晉朝氐人仇池公來比擬日月潭的原住民,作者認為仇池公雖據有風光秀麗的仇池山,但比起據有日月潭的原住民還差遠呢,所以說「仇池公安足道哉」,這個典故也具有比擬襯托的作用。

作者除了以仇池山比擬襯托日月潭之外,接著又用陶淵明的桃花源來比擬日月潭:「武陵人誤入桃源,余曩者嘗疑其誕,以水沙連觀之,信彭澤之非欺我也。」將日月潭和陶淵明筆下的桃花源相連結,更令人對日月潭產生了遐想與嚮往。

本文的寫作重點如上所述,雖然不在於寫景,但作者筆下的日月潭,仍有可觀之處,如第二段寫潭中的水沙連嶼,作者用譬喻的修辭法寫道:「水沙連嶼在深潭之中,小山如贅疣,浮游水面。」將居高臨下所見到的日月潭景象生動的刻劃出來。後又描寫日月潭整個環境:「山青水綠,四顧蒼茫,竹樹參差,雲飛鳥語」,簡短的四個四字句,就把日月潭的美

麗風景及開闊視野一一呈現出來，作者寫景的功力可見一斑。

　　總之，作者因為平定朱一貴事件來到臺灣，也深入到日月潭，在被日月潭的山光水色所吸引之時，他更注意到當地的原住民，雖然作者仍然以清朝統治者的角度思考，希望教化原住民，以打開原住民據地自守的局面，讓外界也能來此賞玩；但不容否認的，作者對原住民特殊生活習俗的欣賞，用力加以描寫，並讚歎日月潭宛如陶淵明筆下的桃花源，這也是本文思想進步，描寫成功的地方。

五、結語

　　藍鼎元的〈紀水沙連〉一文，被選入高中國文課本當作教材，個人認為相當有意義。就作家而言，藍鼎元雖然在臺灣短短不到兩年，但留下不少和臺灣相關的作品，他為文擅長政論，文筆條暢，多切事理，在臺灣文學史上，被列為清領初期宦臺的重要作家。就作品而言，〈紀水沙連〉除了寫日月潭的風光外，也多方描寫當地原住民的生活習俗，並讚嘆日月潭為世外桃源，而歸結其旨意，則在呼籲當局重視原住民的教化，所以本文是一篇有感慨、有理念的紀遊之作，值得學生研讀。

　　老師從事本文教學時，也可以從以下的目標去揮灑，如在知識探求方面，可以引導學生認識藍鼎元的生平及其文學成就，及認識過去日月潭的風光與當地原住民的情況。在能力培養方面，可以訓練學生寫作時能運用適當的典故以比擬襯托，並能觀察、紀錄各地特殊的生活習俗。在情意陶冶方面，也可薰陶學生以尊重與欣賞的態度對待不同族群的生活習俗，培養熱愛臺灣風土民情的情懷。

　　——原載《國文天地》22卷11期（2007年4月），頁65-71。

宋詩的特質及其發展

一、前言

　　詩分唐、宋,由來已久,宋嚴羽說:「唐人與本朝人詩,未論工拙,直是氣象不同。」[1]而宋詩之受到不公平的待遇,也有一段很長的歷史,尤其在明代前後七子標榜「文必秦漢,詩必盛唐」的擬古思潮裏,宋詩陷於最淒涼落寞的境地。李夢陽、何景明曾大打著「宋無詩」的口號,[2]也有人以為宋文學的正統是詞,而將宋詩逕判以死刑,[3]這些都是屬於「愛惡不同」或「貴古賤今」式的偏見。其實唐詩固然有它的興味,而宋詩當然也有它的理趣,就好像詩有它端莊的一面,詞也有它婉媚的一面。情、理、莊、媚都是人生,任何人都無可避免,只不過隨著個性、環境,所接觸、所表現有或多或寡之分,所以假使我們能心平氣和,作客觀之論,喜歡詞就不能輕視詩,著重詩也不能低貶詞,同樣地,用在唐宋詩的身上亦復如此。鄭師因百(騫)評明朝學者貴古賤今的復古思想,以唐朝的趣味來衡量宋詩,是「寧可用鼎煮米,而不肯用電鍋燒飯」,[4]比喻非常精當。本文旨在探討宋詩的特質,並敘述宋詩從萌芽、建立到發達的整個發展過程,使世人對宋詩能有較深刻的瞭解。

---

[1] 〔宋〕嚴羽撰,郭紹虞注釋:《滄浪詩話校釋》(臺北:河洛圖書出版社,1978年5月),頁133。
[2] 《李空同集》卷48〈方山精舍記〉說:「宋無詩,唐無賦,漢無騷。」《何大復集》卷38〈雜言〉也說:「經亡而騷作,騷亡而賦作,賦亡而詩作。秦無經,漢無騷,唐無賦,宋無詩。」
[3] 胡元瑞《詩藪內編》卷1說:「宋人詞勝而詩亡矣,元人曲勝而詞亦亡矣!」
[4] 這是鄭師因百(騫)於69學年對東吳大學中文博士班講授「宋詩專題研究及討論」課程之說法。本文許多見解均獲自鄭師上課時之啟示。

二、宋詩的特質

自嚴羽以氣象不同區別唐宋人之詩以後，分唐界宋也就成為一種風氣，如果僅以朝代而論，不問其特質，相信這種分法必定難以圓融，就像以時代分唐詩為初盛中晚，會有人力持異議一樣。所以錢鍾書說：「唐詩宋詩，亦非僅朝代之別，乃體態性分之殊。」[5] 又說：「曰唐曰宋，特舉大概而言，為稱謂之便，非曰唐詩必出唐人，宋詩必出宋人也。」[6] 明乎此，討論宋詩時，才不會有不必要的爭辯。

（一）宋詩的時代

任何文學作品，均有它的時代性，生活環境不同，政治背景不同，反映在文學上的現象當然就有差異，所以《文心雕龍》有「時運交移，質文代變」的說法。唐是一個轟烈震爍的朝代，具有爆發性的朝代，不僅它的領土是古所未有的擴張，它的在位者也是古所未有的尊嚴，拓邊開塞使蠻夷股顫，戎狄在武威之下也只有臣服，恭敬對大唐皇帝奉上「天可汗」的尊號。所以唐在政統上是南北朝的繼承者，但在各方面的表現卻和南北朝相去甚遠，尤其在文化方面，唐朝可以說是集南北中外文化的大總合，日人目加田誠說：「在漢代，西域文化已經傳入中國，文學也往往能見到影響，到了南北朝，南朝的文化發揮漢民族文化的精華，相對的，北朝文化不用說也多含有北方胡族的習氣。入唐後，西域的文化更不斷地傳入中國，大量吸取外來的文化，於是建立起世界性的國際文化。」[7] 唐經過五代紛爭後，傳給趙宋，這個「臥榻之側，不容人鼾睡」的朝代，國勢雖然沒有漢唐的強大，但因為有漢唐強大祖宗的庇蔭，所以總括南北宋三百十年間，邊境儘管多事，國內卻相當太平，兩宋京城的盛況，我們從孟元老的《東京夢華錄》，吳自牧的《夢粱錄》，可見一斑。不僅京城，鄉村各個角落都籠罩在安和昇平當中，如陸游的〈初夏

---

[5] 錢鍾書：《談藝錄》（臺北：野狐出版社，未標出版年月），頁2。
[6] 同註5。
[7] 〔日〕目加田誠：《唐詩選》（東京：明治書院，1964年），〈唐詩概說〉，頁9。

絕句〉:「紛紛紅紫已成塵,布穀聲中夏令新。夾路桑麻行不盡,始知身是太平人。」[8]正是當時實際的景況。

(二) 宋詩的形式

從大體上而言,宋朝可以說是唐朝的延續,將唐朝未走完的路將它走完,這種情形對於唐和南北朝的關係剛好大不相同。職是之故,在詩的形式上,唐詩與六朝詩也有很大的差異,而宋詩卻是唐詩的延續,就如政統的繼承一樣。所以吉川氏說:「唐詩在形式上可以分成兩類,一是句數以及句中韻律皆不受拘束的形式,通稱『古體詩』,一是句數以及句中韻律均有定型的形式,稱為『今體詩』,又名『近體詩』。再者,今體詩在原則上,又有八行而以對句為主的律詩,以及只有四行的絕句。這兩種或者可以說三種詩體,基本上都屬於抒情詩的形式,雖然成立於唐代,但在南北宋間卻更廣泛地被繼承了下來。」[9]又說:「宋詩完全繼承了唐詩,所以只有古詩、律詩、絕句三種形式,別無新樣,而且,由於宋人喜歡敘述和說理,他們往往有意迴避格律嚴整的律詩絕句,或甚至於有愛用韻律比較自由的古詩的傾向。」[10]吉川氏雖然點出宋人愛作古風的傾向,而僅以「宋人喜歡敘述和說理」當作前提,是不夠深入的。鄭師因百在這一點曾從文字的演變作根本的解說:因為宋代的事物較前複雜,語彙也較前增多,以前的單字早已不能應變實際的需要,於是產生許多的複詞,詩的句子是單字與複詞的配合,複詞增多,則造句容易,因此宋人作長篇的古風也就很自然增加了。這不但可以用在詩,把它用在說明宋代散文何以會興盛的原因上也是非常恰當的。因按照發音學的原理,單字發音較難,複詞發音較易,[11]所以先秦古文「佶屈聲牙」,唐宋

---

[8] 〔宋〕陸游撰,〔宋〕羅椅選:《精選陸放翁詩集》(臺北:臺灣商務印書館,1965年《四部叢刊初編》縮本),前集,卷9,頁31。

[9] 〔日〕吉川幸次郎著,鄭清茂譯,《宋詩概說》(臺北:聯經出版事業公司,1977年4月),頁7。

[10] 同前註,頁50。

[11] 郭紹虞〈中國語詞之彈性作用〉中也有相同的看法,他說:「語言中所以有此慣例,文辭中也所以需要此類連語,即以複詞音節總較單詞為強一些。《馬氏文通》謂『古籍中諸名

以後則「文從字順」，宋散文因此蓬勃發展起來。宋詩除了完全繼承唐詩的形式外，但卻缺乏了樂府詩，唐不但有舊樂府而且也有新樂府，鄭師以為宋朝將樂府溶化於詩，不再作樂府了。當然從詩的內涵而言，可以作如此說，但從歌唱的外形來看，我個人較相信唐的樂府詩被宋詞取代，恐怕較為合理。

（三）宋詩的內容

從內容而言，宋詩之於唐詩，就如樹之枝與幹的關係，在唐詩是主幹，但到宋詩已經變成末端了，相反地，宋詩自己本身反而生出更多的支幹來。邊塞詩、閨怨詩可以說是唐詩中的一大特色，嚴羽曾說：「唐人好詩，多是征戍、遷謫、行旅、離別之作，往往能感動激發人之意。」[12] 但這些詩在宋朝少見了，因宋朝百年無事，開邊少，不比唐朝諸皇帝，好大喜功，不斷向外發展，宋朝皇帝僅求安定，保持現狀，軍人勢力受到相當的抑壓，由於環境的限制，邊塞詩自然消失了。另外閨怨詩也不多見，唐朝的閨怨詩來源大致有二，第一是軍人，如「啼時驚妾夢，不得到遼西」之類，宋因開邊少，當然軍人征戍離別的情形也相對減少，這類閨怨詩就沒有再產生的理由。第二是商人，所謂「商人重利輕別離」，唐朝建都長安，屬於內地，交通不便，商人經商大都以京城為中心，往返要花很多時間，離別的日子也較長，商人婦在朝朝被誤之際，難免有「早知潮有信，嫁與弄潮兒」（李益〈江南曲〉）的呼號。反觀宋朝，建都在汴梁（開封），雖然在軍事上缺少天險屏障，較為不利，但在經濟上卻因交通方便，四通八達，而得以繁榮。生意人不必再跑長安，活動地區轉移到東及東南一帶，分離時間短，商人婦就用不著「愁水又愁風」（李白〈長干行〉）了。

宋人不作邊塞、閨怨之詩，難道就沒有好詩嗎？[13] 其實宋人把精力

往往取雙字同義者或兩字對待者，較單辭隻字其詞氣稍覺渾厚。』即是此理。」見郭紹虞：《語文通論》（臺北：華聯出版社，1976 年 10 月），頁 20。
[12] 同註 1，頁 182。
[13] 〔清〕錢振鍠《謫星說詩》駁嚴滄浪說：「後世無征役，便無好詩耶？」見同注 1，頁 182。

移轉到詠物、說理方面，雖然偏執一端的人對此詬病，但這也未嘗不是宋詩的特點，也最能表現宋人的個性所在。前面說過，唐朝是一個爆發性的朝代，他統治下的人民也充滿活動力，外向、奔放、群眾化、重情感，觀察事物也僅能粗枝大葉，走馬看花，所以表現在作品上也容易往大的方面發展，如山水詩在唐朝就佔有很高的比重。而宋朝是一個收斂的朝代，他們有時間環境去沈思冥想，入微觀察，仔細體會，生活悠閒，喜歡單獨內向，所以描寫的都是較小的事物，如歌詠花、鳥、草、蟲的詩就佔很多，造成了詠物詩的大盛。另外說理詩也空前的發達，固然是受到宋理學的影響，但宋理學並不限於理學大家，可以說是宋人生活的反映。人的內心不外有情理兩個世界，情是頭一步的反應，所以個性外向的人常容易表現出熱烈的情感，「唐詩重情」的原因在此。而理是第二步的反應，是要經磨練修養才能具有的，正如《中庸》所說：「喜怒哀樂之未發謂之中，發而皆中節謂之和」，中華民族文化修養發展到第二步，理學才發達起來，[14] 宋理學家主張「克服人欲，發揮天理」，人欲即是「情」，「情」被斂住，所以宋詩自然就往說理發展了。此外從文字的演變也可找出原因，由於複詞的增加，造句容易，可作長篇大論，暢所欲言，故「宋詩重理」是理所當然的事。從造句的角度看是如此，再從單複詞的意義上來觀察也能圓通。因單字的意義不明顯，富有多種含意，較具彈性，正適合宛轉表達欲語還羞的感情。而複詞則剛好相反，如單字的「車」可概括全部的車輛，但雙字的「火車」、「汽車」範圍就縮小了，再推衍為四字的「地下火車」、「公共汽車」，其意義的限定更清楚，說理所用的詞彙最好能令人一聽就明白，避免含混夾雜，所以複詞的單義性正適合說理，唐宋詩走的路線也就因此而不同。明白唐宋詩的差異後，我們固然可以欣賞唐詩古雅、精鍊、含蓄的長處，但我們卻不能忽視宋詩鋪敘、開展、暢達的優點，而以唐詩的標準來衡量宋詩，這就不應該了。吉川氏說得好：「唐詩是酒，是很容易令人興奮的東西，不能晝夜不停地喝。宋詩是茶，雖然不能像酒那樣令人興奮，卻能給人以寧

---

[14] 日人吉川幸次郎也說：「在中國歷史上，宋朝是文化程度最高的時代。」見同註9，頁6。

靜的喜悅。」[15]因此偏好唐詩而非薄宋詩的人,當你醉眼惺忪時,不妨來杯濃釅的烏龍,當會清醒舒服些。

三、宋詩的萌芽

(一)西崑體詩人

文學的推演是漸進的,不是突變的;政治的轉移容或有一朝而成立,政策的更改也可能隨時不同,但文學的風氣並不會因皇帝姓李或姓趙就馬上大翻觔斗——一百八十度的轉變。所以吉川氏說:「宋代歷史的開始,並不等於宋代詩風的開始。」[16]宋初的詩風還是繼承晚唐五代,猶如初唐四傑還是六朝遺風一樣。最能代表這個現象的,就是西崑體詩人。

「西崑體」的名稱是由楊億所編的《西崑酬唱集》而來,[17]這本集子共兩卷,所收錄的是真宗景德年間(1004～1007),大都是在汴京做官的十七位詩人的詩,[18]共有二百五十首。[19]其中有四位大家:楊億、劉筠、李宗諤、錢惟演,而又以楊、劉最著,當時即並稱「楊劉」。

由於這些詩人是處於時代的交替之時,因此他們的詩也無法跳脫晚唐五代的路線,只能從事拙劣的模倣,特別是李商隱的詩,更是他們追隨的對象。所以在詩體上,他們是以七律為主,只有少數的五排、七絕,而無古風。前面已經講過,宋詩的主流在古風上,這是唐人所沒有發揮的,古風猶比長江大海、大塊山石、森林,近體只像清亮見底的清溪、

---

[15] 同註9,頁48。
[16] 同註9,頁63。
[17] 《西崑酬唱集》雖不著編集名氏,但考田況《儒林公議》,即認為是楊億所編。見《四庫全書總目提要》(臺北:臺灣商務印書館,1971年7月《合印四庫全書總目提要及四庫未收書目禁燬書目》本),《西崑酬唱集》提要,冊4,頁4138。
[18] 楊億序稱十五人,但《四庫全書總目提要》曰十七人,即楊億、劉筠、錢惟演、李宗諤、陳越、李維、劉騭、刁衎、任隨、張詠、錢惟濟、丁謂、舒雅、晁迥、崔遵度、薛英、劉秉等。見同前註。
[19] 《四庫全書總目提要》云:「上卷凡一百二十三首,下卷凡一百二十五首,而億序稱二百有五十首,不知何時佚二首也。」見同前註。按《西崑酬唱集》上卷收詩一百二十三首,下卷收詩一百二十七首,都凡二百五十首,億序正確,《四庫全書總目提要》計數偶誤,不可為據。

片玉、小盆景,大塊山石有氣派,但不如玉之精緻,西崑僅只是小盆景,無法擴大為森林,還停留在近體的階段,沒有辦法超越唐人。其次在文字上,他們喜用典故、華麗的詞藻,講求對仗,音節的鏗鏘,是一種唯美主義者。劉熙載《藝概》說:「楊大年、劉子儀學義山,為西崑體,格雖不高,五代以來,未能有其安雅。」所謂「雅」即「深」義,西崑詩人追求文字上的雕琢,只能造成外形的「雅」、「深」,沒有深及內容,所以錢鍾書形容西崑體「不過像一薄層、一小圈的油花,浮在水面上,沒有在水裏滲入得透,溶解得勻。」[20] 同樣針對其外形鮮豔而發的。談到西崑體的內容,則是非常貧乏,缺少恢宏的氣魄。試想這些關在象牙塔裏面的詩人,即使從他們嘴中能吐出象牙,固然是華麗,但畢竟缺乏生命力。《西崑酬唱集》的十七人,大多是同僚,在宮中編《冊府元龜》,一齊酬唱,限制在小環境裡,內容如何宏大呢?另外趙宋初期,一切均未安定,真正代表宋人的文化還沒建立,他們沒有等到宋理學之影響,相對的,只受大時代的局限,所以規模就顯得渺小了。

雖然西崑體在後世的評價不高,但我們也不能忽視它的橋樑作用。宋詩的特點除了古風外,還有江西詩派的詩也是一大特色。西崑體的雕琢堆砌、整齊華美,在江西派的詩也可以找到痕跡,所以西崑體的詩縱使在內容上毫無建樹,但在近體詩的形式上可以說是影響到江西詩派。所以《四庫全書總目提要》說:「西崑酬唱詩,宗法唐李商隱,詞取妍華,而不乏興象。……其後歐梅繼作,坡谷迭起,而楊劉之派遂不絕如綫。」及鄭師所吟詠的一句:「西崑一脈到江西」,都是指此而言。另外我們仔細觀察西崑體固然花團錦簇,光豔奪目,但它的華麗猶如插花,並不是塑膠花,雖然不是天然長在花叢,由人工剪裁而成,但畢竟還是真枝真葉,如何說呢?即前面提要所說的:「詞取妍華,而不乏興象。」西崑體的詩雖追求詞藻美,但多少含有一點情感、理致,如果完全沒有情感、理致,就是塑膠花了。如西崑四大家彼此唱和的〈南朝〉,表面上

---

[20] 錢鍾書:《宋詩選注》(臺北:木鐸出版社,1980 年 6 月),頁 50。

雖然都是在歌詠史事古跡，但在詩句中也多少流露出對南朝興亡之感：「龍盤王氣終三百，猶得澄瀾對敞扉」、「自從飲馬秦淮水，蜀柳無因對殿幃」、「千古風流佳麗地，盡供哀思與蘭成」、「惆悵雷塘都幾日，吟魂醉魄已相尋」，都是全詩最末兩句，最能看出那種淡淡的哀思與惆悵。所以西崑的這份「興象」，我們也不能將它抹煞的。

（二）王禹偁

在萬紫千紅的文學風氣中，我們突然在枝間發現一點小綠籽若隱若現搖蕩著，這小綠籽雖然只是宋詩結實的嘗試，但它已發出絢爛艷麗終要過去的信號，王禹偁就是這小綠籽的角色。假設沒有這顆小綠籽，我們一定會對未來結實纍纍的宋詩詩壇感到突兀與驚訝，所以我們對這位開風氣之先的詩人不得不給予注目。

王禹偁，字元之，因曾知黃州，所以也叫做王黃州。他生於周世宗顯德元年（954），也就是趙宋前六年，是屬於天才早熟型的人物，聽說九歲就能下筆屬文，在三十歲那年，太平興國八年（983），即擢進士，從此便浮沈宦海，最後在真宗咸平四年（1001）去世，年四十八。現在留傳下來的作品有《小畜集》三十卷，及《小畜外集》殘本七卷。

我們從這兩種集子所收輯的五、六百首詩當中，可以看出他的風格與後來的西崑體是大異其趣的。《四庫全書總目提要》說：「宋承五代之後，文體纖麗，禹偁始為古雅簡淡之作。」雖然前面劉熙載也曾評西崑體「安雅」，同樣是「雅」，但所指的卻是兩回事，一是形式，一是內容，絕不容混淆。而「簡淡」兩字，也剛好與西崑的「纖麗」成強烈對比。另外他的古風在《小畜集》所佔的份量（共四卷）也令我們驚訝，這是《西崑酬唱集》所見不到的，單憑這一點，我們就可發給他宋代詩人的身分證了。

王禹偁之所以有這種特異的現象，大約可分兩方面來解釋：一是師法的對象不同。在當時流行風靡的雖然是李商隱，但他偏偏要走的是李白、杜甫、白居易的路線。在〈贈朱嚴〉的詩中說：「誰憐所好還同我，

韓柳文章李杜詩。」〈示子詩〉中又說：「本與樂天為後進，敢期子美是前身。」這可以說是他師法李、杜、白居易的自白。翁方綱更明確指出，「《小畜集》五言學杜，七言學白。」[21] 由於出發點上的差異，當然表現出來的就與西崑迥然不同。二是環境的影響。王禹偁敢言直諫，個性忠耿，但在官場上並不如意，在淳化二年（991）得罪宋太宗，被貶為商州團練副使，又曾坐謗訕被罷為工部郎中，及外放知滁州、揚州、黃州、蘄州等地，這在個人的境遇上固屬不幸，但在文學的立場而言，卻拓寬了他的觸角廣度，又加長了人生體驗的深度，所以在詩中能具較深較廣的內涵；如果他與楊億等人同在宮中編《冊府元龜》，相信絕寫不出「副使官閑莫惆悵，酒錢猶有撰碑錢」（〈寒食〉），「何事吟餘忽惆悵？村橋原樹似吾鄉」（〈村行〉）這種詩來。所以吉川說：「根據這些詩歌裡的資料，也許可以追尋他的一生，寫出一部詳細的傳記來。」[22] 禹偁的詩，正是熾烈的生命投入千變萬化的環境中燃燒而成的結晶。

總之，王禹偁在宋詩的地位，正如《宋詩鈔》所說：「元之獨開有宋風氣，於是歐陽文忠得以承流接響，文忠之詩，雄深過於元之，然元之固其濫觴矣。」[23] 誠屬持平之論。王禹偁雖已經透露宋詩的消息，但在五彩繽紛、光豔閃爍的環境中，並沒有形成多大的力量，必定要等東風挾帶驟雨，使眾芳蕪穢、百花凋殘，代表宋詩特色的果實才能從枝間一一崢嶸出來，扮演這種洗鍊掃蕩角色的，當然要等歐陽修、梅堯臣、蘇舜欽這些人了。

四、宋詩的建立

北宋中期，也就是仁宗在位的四十二年間，由於政治的長期安定，很自然地影響到文化的變革，而詩歌的作風也必須配合新時代，歐陽修、梅堯臣於是開創了真正屬於宋人特質的新氣象。論詩的創作成就，梅堯

---

[21] 〔清〕翁方綱：《石洲詩話》（臺北：木鐸出版社，1982 年 5 月），卷 3，頁 80。
[22] 同註 9，頁 74。
[23] 〔清〕吳之振編：《宋詩鈔》（臺北：世界書局，1962 年），《小畜集》作者小傳。

臣應高於歐陽修，但在影響上，因歐是政治領袖，而且也是文化領袖，所以對日後文壇風氣產生了莫大的影響。另外與梅堯臣齊名的蘇舜欽，創作目標也大致相同。但在創作成績上卻無法和歐梅相比。北宋中期，繼承這種新風格，並且發揚光大的，是歐陽修在政治上所特別寄予厚望的兩個後起之秀：一是王安石，一是蘇軾。而蘇軾更是出類拔萃，成為北宋最偉大的詩人。以上幾位正是宋詩從建立到發達的關鍵性人物，我們就逐一加以介紹。

（一）歐陽修

歐陽修，字永叔，廬陵（今江西吉安）人，生於景德四年（1107），天聖八年（1030）省元，中進士甲科。累擢知制誥、翰林學士，歷樞密副使、參知政事。神宗朝，遷兵部尚書，以太子少師致仕。熙寧五年（1072）卒，年六十六。贈太子太師，諡文忠。知滁日，號醉翁，晚號六一居士。有《文忠集》傳世。[24]

這是歐陽修很簡單的政治經歷，因位居要津，又善於創作，所以很自然成為當時公認的文壇領袖。不但是詩人，而且具有散文家、詞人的多重身分，尤其散文，對後世的影響相當大。韓愈雖然是古文運動的提倡者，但從歐陽修興起以後，所有的散文大家，都學自歐，而不學自韓。韓文的優點固然可讀性高，創造性高，可是矯枉過正，失之太硬，所以可學性相對減低，鄭師因百套「學我者病，似我者死」這句話說：「學韓者病，似韓者死。」如墓誌銘，學韓則令人厭惡，學歐則否。歐陽修在創造性、可讀性或不如韓，但其可學性高，以致於影響後世甚巨。

歐陽修的詩就如散文，雖然學自韓愈，受韓之影響，但他能夠取其精華，去其糟粕，製造自己的風格，完成宋詩的新作風，領導群倫。所以很顯然地，他在詩的成就上是遠超越韓愈的。歐詩的特點，大致可從形式、風格兩方面來說：

在形式上，也可分為三點，一是擅於雜言詩。錢鍾書說：「他深受

---

[24] 唐圭璋編：《全宋詞》（臺北，世界書局，1976 年 10 月），頁 120。

李白和韓愈的影響，要想一方面保存唐人定下來的形式，一方面使這些形式具有彈性，可以比較的暢所欲言而不致於削足適履似的犧牲了內容，希望詩歌不喪失整齊的體裁而能接近散文那樣的流動瀟灑的風格。」[25] 錢氏所言頗有見識。「唐人定下來的形式」是指五、七言整齊的形式，它的缺點易流於鬆懈或過緊；「使這些形式具有彈性」即是指雜言詩而言，每句並不必一定具有五言七言，較能暢所欲言，不但不必削足適履，也可以避免勉強擴張，歐陽修對這種詩體特別擅長。如他的〈廬山高〉及〈明妃曲〉兩篇，正是他的雜言詩代表作，而他本身也甚為得意，謂「吾〈廬山高〉，今人莫能為，唯李太白能之。〈明妃曲〉後篇，太白不能為，唯杜子美能之；至於前篇，則子美亦不能，唯我能之也。」[26] 以下就舉歐陽修三篇中最得意的〈明妃曲和王介甫作〉為例，對雜言詩作一說明：

> 胡人以鞍馬為家射獵為俗，泉甘草美無常處，鳥驚獸駭爭馳逐。誰將漢女嫁胡兒？風沙無情貌如玉。身行不遇中國人，馬上自作思歸曲。
> 推手為琵卻手琶，胡人共聽亦咨嗟。玉顏流落死天涯，琵琶卻傳來漢家。漢宮爭按新聲譜，遺恨已深聲更苦。纖纖女手生洞房，學得琵琶不下堂。不識黃雲出塞路，豈知此聲能斷腸！

由這首詩可以看出，除了第一句十一字之外，其餘每句都是七言，所以雜言詩的句法是參差錯落，而不是雜亂，每句的字數固然可以長短增減變化，但還是以五七言為主，因為作雜言詩如無整齊的句法，必會流於油腔滑調。除了句法參差的特色外，並且押韻分段也甚為特殊，一般五、七言詩是單押雙不押，每個段落為雙句構成，但雜言的押韻卻在不該押的時候押，如〈明妃曲〉的開頭三句在一、三句押韻。段落也可能由單句構成，如〈明妃曲〉前七句為一段。其實雜言詩並非創自宋朝，如六朝鮑照的〈擬行路難〉就是雜言詩，唐朝任華有詩三首：〈寄李白〉、

---

[25] 同註20，頁27。
[26] 〔宋〕葉夢得：《石林詩話》（臺北：木鐸出版社，1982年2月《歷代詩話》本），卷中，頁424。

〈寄杜拾遺〉、〈懷素上人草書歌〉，更是雜言傑作。而李白的〈夢遊天姥吟〉、〈蜀道難〉，韓愈的〈嗟哉董生行〉、〈月蝕詩〉，也是雜言詩，一樣傳誦眾口。鄭師對這種雜言詩認識最為深刻，曾作詩論之：「雜言成詩古即有，字數始一終逾九，樂府與歌行，安排多妙手。務求灑落，切忌油滑，錯綜短長，分配奇偶。論韻腳之疏密，無常規之可守，或連押數句，或數句不押，須似大珠小珠落玉盤走。造句布韻，伸縮挪移，中有妙理未易窺，卻非神功鬼斧始能為；盤根錯節見利器，李白韓愈任華，各逞人力而得之。」（〈讀任華詩試效其體以詠讚之兼及懷素草書〉）由此我們對雜言詩的特點可以更加瞭解，對於歐陽修為求充實的內容而突破唐人整齊的形式所作的努力，也應有更深一層的認識。

　　其次是以文為詩。錢鍾書說：「在『以文為詩』這一點上，他為王安石、蘇軾等人奠了基礎，同時也替道學家像邵雍、徐積之流開了個端；這些道學家常要用詩體來講哲學、史學以至天文、水利，更覺得內容受了詩律的限制，就進一步的散文化，寫出來的不是擺脫了形式整齊的束縛的詩歌，而是還未擺脫押韻的牽累的散文，例如徐積那首近二千字的〈大河〉詩。」[27]正如錢氏所說，「以文為詩」最後不免發生流弊，變成「還未擺脫押韻的牽累的散文」，但歐陽修的「以文為詩」未嘗不是一種「窮變則通」的作法，因唐人已經把近體詩推展到極限，後人實在很難在唐人的範圍內更上一層樓，所以宋人不得不從「以文為詩」、「以議論為詩」著手，開拓新領域，這也是宋詩成就的地方。「以文為詩」可從兩方面而言，一是以散文的形式寫詩，如歐陽修〈贈李士寧〉詩後半：「吾聞有道之士，遊心太虛，逍遙出入，常與道俱。故能入火不熱，入水不濡，嘗聞其語，而未見其人也。豈斯人之徒與？不然言不純師，行不純德，而滑稽玩世，其東方朔之流乎？」以外表觀之，和散文並無多大差別，這就是以散文的形式寫詩。一是以散文的內容寫詩。內容有入詩與不入詩之分，唐人大抵以興象入詩，宋人則另闢蹊徑，以「議論」、「敘事」為詩，歐陽修的〈感事〉四首，寫對佛教、人生的看法，就是這方

---

[27] 同註20，頁27。

面的嘗試，但寫得也很夠詩味。中國人以前的觀念，都認為「議論不可為詩」、「敘事不宜為詩」，但都被宋人打破了。翁方綱《石洲詩話》說得好：「唐詩妙境在虛處，宋詩妙境在實處」，宋人利用落實、具體的寫法，以「賦」法作詩，以詩的形式代替漢魏六朝「賦」的功用，確實是開拓了詩的新境界。

第三、歐陽修並未完全摒除形式之美。如宋葉夢得所說：「歐陽文忠公詩，始矯崑體，專以氣格為主。……然公詩好處豈專在此？如〈崇徽公主手痕詩〉：『玉顏自古為身累，肉食何人與國謀』，此自是兩段大議論，而抑揚曲折，發見于七字之中，婉麗雄勝，字字不失相對，雖崑體之工者，亦未易比，言意所會，要當如是，乃為至到」，[28]另外宋吳聿也曾舉例說：「文忠公詩，有『春深桃李作』、『絪縕又欲晴』、『花氣漸絪縕』，皆麗句也」，[29]鄭師尤其欣賞歐陽修的一首四色詩──〈再至汝陰三絕〉之一：「黃栗留鳴桑葚美，紫櫻桃熟麥風涼；朱輪昔愧無遺愛，白首重來似故鄉。」詩中含有「黃」、「紫」、「朱」、「白」四色，極其美化之能事。鄭師也仿作一首題為〈賂鬼〉的四色詩：「白雨生寒欺病骨，青燈如夢照書帷；黑無常說可暫緩，手捧紅包滿意歸」，不但在形式美上可比肩歐詩，而內容的幽默即使在西洋文學作品中亦鮮有能與其匹者。

在風格上，歐陽修的詩也有兩種特點：一是平坦。歐詩的作風一如其文，無大開大闔、氣魄變化，而是明白如話、氣味溫潤，以水喻之，歐的詩文平坦如湖，而非變化萬千的江海。葉夢得說：「歐陽文忠公詩，始矯崑體，專以氣格為主，故其言多平易疏暢，律詩意所到處，雖語有不倫，亦不復問」，[30]《宋詩鈔》作者小傳也說：「昌黎時出排奡之句，永叔一歸之於敷愉，略與其文相似也」。歐陽修不像韓愈把字數濃縮，而是把它散開，並且不用生澀之字面，而用熟悉常見的。這種作風最適合說理，歐陽修有三首詩排斥佛教，可以說是宋詩說理而不腐敗的典型。另外他在情感方面也儘量抑住，不表現在詩中，所以顯示出無限地「平

---
[28] 同註26，卷上，頁407。
[29] 〔宋〕吳聿：《觀林詩話》（臺北：藝文印書館，1970年《百部叢書集成》本）。
[30] 同註26，卷上，頁407。

靜」，但這種平靜並不代表死寂闃黑，在詩的背後還是隱隱約約可以見到感情，就像「匣劍韜燈」，裡面的光芒我們還是可以體會的。如果要真正看到歐陽修豐富感情的奔放傾洩，就不得不讀他的「詞」，歐陽修把所有的感情都寄託在「詞」中，他將詩中斂住的感情，毫無保留地在詞裡發揮，所以他的「詞」並不是真的「詞」，可說是真正的「詩餘」，是詩的一部份。

　　二是廣大。前面說過，歐陽修突破唐人以「興象」入詩的限制，嘗試以散文的內容寫詩，因此以前許多不能入詩的事物，議論的也好，敘事的也好，他都輕而易舉地把它敘述成詩。日人吉川氏也說：「他不但擴大了敘述的題材範圍，而且擴大了敘述的觀點和方法。即使在處理前人常詠的題材時，他也採取了不同的態度。那就是從更廣的視野來加以敘述，並且夾議論於敘述之中。」[31] 所以一般常用代表歐詩風格的「敷愉」，不但指「平坦」，而且也兼有「廣大」的意思在裏面。

（二）梅堯臣

　　梅堯臣，字聖俞，宣城人。生於咸平五年（1002）。以蔭補齋郎。皇祐二年（1050），官國子博士。召試，賜進士出身。擢國子直講，歷尚書都官員外郎。嘉祐五年（1060）卒，年五十九。有《宛陵集》。[32]

　　梅堯臣在年齡上雖然大歐陽修五歲，但仕途並不亨通如意，只當到尚書都官員外郎而已，所以人家又稱他「梅都官」。儘管歐梅兩人在官運上的境遇不同，但並不影響彼此之間的感情，歐不因自己的得志而忘懷老友，梅也不以自己的官微而自卑，兩人還是一起吟詩較藝，我們讀了梅所作的七古〈高車再過謝永叔內翰〉，會被這對老友的交情十分感動。歐梅兩人的贈答詩非常多，而且對梅詩讚不絕口的還是這位高官老友，所以有人認為梅詩之所以有今天的地位，歐陽修的褒揚影響相當大，這種說法並不盡然，如果梅詩沒有它自身的存在價值，即使歐陽修如何地

---

[31] 同註 9，頁 83。
[32] 同註 24，頁 118。

標榜,也經不起歷史洪流的考驗。當然由於歐的品評,使我們對梅詩更加瞭解,這點確是很重要。

梅詩的好處在那裏呢?我想以歐陽修替好友所寫的墓誌銘最為深刻:「其初喜為清麗、閑肆、平淡,久則涵演深遠,間亦琢刻,以出怪巧」,因此梅詩的優點可歸納成兩點來談:一是「平淡」,一是「精鍊」。

先說「平淡」,梅堯臣一生寫詩的創作目標可以說就是「平淡」兩字。他在〈讀邵不疑學士詩卷〉自己就說:「作詩無古今,唯造平淡難。」由於「平淡」難得,所以他要苦心掙扎去獲取,歐陽修《六一詩話》說:「聖俞平生苦於吟詠,以閒遠古淡為意,故其構思極艱」。但讀梅詩時要特別小心,不能只注意那些刻意求平淡而偏失的地方,要欣賞那些平淡而生動的詩,也就是「平的有勁,淡的有味」的地方。如〈草木〉詩:「草木無處所,動搖知風形。今日黃葉黃,昨日黃葉青,青既漸衰變,黃亦漸彫零。人生恃歲月,種柏滿郊坰。」就是這種好詩。又如〈通判桃花廳〉,雖然全詩以「平淡」之筆寫來,但由於最末兩句:「舉杯無愧者,避世武陵翁」,使詩的深度增加不少,讀過後,會覺得作者有「民胞物與,同情窮人」的胸襟,是一種暗示手法而顯得生動。梅也有一首描寫雪景的好詩──〈雪夜留梁推官飲〉,這首是五言古風,運用一些平淡之句,讀來甚為自然。因古風不像律詩須句句精采,中間要有幾句平鋪直敘,就像我們開窗子透氣一般。

其次談「精鍊」。由於梅堯臣作詩態度甚為謹嚴,極力推敲,所以他的詩也顯得特別「精鍊」,宜乎歐陽修把他比擬作賈島,我們見了宋人趙與虤《娛書堂詩話》的記載,[33] 會覺得這種比擬也有幾分道理,至少在作詩的態度上是如此。另外宋許顗《彥周詩話》也說:「梅聖俞詩句句精鍊,如『焚香露蓮泣,聞磬清鼯邁』之類,宜乎為歐陽文忠公所稱。」由於他作詩的「精鍊」,因此很自然地能夠達到「高古」的境界。如宋曾

---

[33] 〔宋〕趙與虤《娛書堂詩話》(臺北:藝文印書館,1970 年《百部叢書集成》本)卷下云:「孫君孚(升)云:昔與杜挺之、梅聖俞同舟逆汴,見聖俞吟詩日成一篇,眾莫能和,因密伺聖俞如何作詩。蓋寢食游觀,未嘗不吟諷思索也。時時於座上忽引去,奮筆書一小紙,內算袋中,同舟竊取而觀,皆詩句也。或半聯,或一字,他日作詩,有可用者入之。或云:作詩無古今,惟造平淡難。乃算袋中所書也。」

季貍《艇齋詩話》說的:「梅聖俞〈一日曲〉,極佳。又〈謁薛簡齋墓〉及〈大水後田家〉二詩等極高古。大抵聖俞之詞高古。」其實表現「高古」並不僅從字面而已,在格律上尤其重要,凡「古」一定須要「拙」,所以「古拙」常被連用,如何才能「拙」呢?就是要用拗體,古風最須如此,因古風句子多,篇幅長,若無拗體、無變化,則甚為單調,故古風須以拗體為主,叶體為輔;而律詩因篇幅短,較重精巧,故以叶體為主,而以拗體為輔。所謂「拗」、「叶」各有四種句式。四叶的句式是:「平平仄」、「仄仄平」、「平仄仄」、「仄平平」,是律詩用的句式。四拗的句式分成「下三連」:「平平平」、「仄仄仄」,及「二夾一」:「平仄平」、「仄平仄」,是古風常用的句式。因此我們對叶可下個定義:「或平或仄,兩兩相連,不可隔離,不可變多」,拗的「二夾一」是違反不可隔離的原則,而「下三連」則違反不可變多的原則。物體的變化也有個大原則,就是在拗裏面,要保持平衡對稱,故上拗下救,如上句用三仄,下句則用三平,以拗救拗。律詩的拗救是一個字的救,古風的拗救是大救,兩三個字的救。另外在七言中,我們也可以發現句中自救的方法,即上半句與下半句的拗救,如上半句平多,則下半句須仄多,反之亦然。五言因上半句只有兩字,拗不出來,就沒有這種現象。但五言有全仄、全平的拗救,而在七言則不可能。知道以上的拗救,我們對於「高古」、「拙」就有更深的認識。《蕙風詞話》說作詞要「重、拙、大」,作古風亦須如此,梅堯臣的〈高車再過謝永叔內翰〉詩,確實將「重、拙、大」表現出來了。裏面的「飲水啜茗當清風」是句中自救的句子(上四仄、下三平),這種句法正是學自韓愈「五嶽祭秩皆三公」這個句子(韓愈七古〈謁衡嶽廟遂宿嶽寺題門樓〉)。因此我們可以探求出作七言古風的大原則:如果一韻到底,要多用拗句,少用律句,不用對句,用僅能用兩個,不多不少。換韻的話,尤其平仄互換者,可以用律句,亦可多用對偶。

　　前面所講的是梅詩的優點,但梅詩也有因刻意追求「平淡」而失敗的地方,宋陳簡齋嘗語人說:「本朝詩人之詩,有慎不可讀者,有不可

不讀者；慎不可讀者，梅聖俞，不可不讀者，陳無己也。」[34] 因簡齋的詩格「高華朗潤」，反對「粗俗平淡」，陳無己雖無簡齋的詩格，但亦無其反對之毛病，故簡齋稱之。而梅詩則不然，由於太過強調「平淡」，所以常流於「晦澀」與「油滑」，初學者若以此入手，容易產生弊端，故簡齋曰「慎不可讀」。以下分別就這兩種缺點敘說：

1. 是晦澀。歐陽修《六一詩話》曾引梅堯臣的話說：「詩家雖率意，而造語亦難。若意新語工，得前人所未道者，斯為善也。必能狀難寫之景，如在目前，含不盡之意，見於言外，然後為至矣！」「含不盡之意，見於言外」本身是好的，但若講求太甚，就容易過於含蓄，曲折太多，而造成所謂的「晦澀」。因此歐陽修在〈水谷夜行寄子美聖俞〉一詩中，有「近詩尤古硬，咀嚼苦難嚼」云云，清翁方綱也說：「都官詩天真蘊藉，自非郊寒可比，然其直致處則相同，亦不免微帶酸苦意。」[35] 當然都是指他詩中「晦澀」的一面而言。

2. 是油滑。梅堯臣作詩的另外一個理想：「狀難寫之景，如在目前」，但其流弊就會變成太容易懂，過於平坦無奇，這就是所謂的「油滑」了。他自身也知道這是毛病，曾說：「詩句義理雖通，語涉淺俗而可笑者，亦其病也。」[36] 但他卻也有明知故犯的時候，因此清翁方綱說：「都官思筆皆從刻苦中逼極而出，所以得味反淺，不如歐公之敷愉矣！」[37] 「得味反淺」就是指他的詩失之「油滑」了。

（三）蘇舜欽

蘇舜欽，字子美，其先梓州人，家開封。易簡孫。生於大中祥符元年（1008）。景祐元年（1034）進士。慶曆四年（1044），大理評事，召試，授集賢校理，監進奏院。坐用故紙錢，除名，居蘇州，買水石，作滄浪亭以自適。終湖州長史。慶曆八年（1048）卒，年四十一。有《滄

---

[34] 〔宋〕徐度《卻掃編》（臺北：藝文印書館，1966 年《百部叢書集成》本），卷中。
[35] 同註 21，卷 3，頁 88。
[36] 〔宋〕歐陽修：《六一詩話》（臺北：木鐸出版社，1982 年 2 月《歷代詩話》本），頁 268 引。
[37] 同註 21，卷 3，頁 88。

浪集》。[38]

　　蘇舜欽和歐梅雖然在詩史上同開宋詩的地位，但他的創作成就實在比不上歐梅，因此一般都將他附屬於歐梅之下。他與梅堯臣並稱蘇梅，二人在排斥西崑體的貢獻上是一道的，但在風格上並不一致，各有所長。當時的歐陽修就曾說：「聖俞、子美齊名於一時，而二家詩體特異。子美筆力豪儁，以超邁橫絕為奇，聖俞覃思精微，以深遠閒淡為意。各極其長，雖善論者不能優劣也。」[39]所以舜欽詩的特點在於豪放雄奇，如他的一首七律〈覽照〉：「鐵面蒼髯目有稜，世間兒女見須驚。心曾許國終平虜，命未逢時合退耕。不稱好文親翰墨，自嗟多病足風情。一生肝膽如星斗，嗟爾頑銅豈見明。」不但將自己的人格個性活躍紙上，而且作品風格的表現也非常淋漓盡致。我們再舉他一首被認為是宋代七言絕句代表作之一的詩──〈淮中晚泊犢頭〉：「春陰垂野草青青，時有幽花一樹明。晚泊孤舟古祠下，滿川風雨看潮生。」他那種軒昂不羈的氣度，讀其詩如見其人，難怪乎他對於人家把他比作梅堯臣要表示不滿了。[40]

　　另外舜欽詩也有他的缺點，清翁方綱就曾對歐陽修的讚語表示異議，說：「歐公謂：『蘇子美筆力豪儁，以超邁橫絕為奇。』劉後村亦謂：『蘇子美歌行雄放。』今觀其詩殊不稱，似尚不免於孱氣傖氣，未可與梅詩例視。」[41]錢鍾書也說：「他的觀察力雖沒有梅堯臣那樣細密，情感比較激昂，語言比較暢達，只是修詞上也常犯粗糙生硬的毛病。」[42]不管是「孱氣、傖氣」，或「粗糙生硬」，其實是和梅堯臣異曲同「病」，在於圓滑與晦澀而已。[43]

---

[38] 同註24，頁168。
[39] 同註36，頁267。魏泰也有同樣的說法：「蘇舜欽以詩得名，學書亦飄逸，然其詩以奔放豪健為主。梅堯臣亦善詩，雖乏高致，而平淡有工，世謂之蘇梅，其實與蘇相反也。」見〔宋〕魏泰：《臨漢隱居詩話》（臺北：木鐸出版社，1982年2月《歷代詩話》本），頁327。
[40] 〔宋〕魏泰：《臨漢隱居詩話》說：「舜欽嘗自歎曰：『平生作詩被人比梅堯臣，寫字被人比周越，良可笑也。』」
[41] 同註21，卷3，頁84。
[42] 同註20，頁24。
[43] 梅有詩云：「君詩狀且奇，體逸思益峭。」（〈寄子美〉），歐陽修也有句云：「其於詩最豪，奔放何縱橫。間以險絕句，非時震雷霆」（〈答子美離京見寄〉），其中所說的「奇峭險絕」，可以說都是蘇詩「晦澀」的根源。

五、宋詩的發達

宋詩經過歐梅蘇三大家的努力創作，把西崑的脂豔空氣一掃而盡，使宋代的詩風走向另外一條健康的道路。在政治上，歐陽修所屬意的傳人——王安石、蘇軾，雖然並沒有使宋朝的政治有更輝煌的成就，但在宋詩的發展過程中，這兩位門生並沒有辜負恩師的栽培，尤其蘇軾，更將歐陽諸人所建立的宋詩新風格，發揚到顛峰造極的境界，因比我們談宋詩的發達，不能不以王、蘇為代表了。

（一）王安石

王安石，字介甫，臨川人。生於天禧五年（1021）。慶曆二年（1042）進士。神宗朝，除翰林學士，拜同中書門下平章事，加尚書左僕射、兼門下侍郎，封舒國公，改封荊國公。晚居金陵，自號半山老人。元祐元年（1086）卒，年六十六。贈太師，諡曰文，崇寧間，追封舒王。有《臨川集》。[44]

王安石在政治上因為變法受到許多人的不諒解，不僅在當時，即使後世對他大肆抨擊的人亦不計其數；但政治畢竟是政治，在文學上他的成就是不容抹煞的。尤其在宋詩的地位，縱然在政治上反對他的人也不敢否定他，並且給予相對的評價。王詩的特色在那裏呢？我們約可從形式、內容、情調、價值等四方面來討論：

1. 形式

王安石雖然與歐陽修一樣，反對「西崑體」，主張詩要有思想、有內容，但在形式上，他卻與西崑相似，非常精嚴工整，尤其用典與對仗，更表現出技巧的細密。宋葉夢得說：「荊公詩用法甚嚴，尤精於對偶。嘗云：用漢人語，止可以漢人語對，若參以異代語，便不相類。」[45]又說：「王荊公晚年詩律尤精嚴，造語用字，間不容髮。」[46]我們試舉王安石的

---

[44] 同註24，頁204。
[45] 同註26，卷中，頁422。
[46] 同註26，卷上，頁406。

一首〈木末〉詩為例:「木末北山煙冉冉,草根南澗水泠泠;繰成白雪桑重綠,割盡黃雲稻正青。」詩中的對仗錙兩相稱,渾然天成,無懈可擊。而喜用「冉冉」、「泠泠」之類的連綿字互相對仗,亦是荊公詩特徵之一。宋曾季貍《艇齋詩話》曾說:「東萊不喜荊公詩,云汪信民嘗言荊公詩,失之軟弱,每一詩中,必有依依嫋嫋等字,予以東萊之言考之荊公詩,每篇必用連綿字,信民之言不謬,然其精切藻麗,亦不可掩也。」又曰:「荊公『種種春風吹不長,星星明月照還稀』,詠白髮也。『種種』出左氏,音董。『星星』對『種種』,甚工。」一般「連綿字」大多用作狀態副詞或形容副詞,不如名詞堅實,故難免影響詩的硬度,但在促使詩的生動化卻非常重要;詩太軟固然不好,但太硬以至於僵化,更是大忌。如前面所舉的「煙冉冉」、「水泠泠」,形象聲響多麼鮮明活潑,全詩於是由靜態而變成動態了。王安石在對仗上的講究比西崑詩人更加嚴密,他的對仗不僅「漢人語止可以漢人語對」,而且「經對經,史對史,釋氏事對釋氏事,道家事對道家事」,[47]對仗到此地步,已是鬼斧神工,非常人所能至。另外他在用典上亦認真而精巧,錢鍾書說:「他的詩往往是搬弄詞彙和典故的遊戲,測驗學問的考題;借典故來講當前的情事,把不經見而有出處的或者看來新鮮而其實古舊的詞藻來代替常用的語典。典故詞藻的來頭愈大,例如出於《六經》、《四史》,或者出處愈僻,例如來自佛典、道書,就愈見工夫。」[48]王安石雖然和西崑詩人同樣喜歡用典,但在用法技巧上卻大異其趣。西崑詩人主要是靠「摽撠」、「補假」來寫詩,而且範圍狹小,王安石不但範圍廣大,而且技法高明,錢氏又說:「他寫各種事物,只要他想『以故事記實事』——蕭子顯所謂『借古語申今情』,『須自出己意,借事以相發明』,這也許正是唐代皎然所說『用事不宜』,的確就是後來楊萬里所稱讚黃庭堅的『妙法』,『備用古人語而不用其意』。……這種把古典來『挪用』,比了那種捧住了類書,說到山水就一味搬弄山水的古典,誠然是心眼兒活得多,手段

---

[47] 〔宋〕曾季貍:《艇齋詩話》(臺北:廣文書局,1971年)。
[48] 同註20,頁49。

高明得多。」[49] 錢氏論王安石的用典固是精闢，但他對於用典的壞處也大張撻伐，而失之刻薄偏激了。如他說王安石用典手段雖然高明，「可是總不免把借債來代替生產。結果是跟讀者捉迷藏，也替箋註家拉買賣。」[50] 論古典成語鋪張排比說：「雖然不是中國舊詩先天不足而帶來的胎裏病，但是從它的歷史看來，可以說是它後天失調而經常發作的老毛病。」[51] 中國文字是衍形而不拼音，確實是最大的先天不足，也因為先天不足，為了避免用字太多，所以用典正是其中方法之一，至於「後天失調」的毛病是偶然地，不能當作文學作品來討論。陸機、鍾嶸、劉勰在文章中雖然反對用典，也常被以後反對用典者引用，但他們是有其時代背景，所反對的是堆砌用典，駢體文那種濫用典故，至於作詩是不能不用典的。作詩用典固然是「借貸」，但是屬於積極性之借貸，如做買賣之借貸，而不僅為生活借貸而已。如用典「使語言有色澤、增添深度、富於暗示力，好去引得讀者對詩的內容作更多的尋味」，[52] 就是屬於積極性之借貸。所以我們固然不能濫用借貸以供揮霍，但為了擴展事業有建設性的借貸又有何不可呢？鄭師於是把用典歸納成四個條件：(1) 要托得住。就是內容、氣韻要夠重、夠奔放，用典再多也無所謂，如沒有內容、氣韻，用典太多，就如在紙上作油畫，而托不住了。(2) 要撐得起。典故與情調溶化在一起，思情、意境高，如此才撐得起。(3) 化得開。典要活用，不是死用，活用才算化得開。(4) 流得動。典故與全篇自然溝通，生動活潑，是一股活泉，而非一灘死水而已，這就是流得動。要做到以上四點，首先必須了解典故，熟悉典故，用典時要具有與典故的原主相同的感情，才可使用，而不是借來虛應故事而已。「典者，點也」，典故是暗示、點明、點到、點破，本來有很多意思，千言萬語，典故是以最經濟的文字將它表達出來，點破之後，大家有親切感。所以作者與讀者必須對典故一樣有同情、同感，才能達到效果。用典用得妙，即使讀者不知典故的

---

[49] 同註 20，頁 51。
[50] 同註 20，頁 51。
[51] 同註 20，頁 49。
[52] 同註 20，頁 50。

意思，也能夠有所體會、領悟，就如「匣劍帷燈」，可以心觸到內部所含的光芒。又如音樂，雖不懂歌詞的意思，但也能瞭解其變幻起伏的情調。

2. 內容

王安石雖然在形式上似西崑，但在內容上則學自歐梅，富有豐滿生動的內容。日人吉川氏說：「從他慶曆三年（1043）所寫的〈張刑部詩序〉，可見他在原則上，與歐陽修一樣，也反對『西崑體』，主張詩要有思想。例如在上舉〈兼并〉、〈發廩〉等詩裏，表示了他的社會意識與政治見解；又在〈擬寒山拾得二十首〉等處，展開了他的人生觀與哲學思想，都是歐陽修路線的延長或擴大。」[53] 由於有豐滿生動的內容，所以他的用典能托得住、撐得起，這是西崑詩人辦不到的地方。並且他用來詠史的詩，也甚為高妙，能將理說得透徹，使史中人物生命活現，宋曾季貍說：「荊公詠史詩，最于義理精深。如〈留侯詩〉，伊川謂說得留侯極是。予謂〈武侯詩〉，說得武侯亦出。……詠史詩有如此等議論，它人所不能及。」其實無論什麼內容，所要表現者，乃是王安石自己而已，如他的詠〈明妃曲〉二首，顯著的為自己寫照，以漢帝與神宗相此，以明妃與自己相比，寫得十二分深刻。

3. 情調

變法前王安石的詩，正如其人，充滿磅礡的氣勢，變法失敗後，閑居金陵時的詩，則轉為閒適，背後藏有很大的悲哀，令人讀來深深覺得淒涼寂寞。如他的一首七絕〈出郊〉：「川原一片綠交加，深樹冥冥不見花；風日有情無處著，初回光景到桑麻。」所寫的是從煊赫到冷落，從紛擾到沈寂，也就是他自己罷相閑居時的寫照。又如〈北山〉、〈寄蔡天啟〉兩首，一是寫春光明媚，一是寫秋色荒寒，雖然外境全異，但內心的寂寞無聊卻是相同的。最能以閒靜之筆表現悲涼孤迴情懷的，應當算是〈封舒國公〉三首七絕了：「陳跡難尋天柱源，疏封投老誤國恩。國人欲識公歸處，楊柳蕭蕭白下門。」「桐鄉山遠復川長，紫翠連城碧滿隍。今日桐鄉誰愛我，當時我自愛桐鄉。」「開國桐鄉已白頭，國人誰復

---

[53] 同註9，頁126。

記前遊。故情但有吳塘水，轉入東江向我流。」《漫叟詩話》說：「荊公定林後詩精深華妙，非少作之比」，洵是知言。雖然王安石在政治上失敗了，但在文學上反而成功了，這就是所謂「詩窮而後工」吧？[54]

4. 價值

前面說過，王安石的內容學歐梅，形式似西崑，他不但含有歐梅的優點，而且存有西崑的長處。在政治上，王安石是過渡時期，在文學上，他也扮演同樣的角色，他是「西崑一脈到江西」的中間人物，具有承先啟後之功。如王安石的用典，確是以後黃庭堅的「妙法」，江西詩人的「脫胎換骨」，王安石早已行之，宋曾季貍《艇齋詩話》說：「東湖言荊公〈畫虎行〉，用老杜〈畫鶻行〉，奪胎換骨。」至於「點鐵成金」，更是王安石的能手，清薛雪《一瓢詩話》說：「王荊公好將前人詩，竄點字句為己詩，亦有竟勝前人原作者。」所有江西詩派主張作詩的方法，在王安石詩中都已嘗試，而且表現出色，因此我們說王安石是西崑到江西的橋樑，一點都不為過。

（二）蘇軾

蘇軾，字子瞻，一字和仲，自號東坡居士。眉山人，洵長子。生於景祐三年（1036）。嘉祐二年（1057）進士乙科，對制策入三等。累除中書舍人，翰林學士，歷端明殿學士，禮部尚書。紹聖初，坐訕謗，安置惠州，徙昌化。徽宗立，赦還，提舉玉局觀。建中靖國元年（1101）卒於常州，年六十六。孝宗朝，贈太師，謚文忠。[55] 有《東坡集》、《後集》、《續集》。

無疑地，蘇軾是宋代最偉大的詩人，他除了繼續拓展歐梅等人所開闢的宋詩境界外，最重要的，在於他的不世出的天才，海闊天空的胸襟，豪放詼諧的個性，於是交織而成一種專利的獨特風格，以後誰都沒有辦法學他，也沒有辦法超越他。下面就來談談他超人的地方：

---

[54] 此節參考鄭因百（騫）師〈詩人的寂寞下〉、〈謝安的夢與王安石的詩〉兩文，收在《從詩到曲》（臺北：中國文化雜誌社，1971年3月），頁16、頁50。

[55] 同註24，頁277。

1. 豪放而不失精密

東坡不但寫詩，在散文與詞也有極高的成就，而且三者的風格是相通的。東坡在論作文時說：「作文如行雲流水，初無定質，但常行於所當行，止於所不可不止。」而他的詞也是「曲子中縛不住者」，[56] 這都代表他的「豪放」風格，用在詩中更覺恰當。宋許顗《彥周詩話》說：「東坡詩不可指摘輕議，詞源如長河大江，飄沙卷沫，枯槎束薪，蘭舟繡鷁，皆隨流矣！」將東坡的詩比作長江大河，挾沙石以俱下，正是他的「豪放」本色。但他的「豪放」並不是「粗豪」，是經過修養鍛鍊後的豪放，豪放是天份，但修養鍛鍊則要靠才學功力，所以清趙翼說：「以文為詩，自昌黎始，至東坡益大放厥詞，別開生面，成一代之大觀。今試平心讀之，大概才思橫溢，觸處生春，胸中書卷繁富，又足以供其左旋右抽，無不如志。」[57] 由於讀書多，故能鎔鑄經史，援引典故，[58] 妙用對偶，[59] 在形式上的表現又極其精密，充分表現高度的藝術技巧。所以東坡的豪放，正是「『從心所欲，不踰矩』，用近代術語來說，就是：自由以規律性的認識為基礎，在藝術規律的容許之下，創造力有充分的自由活動。」[60]

2. 善喻

自古以來，比喻就是詩人的特徵，《禮記・學記》說：「不學博依，不能安詩」，所謂「博依」，就是要能廣泛比喻。蘇東坡有敏銳的觀察力，豐富的想像力，所以他的比喻不但豐富，而且新鮮貼切，不落俗套。清沈德潛說：「蘇詩工於比喻，拙於莊語」，[61] 因為善於比喻，語言形象化，我們讀他的詩不會枯燥呆板，所表達的事物很自然地呈現在眼前，這是詩人成功的地方。錢鍾書曾舉〈百步洪〉第一首寫水坡沖洩的一段

---

[56] 〔宋〕吳曾：《能改齋漫錄》（臺北：木鐸出版社，1982 年 5 月），卷 16，頁 469。
[57] 〔清〕趙翼：《甌北詩話》（臺北：木鐸出版社，1982 年 4 月），卷 5，頁 56。
[58] 《甌北詩話》卷五云：「坡公熟於莊、列諸子及漢、魏、晉、唐諸史，故隨所遇，輒有典故以供其援引，此非臨時檢書者所能辦也。」見同註 57，頁 59。
[59] 《甌北詩話》卷五云：「詩人遇成語佳對，必不肯放過。坡公尤妙於剪裁，雖工巧而不落纖佻，由其才分之大也。」見同註 57，頁 58。
[60] 錢鍾書語，見同註 20，頁 71。
[61] 〔清〕沈德潛：《說詩晬語》（臺北：臺灣中華書局，1965 年），卷下。

為例說：「『有如兔走鷹隼落，駿馬下注千丈坡，斷絃離柱箭脫手，飛電過隙珠翻荷』，四句裏七種形象，錯綜利落，襯得《詩經》和韓愈的例子都呆板滯鈍了。」[62] 又如最有名的西湖詩──〈飲湖上初晴後雨〉：「水光瀲灩晴偏好，山色空濛雨亦奇；欲把西湖比西子，淡粧濃抹總相宜。」詩中把西湖的美用西施來比擬，確是天生絕配，難怪乎膾炙人口，流傳不朽。

3. 幽默

蘇東坡他自己說：「雖嬉笑怒罵之詞，皆可書而誦之。」因此他的詩風開拓了以前詩人所鮮有的幽默感，由於他不斷地嬉戲詼諧，所以沈德潛說他「拙於莊語」，其實並不是他不能為，個性使然，不願如此而已。他有曠達的胸襟，能夠幽默別人，更能幽默自己，即使悲哀的事情投入他的身中，透過他的人格反映在詩歌裏，卻不會含有向命運低頭的悲哀色彩。所以吉川氏說：「蘇軾的成就，不但在於超越或揚棄個人的悲哀，同時也為中國詩史開創了一個新時代。從來詩歌耽溺或執著於悲哀的舊習，由於蘇軾的出現，總算告了一個段落，而且以他為轉捩點，開始對人生抱起更多的期待，朝著樂觀積極的方向發展下去。」[63]

東坡詩雖然有上述的長處，但相對地，也有「弄巧成拙」失誤的地方，約略有如下三點：

1. 舖排典故

前面已經談過用典的好處及其原則，王安石喜歡用典，能擺脫西崑體的缺點，不但不影響作品的價值，反而增加詩的深度及暗示性。東坡與王安石一樣博學，也同樣喜歡用典，但批評家常嫌他「用事博」、「見學矣然似絕無才」、「事障」、「如積薪」、「窒、積、蕪」、「獺祭」，[64] 這些評語固然有它的真實性，但也有偏頗的地方。一向反對用典的胡適之先生評稼軒詞時說得好：「古來批評他的詞的，或說他愛掉書袋，或說他

---

[62] 同註 20，頁 72。
[63] 同註 9，頁 164。
[64] 同註 20，頁 73。

的音節不很諧和。這都不是確論,他的詞確有許多用典之處,但他那濃厚的情感和奔放的才氣,往往使人不覺得他在那裏掉書袋。試看吳文英、周密諸人,一掉書袋,便被書袋壓死在底下,這是何等明顯的教訓,真有內容的文學,真有人格的詩人,我們不妨給他們幾分寬假。」[65]這段話恰好也可以用在蘇東坡的身上,所以對東坡「托得住」、「撐得起」的用典,我們是不該一筆抹煞的。

2. 戲謔

東坡詩固多幽默,但也不免流於戲謔,為人所詬病。戴復古有詩說:「古今胸次浩江河,才比諸公十倍過;時把文章供戲謔,不知此體誤人多。」元好問〈論詩絕句〉也說:「曲學虛荒小說欺,俳諧怒罵豈詩宜。今人合笑古人拙,除卻雅言都不知。」這都是針對東坡詩的流弊而言。我們舉他〈戲陳慥季常〉的詩:「龍丘居士亦可憐,談空說有夜不眠;忽聞河東獅子吼,拄杖落手心茫然。」像這類的詩,確實有點「虐而不謔」了。

3. 粗率淺易

東坡作詩追求平淡與簡潔,但有時失於粗率淺易,缺少精蘊之致。宋陳師道《後山詩話》曾說:「(蘇軾)晚學太白,至其得意則似之矣!然失于粗,以其得之易也。」如他在瓊州寫的一首七絕:「半醒半醉問諸黎,竹刺籐梢步步迷;但尋牛矢覓歸路,家在牛欄西復西」,滿不在乎地將「牛矢」也變成詩句,難怪有人對他這種作風會產生不滿。

六、結語

以上我們從西崑體詩人,王禹偁,談到歐陽修、梅堯臣、蘇舜欽,以至王安石、蘇軾,西崑體詩人雖總結晚唐五代的詩風,不能算是宋代詩人,但他們也影響到江西詩派。王禹偁是代表宋詩的萌芽,以後經歐梅蘇三人苦心經營,是代表宋詩的建立階段;到了王蘇,宋詩愈加輝煌

---

[65] 胡適:《詞選》(臺北:臺灣商務印書館,1976年5月),頁217。

成熟發達。王安石是西崑到江西的過渡人物，蘇軾更是北宋最偉大的詩人，接著就是代表宋詩另外一種風格的江西詩派的天下。這個詩派的始祖黃庭堅，雖然是「蘇門四學士」之一，與蘇軾並稱「蘇黃」，但他的個性與詩風卻與蘇迥然不同。東坡固然才氣縱橫，在詩的藝術上有極高的成就，但他的詩風如天馬行空，無規則可循，根本是學不來的。所以蘇門諸人雖受他的影響，並沒有與他同樣的風貌，正可見他的不可及。反觀黃庭堅則不同，他有他的體裁，他的方法，他的作詩態度，因此能成為一個強有力的宗派，而這個宗派的一切法度，可以說是從尚法變法的詩人王安石中繼承而來，王安石的詩法在文壇上蛻變形成江西詩派，影響深遠，就如他的政法一樣，但兩者畢竟大異其趣，也不是王安石所能逆料的。

——原載《復興崗學報》35期（1986年6月），頁485-504。

《千家詩詳析》補正

一、前言

　　距離《千家詩詳析》出版已經整整兩年多了，回想兩年前當時寫這本書的心情是很矛盾的：一方面抱著一股熱誠，真想一口氣把數百年來《千家詩》的錯誤一掃而盡；另一方面則甚為惶恐，因為《千家詩》的錯誤已深，並非只是「七年之病」，加上即將入伍，更遑論求「三年之艾」呢？雖然如此，我還是很大膽地將這本書完成了，在大膽中相信也可以見到心細的地方，如七律第二一二首〈新秋〉，以前作者都題「杜甫」，我除了找遍杜詩全集外，並請教鄭師因百，鄭師由風格斷定此詩絕非「杜甫」所作，因此我才敢將「杜甫」名字去掉，改掛「作者不詳」。由於時間關係，很多地方明知有問題，也只能存疑，等他日再加以考訂了。

　　在服役期間，偶然閱及江應龍先生撰文提到拙著（見69年4月19日《中央日報》副刊〈清明詩及其他〉）指正〈清明〉詩的作者應是高菊磵（高翥），爾後又有高越天、潘柏澄兩位先生對高菊磵生平的補充（高文見五月六日《中副》〈高菊磵清明詩的補充〉，潘文見五月廿四日《中副》〈也談菊磵的生平〉）」，由於諸位先生的補充，使我對胡適之先生所說的：「發表是吸收智識和思想的絕妙方法」、「發表是吸收的利器」（《胡適文存》第3集，卷2〈讀書〉），更深信不疑。

　　也因為《千家詩詳析》的出版，使我的心更惦念著《千家詩》裡面許多還沒考訂的問題，所以今年8月退伍以來，我又重新搜集資料，並且與國家書店負責人林先生聯繫，準備再版時能作一次修訂，使「《千家詩》的錯誤減少到最低限度」的初衷能夠實現。經過幾個月來的努力，已經大有斬獲，正想將資料彙集寫一小文，將《千家詩》的錯誤作有系統的更正，就如此巧合，陳應賓先生在92期的《書評書目》捷足先「登」談起拙著的一些缺失，也正像陳先生在前言所說的看見我的《千

家詩詳析》先推出一樣。在這寂靜的研究道路上，偶然發現同好，就好像在空谷中聽到足音，初會為之震驚，但過會兒覺得無限欣慰，畢竟這寂靜的路不是寂寞的。因此我也藉這個機會，將《千家詩詳析》尚存的錯誤，陳先生所沒談到的，或陳先生談到但還值得商榷的地方，作一說明，也算是對自己的作品作個補正吧！

二、詩題、作者更之未盡者

1. 第六首王之渙〈登鸛鵲樓〉的「鵲」，陳先生根據《全唐詩》認為應作「雀」，其實「鸛雀」是一種水鳥名，也作「鸛鵲」，「鸛雀樓」是因時有這種鳥棲其上而得名，故址在今山西省永濟縣城西南城上。所以有很多板本「雀」是作「鵲」的，現在部定《國中國文》第一冊選了這首詩，就用了「鵲」字，我想是版本不同，不能說它錯。

2. 第七六首孟浩然〈臨洞庭〉，也是版本不同而已，《全唐詩》雖題作〈望洞庭湖贈張丞相〉（陳先生文中寫作〈望洞庭上張丞相〉，諒是他本誤植），但題下有小注：「一作〈臨洞庭〉」（見《全唐詩》卷160，頁1633，文史哲版），這是說明了另有本子作〈臨洞庭〉，因此我當時就把這個詩題保留，沒有更動它。我想我應當在注釋中將詩題另作什麼加以說明，就像第八七首〈春宵〉，《蘇東坡集》雖作〈春夜〉（商務《萬有文庫薈要》本，冊10，續集卷2），但其它本子有作〈春宵〉，因此我就將原題保留，在注一才再說明，這樣應當較為完整。

3. 第九十二首〈上元侍宴〉，原題據《蘇東坡集》應作〈正月十四夜扈從端門觀燈（三絕之一）〉（同上，卷數亦同）。

4. 第九三首〈立春偶成〉，原題張栻別集作〈立春日禊亭偶成〉。見《南軒集》卷7，頁3上（《四庫全書》本）。

5. 第九四首〈打毬圖〉，作者題「晁無咎」。陳先生據《宋詩紀事》認為詩題應作〈明皇打毬圖〉，作者是「晁說之」。但據《景迂生集》則作〈題明王打毬圖〉（《四庫全書》本，卷6，頁20上）。說之，字以道，鉅野人，少慕司馬光之為人，光晚號迂叟，說之因自號景迂。元豐五

年進士，蘇軾以著述科薦之。著有《儒言》一卷、《景迂生集》。（見《四庫提要》）。

6. 第九五首〈宮詞（其一）〉，作者題「林洪」。按：作者有題「王涯」者，但有待考證。見《唐宋時賢千家詩選》卷16，頁3（鈔本，作者題劉克莊，故宮藏。下同）。

7. 第九六首〈宮詞（其二）〉，作者題「林洪」。按：根據《文莊集》詩題應作〈廷試〉，作者是「夏竦」（《四庫珍本》初集，冊247，卷36，頁7下）。《宋詩紀事》曾引《青箱雜記》說：「夏竦試制科廷對出，楊徽之見其年少，遽邀與語曰：『老夫他則不知，唯喜吟詠，願丐賢良一篇，以卜他日之志。』夏忻然為書此作。」（鼎文版卷9，頁9下，下同）。竦，字子喬，江州德安人，以父死事補官。真宗朝，舉賢良，除光祿丞。仁宗朝，累擢知制誥，拜同中書門下平章事，封英國公，後改封鄭，卒贈太師中書令，謚文莊，有集。見《宋詩紀事》作者小傳（卷數同上）。

8. 第九九首〈題邸間壁〉，作者題「鄭谷」。按：《全唐詩》鄭谷並無此詩，《宋詩紀事》作「鄭會」（卷64，頁12下）。會，字文謙，號亦山，貴溪人，遊朱熹陸九淵之門，嘉定四年進士，累官禮部侍郎，為史彌遠所忌，引疾歸，卒謚文莊。見《紀事》作者小傳。

9. 第一〇二首〈清明〉，作者題「王禹偁」。陳先生據《宋詩紀事》認為原題應作〈清明日〉，作者是「魏野」。但遍查魏野《東觀集》並無此詩（《四庫珍本》七集，冊193），所以還有待進一步考證。

10. 第一〇九首〈遊小園不值〉，作者題「葉適」。按：根據《靖逸小集》詩題應作〈遊園不值〉，作者題「葉紹翁」（《四庫珍本》七集，冊267，《江湖小集》冊1，卷10，頁2）。紹翁，生卒年不詳，字嗣宗，浦城人，有《靖逸小集》。江湖派詩人，最擅長七言絕句。見錢鍾書《宋詩選註》頁295作者小傳（木鐸版）。

11. 第一一一首〈題屏〉，根據《宋詩紀事》詩題應作〈題饒州酒務廳屏〉（卷30，頁1）。

12. 第一一七首〈花影〉，作者題「蘇軾」。按：《蘇東坡集》無此詩，作者應是「謝枋得」。見《疊山集》卷1，頁4（商務《四部叢刊續編》本）。
13. 第一二二首〈春暮〉，陳先生根據《宋詩紀事》認為詩題應作〈暮春〉，雖然《宋詩紀事》有注明此詩是錄自《後村千家詩》，但我查《唐宋時賢千家詩選》卻作〈春暮〉（卷1，頁14），不知何者為是。
14. 第一二六首〈暮春即事〉，作者題「葉李」。按：據《宋詩紀事》詩題是〈書事〉，作者「葉采」（卷49，頁2下）。采，字仲圭，號平巖。
15. 第一三四首〈有約〉，作者題「司馬光」。按：陳先生根據《宋詩紀事》說作者是「趙師秀」，是正確的，但詩題作〈絕句〉則是一說而已，《清苑齋詩集》則作〈約客〉，（《四庫珍本》九集，冊254，《西巖集》頁29下）。師秀，生卒年不詳，字紫芝，號靈秀，永嘉人，有《清苑齋集》。見錢著《宋詩選註》頁253。
16. 第一三六首〈三衢道中〉，作者題「曾紆」。按：作者是「曾幾」，見《茶山集》卷8，頁15（《四庫珍本》別輯冊320）。幾（1084～1166），字吉甫，自號茶山居士，贛州人，有《茶山集》。他極口推薦黃庭堅，自己說把《山谷集》讀得爛熟，又曾經向韓駒和呂本中請教過詩法，所以後人也想把他附屬在江西派裏。他的風格比呂本中的還要輕快，尤其是一部分近體詩，活潑不費力，已經做了楊萬里的先聲。見錢著《宋詩選註》頁141。
17. 第一三九首〈晚樓閒坐〉，作者題「王安石」。按：詩題應作「鄂州南樓書事」，作者是「黃庭堅」。見《山谷全集》卷18，頁3（中華書局《四部備要》本）。
18. 第一四二首〈村莊即事〉，作者題「范成大」。按：詩題應作〈鄉村四月〉，作者「翁卷」。見《西巖集》頁30（《四庫珍本》九集，冊254）。卷，生卒年不詳，字續古，一字靈舒，永嘉人，著有《西巖集》，另有《葦碧軒集》。見錢著《宋詩選註》頁252。

19. 第一四三首〈題榴花〉，作者題「朱熹」。按：詩題應作〈題張十一旅舍三詠（之一）榴花〉，作者是「韓愈」。見《朱文公校昌黎先生集》卷9，頁83《商務《四部叢刊初編》縮本》。

20. 第一六一首〈禁鎖〉，作者題「洪遵」。按：詩題應作〈六月十六日宣鎖〉，作者是「洪咨夔」。見《平齋文集》卷八，頁廿三上（《四部叢刊續編》本）。咨夔，字舜俞，號平齋，於潛人。嘉泰二年進士，累官刑部尚書，翰林學士，提舉萬壽觀。端平三年卒，年六十一，有《平齋文集》。見《全宋詞》冊4，頁2461（世界版）。

21. 第一六六首〈冷泉亭〉，作者題「林洪」。按：根據《宋詩紀事》詩題作〈冷泉〉，作者是「林積」（卷七四，頁八下）。積，號丹山，江蘇長州人，熙寧九年進士。見《宋詩紀事》小傳補正卷4，頁14。

22. 第一七一首〈梅〉，作者題「王淇」。按：《宋詩紀事》作者題「王荽漪」（卷49，頁7上），但無作者小傳，不知何許人也。

23. 第一七二首〈早春〉。詩題應作〈奉酬曜菴李侍郎（五首之一）〉，見《宋白真人玉蟾全集》卷3，頁286（宋白真人玉蟾全集輯印委員會印行）。

24. 第一八四首〈上元應制〉，作者題「王淇」。陳先生根據《宋詩紀事》認為作者是「王珪」，所見甚是。王珪《華陽集》收有此詩，但詩題作〈恭和御製上元觀燈〉（《四庫珍本》四集，冊243，卷4，頁5）。

25. 第一九三首〈鞦韆〉，作者題「洪覺範」。按：「洪覺範」是「釋惠洪」的字，所以作者應改作「釋惠洪」。此詩見於《石門文字禪》卷11，頁113（商務《四部叢刊初編》縮本）。

26. 第二一三首〈中秋〉，作者題「季朴」。按：陳先生根據《宋詩紀事》定作者為「李朴」，我查過《唐宋時賢千家詩選》也作「李朴」。朴，字先之，號章貢，虔州興國人。紹興元年進士，少從伊川遊，人稱章貢先生，有《章貢集》。見《宋詩紀事》卷34，頁16下。

27. 第二二〇首〈梅花〉，詩題應作〈山園小梅（二首之一）〉。見《林和靖先生詩集》卷2，頁14（商務《四部叢刊初編》縮本）。

三、作者小傳有應補正者

陳先生在此項為我補了六首，另外我在前面作者訂正時，已順便將其生平加以介紹（《千家詩詳析》作者小傳所沒有者），以下再補充一些：

1. 第五六首〈杜少府之任蜀州〉，作者小傳說：「王勃，……卒年只二十八歲。」這是根據《全唐詩》的說法，其實屈師翼鵬曾依照清末人姚大榮氏的考證，認為王勃卒年應該是二十六歲，這應當較為可信。（見《書傭論學集》頁441〈〈滕王閣序〉的兩個問題〉，開明版）。

2. 第一〇八首〈絕句〉，作者小傳原作：「僧志安，唐朝僧人。」應改作：「僧志南，宋朝僧人。」其生平雖不詳，但《宋詩紀事》引《娛書堂詩話》說：「僧志南能詩，朱文公嘗跋其卷云：『南詩清麗有餘，格力閒暇，無蔬筍氣，如霑衣云云，余深愛之。』」（見卷93，頁7上）知他大約是與朱熹同時的一個詩僧。

3. 第一五六首〈西湖〉，作者小傳誤作「林洪」，陳先生已指正應為「林升」。升，淳熙時士人（見《宋詩紀事》卷56，頁13），其他則不詳。《紀事》小傳補正又說：「林升，福建莆田人，紹定五年特奏名」（卷3，頁26下），但淳熙與紹定相去四、五十年，恐怕不是同一個人。

4. 第一九三首〈鞦韆〉，作者題「洪覺範」。前面已經說過，「洪覺範」是「釋惠洪」的字，所以我在作者小傳說：「洪覺範，宋朝鄱陽人」等等是錯誤的。惠洪，一名德洪，字覺範，筠州人，大觀中游丞相張商英之門，商英敗，惠洪亦坐謫朱崖。嘗住筍州景德院，賜號圓明禪師，建炎二年卒，年五十八。其詩邊幅雖狹，而清新有致，出入於蘇東坡、黃山谷之間，時時近似，有《石門文字禪》三十卷。（見《四庫提要》）。

四、詩句有可斟酌者

陳先生在這一項中指正了五個地方，均甚有見地。《千家詩》在詩句上所造成的錯誤，是較輕微的，這也是它能流傳不廢的原因。一般蒙童

讀詩，大都只暗誦詩句，對作者、詩題則較少理會，譬如一般人都可隨便吟詠幾句，但要他們說出詩題或作者總是不太容易。《千家詩》既然在詩句上的錯誤較少，所以詩本身的意義、意境、或音節上的鏗鏘，則較少受影響，人人能琅琅上口，明白詩意，《千家詩》因此一直被大眾所喜愛著。以下我把幾處必須更正的地方指出，至於有些因板本不同的差異就不贅舉了。

1. 第九三首〈立春偶成〉，（詩題應作〈立春日禊亭偶成〉，見前）最末一句：「東風吹水綠參差」。按：「參差」張栻《南軒集》作「差差」（卷七，頁三上），雖然「參差」、「差差」都是不齊的樣子，但根據張栻另一首〈題城南書院三十四詠（之一）〉：「差差竹影連坡靜」（見卷 6，頁 5 上），可證應作「差差」。

2. 第一三九首〈晚樓閒坐〉（詩題應作〈鄂州南樓書事〉，見前），最末一句：「並作南來一味涼」。按：「南來」應作「南樓」，才切詩題。見《山谷全集》卷 18，頁 3。

3. 第二二三首〈歸隱〉，第七、八句：「攜取舊書歸舊隱，野花啼鳥一般春。」按：「舊書」應作「琴書」，「舊書」的「舊」字不但與下面「舊隱」字相重，而且平仄不對，意義上也不及「琴書」自然。見《宋詩紀事》卷 5，頁 21 下。

五、結語

批評是進步的原動力，尤其需要的是建設性的批評，《千家詩》雖然有很多人在批評指責，但缺少人實際去訂正它，所以就這樣錯誤幾百年。本人學淺才疏，可是用功不落人，很想讓喜歡《千家詩》的人能讀到正確的本子，《千家詩詳析》只是個起步，距離理想還遠，但相信經大家的關懷鼓勵，必定能有更大的進步。此次蒙陳先生指出缺失，雖然大部分資料我已看到，但還是有一些我到目前尚未發覺的，在此謹向陳先生表示致謝之意。相信經陳先生的那篇文章，及我自己的這篇補正，對《千家詩》的完美性可以說又向前推進了一大步。最後並且呼籲想重新排印

《千家詩》的出版商們,能夠確實根據我們的資料加以訂正,不要讓謬種繼續流傳下去。

　　——原載《書評書目》94 期（1981 年 2 月）,頁 89-95。

詩 詞

明代運河紀行——
瞿佑《樂全詩集》析論

一、前言

瞿佑，佑一作「祐」，字宗吉，號存齋，錢塘（今浙江省杭州市）人。生於元順帝至正七年（1347），卒於明宣宗宣德八年（1433），年八十七。[1]

瞿佑少時，以和凌雲翰「梅柳爭春」詞知名；又嘗作〈沁園春‧賦鞋杯〉詞，呈楊維楨，大受讚賞。[2]洪武年間，以薦任仁和、臨安、宜陽等縣學訓導，累升周府右長史。[3]永樂六年（1408），以詩禍下錦衣獄，謫戍保安（河北省涿鹿縣）十餘年。[4]洪熙元年（1425）蒙太師英國公張輔奏請，自關外召還，主其家塾，居三年南歸。[5]

瞿佑是一位文學家，著作甚豐，但僅有少數流傳，其中以小說《剪燈新話》最受學界重視。他的詩歌創作今尚存有：《香臺集》、《詠物詩》、《樂全稿》、《存齋遺稿》殘卷及佚詩若干首，另著有詩話《歸田詩

---

[1] 有關瞿佑的生卒年，一般皆以生於元至正元年（1341），卒於明宣德二年（1427），最為流行。如梁廷燦《歷代名人生卒年表》（臺北：臺灣商務印書館，1970年）及姜亮夫《歷代人物年里碑傳綜表》（臺北：華世出版社，1976年12月）等都是這種說法。他們係根據錢謙益《列朝詩集小傳》中含糊的資料誤推所致。岡崎由美：〈瞿佑の《香臺集》について——《剪燈新話》成立 一側面〉（《中國文學研究》，第9期，1983年12月），及陳慶浩：〈瞿佑和剪燈新話〉（《漢學研究》第6卷第1期，1988年6月）二文，皆根據瞿佑〈重校剪燈新話後序〉署：「永樂十九年歲次辛丑正月燈夕，七十五歲翁錢塘瞿佑宗吉甫書於保安城南寓舍」，以此推出其生於至正七年（1347），再根據《列朝詩集》、《浙江通志》謂其年壽八十七，推出其卒於宣德八年（1433），這種說法最為可信，今從之。
[2] 〔明〕瞿佑：《歸田詩話》（臺北：弘道文化事業公司，1971年3月，《詩話叢刊》本），卷下，頁206-208及203。
[3] 〔清〕錢謙益：《列朝詩集小傳》（臺北：世界書局，1985年2月），乙集，頁189。
[4] 〔明〕田汝成：《西湖游覽志餘》（香港：迪志文化出版公司，2000年，《文淵閣四庫全書電子版》），卷12。《西湖游覽志餘》只言「永樂間」，《樂全詩集》（日本江戶抄本）〈至武定橋〉一詩題下註云：「永樂六年，進周府表至京，拘留錦衣衛。」可知此事的確切時間。
[5] 〔明〕瞿佑：《樂全詩集》（日本江戶抄本，東京：國立公文書館第一部藏），卷首，〈樂全詩序〉。

話》等。個人覺得瞿佑的詩作散落各處，若不加以整理，殊為可惜，於是以「瞿佑詩編年注釋集評及研究」為題，申請 92 年度國科會專題研究計畫補助，本論文即是此研究計畫成果之一部分。

　　瞿佑的詩歌一向少人注意，故相關的學術論文不多，只有一些是研究瞿佑的生平而涉及其詩歌著作者，如秋吉久紀夫〈明代初期の文人瞿佑考〉、李慶〈瞿佑生平編年輯考〉、李慶〈瞿佑及其時代──日本內閣文庫所藏《樂全稿》探析〉、徐朔方〈瞿佑年譜〉等；[6]另有對瞿佑佚詩作蒐集者，如任遵時〈瞿存齋詩詞輯佚〉；[7]有些是研究瞿佑《香臺集》者，如岡崎由美〈瞿佑の《香臺集》について──《剪燈新話》成立の一側面〉、汪超宏〈瞿佑的《香臺集》〉等；[8]另有研究其某一首詩者，如杜貴晨〈瞿佑〈過蘇州〉詩與〈秋香亭記〉〉；[9]以上的論文主要在探討瞿佑生平，或者其詩與《剪燈新話》的關係，極少純粹就其詩歌論述，如李慶〈瞿佑及其時代──日本內閣文庫所藏《樂全稿》探析〉一文，主要是就《樂全稿》的文獻資料探討瞿佑生平問題，並論述該書提供認識元末明初（尤其永樂宣德時期）的社會政治現象和文學流變的新材料，也並非完全就詩論詩。個人先前曾就瞿佑的九十五首佚詩作研究，完成〈瞿佑佚詩研究〉論文之後，[10]覺得《樂全詩集》是一本以明代運河為背景的紀行詩，值得單獨加以論述，而有本論文之作。

　　《樂全詩集》是瞿佑於宣德三年（1428）奉准年老還鄉，自北京搭船抵南京長子家，水路紀行之作，共有詩一百二十首。此詩集根據瞿佑書前自序，原名作《樂全稿》或《樂全詩》。後來它與《東遊詩》、《樂全

---

[6] 〔日〕秋吉久紀夫：〈明代初期の文人瞿佑考〉，《香椎潟》23 號（1977 年 10 月），頁 1-17；李慶：〈瞿佑生平編年輯考〉，《中國文哲研究通訊》第 4 卷第 2 期（1994 年 6 月），頁 153-175；李慶：〈瞿佑及其時代──日本內閣文庫所藏《樂全稿》探析〉，《中華文史論叢》第 53 輯（1995 年 2 月），頁 258-287；徐朔方：〈瞿佑年譜〉，《中華文史論叢》第 56 輯（1998 年 2 月），頁 1-31。

[7] 任遵時：〈瞿存齋詩詞輯佚〉，《醒吾學報》第 6 期（1982 年 6 月），頁 1-29。

[8] 〔日〕岡崎由美：〈瞿佑の《香臺集》について──《剪燈新話》成立の一側面〉，《中國文學研究》第 9 期（1983 年 12 月），頁 87-98；汪超宏：〈瞿佑的《香臺集》〉，《文教資料》2001 年第 5 期（2001 年 10 月），頁 141-146。

[9] 杜貴晨：〈瞿佑〈過蘇州〉詩與〈秋香亭記〉〉，《文學遺產》2000 年第 3 期，頁 133-134。

[10] 拙著〈瞿佑佚詩研究〉，《鄭因百先生百歲冥誕國際學術研討會論文集》（臺北：國立臺灣大學中國文學系，2005 年 7 月），頁 235-264。

續集》一起付梓，根據劉鉉寫的〈瞿先生樂全稿序〉，可知《樂全稿》已成為三本詩集的合稱。大概也因此將第一本改稱為《樂全詩集》。該詩集在臺灣、中國均未見，今只有日本東京：國立公文書館第一部（原內閣文庫）藏的江戶抄本，本論文即以此為研究的文本根據。

二、旅行時間及路線——
　　秋末冬初，從北京到南京

　　瞿佑寫作有一個好習慣，著作序跋都署年歲日期，如〈重校剪燈新話後序〉署：「永樂十九年歲次辛丑正月燈夕，七十五歲翁錢塘瞿佑宗吉甫書於保安城南寓舍」、《歸田詩話》書前自序題「洪熙乙巳中秋日存齋瞿佑自序」、〈樂全詩序〉署：「宣德三年歲在戊申陽月吉日，八十二歲翁錢塘瞿佑宗吉書」等。《樂全詩集》是一本返鄉紀行詩集，這次旅行時間瞿佑在詩集卷首〈樂全詩序〉有詳細記載：

> 樂全稿者，自金臺抵金陵，水路紀行所作也。曩以洪熙乙巳冬，蒙太師英國張公奏請，自關外召還，即留居西府。今及三載，又蒙少師吏部尚書蹇公奏准恩賜，年老還鄉，太師仍以家艦送至南京。自九月十一日起程，至十月十五日抵武定橋長子進舍。

卷末也有記載：

> 宣德三年九月十一日，自北京起程，至十月十五日到南京，在舟中凡三十五日。

從這兩處資料知道瞿佑的旅行時間是：明宣宗宣德三年（1428）九月十一日出發，十月十五日結束，總共三十五天的時間。

　　除了序跋之外，《樂全詩集》中的詩題有些也詳載日期，如第二首詩題作〈九月十一日起程出哈苔門，姪瞿迪、甥沈賢、門生庸凱許安，送過通州至張家灣，馬上率口賦此留別〉，第三、四首詩題作〈十二日風雨

驟作,終日連夜舟中不寐,因念送行諸人阻雨未能入城有懷二首〉;其他的詩題或作者自註也可知其日期,如:〈舟中見月憶內子〉(應作於九月十五日)、〈夢謁吳山城隍廟〉詩末註云:「神坐右席,邊下答拜,虛左席以迎,告辭而覺,九月十六夜也」、〈至長蘆〉「時當鳳曆三秋後」句註云:「二十日立冬,時迫秋暮」、〈立冬〉首句云:「登舟十日又交冬」(即九月二十日)、〈十月朝二首〉(即十月一日)等皆是。

瞿佑三十五天的返鄉行程經過哪些地方,他在〈樂全詩序〉有大略的記載:

> 歷燕趙之郊,經齊魯之境,過徐揚二州,遡長淮,逾大江,凡三千七百餘里。

瞿佑從北京到南京,他搭船順著漕運河道(即京杭運河)南下,歷「燕趙之郊」(今北京市、天津市、河北省東南部)、經「齊魯之境」(今山東省)、過「徐揚二州」(今江蘇省),也曾遡「長淮」(淮水),逾「大江」(長江),航路總長「三千七百餘里」。

《樂全詩集》的詩作題目大都詳記地名,而且它是按時間先後編纂而成,〈樂全詩序〉云:「因其先後次第,不復刪改,彙成編帙」,所以我們將這些地名按序臚列出來,既可了解瞿佑這次返鄉之旅所歷經的地點,同時也是認識過去漕運航道的絕佳資料,以下按《樂全詩集》所出現的地名順序,根據目前中國行政區劃加以列出,並以括弧標示今名:[11]

(一)北京市

金臺(北京市)、哈荅門(北京市崇文門)、通州(通州區)、張家灣(通州區張家灣鎮)

---

[11] 地名的位置主要參考:〔明〕李賢等撰:《明一統志》、〔明〕謝肇淛:《北河紀》、〔明〕黃訓:《名臣經濟錄》、〔清〕李衛等撰:《畿輔通志》、〔清〕丘濬等撰:《山東通志》、〔清〕趙宏恩等撰:《江南通志》,以上各書皆根據《文淵閣四庫全書電子版》(香港:迪志文化出版公司,2000年)。古今地名對照參考:〔日〕青山定雄:《中國歷代地名要覽》(臺北:洪氏出版社,1975年2月)、教育部重編國語辭典編輯委員會:《重編國語辭典》(臺北:臺灣商務印書館,1982年2月)、及中國「行政區劃網」(http://www.xzqh.org/)。

（二）天津市

河西務（武清區河西務鎮）、楊村（武清區楊村街道）、直沽（天津市）、天津衛（天津市）、靜海縣（靜海縣）

（三）河北省

流河驛（青縣北）、青縣（青縣）、長蘆（滄縣）、滄州（滄縣東南）、新橋（泊頭市交河鎮東）、連窩驛（吳橋縣）

（四）山東省

良店（德州市德城區北）、德州（德州市德城區）、安德驛（德州市德城區西門外）、甲馬營（武城縣甲馬營鄉）、渡口驛（臨清市北）、臨清縣（臨清市）、清源驛（臨清市西北）、魏家灣（臨清市魏灣鎮）、東昌府（聊城市東昌府區）、崇武郵亭（聊城市東門外）、荊門驛（陽穀縣東）、東平州（東平縣）、阿城（陽穀縣阿城鎮）、邢家莊（東平縣境）、安山驛（東平縣西南）、汶上（汶上縣）、南城（費縣西南）、濟寧州（濟寧市）、天井閘（濟寧市境）、曲阜（曲阜市）、魯城（曲阜市魯城街道）、魯橋（濟寧市南）、沙河（兗州市）

（五）江蘇省

沛縣（沛縣）、泗亭驛（沛縣南）、夾溝（銅山縣北）、彭城（銅山縣東）、東坡遺跡黃樓（銅山縣東門上）、呂梁洪（銅山縣東南）、濉寧縣（睢寧縣）、下邳（宿遷市東南）、宿遷（宿遷市）、桃源（泗陽縣）、清口（淮安市清河區）、清河（淮安市清河區）、淮安府（淮安市）、淮陰（淮安市淮陰區）、白馬湖（寶應縣西北）、寶應縣（寶應縣）、安平驛（寶應縣北門外）、甓社湖（高郵市西北）、高郵（高郵市）、邵伯埭（江都市東北）、揚州（江都市）、楊子橋（江都市南）、廣陵（揚州市廣陵區）、江都（江都市）、儀真縣（儀徵市）、儀真壩（儀徵市東）、紫金山（南京市）、武定橋（南京市）、到家（南京市）

以上是瞿佑從北到南所行經的路線，我們核對明人黃訓編《名臣經濟

錄》所載的漕河四十二水驛,可以發現兩者極相吻合:

> 漕河水程自通州至儀真水路三千里,凡為驛四十有二,通州路河水馬驛至本州和合驛一百里,和合驛至武清縣河西驛九十里,河西驛至本縣楊村驛九十里,楊村驛至本縣陽青驛八十里,陽青驛至靜海縣奉新驛一百里,奉新驛至青縣流河驛七十里,流河驛至興濟縣乾寧驛七十里,乾寧驛至滄州甎河驛七十里,甎河驛至交河縣新橋驛七十里,新橋驛至吳橋縣連窩驛七十里,連窩驛至德州良店驛七十里,良店驛至本州安德驛七十里,安德驛至本州梁家庄驛七十里,梁家庄驛至武城縣甲馬營驛一百十五里,甲馬營驛至臨清州渡口驛七十里,渡口驛至本州清源驛七十里,清源驛至清平縣清陽驛六十里,清陽驛至東昌府崇武驛七十里,崇武驛至陽穀縣荊門驛八十五里,荊門驛至東平州安山驛六十里,安山驛至汶上縣開河驛七十里,開河驛至濟寧州南城驛一百十里,南城驛至本州魯橋驛五十五里,魯橋驛至兗州府沙河驛六十五里,沙河驛至沛縣泗亭驛六十里,泗亭驛至徐州夾溝驛七十五里,夾溝驛至本州彭城驛九十里,彭城驛至本州房村驛六十里,房村驛至邳州新安驛六十里,新安驛至本州下邳驛六十里,下邳驛至本州宜河驛六十里,宜河驛至宿遷縣鍾吾驛六十里,鍾吾驛至桃源縣古城驛六十里,古城驛至本縣桃源驛六十里,桃源驛至清河縣清口驛六十里,清口驛至淮安府淮陰驛六十里,淮陰驛至寶應縣安平驛八十里,安平驛至鄆州界首驛六十里,界首驛至本州孟城驛六十里,孟城驛至揚州府邵伯驛六十五里,邵伯驛至本府廣陵驛四十五里,廣陵驛至儀真縣儀真驛七十五里。[12]

其中大多數的水驛都被瞿佑寫入詩中,而且順序也和《樂全詩集》若合符節,可見瞿佑搭船沿途以詩記事,是相當寫實的。

---

[12] 〔明〕黃訓編:《名臣經濟錄》(香港:迪志文化出版公司,2000年,《文淵閣四庫全書電子版》),卷51。

三、返鄉之旅的基調——樂全

瞿佑自從永樂六年（1408）下獄，並謫戍保安十餘年，洪熙元年（1425）自關外召還，為英國公張輔主其家塾三年，直到宣德三年（1428）才得以南歸，這時瞿佑已八十二歲，對於一個歷盡滄桑、大難不死的老人，能夠保全性命重返家園，和自己的骨肉團聚，這種歡樂的心情是不難體會的，所以瞿佑為這次返鄉之旅取了一個新號「樂全菴」（〈南皈留別金臺諸親友〉詩自註：「新號樂全菴」），並為旅途所作的詩稿取名《樂全稿》，瞿佑在卷首所作的〈樂全詩序〉云：

> 噫！予去鄉三十五載，抛家亦二十一載矣！今以餘生歸見親黨，優游暮景，以享治平之樂。爵至五品，壽逾八袠，不虧其體，不辱其親，俯仰兩間，自謂無愧，庶幾得為鄉里之全人，未審識者許之否？姑以「樂全」題稿以自勗，抑亦衛武公求箴警之意也。

另外卷首劉鉉所寫的〈瞿先生樂全稿序〉亦云：

> 予曩得識先生，聞其所以號存齋者，收其放心之謂，今日樂全，勉以保全名行為樂，皆修省之功。時先生齒踰八袠，其自治老而益嚴猶若是，蓋深有志於武公之學，是知先生之所有者，不獨有言也。

由此可見，瞿佑「樂全」之意，除了保全性命，「以餘生歸見親黨，優游暮景，以享治平之樂」，這是晚年全身回歸鄉土的快樂；另外他認為「不虧其體，不辱其親，俯仰兩間，自謂無愧」，是以「全人」自勗自警，亦即劉鉉所說「保全名行為樂」，更具有其形而上的人生境界。作者能保全名節歷劫歸來，乘著太師英國公的家艦返鄉，因此《樂全詩集》的主旋律是「快樂的歸航」，充滿著愉悅與興奮。詩集的開卷之作〈南皈留別金臺諸親友〉，正如序曲般訴說全部詩作的主題：

> 解却塵纓掛却冠，存齋今喜一身閒。
> 鶴飯遼海年華邁，鵑叫天津氣運還。
> 筇杖老登仙島路，蒲輪生度鬼門關。
> 樂全加號知相稱，笑對家山不厚顏。

瞿佑從北京出發展開返鄉之旅，許多親友來送他，於是為他們寫下這首詩。但本詩和一般的留別詩不同，完全沒有離別的感傷氣氛，反而充滿著喜樂的情調。首聯寫自己能夠解職歸去，從此無官一身輕，值得欣喜。中間兩聯寫自己年老得以歸去，欣慰的成分高過感嘆的聲息。末聯揭示自己的新號「樂全」（即自註「樂全菴」），並且自認可以「笑對家山」，而不會無顏見江東父老，可見作者雖遭禍遠謫，對自己的品格節操仍相當堅持與自信。

瞿佑除了第一首詩以「樂全」揭開序幕外，當他行程接近尾聲時，在詩集的倒數第三首〈渡江〉，他仍然再一次呼應這個主題，寫道：

> 黃粱夢覺萬緣空，拂袖歸來趁順風。
> 兩岸好山還似舊，一江流水自朝東。
> 存亡已出三生外，得失都歸一笑中。
> 從此存齋加別號，老來重作樂全翁。

此詩題作〈渡江〉，江指長江，瞿佑此行的目的地是南京長子家，渡過長江便可抵達，他這時的心情必然相當興奮，全詩也充滿輕鬆愉快的內容，如「順風」、「好山」、「一笑中」，所以最後總結自己老來要重新當個「樂全翁」。「樂全」正是瞿佑晚年返鄉心情的最佳寫照。

以上兩首是揭示詩集「樂全」的主題，而瞿佑一路上的作品也大都符合這樣的基調，如〈次儀真縣二首〉其二寫道：

> 久落泥塗似夢間，不圖今日賜生還。
> 摩挲老眼精神在，笑指江南南岸山。

瞿佑認為過去的貶謫像是一場噩夢，沒料到今天能夠活著歸來，他撫摩昏花的老眼，精神仍然相當矍鑠，很高興指著江南南岸的山，那邊正是

家園的所在。詩中的「生還」是「全」,「笑指江南」是「樂」,很明顯的呼應了「樂全」的旋律。

瞿佑不僅白天充滿著返鄉的喜悅,連晚上作夢也微笑,如這首〈夢謁吳山城隍廟〉:

> 步入吳山第一岡,升堂再拜炷爐香。
> 神君有意先迎迓,為喜存齋到故鄉。

瞿佑在旅途中夢見回到故鄉拜謁城隍廟,詩末自註夢境云:「神坐右席,遽下答拜,虛左席以迎,告辭而覺,九月十六夜也。」夢常是人的潛意識反映,瞿佑離鄉二十多年,對故鄉不免日思夜想,尤其故鄉的廟宇,往往是遊子的心靈寄託所在,瞿佑夢中拜謁城隍廟,正代表他對家鄉的懷念及對神靈護佑的感恩。但作者從另一個角度解讀夢境,認為是神靈為自己能夠回到故鄉感到歡喜,所以特別先來迎接他。試想連神靈都為瞿佑的歸來高興,而瞿佑自己內心的興奮則不言可喻了。

詩集中不僅寫城隍廟的神靈迎接他,也想到地下的親人正為自己的歸來慶賀,〈十月朝二首〉其二如此寫著:

> 偶因薄宦(原作「官」,失律,應是「宦」字形近而誤)別鄉
> 關,歲月延長拜掃違。地下諸親亦相賀,為言孤客遠來歸。

瞿佑遠離家鄉二十多年,一直無法拜掃祖墳,這對於受到傳統孝道薰陶的讀書人而言,是心中難以排遣的歉疚,如今能夠返鄉祭奠先塋,也算是了結人生的缺憾。瞿佑設想地下親人慶賀自己的歸來,其實正凸顯他內心的喜樂。

前面提到瞿佑的「樂全」,除保全性命回歸鄉土之樂外,另有形而上「保全名行為樂」的境界,瞿佑曾當仁和、臨安、宜陽等縣學訓導,是以儒學教導生員,因此他也具有儒者守節樂道的風骨,如這首經孔子故鄉而作的〈過曲阜〉寫道:

大田過汶陽，古縣經曲阜。
　　遙望聖師家，斜日照高柳。
　　少日誦遺書，所學期不負。
　　朽木憐散材，洪鐘失大扣。
　　白首得歸來，誓當終保守。
　　未獲拜門墻，徒然瞻仰久。

瞿佑乘船路過曲阜，雖然無法上岸參拜孔子，不免遺憾，但他遙望門牆，瞻仰良久，表現他對至聖先師的尊崇。詩中所言「少日誦遺書，所學期不負」，是說自己從小就誦讀孔子著作，並且身體力行，以不負聖人教誨。後又言「白首得歸來，誓當終保守」，正是他一生都以堅守正道、保全名節為目標的自我宣言。

四、旅途記事——行程與會飲

　　瞿佑這趟返鄉之旅所寫的詩，是為給自己留下一點紀錄，記載頗為詳實，類似一本筆記。首先他對行程有完整的紀錄，從詩題的用語可以看出他與所經之地的關係。詩題中用「次」字者，如〈次河西務〉、〈次直沽〉、〈次甲馬營〉、〈次宿遷〉、〈次儀真縣〉等，表明他在此地過夜或停留。另外也有用「泊」字者，如〈泊安德驛〉、〈泊清源驛〉、〈泊楊子橋〉等，代表他曾在此地停船，又如〈新橋夜泊〉、〈崇武郵亭夜泊〉，則代表是在夜晚停靠。而船抵達某一個地方，詩題則用「至」字，如〈至張家灣〉、〈至長蘆〉、〈至揚州〉、〈至武定橋〉等。船從某地出發，詩題則用「發」字，如〈固城夜發〉、〈早發荊門驛〉等。如果只是路過，並未停留，詩題則用「過」字表示，如〈過楊村〉、〈過靜海縣〉、〈過良店〉、〈過渡口驛〉、〈過臨清上下閘〉、〈過曲阜〉、〈過呂梁洪〉等等許多地方。另外在某地的途中，詩題則用「道中」，如〈南城道中〉、〈魯橋道中〉、〈夾溝道中〉等。如果作者在船上遙望某地，詩題則出現了「望」字，如〈望齊山〉、〈望魯城〉、〈舟中望紫金山〉等。從以上這些詩題的

用語，就不難窺出這部紀行詩集的記事性，也因為瞿佑詳實記下所經之處，我們從中可以獲得明代從北京到南京這條運河的資訊。

除了詩題清楚記載行程外，瞿佑詩作的內容也富有記事性，沿途受人招待、與人宴飲的情形，都一一寫入作品中，如〈天津衛陳翁家延飲〉一詩寫道：

憶昔來從此地過，拘留漕舶奈愁何。
如今座下多賓客，醉詠前人〈掃壁歌〉。

瞿佑在天津衛接受陳翁家宴飲，他回憶過去謫戍保安時，也曾經從此地經過，當年是以罪囚被拘留在漕船裡面，而今全身榮歸，筵席上來了許多賓客，大家開懷暢飲，並且高詠前人的〈掃壁歌〉。瞿佑在詩末自註云：「東坡〈辭黃州歌〉，乃後人假托以感世情，俗謂〈掃壁歌〉。」東坡於元豐三年（1080）貶到黃州（湖北省黃岡縣），七年（1084）改遷汝州（河南省臨汝縣），東坡離黃時曾作〈別黃州〉一詩，但這首俗稱〈掃壁歌〉的〈辭黃州歌〉，並非〈別黃州〉詩，根據瞿佑的說法是後人揣測東坡離黃的心情而偽托的，所以這首歌應該最能傾吐瞿佑脫困還鄉的心聲。

瞿佑在旅途中心情愉悅，生活也相當愜意，他不斷記載買酒會飲情事，有時在船上與人喝酒，如這首〈舟中會飲〉寫道：

行廚雖寂寥，取辦亦容易。
皺紅野果甜，肥白山殽膩。
莫云魯酒薄，青州有從事。
深甌仍滿斟，不覺釅然醉。
萍水偶相逢，共濟同一意。
後會尚可期，經過問城市。

詩意是說旅途中供應的伙食雖然簡單，但每到一個地方便可隨機加菜，野果、山殽都相當甜美，而且還可買到一些美酒與同舟友伴共飲，大家萍水相逢，卻也相處愉快，喝的釅然陶醉。

有時則上岸與人喝酒,如這首〈臨清縣會飲〉:

艤舡臨清驛,會飲臨清縣。
橋頭蔬果鮮,市上鷄豚賤。
醵錢共作歡,縱酒何須勸。
侑坐二小鬟,當筵慣迎餞。
瀏亮發商謳,低佪舞胡旋。
笑覓纏頭錦,嬌掩白團扇。
落日增光輝,欲起更留戀。
況有當壚人,請看桃花面。

當船停靠在臨清縣(山東省臨清市)時,瞿佑與同舟友伴上岸會飲,大家一起出錢買酒,並請兩位少女陪酒,這兩位少女能歌善舞,並且很會撒嬌,已經讓他留戀忘返,何況當壚賣酒的美女,人面桃花相映紅,更讓他依依不捨。

五、旅途寫景——自然風光與生活圖像

瞿佑搭船順著運河南返,沿途山川景物映入眼簾,他靠著一枝詩筆,寫下不少優美的自然風光,如〈舟中觀物二首〉其一:

舡頭綠水淨無苔,舡尾清風絕點埃。
誰道白鷗閒似我,終朝飛去又飛來。

瞿佑在舟中觀賞運河景物,船頭的綠水非常清澈,連一點雜物都看不見,船尾清風非常乾淨,沒有半點塵埃。並且水面上又有翱翔的白鷗,過去一般都以鷗鳥比喻人的悠閒,但瞿佑看到白鷗飛來飛去,反而覺得自己比白鷗還要悠閒。瞿佑藉景抒發解職之後的優遊自在,而景物本身也是一幅清幽的圖畫。

白天的山光水色固然優美,晚上的月色水聲尤其迷人,瞿佑在船上常接觸到的夜景,詩中也有所描繪,如〈新橋夜泊二首〉其一寫道:

浪靜風恬月色明，葦花灘上雁知更。
大魚故欲驚人夢，躍出舩頭水有聲。

詩中勾勒的新橋夜景是：風平浪靜，明月高照，灘頭白茫茫的葦花，偶而從中傳來幾聲鴻雁的鳴聲，像是向人報更一般。還有躍出船頭的大魚，撲通一聲，好像是故意要將人從夢中吵醒。這幅原本恬靜優美的畫面，加上了鴻雁、大魚的聲響，則顯得更活潑有趣。

除了自然風光外，瞿佑也非常留意運河沿途人民生活的情景，詩集中描寫物阜民豐的景象處處可見，如〈過楊村〉云：

鵝鴨浴澄波，羔豚牧遠坡。
小橋通大市，官艦販私醝。
接屋千屯富，炊煙萬竈多。
同舟有南客，勸我一吟哦。

此詩瞿佑自註云：「同舟工部辦事官孟淮，金華人，言自通州來此地最富，盛情為留詩。」楊村即今天津市武清區楊村街道，在當時極為富庶，瞿佑在同舟友伴邀請下，於是以詩為此地的富庶留下紀錄。此詩像攝影機一樣，從三個角度來取景：首聯寫家畜興旺，頷聯寫市場繁榮，頸聯寫人口密集，透過這三張圖景，楊村的富庶展現無遺。

我們順著瞿佑從北到南的路徑看下來，沿途各地幾乎都可見到像楊村的富庶景象，如：

設饌河魚白，供筵野棗紅。連屯禾黍熟，飽飯樂年豐。（〈青縣〉）
接棟連甍屋宇重，喧然雞犬認新豐。…萬竈青煙皆煮海，一川白浪獨乘風。（〈至長蘆〉）
人物忽喧然，臨流見市塵。程程逢路熟，頓頓食魚鮮。（〈過良店〉）
魚鹽通海市，桑棗接田莊。（〈德州〉）
耕穫樂秋收，豐年事事優。瓜田奔白兔，黍地臥黃牛。（〈邢家

莊〉）
歌徹花桑樹，舞低楊柳枝。豐年無以報，簫鼓賽神祠。（〈南城道中四首〉其一）
機杼頻聞響，桑麻密作叢。（〈至濟寧州〉）
東村花果滿園栽，西村杏店連門開。有花可賞酒可飲，一灣過盡一灣來。（〈沙河櫂歌〉）
城頭種樹客停車，城下鳴榔人打魚。楚柁吳檣舳艫接，齊紈魯縞財貨輸。承平歲久干戈戰，將老兵閒樂姑息。（〈淮安府〉）
我來正喜值西成，到處惟聞打稻聲。（〈過豎社湖〉）
羅綺千家肆，笙歌十里樓。……綉轂多停鞚，珠簾不下鉤。（〈廣陵即事十六韻〉）
青旗誇酒豎高杠，去馬來車隻又雙。橘綠橙黃逼楚甸，蟹紅鱸白近吳江。長橋密種臨岐柳，小店低開傍水窗。（〈江都市上〉）

以上或寫秋熟豐收，或寫豐年賽神，或寫市集熱絡，或寫商船如織，或寫民居毗連，或寫歌樓酒肆等等，這些富庶的圖像，反映出人民安和樂利的生活。李慶認為詩中所記各地狀況，「對於我們認識當時各個地區的經濟物產、社會風貌，不無參考價值。如果考慮到這沿路正是『靖難之役』所波及的、受戰亂危害最甚的地區，那麼，可以說，經過了永樂二十餘的時間，社會經濟有了相當的恢復，便是非常明顯的了。」[13] 其實瞿佑當時也曾對「靖難之役」後的社會恢復繁榮發出感慨，他在〈舟中睡起，見民業頗盛，有感往日南北戰爭之事〉一詩寫道：

澤國茫茫水接天，一村居舍一村烟。
西風雞犬千家市，落日牛羊萬頃田。
別港尚通南去路，高墩曾偵北來船。
興亡彼此皆陳迹，來了儂家一覺眠。

---

[13] 李慶：〈瞿佑及其時代──日本內閣文庫所藏《樂全稿》探析〉，《中華文史論叢》第53輯（1995年2月），頁276-277。

瞿佑目睹眼前村落人煙稠密，民業繁盛，交通便利，這種太平景象正代表南北戰爭已經成為歷史陳跡，因此他感到非常欣慰。

雖然沿途大部分都呈現富庶景象，但還有少數地方仍然相當蕭條，瞿佑也一一據實加以描繪，如〈過靜海縣〉寫道：「古縣臨河口，遺民住岸傍。荒田多廢棄，破屋半逃亡」，可見此地人煙稀少，一片荒涼。尤其〈次甲馬營〉寫得更加詳盡：

> 洪河注深塹，高岸羅嚴城。
> 平原莽無際，四顧如掌平。
> 昔人事征討，於此遞連營。
> 邏卒夜傳號，櫪馬時自鳴。
> 徑今歲月久，荒棄無人耕。
> 沙場鐵未消，戰地草不生。
> 鳥鳶飛噪處，瞥見燐火明。
> 冤魂久沉滯，恍惚聞哀聲。
> 淒風吹五雨，落日懸雙旌。
> 對景意悽慘，解纜促前程。

甲馬營在今山東省武城縣甲馬營鄉，由於地理位置重要，所以成為兵家必爭之地，而經過戰火的肆虐，土地荒蕪，無人耕種，戰地連草都長不出來，幾乎變成鬼域，瞿佑見到如此悽慘的景象，實在無心逗留，於是趕緊離去。這樣久久未能恢復元氣的古戰場，和上述富庶的圖像剛好成強烈對比。

瞿佑三十多天的返鄉之旅，都靠著船隻為交通工具，因此舟人生活及船隻行駛情形也都進入了詩的鏡頭，如寫舟人晚起：「舟人睡起遲，辰未（「未」應涉下而誤，疑作「時」）猶未食。掬水盥嗽飲，欠伸暫起立」（〈過魏家灣〉）、舟人準備發船：「舟人睡覺酒初醒，打鼓唱歌催發舩」（〈早發荊門驛〉）、舟人同心協力：「上閘遲遲下閘忙，舟人同力競趨蹌」（〈過臨清上下閘〉）等等，最後瞿佑將抵達目的地時，還特別寫詩贈給舟人，即〈贈舟人陳海陳忠二都管三首〉，表示對他們辛勞的感謝。

船隻在運河行駛的景象，瞿佑也時有著墨，如〈過呂梁洪〉寫船行的驚險鏡頭：

呂梁天下險，遺跡尚多艱。
水出高原上，舟行亂石間。
岡巒開峻峽，湍浪蹙長灣。
賴有龍祠在，安然送度關。

又如〈直河舟中〉則寫船行平順安穩的畫面：

終日灣灣過幾州，今朝始見直河流。
惜無妙手傳平遠，畫出江南一段秋。

前首水道險峻，緊張刺激，只求平安渡過，這首河流平直，輕鬆愉快，所以能欣賞這一段如畫的江南秋景，兩者一張一弛，頗饒興味。

六、旅途抒懷——懷古與抒情

文學作品除了客觀的記事、寫景外，作者主觀情感的抒發也是相當重要的部分，正如一般人出外旅遊所拍的相片，不管是自然風光或人文建築，難免都會在畫面中呈現個人，這張相片才會和自己的生命取得聯繫。瞿佑這趟返鄉之旅所寫的詩，固然有不少是客觀的記事、寫景，但更多的是緣事興懷或藉景抒情，從中我們更能體會瞿佑的內心世界。

瞿佑擅長寫懷古詩，明徐伯齡《蟫精雋》卷四曾收錄其〈呂城懷古〉一詩，並評論說：「感慨深矣」，卷八又收錄其〈金陵懷古〉五首。[14] 清陳田《明詩記事》也說：「宗吉才華爛漫，詠古之作，最為警策。若徒賞其〈安榮美人行〉、〈美人畫眉歌〉，及〈漫興〉、〈書生歎〉諸篇，鮮不為才人之累矣！」[15] 瞿佑這趟返鄉之旅，沿途各地都有其歷史背景，因此

---

[14] 〔明〕徐伯齡：《蟫精雋》（香港：迪志文化出版公司，2000年，《文淵閣四庫全書電子版》），卷4及卷8。

[15] 〔清〕陳田：《明詩記事》（上海：商務印書館，1936年12月，《國學基本叢書》本），乙籤卷13，頁756。

經常引發他的感觸,而寫下許多懷古之作。詩題以「懷古」為名的即有:〈阿城懷古〉、〈汶上懷古三首〉、〈沛縣懷古〉、〈彭城懷古〉、〈桃源懷古〉等七首。〈阿城懷古〉寫陳思王,〈汶上懷古三首〉分別寫齊襄公、孔子、閔子騫,〈沛縣懷古〉寫劉邦,〈彭城懷古〉寫項羽,〈桃源懷古〉寫桃園三結義,都與該地的歷史人物有關。瞿佑以所至之地的歷史人物為題材,並藉此抒發自己的見解或感慨,如〈阿城懷古〉寫道:

陳王才力昔何多,作賦能迴洛水波。
莫道大兄恩義薄,移封猶得過東阿。

首兩句稱美曹植的才華,並標舉他的傳世之作〈洛神賦〉。後兩句則就他與曹丕的關係加以發揮,一般史書都記載曹植受到曹丕的迫害,但瞿佑卻用翻案的筆法,冠上「莫道」兩字加以否定,認為曹丕還封給曹植東阿王,怎算恩義薄呢?這兩句應該有其弦外之音,因為曹植雖然受到曹丕的迫害,但比起後來的帝王骨肉相殘,動輒殺戮,曹丕對曹植還算是仁厚了。所以這首詩對殺害骨肉而得位的歷代帝王,具有批判意味,如果說得更貼近一點,瞿佑親身經歷過「靖難之役」,這首詩或許是在暗諷明成祖的殘酷作風吧?

再舉〈沛縣懷古〉一詩為例:

手提三尺出鄉亭,五載歸來帝業成。
慷慨歌風酬壯志,淒涼懷土見真情。
荒臺草木寒烟淡,故國川原夕照明。
惟有仲山青不改,至今留與後人耕。

這首詩是瞿佑搭船行經沛縣有感而作,沛縣是漢高祖劉邦的故鄉,因此他特別以劉邦為興懷的對象。前兩聯寫劉邦從泗上亭長出身,提三尺劍起義完成了帝業,後來他回故鄉宴請鄉親父老,席上親自擊筑唱〈大風歌〉,並慷慨傷懷,表示對故鄉的懷念。這些事蹟見於《史記‧高祖本紀》,是大家耳熟能詳的故事。後兩聯則是瞿佑對劉邦功業的評價,他認

為劉邦當年雖建立了漢朝,輝煌一時,但如今只剩蒙上淡淡寒煙的荒臺草木,及夕陽籠罩的故國川原,昔日的風光安在哉?倒是劉邦的次兄仲,努力耕田,迄今他留下的田還能給後人耕種。《史記・高祖本記》有這樣一段記載:「未央宮成,高祖大朝諸侯群臣,置酒未央前殿。高祖奉玉卮,起為太上皇壽,曰:『始大人常以臣無賴,不能治產業,不如仲力;今某之業所就,孰與仲多?』殿上群臣皆呼萬歲,大笑為樂。」[16]當時劉邦志得意滿,自以為成就勝過耕田的二哥,但瞿佑不認為帝王有何了不起,反而覺得他的二哥對後世更有貢獻。瞿佑的見解確實不同凡響,以今天視之,仍然擲地有聲。

　　瞿佑上述的詩題都明顯標有「懷古」字樣,但有的並沒有標明而內容仍屬懷古之作,如〈至濟寧州〉寫伏生,〈望齊山〉寫齊景公,〈過曲阜〉與〈望魯城〉都寫孔子,〈訪東坡遺跡四首〉寫蘇軾,〈清口感事〉寫據兩淮為吳王的楊行密,〈高郵吊元相脫公〉寫元相脫脫,〈邵伯埭〉寫謝安等等都是。另外也有與「靖難之役」相關的懷古作品,如〈滄州賦〉寫徐都督(凱)守滄州,抗拒燕王棣大軍南下而被執之事,詩末寫道:「朗誦招魂歌楚騷,憂心為汝徒忉忉」,深深為這位惠帝忠臣表示哀悼。瞿佑此次得以南歸,完全受到太師張輔的營救與支助,張輔的父親張玉,曾助燕王進攻東昌而戰歿,所以燕王稱帝後,追贈榮國公,諡忠顯,洪熙元年(1425)又加封河間王,改諡忠武,並侑享成祖廟廷,[17]瞿佑路過東昌,也特別寫一首〈次東昌府弔河間忠武王〉詩,表示憑弔:

首贊戎機振國綱,奉天勳業不尋常。
盧溝墳墓埋金甲,青史文章表鐵鎗。
戰地英風猶凜凜,雲臺遺像自堂堂。
几筵配享酬功厚,四海同稱異姓王。

---

[16] 〔漢〕司馬遷:《史記》,卷8,〈高祖本記〉。據《中央研究院漢籍電子文獻瀚典全文檢索系統・二十五史資料庫》(http://www.sinica.edu.tw/~tdbproj/handy1/)。

[17] 〔清〕張廷玉等:《明史》,卷145,〈張玉列傳〉。見同前註。

全詩旨在歌頌張玉幫助燕王的英勇事蹟，頷聯上句瞿佑自註云：「葬盧溝橋」，下句也註云：「予作行狀，送實錄局」，可見瞿佑曾經為張輔撰寫其父的行狀供實錄局採用，[18] 今又寫此詩加以讚美，瞿佑雖受燕王迫害貶謫，但並不妨害他對張太師的感恩之心。

　　瞿佑除了以所至之地的歷史人物寫下懷古作品之外，而沿途欣賞景物時也常常引發他的情思，這些涉及個人內心世界的作品，往往特別感人。瞿佑這次返鄉之旅的基調是「樂全」，旅途中所抒發的情感大抵是歡喜、快樂的，從前面舉的大部分作品皆可看出這種傾向。這裡再舉他表現無官一身輕的作品，更能看出其內心寧靜的喜悅，如〈流河驛〉：

　　河水滔滔不盡流，來今往古幾春秋。
　　波濤不覆漁翁艇，館舍長迎使客舟。
　　青眼有情惟岸柳，白頭無悶是沙鷗。
　　從今解卸塵纓去，一任滄浪孺子謳。

瞿佑寫來到流水驛，看到滔滔不斷的流水，讓他感受到歷史的洪流，不知淹沒多少英雄人物。因為瞿佑已經解職，沒有名利負擔，所以詩中以「漁翁」、「沙鷗」來表現逍遙自在的心情。詩末更說他「解卸塵纓」，已經沒有帽帶，所以任憑孺子怎麼唱：「滄浪之水清兮，可以濯我纓；滄浪之水濁兮，可以濯我足。」[19] 對他都起不了作用，換言之，他已經完全忘懷政治的清濁得失了。其他又如〈舟中觀物二首〉其二：

　　大魚鼓浪欲飛騰，小魚隨隊亦相乘。
　　誰道漁翁閒似我，就舡撒網又扳罾。

瞿佑在此詩中更進一步將自己和漁翁比較，寫自己比漁翁還要悠閒，以

---

[18] 李慶認為：「明成祖的《實錄》，始修於洪熙元年，即所謂『兩朝實錄並修』。故瞿佑的撰〈行狀〉送實錄局之事，當在洪熙之後，宣德二年放歸故里撰《樂全詩集》之前，也就是在英國張公家任西席之際。」見同註13，頁270。

[19] 《孟子‧離婁上》，《中央研究院漢籍電子文獻瀚典全文檢索系統‧十三經資料庫》（http://www.sinica.edu.tw/~tdbproj/handy1/）。

此來呈現沒有名利羈絆的逍遙心情。

瞿佑雖然沿途充滿歡欣喜悅，但有時也難免因某種情境勾起他的感傷，這方面觸景傷情的作品，相當動人。有的是抒發對親人的懷念，如〈舟中見月憶內子〉：

今夜團圓月，揚輝射客舡。
山河懸寶鏡，桂兔在青天。
霧冷雲鬟濕，風寒翠幌偏。
到家憐獨孤，揮淚總帷前。

瞿佑返鄉旅途中剛好遇到中秋，天上的圓月，勾起他追憶死去的妻子，而寫下這首詩。瞿佑在《歸田詩話》記有與妻子的生離死別：

予自遭難，與內子阻隔十有八年，謫居山後，路遠弗及迎取，不意遂成永別。〈祭文〉云：「花冠繡服，想榮華之日淺；荊釵布裙，守困厄之時多。忍死獨居，尚圖一見，敘久別之舊事，講垂死之餘歡。促膝以擁寒爐，齊眉以酌春釀。」[20]

從此可知瞿佑自罹禍貶謫保安，就與妻子分離，直到洪熙元年（1425）妻子去世，前後十八年，兩人都未嘗見面。從瞿佑的〈祭文〉可看出他對妻子的感情與內疚。如今在妻子去世後三年才得以返鄉，但已經無緣重逢敘舊了，因此這首中秋憶內詩，透過皎潔的明月，反襯出自己的淒涼孤獨，寫得極為酸楚。

又如〈泊楊子橋有懷〉：

楊子橋頭楊柳烟，全家曾此繫歸舡。
如今再飲江都酒，獨吊遺蹤一汯然。

這首詩瞿佑自註云：「洪武末，自宜陽賫印赴禮部，全家一十五口同憩此，今在者九口，於南京、松江二處新居，餘則物故矣！」楊子橋位於

---

[20] 同註2，卷上，頁171。

江蘇省江都縣南,為南渡長江的要津,瞿佑過去任宜陽(河南省宜陽縣)訓導,賚印赴南京,全家十五口曾在此休憩,如今返鄉又舊地重遊,但家人只剩九口,因此不勝傷感,詩的末句特別用了陸游〈沈園二首〉之二中的句子,可見他對妻子及家人的感情是多麼深厚。

　　瞿佑途經同僚沉溺水域,也曾對同僚的不幸遭遇深表哀悼,如這首〈挽楊彥達助教〉:

> 投筆昔從戎,年深老亦窮。
> 乍聞離雁塞,豈料赴龍宮。
> 遺恨隨流水,孤魂托斷蓬。
> 忽經沉溺處,哀淚灑悲風。

楊彥達與瞿佑同為訓導學官,但他的遭遇比瞿佑更加悲慘,瞿佑自註楊彥達的生平事蹟云:「彥達名榮,金華人,由府庠升補國監,從朱備萬受《詩經》,洪武末為定州訓導。太宗兵起,去職南歸徐助教。永樂初,編發塞外為軍,全家為胡寇所掠,身被重傷。宣德改元,始以薦拔,授臨川、崇安訓導,附載赴任,遇此舟覆,叔姪二人俱殞於水,患難之餘,復此委命,哀哉!」從這一段記載,可知楊彥達在永樂初發配塞外充軍,而且身受重傷,好不容易在宣德元年(1426)才恢復訓導職位,赴任途中卻舟覆溺斃,瞿佑返鄉經過這個水域,忍不住為他掬一把同情之淚。

七、詩藝特色——形式多樣與平易自然

　　瞿佑順著運河南下,一路吟詠,其內容有記事、有寫景、有抒懷,各有其特出之處,而這些作品的藝術特色如何呢?我們可先看瞿佑的自我表白,〈樂全詩序〉云:

> 身中無事,覽景興懷,臨風吊古,飯餘酒後,技癢不能自抑,輒形諸吟詠,大小長短,積至一百二十首。皆率口而出,妍媸錯雜,未經鍛鍊,因其先後次第,不復刪改,彙成編帙,藏之於家,時出觀覽,以追想舊遊之跡,用以自遣也。

這段文字反映出瞿佑作詩都是隨興而發，因此形式相當自由，包含「大小長短」各種詩體。另外這些詩都是「率口而出」、「未經鍛鍊」，所以語言風格平易自然。以下先就詩體形式多樣論述之。

瞿佑對於《樂全詩集》所用的詩體，自己在卷末有作統計，他說：

> 共得詩大小長短一百二十首：四言四首、五言絕句十二首、七言絕句四十九首、六言五首、五言律詩二十首、七言律詩十五首、五言長律一首、五言古詩十首、七言古詩三首、長短句一首。

從這個統計，可看出瞿佑寫的最多的是七言絕句（四十九首），約占全部作品的百分之四十一。瞿佑擅長作七言絕句，他曾歌詠女性事蹟編成《香臺集》，這一百二十首詩就全用七言絕句，另外瞿佑佚詩中的七言絕句也相當多，如〈池河道中〉、〈京城清明〉、〈漫興〉、〈雞〉、〈方池霽月〉、〈送凌彥翀歸葬西湖〉等共五十首，超過全部佚詩（九十五首）的一半。[21]除了瞿佑個人的擅長與喜愛外，也由於七言絕句本身不必刻意對仗，可以順手拈來，率口而出，適合旅途中覽景興懷，臨風弔古，抒發靈光一現的感覺，前面所舉的〈舟中觀物二首〉、〈阿城懷古〉、〈泊楊子橋有懷〉等都是很好的例子。五言絕句雖然和七言絕句的特點一樣，但由於每句僅五個字，篇幅稍短，能容納的材料有限，所以瞿佑只作了十二首，而且其中有〈南城道中四首〉、〈清江曲四首〉都是以組詩的形式出現，正好可彌補篇幅短小之不足。

七絕之外，瞿佑用的較多的是五言律詩（二十首）與七言律詩（十五首），瞿佑過去相當重視七言律詩，曾繼元好問《唐鼓吹》而編選《鼓吹續音》，雖然旨在糾正「宗唐」之風，提倡宋金元詩，但就詩體而言，所選的也都是七言律詩，他在《鼓吹續音》書後題詩云：「《騷選》亡來雅道窮，尚於律體見遺風。」[22]可見他認為七言律詩是上接〈離騷〉、及《文

---

[21] 同註10，頁255。
[22] 同註2，卷上，頁165。

選》所錄之詩，是極有發展空間的詩體，不僅唐人有好作品，宋金元人的作品亦有可觀，故除了編選《鼓吹續音》加以提倡之外，在創作上也經常運用這種詩體，如今存的《詠物詩》一百首，就全部都用七言律詩。另外瞿佑佚詩中，屬於七言律詩也有：〈呂城懷古〉、〈金陵懷古〉、〈秋日書懷〉、〈暮春書事〉、〈清明即事〉、〈夏晚納涼〉、〈題伍胥廟〉等二十九首，占全部佚詩（九十五首）的比例也不低，[23] 何以這次返鄉之旅七言律詩減少了，過去一首都未見的五言律詩卻較多了，這應該和旅途寫景抒情有關。律詩音調和諧，中間兩聯需要對仗，刻畫景物可以使自然美與人工美相得益彰，這可用來說明瞿佑旅途中仍然喜用律體的緣故。而七言律詩篇幅較長，適合描寫波瀾壯闊的場面和表現曲折複雜的感情，瞿佑這次年老返鄉，心情固然愉快，他畢竟是經歷過大風大浪的人，已經沒有年輕時的壯志和激情，所以他像王維、孟浩然等盛唐的山水詩人一樣，喜用五言律詩，這和他寧靜平和的心境應該比較相稱吧！瞿佑的七言律詩較少，但前面所舉的〈南畈留別金臺諸親友〉、〈渡江〉這兩首呈現「樂全」主題的詩，以及〈沛縣懷古〉、〈次東昌府弔河間忠武王〉、〈流河驛〉等旅途抒懷詩，寫景頗有氣勢，情味相當悠長，也不能小覷。

瞿佑此行大致以近體詩為主，古體詩相對較少，五言古詩有十首，七言古詩僅三首。我們搜集的瞿佑佚詩共有七言古詩十六首，而且都有樂府詩的味道，像〈車遙遙〉、〈春愁曲〉用的就是樂府舊題，其他的都是模仿樂府舊題另創新題，如〈高門歎〉、〈書生歎〉、〈烏鎮酒舍歌〉、〈安樂女子歌〉、〈古塚行〉等皆是，這些詩大都和時事有關，富有現實意義。[24] 瞿佑歷經二十餘年折騰才得以返鄉，心境已經轉為平淡，對現實政治不再掛懷，所以此行寫的古體詩就沒有樂府詩的味道。瞿佑這些五言古詩或七言古詩，大都用來懷古，如前面提到的〈桃源懷古〉、〈望齊山〉、〈過曲阜〉、〈清口感事〉等懷古作品，用的都是五言古體，〈滄州賦〉這首則是七言古體。也有用來記途中會飲之事，如前面所舉的〈舟

---

[23] 同註10，頁255。
[24] 同註10，頁256。

中會飲〉、〈臨清縣會飲〉，即是五言古體。

其他的詩體還有四言（四首）、六言（五首）、五言長律（一首）、長短句（一首），雖然用的很少，但也可看出瞿佑順手拈來，不拘泥某一種形式，如他這首最短的〈禹廟〉：

清淮無波，古廟有樹。
歸心悠悠，與水東注。

全詩四言四句，總共十六字，前兩句點出禹廟的位置及景觀，後兩句則抒發自己返鄉之情，文字乾淨俐落，一點都不拖泥帶水，但詩的韻味悠長，頗耐咀嚼。此詩雖像脫口而出，但除前兩句運用對仗之外，平仄也故意用拗體，兩聯上句都用平聲，下句除「東」字外，則都用仄聲，如此上拗下救，一方面使聲韻不失和諧，一方面又因拗體，使全詩顯得相當古拙，形式與所寫的對象──古廟，搭配無間，可見瞿佑詩藝之高超。

瞿佑的六言詩共五首，這是《樂全詩集》中較為特殊的詩體。明徐師曾《文體明辨序說》云：「按六言詩昉於漢司農谷永，魏晉間曹（植）、陸（機、雲兄弟）間出，其後作者漸多，然不過詩人賦詠之餘耳。」[25] 六言詩雖然相傳始於西漢谷永，或據《文選》左思〈詠史〉詩李善注，認為東方朔已有六言，但其詩都不傳。今所見六言詩以漢末孔融所作為早，唐以後人所作六言有古體與近體之分，大都偶然為之。[26] 瞿佑這五首六言詩也是偶然為之，用的都是六言絕句，如這首〈泊安德驛〉：

客館芙蓉城下，人家楊柳津頭。
倩僕腰錢買市，橋東暫艤行舟。

一般而言，詩句字數是偶數的話，較為莊重沉穩，奇數的話，較為活潑變化，所以這首詩用六言寫泊船休憩，顯得相當安穩。

---

[25]　〔明〕徐師曾：《文體明辨序說》（臺北：長安出版社，1978 年 12 月），頁 109。
[26]　中國大百科全書出版社編輯部：《中國大百科全書・中國文學》（北京：中國大百科全書出版社，1988 年 9 月），頁 468，〈六言詩〉條。

瞿佑此行雖然以絕句短詩為主，但也有一些長詩，如最長的是長短句詩〈清河吟〉二百零六字，其次是五言長律〈廣陵即事十六韻〉一百六十字，五古〈清口感事〉一百四十字、〈桃源懷古〉一百二十字、〈次甲馬營〉一百字，七古〈滄州賦〉一百十一字等，可見他視情況需要，既可寫短章，也可以寫篇幅較大的長詩，正如東坡所說的：「常行於所當行，常止於所不可不止」，如此「隨物賦形」的自由寫作，因此造成《樂全詩集》形式的多樣化。

　　其次，就詩歌語言平易自然論述之。瞿佑年輕時因受楊維楨的影響，擅長作香奩體，曾擬《玉臺》、《香奩》而作《香臺集》，所以一般詩評家常將他定位在晚唐華麗詩風，如明徐泰《詩談》：「瞿宗吉組織工麗，其溫飛卿之流乎？」[27]但我們觀察這本《樂全詩集》，大部分的作品都是「率口而出」，未經刻意雕琢，除了前面所舉的作品〈渡江〉、〈次儀真縣二首〉、〈天津衛陳翁家延飲〉、〈舟中觀物二首〉等等都是外，以下再舉一兩首為例，如〈過儀真壩〉：

行盡長淮路，南來涉大江。
高城河作塹，巨壩石為椿。
艤岸紅舡眾，迎人白鳥雙。
丁夫齊著力，邪許自成腔。

這首詩寫經過儀真壩，前兩句順口說出走完了淮河，來到了長江，中間兩聯雖然要對仗，但都取自眼前之景，自然成對。末兩句寫拉船的丁夫，一同發出用力的聲音。全詩語言淺白，並無艱深難懂之處。

　　又如〈贈舟人陳海陳忠二都管三首〉，瞿佑都以簡短的六言絕句，將舟人的口吻寫入詩中，試看第一首：

打鼓發清河館，放舡過臨淮關。
報道先生歸也，向南笑指鍾山。

---

[27]　〔明〕徐泰：《詩談》（臺北：新文豐出版公司，1985 年 1 月，《叢書集成新編》本），第 79 冊，頁 143。

瞿佑描寫舟人護送他歸來,文字相當口語化,讀來親切有趣。《樂全詩集》卷首劉鉉寫的〈瞿先生樂全稿序〉說:「其稿曰《樂全》,皆隨事命意,形容切實,思致不凡,音節通暢,使誦者愛之,猶味膾炙於口,不自知其不能舍也。庶幾平易淳厚而無鄙疏之失者乎!」從前面的探討,可知這些贊語並非過譽。

八、結語

《樂全詩集》是瞿佑返鄉之旅的紀行之作,其旅行時間是宣德三年(1428)秋末冬初,其路線是順著漕運從北京到南京。全書的創作基調——樂全,以及旅途記事、寫景、抒懷等內容重點,與形式多樣、平易自然等詩藝特色,前面皆已一一詳加探討,以下則就這本詩集的價值,分從三方面論述:

(一)就瞿佑個人詩歌創作歷程而言

瞿佑一生創作甚豐,但今天所留下來的只有早期的《香臺集》、《詠物詩》,[28] 及謫戍保安之前的佚詩(含《存齋遺稿》殘卷)九十五首,[29] 而《樂全稿》(含《樂全詩集》、《東遊詩》、《樂全續集》)則是瞿佑晚年的作品。所以今天我們要評價瞿佑的詩歌創作,絕對不能忽略這部晚年的詩集。如一般人評論瞿佑,大抵停留在他早期擅作香奩詩的不良印象,其實瞿佑謫戍保安之前的佚詩已大都屬於清麗作品,[30] 根據本文的探討,可知《樂全詩集》所呈現的是平易自然詩風。換言之,瞿佑的詩歌創作歷程應可分為三個階段,即早期創作香奩詩的階段,屬於穠艷,中期則

---

[28] 《香臺集》的成書時間,根據汪超宏〈瞿佑的《香臺集》〉一文考證,約作於瞿佑二十歲後,三十二歲寫成《剪燈新話》之前,見同注8。《詠物詩》根據瞿佑自撰的〈詠物詩序〉所云,該詩集是少時仿謝宗可詠物詩而成,後因散佚再續補,今存七十首是早年之作,另三十首則是晚年返鄉後續補而成,見〔明〕瞿佑:《詠物詩》(臺北:新文豐出版公司,1989年7月,《叢書集成續編》本)。

[29] 個人認為這些詩看不到邊塞的景象,也難以見到瞿佑在邊塞的生活、感情或思想,因此斷為是謫戍保安之前的作品。見同註10,頁264。

[30] 同註10,頁261。

擴大詩歌內容，轉為清麗，晚期這些返鄉紀行之作，則洗盡鉛華，從絢爛歸於平淡。

另外，在我們尚未發現《樂全稿》之前，總覺得瞿佑只會作七言詩，如《香臺集》全用七言絕句，《詠物詩》全用七言律詩，九十五首佚詩雖有古近體，但也全部七言，五言詩連一首都沒有。如今本文探討《樂全詩集》發現，瞿佑雖仍然喜用七言絕句，但也寫了許多五言詩，而值得注意的，他的五言律詩（二十首）勝過七言律詩（十五首），五言古詩（十首）也遠超過七言古詩（三首），還有一首五言長律，由此可見瞿佑並非不擅作五言，恐怕是過去五言詩作的較少，或者已經亡佚了。《樂全詩集》除了五言詩之外，瞿佑也用了四言、六言、長短句，雖然作品不多，但也凸顯瞿佑旅途隨興寫作，詩歌形式的多樣化。

瞿佑返鄉之旅三十五天，共寫了一百二十首，平均一天寫了三至四首，數量相當可觀，也是因為率口而出，並非經過長期醞釀鍛鍊，所以大抵以短章為主，超過百字以上的長篇只有六首，所佔比例甚微，因此《樂全詩集》的氣勢、格局還不夠壯闊，離上乘之作似乎仍有段距離。

（二）就紀遊文學創作而言

中國自古以來，有關紀遊（含紀行）的文學作品相當興盛，文人普遍性耽山水，或因仕宦遷徙，或因遊歷交友，幾乎個個都是描山畫水的能手。就歷代的詩歌創作而言，大部分的詩篇也都與紀遊密不可分。瞿佑這本《樂全詩集》，是記錄他的返鄉之旅，雖然此行並非在於「遊」，而是在於「行」，但他從沿途飽覽自然風光，及各地人民生活情景，其實也有「遊」的味道，瞿佑自序就說將詩彙編成帙，目的在於「時出觀覽，以追想舊遊之跡」。因此將《樂全詩集》放在紀遊文學來看，也可以發現它具有多方面的價值。

《樂全詩集》是一部以明代運河為背景的紀行之作。明代承繼前代，為了從南方運糧，或供給京師，或供應軍旅，或分儲倉廒，特別重視北京到杭州的漕運，也就是今天習稱的「京杭運河」。瞿佑這趟返鄉之旅，從北京乘船到南京，就是行駛京杭運河。瞿佑很翔實的記錄運河沿途的

水驛、各地風光，這在中國紀遊詩歌史上是難得一見的。

《樂全詩集》作為一部紀遊文學，從前面探討可知，它有創作主旨──以「樂全」為基調，旅途行程分明，從北到南依序書寫，詩歌內容記事、寫景、抒情皆能兼顧，所以不僅作者透過作品能「追想舊遊之跡」，今日我們閱讀仍然可以遙見運河昔日光彩、沿岸人民生活情景，以及體會作者的旅途心境，因此《樂全詩集》不失為一部紀遊文學的佳作。

（三）就明代詩史發展而言

瞿佑以年逾弱冠（22歲）進入了明朝，歷經太祖（31年）、惠帝（4年）、成祖（22年）、仁宗（1年）、宣宗（8年）五朝，明代詩歌在太祖、惠帝階段，是屬於興盛時期，如劉基、高啟、林鴻等都是名家。當時詩歌雖然興盛，但已經出現模擬古人、以盛唐為宗的風氣。瞿佑對這種風氣頗為不滿，他曾取宋金元三朝名人作品編成《鼓吹續音》，並說：「世人但知宗唐，於宋則棄不取。眾口一辭，至有詩盛於唐壞於宋之說，私獨不謂然。」又題詩作「舉世宗唐恐未公」的呼籲。[31] 可見他有自己的創作理念，不與世俗隨波逐流。

成祖之後的詩壇，則是以三楊（楊士奇、楊榮、楊溥）為代表的臺閣體天下，瞿佑長期處在塞垣，當然與這種詩風格格不入，只可惜瞿佑這時期只有詞流傳下來，詩作極為罕見。後來他返鄉途中所寫的《樂全詩集》，更能看出他與臺閣詩人的不同調。如前面所探討，瞿佑旅途中覽景興懷，都是直抒襟抱，而且形式長短自由，語言平易自然，這與當時崇尚雍容典雅、歌功頌德的詩風相較，不啻是一股清流。只可惜瞿佑已經年紀老邁，在詩壇難以發揮影響力，只能孤芳自賞而已。但他反對獨尊盛唐的創作理念，及直抒性靈的創作經驗，都反映在晚明公安文人的身上，我們雖然不能因此便指出公安文人受到瞿佑的影響，但至少可以說彼此在掃除詩壇的流弊上有相通之處吧！

31　同註2，卷上，頁165。

由以上的論述可知，《樂全詩集》雖只是瞿佑返鄉紀行之作，但無論就瞿佑個人詩歌創作歷程、紀遊文學創作或明代詩史的發展，都具有其特殊意義。瞿佑此行的目的地是南京長子家，而瞿佑是錢塘（今浙江省杭州市）人，它只是回到南方依親，還未真正回到出生的故鄉。他於次年又從南京乘船到松江（今江蘇省松江縣）次子家，途中寫了五十首紀行詩，名為《東遊詩》。之後宣德五年（1430），瞿佑自松江乘船回杭州故居祭祖，才真正回到故鄉，他在往還途中又寫八十首詩，編成《樂全續集》。本論文限於篇幅，先行探討返鄉之旅的第一部曲《樂全詩集》，至於第二部曲《東遊詩》及第三部曲《樂全續集》，則擬以〈瞿佑返鄉續曲──《東遊詩》及《樂全續集》析論〉為題，容以後再繼續討論。

　　──中國近世文學國際學術研討會論文，國立成功大學文學院、中國文學系主辦，2005年10月21日；收入張高評主編：《金元明文學之整合研究──近世文學國際學術研討會論文集之二》（臺北：新文豐出版公司，2007年3月），頁339-376。

詩 詞

瞿佑返鄉續曲——
《東遊詩》及《樂全續集》析論

一、前言

瞿佑，佑一作「祐」，字宗吉，號存齋，錢塘（今浙江省杭州市）人。生於元順帝至正七年（1347），卒於明宣宗宣德八年（1433），年八十七。[1]

瞿佑在洪武年間，以薦任仁和、臨安、宜陽等縣學訓導，累升周府右長史。[2] 永樂六年（1408），以詩禍下錦衣獄，謫戍保安（河北省涿鹿縣）十餘年。[3] 洪熙元年（1425）蒙太師英國公張輔奏請，自關外召還，主其家塾，居三年南歸。[4]

瞿佑文學創作甚豐，但僅有少數流傳，其中以小說《剪燈新話》最受重視。他的詩歌今尚存有：《香臺集》、《詠物詩》、《樂全稿》、《存齋遺稿》殘卷及佚詩若干首，另著有詩話《歸田詩話》等。個人覺得其詩散落各處，若不加以整理，殊為可惜，於是以「瞿佑詩編年注釋集評及研究」為題，申請九十二年度國科會專題研究計畫補助，本論文即是此研究計畫成果之一部分。

瞿佑的詩歌一向少人注意，故相關的學術論文不多，只有一些因研

---

[1] 有關瞿佑的生卒年，〔日〕岡崎由美：〈瞿佑の《香臺集》について——《剪燈新話》成立 一側面〉（《中國文學研究》，第9期，1983年12月），及陳慶浩：〈瞿佑和剪燈新話〉（《漢學研究》第6卷第1期，1988年6月）二文，皆根據瞿佑〈重校剪燈新話後序〉署：「永樂十九年歲次辛丑正月燈夕，七十五歲翁錢塘瞿佑宗吉甫書於保安城南寓舍」，以此推出其生於至正七年（1347），再根據《列朝詩集》、《浙江通志》謂其年壽八十七，推出其卒於宣德八年（1433），這種說法最可信，今從之。

[2] 〔清〕錢謙益：《列朝詩集小傳》（臺北：世界書局，1985年2月），乙集，頁189。

[3] 〔明〕田汝成：《西湖游覽志餘》（香港：迪志文化出版公司，2000年，《文淵閣四庫全書電子版》），卷12。《西湖游覽志餘》只言「永樂間」，《樂全詩集》（日本江戶抄本）〈至武定橋〉一詩下注云：「永樂六年，進周府表至京，拘留錦衣衛。」可知此事的確切時間。

[4] 〔明〕瞿佑：《樂全詩集》（日本江戶抄本，東京：國立公文書館第一部藏），卷首，〈樂全詩序〉。

究瞿佑的生平而涉及其詩歌著作，但這些論文主要在探討瞿佑生平，或者其詩與《剪燈新話》的關係，極少純粹就其詩歌論述，如李慶〈瞿佑及其時代──日本內閣文庫所藏《樂全稿》探析〉一文，主要是就《樂全稿》的文獻資料探討瞿佑生平問題，並論述該書提供認識元末明初（尤其永樂宣德時期）的社會政治現象和文學流變的新材料，並非完全就詩論詩。

個人先前曾就瞿佑的九十五首佚詩做研究，完成〈瞿佑佚詩研究〉論文之後，[5] 又針對《樂全詩集》做研究，寫成〈明代運河紀行──瞿佑《樂全詩集》析論〉一文，文末曾指出：

> 《樂全詩集》雖只是瞿佑返鄉紀行之作，但無論就瞿佑個人詩歌創作歷程、紀遊文學創作或明代詩史的發展，都具有其特殊意義。瞿佑此行的目的地是南京長子家，而瞿佑是錢塘（今浙江省杭州市）人，它只是回到南方依親，還未真正回到出生的故鄉。他於次年又從南京乘船到松江（今江蘇省松江縣）次子家，途中寫了五十首紀行詩，名為《東遊詩》。之後宣德五年（1430），瞿佑自松江乘船回杭州故居祭祖，才真正回到故鄉，他在往還途中又寫八十首詩，編成《樂全續集》。本論文限於篇幅，先行探討返鄉之旅的第一部曲《樂全詩集》，至於第二部曲《東遊詩》及第三部曲《樂全續集》，則擬以〈瞿佑返鄉續曲──《東遊詩》及《樂全續集》析論〉為題，容以後再繼續討論。[6]

本論文即承繼上篇，針對《東遊詩》及《樂全續集》做研究。《東遊詩》、《樂全續集》附在《樂全詩集》之後刊行，三本詩集合稱為《樂全稿》。該詩集在臺灣、中國均未見，今只有日本東京：國立公文書館第一部（原內閣文庫）藏的江戶抄本，本論文即以此為研究的文本根據。

---

[5] 拙著〈瞿佑佚詩研究〉，《鄭因百先生百歲冥誕國際學術研討會論文》（臺北：國立臺灣大學中國文學系，2005 年 6 月）。

[6] 《中國近世文學國際學術研討會論文》（臺南：國立成功大學文學院，2005 年 10 月）。

二、旅行時間及路線——仲夏從南京到松江，暮春從松江到杭州

瞿佑寫作有一個良好習慣，著作序跋都署年歲日期，他在《樂全詩集》就詳載旅行時間及路線，《東遊詩》、《樂全續集》也是如此，《東遊詩》卷末載：

次子達自松庠遣孫瑛來取，遂與孫婿劉琳以四月二十六日登舟，風雨所阻，於五月初十日方到，沿途紀行得古今詩共五十首，餘附吟卷，以記歲月。

《樂全續集》卷末也載：

宣德五年三月初一日，自松庠登舟回杭，師生留別，艤舟超果寺。初三日，始解纜趨程。初八日抵北關，初九日入城，至薦橋舊居從弟宗傳家安歇。十九日過湖，詣南山，祭先壟。四月十五日，余生昌以舟來取，遂於五月初六日辭別諸親友，出城至夾城巷，甥施敬家相留。於初九日與孫琛、孫婿劉琳同舟，至十二日，仍回松庠次子達舍，往還得詩共大小八十首（應作八十一首，作者統計有誤），錄附行卷，以見吟趣云。

從上述資料知道瞿佑東遊的時間是：明宣宗宣德四年（1429）四月二十六日從南京出發，五月初十日抵達松江，總共約十五天的時間，屬於仲夏的季節。返回杭州故里的時間是：宣德五年（1430）三月初一日從松江登舟，初九日回到薦橋舊居，在故鄉停留到五月初九日，才再乘舟回松江，於五月十二日抵達，總共約兩個半月的時間，從暮春返鄉，再回到松江已是仲夏時節了。

除了卷末記載日期之外，《東遊詩》中有〈舟中端午〉、〈午日釀飲〉兩首與端午節相關的詩，亦有紀日的效果。《樂全續集》第一首詩題作〈三月初一日，出松江南門泊超果寺，餞行者款留連二日不果行〉，也詳載日期，另有〈途中寒食〉、〈清明日舟中〉與寒食、清明相關的詩，亦可知其創作時間。

瞿佑《樂全詩集》的詩題大都詳記地名，而且它是按時間先後編纂而成，我曾將這些地名按序臚列出來，從中既可了解瞿佑從北京到南京返鄉之旅所歷經的地點，同時也可認識過去漕運（即京杭運河）的航道。《東遊詩》、《樂全續集》的詩題也一樣詳載地名，以下按這兩部詩集所出現的地名順序一一列出，並以括弧標示今名：[7]

（一）《東遊詩》──從南京到松江

1. 江蘇省

三山門（南京市十三門之一）、龍灣（南京市下關區）、觀音山（南京市北觀音門外）、儀真（儀徵市）、瓜洲（揚州市瓜洲鎮）、金山寺（鎮江市金山上）、甘露寺（鎮江市北固山上）、鎮江（鎮江市）、焦山寺（鎮江市焦山上）、五顯廟、青草沙（江陰市境）、黃山塔（江陰市境）、菩薩墩、下港（江陰市境）、新洋、無錫（無錫市）、圍山、蘇州（蘇州市）、姑蘇（蘇州市）、楓橋（蘇州市閶闔門西郊）、白洋、十八里瀨、澱山湖（崑山市南）、沈家莊

2. 上海市

泖湖（松江區西）、松江（松江區）

根據以上詩中的地名，我們大致可了解這次東遊所走的航道：瞿佑從南京出發，順著長江，往東經過：儀徵、瓜洲、鎮江等幾個重要城鎮，來到「江尾海頭」的江陰之後，則駛離長江，改走往南的運河水道，經過無錫、蘇州，再往東走黃浦江，經過澱山湖、泖湖，便到達松江。

（二）《樂全續集》──從松江到杭州

1. 上海市

松江（松江區）南門、超果寺、朱涇（金山區朱涇鎮）、風涇（金山

---

[7] 地名的位置主要參考：〔明〕李賢等撰：《明一統志》、〔清〕乾隆敕撰：《欽定大清一統志》、〔清〕趙宏恩等撰：《江南通志》，以上各書皆根據《文淵閣四庫全書電子版》（香港：迪志文化出版公司，2000年），古今地名對照參考：〔日〕青山定雄：《中國歷代地名要覽》（臺北：洪氏出版社，1975年2月）、教育部重編國語辭典編輯委員會：《重編國語辭典》（臺北：臺灣商務印書館，1982年2月），及中國「行政區劃網」(http://www.xzqh.org/)。

區楓涇鎮）、渭塘、官塘（金山區西）

2. 浙江省

嘉興（嘉興市）、三塔灣（嘉興市西）、皂林（桐鄉市西北）、臨平（杭州市餘杭區臨平街道）、高亭、北關（杭州市武林門外）、薦橋（杭州市）故家

根據以上詩中的地名，我們大致可了解這次返杭州故里所走的航道：瞿佑從松江出發，乘船走往西南的水道，經過朱涇、風涇等地，來到嘉興，連接京杭運河，順著運河南下，經過皂林、臨平，便抵達杭州。

瞿佑返鄉續曲兩次走的航道，東遊從儀徵經江陰、無錫到蘇州這一段，返杭從嘉興到杭州這一段，都是京杭運河的航道，所以瞿佑返鄉從前曲到續曲，三次航行可以說完成了一趟京杭運河之旅。

三、返鄉續曲承繼前曲的基調——樂全

瞿佑返鄉之旅第一部曲為《樂全詩集》，詩集的開卷之作〈南皈留別金臺諸親友〉，正如序曲般訴說全部詩作的主題：

> 解却塵纓掛却冠，存齋今喜一身閒。
> 鶴皈遼海年華邁，鵑叫天津氣運還。
> 筇杖老登仙島路，蒲輪生度鬼門關。
> 樂全加號知相稱，笑對家山不厚顏。

作者在詩末自註云：「新號樂全菴」，可知瞿佑特別為這趟返鄉之旅取了一個新號。此詩充滿著喜樂的情調，沒有一般留別詩的感傷氣氛，瞿佑在末聯揭示自己的新號「樂全」（即自註「樂全菴」），並且自認可以「笑對家山」，而不會無顏見江東父老，可見作者雖遭禍遠謫，對自己的品格節操仍相當堅持與自信。所以「樂全」之意，除了保全性命，「以餘生歸見親黨，優游暮景，以享治平之樂」（瞿佑〈樂全詩序〉），這是晚年全身回歸鄉土的快樂；另外他認為「不虧其體，不辱其親，俯仰兩間，自謂無愧」（同上），是以「全人」自勖自警，亦即劉鉉〈瞿先生樂全稿

序〉所說「保全名行為樂」，更具有其形而上的人生境界。[8]

瞿佑返鄉續曲《東遊詩》及《樂全續集》，其基調仍是承繼《樂全詩集》的「樂全」，如《東遊詩》第一首〈登舟出三山門赴松江〉寫道：

> 卜得登舟日，東遊頗稱情。順風催順水，行色助行程。
> 夕照晴偏好，殘潮晚更平。卻從柁樓上，回望石頭城。

瞿佑從南京登舟，他的心情非常愉快，首聯就以「東遊頗稱情」奏出《東遊詩》的序曲。中間兩聯順著輕鬆的節拍，眼睛所接觸到的景物都是美好的，頷聯寫順風順水，一路景色優美，增加行程的舒暢。頸聯寫夕陽、晚潮，也是相當美好、平靜。這聯雖是寫景，但若以夕陽、晚潮象徵晚年，其實它正是作者晚年「樂全」的最佳寫照。尾聯寫在船上回望南京城，表示對長子家的留戀。

又如最後一首〈至松江〉寫道：

> 投林倦鳥暮知還，傍水人家戶半關。
> 烟柳露荷搖動處，岸花檣燕送留間。
> 依稀似識城頭鶴，彷彿曾遊海上山。
> 張翰有靈應笑問，東歸今見一人閒。

瞿佑拋家二十一年，去年回到長子的南京家，如今又抵達次子的松江家，他感覺自己像是一隻傍晚歸巢的倦鳥。頷聯寫松江的優美景物，作者化用杜甫〈發潭州〉：「岸花飛送客，檣燕語留人」的詩句，將松江的景物寫的相當有情。頸聯用丁令威學道化鶴歸遼的典故，表示自己的離家多年。尾聯又用張翰棄官歸吳的典故，寫自己東歸的悠游自在。

---

[8] 參見拙文〈明代運河紀行──瞿佑《樂全詩集》析論〉，《中國近世文學國際學術研討會論文》（臺南：國立成功大學文學院，2005 年 10 月）。

瞿佑返鄉第三部曲《樂全續集》，記返杭州故居，第一首〈三月初一日，出松江南門泊超果寺，餞行者款留連二日不果行〉，也是充滿還鄉的喜悅：

> 卜得登舟日，還鄉已有期。餞行猶戀戀，留別更遲遲。
> 艤棹依僧寺，開樽舉酒巵。檐頭雙喜鵲，好語報人知。

作者寫從松江出發時許多人來餞行，表示這次返鄉之旅是多麼受人祝賀，結尾用雙鵲報喜，凸顯自己內心的歡樂。

瞿佑以愉快的心情踏上歸途，在旅程中他高唱「快樂的歸航」，如〈次朱涇〉一詩寫道：

> 放舡風色順，天意慰歸心。勁艣搖波快，長篙刺水深。
> 鳧翁遊荻港，鳩婦語桑林。我亦閒情暢，披襟發朗吟。

作者乘船一帆風順，感覺好像上天也在為自己的歸鄉高興。船走起來非常輕快，看到鳧翁（水鴨）在水面上悠游自在、聽到桑林中鳩婦（雌鳩）的美妙啼聲，所以瞿佑也忍不住要高聲吟詠，抒發舒暢的情懷。

當瞿佑回到杭州府城武林門外的北關時，他寫下〈至北關〉一詩：

> 城上日華明，城邊路勢平。要知投綏叟，元是棄襦生。
> 舊學多荒廢，微官少顯榮。歸來遊故里，徒竊樂全名。

這首詩正如返鄉之旅的尾聲，也以「樂全」作結。首聯寫杭州城上日光明燦，城邊道路平坦，作者還鄉的感覺真好。中間兩聯稍微進入感傷，頷聯用漢代終軍入關棄襦的典故，寫自己現在雖然是一個棄官歸來的老人，但年輕時也曾有過像終軍立志成就功名的抱負，頸聯則寫自己在學術、仕宦上都沒有什麼表現。末聯和序曲〈南皈留別金臺諸親友〉結尾：「樂全加號知相稱，笑對家山不厚顏」相呼應，只是瞿佑剛從北京出發時，對新號「樂全」相當自得與自信，但回到故里，追想過去一事無成，反而覺得不配「樂全」之名。所以返鄉三部曲在「樂全」健康明朗的基調下，仍然含有一些歷盡滄桑的感傷。

四、旅途記事——行程與會飲

瞿佑返鄉續曲《東遊詩》及《樂全續集》，和《樂全詩集》一樣，是為給自己留下一點紀錄，記載也頗為詳實。首先他對行程有完整的紀錄，從詩題的用語可以看出他與所經之地的關係。詩題中用「次」字者，如〈次朱涇〉、〈次嘉興〉、〈次高亭〉等，表明他在此地過夜或停留。另外也有用「泊」字者，如〈泊儀真〉、〈泊青草沙〉、〈泊新洋〉、〈泊超果寺〉等，代表他曾在此地停船。而船抵達某一個地方，詩題則用「至」字，如〈至北關〉。船駛入某地，詩題則用「入」字，如〈入下港〉，船駛出某地，詩題則用「出」字，如〈出官塘〉。如果只是路過，並未停泊登岸，詩題則用「過」字表示，如〈過蘇州〉、〈過楓涇〉、〈過三塔灣〉、〈過皂林〉、〈過臨平〉等等許多地方。從以上這些詩題的用語，就不難窺出這兩部詩集的記事性，也因為瞿佑詳實記下所經之處，我們從中可以獲得明代從南京到松江、從松江到杭州這兩段運河的資訊。

除了詩題清楚記載行程外，瞿佑詩作的內容也富有記事性，某段旅途因風雨受阻，或一帆風順，都一一紀錄在詩中，如〈泊儀真〉、〈瓜洲阻風雨〉、〈梅雨舟中書事〉、〈阻風泊港口〉、〈舟行得風二首〉、〈東風〉等都是，茲舉〈梅雨舟中書事〉為例：

> 江北無梅花，安知有梅雨。我本江南人，江北久羈旅。
> 歲晚得歸來，扁舟泛清泚。江神似相留，三日泊沙觜。
> 浪勢打船頭，風聲掠柁尾。眾意苦遲延，吾心獨欣喜。
> 老麥已登場，新秧初刺水。蠶事既有成，農功方欲起。
> 氣爽毛骨清，微涼消溽暑。同行二三輩，謂是錢孔李（同舟三人皆賈客）。
> 雖云姓氏殊，共濟無彼此。罇沽北府酒，囊糴太倉米。
> 登盤野果鮮，出網時魚尾。瓦甌相勸酬，談諧總笑語。
> 金山對面看，屹若畫屏倚。平生愛吟賞，此景能有幾。
> 雨歇潮亦平，縱橫見洲渚。解纜發謳歌，競把輕帆舉。
> 到岸知有期，計日可屈指。佳節遇端陽，浮蒲仍薦黍。

瞿佑東遊的時間是在農曆四月底五月上旬，這時江南剛好進入梅雨季節，他被雨困在舟中，因此寫了這首五言長詩。全詩約可分為四個段落：首段從「江北無梅花」到「風聲掠柁尾」，寫自己久羈江北，年老南歸，才又見到梅雨。次段從「眾意苦遲延」到「微涼消溽暑」，寫遇到梅雨的欣喜，是因為雨水有助於插秧，並能消除溽暑。三段從「同行二三輩」到「此景能有幾」，寫在舟中與三位賈客會飲談笑及眺望金山美景的歡樂。末段從「雨歇潮亦平」到「浮蒲仍薦黍」，寫雨停潮平，揚帆啟行，預計端陽佳節將可到岸。一般人乘船被風雨耽擱行程，內心都很苦悶，但瞿佑以「樂全」的心情東遊，從容自得，雨中另有樂趣，如〈泊儀真〉寫道：「市酒傾壺釅，江魚下筯鮮。不因風雨阻，那得此留連」，認為風雨阻礙，能留連在儀真喝酒嚐鮮，反而是一件好事。又如〈瓜洲阻風雨〉也寫道：「忽有好音頻入耳，江東賈客臥吹簫」，要不是有好心情，恐怕聽到的簫聲都成為淒苦之音了。

瞿佑東遊途中，心情愉悅，與同舟友伴經常會飲，前引〈梅雨舟中書事〉已有記載，尤其遇到端午佳節，更是飲酒作詩的好日子，如以下這首〈午日釃飲〉寫道：

曳裾昔日趨王府，承運殿前賀端午。
三軍射柳更拋毬，擊鼓傳觴閱歌舞。
後來應召入公門，皋比坐據西席尊。
懇懇堂中預家宴，石榴裙映黃金樽。
如今得告還鄉里，扁舟不為鱸魚美。
時逢佳節置行厨，羅列罈罋供宴喜。
向腸旋把鑪燻燒，切玉浮香入巨瓢。
同行賈客亦好事，為撥冰絃吹鳳簫。
吳歌翻出香奩句，敘景題情頻擊筯。
酒闌矯首問前途，遙指雲中望煙樹。

詩題「釃飲」，是大家集資買酒共飲。瞿佑此詩以端午宴飲為軸線，前四句追憶過去在周王府過端午節的盛大慶祝場面，次四句寫後來主持太師

英國公家塾,端午節應邀參加其家宴的情景。接著從「如今得告還鄉里」開始,則寫眼前告老還鄉,在舟中與同行賈客宴飲、吹簫、吟詩,共渡端午。雖然過去在周王府、太師英國公家非常風光,但作者並未因此而對眼前的醼飲感到冷清,他仍然非常愉快,與同舟賈客度過一個盡興的端午節。

瞿佑除了在舟中與人會飲外,也曾上岸受人招待,如〈田家留客二首〉寫道:

洗甑炊粳整後廚,旋篘家釀摘園蔬。
老翁向客能誇口,今早扳罾得巨魚。
避雨來依古岸濱,款留一飯感情真。
明朝秀野橋邊過,煩寄新絲遺所親。(翁有妹在彼)

這兩首詩記載受到田家老翁請客的經過。第一首寫老翁洗鍋子作飯,拿出自己釀的酒,摘自己種的菜來請客,而且老翁向客人誇耀,今早他還網到一條大魚,剛好可以拿來加菜呢!從這裡可以看出老翁的真誠熱情。第二首寫瞿佑與老翁原本素昧平生,只因避雨來到岸邊停靠,而受到田家老翁的真情款待。等要離開時,老翁請瞿佑幫忙,明早船從秀野橋邊經過時,順便將新絲帶給他的妹妹。

瞿佑回到杭州故居之後,受到當地官吏士人的招待,《樂全續集》中就收有不少記載遊西湖宴飲的詩,如〈三學師生請遊湖席上作〉、〈自和遊湖詩韻二首〉、〈馬良、賈象、莫純、王用邀遊湖至孤山,即席賦此〉等都是。茲舉〈三學師生請遊湖席上作〉為例:

三十餘年別故鄉,歸來重上百花舫。
水光山色皆依舊,客況人情總倍常。
我輩登筵金谷友,誰家上塚雪衣娘。
桃紅李白爭明媚,惟有喬松老更蒼。

這首詩前四句記載離別故鄉已三十多年,如今歸來重乘畫舫遊湖,西湖水光山色依舊,而返鄉作客受到盛情款待總倍於平常。後四句則寫參與

這次筵席的都是有才華之士，正如石崇金谷園宴請的文士，誰的詩多脂粉綺羅之態，用楊貴妃「雪衣娘」的典故呢？[9] 作者以「桃紅李白爭明媚」比喻在座的文士都是年輕少壯、才華橫溢，「惟有喬松老更蒼」比喻自己像松樹一樣蒼老了。瞿佑在席上寫詩記錄這次聚會，馬上得到回應，《樂全續集》在本詩之後，共收有府訓陳贄、郡人孫澄、顧龢和等三人的和韻，之後瞿佑又寫了〈自和遊湖詩韻二首〉，這兩首自和詩結語也寫道：「物換星移知幾度，停杯誰更問穹蒼」、「樂事留連不知久，西山暮色已蒼蒼」，都有年華老去的感傷。

五、旅途寫景──水鄉、寺廟與太平圖像

瞿佑從南京到松江東遊，或者從松江回杭州，沿途所見都是江南水鄉澤國的優美景色，他在《東遊詩》中就曾寫了一首〈憶北舊事〉：

填街泥濘初經雨，瞇目風沙久值晴。
重見江南好風景，青山綠水一程程。

前兩句寫謫戍保安時所處環境的惡劣：一下雨滿街泥濘不堪，而長久晴天則風沙多得令人瞇眼。後兩句寫南歸之後的感受：重見江南美好的風景，無論走到哪裡都是青山綠水。所以他這兩趟旅程寫景的作品相當多，如《東遊詩》的〈泊青草沙〉、〈黃山塔二首〉、〈舟中溽暑〉、〈舟中即景〉、〈採蓮曲用太白韻二首〉、〈十八里瀨〉、〈澱山湖〉等，《樂全續

---

[9] 誰家上塚雪衣娘，指詩多脂粉綺羅之態。明田汝成撰《西湖遊覽志餘》（香港：迪志文化出版公司，2000年《文淵閣四庫全書電子版》）卷11：「元時法禁寬假，士夫得以沈昵盤遊，故其詩多脂粉綺羅之態。楊廉夫詩云……又云：『金埒近收青海駿，錦籠初教雪衣娘。』……一時富貴繁華，可想見矣！」雪衣娘，白鸚鵡。典出〔宋〕李昉等撰《太平御覽》（香港：迪志文化出版公司，2000年《文淵閣四庫全書電子版》）卷924引唐鄭處誨《明皇雜錄》：「開元中，嶺南獻白鸚鵡，養之宮中，歲久，頗聰慧，洞曉言詞，上及貴妃皆呼為雪衣女。性最馴擾，雖常飲啄飛鳴，然亦不離屏帷間，上令以近代詞臣詩篇，授之數遍，便可諷誦。……忽一日，飛上貴妃鏡臺，語曰：『雪衣娘昨夜夢為鷙鳥所搏，將盡於此乎！』上使貴妃授以多心經，記誦頗精熟，日夜不息，若懼禍難有所禳者。上與貴妃出於別殿，貴妃致雪衣娘於步輦竿上，與之同去，既至，上命從官校獵於殿內，鸚鵡方戲於殿檻，瞥有鷹搏之而斃，上與貴妃歎息久之，遂命瘞於苑中，立塚呼為鸚鵡塚。」

集》的〈過風涇〉、〈出官塘〉、〈回途即事二首〉等,都將江南美景寫入詩中。先舉〈泊青草沙〉為例:

昔聞青草湖,今泊青草沙。沙平連海口,草綠遍天涯。
大艦似浮山,小舟如剖瓜。相依共相濟,謂是傍人家。
橫塘有鵝鴨,深港是魚蝦。牧童捲蘆葉,漁婦折荷花。
亦知霖雨餘,處處聞鳴蛙。披襟恣袒裼,解髮任梳爬。
暫此借一榻,安眠去睡蛇。明晨須早發,要飲陽羨茶。

此詩是瞿佑寫泊船青草沙所見到的景象,先說青草沙這個地名和過去所聽到的青草湖是不一樣的,[10] 此地望過去是遼闊的平沙、綠草,江面上有像浮山的大艦、如剖瓜的小舟,岸邊有許多毗鄰而居的人家,而且處處是橫塘、深港,養有鵝鴨、魚蝦。看到牧童捲著蘆葉作笛吹,漁婦採著鮮美的荷花。還有剛下過雨,到處都聽到蛙聲。瞿佑處在這樣優美的水鄉圖中,使他完全放鬆自己,心情無比的舒暢。

再舉〈舟中即景〉一詩為例:

樹底黃鸝對語,田間白鷺群飛。
一段輞川風景,惜無畫筆閒揮。
馬遠圖中風柳,李嵩畫裏烟林。
白首歸來再見,停橈為汝長吟。

此詩前兩句直接寫在舟中所見的美景:樹底有黃鸝鳥在對唱,田間有白鷺鷥成群飛翔。中間兩聯則透過譬喻,以唐王維的〈輞川圖〉、宋畫家馬遠所畫的風柳、宋畫家李嵩所畫的煙林等來比擬美麗的江南風景。末聯

---

[10] 青草湖為洞庭湖的一部分,明李賢等撰《明一統志》(香港:迪志文化出版公司,2000年《文淵閣四庫全書電子版》)卷62荊州府:「青草湖,一名巴丘湖,北連洞庭,南接瀟湘,東納汨羅之水,每夏秋水泛,與洞庭為一,水涸則此湖先乾,青草生焉。」青草沙是在江陰,明鄭若曾撰《江南經畧》(香港:迪志文化出版公司,2000年,《文淵閣四庫全書電子版》)卷5下〈三沙險要說〉:「江陰北濱大江,港口錯雜,難於防禦,非兵船遠哨分守上游,則無港不可登泊也。而所當哨守者有三,曰唐沙,曰青草沙,曰蒲沙。唐沙、青草沙則南連福山,蒲沙則北通狼山,是乃天設之險,為江陰之外護也。」

寫自己有幸白首歸來，能重見這些美景，忍不住要停船以詩來記錄風景。

美麗的山水總是容易讓人聯想到畫，瞿佑寫景詩也離不了以畫來襯托景色的優美，除了上述〈舟中即景〉外，〈黃山塔二首〉其一也寫道：「惜無妙手開平遠，寫出江山一段奇」，「平遠」是山水畫的一種取景方法，宋郭思撰《林泉高致集》載其父郭熙之說：「山有三遠：自山下而仰山顛，謂之高遠；自山前而窺山後，謂之深遠；自近山而至（或作「望」）遠山，謂之平遠。」[11] 瞿佑這兩句詩惋惜沒有繪畫高手，用平遠的畫法，將這一段奇山異水畫出來，也襯托出黃山塔景色之瑰奇。又如《樂全續集》的最後詩篇〈回途即事二首〉寫道：

百家灣頭舉棹，三塔寺下傳杯。
白鳥似曾相識，向人飛去飛來。
赤岸晚烟漠漠，皂林春水泱泱。
一片山河如畫，眼中知是吾鄉。

這是瞿佑返杭祭掃完畢之後，從杭州回松江途中所見到的景色，有似曾相識向人飛去飛來的白鳥，也有廣大無邊的晚煙以及春水，最後他仍然用畫來形容這片美好山河，這也是他眼中所見的家鄉，由此可見瞿佑對鄉土是多麼的肯定與欣賞。

江南寺廟很多，唐杜牧〈江南春絕句〉云：「千里鶯啼綠映江，水村山郭酒旗風。南朝四百八十寺，多少樓臺煙雨中。」瞿佑返鄉續曲除了描寫江南水鄉景色之外，也將沿途的寺廟一一寫入詩中，如〈金山寺〉、〈甘露寺〉、〈焦山寺〉、〈五顯廟〉、〈楓橋〉（寫寒山寺）、〈謁城隍廟〉等都是，茲舉〈金山寺〉為例：

海上舊蓬瀛，飛來載化城。游龍曾入夢，浮玉久傳名。
塔現中天影，鐘聞兩岸聲。莫矜莊宅語，勝景自天成。

---

[11] 〔宋〕郭思撰：《林泉高致集》（香港：迪志文化出版公司，2000年《文淵閣四庫全書電子版》），〈山水訓〉。

金山寺位在鎮江市金山上,首聯將金山寺所在位置加以神化,謂金山是過去傳說的海上神山蓬萊、瀛洲,它飛來是為了承載化城(指佛寺,即金山寺)。頷聯寫金山寺的歷史,金山寺曾因宋真宗夢遊此寺而改名龍游寺,[12]金山當初也曾以浮玉山之名流傳已久。[13]頸聯特寫金山寺的景物,它的高塔聳入半空中,鐘聲悠遠兩岸可聞。「鐘聞兩岸聲」看似平常,它還化自唐張祜〈題潤州金山寺〉:「樹色中流見,鐘聲兩岸聞。」末聯總結金山寺之美,讚賞金山寺的景色自然天成,毋須用人工莊宅來誇耀它。

瞿佑長久謫戍關外,之所以能夠安然渡過苦難,宗教對他精神的慰藉應該功不可沒,如今他平安歸鄉,內心對菩薩神明充滿感恩,因此每見到寺廟都忍不住寫詩歌詠,這也是他在返鄉續曲中寫了許多描寫寺廟的原因之一。不僅寺廟,只要地名與佛號有關,他都加以吟詠,如〈觀音山〉、〈菩薩墩〉即是,試看這首〈觀音山〉:

　檣艣正臨深,孤山聳翠岑。忽瞻菩薩面,都革夜叉心。
　巨石蟠松樹,清風振竹林。瓣香遙致敬,誰不肅凡襟。

觀音山,在南京市北觀音門外。《江南通志》卷十一云:「觀音山,在(江寧)府北觀音門外,北濱大江,連亘幕府諸山,皆峭削壁立,形如錯繡,有觀音閣嵌懸巖上,昔時江流閣下,今隔洲渚,移去里許矣!」[14]瞿佑離開南京時,在船上望見觀音山,使他感覺像瞻仰到菩薩一樣,所以非常恭敬的向祂膜拜致敬。〈菩薩墩〉也發揮想像力寫道:「水面微風至,如聞般若音。」由此可見瞿佑對佛教虔誠之一斑。

瞿佑《樂全詩集》充滿返鄉的喜悅,曾寫〈夢謁吳山城隍廟〉一詩,記載作夢回到故鄉拜謁城隍廟,並解讀說:「神君有意先迎迓,為喜存齋到故鄉。」認為是神靈為自己能夠回到故鄉感到歡喜,所以特別先來

---

[12] 〔宋〕祝穆:《方輿勝覽》(香港:迪志文化出版公司,2000年《文淵閣四庫全書電子版》)卷3云:「金山寺,在金山上,屹立江中,真宗夢遊此寺,後改名龍游。」

[13] 〔清〕趙宏恩等修:《江南通志》(香港:迪志文化出版公司,2000年《文淵閣四庫全書電子版》)卷13云:「金山,在府西七里大江中,初名浮玉山,風濤環遶,勢若飛動,岩洞泉石,皆名勝也。」

[14] 同前註,卷11。

迎接他。等瞿佑回到杭州之後，難免要上城隍廟膜拜一番，以感謝神恩，《樂全續集》中這首〈謁城隍廟〉即寫道：

> 步上吳山頂，殷勤炷瓣香。福謙開大道，靈德表高堂。
> 左右江湖濶，東西嶺岫蒼。存誠曾致夢，感應不尋常。

瞿佑詩末自註云：「宣德三年南歸直沽舟中，曾夢謁神祠」，他作夢是在宣德三年，到宣德五年終於踏上了城隍廟，瞿佑非常殷勤的上香，認為自己心存虔誠，才有如此不尋常的感應，這首詩正顯示出瞿佑以故鄉廟宇神靈作為精神支柱。

瞿佑順著京杭運河南歸時，曾將沿岸人民生活情形紀錄下來，反映出一片富庶的景象。江南原本是魚米之鄉，加上世泰年豐，瞿佑返鄉續曲所描繪的社會圖景，也充滿太平氣象，如以下的詩句：

> 槐柳千家市，帆檣萬里船。……市酒傾壺釅，江魚下筯鮮。（〈泊儀真〉）
> 世泰多行旅，時艱有戰塵。今逢熙皞日，贏得鷺鷗馴。（〈瓜洲〉）
> 昔人圖割據，今我事遊行。知是承平久，秧田處處耕。（〈無錫〉）
> 山勢碧周遭，前人較獵勞。時平不尚武，白鷺立漁舠。（〈囷山二首之一〉）

瞿佑透過市集繁榮、船隻麕集、行旅眾多、鷗鷺馴良、秧田遍布等等圖景，描繪出江南各地的太平氣象。

六、旅途抒懷——懷古與抒情

瞿佑返鄉途中，除了將所到之處、所遇之事、所見之景，一一筆之於詩外，而他也常常抒發心中的感觸。尤其一些具有歷史淵源的地方，瞿佑常引起思古之幽情，寫下許多懷古之作，他在《樂全詩集》中就屢

次以「懷古」作為詩題,如〈阿城懷古〉、〈汶上懷古三首〉、〈沛縣懷古〉等等;雖然返鄉續曲僅有一首以「懷古」為題,即《東遊詩》中的〈姑蘇懷古〉,但仍然有不少作品蘊含思古情懷,如〈龍灣〉、〈鎮江〉、〈圍山二首〉之二、〈沈家庄〉、〈泖湖〉、〈謁岳鄂王墓,掌廟人求詩,為和趙松雪舊韻畀之〉等皆是。先舉〈姑蘇懷古〉為例:

歌舞娃宮跡久陳,經過誰解記前因。
捧心方寵含顰女,抉目空勞進諫臣。
城上棲烏啼落日,臺前遊鹿踐飛塵。
齊雲樓下烽煙起,戰哭重聞萬鬼新。

姑蘇,今江蘇省蘇州市,因有姑蘇山而得名。相傳吳王夫差曾在姑蘇山上建造姑蘇臺,宋祝穆《古今事文類聚・續集》卷八〈築姑蘇臺〉云:「吳王夫差破越,越敗乃進西施,請退軍歸越,吳王許之。吳王既得西施,甚寵之,為築姑蘇臺,高三百丈,遊宴其上。伍子胥諫曰:『臣恐姑蘇臺不久為麋鹿之遊。』吳王不聽。」[15] 所以瞿佑這首懷古之作就以夫差故事為背景,頷聯謂夫差寵愛西施,不聽伍員進諫。「抉目」典出《史記・吳太伯世家》卷三十一:「(吳王)賜子胥屬鏤之劍以死。將死,曰:『樹吾墓上以梓,令可為器。抉吾眼置之吳東門,以觀越之滅吳也。』」[16] 頸聯則以烏啼城上及鹿遊臺前寫夫差的覆亡。詩末作者自注云:「謂張氏」,可知尾聯是在寫元末於江南起兵的張士誠,張士誠曾建都姑蘇,自稱吳王,後來被朱元璋部將徐達、常遇春所敗,《明史・張士誠列傳》載:「方士誠之被圍也,語其妻劉曰:『吾敗且死矣,若曹何為?』劉答曰:『君無憂妾,必不負君。』積薪齊雲樓下,城破驅群妾登樓,令養子辰保縱火焚之,亦自縊。」[17] 瞿佑早年曾經歷這場戰火,所以他路過姑蘇

---

[15] 〔宋〕祝穆:《古今事文類聚・續集》(香港:迪志文化出版公司,2000年《文淵閣四庫全書電子版》),卷8〈築姑蘇臺〉。

[16] 〔漢〕司馬遷:《史記》,卷31,〈吳太伯世家〉。據《中央研究院漢籍電子文獻瀚典全文檢索系統・二十五史資料庫》(http://www.sinica.edu.tw/~tdbproj/handy1/)。

[17] 〔清〕張廷玉:《明史》,卷123,〈張士誠列傳〉。據《中央研究院漢籍電子文獻瀚典全文檢索系統・二十五史資料庫》(http://www.sinica.edu.tw/~tdbproj/handy1/)。

時，就將古今兩個吳王的事蹟連結在一起，對於他們的覆亡不勝感慨。

瞿佑在寫〈姑蘇懷古〉之前，當他舟經圍山時，曾寫了〈圍山二首〉，其二也是對吳王夫差的覆亡抒發感慨：

> 路接長洲苑，吳王數往來。空將鷹犬養，麋鹿上高臺。

吳王屢次往來圍山與長洲苑之間打獵，當時雖然豢養許多鷹犬，但一朝亡國了，連麋鹿都跳上了姑蘇臺。這裡的「鷹犬」從字面而言，固然是指打獵時用來追逐禽獸的老鷹和獵犬，其實也可用來比喻供人差使為非作惡的小人，所以這首詩一方面是在諷刺吳王耽於遊獵，一方面也是在批判吳王不知任用賢能，只信任一些逢迎巴結、助紂為虐的小人，終於導致亡國。

瞿佑年輕時經歷過元末群雄逐鹿天下的時代，如今年老歸鄉，路過歷史遺跡，特別容易發起興亡之感，〈姑蘇懷古〉詩末寫到張士誠，已如上述，〈泖湖〉則寫幫助張士誠的泖湖巨姓謝氏，茲將全詩引之如下：

> 昔在前元末，乾坤入戰圖。揮戈思指日，傳檄欲存吳。
> 事往山河在，人亡歲月徂。至今垂白叟，猶說謝家湖。

詩末作者自注云：「國兵圍姑蘇，上洋人錢鶴皋起兵援張氏，巨姓號泖湖謝亦預焉，事敗皆破滅。」有關錢鶴皋起兵的事蹟，徐乾學《資治通鑑後編》有詳細記載：「（至正二十七年，吳元年，西元1367）夏四月丙午朔，吳上海縣民錢鶴皋作亂，據松江府，徐達遣驍騎衛指揮葛俊率兵討平之。初，王立中以城降，達就令守府事，既而王命荀玉珍代之。未幾，達檄各府駢民田徵磚甃城，鶴皋不奉令，號於眾以倡亂，眾皆從之。遂結張士誠故元帥府副使韓夏秦、施仁濟，聚眾至三萬餘人，攻府治，通判趙徹倉卒不能敵，同妻子十八人赴水死。玉珍棄城走，賊追殺之。鶴皋自稱行省左丞，署旗以元字，刻磚為印，偽署官屬，令其子遵義率小舟數千走蘇州，欲歸張士誠以求援。至是達遣俊討之，兵至漣湖蕩，望見遵義所率眾皆操農器，知其無能為也。乃於蕩東西連發十餘砲，

賊皆驚潰,溺死者不可勝計。兵及松江城,鶴皋閉門拒守,俊攻下之,獲鶴皋,檻送大將軍斬之。」[18]雖然瞿佑說「錢鶴皋起兵援張氏」,與徐乾學所載「鶴皋不奉令」、「欲歸張士誠以求援」有點出入,但當時錢鶴皋與朱元璋對立則是事實,這場戰事頗為慘烈,泖湖巨姓謝氏亦因支持錢鶴皋,「事敗皆破滅」。瞿佑對六十年前的這段歷史頗有感慨,除前四句寫錢鶴皋、泖湖謝起兵援張士誠外,後四句則寫錢鶴皋、泖湖謝雖然失敗,但老一輩的人還記得泖湖巨姓謝氏,稱泖湖為「謝家湖」。可見當時謝家在泖湖一帶勢力之龐大,但也已經成為歷史了。

瞿佑回到故鄉杭州,重遊西湖,並晉謁南宋抗金名將岳飛的墳墓,在《樂全續集》有一首〈謁岳鄂王墓,掌廟人求詩,為和趙松雪舊韻畀之〉:

提岳(失律,疑作「兵」)北渡遇鍾離,決戰將扶趙氏危。
勇欲拔山揮白刃,智思背水建朱旗。
當朝有相遭林甫,出塞何人斬郅支。
宰樹至今南向指,千年留與後人悲。

這首詩是瞿佑應掌岳廟人之求而作,他追和元趙孟頫(字子昂、號松雪道人)〈岳鄂王墓〉舊韻,趙氏這首詩相當有名,茲錄之如下:

鄂王墳上草離離,秋日荒涼石獸危。
南渡君臣輕社稷,中原父老望旌旗。
英雄已死嗟何及,天下中分遂不支。
莫向西湖歌此曲,水光山色不勝悲。[19]

---

[18] 〔清〕徐乾學:《資治通鑑後編》(香港:迪志文化出版公司,2000 年《文淵閣四庫全書電子版》),卷 183。
[19] 〔元〕趙孟頫:《松雪齋集》(香港:迪志文化出版公司,2000 年《文淵閣四庫全書電子版》),卷 4。

趙孟頫詩中「南渡君臣輕社稷，中原父老望旌旗」，世皆稱頌，此詩並有徐孟岳、高則誠等多人和韻。[20] 瞿佑的和詩與趙詩一樣用「離、危、旗、支、悲」等韻字，他將岳飛扶持宋室、智勇雙全的事蹟一一呈現出來，並且以唐朝的李林甫比喻秦檜，以匈奴郅支單于比喻金人，寫岳飛遭到迫害，從此無人可以抗金。最後以岳鄂王墓木都南向，表示岳飛對朝廷的忠心至死不渝，留給後人無限的悲傷。這首詩雖是應人所求，而且和韻，但仍然具有懷古的味道。

瞿佑返鄉沿途欣賞景物時，除了擅長以歷史遺跡寫懷古作品外，他也常常藉景抒情，這些涉及個人內心世界的作品，往往特別感人。瞿佑返鄉前曲與續曲的基調都是「樂全」，旅途中所抒發的情感大抵是歡喜、快樂的，已如前述。但在「樂全」健康明朗的基調下，仍然含有一些歷盡滄桑的感傷，這類作品有的感慨時光易逝，一晃即經過無數的歲月，如《東遊詩》中的〈過蘇州三首〉之三寫道：「投老歸來情性在，轉頭三十六春秋」，《樂全續集》中的〈過林（臨）平〉寫道：「三十七年如夢覺，舉頭遙望兩高峰」、〈祭墓事畢，余生昌自松江以舟來取，五月初九日出此關，夜宿長安壩下感舊〉也如此寫道：「少年曾此走紅塵，轉盼流光過六旬」，這些詩句都透過離別時間的漫長，寄寓無限的感慨。

時間的消逝連帶使景物產生了變遷，瞿佑在返鄉過程中也常藉由景物不在，抒發內心的傷感，如這首著名的〈過蘇州三首〉之二便是很好的例子：

桂老花殘歲月催，秋香無復舊亭臺。
傷心烏鵲橋頭水，猶望閶門北岸來。

此詩必須和瞿佑《剪燈新話》附錄的〈秋香亭記〉並讀，才能理解詩中的涵意。〈秋香亭記〉是瞿佑寫的小說，敘述至正年間商生遊蘇州，僑居烏鵲橋，宅有秋香亭。鄰居楊氏有女采采，與商生為中表兄妹，二人相愛，中秋月夕，女和商生於秋香亭私會。後因戰亂，兩家各走南北，十

---

[20] 同註2，卷下，頁192，〈岳鄂王墓〉。

年不通音訊。亂平,商生知女已嫁王氏,致書責其負約。采采答書有云:「倘恩情未盡,當結伉儷於來生,續婚姻於後世耳。」瞿佑自稱為「生之友」,「備知其詳」,「記其本末,以附於古今傳奇之後」。[21] 很明顯,〈過蘇州〉詩中「桂花」、「秋香亭」、「烏鵲橋」等,皆和〈秋香亭記〉中的故事有關。而小說中的主角商生其實是瞿佑的化身,這篇愛情故事正是作者的自述,所以這首詩猶如陸游晚年懷念唐琬的〈沈園二首〉詩一般,瞿佑也在寫他自己過去的這段情事。[22]「桂老花殘」是作者年華老去的寫照,「秋香無復舊亭臺」則以「秋香亭」不在,表示過去這段愛情已成陳跡,而末兩句寫烏鵲橋頭水仍然流過閶門(蘇州西北城門),象徵自己的感情連綿不盡,所以勾起「傷心」的情懷。

又如《樂全續集》中〈過渭塘〉一詩,也是感嘆景物的變遷:

沽酒人家柳岸東,鳴雞吠犬識新豐。
少年遊覽俱陳跡,惟有桃花映水紅。

瞿佑返杭州故居路過渭塘這個地方,從位在柳岸東邊的賣酒人家認出這是過去的渭塘,但他年輕到此遊覽時所見的景物都已成為遺跡,唯一不變的是這裡的桃花映水而開顯得更加紅豔。詩境以不變的桃花襯托其他景物都已不見,含有不勝噓唏之感。

除了景物變遷之外,人事的變化尤其更容易令人感傷,如《樂全續集》中〈次嘉興二首〉之一寫道:

西麓橋邊舊艤舟,拋金曾上酒家樓。
如今白首重來過,不見吳娃唱打油。

此詩是瞿佑返杭途中舟次嘉興所寫,詩末自注云:「洪武初在此聽陶妓

---

21 〔明〕瞿佑撰、垂胡子集釋:《剪燈新話句解》(北京:中國戲劇出版社,2000 年《古本小說叢刊》本),頁 1957-1968。
22 參見杜貴晨:〈瞿佑過蘇州詩與秋香亭記〉,《文學遺產》2000 年 3 期,頁 133-134。

唱打油歌。」瞿佑《樂府遺音》收有一首〈南鄉子〉[23]，詞題云：「嘉興客館聽陶氏歌」，寫的就是洪武初年在嘉興客館聽陶妓唱打油歌的情形。瞿佑此次重回嘉興時為宣德五年（1430），上距洪武元年（1368）已超過一甲子，對過去聽陶妓唱打油歌仍然念念不忘，詩意頗有滄桑之感。

瞿佑從離開到重回杭州故居歷時三十七年，經過如此長久的歲月，人事自然產生相當大的變化，所以他在〈到薦橋故家三首〉就接二連三抒發故里人事已非的傷感：

告老歸來及暮春，訪鄰尋里意諄諄。
園亭市館多新主，社友門生少故人。
移棹猶思浮綠水，看花已懶踏紅塵。
後生不住爭來問，相對無言總是真。

華表歸來老令威，年華過盡世情非。
欲談舊事無人共，笑詠新詩似我稀。
林下清風吹破帽，山中流水浣征衣。
紅塵紫陌雖然在，荒草青青野燕飛。

一舸來歸兩鬢華，每思前事獨長嗟。
湖山易識前朝寺，巷陌難尋故友家。
官屋盡飛無主燕，野棠猶發過時花。
舊人只有南鄰嫗，能為殷勤請獻茶。

第一首寫回到杭州薦橋故家之後，便展開尋訪鄰里故舊，但結果是「園亭市館多新主，社友門生少故人」，這樣的場景是相當令人傷感的。第二首寫自己離鄉多年返回故里，就像修道成仙化鶴返鄉的丁令威一樣，說

---

[23] 〈南鄉子〉全詞如下：「簾卷水西樓。一曲新腔唱打油。宿雨眠雲年少夢，休謳。且盡尊前酒一甌。明日又登舟。卻指今宵是舊遊。同是他鄉淪落客，休愁。月子彎彎照幾州。」見瞿佑：《樂府遺音》（上海：上海古籍出版社，1992年7月《明詞彙刊》本），冊下，頁1205。

明人事的變化實在太大了,所以頷聯說「欲談舊事無人共,笑詠新詩似我稀」,這種心境是非常孤獨淒涼的。第三首也是感嘆人事已非的情況,除在頷聯寫道「湖山易識前朝寺,巷陌難尋故友家」,表示故友皆已不在人世了,並在末聯寫道「舊人只有南隣嫗,能為殷勤請獻茶」,詩人自注云:「隣人惟朱三娘在」,透過唯一在世的鄰人朱三娘殷勤獻茶,更襯托出眼前的故里幾乎已是舉目無熟人的窘境。所以瞿佑固然為年老能夠重返故里而倍感欣慰,但面對景物變遷、人事已非的現實,也很自然地流露出無限的傷感,這些作品頗能打動人心。

七、返鄉酬唱——題贈和韻

瞿佑身為一個文人,喜歡作詩自娛娛人,興之所至,經常以詩贈人,如他從北京返南京的《樂全詩集》中,就曾以六言絕句寫了〈贈舟人陳海陳忠二都管三首〉。在從南京到松江的《東遊詩》中,也有三首題贈詩,即:〈畫扇為孔英題〉、〈為錢禮題摺疊扇〉、〈題舟人扇〉。瞿佑東遊的時間屬於仲夏季節,天氣炎熱,人人手中有一把扇子,因此他便隨興為人在扇面上題詩,如〈畫扇為孔英題〉寫道:

客路炎塵正熾,相逢且駐征驂。
樹底納涼閒坐,故懷一席清談。

從這首詩可看出他為人題扇的背景。

瞿佑於宣德五年(1430)三月九日回到杭州薦橋舊居,在故鄉停留兩個月,直到五月九日才再乘舟回松江,這段時間他受到當地官吏士人的招待,除了遊山玩水之外,也展開了文學活動,盡情的酬唱,因此《樂全續集》所收的酬唱詩特別多,這是《樂全詩集》、《東遊詩》難以相比的。

《樂全續集》的酬唱詩中,以題畫最多,計有:〈題戴文進自寫真〉、〈滄浪濯足圖,為夏敏中題〉、〈枯木竹石畫,為夏敏中題〉、〈題枯木新篁小幅〉、〈山水橫幅,為陳致善題〉、〈界畫樓閣橫披,為陳致善

題〉、〈為張璘題山水小幅〉、〈題畫鵪鶉〉、〈二仙觀書圖,為馮恭題〉、〈題富璛所藏山水橫幅〉、〈題四景畫軸四首〉、〈題王謙畫梅二幅〉、〈為賈象題甯戚飯牛圖〉、〈溪山隱趣畫,為賈象題〉、〈為沈厚題二折枝畫〉、〈畫扇,為劉忠題〉、〈畫孤鶴,為李恕題〉、〈題劉商觀弈圖〉、〈題圯橋進履圖〉、〈墨蘭四幅,為朱生題〉、〈題和靖觀梅畫〉、〈畫扇兩面,為琛孫題〉、〈新竹扇面,為富璇題〉、〈枯木竹石二幅,為莫純題〉、〈唐馬圖,為仲思賢題〉、〈月仙畫,為王昱題〉、〈畫梅月影倒映水中,鄭厚求題〉、〈題王謙畫梅橫披〉等三十八首。

　　瞿佑這些題畫詩的題目,都清楚的將畫作內容及為何人而題標出,從中可看出當時杭州繪畫風氣的興盛,而且所畫的題材以山水、花鳥、木石居多。瞿佑在杭州應鄉里文士之邀題畫,大都屬於即興之作,所以這些題畫詩文字淺顯自然,內容也都直接與畫作相關,如〈為張璘題山水小幅〉一詩寫道:

層巒疊疊水潾潾,雲白松青迥絕塵。
忽聽佳音來入耳,茅齋知有讀書人。

這首詩是題山水小幅,前兩句先就畫的自然景物:層巒、溪水、白雲、青松加以描寫,表示此地是遠離俗塵。後兩句則凸顯住在山中茅齋內的人物,本來畫是色彩線條的表現,但作者運用想像,好像從畫中聽到美妙的讀書聲,也因此帶出茅齋內的人物是一個讀書人。經過瞿佑的品題,這幅山水圖所畫的不只是山水,而重點是隱居山林、安貧樂道的讀書人,畫的意境也就被刻畫出來了。

　　題畫詩限於篇幅,一般都以絕句、律詩為主,古體長篇則較罕見。瞿佑題畫詩也大都以七絕為主,偶有五、七言律體,古體長篇只有〈題富璛所藏山水橫幅〉、〈唐馬圖為仲思賢題〉等二首,茲將〈唐馬圖為仲思賢題〉錄之如下:

唐人作馬稱曹霸,筆勢軒騰世無價。
此圖三馬肥瘠殊,云是將軍手親畫。

> 向前一馬雪光寒，紅纓繫頷花作團。
> 奚官坐攬青絲彎，結束元是唐衣冠。
> 後有二馬皆駓色，肩背崚嶒惟畫骨。
> 一足齕草一回頭，想應來自月西窟。
> 道傍嘉樹花葉奇，挺枝不受棲烏窺。
> 題詩看畫有清思，天風颯颯生硯池。

此詩是作者為仲思賢所藏的唐馬圖而題，前四句先揭示這幅畫出自畫馬名家曹霸之手。唐張彥遠《歷代名畫記》載：「曹霸，魏曹髦之後，髦畫稱于後代，霸在開元中已得名，天寶末每詔寫御馬及功臣，官至左武衛將軍。」[24] 從曹霸的身分便已凸顯這幅畫的不凡。這幅唐馬圖共有三匹肥瘦各異的馬，次四句寫畫中前一匹馬的英姿，並透過穿著看出馬上奚官（養馬官）的朝代，更映襯了這是一張唐馬圖。接著四句則寫後兩匹馬的毛色、架勢及神態，揣測牠們是來自西域的名駒。從作者對馬的描寫更可看出這幅畫是如何的栩栩如生。末四句另寫路旁的嘉樹奇花，樹木枝幹挺直，連烏鴉都不想棲息，以此襯托唐馬圖的奇特。作者經這幅畫的感動，題詩也充滿豪邁之氣。

題畫詩之外，瞿佑也為杭州文人的軒堂室號題詠，這類的作品計有：〈琴鶴軒為趙瑀賦〉、〈凝翠軒為相儱賦〉、〈題朱祚西湖書舍〉、〈怡親堂為王都司璿賦〉、〈愛日堂為李克正賦〉、〈時敏齋為王鉞賦〉、〈世瞻堂為越人黃童賦〉、〈耕讀軒為凌敬輿賦〉、〈賦丘晟松菴〉等九首。這些作品內容大都與文人的軒堂室號相呼應，如〈耕讀軒為凌敬輿賦〉寫道：

> 士農雖異道，成事總由勤。飯犢閱黃卷，攜書種白雲。
> 勞心今見少，篤志昔曾聞。因學宜加勉，明時正尚文。

---

[24] 〔唐〕張彥遠：《歷代名畫記》（香港：迪志文化出版公司，2000 年《文淵閣四庫全書電子版》），卷 9。

凌敬輿為瞿佑叔祖之友凌雲翰之孫,[25] 以「耕讀」名軒,瞿佑此詩即針對「耕讀」加以著墨,勉勵軒主在困境中仍需篤志勤勉,方能有所成就。其他如〈琴鶴軒為趙珮賦〉云:「瑤琴掛壁何須撫,皓鶴騰霄或可乘」呼應「琴鶴」,〈凝翠軒為相儱賦〉云:「近瞻嘉樹綠,遙挹遠山青」呼應「凝翠」,〈怡親堂為王都司璿賦〉云:「婉容婾色承歡處,滿室春風樂自如」呼應「怡親」,〈時敏齋為王鉞賦〉云:「昔讀說命篇,謂學貴時敏。今觀時敏卷,為文特援引」呼應「時敏」等等,也都與軒堂室號相呼應。詩末則對軒堂主人寓有稱頌祝福或勉勵之意,如〈題朱祚西湖書舍〉云:「待得秋闈催赴選,一枝丹桂乞嫦娥」,祝福朱祚能科舉中選;〈時敏齋為王鉞賦〉云:「勉哉齋中人,視此知道本」,勉勵王鉞時時勤敏,以此為求道之本。

瞿佑題贈詩以題畫、題軒堂室號為大宗,其他尚有題詩卷、贈人、挽詞等作品,即:〈題馬叔良夢椿詩卷〉、〈贈驗封鄧主事林,時坐事謫居〉、〈錢參政述挽詞〉、〈翁母陳氏挽詞〉等,這些作品數量雖只有四首,但也可看出瞿佑以詩題贈應酬的多樣性。

瞿佑回到杭州大展作詩長才,到處題詩贈人,某些則是以和人詩韻的方式寫成,計有:〈追和鄭伯規送其子厚赴京應試詩韻〉、〈和馬叔良所贈詩韻〉、〈追和吳司業寄鄧主事詩〉、〈府訓陳惟誠贈詩和韻奉答〉等四首,這些和韻詩有的是追和過去的作品,如〈追和吳司業寄鄧主事詩〉,瞿佑自注云:「朝賢和者已盈卷矣,鄧復求繼和,勉書于後」,瞿佑應鄧主事之請,以過去吳司業寄鄧主事之詩,追和其詩韻。有的則是瞿佑接受人家贈詩,於是依其詩韻酬答,茲舉〈府訓陳惟誠贈詩和韻奉答〉為例:

---

25 〔明〕凌雲翰:《柘軒集》(香港:迪志文化出版公司,2000年《文淵閣四庫全書電子版》)前瞿佑序云:「宣德初,自山後召還北京,先生曾孫選來見,求為尊德堂制記,蓋先生在日所蓄前代典籍甚富,暨父敬輿,收藏無遺。」

> 垂老還鄉遇所知，詞林藝苑喜同歸。
> 共誇學校斯文在，莫道湖山此會稀。
> 短棹猶看浮遠水，長繩直欲繫斜暉。
> 相逢未忍輕相別，戀戀難忘故國畿。

這首詩是瞿佑和杭州府學訓導陳惟誠的贈詩。陳惟誠，名贄，字一作維成，餘姚人，徙於錢塘，洪武間以薦授杭州府學訓導，後官至太常寺。[26] 陳氏贈詩也被瞿佑收錄在《樂全續集》中，其詩如下：

> 才名蚤許四方知，綠鬢辭家白髮歸。
> 往事一如春夢覺，舊人渾似曉星稀。
> 扶筇郭外尋先壠，岸幘湖頭吊落暉。
> 不是故鄉留不得，侯門懸榻在京畿。

陳氏贈詩稱譽瞿佑早年即有才名，並寫瞿佑少小離家晚年歸鄉的情況。作者迴避瞿佑以詩禍謫戍保安的悲慘往事，只提他擔任周府右長史的得意經歷，所以結語說：「不是故鄉留不得，侯門懸榻在京畿。」瞿佑以陳氏贈詩的韻腳「知、歸、稀、暉、畿」為韻，這首和答詩寫與陳氏相逢的喜樂，陳氏曾擔任杭州府學訓導，詩中「共誇學校斯文在」便是切合陳氏的身分。詩末並以不忍與陳氏相別、戀戀難忘故鄉作結。

瞿佑在杭州故鄉停留僅兩個月，題贈和韻等酬唱詩就寫了五十五首之多，從這些作品可看出當時杭州文風鼎盛，文人以詩會友之一斑。

八、詩藝特色——形式多樣與平易自然

瞿佑在返鄉前由《樂全詩集》曾有一篇自序，他說：

> 舟中無事，覽景興懷，臨風吊古，飯餘酒後，技癢不能自抑，
> 輒形諸吟詠，大小長短，積至一百二十首。皆率口而出，妍媸

---

[26] 〔宋〕董嗣杲撰、〔明〕陳贄和韻：《西湖百詠》（香港：迪志文化出版公司，2000 年《文淵閣四庫全書電子版》），目錄，提要。

錯雜，未經鍛鍊，因其先後次第，不復刪改，彙成編帙，藏之
於家，時出觀覽，以追想舊遊之跡，用以自遣也。

這段文字反映出瞿佑《樂全詩集》的詩都是隨興而發，因此形式相當自由，包含「大小長短」各種詩體。另外這些詩都是「率口而出」、「未經鍛鍊」，所以語言風格平易自然。瞿佑返鄉續曲《東遊詩》、《樂全續集》所收的詩，除了一部分是回到杭州舊居與當地官吏士人酬唱之作外，其他也大都是在船上沿途吟詠以紀行，創作背景和前曲差不多，所以形式和語言風格也和前曲相當類似，以下先就詩體形式論述之。

瞿佑對於《東遊詩》所用的詩體，自己在卷末有作如下之統計：

共詩大小短長五十首：五言律詩十八首、七言律詩四首、五言古詩三首、七言古體三首、五言絕句六首（應作五首，作者統計有誤）、七言絕句十三首（應作十四首）、六言三首。

《樂全續集》所用的詩體，卷末也有統計：

共詩大小長短八十首（應作八十一首）：五言律詩十四首、七言律詩二十一首（應作二十二首）、五言古體三首、七言古體四首、五言絕句四首、七言絕句二十八首、六言六首。

《東遊詩》和《樂全續集》所使用的詩體涵蓋近體與古體，字數有五言、六言及七言，和《樂全詩集》相比，只差沒有四言和長短句，但《樂全詩集》的四言詩只有四首，長短句也只有一首，數量並不多，所以續曲與前曲使用的詩體大致相同。而且瞿佑不管前曲或續曲，所作的古體詩數量都較近體詩少很多，前曲古體詩共十三首（五古十首、七古三首），續曲合計也是十三首（五古六首、七古七首），這和瞿佑年老歸鄉，對現實政治不再掛懷有關，因為瞿佑年輕時所寫的古體詩，經常反映時事，如今心境已經轉趨平淡，就少寫這類樂府味道濃厚的古體詩。瞿佑前曲所寫的古體詩，大都用來懷古，也有用來記旅途會飲之事，續曲所寫的古體詩，則不再用來懷古，《東遊詩》中的古體詩則用於旅途記事，如

〈梅雨舟中書事〉、〈泊青草沙〉、〈十八里瀨〉、〈午日釀飲〉等都是,這些詩除〈十八里瀨〉外,前文在介紹旅途記事、寫景皆已引過,故不必多贅。《樂全續集》中的古體詩則都用於題贈,如〈題富璵所藏山水橫幅〉、〈唐馬圖為仲思賢題〉、〈山水橫幅為陳致善題〉、〈畫孤鶴為李恕題〉等四首七古,及〈溪山隱趣畫為賈象題〉一首五古都是題畫詩;另外兩首五古:〈時敏齋為王鉞賦〉、〈賦丘晟松菴〉則是杭州文人的齋菴名號而題詠。這些旅途記事或題贈的作品,大都因所要描寫的內容較多,所以選擇篇幅可以自由揮灑的古體詩。

瞿佑返鄉續曲和前曲一樣,大量創作近體詩,《東遊詩》的七絕有十四首,《樂全續集》的七絕亦高達二十八首,兩者合計和《樂全詩集》的七絕四十九首實不相上下,這除了是瞿佑個人的擅長與喜愛外,也由於七絕本身不必刻意對仗,可以順手拈來,率口而出,適合旅途中覽景興懷,抒發靈光一現的感覺,前面所舉的〈田家留客二首〉、〈憶北舊事〉、〈過蘇州三首〉之二、〈過渭塘〉等都是很好的例子。五言絕句雖然和七言絕句的特點一樣,但由於篇幅稍短,能容納的材料有限,所以《東遊詩》五絕才五首,《樂全續集》也只有四首,數量相當少。

瞿佑返鄉續曲所作的近體詩以律詩數量最多,共五十八首(五律三十二首、七律二十六首),這與前曲稍有差異,《樂全詩集》以七絕最多,律詩居次有三十六首(五律二十首、七律十五首、五言長律一首)。之所以會有這種情況,最主要原因是瞿佑回到杭州故里,停留兩個月期間與當地官吏士人盡情的酬唱,這些題贈和韻的作品許多是用七律,如〈琴鶴軒為趙瑀賦〉、〈追和鄭伯規送其子厚赴京應試詩韻〉、〈題朱祚西湖書舍〉、〈和馬叔良所贈詩韻〉、〈題馬叔良夢椿詩卷〉等都是,所以《樂全續集》的七律高達二十二首,比《東遊詩》的四首高出甚多,由此可知七律的精美工整,是相當適合用來酬贈的。

其次,就詩歌語言風格論述之。瞿佑返鄉續曲和前曲,大部分的作品都是「率口而出」,未經刻意雕琢,除了前面所舉的作品〈田家留客二首〉、〈憶北舊事〉、〈泊青草沙〉、〈次嘉興二首〉之一等等都是外,以下

再舉一兩首為例,如〈舟行得風二首〉之一:

> 長川波浪浩漫漫,風雨連朝泊淺灣。
> 今日雨晴風亦順,掛帆東去指雲間。

這首詩是作者東遊途中因舟行得風而作,前兩句寫連續幾天遇到風雨,波濤洶湧,所以只好泊船淺灣。末兩句寫雨停放晴,風吹得很平順,於是揚帆向東繼續前進。全詩的意思很簡單,語言平白如話,並無艱澀難懂之處,但詩中以「浩漫漫」、「指雲間」寫出江面的遼闊,而「浩漫漫」表現波浪險惡難行,「指雲間」則凸顯順風船行之速,平淡中自有其意境。

又如瞿佑返杭州故里途中,遇到清明節所寫的〈清明日舟中〉一詩:

> 舟人逢節令,插柳強追歡。細雨沾篷濕,輕風入座寒。
> 雖然禁烟火,姑且備盃盤。不覺醺然醉,閒將野景觀。

前兩句順口說出船夫遇到清明節,也隨俗應景的插上柳條表示過節。本詩為五律,中間兩聯需要對仗,一般也常用典故,以表現律詩的典雅精工,但作者並未用典,而取眼前的景物,自然成對。末兩句寫自己不知不覺的喝醉了,很悠閒的觀賞野地景色。全詩平淡自然,並無雕琢痕跡。《樂全詩集》卷首劉鉉寫的〈瞿先生樂全稿序〉說:「其稿曰《樂全》,皆隨事命意,形容切實,思致不凡,音節通暢,使誦者愛之,猶味膾炙於口,不自知其不能舍也。庶幾平易淳厚而無鄙疏之失者乎!」這些贊語雖然是針對《樂全詩集》而發的,但從前面的探討,將這些贊語用在返鄉續曲《東遊詩》、《樂全續集》其實也相當貼切。

九、結語

《東遊詩》與《樂全續集》是瞿佑承繼《樂全詩集》返鄉之旅的紀行之作,其東遊時間是明宣宗宣德四年(1429)仲夏時節,其路線是走南京到松江的水道。返杭州故里的時間是宣德五年(1430)暮春至仲夏,

其路線則是走松江到杭州的水道。兩部詩集的創作基調,以及旅途記事、寫景、抒懷、酬唱等內容重點,與形式多樣、平易自然等詩藝特色,前面皆已一一詳加探討。個人探討返鄉前曲《樂全詩集》時,曾在結論分別從:瞿佑個人詩歌創作歷程、紀遊文學創作、明代詩史發展等三方面論述其價值,[27]而續曲既是承繼前曲而來,所以前曲這三方面的價值,也大體可以適用在續曲作品上,為了節省篇幅,相同部分讀者可參閱該篇論文,以下僅就續曲與前曲差異之處提出論述:

(一)瞿佑返鄉前曲所記錄的,是北京乘船到南京所行駛京杭運河的沿途水驛、風光,京杭運河是南北漕運動脈,所以這些紀行詩歌的價值固不待言;但前曲旅程瞿佑到了儀徵就轉西往南京,並未走完運河全程,所幸返鄉續曲兩次走的航道,東遊從儀徵經江陰、無錫到蘇州這一段,返杭從嘉興到杭州這一段,都是京杭運河的航道,所以續曲兩次航行,可說補足了京杭運河全程之旅。並且《東遊詩》記錄南京到松江(今屬上海市)由西到東的水道,《樂全續集》記錄松江到杭州由東到西南的水道,這兩條水道聯繫南京、上海、杭州這三個重要城市,並和京杭運河結合,作者很詳實記錄沿途景物、風土民情,並各單獨結集成書,這在中國運河詩歌或紀遊文學史上,都是不容忽略的。

(二)瞿佑返鄉之旅固然以「樂全」基調,但在舒暢的航行中,難免也會睹物思人、觸景傷情,寫出一些哀感的作品,前曲《樂全詩集》主要是抒發對亡妻及家人的懷念,因為此行南歸,某些至親骨肉已經天人永隔,這是他首先要面對的憾恨。而到了續曲,則在於表現時光易逝,景物變遷,以及人事已非的滄桑之感,尤其回到杭州故里,當年的鄰人故舊大都不在人世,這種傷感特別強烈。

(三)瞿佑回到杭州故里,拜訪親朋鄰人,並與當地官吏文士酬唱,寫了許多題贈詩,其中以題畫最為大宗,其他尚有題軒堂室號、題詩卷、贈人、挽詞等作品,這是《樂全續集》特別的地方。從中反映

---

[27] 同註8。

出當時杭州繪畫風氣的興盛,並喜歡請人在畫上題詩,使詩意與畫境結合,明代題畫詩之所以如此蓬勃發達,和文人以詩酬贈密不可分。而當時杭州文風鼎盛,文人以詩會友,亦從瞿佑的返鄉酬唱可見一斑。

綜合以上論述,瞿佑返鄉續曲為承繼前曲的紀行之作,其基調、內容、形式、風格雖大抵相同,但由於旅行路線、時間、目的地的不同,所以還是有些許的差異,將這三部詩集合在一起來看,才能聽到瞿佑完整的返鄉之歌。

——國科會中文學門 90-94 研究成果發表會論文,國立彰化師範大學文學院、國文學系主辦,2006 年 11 月;收入林明德、黃文吉主編:《臺灣學術新視野:中國文學之部(一)》(臺北:五南圖書出版公司,2007 年 6 月),頁 387-416。

瞿佑佚詩研究

一、前言

瞿佑，佑一作「祐」，字宗吉，號存齋，錢塘（今浙江省杭州市）人。生於元順帝至正七年（1347），卒於明宣宗宣德八年（1433），年八十七。[1]

瞿佑少時，以和凌雲翰「梅柳爭春」詞知名；又嘗作〈沁園春·賦鞋杯〉詞，呈楊維楨，大受讚賞。[2] 洪武年間，以薦任仁和（今浙江省杭州市）、臨安（今浙江省杭州市）、宜陽（今河南省宜陽縣）等縣學訓導，累升周府右長史。[3] 永樂六年（1408），以詩禍下錦衣獄，謫戍保安（今河北省涿鹿縣）十餘年。[4] 洪熙元年（1425）蒙太師英國公張輔奏請，自關外召還，主其家塾，居三年南歸。[5]

瞿佑是一位文學家，著作甚豐，但僅有少數流傳而為後人所知者，如在小說方面有《剪燈新話》，詩話有《歸田詩話》，詞集有《樂府遺音》等而已。個人數年前發現藏於國家圖書館的明抄本《天機餘錦》，其中保存了一百四十五首瞿佑的詞，於是陸續寫成了〈《天機餘錦》見存

---

[1] 有關瞿佑的生卒年，一般皆以生於元至正元年（1341），卒於明宣德二年（1427），最為流行。如梁廷燦《歷代名人生卒年表》（臺北：臺灣商務印書館，1970年）及姜亮夫《歷代人物年里碑傳綜表》（臺北：華世出版社，1976年12月）等都是這種說法。他們係根據錢謙益《列朝詩集小傳》中含糊的資料誤推所致。陳慶浩〈瞿佑和剪燈新話〉一文（發表於《漢學研究》第6卷第1期，1988年6月）指出，瞿佑晚年著作敘跋多署年歲日期，皆可推出彼之生年，如〈重校剪燈新話後序〉署：「永樂十九年歲次辛丑正月燈夕，七十五歲翁錢塘瞿佑宗吉甫書於保安城南寓舍」、〈樂全詩序〉署：「宣德三年歲在戊申陽月吉日，八十二歲翁錢塘瞿佑宗吉書」等，以此推出生於至正七年（1347），再以其年壽八十七推出其卒年，應是宣德八年（1433），這種說法最可信，今從之。
[2] 〔明〕瞿佑：《歸田詩話》（臺北：弘道文化事業公司，1971年3月《詩話叢刊》本），卷下，頁206-208及203。
[3] 〔清〕錢謙益：《列朝詩集小傳》（臺北：世界書局，1985年2月），乙集，頁189。
[4] 〔明〕田汝成：《西湖游覽志餘》（香港：迪志文化出版公司，2000年《文淵閣四庫全書電子版》），卷12。《西湖游覽志餘》只言「永樂間」，《樂全詩集》（日本江戶抄本）〈至武定橋〉一題下注云：「永樂六年，進周府表至京，拘留錦衣衛。」可知此事的確切時間。
[5] 〔明〕瞿佑：《樂全詩集》（日本江戶抄本，東京：國立公文書館第一部藏），卷首，〈樂全詩序〉。

瞿佑等明人詞〉、〈瞿佑詞校勘輯佚及板本探究〉等論文[6]，並完成了國科會專題研究計畫「瞿佑詞編年注釋集評及研究」。在研究過程中也發現，瞿佑的詩作散落各處，若不加以整理，殊為可惜，於是以「瞿佑詩編年注釋集評及研究」為題，申請九十二年度國科會專題研究計畫補助，繼續研究，本論文即是此研究計畫成果之一部分。

瞿佑的詩歌一向少人注意，故相關的學術論文不多，有些是研究瞿佑的生平而涉及其詩歌著作者，如秋吉久紀夫〈明代初期の文人瞿佑考〉、李慶〈瞿佑生平編年輯考〉、李慶〈瞿佑及其時代——日本內閣文庫所藏《樂全稿》探析〉、徐朔方〈瞿佑年譜〉等，[7]另有對瞿佑佚詩作蒐集者，如任遵時〈瞿存齋詩詞輯佚〉[8]，有些是研究瞿佑《香臺集》者，如岡崎由美〈瞿佑の《香臺集》について——《剪燈新話》成立の一側面〉、汪超宏〈瞿佑的《香臺集》〉等[9]，另有研究其某一首詩者，如杜貴晨〈瞿佑〈過蘇州〉詩與〈秋香亭記〉〉[10]，以上的論文主要在探討瞿佑生平，或者其詩與《剪燈新話》的關係，極少純粹就其詩歌論述。本論文在前人研究瞿佑的基礎上，進而探討其佚詩，則是一種新嘗試。

二、瞿佑的詩歌著作及詩學主張

瞿佑有關詩歌的著作，他於永樂十九年（1421）正月燈夕在保安寫的〈重校剪燈新話後序〉有詳細說明，自言「作詩則有《鼓吹續音》、《風木遺音》、《樂府擬題》、《屏山佳趣》、《香臺集》、《采芹稿》。」但

---

[6] 〈《天機餘錦》見存瞿佑等明人詞〉，《中國書目季刊》第 32 卷第 1 期（1998 年 6 月），頁 23-56；〈瞿佑詞校勘輯佚及板本探究〉，《國文學誌》第 4 期（2000 年 12 月），頁 1-31。

[7] 秋吉久紀夫：〈明代初期の文人瞿佑考〉，《香椎潟》23 號（1977 年 10 月），頁 1-17；李慶：〈瞿佑生平編年輯考〉，《中國文哲研究通訊》第 4 卷第 2 期（1994 年 6 月），頁 153-175；李慶：〈瞿佑及其時代——日本內閣文庫所藏《樂全稿》探析〉，《中華文史論叢》第 53 輯（1995 年 2 月），頁 258-287；徐朔方：〈瞿佑年譜〉，《中華文史論叢》第 56 輯（1998 年 2 月），頁 1-31。

[8] 任遵時：〈瞿存齋詩詞輯佚〉，《醒吾學報》第 6 期（1982 年 6 月），頁 1-29。

[9] 岡崎由美：〈瞿佑《香臺集》について——《剪燈新話》成立 一側面〉，《中國文學研究》第 9 期（1983 年 12 月），頁 87-98；汪超宏：〈瞿佑的《香臺集》〉，《文教資料》2001 年第 5 期（2001 年 10 月），頁 141-146。

[10] 杜貴晨：〈瞿佑〈過蘇州〉詩與〈秋香亭記〉〉，《文學遺產》2000 年第 3 期，頁 133-134。

他後面接著說：「自戊子歲獲譴以來，散亡零落，略無存者。」[11] 這是瞿佑戊子歲（永樂六年，1408）以前的詩歌著作[12]，但因獲譴以致散亡零落。他的同鄉徐伯齡（天順中人，成化九年仍在世，約 1457～1483 左右在世）[13] 在《蟫精雋》卷四「呂城懷古」條中，也談及瞿佑的著作頗為詳細，但他沒有分類，其中可斷為詩歌著作的有：《香臺集》、《歸田詩話》、《興觀詩》、《詠物詩》、《屏山佳趣》、《樂全稿》、《存齋遺稿》，另外著錄的《順承稿》是否也含有詩作則未可知，而他也將《鼓吹續音》、《風木遺音》、《采芹稿》等列為失亡不可復得之作。[14]

個人為全面掌握瞿佑之詩作，於是廣為搜羅瞿佑尚存之詩集及佚詩，計有：

（一）《香臺集》：明抄本，分上、中、下三卷，每卷各四十首，計存詩一百二十首。臺北：故宮博物院圖書文獻館藏。臺北：偉文圖書出版社曾據此本重新排印，1977 年元月出版。《香臺集》的成書時間，由上引〈重校剪燈新話後序〉所言，可知是瞿佑六十二歲獲譴之前的作品，至於較精確的時間根據汪超宏的考證，約作於瞿佑二十歲後，三十二歲寫成《剪燈新話》之前，亦即至正二十六年（1366）至洪武八年（1378）之間。[15] 換言之，它是瞿佑年輕時所作。《香臺集》的內容，是以七絕來歌詠女性事蹟，每首詩都以四字命題，題目都很清楚點出所歌詠的對象及事蹟，如〈嫦娥奔月〉、〈神女行雲〉、〈洛神凌波〉、〈昭君出塞〉等。

---

[11] 〔明〕瞿佑著、垂胡子集釋：《剪燈新話句解》（北京：中國戲劇出版社，2000 年《古本小說叢刊》第 33 輯），附錄，頁 1974-1975。

[12] 瞿佑雖然自言「作詩則有《鼓吹續音》、《風木遺音》……」，但這裡所謂「作詩」並非專言創作，因《鼓吹續音》乃是瞿佑所編的宋金元三朝詩選，其所著《歸田詩話》卷上云：「元遺山編《唐鼓吹》，專取七言律詩，郝天挺為之注，世皆傳誦。少日效其制，取宋金元三朝名人所作，得一千二百首，分為十二卷，號《鼓吹續音》。」故這裡應是指詩歌相關著作。

[13] 徐伯齡生卒年不可考，其在世時間根據〔清〕永瑢等：《四庫全書總目提要》（臺北：臺灣商務印書館，1971 年 7 月），卷 122，《蟫精雋》提要。

[14] 〔明〕徐伯齡：《蟫精雋》（香港：迪志文化出版公司，2000 年《文淵閣四庫全書電子版》），卷 4。

[15] 汪超宏：〈瞿佑的《香臺集》〉，《文教資料》，2001 年 5 期，頁 141-143。

（二）《詠物詩》：此詩集有多種版本，書名亦有所差異，個人蒐集有以下四種：

1. 《存齋詠物詩》，明天啟二年（1622）朱之蕃刊本，臺北：故宮博物院圖書文獻館藏。
2. 《詠物新題詩集》，日本寶永七年（1710）刊本，東京：國立公文書館第一部（原內閣文庫）藏。
3. 《瞿宗吉詠物詩》，舊抄本，臺北：國家圖書館藏。
4. 《詠物詩》，光緒丙申（1896）《武林往哲叢書》本，臺北有藝文印書館《四部分類叢書集成三編》影印，1971年；另有新文豐出版公司《叢書集成續編》影印，1989年。

以上《詠物詩》各版本皆存詩一百首。根據瞿佑於宣德己酉（四年，1429）自撰的〈詠物詩序〉所云：「少日見謝宗可詠物詩，愛之，因效其體，亦擬百篇，其已詠者不重出也。……被謫以來，原稿久已失去，留滯山後，追憶舊章，得其全者四十首，書附吟稿以備遺忘，且以應答士友之知而求索者。及回南京，又於鄉友董以誠處，得其所傳三十首。今至淞江，居閒事簡，復續三十首，以足百篇之數。」[16] 由此可見，今傳瞿佑的一百首詠物詩，七十首是早年之作，另三十首則是晚年續補而成。這些作品都是七言律詩，所詠之物範圍廣泛，表現出作者詩藝之工及觀察之細膩。

（三）《樂全稿》：日本江戶抄本，東京：國立公文書館第一部（原內閣文庫）藏。內含《樂全詩集》一百二十首、《東遊詩》五十首、《樂全續集》八十首，合計存詩二百五十首。《樂全詩集》是瞿佑於宣德三年（1428）奉准年老還鄉，自北京搭船抵南京長子家，水路紀行之作。《東遊詩》是瞿佑於次年從南京到松江次子家途中所寫。《樂全續集》則是宣德五年自松江回杭州故居祭祖，往還途

---

[16] 〔明〕瞿佑：《詠物詩》（臺北：新文豐出版公司，1989年7月《叢書集成續編》本）。

中所作。[17]這些都是作者晚年的作品,記載途中所經之處,有寫景,有記事,並有作者之感觸。

(四)《存齋集》:日本尊經閣文庫藏有殘卷。任遵時曾從中輯得:〈舊鏡嘆〉、〈故宮嘆〉、〈過宋陵〉、〈看燈詞〉十三首等詩。[18]

(五)佚詩:除了上述四種詩集外,瞿佑尚有不少詩作被收入筆記(如《蟫精雋》、《西湖遊覽志餘》)、選集(如《皇明風雅》、《皇明詩統》、《石倉歷代詩選》、《列朝詩集》、《明詩綜》、《御選明詩》)、詩文評(如《歸田詩話》、《明詩紀事》)、類書(如《古今圖書集成》)、方志(如《萬曆本杭州府志》)等。任遵時曾從事瞿佑詩詞的輯佚工作,撰有〈瞿存齋詩詞輯佚〉一文,其中所搜集的瞿佑佚詩有一百零二首,但扣除出自《香臺集》的一首,出自《樂全稿》的六首,則剩九十五首。本人另從《蟫精雋》卷八輯得〈詠鏡中梅〉,但該詩亦見收於明胡奎《斗南老人集》[19],則恐怕是《蟫精雋》誤收。又從《西湖遊覽志餘》卷二十四輯得〈竹枝詞〉(荻芽抽笋棘花開)一首,但此詩另題元薛蘭英作〈蘇臺竹枝詞〉,見收於多種元詩選中[20],亦可能是《西湖遊覽志餘》誤收。

本論文限於篇幅,將上述尚存的瞿佑詩集暫時不論,僅以任遵時輯佚所得的瞿佑詩九十五首(含《存齋集》殘卷)作為研究對象。

瞿佑的詩學主張,我們大致可從他選編《鼓吹續音》的動機及所著《歸田詩話》中的一些見解看出。《鼓吹續音》是瞿佑仿元好問《唐鼓吹》而編,雖然此書今已不存,但從《歸田詩話》卷上〈鼓吹續音〉條可見其內容大概及編纂用意,該條云:

---

[17] 《樂全詩集》、《東遊詩》、《樂全續集》之創作時間及背景,瞿佑於書前〈樂全詩序〉及集後按語皆有詳細說明。
[18] 同註8,頁7、9、15、18。
[19] 〔明〕胡奎:《斗南老人集》(香港:迪志文化出版公司,2000年《文淵閣四庫全書電子版》),卷3。
[20] 見收於清聖祖敕編:《御選元詩》,卷12;〔清〕陳焯:《宋元詩會》,卷100;〔清〕顧嗣立:《元詩選》,二集卷2;以上皆據《文淵閣四庫全書電子版》(香港:迪志文化出版公司,2000年)。

元遺山編《唐鼓吹》專取七言律詩，郝天挺為之註，世皆傳誦。少日效其製，取宋金元三朝名人所作，得一千二百首，分為十二卷，號《鼓吹續音》。……又謂「世人但知宗唐，於宋則棄不取。眾口一辭，至有詩盛於唐壞於宋之說，私獨不謂然，故於序文備舉前後二朝諸家所長，不減於唐者。附以己見，而請觀者參焉。」[21]

瞿佑並作一首七律題在該書之後，也見於〈鼓吹續音〉條：

〈騷〉《選》亡來雅道窮，尚於律體見遺風。
半生莫售穿楊技，十載曾加刻楮功。
此去未應無伯樂，後來當復有楊雄。
吟窗玩味韋編絕，舉世宗唐恐未公。

從以上引文可見瞿佑對七言律詩的重視，並且他對當時輕視宋詩的風氣深不以為然，因此發出「舉世宗唐恐未公」的呼籲。

《鼓吹續音》是瞿佑被謫戍保安之前的著作，與他在洪熙元年（1425）於保安所編成的《歸田詩話》[22]，在詩學理念上仍然是一致的，如該書卷上〈唐三體詩序〉條，瞿佑錄出方回的〈唐三體詩序〉，並說：「此序議論甚正，識見甚廣」，可見他對該序見解的贊同。方回〈唐三體詩序〉的大旨，在批評「永嘉四靈」之「晚唐」體及周伯弼以宗唐為宗旨的《唐三體詩》，該序論唐詩，取李、杜、韓、柳，貶姚合以下（即晚唐詩），論宋詩，贊歐、蘇、黃、陳、放翁、石湖、朱子，瞿佑對這些，顯然是贊成的。所以瞿佑這本以記詩與事為主的《歸田詩話》，上卷多記

21　〔明〕瞿佑：《歸田詩話》（臺北：弘道文化事業公司，1971年3月《詩話叢刊》本），卷上，頁165。以下引自《歸田詩話》皆用此本，不另註。
22　瞿佑《歸田詩話》書前自序題「洪熙乙巳中秋日」，可知該書應成於洪熙乙巳（元年，西元1425），當時瞿佑已七十九歲。該書最末一條〈塞垣風景〉云：「予謫保安周府教授，滕碩亦以事累繼至。……滕與予同庚，到此不半載，竟以憂卒。而予猶留滯於此，未得解脫云。」因此《四庫全書總目提要》（臺北：臺灣商務印書館，1971年7月）卷197〈歸田詩話提要〉據此推斷：「殆創稿於保安，歸乃成帙歟？」其實瞿佑是在洪熙乙巳冬才釋回北京（根據江戶抄本《樂全詩集》前之〈樂全詩序〉），故此書是在保安塞垣完成，並非釋歸才成帙。

唐詩，中卷多記宋詩，下卷則重在元及明初，將宋元明與唐並列，不偏重於唐，這些內容具有相當豐富的史料價值。

三、瞿佑佚詩的內容

瞿佑所留存的詩集大都有特定的寫作目的，如《香臺集》是以女性事蹟為歌詠對象，《詠物詩》是續謝宗可的詠物詩，吟詠其所未詠之物，《樂全稿》則是晚年歸鄉紀行之作，這些詩集有特定的時空背景，作品的內容都較為接近，而我們觀察瞿佑的佚詩，它所涵蓋的內容就極為廣泛，主要可分為幾個大類：

（一）詠史懷古

徐伯齡對瞿佑詠史、懷古之作相當重視，在《蟫精雋》卷八特別標目「讀史」，收錄其〈讀秦紀〉絕句五首，並下評語說：「識見甚遠，非後學所能窺其涯涘。」茲錄兩首為例：

十二金人製造奢，銷除兵革靖邦家。
如何更有龍泉劍，留與高皇斬白蛇。

海上傳聞五色芝，扁舟採訪去無期。
君王更得長生術，只恐臣民靡子遺。[23]

《史記‧秦始皇本紀》載秦始皇統一中國後，「收天下兵，聚之咸陽，銷以為鐘鐻，金人十二，重各千石，置廷宮中。」[24] 第一首就是吟詠這件史事，但瞿佑並不是單純的敘事，後兩句便是他對秦始皇作為所下的評論，認為秦始皇既然銷毀天下兵器，怎麼還會留有龍泉寶劍，讓日後劉邦能斬白蛇起義呢？作者言下之意，使用高壓手段想要長久保有天下是辦不到的。第二首是詠秦始皇派徐福海上求仙藥之事，《史記‧秦始皇

---

[23] 〔明〕徐伯齡：《蟫精雋》（香港：迪志文化出版公司，2000 年《文淵閣四庫全書電子版》），卷 8。以下引自《蟫精雋》皆用此本，不另註。
[24] 〔漢〕司馬遷：《史記》，卷 6，據《中央研究院漢籍電子文獻瀚典全文檢索系統‧二十五史資料庫》（http：//www.sinica.edu.tw/~tdbproj/handy1/）。

本紀》載:「齊人徐市等上書,言海中有三神山,名曰蓬萊、方丈、瀛洲,僊人居之。請得齋戒,與童男女求之。於是遣徐市發童男女數千人,入海求僊人。」[25] 瞿佑在敘事之後,也評論說,秦始皇如果真的長生不死,那臣民恐怕都被奴役而靡有孑遺,意指人民所受災害將更深。由這兩首詩可看出瞿佑的詠史詩是有他的識見,他強力批判秦始皇的許多不當作為,可見他對暴虐統治的帝王深惡痛絕。

與詠史相近的懷古之作,徐伯齡也很欣賞,他在《蟫精雋》卷八錄出〈讀秦紀〉絕句五首之後,緊接著又錄瞿佑〈金陵懷古〉五首,另外在卷四「呂城懷古」條下也收有〈呂城懷古〉一詩,並評論說:「感慨深矣」。瞿佑〈金陵懷古〉五首都是以建都金陵的南方政權為吟詠對象,批評彼等只知偏安,缺乏雄圖大略,如詩中寫道:「傳聞鐵鎖沈江底,不見金戈到塞邊」、「神州沈陸不勝悲,三窟經營計亦奇」、「漠漠長江起白波,東南天險誤人多」等等都是。茲再舉〈呂城懷古〉為例:

周郎早逝魯侯終,江左經營藉阿蒙。
納款何須通漢賊,藏機可惜害關公。
馳驅中土雖無策,保障全吳亦有功。
破屋三間遺像在,夕陽飛鳥紙錢風。

呂城,據《江南通志》卷三十二載:「呂城,在丹陽縣東五十四里,吳將呂蒙所築,遺跡猶存,今為鎮。」[26] 因為這座城是吳將呂蒙所築,所以瞿佑便以呂蒙為吟詠對象,詩中頷聯對呂蒙與曹操結盟、破荊州擒關羽之事雖有所批評,但頸聯概括呂蒙一生作為:「馳驅中土雖無策,保障全吳亦有功」,可謂相當公允。詩末則以破敗的呂蒙祠堂作結,淒涼的景物正映襯作者深沉的感慨。除了《蟫精雋》所收的之外,《西湖遊覽志

---

[25] 同前註。
[26] 〔清〕趙宏恩等修:《江南通志》(香港:迪志文化出版公司,2000 年《文淵閣四庫全書電子版》),卷 32。

餘》卷二十也收了一首〈過汴梁〉[27]（《石倉歷代詩選》作〈汴梁懷古〉[28]），這首詩透過汴梁昔年「歌舞樓臺」的繁華，與今天「廢苑草荒」的衰敗成強烈對比，感慨北宋的興亡。

（二）感時嘆世

瞿佑在永樂間，以詩禍謫戍保安（今河北省涿鹿縣）十餘年[29]，雖然無法了解是怎樣的詩讓瞿佑惹禍上身，但從佚詩中發現瞿佑確實有不少感時嘆世的作品，這些詩如果經有心人加以添油加醋，在文網甚密的朝代，難免會遭遇不測。《蟬精雋》卷十「選女」條載：「宣德間有制，令有司選民間良家女以充掖庭，瞿存齋先生宗吉見里人送女上道為賦詩云云」，《西湖遊覽志餘》卷二則載：「永樂初，命蔡氏臨選識字女子于杭州，民間騷動，瞿宗吉有詩云云」，茲將該詩錄之如下：

> 太平天子御華夷，天擁祥雲地產芝。
> 已喜玉關歸馬足，更妝金屋貯蛾眉。
> 幸因盡簡收芸草，不為羊車薦竹枝。
> 臨別親鄰莫惆悵，從來生女作門楣。

《蟬精雋》謂選民女入宮是宣德（明宣宗年號，1426～1435）間之事，但《西湖遊覽志餘》則認為是永樂初之事，案此詩內容具有批判意味，應是瞿佑謫戍保安之前所作，而且《西湖遊覽志餘》記事也較為詳細，故以永樂初較為可信。詩意表面在歌頌成祖為威振四方的「太平天子」，實際上是暗諷成祖好色，讓人民骨肉分離，所以末兩句「臨別親鄰莫惆悵，從來生女作門楣」，具有反諷的效果。

---

[27] 〔明〕田汝成：《西湖游覽志餘》（香港：迪志文化出版公司，2000年《文淵閣四庫全書電子版》），卷20。以下引自《西湖游覽志餘》皆用此本，不另註。

[28] 〔明〕曹學佺：《石倉歷代詩選》（香港：迪志文化出版公司，2000年《文淵閣四庫全書電子版》），卷362。

[29] 有關瞿佑謫戍保安的原因有兩種說法，一說是輔導失職，即徐伯齡《蟬精雋》卷4所云：「既而相藩，藩屏有過，先生以輔導失職，坐事繫錦衣獄，尋竄保安為民。」一說是以詩召禍，即田汝成《西湖遊覽志餘》卷12所云：「永樂間，宗吉以詩禍下錦衣獄。……已而宗吉謫戍保安者十年。」

瞿佑除了批評時事外，對於那些高官權貴也有所批評，如《列朝詩集》乙集第五所收錄的這首〈高門嘆〉如此寫道：

高門成，高門壞，不及十年見成敗。
獸鐶移去屬何人，重構高門臨要津。
門前牢栽楊柳樹，莫被他人又移去。[30]

作者感嘆那些高貴門第雖然顯赫一時，但並不能長久，權位不到十年就被別人取而代之，可見上位者爭奪權力是多麼慘烈，所以這首詩也隱含有諷刺意味。

瞿佑對於當時書生不受重視，亦頗多感慨，《西湖遊覽志餘》卷十二收有一首〈漫興〉寫道：

自古文章厄命窮，聰明未必勝愚蒙。
筆端花與胸中錦，賺得相如四壁空。

前兩句化用杜甫〈天末懷李白〉詩：「文章憎命達，魑魅喜人過。」及蘇軾〈洗兒戲作〉詩：「人皆養子望聰明，我被聰明誤一生。惟願孩兒愚且魯，無災無難到公卿。」說明文人懷才不遇的宿命。後兩句則以李白「筆頭生花」及江淹「胸懷匹錦」的典故，表示文人雖有才華，卻落得像司馬相如「家徒四壁」的下場。這首詩的內容固然有其普遍性，但恐怕也是作者的自我感慨，所以《西湖遊覽志餘》評道：「蓋有激而云然也」。《西湖遊覽志餘》在此詩之後，又錄有一首詩意相近的〈書生歎〉，寫道：

書生嗜書被書惱，居不求安食不飽。
微吟朗誦無了期，妻怨兒啼鄰里誚。
東家郎君狐白裘，終宵醉眠寶釵樓。
西家壯士金鎖甲，萬里勇斬樓蘭頭。
堆金積玉誇豪貴，眼底何曾識丁字。

---

[30]〔清〕錢謙益：《列朝詩集》（北京：北京出版社，2000 年《四庫禁燬書叢刊》本），乙集第 5，頁 568。以下引自《列朝詩集》皆用此本，不另註。

休言富貴有危機，信知文字真愁具。
從今投筆復棄書，擬學東皋農把鉏。
妻後苦諫兒搖手，近來差科重田畝。

全詩描寫書生雖然勤奮讀書，卻無法求得溫飽，養家活口，因此使妻兒受累，也被鄰里譏笑。作者並以對比手法，指出東家郎君、西家壯士等不識字或無學問者，卻能享盡榮華富貴，襯托讀書的無用。最後作者下定決心，打算棄文從農，但馬上受到妻兒反對，因近來徭役、田賦頗重，從事農業也難以生活。所以這首詩不僅寫出讀書人的悲哀，也反映出農人的艱苦，《西湖遊覽志餘》評此詩道：「其感時傷事抑又甚焉」，作者的處境真令人同情。明英宗時同樣懷才不遇的文人馬洪（字浩瀾）深受此詩感動，填了一首〈畫堂春〉詞，《西湖遊覽志餘》也為他們的遭遇解道：「乃今瞿、馬之名照耀文苑，當年牢落安足嘆耶？」[31] 這種失之東隅收之桑榆的境遇，或許是上天給文人的補償吧！

瞿佑另有一首感嘆懷才不遇的詩──〈館社書事〉，除了《西湖遊覽志餘》卷十二收錄外，像《明音類選》、《皇明詩統》、《盛明百家詩選》等許多選集也都有選[32]，茲將全詩錄之如下：

過却春光獨掩門，澆愁謾有酒盈尊。
孤燈聽雨心多感，一劍橫空氣尚存。
射虎何年隨李廣，聞雞中夜舞劉琨。
平生家國縈懷抱，溼盡青衫總淚痕。

全詩表現作者空有對家國盡忠之抱負，卻位居下僚，無從發揮，眼見青春歲月逐漸老去，不勝傷感。

---

[31] 見田汝成《西湖遊覽志餘》卷12，馬洪〈畫堂春〉全詞如下：「蕭條書劍困埃塵。十年多少悲辛。松生寒澗背陽春。勉強精神。且可逢場作戲，寧須對客言貧。後來知我豈無人。莫漫沾巾。」

[32] 〔明〕黃佐：《明音類選》（明嘉靖37年刊本，臺北：國家圖書館藏微捲），卷10，頁25。〔明〕李騰鵬：《皇明詩統》（明萬曆間刊本，臺北：國家圖書館藏微捲），卷6，頁18。〔明〕華淑：《盛明百家詩選》（北京：北京出版社，2000年《四庫禁燬書叢刊》本），卷6，頁122。

（三）香奩詠物

瞿佑在《歸田詩話》卷下〈香奩八題〉條云：「楊廉夫（維楨）晚年居松江，……嘗以香奩八題見示，予依其體，作八詩以呈，藁附家集中，忘之久矣。今尚記數聯，〈花塵春跡〉云：『燕尾點波微有暈，鳳頭踏月悄無聲』、〈黛眉顰色〉云：『恨從張敞毫邊起，春向梁鴻案上生』、〈金錢卜歡〉云：『織錦軒窗聞笑語，採蘋洲渚聽愁吁』、〈香頰啼痕〉云：『斑斑湘竹非因雨，點點楊花不是春』，廉夫加稱賞，謂叔祖云：『此君家千里駒也』。」由於受到楊維楨的影響，後來他也曾擬《玉臺》、《香奩》而作《香臺集》，可見瞿佑擅長作香奩詩。但卻因此毀譽參半，如《西湖遊覽志餘》卷十二云：「宗吉風情麗逸，見之詩篇者往往有歌扇舞裙之興，金公素謂之司空見慣者誠然也。夏時正修《杭州府志》，獨不錄其詩詞，而白蘇楊薩偎紅倚翠之篇，悉皆裒採，豈非貴耳而賤目者哉？」瞿佑佚詩中，也有值得注意的香奩作品，如《西湖遊覽志餘》卷十六就收錄有〈安榮美人行〉一詩：

> 吳山山下安榮里，陋巷窮居有西子。
> 嫣然一笑坐生春，信是天人謫居此。
> 相逢昔在十年前，雙鬟未合臉如蓮。
> 學畫蛾眉揮彩筆，偷傳雁字卜金錢。
> 相逢今在十年後，鬢髮如雲眼光溜。
> 風吹繡帶露羅鞋，酒泛銀杯沾翠袖。
> 自言文史舊曾知，寫景題詩事事宜。
> 但傳秦女吹簫譜，不詠湘靈鼓瑟辭。
> 暮雨朝雲容易度，野鴨家雞竟相妒。
> 當時自詫苑中花，今日翻成道傍樹。
> 我聞此語重悲傷，對景徘徊欲斷腸。
> 渭城楊柳歌三疊，溢水琵琶泣數行。
> 相送出門留後約，暮天慘慘東風惡。
> 醉歸感舊賦新篇，重與佳人嗟命薄。

《西湖遊覽志餘》並記有此詩之本事說：「安榮坊倪氏女者，少姣好，瞿宗吉嘗屬意焉。及長，委身為小吏妻，一日與宗吉邂逅於吳山下，悽然感舊，邀歸其廬，置酒敘話，為賦〈安榮美人行〉。」由於瞿佑有這一段刻骨銘心的感情，所以寫來哀怨動人，並非一般摹寫女子情態的香奩詩所可比擬。

另外錢謙益《列朝詩集》乙集第五也收有〈烏鎮酒舍歌〉、〈美人畫眉歌〉，都屬於香奩體，但從詩境而言，瞿佑應有他的比興寄託，如〈烏鎮酒舍歌〉敘述同鄉女子遇人不淑而淪為當壚賣酒，這頗類似白居易〈琵琶行〉寫琵琶女和自己「同是天涯淪落人」的筆法，所以本詩應是作者寄託境遇不偶吧！〈美人畫眉歌〉大概也是如此，茲錄全詩如下：

> 粧閣溪寒愁獨倚，薔薇露滴胭脂水。
> 粉綿磨鏡不聞聲，彩鸞影落瑤臺裡。
> 鏤金小合貯燈花，輕掃雙蛾映臉霞。
> 螺黛凝香傳內院，猩毫染色妒東家。
> 眼波流斷橫雲偃，月樣彎彎山樣遠。
> 郎君走馬遊章臺，惆悵無人問深淺。
> 含情飲恨久徘徊，一脉閒愁未放開。
> 侍女不知心內事，手搓梅子入簾來。

詩中的美人空有姣好的容貌，可是他的郎君卻走馬章臺，流連不歸，使她獨守空閨，無人可問畫眉深淺是否入時。這裡用唐朱慶餘〈近試上張水部〉詩：「妝罷低聲問夫婿，畫眉深淺入時無。」朱慶餘以新嫁娘的畫眉，譬喻自己的作品，希望能夠得到張籍的青睞。所以瞿佑寫美人畫眉無人觀賞，豈不也是他懷才不遇的寫照嗎？

瞿佑少時即擅長詠物，《歸田詩話》卷下〈折桂枝〉條云：「張彥復自福建檢校回杭過鄞，先君置酒待之。予適自學舍歸，彥復即席指雞為題，命賦詩，予勉成四句以呈云：『宋宗窗下對談高，五德聲名五彩毛。自是范張情義重，割烹何必用牛刀。』彥復大加稱賞。」當時瞿佑年方十四，已嶄露頭角。瞿佑也曾效法謝宗可詠物詩，並刻意不與之重複，

創作《詠物詩》一百首,更凸顯他這方面的才華。佚詩中也可見一些不錯的詠物作品,《蟫精雋》卷八「存齋逸稿」條收有〈齋居觀物〉絕句兩首,其中一首寫道:

> 蕉葉陰陰艾葉香,菖蒲苗短菊苗長。
> 夜來知有蝸牛過,一道銀光在粉牆。

本詩除描寫蕉葉、艾葉、菖蒲、菊等植物外,還寫到活動的蝸牛,作者從粉牆上留下的一道銀光,得知晚上有蝸牛爬過,使得靜物中富有動態,作者觀物之入微,描摹之細膩,非常人所能及。

瞿佑的詠物詩擅於描摹物象之同時,也常藉物說理、抒情,如《皇明風雅》卷十一所收的這首〈折花怨〉:

> 雙飛蝴蝶翻金粉,風裏流鶯棲未穩。
> 銀瓶汲水漾漣漪,下階自揀珊瑚枝。
> 雖然得入華堂裡,未必春光願如此。
> 樹頭花落還結子,瓶內明朝抱香死。
> 東風一樣發陽和,豈知中道有蹉跎。
> 人生輕出棄根本,失枝落節將奈何。[33]

本詩表面是在歌詠被折下來插在銀瓶中的花枝,寫花枝離開根幹之後,雖然能供奉在華堂於一時,但終究不得長久,藉此來說明人生守本的重要,不要為了貪圖榮華富貴而喪失根本,也就是詩末兩句:「人生輕出棄根本,失枝落節將奈何」。《明詩歸》也選錄此詩,並附有鍾惺的評語,他說:「人知貧賤流落,而不知富貴中亦有一種流落。非惟人不知富貴流落,並富貴者亦不自知其為流落也。此詩細細道破,可令貪宦四方而不知止,一旦身死異鄉、妻子流離者,發一深省。」[34] 可見作者詠物中寓有深意。

---

[33] 〔明〕徐泰:《皇明風雅》(明嘉靖四年刊本,臺北:國家圖書館藏微捲),卷11,頁8。
[34] 舊本題〔明〕鍾惺、譚元春編,王汝南校刊補綴:《明詩歸》(臺南:莊嚴文化公司,1997年《四庫全書存目叢書》本),頁580。

（四）節序風土

《文心雕龍・物色篇》卷十云：「春秋代序，陰陽慘舒，物色之動，心亦搖焉。」時序的轉換，節慶的到來，在在都容易引發詩人的感觸，瞿佑佚詩中書寫節序的作品相當多，《蟫精雋》卷九「存齋逸稿」條即載有〈秋日書懷〉、〈暮春書事〉三首、〈清明即事〉、〈夜涼〉、〈京城清明賦絕句〉等多首與節序有關的作品，《西湖遊覽志餘》卷十二除收上述作品外，另多收〈夏晚納涼〉一詩，《列朝詩集》乙集第五亦多收有〈春社詞〉、〈春日即事〉、〈暮春有感〉等詩，可見瞿佑節序作品頗受關注。以下則舉〈暮春書事〉三首中的一首為例：

> 睡起呼童掃落花，石泉槐火試春茶。
> 樹林深處蜂王國，簾幙陰中燕子家。
> 柳絮乘風颺硯水，竹枝搖雨落牎紗。
> 幽居莫道無官況，鼓吹猶存兩部蛙。

《皇明詩統》卷六也選有此詩，並評云：「通篇清逸可誦，中間蜂王國、燕子家、絮投硯水、竹映牎紗，尤為警策。」[35] 暮春本來是容易令人感傷的季節，但詩人卻能發揮敏銳的觀察力，捕捉令人欣賞的景物，如落花、春茶、蜜蜂、燕子、柳絮、春雨等等，再加上二部合唱的蛙聲更顯得熱鬧非凡，一點都看不出有幽居的寂寞與無聊，可見詩人當時心境的瀟灑。

但人的心情經常會隨季節而變化，自宋玉〈九辯〉為文士悲秋定調後，失職貧士往往無法擺脫秋愁，瞿佑這首〈秋日書懷〉就是如此：

> 五窮何日是歸年，幾廢奴星結柳船。
> 善價誰求司馬賦，癡心欲借尉遲錢。
> 六通未具難成佛，九轉無功謾學仙。
> 一事尚為今日幸，免供徭役為無田。

---

[35] 〔明〕李騰鵬：《皇明詩統》（明萬曆間刊本，臺北：國家圖書館藏微捲），卷6，頁19。以下引自《皇明詩統》皆用此本，不另註。

本詩首聯即化用韓愈〈送窮文〉所言:「主人使奴星,結柳作車,縛草為船。…其名曰智窮,…其次曰學窮,…又其次曰文窮,…又其次曰命窮,…又其次曰交窮。」寫自己何時才能擺脫困窮。接著頷聯寫自己的困窮,言既無人出好價錢來求自己的文章,在走投無路時還癡想向尉遲恭借錢[36]。頸聯進一步寫自己的一事無成,連想修佛學仙也難以做到。尾聯雖寫自己尚有一件慶幸的事——可以免供徭役,其實是用反諷的手法來深化貧無立錐之地,因為自己連一塊田都沒有。全詩未見秋日景物,只有滿懷窮愁,可見作者已無心於景了。

詩人漂泊在外,對於傳統重要節日更為敏感,瞿佑這首〈京城清明賦絕句〉寫得極富情意:

兼旬蹭蹬在京華,又見東風御柳斜。
客裡不甘佳節過,借人庭館看梨花。

全詩文字淺顯,作者以借人家的庭館來觀賞梨花,表示對佳節的珍惜,相當富有巧思。

瞿佑是浙江錢塘人,他的佚詩中也有許多對家鄉風土民情的描寫,如《西湖遊覽志餘》卷十二所收就有〈看燈詞〉十五首、〈看潮詞〉六首、〈西湖竹枝詞〉二首。〈看燈詞〉在《存齋集》殘卷、《萬曆杭州府志》卷十九、《石倉歷代詩選》卷三六二等收錄都不完整,所缺雖然不同,但都收十三首。《西湖遊覽志餘》不僅完整,並有說明瞿佑創作動機:「杜孟平有〈看燈詞〉十五首,杭人稱之,瞿宗吉效之,亦作十五首,其詞云云,詞中所言風俗與今無異。」案「杜孟平」之「杜」,應是

---

[36] 〔宋〕李昉:《太平廣記》卷146載:「隋末,有書生居太原,苦於家貧,以教授為業。所居抵官庫,因穴而入。其內有錢數萬貫,遂欲攜挈。有金甲人持戈曰:『汝要錢,可索取尉遲公帖來,此是尉遲敬德錢也。』書生訪求不見。至鐵冶處,有鍛鐵尉遲敬德者,方袒露蓬首,鍛煉之次。書生伺其歇,乃前拜之。尉遲公問曰:『何故?』曰:『某貧困,足下富貴。欲乞錢五百貫,得否?』尉遲公怒曰:『某打錢人,安有富貴?乃侮我耳!』生曰:『若能哀憫,但賜一帖,他日自知。』尉遲不得已,令書生執筆曰:『錢付某乙五百貫。』具月日,署名於後。書生拜謝持去。尉遲公與其徒,拊掌大笑,以為妄也。書生既得帖,卻至庫中,復見金甲人呈之。笑曰:『是也。』令繫於梁上高處。遣書生取錢,止於五百貫。」據《臺灣師大圖書館【寒泉】古典文獻全文檢索資料庫》(http://140.122.127.253/dragon/)。

「桂」之誤,桂衡,字孟平,仁和人,博學能文,詩極穠麗,每一篇出,人競傳錄。洪武中,為錢塘縣學訓導,曾為瞿佑《剪燈新話》題詩,事載《歸田詩話》卷下〈桂孟平題新話〉條。桂衡的〈看燈詞〉十五首今已不傳,瞿佑所仿效的〈看燈詞〉十五首反而流傳至今,從中可看出當時杭州元宵節習俗及熱鬧景況,如:

> 東家砍竹縛山棚,西舍邀人合鳳笙。
> 官府榜文初出了,今宵喜得晚來晴。
> 傀儡裝成出教坊,綵旗前引兩三行。
> 郭郎鮑老休相笑,畢竟何人舞袖長。
> 村裡兒童暫入城,隨群齊上大街行。
> 歸來徹夜渾忘睡,從此春田懶去耕。

第一首是寫杭人結燈棚、吹奏樂器慶元宵,第二首是寫傀儡戲演出情形,第三首是寫杭人徹夜狂歡景象,可說相當寫實,這十五首不愧是杭州元宵節慶系列圖。

杭人在元宵節看花燈,到了中秋節則觀賞錢塘潮,《西湖遊覽志餘》卷十二云:「郡人觀潮自八月十一日為始,至十八日最盛,蓋因宋時以是日教閱水軍,故傾城往看,至今猶以十八日為名,非謂江潮特大於是日也。是日郡守以牲醴致祭於潮神,而郡人士女雲集,僦倩幕次,羅綺塞塗,上下十餘里間,地無寸隙。伺潮上海門,則泅兒數十執綵旗、樹畫傘,踏浪翻濤、騰躍百變以誇材能,豪民富客爭賞財物。其時優人百戲,擊毬關撲,魚鼓彈詞,聲音鼎沸,蓋人但藉看潮為名,往往隨意酣樂耳。瞿宗吉〈看潮詞〉云云。」瞿佑這六首〈看潮詞〉也寫的相當熱鬧,如:

> 出郭遊人不待招,相逢都道看江潮。
> 今年秋暑何曾減,映日爭將畫扇搖。
>
> 一線初看出海遲,司封祠上立多時。
> 須臾金鼓連天震,忙殺中流踏浪兒。

第一首寫杭人不畏秋暑,有志一同出城去觀看江潮的景象。第二首則寫江潮初始及弄潮兒在鑼鼓助勢下賣力演出的情況。

(五) 題畫及其他

　　文學與藝術關係至為密切,所以詩、書、畫被合稱為「三絕」。詩與畫的結合由來已久,題畫詩也是中國詩歌史上的一項特色。或謂題畫詩產生於兩晉南北朝,成型於唐、五代,發展於宋、金、元,鼎盛於明、清,延續於近、現代。[37] 元末明初題畫詩相當興盛,試觀凌雲翰《柘軒集》卷一至卷三所收的詩中,大半都是題畫詩可見一斑。[38] 瞿佑是凌雲翰的同鄉晚輩,曾和韻其所作的梅詞、柳詞,因而受到賞拔,兩人遂為忘年之交[39],在這種環境下,瞿佑的佚詩中也有多首題畫詩則是很自然的事,如《歸田詩話》卷下就收有〈題宣和畫木犀〉,《蟫精雋》卷八收有〈題明皇閱馬圖〉、〈題宣和畫鶴〉,《西湖遊覽志餘》卷二十一收有〈題唐三學士弈棋圖〉,《式古堂書畫彙考》卷十一收有〈題宣和雙蟹圖卷〉,《好古堂家藏書畫記》收有〈題趙孟頫山水小景〉等。

　　瞿佑不僅是一位詩人,本身對畫也具有相當高的鑑賞力,《西湖遊覽志餘》卷二十一載:「洪武中,錢唐丘彥能者,文雅好古,所藏圖畫非遇賞鑒者不出示也。…彥能又嘗以〈唐三學士弈棋圖〉求瞿宗吉題,宗吉為賦一絕云云,彥能嘆賞曰:『不辱吾卷矣!』」茲將此詩錄之如下:

　　　　三人當局各藏機,思入幽玄下子遲。
　　　　畢竟是誰高一著,風簷日影靜中移。

唐三學士,指的是唐代三位學士,根據元許有壬《至正集》卷二十三〈唐

---

[37] 張晨:〈中國題畫詩發展的歷史線索〉,《中國題畫詩分類鑑賞辭典》(瀋陽:遼寧美術出版社,1992年6月),頁609。
[38] 〔明〕凌雲翰:《柘軒集》(香港:迪志文化出版公司,2000年《文淵閣四庫全書電子版》)。
[39] 同註2,頁206-208。

三學士奕棋圖〉詩下注云:「褚亮、蘇世長、蔡允恭。」[40] 此三人在唐高祖武德四年（621）作文學館時，褚亮官文學，蘇世長為軍諮祭酒，蔡允恭為參軍事，與大行臺司勳郎中杜如晦等十八人，皆以本官為學士，並命閻立本圖象，使亮為之贊，題名字爵里，號「十八學士」，藏之書府，以章禮賢之重；方是時，在選中者，天下所慕向，謂之「登瀛洲」。[41] 雖然我們無法見到這幅〈唐三學士弈棋圖〉，但從瞿佑題詩的重點是在寫三位學士下棋的專注精神，可見這幅圖對三位學士下棋的神情畫的栩栩如生，同時也畫有風簷日影，才讓詩人有著墨之處，也顯示出瞿佑賞畫之細膩，題詩之精妙。

瞿佑題畫詩除了擅長描繪畫境外，也常進一步去評論畫中人物或作畫者，尤其對帝王更給予強烈的嘲諷，如《蟬精雋》卷八所收的〈題明皇閱馬圖〉：

沙苑春回草色濃，圉人太僕各言功。
驊騮不似青驘穩，能載君王到蜀中。

這首詩是題唐明皇閱馬圖，首兩句寫掌管養馬畜牧的圉人、太僕，為了投皇上所好，爭相表功，從中表現明皇被小人包圍，只顧養駿馬取樂，不知體恤人民。後兩句接著嘲諷明皇，寫明皇平日寵愛那些駿馬，但等到了發生安史之亂，卻要靠青驘（通「騾」）載他到蜀中避難。藉著驊騮與青驘的比較，批判唐明皇寵信非人，所以會使國家淪落到這種地步。

又如《蟬精雋》卷八所收的另一首〈題宣和畫鶴〉：

道君慕道樂逍遙，貪畫仙禽早罷朝。
底事龍沙為客日，不騎一隻上神霄。

宋徽宗身為帝王，又是一位藝術家，他擅長書法繪畫，也是一位宗教家，

---

[40] 〔元〕許有壬：《至正集》（香港：迪志文化出版公司，2000 年《文淵閣四庫全書電子版》），卷 23。
[41] 〔宋〕歐陽修、宋祁：《新唐書》，卷 102，〈褚亮列傳〉。據《中央研究院漢籍電子文獻瀚典全文檢索系統・二十五史資料庫》（http://www.sinica.edu.tw/~tdbproj/handy1/）。

崇奉道教，曾諷道籙院上章，冊己為教主道君皇帝。[42] 這首詩是題徽宗所畫的鶴，但瞿佑並不從藝術上去肯定徽宗的畫藝，反而直接批判他因慕道貪畫而不顧國計民生，等到他被金人俘虜成為亡國奴，怎麼不騎自己所畫的鶴升天成仙呢？這首詩雖然是藉著題畫批判徽宗慕道貪畫而亡國，其實對那些不勤政愛民的帝王也是具有相當強烈的諷刺意義。

除了題畫外，瞿佑對於古蹟也有題詩，如《西湖遊覽志餘》卷十二就收有〈題伍胥廟〉，《皇明詩統》卷六也收有〈題和靖墓〉，伍胥廟位在蘇州，和靖墓位在杭州西湖孤山，這和瞿佑都有地緣關係。茲將〈題伍胥廟〉錄之如下：

> 一過叢祠淚滿襟，英雄自古少知音。
> 江邊敵國方嘗膽，臺上佳人正捧心。
> 入郢共知讎已雪，沼吳誰識恨尤深。
> 素車白馬終何益，不及陶朱像鑄金。

這首詩題伍子胥廟，全詩主要在為伍子胥的遭遇抱不平，伍子胥有先見之明，視越王句踐為吳之心腹大患，力勸吳王夫差必先除之，然後才能對齊用兵。但吳王不聽，且聽信太宰嚭讒言，日益疏遠。[43] 伍子胥不忍吳國覆亡，仍然苦諫，終於激怒吳王而被賜死，《太平廣記》卷二九一載：「伍子胥累諫吳王，賜屬鏤劍而死。臨終，戒其子曰：『懸吾首於南門，以觀越兵來；以(鴟夷)皮裹吾尸，投於江中，吾當朝暮乘潮，以觀吳之敗。』自是，自海門山潮頭洶高數百尺，越錢塘漁浦，方漸低小。朝暮再來，其聲震怒，雷奔電走百餘里。時有見子胥乘素車白馬在潮頭之中，因立廟以祠焉。」[44] 所以最後兩句說「素車白馬終何益，不及陶朱像鑄金。」指伍子胥的下場比不上范蠡助越王滅吳後，功成身退，而越王

---

[42] 〔元〕脫脫：《宋史》，卷21，〈徽宗本紀〉。見同前註。
[43] 《史記‧伍子胥列傳》卷66：「伍子胥諫曰：『句踐食不重味，弔死問疾，且欲有所用之也。此人不死，必為吳患。今吳之有越，猶人之有腹心疾也。而王不先越而乃務齊，不亦謬乎！』吳王不聽，伐齊。」見同註24。
[44] 同註36。

使良工鑄金,「象范蠡之形,置之坐側,朝夕論政」。⁴⁵瞿佑雖然為伍子胥沒有遇到知音而感傷落淚,這應該也有自傷的成分在裡面。既然英雄的下場如此悽涼,因此瞿佑在〈題和靖墓〉詩中便相當崇仰林逋這位隱士,結尾兩句云:「生芻一束人如玉,想像高風醉酒尊」,化用《詩經・小雅・白駒》:「生芻一束,其人如玉」的句子,對林逋的高風亮節致上最高的禮讚。

另外瞿佑的佚詩中,也有一些旅遊詩,如《蟫精雋》卷九收有〈池河道中〉,《萬曆本杭州府志》收有〈遊駝峰紫陽洞〉;還有一些和韻詩,如《歸田詩話》卷下就收有〈為胡子昂和東坡繫御史臺獄詩〉兩首,《列朝詩集》乙集卷五收有〈紫薇樓夜坐次張士行布政韻〉;〈為胡子昂和東坡繫御史臺獄詩〉是瞿佑在獄中所作,《歸田詩話》卷下云:「永樂間,予閉錦衣衛獄,胡子昂亦以詩禍繼至,同處囹圄中。子昂每誦東坡〈繫御史臺獄〉二詩,索予和焉。予在困苦中,辭之不獲,勉為用韻作二首。時孫碧雲、蘭古春二高士,亦同在圜室,見之過相賞嘆。今子昂已矣,追念舊處患難,為之泫然。詩云云。」可見瞿佑和東坡韻是有相同的處境而作,並非一般為文而造情的和韻酬唱之作。瞿佑另有一首哀悼詩〈送凌彥翀歸葬西湖〉,收於《歸田詩話》卷下及《西湖遊覽志餘》卷十二等書之中,茲錄之如下:

> 一去西川隔夜臺,忍看白璧瘞蒼苔。
> 酒朋詩友凋零盡,只有存齋冒雨來。

凌彥翀,名雲翰,號柘軒,為瞿佑同鄉長輩,並為忘年之交,前已述及。雲翰於洪武十三年(1380)為人題〈鍾馗圖〉,因而被推舉而授四川學官,在任以乏貢舉,謫南荒以卒。⁴⁶雲翰卒於明太祖洪武二十一年(1388),瞿佑這首〈送凌彥翀歸葬西湖〉應作於此時。詩中對忘年知己一去四川就從此天人永隔非常不捨,而且想到過去的酒朋詩友都已凋零

---

45 〔漢〕趙曄:《吳越春秋》(臺北:新文豐出版公司,1985年《叢書集成新編》本),〈勾踐伐吳外傳〉。
46 同註2,頁206-207。

殆盡,如今只剩自己冒雨來為他送葬,則更加感慨。詩境相當悽涼,也凸顯瞿佑對友人感情的真摯深厚。

四、瞿佑佚詩的形式技巧

從瞿佑編選《鼓吹續音》及編撰《歸田詩話》,可知瞿佑作詩是有自己的理念,他並不附和當時宗唐的風氣,他對宋金元三朝的名家名作,乃至於明初作家,都能夠欣賞,並加以推崇,可見他作詩取徑之寬廣。以下則來分析瞿佑佚詩在形式技巧上的特色。

(一)擅長七言古近體

瞿佑繼元好問《唐鼓吹》而編選《鼓吹續音》,雖然旨在糾正「宗唐」之風,提倡宋金元詩,但就詩體而言,所選的也都是七言律詩,他在《鼓吹續音》書後題詩云:「〈騷〉《選》亡來雅道窮,尚於律體見遺風。」可見他認為七言律詩是上接〈離騷〉,及《文選》所錄之詩,是極有發展空間的詩體,不僅唐人有好作品,宋金元人的作品亦有可觀,故除了編選《鼓吹續音》加以提倡之外,在創作上也經常運用這種詩體,如今存的《詠物詩》一百首,就全部都用七言律詩。

我們統計瞿佑佚詩中,屬於七言律詩的,便有:〈呂城懷古〉、〈金陵懷古〉、〈則天故內〉、〈秋日書懷〉、〈暮春書事〉、〈清明即事〉、〈夜涼〉、〈有感〉、〈詠永樂皇帝詔選女子入宮〉、〈夏晚納涼〉、〈題伍胥廟〉等二十九首。占全部佚詩的比例相當高,而且格律精工,如〈為胡子昂和東坡繫御史臺獄詩〉二首之一:

一落危途又幾春,百憂交集未亡身。
不才棄斥逢明主,多難扶持望故人。
有字五千能講道,無錢十萬可通神。
忘懷且共團圞坐,滿炷爐香說善因。

這首是瞿佑在獄中所作,雖然有和韻的拘束,加上囚禁的心情惡劣,但並不影響律詩應有的格律,中間兩聯對仗也相當工整,並且化用唐孟浩然〈歲暮歸南山〉詩:「不才明主棄,多病故人疏。」及宋范成大〈偶書〉詩:「書至五千空拄腹,錢非十萬不通神。」寫自己的懷才不遇,用典極為貼切。由此可見作者善於七律之一斑。

另外,瞿佑也相當擅長七言絕句,他曾歌詠女性事蹟編成《香臺集》,這一百二十首詩就全用七言絕句,所以瞿佑佚詩中的七言絕句也相當多,如〈池河道中〉、〈京城清明〉、〈漫興〉、〈雞〉、〈方池霽月〉、〈送凌彥翀歸葬西湖〉等共五十首。瞿佑七言絕句的數量所以如此之多,這和他喜歡用七言絕句創作組詩有密切關係,如他的詠史詩〈讀秦記〉就有五首,杭州風土詩〈看燈詞〉有十五首、〈看潮詞〉有六首、〈西湖竹枝詞〉有七首,詠物詩〈齋居觀物〉有二首,另外他的題畫詩也都是用七言絕句寫成,如〈題唐三學士奕棋圖〉、〈題明皇閱馬圖〉、〈題宣和畫鶴〉、〈題宣和畫木犀〉、〈題宣和雙蟹圖卷〉、〈題趙孟頫山水小景〉等皆是。

瞿佑除了擅長七律、七絕等近體詩外,他也擅長七言古體,佚詩中共有十六首,而特別的是他喜歡作樂府詩。《歸田詩話》卷上〈還珠吟〉條:「張文昌〈還珠吟〉云云,予少日嘗擬樂府百篇,續〈還珠吟〉云云,鄉先生楊復初見而題其後云:『義正詞工,使張籍見之,亦當心服。』又為序其編首,而百篇皆加評點,過蒙與進。」雖然他年輕時所擬樂府百篇除了續〈還珠吟〉外,其他都已經亡佚了,但我們從所搜集的瞿佑佚詩中可以發現,他的七言古體詩都有樂府詩的味道,像〈車遙遙〉、〈春愁曲〉用的是樂府舊題就不用說了,其他的都是模仿樂府舊題另創新題,有用「歎」的,如〈高門歎〉、〈書生歎〉、〈舊鏡歎〉、〈故宮歎〉等四首,有用「歌」的,如〈烏鎮酒舍歌〉、〈美人畫眉歌〉、〈安樂女子歌〉、〈竹雪齋歌〉等四首,有用「行」的,如〈古塚行〉、〈義士行〉等二首,另有用「舞」、「詞」、「怨」的,如〈天魔舞〉、〈春社詞〉、〈折花怨〉等各一首。瞿佑的這些樂府詩,除了〈車遙遙〉、〈春愁曲〉

等按舊題的題意來書寫外,其他的大都和時事有關,富有現實意義,如前面內容探討舉過的〈高門歎〉、〈書生歎〉、〈安樂女子歌〉等都是如此。

在瞿佑佚詩中有一個特殊的現象,不管是古體或近體,就是沒有一首是五言詩,這並非完全是巧合,應該是他平日五言詩作的少,而這些五言詩也不太受重視,所以便沒有被人選錄而保存下來,從他所作的《詠物詩》、《香臺集》都是七言或許可以佐證。當然也有可能是巧合,他所作的五言詩剛好都亡佚了,所以沒有被人選錄而保存下來。因此我們看到他晚年還鄉之作《樂全稿》三集二百五十首詩中,五言詩就有九十一首(含五言絕句二十二首、五言律詩五十三首、五言古詩十六首),固然仍比七言詩一百四十首(含七言絕句九十首、七言律詩四十首、七言古詩十首)來的少,由此可知他並未排斥寫五言詩。不管瞿佑的五言詩是完全亡佚或寫的少,但他擅長創作七言古近體詩則是不爭之事實,這正是瞿佑佚詩在形式上的一大特色。

(二)善於敘事、摹物及議論

瞿佑擅長寫七言詩,七言的句式增長,當然較方便於敘事或摹物,所以他的《詠物詩》描摹各種物態用的全是七言律詩,《香臺集》敘寫女性事蹟用的全是七言絕句。瞿佑佚詩在創作手法方面,也有善於敘事摹物的特色,並且他也吸收了宋詩喜歡議論的習慣,充分表現在作品中。

瞿佑的敘事長才特別展現在具有樂府性質的七言古體詩上,如〈天魔舞〉、〈烏鎮酒舍歌〉、〈故宮歎〉、〈書生歎〉、〈安樂女子歌〉等,以下就舉這首瞿佑第一長詩〈天魔舞〉為例:

> 承平日久寰宇泰,選伎徵歌皆絕代。
> 教坊不進胡旋女,內廷自試天魔隊。
> 天魔隊子呈新番,似佛非佛蠻非蠻。
> 司徒初傳秘密法,世外有樂超人間。
> 真珠瓔絡黃金縷,十六妖娥出禁籞。
> 滿園香玉逞腰肢,一派歌雲隨掌股。

飄飄初似雪迴風，宛轉還同雁遵渚。
桂香滿殿步月妃，花雨飛空降天女。
瑤池日出會蟠桃，普陀煙消現鸚鵡。
新聲不與塵俗同，絕技頗動君王睹。
重瞳一笑天回春，賜錦捐金傾內府。
中書右相內臺丞，袖無諫章有曲譜。
天魔舞，筵席開，駝峰馬乳胡羊胎。
水晶之盤素鱗出，玳瑁之席天鵝檯。
彈胡琴，哈哈迴，吹胡笳，阿牢來。
群臣競獻葡萄盃，山呼萬歲聲如雷。
天魔舞，不知危。高麗女，六宮妃。西番僧，萬乘師。
回紇種類皆臺司，漢兒回避南人疑。
天魔舞，樂極悲。察罕死，字羅歸。鐵騎驟，金刀揮。
九重城闕煙塵飛，一榻之外無可依。
天魔舞，將奈何，多藏金巨羅，
急駕白橐駝，陰山之北避兵戈。

此詩收於《列朝詩集》乙集第五，是在描寫元朝的宮廷樂舞——天魔舞。元順帝怠於政事，荒于游宴，受到奸臣哈麻的蠱惑，以宮女十六人，頭垂辮髮，戴象牙佛冠，身披瓔珞，扮成菩薩形象而舞，稱之天魔舞，用於贊佛、宴享。[47] 天魔舞可說是順帝縱於逸樂的表徵，瞿佑選取這個具有代表性的題材，將天魔舞的由來、演出情況，以及宮廷君臣的奢靡享樂，都一一敘述出來，最後則寫順帝只顧玩樂，所用非人，終於樂極生悲，以致亡國。全詩描寫詳略得宜，可說是一部元朝亡國史，瞿佑之善於敘事可見一斑。

瞿佑因為擅長寫詠物詩，所以他的佚詩在摹物方面都有可觀的表現，如《蟫精雋》卷九「存齋逸稿」條所載的這首〈暮春書事〉：

---

[47] 事詳見〔明〕宋濂：《元史》，卷43，〈順帝本紀〉，及卷205，〈姦臣‧哈麻列傳〉。據《中央研究院漢籍電子文獻瀚典全文檢索系統‧二十五史資料庫》（http://www.sinica.edu.tw/~tdbproj/handy1/）。

> 過牆新竹翠交加,綠樹陰陰噪乳鴉。
> 花到酴醾春結局,鳥鳴鵜鴂客思家。
> 煮茶湯沸風聲轉,夢草詩成日影斜。
> 零落殘紅青子滿,漸看金彈熟枇杷。

首聯寫新竹過牆轉綠,綠樹茂密成蔭,乳鴉聒噪,頷聯寫酴醾花開及杜鵑哀鳴,這些景物已將暮春烘托出來。頸聯雖寫煮茶作詩,但「風聲轉」及「日影斜」又把剩餘的春天消耗掉了。而尾聯寫青子滿、枇杷熟,更預告初夏的到來。整首詩完全透過景物的描摹,將暮春刻劃的淋漓盡致。

《蟫精雋》卷九「存齋逸稿」條另收有〈池河道中〉一詩:

> 牽牛花碧茞花黃,血色蜻蜓點水忙。
> 人在漁村斜照裡,數聲短笛隔垂楊。

這首詩寫道中所見所聞,在短短的四句中,作者安排了牽牛花、茞花、蜻蜓、漁村、斜照、笛聲、垂楊等景物,相當熱鬧。並且運用了「碧」、「黃」、「血色」等多種顏色,若再加上傍晚「斜照」的色彩,更是繽紛。同時在畫面中有靜態的牽牛花、茞花及斜陽下的漁村,也有的動態的蜻蜓點水及數聲短笛,動靜搭配得宜,可見作者描摹景物的功力。

瞿佑推崇宋金元詩,不獨宗法唐詩,因此他在創作時也有喜歡議論的傾向,像他的《香臺集》敘寫女性事蹟,也不乏有議論的口吻,如〈嫦娥奔月〉一詩,前兩句「一丸靈藥少人知,竊去應無再得期」,寫嫦娥竊藥奔月之事,後兩句就發出議論:「后羿空能殘九日,不知月裡卻容私」,揶揄后羿一番。在瞿佑佚詩中,這種議論的口吻也很常見,如前面所引題《鼓吹續音》書後一詩,就是頗有見解的議論詩,末句「舉世宗唐恐未公」也成了瞿佑詩學主張的名句。又如前面所舉的〈折花怨〉末兩句:「人生輕出棄根本,失枝落節將奈何」,也是透過議論使這首詠物詩寓有深意。

瞿佑在詩中發議論的時候,並不太用斬釘截鐵的語氣,而喜歡以疑問或反詰的口吻提供思考,《香臺集》中就常用「底事」一詞,如〈毛女

成仙〉:「神仙只在秦宮裡,底事君王卻不知」,〈戚姬臨池〉:「主張一子猶無策,底事重臨百子池」等,瞿佑佚詩也有這種用法,如前面所舉的〈題宣和畫鶴〉詩:「底事龍沙為客日,不騎一隻上神霄」,就是以反詰口吻,批判徽宗慕道貪畫而亡國。又如《存齋集》所存的這首〈過宋陵〉:

> 陳橋驛畔勢倉皇,點檢歸來作帝王。
> 玉斧不揮螳後雀,朱牌只寫火中羊。
> 早知金狄無誠約,何必珠襦有謾藏。
> 泥馬南來成底事,江邊白塔更淒涼。

詩題「宋陵」,指的是南宋陵墓。詩從宋太祖趙匡胤「陳橋兵變」寫起,頷聯上句用《莊子・山水》篇「螳螂捕蟬,黃雀在後」典故及太宗殺兄奪位「燭影斧聲」傳說,下句化用元張憲〈金櫃書〉詩:「藝祖有靈君莫急,朱牌金字火羊飛。」[48]「火中羊」即「火羊」。古代以干支配五行、五色及十二生肖以紀年,丁為火,未屬羊,火羊指丁未年。逢這一年多生變亂,因以火羊指國家發生災禍,在此當指南渡那年,建炎元年(1127)即是丁未年。頸聯寫元滅南宋後,其僧人發宋陵寢事。[49]尾聯「泥馬南來」是康王趙構(即宋高宗)故事,他從金得脫,奔竄疲困,假寐於崔府君廟中,夢神人曰:「金人追及,速去之。已備馬於門首。」康王驚覺,馬已在側,躍馬南馳。既渡河而馬不復動,下視之,則泥馬也。[50]瞿佑將典故加上「成底事」,批判南宋雖延續北宋政權,卻缺乏進取之心,依然被滅亡國。末句「江邊白塔更淒涼」,寫南宋陵墓被掘之後的慘狀,《西湖遊覽志餘》卷六載此事云:「總浮屠下令哀陵骨雜牛馬枯骸,築一白塔壓之,名曰鎮南,杭民悲戚,不忍仰視。」所以此詩的議論,也是用反詰口吻,對南宋政權苟且偷安、一事無成的批判。

---

48 〔元〕張憲:《玉笥集》(香港:迪志文化出版公司,2000年《文淵閣四庫全書電子版》),卷2。
49 〔明〕田汝成:《西湖遊覽志餘》卷6:「至元十五年戊寅,總江南浮屠嘉木,揚賴勒智怙寵橫行,窮驕酷欲淫毒,莫可名狀。十二月十二日,率其黨頓蕭山發宋家諸陵寢,斲殘肢體,攫珠襦玉匣,焚其骴,棄骨草莽間。」
50 見〔宋〕辛棄疾:《南渡錄》(臺南:莊嚴文化公司,1996年《四庫全書存目叢書》本)。

（三）文字典雅清麗

瞿佑的學養深厚，著述甚豐，因此作詩時順手拈來，運用典故在所難免，如前面所舉的〈過宋陵〉一詩，便將史事與傳說融合，事典與語典並用，使全詩的文字顯得相當典雅。又如《歸田詩話》卷下所收的〈為胡子昂和東坡繫御史臺獄詩〉兩首，當時他被囚在錦衣獄中，身處生死關頭，但詩語措辭仍然非常典雅，前面所舉的第一首，中間兩聯就化用孟浩然〈歲暮歸南山〉詩及范成大〈偶書〉詩，符合自己的情境，而且對仗工整。茲再舉第二首觀之：

酸風苦霧雨淒淒，愁掩圜扉坐榻低。
投老漸思依木佛，受恩未許拜金雞。
艱難饋食憐無母，辛苦迴文賴有妻。
何日湖船載春酒，一篙撐過斷橋西。

詩意雖然淒風苦雨，但作者並未因為痛苦而不顧文采，中間兩聯依然講究對仗，頷聯韻字蘇軾用「雞」（魂驚湯火命如雞），瞿佑竟然聯想到用「金雞」來對「木佛」，金雞是一種金首雞形，古代頒布赦詔時所用的儀仗。《太平御覽》卷九一八引《三國典略》：「齊長廣王湛即皇帝位，於南宮大赦，改元。其日將赦，庫令於殿門外建金雞。宋孝王不識其義，問於光祿大夫司馬膺之：『赦建金雞，其義何也？』膺之曰：『案《海中星占》曰：天雞星動，當有赦。由是帝王以雞為候。』」[51]唐李白〈流夜郎贈辛判官〉詩也曾寫道：「我愁遠謫夜郎去，何日金雞放赦回。」由此可見瞿佑學問之淵博。頸聯「艱難饋食憐無母，辛苦迴文賴有妻」，上句用陵續入獄，母親作饋食的故事，典出《後漢書‧獨行傳‧陵續傳》卷八十一：「續母遠至京師，覘候消息，獄事特急，無緣與續相聞，母但作饋食，付門卒以進之。續雖見考苦毒，而辭色慷慨，未嘗易容，唯對食悲泣，不能自勝。使者怪而問其故。續曰：『母來不得相見，故泣耳。』使者大怒，以為門卒通傳意氣，召將案之。續曰：『因食餉羹，識

---

[51] 〔宋〕李昉：《太平御覽》（臺北：新興書局，1959年），卷918。

母所自調和，故知來耳，非人告也。』使者問：『何以知母所作乎？』續曰：『母嘗截肉未嘗不方，斷 以寸為度，是以知之。』使者問諸謁舍，續母果來，於是陰嘉之，上書說續行狀。帝即赦興等事，還鄉里，禁錮終身，續以老病卒。」[52] 下句用蘇蕙思念丈夫，織錦為迴文詩的故事，典出《晉書・列女傳・竇滔妻蘇氏》卷九十六：「竇滔妻蘇氏，始平人也，名蕙，字若蘭。善屬文。滔，苻堅時為秦州刺史，被徙流沙，蘇氏思之，織錦為〈迴文旋圖詩〉以贈滔。宛轉循環以讀之，詞甚悽惋，凡八百四十字。」[53] 此聯瞿佑運用歷史典故，襯托自己的處境，說明自己母親雖然有像陵續母親般的方正，只可惜她已不在人世，而家中仍有感情深厚像蘇蕙的妻子，令自己怎能忘懷呢？瞿佑如此善用故實，不僅使詩意更加豐富，文字也愈顯高雅。

　　瞿佑因受楊廉夫的影響，擅長作香奩體，曾擬《玉臺》、《香奩》而作《香臺集》，所以一般詩評家常將他定位在晚唐華麗詩風，如明徐泰《詩談》：「瞿宗吉組織工麗，其溫飛卿之流乎？」[54] 但這種說法瞿佑恐怕也不太能接受，前面我們已論過瞿佑的詩學理念，他既然贊同方回〈唐三體詩序〉的議論，方回取李、杜、韓、柳，貶姚合以下（即晚唐詩），瞿佑怎麼可能走晚唐詩的路線呢？我們觀察瞿佑的佚詩，固然有一部分香奩體寫得較為穠妍，但大部分的作品仍屬於清麗一格，明王兆雲《皇明詞林人物考》卷二介紹瞿佑說：「雖長於填詞，而詩亦清新可觀。」[55] 這種說法對照瞿佑佚詩，應該比較貼近，如《列朝詩集》乙集第五所收的這首〈春日即事〉：

　　晴日暉暉轉綠蘋，東風應候物華新。

---

[52] 〔南朝宋〕范曄：《後漢書》，卷 81，據《中央研究院漢籍電子文獻瀚典全文檢索系統・二十五史資料庫》（http：//www.sinica.edu.tw/~tdbproj/handy1/）。
[53] 唐太宗：《晉書》，卷 96，見同前註。
[54] 〔明〕徐泰：《詩談》（臺北：新文豐出版公司，1985 年 1 月《叢書集成新編》本），第 79 冊，頁 143。
[55] 〔明〕王兆雲：《皇明詞林人物考》（臺北：明文書局，1991 年 10 月《明代傳記叢刊》本），第 16 冊，卷 2，頁 385。

>   歸來燕子已知社，開到海棠方是春。
>   淺碧平添湖面水，軟紅浮動馬蹄塵。
>   杜陵野老雖貧困，援筆猶能賦麗人。

瞿佑筆下的春天，有晴日、綠蘋、東風、燕子、海棠等充滿生意的景物，寫到湖水，他用比較淡的色彩「淺碧」，而不用「深碧」，寫到塵土，他也用比較柔和的「軟紅」，而不用「鮮紅」的刺眼顏色，所以整首詩呈現出一種清新之美。瞿佑在末聯說杜甫雖然貧困，居然還能寫出〈麗人行〉這樣的詩，這是作者以杜甫自況，杜甫詩中是藉寫春日遊人及服飾之美，暗諷楊國忠兄妹的荒淫無恥，瞿佑詩意是以杜甫能寫出感諷時事的作品自勉，而非只是追求文字外表的虛美，從此或許更能了解瞿佑清麗詩風的另一層意義。

五、結語

　　歷來對瞿佑詩歌的評價，大約可分為三方面：
（一）對他的詠史懷古、感時嘆世作品，大都加以肯定。除前面所舉明人徐伯齡、田汝成對瞿佑這方面的詩極為讚賞外，清人也都承繼如此的觀點，如錢謙益《列朝詩集》乙集第五云：「宗吉風情麗逸，……又有〈漫興〉詩及〈書生歎〉諸篇，至今貧士失職者皆諷詠焉。」指出〈漫興〉及〈書生歎〉等感時嘆世詩篇，迄今尚能引人共鳴。陳田《明詩記事》也說：「宗吉才華爛漫，詠古之作，最為警策。若徒賞其〈安榮美人行〉、〈美人畫眉歌〉，及〈漫興〉、〈書生歎〉諸篇，鮮不為才人之累矣！」[56] 則特別推崇瞿佑的詠古之作。即使對瞿佑作香奩詩不滿的朱彝尊，也不得不肯定他這方面的成就，《靜志居詩話》卷六在批評瞿佑香奩詩之後，接著說：「其稍有風骨者，如『射虎何年隨李廣，聞雞中夜舞劉琨』、

---

[56] 〔清〕陳田：《明詩記事》（上海：商務印書館，1936年12月《國學基本叢書》本），乙籤卷13，頁756。

『蹈海莫追天下士，折腰難事里中兒』，庶與凌彥翀（雲翰）、李宗表相近。」[57]「射虎何年隨李廣，聞雞中夜舞劉琨」是〈館社書事〉詩中的頸聯，該詩感嘆懷才不遇，前已舉過；「蹈海莫追天下士，折腰難事里中兒」為〈有感〉詩中的頸聯[58]，該詩也在感時嘆世，可見瞿佑這方面的作品頗受肯定。唯有明李騰鵬對瞿佑詠史詩並不完全認同，《皇明詩統》卷六說：「余謂宗吉詠史詩，多無深意，大類唐之胡曾，其因物起興，風致多清逸可取。」他一方面批評瞿佑詠史詩「多無深意」，但一方面又稱許「風致多清逸可取」，可見他也沒有完全否定。

（二）針對他所作的香奩詩，毀譽參半。批評瞿佑作香奩詩最厲的，應以清朱彝尊為代表，《靜志居詩話》卷六說：「明初詩家以楊廉夫（維楨）為祭酒，廉夫見同調，綴以評語，不曰『牛鬼』，則曰『狐精』，此王常宗（彝）論文，即以『狐』比廉夫也。宗吉幼為廉夫所賞，拾其唾餘，演為流派，劉士亨（泰）、馬浩瀾（洪）輩爭效之，譬諸畫仕女者，肌體癡肥，形神猥俗，曾『牛鬼』、『狐精』之不若矣。」[59]這一段話是針對瞿佑受到楊維楨的影響，大作香奩詩而發的，朱氏認為瞿佑等人的香奩詩每況愈下，令人生厭。雖然瞿佑因寫香奩詩而飽受批評，但也有人曾經為他辯護，明田汝成《西湖遊覽志餘》卷十二就說：「宗吉風情麗逸，見之詩篇者往往有歌扇舞裙之興，金公素謂之司空見慣者誠然也。夏時正修《杭州府志》，獨不錄其詩詞，而白蘇楊薩偎紅倚翠之篇，悉皆裒採，豈非貴耳而賤目者哉？」田氏認為瞿佑作香奩詩是性格使然，並無不妥，夏時正不收瞿佑的作品反而是一種偏見。

---

[57] 〔清〕朱彝尊：《靜志居詩話》（臺北：明文書局，1991年10月《明代傳記叢刊》本），第8冊，卷6，頁582-583。
[58] 〈有感〉一詩曾被《蟬精雋》卷9、《西湖遊覽志餘》卷12、《列朝詩集》乙集第五等書收錄，全詩如下：「世事年來似奕棋，可堪歲月去如馳。肉生髀裏英雄老，金盡床頭富貴遲。蹈海莫追天下士，折腰難事里中兒。可憐滿眼新亭淚，對泣無人只自悲。」
[59] 同註57。

(三) 對他大量創作七言律詩不以為然。朱彝尊在〈成周卜詩集序〉說：
「吾于畿輔友雞澤殷伯子岳焉，伯子之論曰：『詩言夫志也，自唐人以之取士，而格而律，抽黃儷白，專尚比偶之工，言志之旨微矣！』故伯子于詩不作近體，尤不喜作七言近體，人怪之不顧也。予覽觀唐人，惟杜陵、香山多作七律，然集中所存，終不及諸體之半，逮蘇子瞻、陸務觀、楊廷秀，多以斯體見長，至郝天挺之《鼓吹》、許中麗之《光岳英華》，專收七律，餘皆舍而不錄，其後瞿佑、朱紹、胡琰之徒，踵其故智，各事采獲，古風漸衰，宜詩教之日下矣！」[60] 朱氏認為瞿佑編選《鼓吹續音》，提倡七言律詩，也經常運用這種詩體從事創作，所以導致古風漸衰，詩教日下。

今天我們根據前面瞿佑佚詩的探究，可以對上述的評論作一些回應：
(一) 前人大都肯定瞿佑詠史懷古、感時嘆世作品，只有《皇明詩統》認為他的詠史詩「多無深意」，我們根據前面所舉的瞿佑佚詩，如〈讀秦紀〉、〈呂城懷古〉、〈過汴梁〉等詩，都可見瞿佑在詠史懷古方面，確實有其識見、感慨，並非泛泛之作。而感時嘆世的作品，也都有其時代意義，並富有批判精神，這些都值得給予掌聲。此外，瞿佑佚詩的內容相當廣泛，如寫杭州元宵節習俗及熱鬧景況的〈看燈詞〉，寫中秋節觀賞錢塘潮的〈看潮詞〉，都能反映鄉土民情；又如藉著題畫對唐玄宗、宋徽宗的批判，藉著題伍子胥廟為伍子胥抱不平，也都能看出作者具有借古諷今之苦心；另如為凌彥翀歸葬西湖所寫的哀悼詩，也能看出作者在悲涼中含有深摯的感情；上述這些作品也都不容忽視。

---

[60] 〔清〕朱彝尊：《曝書亭集》(香港：迪志文化出版公司，2000年《文淵閣四庫全書電子版》)，卷39。

(二) 瞿佑少時受楊維楨影響而作香奩詩,並有專以歌詠女性事蹟的〈香奩集〉,這是不能否認的事實,但香奩詩之所以受人詬病,應該在於它像宮體詩一樣流於輕艷,而缺乏比興寄託,正如瞿佑為楊維楨所作的〈沁園春〉(一掬嬌春)[61],這首詞歌詠「鞋杯」,除了窮妍盡態、表現風流之能事外,並無深意,雖然它深受楊維楨欣賞,但今日我們看來,並不足取,像這一類的作品受到批評是應該的。或許瞿佑這些佚詩是經過採擇而倖存下來,因此真正香奩詩並不多,即使某些類似香奩詩,也只是借用香奩題材,詩境另有其意旨,如前面所舉的〈安榮美人行〉、〈烏鎮酒舍歌〉、〈美人畫眉歌〉等都是如此,像這類的詩是值得肯定的。

(三) 朱彝尊認為瞿佑提倡及大量創作七言律詩,導致古風漸衰,詩教日下。瞿佑專選宋金元七言律詩編成《鼓吹續音》,自己也擅長創作七言律詩,這是事實,但瞿佑的《鼓吹續音》,除了鼓吹七言律詩之外,他反對當時「重唐輕宋」的詩風恐怕更具意義。其實瞿佑並未排斥古體詩,從前面佚詩的討論可知,瞿佑相當擅長古體詩,而且喜歡仿樂府古題創作新題樂府,所以說他造成「古風漸衰,詩教日下」,恐怕言過其實,並不公平。另外,瞿佑在創作手法方面,善於敘事、摹物及議論,這些恐怕也都取徑於宋詩,可見瞿佑詩歌視野之寬廣,並不侷限於盛唐,更何況是晚唐呢?

今天我們將瞿佑佚詩搜集在一起,能比較完整的看出瞿佑的詩歌創作風貌,但令人遺憾的,這些幾乎都是謫戍保安之前的作品,並沒有像《樂府遺音》所收的詞「大半是塞垣所作」[62],換言之,我們從這些詩看不到邊塞的景象,也難以見到瞿佑在邊塞的生活、感情或思想,這或許是瞿佑因詩禍緣故,在保安改以填詞抒悶而少於作詩吧?

---

[61] 〈沁園春〉收入瞿佑:《樂府遺音》(上海:上海古籍出版社,1992年7月,《明詞彙刊》本),下冊,頁1204。
[62] 《明詞彙刊》本《樂府遺音》卷末申丙題識,見同前註,頁1219。

——鄭因百先生百歲冥誕國際學術研討會論文，國立臺灣大學中國文學系主辦，2005年6月20日；收入國立臺灣大學中國文學系主編：《鄭因百先生百歲冥誕國際學術研討會論文集》（臺北：國立臺灣大學中國文學系，2005年7月），頁235-264。

詩詞

八卦山在臺灣古典詩中的意義

一、前言

　　八卦山，位在彰化市東側，毗連市區，海拔僅九十七公尺，頗適合市民登臨遊賞，因此早就成為彰化著名的風景區。尤其山上建造大佛像之後，無論搭乘鐵公路交通工具經過彰化市區，或遠或近都可瞻仰莊嚴的法相，於是八卦山大佛更成為彰化縣最具代表性的地標。

　　八卦山，就地理學而言，係屬於八卦山脈的一部分。八卦山脈是指由大肚溪南岸至濁水溪北岸的南北向延展的丘陵地與臺地。本文所稱的八卦山，乃根據一般民眾的認知，指的是大佛風景區及附近的山區而言。[1]

　　八卦山，舊名「寮望山」，其名始見於康熙五十六年（1717）刊行的《諸羅縣志》，該志卷一〈封域志〉云：「大武郡（今社頭）以北，廣漠平沙，孤峰秀出者，曰寮望山；其下有北路中軍之旅鼓焉，則半線之營壘也。」[2] 而後來也有將「寮望山」稱作「望寮山」者，如道光十五年（1835）刊行的《彰化縣志》、同治初年（1862）左右編纂的《臺灣府輿圖纂要》等，[3] 一般認為「望寮山」應是「寮望山」之誤。

　　「寮望山」在雍正十年（1732）被改名為「定軍山」，根據《彰化縣志》記載：「定軍山即八卦山，雍正間，巡道倪象愷平大甲西社番林武

---

[1] 賴盟騏：《八卦山的故事》（彰化：彰化縣立文化中心，1996 年 6 月），頁 1。
[2] 〔清〕周鍾瑄、陳夢林等：《諸羅縣志》（臺北：臺灣銀行，1962 年 12 月《臺灣文獻叢刊》第 141 種），頁 9。此則記載，為往後刊行的官方志書所沿襲，如乾隆六年劉良璧纂修：《重修福建臺灣府志》（臺北：臺灣銀行，1961 年 3 月《臺灣文獻叢刊》第 74 種）、乾隆十二年范咸纂修：《重修臺灣府志》（臺北：臺灣銀行，1961 年 11 月《臺灣文獻叢刊》第 105 種）、乾隆二十九年余文儀纂修：《續修臺灣府志》（臺北：臺灣銀行，1962 年 4 月《臺灣文獻叢刊》第 121 種）等皆是，「寮望山」名稱也沒改變。
[3] 〔清〕周璽：《彰化縣志》（臺北：臺灣銀行，1962 年 11 月《臺灣文獻叢刊》第 156 種），該書在卷 1〈封域志‧山川‧總說〉（頁 8）、〈封域志‧山川‧山〉（頁 11）及卷 2〈規制志‧城池〉（頁 35）等多處都提及「望寮山」。《臺灣府輿圖纂要》（臺北：臺灣銀行，1963 年 11 月《臺灣文獻叢刊》第 181 種），該書在〈臺灣府輿圖冊‧山水‧彰化縣〉（頁 33）及〈彰化縣輿圖纂要‧彰化縣輿圖冊‧山〉（頁 232）等處亦提及「望寮山」。

力等之亂,乃建亭山上,名山曰定軍,名亭曰鎮番,紀武功也。」[4]

乾隆五十一年(1786),彰化大里(今臺中市大里區)杙莊林爽文起兵抗清,在記載這個事件的相關文獻上,同時也開始出現八卦山名稱,如清高宗《御製詩文十全集》云:「八卦山,在彰化縣之西,地勢較高,距大里杙三十餘里,為前往賊巢必經之地。」(卷十五〈平定臺灣第六之三〉)[5]至於八卦山名稱的由來,則眾說紛紜,一說是嘉慶二年(1797)彰化知縣胡應魁命名;[6]一說是與山的形狀有關;[7]一說則與天地會黨活動有關;[8]而最近林文龍在〈且覓荒亭驗刼痕—彰化八卦山得名〉文中,根據《彰化縣志》、及嘉慶二十年(1815)所立的〈官山義塚示禁碑〉等文獻發現有「八卦亭山」的記載,因此考證認為「八卦山係因八卦亭山的簡化而得名,八卦亭山則又因鎮番亭而得名」[9],這種說法應該最為可信。

有關八卦山的文史研究,專書有賴盟騏著《八卦山的故事》(彰化:彰化縣立文化中心,1996年6月)、康原編著《八卦山文史之旅—礦溪舊情》(彰化:彰化縣立文化中心,1998年12月)等,論文亦有林文龍〈八卦山滄桑〉、康原〈賴和筆下的八卦山〉、戴寶村〈八卦山與彰化認

---

[4] 〔清〕周璽:《彰化縣志》,卷1〈封域志・形勝〉,頁20。又〔清〕范咸纂修:《重修臺灣府志》卷19〈雜記・園亭・彰化縣〉(頁543)明言「鎮番亭」建於雍正十年。

[5] 另外在《大清高宗純皇帝實錄》卷1293、《欽定平定臺灣紀略》卷41、楊廷理《東瀛紀事》、不著撰人《平臺記事本末》等各種乾隆年間的文獻史料都已出現「八卦山」的名稱。參見林文龍:《臺灣中部的開發》(臺北:常民文化事業公司,1998年5月),頁102。

[6] 此說以日人杉山靖憲:《臺灣名勝舊蹟志》(臺北:臺灣總督府,1916年)最早提出,後來許多人都採用。此說指出胡應魁因在縣署後建有太極亭,於是取「太極生兩儀,四象生八卦」之義,將東門外的寮望山命名為八卦山。但根據胡氏所撰〈太極亭碑記〉云:「竹城之東,有山名八卦者,於義未知何屬,但人人以為八卦,則竟成八卦云爾。」可知在胡氏建亭之前,已有八卦山之名,故胡氏命名之說不可信。〈太極亭碑記〉見《臺灣中部碑文集成》(臺北:臺灣銀行,1962年9月《臺灣文獻叢刊》第151種),頁11。

[7] 林文龍:〈八卦山滄桑〉云:「它的命名動機,有人說是原於象形(即山如八卦),這點筆者認為可能性很小,蓋乾隆年間既乏精密的測繪儀器,又沒有飛機能從空中俯瞰,焉能知道山如八卦?」見《臺灣文獻》第31卷第3期(1980年9月),頁126。

[8] 此說認為,「天地」二字,意與「乾坤」相同,而「乾坤」二卦又居八卦之首。天地會黨徒於彰化相當活躍,遂將「寮望山」改名「八卦山」。林文龍早年在〈八卦山滄桑〉文中力主此說,見同上註,頁126。另外賴盟騏在《八卦山的故事》中也主此說,見同註1,頁2-3。

[9] 林文龍:《臺灣中部的開發》(臺北:常民文化事業公司,1998年5月),頁99-119。

同意象的發展〉等，[10]在上述論著中，都已或多或少援引到有關八卦山的臺灣古典詩。個人生長在彰化，十多年來又在八卦山下任教，課餘也經常登覽八卦山，對八卦山有一份特殊的感情，而平日閱覽臺灣古典詩時，發現前賢常有八卦山的吟詠，因此擬針對這些詩作，[11]探討八卦山在詩人筆下所呈顯的意義。

二、登覽遊賞之勝境

八卦山在早期以「寮望山」之名出現時，就被介紹成：「大武郡（今社頭）以北，廣漠平沙，孤峰秀出者」[12]，雖然它的高度（海拔僅九十七公尺）並不高，但在廣闊平原的襯托之下，它的形象就顯得相當孤特秀麗，所以後來的志書也以「中峰疊翠，層巒聳拔」來形容它。[13]在康熙六十一年（1722）以首任巡臺御史身分來臺的黃叔璥（1666-1742）[14]，他曾深入臺灣原住民部落採擷風俗歌謠，撰成《臺海使槎錄》，其中也留有他的詩作，有一首〈晚次半線作〉，「半線」為當時位在彰化市區的平埔

---

[10] 林文見同註7。康文見《臺灣文藝》（新生版）第165期（1998年10月），頁11-18。戴文見《彰化文獻》第2期（2001年3月），頁121-138。

[11] 本論文所探討的臺灣古典詩，以明鄭到日治時期為範圍（1661-1945），由於施懿琳等編的《全臺詩》（臺南：國家臺灣文學館，2004年2月），目前只出版明鄭到清咸豐元年（1661-1850）以前的部分，其他則必須從叢刻、別集、選集、詩話、方志等書廣為蒐集，因此相關詩作一時恐難以完全聚集，僅以搜尋所得作為探討對象，計有詩人二十三家，作品六十首，詳見附錄〈八卦山古典詩一覽表〉。又本論文曾利用「中央研究院漢籍電子文獻瀚典全文檢索系統‧臺灣文獻叢刊資料庫」（http://www.sinica.edu.tw/~tdbproj/handy1/）、「網路展書讀‧臺灣古典漢詩全文檢索」（http://cls.hs.yzu.edu.tw/cp/Home.htm）從事資料搜尋，在此表示致謝。

[12] 〔清〕周鍾瑄、陳夢林等：《諸羅縣志》，頁9。

[13] 《福建通志臺灣府‧山川‧彰化縣》（臺北：臺灣銀行，1960年8月《臺灣文獻叢刊》第84種）云：「中峰疊翠，層巒聳拔，是為八卦山，距縣東三里，頂平而方，高出眾峰之上，舊名望寮山。」（頁74）。

[14] 本文所舉之詩人，第一次出現時標注其生卒年，以國家圖書館特藏組編：《臺灣歷史人物小傳——明清暨日據時期》（臺北：國家圖書館，2003年12月）為主要根據。

族部落名,[15] 這首詩前面描寫半線的自然風光云:

> 憶昔歷下行,龍山豁我情。
> 今茲半線遊,秀色欲與爭。
> 林木正蓊蘙,嵐光映晚晴。
> 重岡如迴抱,澗溪清一泓。……[16]

詩中雖沒有提及八卦山舊名「寮望山」,但從半線的地理位置可知詩中的山應是八卦山無疑。因此本詩可說是最早描寫八卦山的臺灣古典詩。作者以過去遊歷下(今山東省歷城縣)的舊經驗,將八卦山比作當地的「龍山」,並對林木、山嵐及迴抱的層巒、清澈的溪澗(作者自注云:「此為大肚溪」),都有所著墨。唯美中不足的,作者只是短暫停留的過客,所見的八卦山是透過「望」的視角而得,並未實際登覽。

(一)晨昏四時佳節,登覽各不同

八卦山不僅遠望林木蓊蘙、秀色特出,而其毗連市區及臺地地形,更方便民眾登臨遊賞,因此騷人墨客登覽之餘,難免加以吟詠,留下不少作品。有的詩人選擇清晨登山,如同治(1862-1874)年間流寓彰化的晉江(今福建省晉江縣)秀才蔡德輝,就曾寫下一首〈八卦山〉詩:

> 曉登八卦山,歸來讀《周易》。
> 掩卷一回思,山形尤歷歷。[17]

作者利用清早登覽八卦山,回家之後研讀《周易》,並將山形和《周易》的八卦作連結,這應是從「八卦山」的名稱所引發的聯想,很難說他親

---

[15] 林文龍在〈八卦山畔平埔社址考辨——以阿束社、柴坑仔社、半線社糾纏問題為中心〉一文指出:「過去,民眾認知的八卦山,通常只界定在彰化市區這段,而非地理學上的八卦山脈。從文獻記載來看,環繞這段名山的平埔族,包括了半線社、柴坑仔社及阿束社。三社址在今何地,檢閱當代有關舊地名或平埔族的專著,幾乎都認為半線社在彰化市區內。」見《彰化藝文》第2期(1999年1月),頁19-20。

[16] 〔清〕黃叔璥:《臺海使槎錄》(臺北:臺灣銀行,1957年11月《臺灣文獻叢刊》第4種)卷5〈番俗六考・北路諸羅番六〉,頁118。

[17] 連橫:《臺灣詩乘》(臺北:臺灣銀行,1960年1月《臺灣文獻叢刊》第64種),卷4,頁192。

眼所見的山形正如八卦。其實《周易》本是一部富有想像空間的筮書，作者讀後掩卷冥思，腦海中呈現八卦的山形，誰曰不宜？

同樣是清晨登八卦山，彰化詩人吳德功（1850-1924）這首五律〈曉登定軍山〉就相當寫實，詩云：

> 曉起登山隴，優游緩步行。
> 日從峰隙漏，風自澗中生。
> 嵐氣千層潤，巖泉一片清。
> 縱觀滄海外，帆影眼前呈。[18]

首聯寫早晨緩步登山，意態悠閒；中間兩聯以對仗刻劃山上風光，由晨曦、澗風、嵐氣、巖泉等構成一幅清幽的景色；末聯則跳脫八卦山，寫遠眺鹿港外海，見到點點帆影。

吳德功在早晨登山遠眺，而橫跨臺灣新舊文學的賴和（1894-1943），則選擇傍晚登臨望遠，他所作的一首七律〈八卦山晚眺〉寫道：

> 振衣躡上望洋崗，草正離離鳥弄簧。
> 雲起來時山黯澹，天低盡處海滄茫。
> 人家高下藏春樹，古木參差仰夕陽。
> 放下眼眶聊遠望，前山幾陣下牛羊。[19]

賴和筆下的八卦山，除了有：茂盛的芳草、好音的鳴鳥、深濃的雲氣、參差古木、夕陽等自然景物外，他也和吳德功一樣遠眺茫茫的鹿港外海。不同的是，吳德功以遙遠的帆影作結，而賴和則將視點拉回到高低錯落隱藏在樹叢的人家，並且以陣陣從前山回家的牛羊作結，顯得充滿鄉野人間情味。

詩人在晨昏不同的時間登覽八卦山有不同的觀察，在不同的季節或

---

[18] 吳德功：《瑞桃齋詩稿》（南投：臺灣省文獻委員會，1992年5月《吳德功先生全集》），頁37。連橫：《臺灣詩乘》卷6亦有收錄，文字稍有不同。

[19] 賴和：《賴和全集》（臺北：前衛出版社，2001年1月）冊4，〈漢詩卷（上）〉卷二，頁45；又卷4頁153有同題二首，卷8頁249有同題一首，文字皆稍有出入。該詩紀年為1913年作。

節日登覽八卦山又各有怎樣的體會呢?先看倡設櫟社的霧峰名詩人林朝崧(1875-1915,號癡仙),他曾在戊申年(1908)正月來到八卦山,寫下〈戊申正月攜妓訪槐庭,慰其喪妾三首(其一)〉的七絕詩:

> 迢迢訪舊聚星樓,一路名花共載游。
> 攜手定軍山色裏,青衫紅袖兩風流。[20]

槐庭,是陳懷澄(1877-1940)的字,鹿港人,於 1902 年與林朝崧同組櫟社,兩人可說是志同道合的詩友,當陳氏喪妾時,林朝崧特別去慰問他。作者秉性風流,知道友人喪妾後的孤單寂寞,因此攜妓去為友人唱歌勸酒,以解憂悶,同題第三首末兩句即寫道:「故遣秋娘唱〈金縷〉,借君酒勸解君憂」。本詩為第一首,林朝崧寫他在訪友途中,趁著明媚的春光攜妓同遊八卦山,詩中的「名花」,既指名妓,也指爭妍鬥豔的春花,有一語雙關之妙;八卦山絢爛的春色,也正好映襯這對才子佳人的風流。本詩相當浪漫,要不是詩題有「慰其喪妾」字樣,否則根本看不出作者此行是要去慰問友人喪妾的。

春天的八卦山讓弔喪的林朝崧忘記了悲情,陶醉在浪漫的氛圍之中,而冬日的八卦山又會給詩人怎樣的感受呢?彰化舉人陳肇興(1831-?)曾寫了一首〈冬日漫興〉:

> 野館歸來百事乖,攻愁唯仗酒千杯。
> 詩當得意逢人誦,家到無錢怕客來。
> 亂葉隨風飄不定,野花著雨落猶開。
> 庭前此日蕭條甚,好去軍山探早梅。[21]

這首詩作於壬子年(咸豐二年,1852),當時陳肇興設教里中,尚未中舉,事事不如意,生活困苦,所以借酒澆愁,尤其面對冬天的風雨,門庭枯葉亂飄、野花凋落等蕭條景象,讓他想到應該上定軍山去探尋早梅。梅

---

[20] 林朝崧:《無悶草堂詩存》(臺北:臺灣銀行,1960 年 2 月《臺灣文獻叢刊》第 72 種),卷 3(丙午至庚戌),頁 97。
[21] 〔清〕陳肇興:《陶村詩稿》(臺北:臺灣銀行,1962 年 8 月《臺灣文獻叢刊》第 144 種),卷 1(壬子),頁 5。

花凌冒寒冷而開，是堅貞剛毅的象徵，詩人探梅之舉，正是處於惡劣環境的讀書人自我期許的表現，這時的八卦山，也讓人覺得和詩人的性格多麼接近。

另外，日治時代曾任大庄（今彰化縣大村鄉）區長的賴紹堯（1871-1917），他是櫟社成員，也曾寫下一首五古〈冬日登八卦山〉：

> 晨登八卦山，信美風景別。
> 氣和天宇澄，茲遊固佳絕。
> 冬令行春溫，萬彙忘慘冽。
> 嘉木蔚成林，欣欣相媚悅。
> 澗草復青青，山花況未歇。
> 誰知造化心，正氣有肅殺。
> 羨彼蘭蕙姿，含芬老巖穴。
> 時來苟不榮，運傾或未折。
> 感喟遂成章，持以奉明哲。[22]

詩人在冬天早晨登八卦山，氣候暖和，天空澄淨，看到山上景物相當優美，嘉木成林，澗草青青，山花未歇，這是暖冬的現象，所以八卦山一片春意盎然。但詩人並不因偶然現象而志得意滿，馬上興起危機意識，認為這樣的榮景並不能長久，最後還是難逃造化肅殺的命運。因此他筆鋒一轉，羨慕巖穴中的蘭蕙，默默含著芳香，不受時運的影響，可以免遭摧折。詩人處在日人殖民統治的環境之中，避免與當局正面衝突的心情，是可以理解的。

八卦山在詩人筆下，春天有溫柔浪漫的氣氛，冬天又有堅強挺拔的精神，在冬行春令時，又產生了一種憂患意識，八卦山與詩人之心是如此緊密的結合在一起。難怪乎鹿港詩人施梅樵（1870-1949）在〈登定軍山〉七律首聯即云：「天留勝景助詩雄，莫大乾坤在眼中」[23]，八卦山提供了美景給詩人登覽遊賞，同時也激發了他們的創作靈感。

---

[22] 傅錫祺編：《櫟社沿革志略》（臺北：臺灣銀行，1963 年 2 月《臺灣文獻叢刊》第 170 種），附錄，《櫟社第一集・逍遙詩草》，頁 56。

[23] 施梅樵：《梅樵詩集・鹿江集》（臺北：龍文出版社，2001 年 6 月《臺灣先賢詩文集彙刊》第一輯），頁 63。

八卦山除了供人平日登覽之外,每逢重要節日,文人更是絡繹不絕,留下許多吟詠節序又與八卦山相關的詩作,如清明節有:陳肇興〈清明同友人遊八卦山〉二首[24]、吳德功〈清明踏青〉[25]等,重陽節有:黃清泰(1767-1822)〈九日登八卦山〉[26]、吳德功〈九日同施山長遊八卦山〉[27]、賴和〈初九早登八卦山風冷霧大〉[28]等。清明詩中的八卦山因與墳場有關,故留待下文介紹,以下茲舉黃清泰的重陽詩〈九日登八卦山〉為例:

  海色天容一鏡描,仙風拂拂袂飄飄。
  千秋醉把龍山酒,七字吟成鹿港潮。
  地勢長蛇宜據險,民情哀雁怕聞謠。
  太平須悟邊防重,半壁東南翼聖朝。

黃清泰,鳳山人,以書生習武,頗好吟詠。乾隆五十一年(1786)林爽文事變,奉檄領鄉勇守郡,隨軍賞六品銜,累擢彰化都司(掌軍政之武官)。[29]這首七律應作於都司任上,當時作者少年得志,在重陽節登八卦山,遙望海天如鏡,神清氣爽,志氣昂揚,一方面飲酒賦詩,表現文人之風雅,一方面又不忘要為朝廷守疆衛土,表現武將之豪情。這時的八卦山,既仙風拂拂,風雅可親,又勢如長蛇,險峻可守,詩人也呈顯出儒將的形象。

(二)鎮亭定寨豐亭,雅致入八景

  由於八卦山景色優美,便於登臨,而在彰化的開發過程中,山上又增添了一些人文、軍事建築,而這些建築配合自然美景,相得益彰,於是變成人氣聚集的重要景點,自清雍正元年(1723)彰化設縣以後,方志中便記載有所謂的「彰化八景」,其中與八卦山有關的,以「鎮亭晴

---

[24] 〔清〕陳肇興:《陶村詩稿》,卷2(甲寅),頁14。
[25] 吳德功:《瑞桃齋詩稿》,頁88。
[26] 連橫:《臺灣詩乘》,卷3,頁153。
[27] 吳德功:《瑞桃齋詩稿》,頁68-69。
[28] 賴和:《賴和全集》,冊5,漢詩卷(下)卷13,頁380。該詩紀年為1916-1917年作。
[29] 國家圖書館特藏組編:《臺灣歷史人物小傳——明清暨日據時期》,頁607。

雲」最早入選,[30]後又有「定寨望洋」、「豐亭坐月」入選,[31]茲依序介紹這些勝景及吟詠之作。

1. 鎮亭晴雲

雍正十年(1732),臺灣巡道倪象愷為紀念平定大甲西社番之亂,於寮望山上建「鎮番亭」。[32]雍正十二年,秦士望任彰化知縣,任內將「鎮亭晴雲」選入「彰化八景」,每一景皆以詩記之。[33]乾隆六十年(1795),鎮番亭毀於「陳周全之役」。[34]茲將秦士望所作之〈鎮亭晴雲〉詩錄之如下:

縹緲孤亭蘯碧天,遊人得到儼登仙。
舉頭萬里晴光徹,笑指千儼秀色懸。
雲去雲來風片片,鳥飛鳥落水田田。
縱觀滄海塵寰遠,一點征帆一點煙。

首聯寫「鎮亭」,極言其位置之高,使遊人到此儼然登仙。頷聯寫「晴」,描述晴空萬里時,八卦山秀色可觀。頸聯寫「雲」,描繪雲隨風一片去一片來,鳥也在鮮碧的溪水此起彼落的飛翔。末聯寫從鎮亭遠眺,可縱觀滄海之點點征帆。全詩與題面一一呼應,鎮亭晴雲之美正突顯八卦山為登覽遊賞之勝地。

2. 定寨望洋

嘉慶十六年(1811),縣令楊桂森修築彰化縣城時,在定軍山上鎮番亭故址建構磚寨,命名為「定軍山寨」,也簡稱「定軍寨」、「定寨」。[35]

---

[30] 乾隆六年(1741)劉良璧等修《重修福建臺灣府志》所列的「彰化八景」,除「鎮亭晴雲」外,另有:焰峰朝霞、鹿港夕照、眉潭秋月、虎溪春濤、海豐漁火、肚山樵歌、線社煙雨。見同註2,卷20〈藝文・詩〉,頁599-601。

[31] 道光十六年(1836)周璽等編《彰化縣誌》所列的「彰化八景」,除「定寨望洋」、「豐亭坐月」外,另有:虎巖聽竹、龍井觀泉、碧山曙色、清水春光、珠潭浮嶼、鹿港飛帆。見同註3,卷12〈藝文誌・詩〉,頁493-500。

[32] 同註4。

[33] 〔清〕劉良璧纂修:《重修福建臺灣府志》,卷20〈藝文・詩〉,頁599-601。

[34] 〔清〕周璽:《彰化縣志》,卷1〈封域志・形勝〉,頁20。

[35] 同前註,又同書卷2〈規制志・城池(寨附)〉對該寨的結構有詳細介紹:「定軍山寨,周圍計長六十丈,雉堞五十六。內高一丈二尺,外高一丈五尺,連雉堞高三尺,共高一丈八尺。基寬一丈五尺,上寬一丈。砲臺四座,水洞一,樓門一。」見頁36-37。

定寨本為屏障縣城之軍事設施，但從此居高臨下，可以遠眺鹿港外海，因此嘉慶十八年，縣令楊桂森重新選定「彰化八景」時，便將「定寨望洋」列入。定寨曾在同治元年（1862）毀於戴潮春之役，後又重建。光緒二十一年（1895）抗日之役，定寨又遭戰火，1914 年被日人拆除。[36]

有關「定寨」登覽之勝狀，根據《彰化縣志》記載：「門樓高敞，登臨一望，遠矚全邑之形勝，近瞰一城之人煙，甚壯觀也。而大海茫茫，飛帆在目，則又得一勝概矣。」[37] 定寨有如此登高望遠之優勢，許多的詩人也不吝加以歌詠，如《彰化縣志》卷十二〈藝文志〉所收就有：黃驤雲（1829 年進士）、陳書（1821-1850 寓居彰化）、曾作霖（1816 舉人）、陳玉衡（1808-1843）等人所作的〈定寨望洋〉詩四首。[38] 黃驤雲為曾任彰化都司的黃清泰之子，大都在大陸讀書及作官，他所寫的這首詩與其父的〈九日登八卦山〉意境頗為相近：

　　此地當年舊戰場，我來拾簇弔斜陽。
　　城邊飲馬紅毛井，港外飛潮黑水洋。
　　一自雲屯盤鐵甕，遙連天塹固金湯。
　　書生文弱關兵計，賢尹經綸說姓楊。

詩中除描寫登覽之勝外，主要在寫定軍寨如鐵甕金湯般的堅固，並稱讚縣令楊桂森雖是書生，卻有軍事眼光。作者和其父黃清泰詩中所云「地勢長蛇宜據險」、「太平須悟邊防重」，皆從保疆衛土的立場出發是一致的。

其他三人的〈定寨望洋〉詩則擺脫定軍寨的軍事功能，將八卦山當作一個據高點，眺望海洋，歌詠鹿港商貿所帶來的繁榮，如陳書寫道：

　　定軍山上定軍寨，放眼望洋氣壯豪。
　　潮汐去來滄海闊，帆檣迢遞碧天高。

---

[36] 林文龍：〈八卦山滄桑〉，《臺灣文獻》第 31 卷第 3 期（1980 年 9 月），頁 132-133。
[37] 同註 34。
[38] 〔清〕周璽：《彰化縣志》卷 12〈藝文志・詩〉，頁 493-499。

卦亭久見閒兵壘，鹿港多看集賈舶。

幸際太平登眺日，安瀾全不湧波濤。

陳書為桃源（今湖南省桃源縣）諸生，清道光年間寓居彰化「螺青書屋」，從事教學工作。[39] 他在定軍寨放眼望洋，志氣豪壯，看到滄海遼闊、帆檣迢遞，鹿港商船雲集，這種太平景象令他印象特別深刻。彰化舉人曾作霖也寫道：「紅夷海市鬧斜陽」、彰化生員陳玉衡則寫道：「門戶而今開鹿港，依稀爭看估人船」，從這些詩句，可知定寨就像八卦山上的一扇窗，讓他們擴大了視野，看到海洋的壯闊及商貿給臺灣帶來的生機。

3. 豐亭坐月

嘉慶二年（1797），彰化知縣胡應魁以縣治的主山名八卦山，乃於縣署後建「太極亭」，亭為重樓，上有護欄，複道相通，可以眺遠；戶牖軒谿，具有雅致。[40] 嘉慶十六年，知縣楊桂森加以重修，恰巧是年三月，穀價高漲，而四月卻早禾大熟，楊氏遂把太極亭改稱「豐樂亭」，取「年豐民樂」之義。[41] 後將「豐亭坐月」列為彰化八景之一。日治時期，因城內的舊縣署日漸毀壞，乃將豐樂亭遷建八卦山上（在今銀橋旁），並恢復太極亭舊稱。[42]

有關「豐亭坐月」的吟詠，《彰化縣志》卷十二〈藝文志〉收有：黃驤雲二首、曾作霖及陳玉衡各一首。[43] 另外《彰化縣志》卷十二還收有胡應魁的〈太極亭記事詩〉一首，[44] 由於這些詩和八卦山無密切關連，因此不予討論。日治時期豐樂亭遷建八卦山上，彰化詩人吳德功在登覽之餘，

---

[39] 施懿琳等編：《全臺詩》（臺南：國家臺灣文學館，2004年2月），冊1，頁244。

[40] 〔清〕周璽：《彰化縣志》卷1〈封域志・形勝〉，頁19。建亭時間《縣志》謂嘉慶三年，而胡氏親撰的〈太極亭碑記〉署年作嘉慶二年，應依〈碑記〉為是。〈碑記〉見《臺灣中部碑文集成》，頁11。

[41] 〔清〕周璽：《彰化縣志》卷1〈封域志・形勝〉，頁19-20。

[42] 林文龍：〈八卦山滄桑〉，《臺灣文獻》第31卷第3期（1980年9月），頁134。

[43] 〔清〕周璽：《彰化縣志》卷12〈藝文志・詩〉，頁493-499。黃驤雲所作「亭高百尺插晴空」一首，陳漢光懷疑為陳書所作，見陳編《臺灣詩錄》（臺中：臺灣省文獻委員會，1984年6月），中冊，頁667。

[44] 〔清〕周璽：《彰化縣志》卷12〈藝文志・詩〉，頁488。

曾寫下一首七絕〈戊午（1918）中秋登太極亭觀月,此亭原楊大令桂森建在縣署後,名豐亭坐月,為彰化八景之一〉（戊午移建八卦山右側）,末兩句云:「更上一層窮遠矚,汪洋大海月波流」[45],描寫登高望遠,看見明月照射下的汪洋大海,頗有氣勢。後又寫了一首七律〈中秋後登太極亭遠眺〉,末聯寫道:「滄海桑田頻變換,登臨根觸不勝愁」[46],表示對世事變幻莫測的無限傷感。鹿港著名詩人洪繻（1867-1929）也曾到此一遊,他寫了一首七律〈八卦亭偶望（在邑城外岡阜,西望洋,東望山,下瞰邑城）〉：

海天無際暮煙浮,一線秋空數點愁。
車馬往來南北路,估船向背東西流。
青山出水圍城郭,紅樹穿雲壓市樓。
偶欲放歌亭下去,嵐光月色暫勾留。[47]

洪繻,字棄生,乙未割臺之役,曾經與丘逢甲等同倡抗戰,事敗後潛歸鹿港,杜門不與世事,以遺民終其一生。[48]這首詩寫秋天日暮,在太極亭眺望,作者遙望遼闊的海天漸漸被暮煙籠罩,只見遠方一線的秋空有數點帆影（也可能是彩霞、或是歸鴉）而引起內心的幾許惆悵。他看到車馬南北往來,商船東西交通,這些景象顯現人世間的繁忙,紅塵的紛擾。他接著寫青山流水環繞縣城,紅樹穿雲籠罩市樓等優美景色,最後並以八卦山上的嵐光月色吸引人作結,使自己無法放歌離開太極亭而去。這時的八卦山似乎提供失意者忘懷俗塵的清幽之境。

---

[45] 吳德功:《瑞桃齋詩稿》,頁 244-245。
[46] 同前註,頁 242-243。
[47] 洪繻:《寄鶴齋詩集》（南投:臺灣省文獻委員會,1993 年 5 月《洪棄生先生全集》）,頁 98。
[48] 國家圖書館特藏組編:《臺灣歷史人物小傳——明清暨日據時期》,頁 335。

三、彰化縣城之表徵

　　山，矗立地表之上，居住在周遭的子民，經常可以近觀遠眺，它既像守護神，使其下的子民有所依靠；它又像一座燈塔，使漂泊的遊子得以企盼。因此，許許多多的名山，往往成為當地的指標，也成為當地居民的精神堡壘。就大而言之，如玉山之於臺灣、富士山之於日本，又如泰山之於山東、華山之於陝西、衡山之於湖南；就小而言之，如陽明山之於臺北、鍾山之於南京、惠山之於無錫等無不如此；八卦山雖然不高，但就彰化人而言，它的精神高度應該遠超過實際高度。

　　彰化詩人陳肇興，在未中舉之前以教書糊口，生活艱辛，但他有讀書人的風骨，所以〈冬日漫興〉詩寫道：「庭前此日蕭條甚，好去軍山探早梅」，八卦山成為他處於困境時的精神寄託，前面已敘述過。後來他中式舉人，同治元年（1862）戴潮春起事，他謀刺潮春，不中，幾乎遭遇不測。閏八月，肇興避入集集內山，教化訓練原住民，組成隊伍幫助官軍作戰，夜則秉燭賦詩，追悼陣亡百姓。[49]

　　肇興在避亂期間，想念陷於烽火的彰化家鄉，曾寫下〈憶故居〉四首七律，其第三首云：

> 小築吟樓號古香，半儲書畫半巾箱。
> 山橫定寨青排闥，樹接豐亭綠過牆。
> 幾度栖遲同燕雀，一經離亂又豺狼。
> 帑金掠盡門窗圮，惟有青苔對夕陽。[50]

作者是一個文人雅士，首聯寫自己的故居名為「古香樓」，收藏有書畫、典籍，供自己玩賞、諷讀，可見過去生活是如何的高雅與安逸。頷聯寫故居的所在，面對定軍山，緊鄰豐樂亭，目光所及都是青山綠樹，景色相當優美。頸聯寫自己本想如此安居樂業，孰料卻遭遇戰亂，使美夢成

---

[49] 同前註，頁541。
[50] 〔清〕陳肇興：《陶村詩稿》，卷7（壬戌），頁102。

空。末聯寫故居遭受擄掠破壞,如今已變成廢墟,不勝淒涼悲痛。詩中的「山橫定寨青排闥,樹接豐亭綠過墻」,固然是故居環境的實寫,但也正因為每天面對這座綠意盎然的青山,讓他無法忘懷,所以八卦山與縣城故居是緊密結合在一起的。

同治三年,戴潮春事平,陳肇興旋歸彰化,他看到家鄉殘破的景象,曾寫下〈亂後初歸里中〉五首七絕,[51] 其一、其三、其四皆與八卦山有關,茲依序錄之如下:

一別山城已兩年,初歸猶自怯烽煙。
荊榛塞遍來時路,幾度停輿不敢前。

滄桑回首總傷情,舊日樓臺一望平。
僮僕不知陵谷變,向人猶問定軍城(時定軍城已燬)。

定軍山下草萋萋,幾處頹垣臥蒺藜。
鄉里到來偏不識,卻教輿子問東西。

其一首句用「山城」代表彰化縣城,是將八卦山和縣城結合在一起。其三末句則將彰化縣城直接稱為「定軍城」,即是以「定軍山」作為「縣城」的標誌,才會如此稱呼。其四開頭兩句:「定軍山下草萋萋,幾處頹垣臥蒺藜」,寫彰化縣城經過戰火破壞,如今已變成廢墟,這裡更明顯以定軍山作為縣城的表徵。因為儘管縣城被毀,到處都是荒煙蔓草、斷垣殘壁,但只要定軍山仍然屹立著,靠這座地標就可引導詩人回家,所以「定軍山」就成為彰化縣城的定位儀。

不僅彰化本地詩人以八卦山作為縣城的表徵,即使外地詩人也能感受到八卦山與縣城的密切關係,如出身霧峰林家名門的詩人林資銓(1877-1940),他與堂叔朝崧、堂弟資修(幼春)被稱為「櫟社三傑」[52],就曾寫下兩首七絕的〈彰化紀事〉詩,第二首寫道:

---

[51] 同前註,卷8(癸亥),頁137。
[52] 國家圖書館特藏組編:《臺灣歷史人物小傳——明清暨日據時期》,頁267。

病裏傷春強自寬，燈前聊擁好花看。
鴛鴦衾薄禪心定，耐得山城二月寒。[53]

作者和他的堂叔一樣風流浪漫，林朝崧慰友人喪妾而攜妓遊八卦山，前已敘述過，這次換朝崧的堂姪來到彰化，竟然也是擁著「好花」（朝崧共遊的是「名花」），這裡的「好花」指的就是第一首所寫的贈枕佳人：「嬌羞不語也堪親，客子難逢贈枕人。一片玻瓈窗外月，夜深玉體照橫陳。」因為有「好花」相伴，所以耐得住二月「山城」的寒冷。作者堂叔在正月攜妓遊八卦山，感受到山上的春意盎然，而作者在二月處於客館獨自傷春，燈前雖擁有「好花」可看，但感受到的卻是「山城」的寒意，兩人的心理狀況大不相同。作者以「山城」代指彰化縣城，可見他也體悟到八卦山和縣城是無法分開的。

四、歷次戰爭之場域

八卦山自彰化市區向北而東延伸，綿延甚長，形勢險要，正如黃清泰〈九日登八卦山〉所云：「地勢長蛇宜據險」（見前引），尤其從山上俯瞰彰化縣城，城內的一舉一動，盡收眼底，只要據有八卦山，居高臨下，縣城就難逃掌握。因此自古以來，在彰化發生的歷次戰役，八卦山都成為兵家必爭之地，黃清泰之子黃驤雲〈定寨望洋〉寫道：「此地當年舊戰場」（見前引），即反映這個事實。根據林文龍〈且覓荒亭驗劫痕——彰化八卦山得名〉一文之介紹，發生八卦山爭奪戰的歷次戰役計有：林爽文之役、陳周全之役、戴潮春之役、施九緞之役、乙未抗日之役。[54] 乾隆五十一年（1786）的林爽文之役及光緒十四年（1888）的施九緞之役，因未見有詩人將戰役與八卦山結合吟詠，故闕而不論，以下則按時間先後，論述與陳周全、戴潮春、乙未抗日等戰役相關之詩作，以了解八卦山在前賢詩中所具有的戰場意義。

---

[53] 林資銓：《仲衡詩集》（臺北：龍文出版社，1992年3月《臺灣先賢詩文集彙刊》第一輯），頁186。
[54] 林文龍：《臺灣中部的開發》，頁112-118。

（一）陳周全之役

　　陳周全（?-1795），原是閩廣天地會黨，後到鳳山、彰化糾合群眾，乾隆六十年（1795）起事，先陷鹿港，再進攻彰化縣城。當時文武官員帶兵駐紮八卦山，和陳周全部眾發生激戰。在會黨迫近時，卸事署副將陳大恩擲火藥桶，大恩本人及署北路副將張無咎、知縣朱瀾等官員皆被焚死，都司焦光宗自殺獲救。陳周全攻陷彰化城後五日，被義民擊潰，逃至小埔心被捕。[55]

　　在八卦山保衛戰中，彰化知縣朱瀾不僅自己殉職，其妻某氏聞變，率婦魯氏、女群姑投水，遇救，又投環自盡，獨某氏又遇救不死。子兆嗣亡匿民間，得逢其母，乃收父骸葬之。浙江錢塘人王槐曾作〈八卦山行〉記載此事，詩云：

搜羅金穴窮膏腴，挺而走險森戈殳。
倉皇勦撫俱失策，逸去旁縣遭焚屠。
八卦山前列旗鼓，擁兵觀望散部伍。
斷指淋漓語未終，賊眾憑陵氣如虎。
怪雲壓陣乘長風，將軍駢首縣令同。
摧枯拉朽一軍覆，握拳嚙齒真人雄。
夫人聞變起嗚咽，氣激蛾眉慘無色。
拚拋骨肉付波臣，忍將紅粉羅鋒鏑。
宛轉池中死未能，投環先後魂冥冥。
捐軀一旦靈旗動，戰血千年鬼火青。
天慰孤忠留一線，郎君母子重相見。
痛哭還疑夢裏逢，急收殘骨歸鄉縣。
簪筆儒臣重策勳，魚軒象服表貞魂。
鄙夫誤公失死所，精靈夜夜哭幽墳。
我作公詩奮直筆，紙上霜飛聳毛骨。
輶軒他日采風謠，會將公事排天闕。[56]

---

[55]　〔清〕周璽：《彰化縣志》，卷11〈雜識志・兵燹〉，頁575-581。
[56]　連橫：《臺灣詩乘》，卷3，頁116-117。

根據連橫《臺灣詩乘》記載，王槐字丹生，乾隆時人，業鹽，為人風雅，著《廢莪室詩草》。[57]王槐這首歌行體的八卦山詩，內容重點並不是在吟詠八卦山，而是以八卦山為戰爭之場域，歌詠陳周全事件之緣起及戰爭過程之慘烈，所以是一首詠史詩，而詩中突顯彰化知縣朱瀾及其家屬女眷的英烈事蹟，頗類似史傳，並且對官府「勦撫失策」、將領「擁兵觀望」等也有所批評，又含有史評的成分在裡面。作者相當同情朱瀾的遭遇，希望藉著詩歌的流傳使其事蹟能上達天聽，不要讓他永遠被埋沒。作者雖然只是一個喜歡風雅的生意人，但他不以成敗論英雄，奮起直筆歌詠殉難之知縣，使八卦山又增添英烈之色彩。

（二）戴潮春之役

戴潮春（？-1863），字萬生，彰化四張犁莊（今臺中市北屯區）人，家世富裕，世代為北路協鎮署稿之職。咸豐十一年（1861），潮春結好彰化知縣高廷鏡，而北路協副將夏汝賢以其貳於己，索賄不從，因革其職。潮春既家居，乃立「八卦會」，辦團練，備鄉勇三百人，後增至數萬人。同治元年（1862）分巡臺灣兵備道孔昭慈親至彰化彈壓，戴潮春遂結合八卦會黨起事。三月十七日，會黨佔據八卦山，控制砲臺，攻擊彰化縣城，縣城於十九日夜半陷落。同治二年十二月，清軍會同地方武力收復彰化。同治三年，戴潮春餘黨又聚眾再起，佔領八卦山，彰化知縣凌定國召集地方武力對抗，林文察率勇援彰化，才將事件平定。[58]

當彰化縣城被戴潮春攻陷時，陳肇興曾作一首七律〈二十日，彰化城陷〉，詩云：

卦山何處擁旌旗，烽火連朝上翠微。
定寨城空誇犄角，望洋援已絕重圍
　　（按：此句疑有誤，應作「望洋援絕已重圍」）。

---

[57] 同前註。
[58] 參見吳德功：《戴施兩案紀略》（臺北：臺灣銀行，1959年6月《臺灣文獻叢刊》第47種），頁3-57；連橫：《臺灣通史》（臺北：幼獅文化事業公司，1988年10月），卷33〈戴潮春列傳〉，頁677-684。

> 優柔養寇機先失,倉率陳兵計又非。
> 從此瀛壖無樂土,荊榛塞路亂蓬飛。[59]

陳肇興是一位得過功名的舉人,他支持清廷、反抗戴潮春,但他在這首詩中,對於地方決策官員相當不滿。首聯寫八卦山被戴潮春佔領,一片青山遭受戰火侵襲。頷聯以「定寨望洋」拆開作為對仗,寫官軍部署錯誤,沒有重兵固守彰化縣城,以致淪陷。頸聯則直接批判官員平日優柔寡斷,喪失制敵於機先;戰時又倉促部署,缺乏用兵之謀略。末聯寫彰化縣城淪陷之後,這片海邊樂土將從此消失了,老百姓再也無法過著安居樂業的生活。

陳肇興詩中毫無保留批判守土官員的無能,而他並不認同戴潮春造反有理。但經過半世紀之後,具有反抗精神的賴和對戴潮春卻有截然不同的評價,他在〈讀臺灣通史十首(之九)〉寫道:

> 戴潮春亦一時英,驀地干戈起不平。
> 今日定君山下路,冤燐夜夜竹根生。[60]

作者起筆就直接指出戴潮春也是一時之英傑,這和過去清廷將戴氏列為叛逆有如天壤之別,賴和之所以肯定戴潮春,其立場就是戴潮春勇於起來反抗不平。開首兩句以太史公之筆,評斷簡短有力,既是賴和讀《臺灣通史・戴潮春列傳》的心得,也是他一生勇於反抗不平的精神寫照。[61] 接著末兩句則以詩人抒情的筆法,對當年為反抗不平而戰死在定君山(即「定軍山」,「君」、「軍」同音假借)下的冤魂,寄予無限的同情。

陳肇興和賴和筆下的八卦山,雖然都是戴潮春與清軍作戰之場域,但陳肇興認為八卦山應該是插著清朝旌旗的,對於八卦山與彰化縣城的淪陷,不勝悲憤。而賴和則將「定軍山」改為「定君山」,他在另一首

---

59 〔清〕陳肇興:《陶村詩稿》,卷7(壬戌),頁91。
60 賴和:《賴和全集》,冊五,漢詩卷(下)卷10,頁322。該詩紀年在1916-1917年。
61 賴和在〈讀臺灣通史十首〉之末有注云:「昔臺之民人以反抗政府著稱,今日以服從見賞,何今昔之不同如此,亦教育之收效否乎?」(見同前注)其反抗精神可見一斑。

〈盡日無聊招錫烈阿本遊水源地道中得此〉詩中寫道:「八卦亭荒春草碧,定君壘廢夕燒紅」[62],仍然用「定君」代替「定軍」,可見這應該是作者有意識的更改,或許他認為「定軍」過於礙眼,也或許他認為該定的是統治者之「君」,而不是揭竿起義之「軍」吧!

(三) 乙未抗日之役

清廷因甲午戰敗,與日本簽定「馬關條約」,將臺灣割讓給日本,光緒二十一年(1895)乙未,日本來臺接收時,遭到臺灣百姓強烈的抵抗。日軍於五月二十九日自澳底登陸,由北往南推進,不久便兵臨彰化,於是爆發了大規模的抗日戰役,其主戰場就在八卦山。八月二十五日,日軍欲渡大肚溪,被吳湯興、徐驤等人伏擊,狼狽潰逃。二十七日,日本近衛師團長北白川宮能久親王到崁仔腳(今大肚區新興村)勘查地勢,為八卦山守將沈福山發現,開砲轟擊,能久親王等人皆受傷。二十八日凌晨,日軍分三路進攻八卦山,守軍奮勇作戰,死傷大半,但八卦山仍告失守,湯仁貴、李士炳、沈福山、吳湯興、吳彭年等人皆相繼中彈身亡。日軍攻下八卦山後,便在山上向彰化城猛烈轟擊,彰化城遂陷。[63]

八卦山經過這場殖民戰爭的摧殘之後,許多在殖民統治下的詩人登覽時,都難忘這場慘烈的戰爭,留下不少感慨深刻的作品。如親身經歷戰爭的吳德功就曾寫下一首五古〈登定軍寨有感〉:

定軍山上寨,圓頂屹雄峙。
巍峨建雄堞,護衛保桑梓。
世變輒遭亂,垣墉盡傾圮。
回憶乙未秋,黑旗樹營壘。
徐、吳聞雞舞,慷慨勵將士(徐驤、吳湯興二士把守)。
大軍天上來(日軍從後山包抄),銃聲響聒耳。
彈丸如雨粒,傅城集如蟻。
兵勇鳥獸散,蜃弧旗樹起。

---

[62] 賴和:《賴和全集》,冊4,漢詩卷(上)卷4,頁151。
[63] 參見賴盟騏:《八卦山的故事》,頁66-67。

> 登高試一望，窺見室家美。
> 逃軍無鬥志，阻險奚足恃。
> 春秋逢佳日，拾級足重履。
> 滿目盡草萊，殘基賸廢址。
> 青山依舊青，丁壯溝洫死。[64]

作者登上八卦山，看到定軍寨的城牆已經全部傾毀，讓他回憶起乙未這場抗日之役，詩中一方面肯定當時徐驤、吳湯興的慷慨奮起，英勇抗敵，一方面也批判部分軍士望風而逃，缺乏鬥志；最後則以八卦山依舊青翠，襯托那些戰死溝洫的壯士，表示對他們的英年早逝不勝哀悼。

又如參與抗日以遺民終其一生的鹿港詩人洪繻，他從八卦山眺望彰化縣城，寫了一首七古〈荒城秋望〉[65]，詩中云：「八卦山頭舊寨平（山上舊有兵寨），石虎新遺趙王堡（今有日本親王遺跡）」，以定軍寨被剷平，改建為日本能久親王紀念碑，代表國土淪落，朝代更替。全詩透過彰化縣城被戰爭破壞，昔日繁華已經不再，而變成一座荒城，從此反映臺灣淪為殖民地的悲哀，所以詩末寫著：「日落無聲鴉影多，牧夫樵豎動哀歌；無限滄桑經海島，那堪荊棘遍山河！」

另外霧峰詩人林朝崧，在戰後登八卦山所見的彰化景象也和洪繻一樣，他所作的七絕〈重過彰化〉云：

> 城郭都非鶴自還，磺溪不改舊潺湲。
> 漢家廢壘生春草，落日牛羊八卦山。[66]

全詩寫磺溪雖然依舊，但彰化城經戰火摧殘已經面目全非，定軍寨也變成廢墟，而眼前的八卦山只見夕陽籠罩著，而且它已淪為放牧牛羊的地方，詩意相當悲涼。

---

[64] 吳德功：《瑞桃齋詩稿》，頁181-182。
[65] 洪繻：《寄鶴齋詩集》,〈枯爛集〉，卷4，頁303。
[66] 林朝崧：《無悶草堂詩存》，卷2（辛丑至乙巳），頁75。

賴和在乙未之役時才兩歲，二十年後他登上古戰場的八卦山，對當年抗日失敗卻充滿感嘆，他的七律〈八卦山〉詩寫道：

二十年前是戰場，而今登眺亦心傷。
相思樹下寒蟬蛻，紅土崁邊秋草黃。
愚智一坵誰辯別，廢興千古怕思量。
晚來眼底無窮恨，皓嘆爛斑鐵礮傍。[67]

首聯直接指出八卦山是乙未抗日的古戰場，雖然經過二十年，但如今登眺仍然令他黯然神傷。頷聯以八卦山的秋天景物，烘托作者內心的淒涼。頸聯寫人死後固然一切成空，不必計較，但對於過去戰敗的歷史實在無法忍受，所以「怕思量」。末聯寫晚來所見讓他無窮憾恨，尤其看到當年抗敵的鐵礮已經鏽蝕了，更令他長嘆。賴和從八卦山古戰場撿回歷史記憶，使他在感慨之餘更堅定自己的抗日意識與使命感，所以他在〈定寨崗〉一詩寫道：「先民流血處，千載土猶赤。……墮地生為人，悲傷多惶惑。前途障礙地，努力披荊棘。」[68] 這種不屈不撓的奮鬥精神是有其脈絡可尋的。

賴和作了〈八卦山〉詩之後四年，鹿港詩人許五頂（1892-1953）也寫了一首七絕〈定軍山懷古〉：

廿四年前鏖戰地，三千猛士此傾身。
應憐死後誰憑弔，月黑時昏見鬼燐。[69]

許五頂，字幼漁，是鹿港名詩人許夢青（字劍漁）之子，他在和美懸壺濟世，並參與詩社，喜愛吟詠，著有《續鳴劍齋遺草》，頗有乃父之

---

[67] 賴和：《賴和全集》，冊4，漢詩卷（上）卷2，頁52。該詩紀年在1913年。又卷3、頁96另收有一首〈登望洋崗（六月十二日）〉：「二十年前舊戰場，我來登眺總心傷。綠楊墳外寒煙碧，亂石堆邊衰草黃。愚智一坵誰識辯，古今萬事○○亡。臨風無語空惆悵，海面金蛇滾夕陽。」所寫景象稍有差異，但詩意大抵相同。
[68] 賴和：《賴和全集》，冊5，漢詩卷（下）卷15，頁441。該詩紀年在1924年。
[69] 許五頂：《續鳴劍齋遺草》（高雄：大友書局，1960年9月），頁65。該詩集與其父許夢青《鳴劍齋遺草》合刊。

風。⁷⁰他這首詩和賴和的〈八卦山〉詩一樣,是針對乙未戰役而發,詩人對於當年抗日之士相當推崇,所以稱呼他們為「猛士」,也對他們奮不顧身戰死沙場表示同情與哀悼。

在八卦山戰役殉難者之中,最受矚目的莫過於吳彭年。彭年字季籛,浙江餘姚人。年十八,為諸生,流寓廣州。乙未春,以縣丞需次臺北,劉永福聞其才,延為幕客。及臺北陷,永福慮臺中有失,議提兵往,彭年慨然請行,率七星旗兵七百,往馳大甲。苗栗破,彭年回彰化,誓死守土。八卦山之役,當時彭年在市仔尾橋頭督戰,見八卦山已豎日旗,乃勒馬由南壇(今南山寺)督兵,擬再上山,卻不幸中彈墜馬而歿,慷慨犧牲。⁷¹臺灣許多詩人對吳彭年的英勇事蹟都非常感動,曾寫下不少詩篇來歌頌他,如進士出身的臺南名詩人許南英(1855-1917),乙未當年就寫了〈弔吳季籛參謀二首〉,詩前並有小序敘述彭年的事蹟,茲錄其第一首:

> 北望彰城弔季籛,西風酸鼻哭人天!
> 沙場白骨臣之壯,幕府青衫我獨賢。
> 旗捲七星援卒散,山圍八卦賊氛然。
> 豈徒一死酬知己,蘋藻春秋薦豆籩。⁷²

連橫評此詩曰:「蓋季籛率七星旗隊戰沒八卦山麓,則此一詩,可作信史。季籛有知,亦當起舞。」⁷³可見許南英的詩能很真實反映彭年的英勇事蹟。連橫(1878-1936)對彭年也讚譽有加,曾以歌行體寫一首

---

70 參見許常安:〈先父幼漁公事略〉,同前註,頁 50-51。
71 參見連橫:《臺灣通史》(臺北:幼獅文化事業公司,1988 年 10 月),卷 36〈吳彭年列傳〉,頁 787-788。
72 許南英:《窺園留草》(臺北:臺灣銀行,1962 年 9 月《臺灣文獻叢刊》第 147 種),(乙未),頁 30。又連橫:《臺灣詩乘》卷 6(頁 231)亦收有此詩,唯字句稍有不同:「北望彰城弔季籛,西風灑淚哭人天。沙場白骨臣之壯,幕府青衫我獨賢。旗捲七星師盡滅,山圍八卦火猶然。崁城風雨淒涼夜,搖曳霓旌海底天。」
73 連橫:《臺灣詩乘》卷 6,頁 231。

〈八卦山行〉[74]來表揚他的壯烈成仁,並示以哀悼,另外在〈詠史〉(其一百二十二)[75]又特別歌詠他的犧牲,不但對得起君國,也像延陵掛劍一樣,報答了劉永福的知遇之恩。賴和在〈讀臺灣通史十首〉(之六)詩中,也推許彭年是「男兒」(男子漢大丈夫)。[76]以上這些詩中,都有寫到八卦山:「八卦山頭雲漠漠」、「八卦火猶紅」、「黑旗風捲卦山巔」,這時的八卦山都被戰火籠罩著。

吳彭年殉難之後,他的傭人偷偷將其屍體埋葬。當時安平縣庠生陳鳳昌(1865-1906),聞彭年戰死,甚為感動,曾灑酒為文以祭。三年後,他來到彰化,為之負骨歸鄉。[77]這位有情有義的庠生,也曾作六首詩哀悼吳彭年,第三首和八卦山有關,茲錄之如下:

短衣匹馬戰城東,八卦山前路已窮。
鐵礅開花君證果,劫灰佛火徹霄紅。[78]

寫吳彭年英勇奮戰,最後在南壇(今南山寺)中彈殉難,所以末兩句用佛家語來稱讚他。連橫在吳彭年遺骨歸鄉之際,曾作〈送吳季籛遺骨歸粵東〉二首,第一首也寫到八卦山,其詩如下:

千里臺澎浩劫窮,賦詩橫槊去從戎。
七星旗捲秋雲黑,八卦山圍戰火紅。
血濺草萊君不朽,胸羅經濟鬼猶雄。
嵌城苦雨淒風裏,遙望靈旗大海東。[79]

經過陳鳳昌的義舉,吳彭年的遺骸得以歸葬故鄉,吳氏雖然葉落歸根,遠離這座曾經戰火熊熊的八卦山,但經過許多詩人的吟詠,他的英靈卻永遠與八卦山同在。

---

[74] 連橫:《劍花室詩集》(臺北:臺灣銀行,1960年11月《臺灣文獻叢刊》第94種),〈寧南詩草〉,頁43。
[75] 連橫:《劍花室詩集》,外集之一,頁137。
[76] 賴和:《賴和全集》,冊5,漢詩卷(下)卷10,頁322。該詩紀年在1916-1917年。
[77] 連橫:《臺灣通史》,卷36〈吳彭年列傳〉,頁788。
[78] 連橫:《臺灣詩乘》卷6,頁232。
[79] 連橫:《劍花室詩集》,外集之一,頁115。

五、瘞骨銷魂之所在

　　八卦山由於風景秀麗,視野遼闊,對講究風水的臺灣百姓而言,很自然就相中它為陰宅的理想場所。加上八卦山又是古戰場,當兩軍激烈交戰之後,許許多多死於溝壑的將士,也就近掩埋在這座山丘。所以八卦山某些角落,可見荒塚累累,正如賴和〈八卦山〉詩中所言:「愚智一坏誰辯別」(見前引),令人增生感慨。所以彰化和美詩人陳虛谷(1896-1965)登覽八卦山時,就曾對滿山荒塚抒發懷古思今之情,其〈登定軍山〉寫道:

> 城廓無存戰壘空,況逢節物感秋風。
> 水煙漠漠飛禽外,木葉蕭蕭落照中。
> 白骨滿山縈蔓草,嘉禾遍野叫哀鴻。
> 誰堪寂寞豐亭上,懷古思今意不窮。[80]

作者自注云:「定軍山,彰化八卦山之別稱,亦是著名古戰場。」因此作者從古戰場的角度切入描寫八卦山,極力刻劃經過乙未戰火洗禮之後的荒涼景象,頷聯「白骨滿山縈蔓草,嘉禾遍野叫哀鴻」,一方面寫遭敵人礮火攻擊下的犧牲者,一方面寫受到殖民統治剝削下的可憐百姓。試想過去的「豐亭」是取「年豐民樂」之義(見前引),而今雖然「嘉禾遍野」,依舊年豐,但卻「哀鴻」遍野,民並不樂,所以末聯說任憑誰站在豐亭上,都無法忍受這樣的荒涼與寂寞,作者懷古思今所生的感慨是無限深遠的。

　　八卦山的某些山頭自古以來就已成為墳場,所以詩人在清明節登覽八卦山時,更難免由此引發情緒,寫出哀傷的作品。如陳肇興於咸豐四年甲寅(1854)所作的〈清明同友人遊八卦山〉二首[81],其一寫道:

> 偶值清明節,邀朋上翠微。

---

[80] 陳逸雄編:《陳虛谷作品集》(彰化:彰化縣立文化中心,1997年12月),上冊,頁345。
[81] 〔清〕陳肇興:《陶村詩稿》,卷2(甲寅),頁14。

雨隨啼淚下，風捲紙錢飛。
世亂邱陵變，民窮祭掃稀。
登高無限感，搔首共歔欷。

作者在清明節與友人遊八卦山，但詩中並沒有遊賞的歡樂，而所見的八卦山景象，卻相當淒涼，一方面風雨交加，一方面又因時局不靖，民不聊生，以致於掃墓的人冷冷清清，因此令作者與友人無限感慨，內心不勝歔欷。

吳德功所處的時代雖然與陳肇興不同，但他在〈清明踏青〉所見到的八卦山景象卻與肇興詩遙相呼應：

此地當年舊戰場，登臨蒿目倍心傷。
亂餘佛剎多傾圮，日暮山城半渺茫。
古井月圓泉皎潔，新墳雨浥草青蒼。
前時典禮今遷革，無復寒衣祭掃忙。[82]

吳德功寫的是經過乙未戰役之後的八卦山，他也沒有踏青的歡樂，因登臨所見都是一片荒涼，尤其今天在日本殖民統治之下，典章禮儀也改變了，所以像過去清明節穿寒衣上山祭掃的人潮已不復見，這和陳肇興的「世亂邱陵變，民窮祭掃稀」，意境頗為類似，真令人黯然神傷。

另外，鹿港詩人莊嵩（1880-1938），他曾在甲寅（1914）年春天遊彰化公園，這座公園是日本人就八卦山開闢的公園，由南而北環繞著八卦山麓，範圍包括現在的縣議會一帶，戰後公園改名為「中山公園」。[83] 他遊公園時寫下了〈春日遊彰化公園〉七絕四首，第四首也寫到八卦山，其詩如下：

城樓燕子舞翩翩，八卦山頭日欲昏。
拄杖留連不歸去，看人祭掃上春墦。[84]

82　吳德功：《瑞桃齋詩稿》，頁 88。
83　參見賴盟騏：《八卦山的故事》，頁 83-84。
84　莊嵩：《太岳詩草》（臺北：龍文出版社，1992 年 6 月《臺灣先賢詩文集彙刊》第二輯），頁 55。

作者除了看到城樓的燕子在空中飛舞之外，他所見到的八卦山已經被黃昏籠罩，但他仍然留連不忍歸去，看著人們上山去掃墓。莊嵩為何喜歡「看人祭掃上春墦」呢？或許他被臺灣百姓慎終追遠的行為所感動，也或許他由此感受到百姓生活已獲得改善，所以他看人祭掃而留連忘返。

八卦山既然成為市民死後瘞骨之所，某些出身彰化縣城的文人，最後也選擇八卦山作為永久安息之地，因此知交故友在追思哀悼時，也不免對著八卦山留下銷魂之作，如彰化詩人吳德功（號立軒）於1924年去世，他的知己連橫就曾寫下〈吳立軒先生挽詩〉三首，其第三首和八卦山有關，茲錄之如下：

> 世亂嗟何及，時危道不孤。
> 明詩垂閫教，讀易立師模（先生曾輯彰化節孝傳略，並任臺中師範學校講席，造就頗多）。
> 古月人俱遠，秋風淚已枯。
> 他年來掛劍，望斷卦山蕪。[85]

吳德功對臺灣歷史掌故知之甚稔，著有《戴案紀略》、《施案紀略》、《讓臺記》等書，連橫撰寫《臺灣通史》時，「嘗就先生考證異同，獲益不少」[86]。因此連橫將吳德功引為知己，在上述這首挽詩中，除了推崇吳氏在教化方面的貢獻外，最後兩句「他年來掛劍，望斷卦山蕪」，也援引「季札掛劍」的典故，表示對知己的無限哀悼。詩中荒蕪的八卦山，正是吳氏身後安葬之地。

另外，彰化出身的偉大作家賴和（字懶雲），他身前喜歡到八卦山登覽遊賞，前文已引用到他所寫許多有關八卦山的詩，他於1943年過世時，也是選擇埋骨八卦山，以永遠和自己所熱愛的故鄉土地長相左右。賴和的好友陳虛谷曾作〈哭懶雲兄〉詩七首來哀悼他，[87]這七首詩有古體、有近體，有五言、有七言，似乎只有用各種不同詩體才能將深厚的

85　連橫：《劍花室詩集》，〈寧南詩草〉，頁67-68。
86　連橫：〈吳立軒先生挽詩〉第二首「憶昔修臺乘，相從訂史文」下自註。見同前註。
87　陳逸雄編：《陳虛谷作品集》，上冊，頁416-418。

感情一一抒發出來,其第七首和八卦山有關,茲錄之如下:

> 談心已覺少同群,知己何堪生死分。
> 他日定軍山上路,月明時節最思君。

陳虛谷是彰化和美人,他小賴和二歲,兩人都是橫跨新舊文學的作家,志趣相投,交往密切,常於月明時一起登八卦山散步,[88]因此他在本詩最後寫到:「他日定軍山上路,月明時節最思君」。八卦山不僅是兩人生聚遊賞之地,如今又是死別銷魂之所,月明時節更凸顯作者的孤獨而不勝噓唏。

六、結語

　　本論文所探討有關八卦山的臺灣古典詩,是以明鄭到日治時期為範圍(1661-1945),但實際上明鄭時期並未見有任何詩作吟詠八卦山,而最早寫到八卦山的應該是康熙六十一年(1722)來臺的黃叔璥,他的〈晚次半線作〉開始將八卦山入詩。從此以後,隨著臺灣由南到北的陸續開發,彰化居中樞紐的地位日益重要,而毗鄰縣城的八卦山,也因風景秀麗,居高臨下,集自然美景與軍事要塞於一身,於是成為歷代詩人爭相吟詠的對象。

　　經由本論文的歸納分析,這二百多年臺灣古典詩中的八卦山,它在詩人筆下所呈現的意義約有四種:
(一)登覽遊賞之勝境。詩人不論晨昏、四時或佳節登覽八卦山,都有不同的領略與感受,因此八卦山或令人玄思冥想,或充滿鄉間情味,或風流浪漫,或堅貞剛毅,或儒雅可親,或險峻可守等等,無一不與詩人之心緊密結合,換言之,八卦山提供詩人登覽遊賞之同時,也激發了他們創作的靈感。另外,八卦山上所增添的人

---

[88] 陳虛谷〈哭懶雲兄〉之七作者自注云:「定軍山即八卦山,虛谷與賴和常於月明時登八卦山散步。賴和於1943年1月31日去世。」見同前註,頁418。

文、軍事建築，如鎮亭、定寨、豐亭等，也都以「鎮亭晴雲」、「定寨望洋」、「豐亭坐月」先後入選為彰化八景，詩人歌頌這些景點時，自然也突顯八卦山之可近觀與遠眺。尤其於定寨望洋時，所望不外鹿港之商舶，八卦山讓詩人擴大了視野，看到海洋的壯闊及商貿給臺灣帶來的生機。

(二) 彰化縣城之表徵。八卦山毗鄰彰化縣城，海拔雖然不高，但就彰化縣城百姓而言，它的精神高度卻遠超過實際高度。因此，當彰化詩人流離異鄉時，念念不忘的仍是這座綠意盎然的青山，亂平返鄉時，八卦山又成為指引回家的地標。即使外地的詩人，也能感受到八卦山與縣城的密切關係，於是以山名城，「山城」也成為彰化縣城的代稱。

(三) 歷次戰爭之場域。八卦山形勢險要，居高控制著縣城，因此在彰化發生的重大戰役中，每次都成為兵家必爭之地，就前賢所吟詠的八卦山詩作中，與戰爭相關的即有：陳周全之役、戴潮春之役、乙未抗日之役等，詩人對於殉難者的英勇事蹟都加以表揚，對於當權者的腐敗無能也嚴加批判。尤其無情戰火對縣城的破壞，詩人登臨古戰場時，滿目草萊，感慨也特別深長。

(四) 瘞骨銷魂之所在。八卦山緊鄰縣城，風景秀麗，又是古戰場，某些山頭自然成為人們安息之地。詩人登臨時，見到荒塚累累，每引起無限傷感。尤其清明時節，上山踏青所見的祭掃景象，更覺悲涼。而出身縣城的作家，去世後也選擇埋骨八卦山，文友悲痛哀悼的詩篇，八卦山也特別令人黯然消魂。

總之，八卦山雖然只是彰化縣城的一座小山，但由於它所處位置的特殊性，它幾乎見證了臺灣幾個重大事件，前賢創作有關八卦山的古典詩篇，也一一反映了這些可悲可歎、可歌可泣的事蹟，因此，八卦山不僅是彰化的重要地標，也是臺灣歷史的部分縮影。

附錄：八卦山古典詩（1661-1945）一覽表

（篇名打「*」記號者，本論文未引或提及）

序號	作者	詩題	出處
1	黃叔璥（1666-1742）	〈晚次半線作〉	《臺海使槎錄》卷五
2	秦士望（1734任彰化知縣）	〈鎮亭晴雲〉	《重修福建臺灣府志·藝文·詩》卷二十
3	王槐（1736-1795乾隆時人）	〈八卦山行〉	《臺灣詩乘》卷三
4	黃清泰（1767-1822）	〈九日登八卦山〉	《臺灣詩乘》卷三
5	黃驤雲（1829年進士）	〈定寨望洋〉	《彰化縣志·藝文志》卷十二
6	陳書（1821-1850寓居彰化）	〈定寨望洋〉	《彰化縣志·藝文志》卷十二
7	曾作霖（1816舉人）	〈定寨望洋〉	《彰化縣志·藝文志》卷十二
8	陳玉衡（1808-1843）	〈定寨望洋〉	《彰化縣志·藝文志》卷十二
9	蔡德輝（1862-1874間流寓彰化）	〈八卦山〉	《臺灣詩乘》卷四
10	陳肇興（1831-？）	〈冬日漫興〉 〈清明同友人遊八卦山〉二首 〈二十日，彰化城陷〉 〈憶故居〉（其三） 〈亂後初歸里中〉（其一、其三、其四）	《陶村詩稿》卷一 《陶村詩稿》卷二 《陶村詩稿》卷七 《陶村詩稿》卷七 《陶村詩稿》卷八

11	吳德功（1850-1924）	〈曉登定軍山〉 〈九日同施山長遊八卦山〉 〈清明踏青〉 〈登定軍寨有感〉 〈戊午中秋登太極亭觀月，此亭原楊大令桂森建在縣署後，名豐亭坐月，爲彰化八景之一〉 ＊〈定軍寨廢址今駐兵防守春日遊覽偶作〉 ＊〈祝天長節燃放煙火於八卦山〉 ＊〈中秋後登太極亭遠眺〉 ＊〈程太守命定軍寨沿址植竹以作外郭〉	《瑞桃齋詩稿》 《瑞桃齋詩稿》 《瑞桃齋詩稿》 《瑞桃齋詩稿》 《瑞桃齋詩稿》 《瑞桃齋詩稿》 《瑞桃齋詩稿》 《瑞桃齋詩稿》 《瑞桃齋詩稿》
12	許南英（1855-1917）	〈弔吳季籛參謀二首〉（其一）	《窺園留草》
13	陳鳳昌（1865-1906）	〈悼吳彭年〉（其三）	《臺灣詩乘》卷六
14	洪繻（1867-1929）	〈八卦亭偶望‧在邑城外岡阜，西望洋，東望山，下瞰邑城〉 〈荒城秋望〉	《寄鶴齋詩集》 《寄鶴齋詩集‧枯爛集》卷四
15	施梅樵（1870-1949）	〈登定軍山〉 ＊〈溫泉試浴‧浴場在彰化八卦山癸酉秋建設〉	《梅樵詩集‧鹿江集》 《梅樵詩集‧鹿江集》
16	賴紹堯（1871-1917）	〈冬日登八卦山〉	《櫟社沿革志略》附錄《櫟社第一集‧逍遙詩草》
17	林朝崧（1875-1915）	〈重過彰化〉 〈戊申正月攜妓訪槐庭，慰其喪妾三首〉（其一）	《無悶草堂詩存》卷二 《無悶草堂詩存》卷三
18	林資銓（1877-1940）	〈彰化紀事〉（其二）	《仲衡詩集》
19	連橫（1878-1936）	〈八卦山行〉 〈吳立軒先生挽詩〉（其三） 〈詠史〉（其一百二十二） 〈送吳季籛遺骨歸粵東〉（其一）	《劍花室詩集‧寧南詩草》 《劍花室詩集‧寧南詩草》 《劍花室詩集‧外集之一》 《劍花室詩集‧外集之一》
20	莊嵩（1880-1938）	〈春日遊彰化公園〉（其四）	《太岳詩草》

21	許五頂（1892-1953）	〈定軍山懷古〉	《續鳴劍齋遺草》
22	賴和（1894-1943）	〈八卦山晚眺〉	《賴和全集・漢詩卷（上）》卷二
		〈八卦山〉	《賴和全集・漢詩卷（上）》卷二
		〈盡日無聊招錫烈阿本遊水源地道中得此〉	《賴和全集・漢詩卷（上）》卷四
		〈讀臺灣通史十首〉（之六）〉	《賴和全集・漢詩卷（下）》卷十
		〈讀臺灣通史十首（之九）〉	《賴和全集・漢詩卷（下）》卷十
		〈初九早登八卦山風冷霧大〉	《賴和全集・漢詩卷（下）》卷十三
		〈定寨崗〉	《賴和全集・漢詩卷（下）》卷十五
		〈八卦山上春曉〉	《賴和全集・漢詩卷（上）》卷二
		〈登望洋崗〉	《賴和全集・漢詩卷（上）》卷三
		〈八卦山晚眺〉	《賴和全集・漢詩卷（上）》卷四
		〈八卦山晚眺〉	《賴和全集・漢詩卷（上）》卷四
		〈八卦山晚眺〉	《賴和全集・漢詩卷（上）》卷八
		〈八卦山〉	《賴和全集・漢詩卷（下）》卷十
23	陳虛谷（1896-1965）	〈登定軍山〉	《陳虛谷作品集》
		〈哭懶雲兄〉（其七）	《陳虛谷作品集》
		〈八卦山〉三首	《陳虛谷作品集》

——第十三屆詩學會議——日治時期臺灣傳統詩研討會論文，國立彰化師範大學國文學系主辦，2004年5月；又載《國文學誌》第8期（2004年6月），頁241-272。

唐宋詞名著欣賞七種

一、不是園藝的書——《花間集》

我有一個朋友，某次他到圖書館，想借明人陳耀文編的《花草粹編》，結果圖書館員很不高興地說：「你們學中文的，借這種花花草草的書幹什麼？」言下之意，我的朋友亂借書，故意添他們麻煩。其實這是天大的冤枉，《花草粹編》所錄都是唐、宋兩代的詞，編者自序說，唐有《花間集》，宋有《草堂詩餘》，於是從兩書各摘一字，以涵蓋唐宋。所以讀者也不要因現在園藝盛行，而誤將《花間集》當作教人種花的書。

我們談到中國文學，常脫口而出：「唐詩、宋詞、元曲」，詞固是宋代文學的代表，但它起源甚早，一般認為是在中唐，也有說是盛唐或隋的，而且詞到了晚唐、五代，已非常盛行，出現了不少傑出的作家與作品，這些作品大都保存在一部很重要的詞集裡頭——也就是我們要介紹的《花間集》。

編者趙崇祚，字宏基，五代人，事後蜀孟昶為衛尉少卿，生卒里貫無可考。因他在後蜀當官，所以《花間集》所收的作家大都與四川有過關係，或是蜀產，或是仕於蜀。全書共收有十八位作家，即：溫庭筠、皇甫松、韋莊、薛昭蘊、牛嶠、張泌、毛文錫、牛希濟、歐陽炯、和凝、顧夐、孫光憲、魏承班、鹿虔扆、閻選、尹鶚、毛熙震、李珣等人。

編者將書分為十卷，為了固定每卷收詞五十首，作家常被分割在兩卷之中，全部作品共有五百首。在這麼多的作家和作品裡，有一個共同的特色，就是喜歡用華麗的辭句、鮮豔的顏色，去描寫女人的美態裝飾、相思情緒，正如歐陽炯在序文所說：「綺筵公子，繡幌佳人，遞葉葉之花箋，文抽麗錦；舉纖纖之玉指，拍按香檀。不無清絕之辭，用助嬌嬈之態。」這是當時作詞的環境，難怪表現出這樣的特色來，由此也正反映當時宮廷和上層社會的淫侈生活。

另一方面，《花間集》的作風也是承受著溫庭筠的影響。溫庭筠，

《舊唐書》說他「不修邊幅，能逐絃吹之音，為側艷之詞」，由於他的專力填詞，提升了詞的地位，所以他是詩詞過渡時期的重要橋樑，下開五代、宋詞發展的機運，《花間集》把它列為卷首，後人稱他為「花間鼻祖」。我們舉他的壓卷之作〈菩薩蠻〉：

> 小山重疊金明滅。鬢雲欲度香腮雪。懶起畫蛾眉。弄妝梳洗遲。　照花前後鏡。花面交相映。新貼繡羅襦。雙雙金鷓鴣。

此詞共四十四字，只寫一個女子晨起化妝。作者刻劃她的鬢髮、香腮、蛾眉、面貌、衣飾，相當細膩艷冶；而作者成功的地方，是藉著這些外在形貌，襯托這位女子內心孤獨苦悶的情懷，韻味極為深遠。《花間集》的境界格局雖不大，但它令人嘆賞的地方在此。

除溫庭筠外，《花間集》最值得注意的詞人是韋莊。韋莊的詞大都直抒胸臆、疏而顯，與溫庭筠託物寄情、密而隱，有所不同。我們也舉他的一首〈菩薩蠻〉為例：

> 人人盡說江南好。遊人只合江南老。春水碧於天。畫船聽雨眠。　壚邊人似月。皓腕凝雙雪。未老莫還鄉。還鄉須斷腸。

全詞述說江南的美好，自然暢快，絕無雕琢之跡，令人對江南碧水畫舫、佳釀美女，產生極深刻印象。

溫庭筠、韋莊在詞史上並稱「溫韋」，後世謂婉約派多自溫出，豪放派多自韋出，是有道理的。《花間集》的詞人如牛嶠、魏承班、歐陽炯、顧敻、和凝等的作風就與溫庭筠接近，李珣、牛希濟、孫光憲等則與韋莊相似。

《花間集》因限於編者體例，所以沒有將南唐二主、馮延巳諸人的作品選入，令人不無遺憾，這也是它常為後人所批評的地方。

《花間集》今存最早的刻本是南宋紹興十八年（1148）的晁謙之本，坊間常見的有《四部叢刊》本、《四部備要》本。

——原載《中華日報·副刊》第 11 版（1986 年 10 月 15 日）。

二、排行榜第一名──《樂章集》

　　現在流行歌曲盛行舉辦所謂的排行榜，如果在宋代的歌壇也舉辦類似的活動，相信第一名非柳永的《樂章集》莫屬。宋代的流行歌曲是詞，柳永的詞擁有最廣大的聽眾群：「凡有井水處，即能歌柳詞」（葉夢得《避暑錄話》）、「淺近卑俗，自成一體，不知書者尤好之」（王灼《碧雞漫志》），可見當時是如何地風靡，而對不識字的低下階層，更富感染性。

　　柳永，字耆卿，初名三變，崇安（今福建崇安縣）人。生卒年不詳，約生於宋太宗中，卒於仁宗朝。他是個浪子，行為放蕩，喜作豔詞，年輕時曾大放厥詞說：「才子詞人，自是白衣卿相」、「忍把浮名，換了淺斟低唱」（〈鶴沖天〉），因知名度太高了，這些話都被皇上知道，於是奚落他：「且去填詞」、「且去淺斟低唱，何要浮名？」因此功名屢次不得志，他自嘲道：「奉旨填詞柳三變」。到了仁宗景祐元年（1034），好不容易才進士及第，也只做了屯田員外郎的小官，故世稱「柳屯田」。最後還是縱情歌樓酒肆間，落拓以終。死時家無餘財，由群妓出錢為他埋葬，而且每春日上冢，謂之「弔柳七」，算是一段風塵佳話，他的詞集名《樂章集》。

　　柳永一生留連秦樓楚館，過著偎紅倚翠的生活，所以《樂章集》的內容大半是：「須臾放了殘針線，脫羅裳恣情無限，留取帳前燈，時時待看伊嬌面」（〈菊花新〉）、「酒力漸濃春思蕩，鴛鴦繡被翻紅浪」（〈鳳棲梧〉）、「一個肌膚渾似玉，更都來、占了千嬌，妍歌艷舞，鶯慚巧舌，柳妒纖腰」（〈合歡帶〉）這類冶遊的作品，或很露骨大膽地描寫男女性愛，或很細膩刻劃歌妓聲容情態，雖然未免「輕浮猥媟」，受人詬病，但這也豈不是當時社會淫靡風氣的真實寫照嗎？所以柳永的詞最能反映當時都會的生活，將承平氣象曲盡形容，范鎮嘗說：「仁宗四十年太平，鎮在翰苑不能出一語，乃於耆卿詞見之。」（《福建通志》）其中最有名的，莫過於寫浙江錢塘（今杭州）的〈望海潮〉：

　　東南形勝，三吳都會，錢塘自古繁華。煙柳畫橋，風簾翠幕，參差十萬人家。雲樹繞堤沙。怒濤卷霜雪，天塹無涯。市列珠

璣，戶盈羅綺競豪奢。　重湖疊巘清嘉。有三秋桂子，十里荷花。羌管弄晴，菱歌泛夜，嬉嬉釣叟蓮娃。千騎擁高牙。乘醉聽蕭鼓，吟賞煙霞。異日圖將好景，歸去鳳池誇。

他用很具體的景象，將錢塘的繁華描繪淋漓盡緻，實在令人驚歎不已，難怪金主完顏亮聞此詞，「欣然起投鞭渡江之志」(《錢塘遺事》)，由文字招惹外患，也算是一奇，足見其筆調之生動。

以上的內容固然能迎合大眾口味，廣為流傳，但在《樂章集》中真正雅俗共賞，富有文學價值，奠定柳永在詞壇地位的，應以「羈旅行役」的抒情詞為代表了。這時他擺脫低俗作風，運用大量的寫景，襯托離情別恨，畫面柔和優美，感情纏綿深刻，韻味無窮，如〈雨霖鈴〉(寒蟬淒切)、〈八聲甘州〉(對瀟瀟暮雨灑江天)、〈夜半樂〉(凍雲黯淡天氣)等，都是不朽之作。就舉〈雨霖鈴〉為例：

寒蟬淒切。對長亭晚，驟雨初歇。都門帳飲無緒，方留戀處、蘭舟催發。執手相看淚眼，竟無語凝噎。念去去、千里煙波，暮靄沈沈楚天闊。　多情自古傷離別。更那堪、冷落清秋節。今宵酒醒何處，楊柳岸、曉風殘月。此去經年，應是良辰好景虛設。便縱有、千種風情，更與何人說。

詞中有大景：「千里煙波，暮靄沈沈楚天闊」，有小景：「楊柳岸、曉風殘月」，一寫前程之渺茫，一寫別後之淒清，情景融合緊密，別情顯得十分真摯而委婉。

柳永的詞之所以會那麼流行，除內容能符合大眾需要、打動大眾的心靈外，在形式技巧上也有幾個重要因素：一、文字俚俗，大量運用俗語方言，使人聽了就明白，能琅琅上口，正如白居易的詩，故流傳甚廣。二、曲調優美，柳永精於音律，常自度新曲，能擇聲律諧美者用之，滿足了大眾的聽覺。三、善於鋪敘，盡興的描寫，詞人中像他大量的寫景，是前所未有的，所以又增加了大眾的視覺享受。

如果說流行並不能代表價值，那柳永在詞史上最大的貢獻是什麼

呢?應該是在長調的創作上。晚唐五代的詞大都是小令,極少有長調,而柳永的詞二百餘首,有十分之八是長調,並且能將長調的好處發揮出來,影響極為深遠,我們讀到以後的名家如:蘇軾、周邦彥、李清照、辛棄疾、姜夔的許多代表作都是以長調寫成的,就不得不感謝這位浪蕩才子了!

——原載《中華日報‧副刊》第11版(1987年3月18日)。

三、敲門都不應——讀《東坡樂府》

先生在外喝酒,三更半夜才回家,太太將大門緊鎖,不讓先生進來,先生敲門,但怎麼敲都不應,怎麼辦呢?這是現代社會常有的事。有的先生口出穢言,要破門而入;有的先生自知理屈,乾脆在門口睡著了,各種醜態不一而足。宋朝有位蘇先生,他喝醉了,回到家也沒有人替他應門,我們看他怎麼辦?

> 夜飲東坡醒復醉,歸來髣髴三更。家童鼻息已雷鳴。敲門都不應,倚杖聽江聲。 長恨此身非我有,何時忘卻營營。夜闌風靜縠紋平。小舟從此逝,江海寄餘生。

表現多麼瀟灑,他既不破口大罵,也不隨地倒頭就睡,而是悄悄地扶著拐杖到江邊聽聽濤聲,讓自己清醒清醒,而悟出回復本性的人生哲理,有這種酒品才夠資格在外喝酒,有這種意境也才能夠成為一個偉大的文學家。

蘇先生,名軾,字子瞻,自號東坡居士,眉州眉山(今四川眉山縣)人。仁宗景祐三年(1036)生,徽宗建中靖國元年(1101)卒。他和王安石都是歐陽修所寄予厚望的後起之秀,三人有許多地方相同:如善於古文、喜歡作詩、都會填詞,即使壽命也一樣長,都活到六十六歲。但在政治理念上,卻大相逕庭,蘇軾是追隨歐陽修的舊路線,屬於舊黨,王安石則主張變法,是新黨領袖。蘇軾由於反對新法,中年謫居黃州

（湖北黃岡）五年，晚年又坐元祐黨籍，被放逐到惠州（廣東惠陽）及瓊州（今海南島），共七年，遭遇相當坎坷。但也很幸運的，有這些惡劣環境的激蕩，加上他天馬行空的才華，才創造出這樣偉大的文學巨星，燦爛在文學史上。撇開詩文的成就不談，單靠他的詞就足夠睥睨中國文壇了。他的詞作約有三百四十首，詞集名《東坡樂府》，也有稱《東坡詞》的。

　　詞體從中唐萌芽以後，歷經晚唐五代的發展，到了北宋前期，雖產生不少的大家，但他們的寫作題材大都非常狹窄：「不是相思，便是別離；不是綺語，便是醉歌」。到張先才開始嘗試在詞體的內容上作改變，北宋後期蘇軾受張先影響，承繼張先所開創融合日常生活的新潮流，並且把它發展得更澈底，胡適說：「詞體到了他手裡，可以詠古，可以悼亡，可以談禪，可以說理，可以發議論」，蘇軾對詞最大的貢獻，是在內容方面使詞發展。

　　蘇軾是一個樂觀主義者，雖然歷經無數的挫折，並不能擊倒它，曾作〈超然臺記〉說：「以見余之無所往而不樂，蓋遊於物之外也。」所以他的詩揚棄了唐詩悲哀的傳統，他的詞也是如此，灑脫自在，處處表現對人生透澈的觀照，而裏面隱含一種達觀的心境。如前面所舉的「敲門都不應」——〈臨江仙〉詞，就極富代表性，下闋開始感慨：「長恨此身非我有，何時忘卻營營」，似乎要陷入悲哀的氛圍裏面，但最後結拍：「小舟從此逝，江海寄餘生」，卻從悲哀跳脫出來，表現高超的意境。

　　又如〈水調歌頭〉：

明月幾時有，把酒問青天。不知天上宮闕，今夕是何年。我欲乘風歸去，又恐瓊樓玉宇，高處不勝寒。起舞弄清影，何似在人間。　轉朱閣，低綺戶，照無眠。不應有恨，何事長向別時圓。人有悲歡離合，月有陰晴圓缺，此事古難全。但願人長久，千里共嬋娟。

蘇軾和他弟弟蘇轍手足情深，兩人常有詩文往來，這首是他在熙寧九年（1076）知密州（山東諸城），中秋夜懷弟所作。本來詞境也因兄弟未能

團聚而陷入感傷：「不應有恨，何事長向別時圓」，但他馬上悟道，理解人生的悲歡離合正如月的陰晴圓缺，是無可避免之事，所以最後轉向達觀：「但願人長久，千里共嬋娟」，只要人能活著，雖分隔千里所看到的月亮還不是一樣美好嗎？

　　詞本是音樂的附庸，早期的詞特別重視音樂性，但蘇軾為了照顧詞的文學性，並不喜剪裁以就聲律，李清照笑他的詞皆是「句讀不葺之詩」，就是說他把填詞當是作詩。又加上他曠達的胸襟，豪邁的個性，作品常表現出一種磅礡的氣勢，與正統以「精麗婉約」為宗的寫法大不相同，人稱它為「豪放」詞。俞文豹《吹劍錄》記載說：「郎中（柳永）詞，只好十七八女子，執紅牙板，歌『楊柳岸，曉風殘月』；學士（蘇軾）詞，須關西大漢，銅琵琶，鐵綽板，唱『大江東去』。」這個笑話很具象地顯現蘇軾「豪放」詞的特色，就舉這首「大江東去」——〈念奴嬌〉為例：

　　大江東去，浪淘盡、千古風流人物。故壘西邊人道是，三國周郎赤壁。亂石崩雲，驚濤裂岸，捲起千堆雪。江山如畫，一時多少豪傑。　遙想公瑾當年，小喬初嫁了，雄姿英發。羽扇綸巾談笑間，強虜灰飛煙滅。故國神遊，多情應笑我，早生華髮。人生如夢，一尊還酹江月。

作者以宏亮的歌聲，寫盡赤壁雄偉的景象，寫盡周瑜當年煥發的英姿，而寄寓很深的感慨，最後看透如夢的人生，舉杯邀月，與自然合為一體。它完全開拓了詞的嶄新境界，雖被視為別格，但無限地擴大詞這種形式所能包涵的世界，以後的詞人如辛棄疾等都承繼這種寫法，影響極為深遠。

　　《東坡樂府》向與全集別行，版本頗雜，《全宋詞》本收最早之曾慥本《東坡詞》二卷、《拾遺》一卷，並有考證刪補，尚稱精審，坊間的編年校注本皆便閱讀，對初學者較為合適。

　　——原載《中華日報・副刊》第 11 版（1986 年 11 月 5 日、12 日）。

四、精雕細琢——《清真集》

　　玉石必須經過一番琢磨，才能展現它的光澤，必須經過巧妙的雕刻，才能成為藝術品。文學是一種藝術，有的作家在創作過程中，字斟句酌，極力推敲，和玉匠處理玉石並沒兩樣。在北宋眾多詞集裏頭，周邦彥的《清真集》文采爛然，聲韻優美，最像精雕細琢的玉，因此後人把它擬作「崑山之片珍」，改題為《片玉詞》。

　　周邦彥，字美成，自號清真居士，錢塘（今浙江杭州）人。宋仁宗嘉祐元年（1056）出生，徽宗宣和三年（1121）去世，年六十六歲。他年輕時「疏雋少檢，不為州里推重」，但還知道用功，「博涉百家之書」。神宗元豐六年（1083），游太學，獻汴都賦萬餘言，多古文奇字，神宗大為驚異，於是從諸生提拔為大學正。後出任廬州教授，知溧水。徽宗時，以徽猷閣待制提舉大晟府。罷官後提舉南京（今河南商邱）鴻慶宮。詞集名《清真集》。

　　詞體自從晚唐五代被定位以後，內容幾乎千篇一律：羅衾雁字、惜別傷春，除少數作家像蘇軾敢突破這個藩籬外，北宋大部分詞人還是在這個範圍打轉，因此我們端詳周邦彥的詞，從內容而言，是很貧乏的，所描寫的不外兒女之情，離別之感，如：「歸騎晚、纖纖池塘飛雨。斷腸院落，一簾風絮」（〈瑞龍吟〉）、「漂流處，莫趁潮汐。恐斷紅尚有相思字，何由見得？」（〈六醜〉）其中久羈宦旅、思鄉之作，最足令人意往魂消，感動不已。

　　周邦彥之所以能成一個大家，「貴人、學士、市儈、妓女，皆知其詞為可愛」（陳郁《藏一話腴》），最主要是他在形式技巧方面的成就。周邦彥精通聲律，是一個偉大的音樂家，因此有能力主持掌管全國音樂的機關——大晟府，從事審音調律的工作，許多詞調的字句、音律，經他之手而化為齊整統一。他的詞最重視音律，並常自度曲子，態度極為嚴謹，後人都把它奉為圭臬，沈義父《樂府指迷》說：「作詞當以清真為主，蓋美成最為知音，故下字用韻皆有法度。」像宋人方千里、楊澤民的詞就全部用來追和他，周邦彥於是成為格律派的代表了。

周邦彥寫作的題材，固然缺少創意，但他在表現技巧上，善於運用工筆，刻劃細膩纖巧，他的詞同於柳永大量製作長調，喜歡鋪敘，卻能擺脫柳永的俚俗，他學問廣博，用典、融化前人的詩句輕而易舉，詞變得優美典雅，精巧艷麗，陳振孫云：「美成詞多用唐人詩語，檃括入律，渾然天成，長調尤善鋪敘，富艷精工。」周邦彥在北宋詞人當中，算是最重視形式之美了。我們讀他的〈瑞龍吟〉（章臺路）、〈蘭陵王〉（柳陰直）、〈六醜〉（正單衣試酒）、〈大酺〉（對宿煙收）、〈西河〉（佳麗地）、〈夜飛鵲〉（河橋送人處）等長調的名作，沒有不被那優雅的辭采所深深吸引住，限於篇幅，我們就舉他一首小令〈玉樓春〉為例：

> 桃溪不作從容住。秋藕絕來無續處。當時相候赤欄橋，今旦獨尋黃葉路。　煙中列岫青無數。雁背夕陽紅欲暮。人如風後入江雲，情似雨餘黏地絮。

此詞八句，全用對仗方式出之，上闋四句用的是流水對，使意思能夠持續進展、不中斷，下闋二個對聯，一用景對，一用情對，景中寓有感情，情中又用景來比喻，情景融合妥切，全詞顯得極其工巧，而不覺板滯。尤其詞中的顏色：赤、黃、青、紅，相當鮮艷，透過這些濃妍的色彩，正表現作者內心悲涼的情調。

周邦彥在詞史上的地位，王國維稱他為「詞中老杜」，這當然是專指他在藝術技巧及形式格律方面的評價，很可惜的，他只沈湎在兒女之情、離別之感上，沒有將敏銳的觸角伸展開來，正如杜甫寫出〈兵車行〉、〈北征〉、〈石壕吏〉等富有時代意義的作品，如果《清真集》的內容能多關懷北宋末年的社會，而不只是屬於個人式的，那麼周邦彥的成就真的可以與杜甫相媲美了。

——原載《中華日報・副刊》第 11 版（1987 年 4 月 15 日）。

五、詞仙的詞——《樵歌》

李白性情狂放不羈，作品不受格律限制，因此被尊為「詩仙」。在詞的國度裏，也有一位極為浪漫、追求絕對個人自由的詞人，他死後「舉體柔輭，氣貌如生」，傳說成仙了，最重要的是他晚年的作品喜歡談仙說道，運用大眾口語、白描的寫法，以表現曠達思想，因此我們也送給他「詞仙」的封號，以媲美「詞帝」（李煜）、「詞后」（李清照），他就是宋朝南渡的大詞人——朱敦儒。

朱敦儒，字希真，自號巖壑，洛陽（河南省洛陽）人。生於神宗元豐四年（1081），卒於紹興二十九年（1159），年七十九，他的詞集名《樵歌》，一名《太平樵唱》。

朱敦儒生長在南北宋之交，歷盡太平、變亂、偏安三個階段，受時代環境的影響，所以他的作品表現出不同的色彩與風格，可劃分為三個時期：

一是南渡前的浪漫時期，也就是敦儒四十七歲以前的時期。北宋末年，金人雖寇邊不已，但宋室承平日久，歌舞成習，尚不失其繁華。敦儒長於洛陽，洛本古都，山靈水秀，更易培養文人的浪漫氣息。敦儒父親嘗為紹聖諫官，家境當無虞匱乏，所以造成他優游歲月、放浪不羈、風流多情、視功名如糞土的個性。在靖康中曾辭學官之召說：「麋鹿之性，自樂閑曠，爵祿非所願也。」（《宋史‧本傳》）我們讀他的一首〈鷓鴣天〉：

> 我是清都山水郎。天教分付與疏狂。曾批給雨支風券，累上留雲借月章。　詩萬首，酒千觴。幾曾著眼看侯王。玉樓金闕慵歸去，且插梅花醉洛陽。

詞境瀟灑豪放、目空一切，將他疏狂的個性表露無遺。另外這位翩翩公子也常到處玩樂，流連舞榭歌臺，正如一首〈鷓鴣天〉上片寫道：「曾為梅花醉不歸。佳人挽袖乞新詞。輕紅遍寫鴛鴦帶，濃碧爭斟翡翠卮。」許多歌女爭先恐後向他斟酒，挽著袖子向他乞詞，極風流之能事，這是

當時浪漫生活的寫照。

二是南渡漂泊及出仕時期，敦儒約四十七歲到六十九歲之間。靖康之難乃宋室一大變局，政權南移，敦儒為了避亂也隨著渡江，足跡歷遍兩廣，在離鄉背井、漂泊無定的日子裏，心情之鬱悶可想而知，往日狂放浪漫的作風也就一掃而空，代之而起的是寫流離的痛苦及對故園的懷念，如在江西彭浪磯所作的〈采桑子〉：

扁舟去作江南客，旅雁孤雲。萬里煙塵。回首中原淚滿巾。
碧山對晚汀洲冷，楓葉蘆根。日落波平。愁損辭鄉去國人。

在逃難的過程，乘著扁舟，就如旅雁孤雲。回首萬里孤雲，胡塵籠罩，不禁涕泗縱橫。而對著江南陌生蕭颯的景象，一片夕照，無限蒼茫，使去國離鄉者益增怛惻，全詞寫得非常沈痛。經過這次變亂的打擊，使他整個人生觀有極大的改變，從前浪漫、享樂、不問世事的思想徹底被金人鐵蹄踐毀了，他對政治冷冰的血被激揚沸騰起來，於是摔破酒杯，手握寶劍，立志要恢復中原，如〈蘇武慢〉下片寫道：

誰信得、舊日風流，如今憔悴，換卻五陵年少。逢花倒趄，遇酒堅辭，常是懶歌慵笑。除奉天威，掃平狂虜，整頓乾坤都了。共赤松攜手，重騎明月，再遊蓬島。

所以原本「幾曾著眼看侯王」的他，在紹興三年（1133）接受徵召，補為右迪功郎，開始進入仕途。敦儒幡然而起，就正如故人勸他的話：「今天子側席幽士，翼宣中興，……君何為棲茅茹藿，白首巖谷乎？」（《宋史‧本傳》）他是欲有所作為的。但高宗偷圖苟安，用秦檜和議，有不合者則罷，敦儒當然也不能免，紹興十六年（1146），汪勃劾其「專立異論，與李光交通」（《宋史‧本傳》），因此被罷。敦儒懷才不遇，有志難伸，內心相當憤慨，〈水龍吟〉下片云：

回首妖氛未掃，問人間、英雄何處。奇謀報國，可憐無用，塵昏白羽。鐵鎖橫江，錦帆衝浪，孫郎良苦。但愁敲桂櫂，悲吟梁父，淚流如雨。

敦儒受到議和派的打擊，個人的權位對他而言並沒有什麼值得眷戀，但胡虜未滅，故園不得歸去，這是他一直無法放心得下的，失望之際，去與留不斷在內心交戰，「欲進不得，欲退未忍」的矛盾心理也時常借著詞作反映出來。最後敦儒終於在紹興十九年（1149）上疏請歸，結束一無所成的宦海生涯，這期沈咽、激昂、憤慨的詞風也至此告一段落，接之而起的就是晚年「閑澹」的作品了。

　　三是晚年閑居時期，從敦儒六十九歲致仕以後，至七十九歲去世為止。此時他大都居在嘉禾（浙江省嘉興縣），其間雖曾一度落致仕，但為時甚短，而且事非得已，所以並不影響他的詞風。這期因他已走偏大江南北，嘗盡酸甜苦辣，從無數的生離死別、失意挫折中，看透了人生，尋回了自我，正如〈念奴嬌〉所說：

> 老來可喜，是歷遍人間，諳知物外。看透虛空，將恨海愁山，一時按碎。免被花迷，不為酒困，到處惺惺地。飽來覓睡，睡起逢場作戲。　休說古往今來，乃翁心裏，沒許多般事。也不蘄仙、不佞佛，不學棲棲孔子，懶共賢爭，從教他笑，如此只如此。雜劇打了，戲衫脫與獃底。

世界猶比舞臺，人生就如演戲，天下事還有什麼可執著、值得眷戀的呢？一場戲演完了，什麼也沒有了，就把這空幻無實的戲衫脫給那些沈迷不悟的傻子穿，換他去扮演吧！敦儒晚年所需求的是平淡適性、率真自然的生活，喜愛山川草木，免去人事紛擾，與南方的風光景物取得調和，並徜徉在這些景物之中，如〈朝中措〉：

> 先生筇杖是生涯。挑月更擔花。把住都無憎愛，放行總是煙霞。　飄然攜去，旗亭問酒，蕭寺尋茶。恰似黃鸝無定，不知飛到誰家。

全詞極為飄然逍遙，自由自在，挑月擔花的意象用得超乎塵表，黃鸝無定的譬喻也非常貼切生動，其中所取得的材料都來自自然，不必任何雕飾，意境就十分高遠。敦儒晚年之所以有如此曠達的人生觀，可以說是

受到佛道的影響，尤其道教的神仙思想給他許多啟示。

從以上的敘述，大致可瞭解整個《樵歌》的內容，早期是妍麗與放蕩的浪漫作品，中期是沈咽與憤慨的喪亂作品，末期則是閑澹與曠達的退隱作品。《樵歌》在所有傳本中，以朱氏《彊村叢書》本最為完善，共二百四十五首。《全宋詞》收朱本，間有校訂，並從《草堂詩餘後集》卷下輯得〈念奴嬌〉（別離情緒），亦便讀者。

——原載《中華日報・副刊》第 11 版（1987 年 1 月 21、28 日）。

六、此花不與群花比——《漱玉詞》

喜愛自然是文人與生俱來的一種氣質，而憐惜眾香也是女性所應有的特權，所以在中國最偉大的一位女作家的作品裏，充滿繽紛色彩，花團錦簇。她愛梅花，看到新春嫩梅，沈醉道：「莫辭醉，此花不與群花比」，從梅的聖潔飄逸，她好像尋回自我，難怪她要踏雪尋梅，並不斷將梅詠入作品之中。除了梅花外，她的作品園地裏，還綻放著：海棠、藕花、菊花、蘋花、木犀、梨花、杏花等等，真是美不勝收，花的意象運用極妙。當我們看到憔悴飄零的落花，不忍要深深地嘆息，這正是她悲慘命運的寫照，她是中國文壇上的奇葩——李清照。

李清照，自號易安居士，濟南（今山東濟南市）人。生於宋神宗元豐七年（1084）。父格非，官禮部員外郎。由於家世的關係，自幼即負才名，善於詩文。年十八，嫁太學生趙明誠，夫婦鶼鰈情深。建炎三年（1129），明誠被旨知湖州，赴行在（建康），中暑而死。清照失侶後，到處漂泊，情境淒涼，晚年流落江湖以卒。詞集名《漱玉詞》，也有稱《漱玉集》。

《漱玉詞》的因容和李清照的身世極為配合，她生活的悲歡離合都反映在詞上。在南渡前的李清照，嫁到趙家，生活是高尚歡愉的，因趙

明誠雅好藝術，喜歡搜集金石字畫，兩人品茗論藝，自稱為葛天氏之民。所以她這階段的詞，大都充滿著快樂嬌媚的氣氛。如〈浣溪沙〉：

> 繡面芙蓉一笑開。斜飛寶鴨襯香腮。眼波纔動被人猜。　一面風情深有韻。半牋嬌恨寄幽懷。月移花影約重來。

在這段纏綿的日子裡，清照的情懷是活潑熱烈的，因此文字大膽無所顧藉，充分表現出少婦的天真爛漫。由於兩人相處如此融洽喜悅，所以偶有分離，則難免生出許多愁緒，萬種柔情也一一表現在詞中，讀來妍美婉約。如〈醉花陰〉：

> 薄霧濃雲愁永晝。瑞腦消金獸。佳節又重陽，玉枕紗幮，半夜涼初透。　東籬把酒黃昏後。有暗香盈袖。莫道不消魂，簾捲西風，人比黃花瘦。

想念夫婿，以致於和菊花比瘦，也是一奇。傳說明誠接到這首詞，非常嘆賞，為了維持男性尊嚴，閉門謝客，忘食廢寢三天三夜，共作了五十首，想和她一爭長短，結果卻沒有一首能勝過它，成為文壇趣事。

宋室南渡，對清照而言是一次澈底而重大的打擊，不僅國破，而且家亡，從靖康之難到趙明誠去世，前後不到三年，但清照的生活從此就完全改變，歡樂也成為歷史名詞，詞的表現當然迥異往前，她的愁不再是閨中少婦的閒愁，代之而起的是飽歷滄桑的淒涼苦楚，如〈武陵春〉：

> 風住塵香花已盡，日晚倦梳頭。物是人非事事休。欲語淚先流。　聞說雙溪春尚好，也擬泛輕舟。只恐雙溪舴艋舟。載不動、許多愁。

清照遭遇到這場風暴，就像花凋零化為塵土，一點生氣都沒有了，淚不斷地流，愁不斷地膨脹，這愁山恨海是無法輕易剷除填補的，於是一闋又一闋，〈菩薩蠻〉（風柔日薄春猶早）也好，〈永遇樂〉（落日鎔金）、聲聲慢（尋尋覓覓）等等也好，都是迸自肺俯極哀苦的聲音，令人無限地同情與感動。

清照的詞在後世引起了很大的震撼，不僅在巾幗之中出類拔萃，在整個詞壇裏亦不讓鬚眉，有人將她與李後主並稱「二李」，與辛棄疾合稱「二安」，她的寫作技巧相當成功，最值得注意的是：

一、意象新奇突出。李清照在詞中描寫最多的莫過於情愁，而情愁本身是主觀的、抽象的，只能感受，不可捉摸，但她善於用誇大具體的意象來顯現它，如她寫愁的沈重：「只恐雙溪舴艋舟，載不動許多愁。」愁居然變成像物體一樣有重量，而怕小舟載不動，這是何等新奇、誇張！

二、表達含蓄曲折。李清照被推崇為「婉約主」，其實所謂「婉約」，就是表達含蓄曲折，把原來的意思不直接明白說出，而經過許多轉折，使意義更加深刻，讓人讀來悠遊不盡，韻味無窮。李清照確實將這種表達藝術處理得出神入化，她最常用的是把兩個相反的意思安排在一起，使之衝突激盪，造成另外一層的轉折，含有深長意味。

三、叠字運用繁複。李清照酷愛歐陽修「庭院深深深幾許」的名句，因此在詞作上也大量運用叠字的技巧，如「點點滴滴」、「悄悄」、「依依」、「慼慼」等不勝枚舉。

　　總之，李清照以一介女子，所以能在文壇的天空閃爍發亮，備受讚譽，這完全在於她的作品內容有真誠感情之故。

　　——原載《中華日報·副刊》第 11 版（1986 年 12 月 10 日）。

七、義士的詞——《稼軒長短句》

　　辛棄疾，原字坦夫，後改字幼安，中年後別號稼軒居士。濟南（今山東濟南市）人，與女詞人李清照是同鄉。生於高宗紹興十年（1104），卒於寧宗開禧三年（1207），年六十八。他出生時，山東已被金人佔領，二十二歲，他集合二千人加入耿京的義軍，共謀恢復。次年，奉耿京命，奉表南歸，展開了他在南方的政治及文學創作的活動。在政治上，他歷仕高宗、孝宗、光宗、寧宗四朝，慷慨有大略，並不得志，只

在文學創作上留下輝煌的戰果,他的詞集名《稼軒長短句》,簡稱《稼軒詞》。

辛棄疾是一位披堅執銳的愛國鬥士,曾在戰場上衝鋒陷陣,因此在詞壇上他也是一位戰士,不主故常,千變萬化。他的詞不但有寫景敘事,詠物說理,弔古傷時,也有政治議論,送別道情,嬉笑怒罵。他將蘇軾所開拓的詞境再加以無限擴張,題材廣泛,內容包羅萬象,幾乎天地間無一事無一物不可入詞。在眾多的作品中,有些人以「正體」的眼光專欣賞他「清麗婉媚」的作品,如〈青玉案〉:「眾裏尋她千百度。驀然回首,那人正在燈火闌珊處」、〈祝英臺近〉:「是他春帶愁來,春歸何處?卻不解將愁歸去」之屬;其實他的主要代表作,應該是那些內容充分表現「悲歌慷慨」、「奮發激越」的部分,如〈永遇樂〉:「千古江山,英雄無覓,……憑誰問,廉頗老矣,尚能飯否」、〈破陣子〉:「醉裏挑燈看劍,夢回吹角連營」、〈菩薩蠻〉:「鬱孤臺下清江水。中間多少行人淚。東北望長安,可憐無數山」之類。就舉他的一首〈水龍吟〉為例:

> 楚天千里清秋,水隨天去秋無際。遙岑遠目,獻愁供恨,玉簪螺髻。落日樓頭,斷鴻聲裡,江南游子。把吳鉤看了,欄干拍遍,無人會、登臨意。　休說鱸魚堪膾。儘西風、季鷹歸未。求田問舍,怕應羞見,劉郎才氣。可惜流年,憂愁風雨,樹猶如此。倩何人喚取,紅巾翠袖,搵英雄淚。

全詞表現這位渡江的義士,充滿為國殺敵的豪情,可惜並沒有人瞭解,急得他拍遍了欄干。又不忍心歸隱,看到年華逐漸老去,使他禁不住涕泗縱橫了。內潛的愛國情操與外在現實的衝激,迸射出來的悲憤,令人受到強烈的震撼與感染,這才是真正「於剪紅刻翠之外別立一宗」的辛棄疾。

內容既是如此開闊,形式更是極度奔放,不受任何拘束。蘇軾「以詩為詞」,到了辛棄疾則是「以文為詞」。他大量用典使事,如〈賀新郎〉(綠樹聽鵜鴂)這首送別的詞,全闋用了七個有關離別的典故,真會

掉書袋。這要是別人，恐怕被這些書袋壓死了，但辛棄疾有濃厚的感情和才氣，這些典故反使語言有色澤、增添深度、富有暗示力。他又運用散文句子，別人不敢用的古文句子全部融和在詞中，如「幾者動之微」（哨遍）、「吾語汝」（六州歌頭）、「何幸如之」（一剪梅）等。此外，他對各種體裁也多方嘗試，有用對話體的，如〈沁園春〉（杯汝前來）；有用盟誓體的，如〈水調歌頭〉（帶湖吾甚愛）；有倣〈天問〉體的，如〈木蘭花慢〉（可憐今夕月）；有倣〈招魂〉體的，如〈水龍吟〉（聽兮清珮瓊瑤些）等；詞經過辛棄疾的經營，可說得到空前的大解放，任何體裁所能表達的，詞也能夠表達。

　　辛棄疾承繼蘇軾「豪放」的詞風，以他特有的動盪身世、與強烈的愛國熱情，變蘇軾「清曠」為「悲壯」，將男性的陽剛美表現到極致，正如他的同鄉李清照將女性的陰柔美推展到巔峰一樣，兩人並稱「二安」，在詞壇上的地位都屬第一流的。

　　──原載《中華日報‧副刊》第 11 版（1987 年 3 月 11 日）。

宋詞中的「人生」探究

一、前言

　　王國維《人間詞話》說：「詩人對宇宙人生，須入乎其內，又須出乎其外。入乎其內，故能寫之。出乎其外，故能觀之。入乎其內，故有生氣。出乎其外，故有高致。」[1]這段話論述作家必須深入了解宇宙人生，而作家觀察、反映宇宙人生也必須具有一定的高度。換言之，文學與人生是息息相關、密不可分的。由於人生的面向相當多元，文學所呈現的人生內涵也非常豐富。詞原本只是配合燕樂歌唱的歌詞，透過歌者的傳唱，流行於舞榭歌臺等場所，而散播於社會大眾。早期的詞胡適稱之為「歌者之詞」，[2]它的內容很簡單，「不是相思，便是離別，不是綺語，便是醉歌。」[3]雖然這些內容都是人生的一部分，但真正有意抒發人生的作品並不多。就以作品直接用「人生」一詞為例，敦煌詞中只有〈十二時〉（日出卯）一首，[4]《花間集》十八家中，也只有韋莊有〈菩薩蠻〉（勸君今夜須沉醉）、〈天仙子〉（深夜歸來長酩酊）兩首詞用到「人生能幾何」，[5]對人生短暫的感觸。而我們觀察南唐李後主用到「人生」的兩首詞，〈菩薩蠻〉開首即寫道：「人生愁恨何能免。銷魂獨我情何限。」〈烏夜啼〉（林花謝了春紅）也寫道：「胭脂淚，相留醉，幾時重。自是人生長恨水長東。」深刻表達他對人生充滿愁恨的感嘆與無奈；難怪王國維《人間詞話》指出：「詞至李後主而眼界始大，感慨遂深，遂變伶工之

---

[1] 唐圭璋編：《詞話叢編》（臺北：新文豐出版公司，1988年2月），冊5，頁4253。

[2] 胡適將詞史分為三個段落：歌者的詞、詩人的詞、詞匠的詞。他的劃分是：「蘇東坡以前，是教坊樂工與娼家妓女歌唱的詞；東坡與稼軒、後村，是詩人的詞；白石以後，直到宋末元初，是詞匠的詞。」見胡適：《詞選・序》（臺北：臺灣商務印書館，1975年5月），頁5。

[3] 同前註，頁6。

[4] 敦煌詞〈十二時・發憤〉其二：「日出卯。人生在世須臾老。男兒小學讀詩書，恰似園中肥地草。」見張璋、黃畬：《全唐五代詞》（上海：上海古籍出版社，1986年2月），頁942。本文所引唐五代詞，都以此本為根據，為了避免繁瑣，不再另註。又本文相關統計，都利用「網路展書讀」網站「唐宋文史資料庫・唐宋詞全文檢索系統」（http://cls.hs.yzu.edu.tw/CSP/W_DB/index.htm）檢索所得。

[5] 這兩首詞用到「人生」的句子為：「人生能幾何」、「長道人生能幾何」。

詞而為士大夫之詞。」[6]李後主以個人的特殊遭遇,將詞體推向另外一個新境界。影響所及,詞到了宋代,「人生」一詞處處可見,詞不僅是花間尊前的消遣工具,它與人生的關係也愈形密切。

詞學界對於「詞與人生」這個命題,已有不少學者關注,就專書而言,鄧喬彬撰有《宋詞與人生》一書,[7]此書透過愛情、閑情、雅趣、性情、濟世之志及其失落、羈旅行役、民族災難與流落之悲、節序與習俗、詠物等九個面向,分別選出若干詞為例,以闡說宋詞所呈現的各種人生。楊海明也撰有《唐宋詞與人生》一書,此書分為上下兩篇,上篇除〈人生苦短──唐宋詞人的集體性哀嘆〉與〈復國心切──社會責任感在南宋愛國詞中的體現〉二文屬於通論性質外,其它分別從花間詞人、李煜、晏殊、柳永、晏幾道、蘇軾、李清照、朱敦儒、辛棄疾、姜夔等為對象,探討他們的人生態度和生命體驗。下篇則從享樂詞篇、雅玩詞篇、言情詞篇、怨嗟詞篇,來探討宋代詞人的享樂風氣、高情雅趣、戀情生活、人生憂患,以呈現兩宋詞中的人生世相和人生況味。就期刊論文而言,楊海明在出版《唐宋詞與人生》一書之前,已發表多篇相關論文,如〈從「享受人生」看唐宋詞人個體價值的「升值」〉、〈試論人生意蘊是唐宋詞的「第一生命力」〉等,[8]該書出版後,又陸續有相關論文發表,如〈「角色轉換」與唐宋詞之人生意蘊〉、〈珍惜生命──唐宋詞人生意蘊之本源〉等,[9]可見楊海明對此論題之熱中程度。此外,彭潔瑩的〈「流連光景惜朱顏」─宋詞中的人生況味及其與歌妓的關係〉、劉尊明的〈瀟灑地體驗人生─試論唐宋詞中的「逸趣」〉等,[10]也都與「詞與人生」的命題有關。

---

[6] 同註1,頁4242。

[7] 鄧喬彬:《宋詞與人生》(上海:上海古籍出版社,2001年12月)。

[8] 〈從「享受人生」看唐宋詞人個體價值的「升值」〉一文,發表於《西南師範大學學報‧哲學社會科學版》,1997年3期,頁58-63。〈試論人生意蘊是唐宋詞的「第一生命力」〉一文,發表於《文學評論》,2000年1期,頁73-82。

[9] 〈「角色轉換」與唐宋詞之人生意蘊〉一文,發表於《學術月刊》,2002年5期,頁86-93。〈珍惜生命─唐宋詞人生意蘊之本源〉一文,發表於《南陽師範學院學報》2卷1期(2003年1月),頁45-49。

[10] 彭潔瑩:〈「流連光景惜朱顏」─宋詞中的人生況味及其與歌妓的關係〉,《湛江海洋大學學報》23卷5期(2003年10月),頁64-67。劉尊明:〈瀟灑地體驗人生──試論唐宋詞中的「逸趣」〉,《湖北大學學報‧哲學社會科學版》34卷6期(2007年11月),頁38-43。

雖然上述專書與論文都在關注唐宋詞對人生的反映，但筆者認為，詞人運用「人生」一詞直接切入對人生的觀照，則將更能扣緊人生的命題。由於唐五代詞人運用「人生」一詞的作品並不多見，因此本文擬只針對宋詞中含有「人生」一詞的作品，共 324 首，[11] 加以探討，藉此觀察宋人對人生的感悟與面對人生的態度。

二、人生的感悟

宋詞中含有「人生」一詞的作品，大抵可以反映出宋代詞人對人生的種種感悟，有的是從時間的角度，感悟人生的短暫、如夢；有的是從空間的角度，感悟人生的離別、漂泊；有的從人事之不遂，感悟人生的悲苦、失意等等，相當豐富多元。然而這些不同的人生感悟，有時也會同時出現在一首作品之中，如李曾伯〈一翦梅・乙卯中秋〉：

> 人生能有幾中秋。人自多愁。月又何愁。老娥今夜為誰羞。雲意悠悠。雨意悠悠。　自憐蹤跡等萍浮。去歲荊州。今歲渝州。可人誰與共斯樓。歸去休休。睡去休休。[12]

乙卯，為理宗寶祐三年（1255），李曾伯五十八歲，當時擔任四川宣撫使兼京湖制置大使。[13] 此官雖然屬於方面要職，[14] 但他面臨中秋佳節，仍然對人生發出無限感慨。首句「人生能有幾中秋」，以一輩子能過幾次中秋

---

[11] 根據「網路展書讀」網站「唐宋文史資料庫・唐宋詞全文檢索系統」（http://cls.hs.yzu.edu.tw/CSP/W_DB/index.htm）搜尋所得（2010 年 10 月 5 日搜尋），宋詞中含有「人生」一詞的作品共 336 首，但有些作品如葉夢得〈水調歌頭〉（今古幾流轉）：「認取騷人生此」、呂渭老〈好事近〉（年少萬函書）：「若訪老人生計」等，則非運用「人生」一詞，共 12 首，去除之後，仍有 324 首。

[12] 見唐圭璋編：《全宋詞》（臺北：世界書局，1976 年 10 月），冊 4，頁 2821。本文所引宋詞，都以此本及孔凡禮輯：《全宋詞補輯》（臺北：源流出版社，1982 年 12 月）為根據，為了避免繁瑣，不再另註。

[13] 〔元〕脫脫等撰、楊家駱主編：《新校本宋史》（臺北：鼎文書局，1983 年 11 月），卷 44，〈理宗本紀〉，頁 852。

[14] 根據瞿蛻園《歷代官制概述》云：「在北宋末期軍事繁興以後，經常派遣將相大臣擔任方面要職，名稱隨時制定，職權最大的如都督諸路軍馬、督視軍馬；次之則制置使、宣撫使，或制置宣撫使，官秩特高者則稱大使。」見楊家駱主編：《黃編本歷代職官表附清史稿職官志》（臺北：鼎文書局，1976 年 12 月），頁 27。

節，道出人生的短暫。接著以「人自多愁」指出人生的愁苦。下片「自憐蹤跡等萍浮。去歲荊州。今歲渝州」，寫人生到處漂泊的無奈。「可人誰與共斯樓」，則表現離別的人生。這首詞已道盡人生的種種悲苦。以下將宋詞人用「人生」一詞的句子，所抒發出來的人生感悟，分為四方面加以探討分析。

（一）短暫、空幻的人生

生、老、病、死，是人類與生俱來的宿命，不管上至帝王將相，或下至販夫走卒，任何人都必須接受造物者的安排，誰也無法超越時間的侷限，可以長生不死。因此，人生苦短也成為中國文學一個古老的主題。早在春秋時代，孟孝伯就曾向穆叔說：「人生幾何，誰能無偷？朝不及夕，將安用樹？」[15] 魏曹操〈短歌行〉也感嘆說：「對酒當歌，人生幾何？譬如朝露，去日苦多。」[16] 我們觀察宋詞中含有「人生」一詞的作品，其中以感悟人生短暫的佔最大宗，約有 75 首。宋詞人對人生短暫的描寫，有的就直接以「人生幾何」或類似的詞語來抒發感慨，如：

兔走烏飛不住，人生幾度三臺。（晏殊〈清平樂〉）
世事一場大夢，人生幾度秋涼。（蘇軾〈西江月〉）
急急修行，細算人生，能有幾時。（張繼先〈沁園春〉）
爭須攜手踏青。人生幾度清明。（徐逸〈清平樂〉）
人生幾何，如何不自，珍重此生。（陳著〈沁園春〉）
新綠舊紅春又老，少玄老白人生幾。（蔣捷〈滿江紅〉）
人生幾許。且贏得劉郎，看花眼慣，懶復賦前度。（劉將孫〈摸魚兒〉）

---

[15] 〔周〕左丘明傳、〔晉〕杜預注、〔唐〕孔穎達疏：《春秋左傳正義》（臺北：藝文印書館，1973 年 5 月《十三經注疏》本），襄公三十一年，頁 685。
[16] 〔宋〕郭茂倩編：《樂府詩集》（臺北：里仁書局，1978 年 12 月），冊 1，頁 447。

這些作品中的「細算人生,能有幾時」、「人生幾許」、「少玄老白人生幾」,都是運用「人生幾何」的詞語,而「人生幾度三臺」、「人生幾度秋涼」、「人生幾度清明」,也是將「人生幾何」改為「人生幾度」,再加上具體的官位、季節,以表現人生的短暫。

人的壽命以春夏秋冬為一年來計算,也就將人生化為具體的數目字,宋詞中常見作者直接指出人生只不過百年,或者說要活到七十就已相當難得,這種人生算術問題王觀〈紅芍藥〉說得最清楚:

> 人生百歲,七十稀少。更除十年孩童小。又十年昏老。都來五十載,一半被、睡魔分了。那二十五載之中,寧無些個煩惱。　仔細思量,好追歡及早。遇酒追朋笑傲。任玉山摧倒。沈醉且沈醉,人生似、露垂芳草。幸新來、有酒如澠,結千秋歌笑。

作者在這首詞上片仔細計算人生的時間,他以不容易達到的七十歲為基準,扣除懵懂無知的孩童十年及昏眊老邁的十年,再將所剩的五十年分一半給睡魔,則只剩區區的二十五年,人生可以利用的光陰確實非常有限,所以他在下片又說:「人生似、露垂芳草」,以芳草上的露珠容易消失譬喻人生的短暫。[17]

雖然現在醫藥發達,營養及衛生條件進步,人類的壽命不斷在延長,但要成為百歲人瑞畢竟還是可遇不可求,更何況在物質缺乏的古代?所以過去都以「百歲」作為人生的極限,如《古詩十九首・生年不滿百》云:「生年不滿百,常懷千歲憂。」[18] 在宋代詞人中也經常發出這樣的浩歎,如:

> 這些百歲,光陰幾日,三萬六千而已。……但人生、要適情耳。
> （蘇軾〈哨遍〉）

---

[17] 在王觀〈紅芍藥〉之前,范仲淹〈剔銀燈〉(昨夜因看蜀志)也有類似的人生算法,其下片寫道:「人世都無百歲。少癡騃、老成尪悴。只有中間,些子少年,忍把浮名牽繫。」只是范仲淹算法較籠統,不像王觀以較確切的數目來計算人生。

[18] 馬茂元:《古詩十九首探索》(臺北:純真出版社,1983年11月),頁92。

況人生、百歲能幾。任東風、笑我雙鬢裡。(晁端禮〈玉葉重黃〉)

天意不放,人生長少。……假饒真百歲,能多少。(周紫芝〈感皇恩〉)

人生須是,做些閒中活計。百年能幾許,無多子。(周紫芝〈感皇恩〉)

百年一夢黃粱熟。人生要足何時足。(張掄〈醉落魄〉)

人生,誰滿百,閒中最樂,飽外何求。(袁去華〈滿庭芳〉)

縱使人生滿百,算來更幾春秋。(王炎〈清平樂〉)

人生天地兩儀間。只住百來年。(魏了翁〈木蘭花慢〉)

歡撚指、人生百歲。(葛長庚〈賀新郎〉)

人生難滿百年心。得分陰。勝千金。(陳著〈江城子〉)

這些作品或感慨人生有誰能活到百歲,或訴說即使能活到百歲,算一算總共又有多少日子可過呢?凡此都在說明人生的短暫。

人生不僅難以達到百歲,古代縱使要活到七十歲都是一件不容易的事,難怪唐代大詩人杜甫要發出「人生七十古來稀」(〈曲江二首〉之二)的長嘆。[19] 宋代詞人承繼杜甫的口吻,也寫出許多類似的句子,如:

人生七十尚為稀。況是釣璜新歲。(葛勝仲〈西江月〉)

六旬過四,七十古來稀。(洪适〈滿庭芳〉)

福善天應錫壽祺。人生七十古來稀。(張掄〈鷓鴣天〉)

更莫驚疑。剛道人生七十稀。(辛棄疾〈減字木蘭花〉)

自古稱稀,須信道、人生七十。(華岳〈滿江紅〉)

向此年年開壽斝,算今古人生七十稀。(劉光祖〈沁園春〉)

羨華年七秩,人生稀有,新陽七日,天意安排。(吳勢卿〈沁園春〉)

何須夢得君知。便穩道人生七十稀。(馬廷鸞〈沁園春〉)

人生七十古來稀,算恁地光陰來得幾度。(俞良〈鵲橋仙〉)

這些作品雖然許多是用來祝壽,歌頌壽星能享古稀之年,但在稱美高壽

---

[19] 〔清〕聖祖御編:《全唐詩》(北京:中華書局,1992年),冊7,頁2410。

之背後，其實也蘊藏人生短暫的意涵。

　　既然人生七十為古稀，百年又是大限，因此人生在世就猶如短暫寄寓世間，《古詩十九首‧驅車上東門》云：「人生忽如寄，壽無金石固。」[20] 魏曹丕〈善哉行〉也云：「人生如寄，多憂何為？」[21] 順著人生如寄的概念，也就產生了「逆旅」（即旅館、客舍之意）的說法，南朝梁蕭統〈陶淵明集序〉云：「處百齡之內，居一世之中，倐忽比之白駒，寄寓謂之逆旅。」[22] 唐李白〈春夜宴從弟桃花園序〉亦云：「夫天地者，萬物之逆旅也。光陰者，百代之過客也。」[23] 宋代詞人也經常以「人生如寄」、「人生如逆旅」、「人生都是客」感嘆人生的短暫，如：

> 與君各記少年時。須信人生如寄。（蘇軾〈西江月〉）
> 人生如逆旅，我亦是行人。（蘇軾〈臨江仙〉）
> 人生如寄。謾把茱萸看子細。（楊无咎〈倒垂柳〉）
> 堪笑人生如逆旅，明年我亦言歸。（姚述堯〈臨江仙〉）
> 人生如寄，何事辛苦怨斜暉。（朱熹〈水調歌頭〉）
> 人生如寄耳，世態逐時移。（趙師俠〈水調歌頭〉）
> 人生如寄，浪勤耳目。（方千里〈蕙蘭芳〉）
> 人生如寄，利鎖名韁，何用縈縈。（方千里〈慶春宮〉）
> 況人生如寄，相逢半老，歲華休作容易看。（方千里〈紅林檎近〉）
> 人生如夢寄埃驛。況分散南北。（方千里〈蘭陵王〉）
> 道眼看來，歎人生如寄，家如旅邸。（劉克莊〈念奴嬌〉）
> 君何忽忽。宇宙人生都是客。（劉辰翁〈減字木蘭花〉）
> 人生總是逆旅，但相逢一笑，如此何限。（劉天迪〈齊天樂〉）

這些作品都感悟人生在世，只是暫時的借住，每個人都像是過客，時間一到，就必須還之天地，誰也無法永久佔有。這可說是造物者給蒼生的公平待遇，任何人都不得不接受。

20　同註 18，頁 84。
21　同註 16，冊 1，頁 537。
22　逯欽立校注：《陶淵明集》（臺北：里仁書局，1982 年 9 月），頁 9。
23　瞿蛻園等校注：《李白集校注》（臺北：里仁書局，1981 年 3 月），冊 3，頁 1590。

人生如寄，人生如逆旅，如此的人生給人一種既短暫又空幻的感覺，於是有人就將人生與夢境連結起來，如《莊子・齊物論》寫莊周夢為蝴蝶，似乎夢境比現實人生更為真實。[24] 唐李白〈春夜宴從弟桃花園序〉云：「浮生若夢，為歡幾何？」[25] 唐李涉〈題潤飲寺〉也說：「百年如夢竟何成，白髮重來此地行。」[26] 將人生比擬像一場夢境。宋代詞人在訴說「人生」的句子中，共有十多首指出如夢似幻的人生：

> 人生彈指事成空，斷魂惆悵無尋處。（李之儀〈踏莎行〉）
> 陶陶兀兀。人生夢裡槐安國。（黃庭堅〈醉落魄〉）
> 人生如夢。夢裡惺惺何處用。（陳瓘〈減字木蘭花〉）
> 人生虛假，昨日梅花今日謝。（朱敦儒〈減字木蘭花〉）
> 須信人生如幻，七十古來稀有。（向子諲〈水調歌頭〉）
> 人生堪笑，蜉蝣一夢，且縱扁舟放浪。（曹冠〈哨遍〉）
> 畢竟人生都是夢，再相逢、除是青霄裡。（葛長庚〈賀新郎〉）
> 人生幻化如泡影。幾個臨危自省。（姚鏞〈醉高歌〉）
> 人生好夢比春風，不似楊花健。舊事如天漸遠。（翁孟寅〈燭影搖紅〉）
> 人生如夢，個中堪把心卜。（陳著〈念奴嬌〉）
> 人生如夢，流年似箭，回首也須聞早。（無名氏〈永遇樂〉）

這些作品大都直接道出「人生如夢」的感悟，黃庭堅則用唐傳奇〈南柯太守傳〉典故，[27] 將槐安國的夢境寫入詞中。李之儀、朱敦儒、向子諲、姚鏞等四位詞人雖沒有直接用「夢」，但也說出人生空幻、虛假，和夢並無差異。

---

[24] 《莊子・齊物論》云：「昔者莊周夢為胡蝶，栩栩然胡蝶也，自喻適志與！不知周也。俄然覺，則蘧蘧然周也。不知周之夢為胡蝶與，胡蝶之夢為周與？周與胡蝶，則必有分矣。此之謂物化。」見郭慶藩：《莊子集釋》（臺北：河洛圖書出版社，1974年3月），頁112。
[25] 同註23。
[26] 同註19，冊14，頁5435。
[27] 唐李公佐作傳奇小說〈南柯太守傳〉，敘述淳于棼夢入大槐安國，娶公主，出任南柯太守，享盡榮華富貴。公主死，棼即失寵，遭遣歸。夢醒才知所遊其實是大槐樹下的蟻穴。見汪辟疆校錄：《唐人小說》（臺北：河洛圖書出版社，1974年10月），頁85-90。

上述宋代詞人所感悟的人生，都是透過「人生幾何」、「人生不滿百」、「人生七十古來稀」、「人生如寄」、「人生如逆旅」、「人生如夢」等熟語表達出來。除此之外，仍然有作者以不同的口吻道出人生的短暫與空幻，如：

> 歎人生難得，常好是朱顏。（晁補之〈八聲甘州〉）
> 光景如梭，人生浮脆。（胡舜陟〈感皇恩〉）
> 恨人生、時乎不再，未轉頭、歡事已沈空。（向子諲〈八聲甘州〉）
> 人生還似水中漚。金樽盡更酬。（趙賁〈阮郎歸〉）
> 世事燕鴻南北去，人生烏兔東西落。（趙師俠〈滿江紅〉）
> 人生易老何哉。春去矣、秋風又來。（程珌〈柳梢青〉）
> 人生草露。看百歲勳名，青銅鬢影，撫劍淚如雨。（何夢桂〈摸魚兒〉）
> 人生恰似這芳菲。芳菲能幾時。（宋媛〈阮郎歸〉）

這些詞例，晁補之、向子諲、程珌都在感慨歲月匆匆，人生易老；胡舜陟直接說出人生的空虛脆弱，趙賁、趙師俠、何夢桂、宋媛則分別以「水中漚」、「草露」、「烏兔」、「芳菲」比喻人生的空幻、短暫。

（二）離別、漂泊的人生

人類為了生活、理想、貶謫或戰爭等等各種因素，經常必須與所親愛的人分離，尤其在交通、通訊不發達的古代，離別也成為人生的噩夢。戰國時代楚屈原就為世人發出「悲莫悲兮生別離」的哀嘆，[28] 南朝江淹〈別賦〉也為離別寫下「黯然銷魂者，唯別而已矣！」的千古名句。[29] 我們觀察宋詞中含有「人生」一詞的作品，其中感悟人生多離別的約有 70 首，和人生短暫可說不相上下。如劉克莊這首題為「寄遠」的〈長相思〉寫道：

---

[28] 〔戰國〕屈原：〈九歌‧少司命〉，〔宋〕洪興祖：《楚辭補注》（臺北：大安出版社，2007 年 8 月），頁 104。
[29] 〔唐〕李善注：《文選》（臺北：藝文印書館，1971 年 3 月），頁 242。

> 朝有時。暮有時。潮水猶知日兩回。人生長別離。　來有時。去有時。燕子猶知社後歸。君行無定期。

上片以潮水一日兩回的漲退有時，映襯人生的長久別離，相會遙遙無期。下片又以燕子秋去春來有時，映襯遠人歸期不定，只有無盡的相思與等待。這首詞相當生動的寫出人生離別的無奈。

宋詞人對人生多離別的感悟，表達時有一些常見的用語或模式，有的以「易別難聚」道出，有的以「聚散」道出，另外有的只單方面說「多離別」，也有單方面說「難聚」，茲分別例舉如下，先舉「易別難聚」的句子：

> 歎人生，最難歡聚易離別。（寇準〈陽關引〉）
> 人生百歲，離別易，會逢難。（晏殊〈拂霓裳〉）
> 人生易別難聚。恨分違有日，留連無計。（京鏜〈瑞鶴仙〉）
> 嘆人生、別離容易，會逢難得。（魏了翁〈賀新郎〉）
> 寶月纔圓又缺，況人生、會難離易。（陳德武〈水龍吟〉）
> 人生大抵，離多會少，更相將白首。（無名氏〈瀟湘靜〉）

這些句子很清楚說出人生容易離別，但要相聚卻很困難，實在相當無奈。

次舉「聚散」的句子：

> 人生聚散如弦筈。老去風情尤惜別。（歐陽修〈玉樓春〉）
> 世路風波險，十年一別須臾。人生聚散長如此，相見且歡娛。（歐陽修〈聖無憂〉）
> 人生聚散浮雲似，回首明年。何處尊前。悵望星河共一天。（賀鑄〈採桑子〉）
> 邂逅故人同一笑，遲留。聚散人生宜自謀。〈蔡伸〈南鄉子〉〉
> 燕去鴻來，笑人生離聚。（韓元吉〈醉蓬萊〉）
> 須信人生聚散。奈區區、利牽名絆。（蘇小娘〈飛龍宴〉）
> 世事升沈，人生聚散，俯仰空如昨。（續雪谷〈念奴嬌〉）

這些句子雖然用「聚散」說明人生的聚合離散，但主要還是在表達人生

多離別,有聚少離多之意。

再舉只說「多離別」的句子:

須盡醉,莫推辭。人生多別離。(晏殊〈更漏子〉)
水無定。花有盡。會相逢。可是人生長在、別離中。(向子諲〈相見歡〉)
花一枝。酒一卮。舉酒對花君莫辭。人生多別離。(王之道〈長相思〉)
蠶共繭、花同蒂,甚人生要見,底多離別。(呂渭老〈賀新郎〉)
每到花開春已暮。人生誰會誰為錯。年來但覺多離索。(韓淲〈醉落魄〉)
人生自古多離別。多離別。年年辜負,海棠時節。(汪元量〈憶秦娥〉)

這些句子直接的說出人生經常處在離別之中,似乎是人類自古以來難以避免的宿命。

末舉只說「難聚」的句子:

人生少有,相憐到老,寧不被天憎。(歐陽修〈燕歸梁〉)
況是人生,難得長歡聚。(黃裳〈蝶戀花〉)
悵人生歡會,一年幾許。(黃機〈滿江紅〉)
雲深山塢,煙冷江皋,人生未易相逢。(吳文英〈聲聲慢〉)

這些句子單方面說相聚困難,其實也在感嘆離別的人生。總括上述所引感悟人生多離別的句子,雖然多含感嘆,但還是沒有直接將離別的痛苦抒發出來,以下這些則強烈說出離別的痛苦人生,如:

算人生、悲莫悲於輕別,最苦正歡娛,便分鴛侶。(柳永〈傾杯〉)
人生最苦,少年不得,鴛幃相守。(歐陽修〈鹽角兒〉)
人生無奈別離何。夜長嫌夢短,淚少怕愁多。(晁沖之〈臨江仙〉)

> 珮解江皋,魂消南浦。人生惟有別離苦。別時容易見時難,算來卻是無情語。(蔡伸〈踏莎行〉)
>
> 若要人生長美滿,除非世上無離別。算古今、此恨似連環,何時絕。(劉克莊〈滿江紅〉)

這些句子寫出人生離別的悲苦、無奈,感情相當濃烈。

人生之所以多離別,其原因在於生活的漂浮不定,宋詞人感嘆人生的離別,也同時寫出漂泊的人生。而古人形容人生的漂泊無定,最常用的莫過於「萍」和「蓬」。萍,是一年生水草,葉扁平而小,面背皆青,葉下叢生鬚根,會隨水流四處漂動,亦稱為「浮萍」。蓬,是多年生草本植物,莖多分枝,葉形似柳而小,有剛毛,花色白。秋枯根拔,風捲而飛,故亦稱為「飛蓬」。萍、蓬皆為飄浮不定的植物,於是被文人用來比喻人的行蹤飄泊不定,如晉潘岳〈西征賦〉:「陋吾人之拘攣,飄萍浮而蓬轉。」[30]唐杜甫〈將別巫峽贈南卿兄瀼西果園四十畝〉詩:「苔竹素所好,萍蓬無定居。」[31]詞人也常透過萍、蓬這兩種植物,抒發對漂泊人生的感悟,如毛开〈滿庭芳〉:

> 世事難窮,人生無定,偶然蓬轉萍浮。為誰教我,從宦到東州。還似翩翩海燕,乘春至、歸及涼秋。回頭笑,渾家數口,又泛五湖舟。　悠悠。當此去,黃童白叟,莫漫相留。但谿山好處,深負重游。珍重諸公送我,臨岐淚、欲語先流。應須記,從今風月,相憶在南樓。

這首詞題目云:「自宛陵易倅東陽,留別諸同寮」,可知是毛开從宛陵(今安徽省宣州區)調任東陽(指婺州,今浙江省東陽市)倅時,留別給宛陵諸同寮的作品。詞一開始就感嘆世事難料,人生無定,並用「蓬轉萍浮」比喻自己像蓬、萍的飄泊不定。整首詞寫宦遊的無奈,離別的

---

[30] 同前註,頁151。
[31] 同註19,冊7,頁2554。

痛苦，也表達對老同事的深厚感情。以下再舉宋詞中以萍或蓬書寫漂泊人生的句子：

> 人生到處萍飄泊。偶然相聚還離索。（蘇軾〈醉落魄〉）
> 人生，萍梗跡，誰非樂土，何處吾州。（晁補之〈滿庭芳〉）
> 歎人生、杳似萍浮。又翻成輕別，都將深恨，付與東流。（查荎〈透碧霄〉）
> 人生世，多聚散，似浮萍。（沈瀛〈水調歌頭〉）
> 人生江海一萍浮。世路相期如此水，萬里安流。（李曾伯〈浪淘沙〉）
> 人生飄聚等浮萍。誰知桃葉，千古是離情。（柴望〈陽關三疊〉）
> 歎人生、時序百年心，萍蹤跡。（黃公紹〈滿江紅〉）
> 天下幾多郵驛，人生到處飄蓬。（陳德武〈西江月〉）
> 時序去如流矢，人生宛似飛蓬。（陳德武〈西江月〉）

這些句子無論用「萍飄泊」、「萍梗跡」、「萍浮」、「浮萍」或「萍蹤跡」、「飄蓬」、「飛蓬」，都在說明人生的漂泊不定。

（三）悲苦、失意的人生

人生在世，除了要面對時間、空間的壓力，更要面對人事的困頓，因此古人早就感悟人生的樂少苦多，如魏曹操〈短歌行〉，既感慨人生的短暫，又說出人生「去日苦多」的悲嘆。[32] 晉羊祜也曾歎道：「天下不如意，恆十居七八。」[33] 南朝宋謝靈運〈擬魏太子鄴中集詩八首・序〉也說：「天下良辰、美景、賞心、樂事，四者難并。」[34] 雖然說四者難并，其實人生最難得的莫過於「賞心、樂事」。宋詞人也經常感嘆人生的悲苦、失意，如李新〈浣溪沙〉一詞云：

---

[32] 同註 16。
[33] 〔唐〕房玄齡等撰、楊家駱主編：《新校本晉書》（臺北：鼎文書局，1983 年 11 月），卷 34，〈羊祜傳〉，頁 1019。
[34] 同註 29，頁 445。

千古人生樂事稀。露濃煙重薄寒時。菊花須插兩三枝。　未老功名辜兩鬢，悲秋情緒入雙眉。茂陵多病有誰知。

這首詞題為「秋懷」，也就是在抒寫秋日的心情。詞一開頭，即道出千古以來人生樂少苦多的事實，所以詞人認為在秋天「露濃煙重薄寒時」，應該插上兩三枝的菊花，頗有「苦中作樂」或「及時行樂」的意味。下片則寫出個人樂事稀的緣由，一是功名不順，使他產生如宋玉失志般的悲秋情緒；另一則是多病，「茂陵」，指司馬相如，相如晚年得消渴疾，杜甫〈琴臺〉詩云：「茂陵多病後，尚愛卓文君。」[35] 李商隱〈寄令狐郎中〉詩亦云：「休問梁園舊賓客，茂陵秋雨病相如。」[36] 詞人透過司馬相如比喻自己，寫自己的多病，也寫自己懷才不遇，沒有知音。根據晁公武《郡齋讀書志》載：「（李新）早登進士第，劉涇嘗薦於蘇子瞻，命賦墨竹，口占一絕立就。坐元符末上書，奪官謫置遂州，流落終身。」[37] 從此或可印證李新之所以感嘆「人生樂事稀」的原因。

我們觀察宋詞中含有「人生」一詞的作品，其中感悟人生悲苦、失意的，約有35首，以下先舉人生樂少苦多的詞句，如：

人生樂事知多少，且酌金盃。（晏殊〈採桑子〉、杜安世〈醜奴兒〉）
人生更在艱難內，勝事年來不易逢。（趙令時〈鷓鴣天〉）
人生開口笑難逢。何況良辰一半、別離中。（晁補之〈虞美人〉）
人生福壽古難逢。好將家慶事，寫入畫圖中。（葉景山〈臨江仙〉）
人生一笑難開口。為報速宜相就。（曾慥〈調笑〉）
放曠如君，拘攣如我，試問人生誰樂哉。（丘崈〈沁園春〉）
人生有得許多愁。惟有黃花如舊。（辛棄疾〈西江月〉）
人生好景難并。依舊秋千巷陌，花月蓬瀛。（高觀國〈夜合花〉）

---

[35] 同註19，冊7，頁2442。
[36] 同註19，冊16，頁6156。
[37] 〔宋〕晁公武：《郡齋讀書志》（臺北：臺灣商務印書館，1984年《景印文淵閣四庫全書》本）卷4下，〈李元應跨鼇集五十卷〉。

> 算人生、新愁易積，舊歡難繼。(吳潛〈賀新郎〉)
> 花猶百年寧耐，算人生、能幾歡樂。(陳著〈聲聲慢〉)
> 人生一笑何時重。奈今朝、有客無魚，有魚留凍。(劉辰翁〈金縷曲〉)
> 悵二十五年，臨路花如故。人生自苦。(劉辰翁〈摸魚兒〉)
> 人生最難一笑，拚尊前、醉倒方休。(周密〈聲聲慢〉)
> 我老無能矣。歎人生、得開笑口，一年間幾。(劉將孫〈金縷曲〉)

這些詞句有的道出「人生樂事少」、「人生難得開口笑」，也有的直接道出「人生多愁苦」，都是在表現悲苦的人生。

自從晉羊祜感歎「天下不如意，恒十居七八」之後，宋黃庭堅〈用明發不寐有懷二人為韻寄李秉彝德叟〉也將它化為詩句說：「人生不如意，十事恒八九。」[38] 宋詞人也如法炮製，透過算術的十分比，寫出人生的不如意，如辛棄疾〈賀新郎‧用前韻再賦〉：

> 肘後俄生柳。歎人生、不如意事，十常八九。右手淋浪才有用，閒卻持螯左手。謾贏得、傷今感舊。投閣先生惟寂寞，笑是非、不了身前後。持此語、問烏有。　青山幸自重重秀。問新來、蕭蕭木落，頗堪秋否。總被西風都瘦損，依舊千巖萬岫。把萬事、無言搔首，翁比渠濃人誰好，是我常、與我周旋久。寧作我，一杯酒。

開頭用《莊子》「手肘長瘤」的典故[39]，喻世事變幻無常。並化用羊祜的話，感嘆「人生不如意事，十常八九」。接著說世事無常、人生的不如

---

[38] 北京大學古文獻研究所編：《全宋詩》(北京：北京大學出版社，1995年3月)，冊17，頁11465。

[39] 《莊子‧至樂篇》載：支離叔與滑介叔遊，忽左肘間生一柳(通「瘤」)。支離叔問滑介叔，對此厭惡否？滑叔答曰：我的生命無非假借肢體而存，而肢體也無非由自然界的塵埃暫進騰聚集而成。生死之變猶如晝夜之交替。你我正在觀察變化，這變化今來到我身上，我又何必厭惡之。見郭慶藩：《莊子集釋》(臺北：河洛圖書出版社，1974年3月)，頁615-616。

意。「右手」兩句用晉人畢茂世語,[40]說右手舉杯暢飲時,卻發覺持蟹螯的左手動彈不了。這樣無常的人生只有「傷今感舊」、徒生悲嘆而已。「投閣」兩句用揚雄典故,說王莽稱帝時,揚雄誤以為自己牽連讖緯符命,遂自投天祿閣幾死,但京城為之傳言說:「惟寂寞,自投閣」。[41]所以人生的是非曲直,無論身前死後,都難以了結。作者想持此語請教「烏有先生」,但烏有先生是司馬相如〈子虛賦〉中的虛構人物,因此問也是白問,無法得到解答。下片寫青山雖然遭受秋天的摧殘,但千巖萬岫依舊屹立,以青山比擬自己的堅毅不屈。作者雖然萬事不順,只能無言搔首,但詞末又用殷浩的典故,[42]表明自己寧作獨立不阿的我,不屈志附人以求虛名。這首詞作者雖然感嘆人生不如意事十常八九,而他並不因此委屈求全,仍然寧願堅持自我,確實令人敬佩。

　　辛棄疾說「歎人生、不如意事,十常八九」,劉學箕〈賀新郎‧送鄭材卿〉也寫道:「莫向愁人說。歎人生、不如意事,十常七八。」不管是十分佔八九分或七八分,宋人對人生不如意的感悟也經常表現在詞中,如:

> 人生如意少,樂隨春減,恨為情離。(陳偕〈滿庭芳〉)
> 人生事,誰如意。剩拚取,尊前醉。(晁端禮〈滿江紅〉)
> 人生如意少。誰得似仙翁,身名俱好。(呂勝己〈瑞鶴仙〉)
> 問人生、得意幾何時,吾歸矣。(辛棄疾〈滿江紅〉)
> 塵世難逢開口笑,人生待足何時足。(趙善括〈滿江紅〉)
> 算人生、何時富貴,自徒蕭索。(韓淲〈賀新郎〉)
> 人生萬事無緣足,待足是何時。(黃機〈眼兒媚〉)

---

[40] 《世說新語‧任誕篇》稱畢茂世為人曠達,曾說:「一手持蟹螯,一手持酒杯,拍浮酒池中,便足了一生。」見楊勇:《世說新語校箋》(臺北:文光圖書公司,1974年8月),頁558。

[41] 〔漢〕班固撰、楊家駱主編:《新校本漢書》(臺北:鼎文書局,1983年11月),卷87下,〈揚雄傳〉,頁3584。

[42] 《世說新語‧品藻篇》:「桓公(溫)少與殷侯(浩)齊名,常有競心。桓問殷:『卿何如我?』殷云:『我與我周旋久,寧作我。』」見楊勇:《世說新語校箋》(臺北:文光圖書公司,1974年8月),頁393。

> 世事乾忙，人生寡遂，何限春風拋路歧。（陳人傑〈沁園春〉）

這些詞句有的道出「人生如意少」，有的道出「人生難以滿足」，都是在說明人生中能夠得意、滿足的事情少，而失意的事情居多。

（四）其它

宋詞人以「人生」一詞表達對人生的種種感悟，除了上述的短暫、空幻、離別、漂泊、悲苦、失意等最為常見外，尚有一些數量較少的感悟，如人生忙碌、難料與多情等，約有 20 首，也不能忽略，因此將這些併在其它項，以下則分別論述。

1. 忙碌的人生

人類為了生活，為了功名富貴，或者為了理想，經常到處奔波，不得休息。《淮南子‧脩務訓》說：「孔子無黔突，墨子無煖席」，[43] 就是形容孔子、墨子奔波忙碌，汲汲於行道。唐陸龜蒙〈村夜二篇〉之二也為農民終年辛苦忙碌發聲，寫道：「安知勤播植，卒歲無閒暇。」[44] 宋黃庭堅〈和答趙令同前韻〉詩則感嘆說：「人生政自無閒暇，忙裡偷閒得幾回？」[45] 宋詞中也有一些感悟人生忙碌的詞句，茲列舉如下：

> 當此去，人生底事，來往如梭。（蘇軾〈滿庭芳〉）
> 由來好處輸閒地，堪歎人生有底忙。（李之儀〈鷓鴣天〉）
> 古人言語分明道。剩須將息少孜煎，人生萬事何時了。（晁端禮〈踏莎行〉）
> 萬事盡皆前定，人生底用乾忙。（倪偁〈西江月〉）
> 一年光景渾如夢，可惜人生忙處忙。（趙長卿〈鷓鴣天〉）
> 人生難得是清閒。急須拋縣印，歸去隱家山。（郭應祥〈臨江仙〉）
> 算人生、能有幾時閒，金烏速。（吳泳〈滿江紅〉）

---

[43] 〔漢〕高誘注：《淮南子》（臺北：世界書局，1974 年 5 月），頁 333。
[44] 同註 19，冊 18，頁 7129。
[45] 同註 38，冊 17，頁 11648。

這些句子有的直接感嘆人生忙碌,說「來往如梭」、「有底忙」、「乾忙」、「忙處忙」;有的體悟人生雜務纏身,說「萬事何時了」;有的則說人生清閒難得,也都是在凸顯忙碌的人生。

2. 難料的人生

人生固然難免生老病死,但人生的禍福壽夭等等卻充滿不少變數,正如《淮南子‧人間訓》所載,塞翁失馬,焉知非福,或塞翁得馬,焉知非禍,[46]如此禍福相倚都是難以預料。唐白居易〈戊申歲暮詠懷三首之三〉詩云:「人間禍福愚難料,世上風波老不禁。」[47]感嘆人生禍福並不是一般人所能逆料。張籍〈酬杭州白使君兼寄浙東元大夫〉詩也說:「人間聚散真難料,莫歎平生信所之。」[48]對人生聚合離散的難料,充滿無奈。宋詞人感悟人生難料的作品,如:

> 人生只、歡期難預。縱留得、梨花做寒食,怎喫他朝來,這般風雨。(周紫芝〈洞仙歌〉)
> 人生難料,一尊此地相屬。(陸游〈赤壁詞〉)
> 人生誰能料,堪悲處、身落柳陌花叢。(陸游〈風流子〉)
> 世事從來無據,人生自古難憑。(劉學箕〈西江月〉)
> 人生無定據。嘆後會、不知何處。(無名氏〈駐馬聽〉)

周紫芝〈洞仙歌〉為年老傷春之詞,感慨人生歡期難以預料,即使留得住梨花到寒食節,但怎麼受得了寒食節的風雨呢?陸游〈赤壁詞〉題作「招韓無咎遊金山」,韓無咎即韓元吉,為陸游知己好友,陸游有感於人生變化難以預料,所以招好友同遊金山(在今江蘇省鎮江市西北),飲酒盡歡。另外〈風流子〉一詞,夏承燾、吳熊和認為「揆之詞意,……是贈妓之作無疑。」[49]陸游以歌妓本是佳人,卻淪落風塵,因此發出「人生誰能料」之感歎。劉學箕〈西江月〉為離別而作,以「世事從來無據,

---

[46] 同註43,頁311。
[47] 同註19,冊14,頁5073。
[48] 同註19,冊23,頁9239。
[49] 夏承燾、吳熊和箋注:《放翁詞編年箋注》(臺北:木鐸出版社,1982年5月),頁139。

人生自古難憑」開端，即寫世事變化無窮，人生難以逆料的深沈感悟。無名氏〈駐馬聽〉也是在寫人生難料，感嘆未來不知何處才能再相逢。

3. 多情的人生

我們常說：「人類是情感的動物」，其實早在晉朝，王衍就曾說過：「聖人忘情，最下不及於情；然則情之所鍾，正在我輩！」[50]正因為人之有感情，人類感情為了得到合理的宣洩，文學藝術於焉產生。〈毛詩序〉說：「情動於中，而形於言；言之不足，故嗟嘆之；嗟嘆之不足，故永歌之；永歌之不足，不知手之舞之，足之蹈之也。」[51]這也說明文學藝術的基礎，在於人類內心深處所蘊藏的情感。而詞這種文體，尤其適合抒發情感，宋詞中無論親情、愛情、友情、家國之情等等之描寫，都處處可見。所以宋代詞人也有人生多情的感悟，如以下的詞句：

人生無物比多情，江水不深山不重。（張先〈木蘭花〉）
人生自是有情癡，此恨不關風與月。（歐陽修〈玉樓春〉）
人生能幾許，細算來何物，得似情濃。（万俟詠〈別瑤姬慢〉）

張先〈木蘭花〉題作「和孫公素別安陸」，約作於仁宗嘉祐三、四年間（1058-1059），當時張先知安州，州治即在安陸（今湖北省縣名）。[52]這首詞是張先和孫賁（字公素）離開安陸時的作品，他送別友人，感到相當不捨，所以最後說出「人生無物比多情」，並以江水和山相比，襯托情感的深重。歐陽修〈玉樓春〉是他在離開洛陽時所作，「它寫的是在送別筵席上觸發的對於人的感情的看法，在委婉的抒情中表達了一種人生的哲

---

[50] 同註33，卷43，〈王衍傳〉，頁1236。又《世說新語・傷逝篇》亦載此事，但「王衍」誤作「王戎」，楊勇校箋云：「案《晉書・王戎傳》，綏亡，年已十九，不得云孩抱中物，尤知非戎子。」所載此段文字為：「聖人忘情，最下不及情；情之所鍾，正在我輩！」見楊勇：《世說新語校箋》（臺北：文光圖書公司，1974年8月），頁488。《晉書》及《世說新語》所載文字雖略有差異，但並無一般所說「太上忘情」，可見「太上忘情」為後人誤用。

[51] 〔漢〕毛亨傳、鄭玄箋、〔唐〕孔穎達疏：《毛詩正義》（臺北：藝文印書館，1973年5月《十三經注疏》本），頁13。

[52] 吳熊和、沈松勤校注：《張先集編年校注》（杭州：浙江古籍出版社，1996年1月），頁29-30。

理。」[53]歐陽修用議論的方式,說出人生主觀的癡情,與外在的風月無關,這是相當新的感悟。万俟詠〈別瑤姬慢〉也從離愁中感悟人生的濃情,是無物可以相比擬的。

三、人生的態度

作家一方面對人生有所感悟,另一方面也會對人生提出因應之道,即是面對人生的態度。如《古詩十九首・生年不滿百》在感嘆人生短暫、憂苦之餘,接著說:「晝短苦夜長,何不秉燭遊?為樂當及時,何能待來茲?」[54]提出秉燭夜遊、及時行樂的人生態度。曹操〈短歌行〉既感慨人生的短暫,又悲嘆人生「去日苦多」,接著也說:「何以解憂?惟有杜康。」[55]提出借酒消愁的人生態度。前面剛提到歐陽修的〈玉樓春〉,他在上片感悟「人生自是有情癡,此恨不關風與月」,下片也說:「直須看盡洛城花,始共春風容易別」,提出離別前要盡情盡歡的人生態度。以下我們就將宋詞人面對人生所提出的因應之道,從三方面加以探究。

(一) 及時行樂

《古詩十九首・生年不滿百》以「為樂當及時」來因應短暫的人生,後來的詩歌也經常可見這種行樂思想,如梁元帝〈長歌行〉云:「人生行樂爾,何處不留連。」[56]李白〈夜泛洞庭尋裴侍御清酌〉云:「人生且行樂,何必組與圭。」[57]白居易〈長安道〉亦云:「美人勸我急行樂,自古朱顏不再來。」[58]宋代趙匡胤「黃袍加身」取得政權之後,為了防止類似兵變發生,削奪石守信等之政權,曾藉酒酣勸說:「人生如白駒過隙,所以好富貴者,不過欲多積金錢,厚自娛樂,使子孫無貧乏爾。卿等何

---

[53] 劉逸生:《宋詞小札》(廣州:廣東人民出版社,1984年12月),頁77。
[54] 同註18,頁92。
[55] 同註16。
[56] 同註16,冊1,頁444。
[57] 同註19,冊5,頁1830。
[58] 同註19,冊13,頁4820。

不釋去兵權，出守大藩，擇便好田宅市之，為子孫立永遠不可動之業；多置歌兒舞女，日夕飲酒相歡，以終天年。」[59] 君主為鞏固政權，鼓吹臣下「多置歌兒舞女」，及時行樂，自然會對社會風氣造成影響。加上宋代政治安定、經濟繁榮、城市發達，更提供了堪以享樂的環境。而詞體本身就是配合燕樂而產生，提供歌妓演唱，換言之，詞從開始就是享樂的工具，所以宋代詞人在感悟人生之餘，經常透過詞體來表達「及時行樂」的人生態度，也就不足為奇了。這類的作品約有 75 首，如辛棄疾〈洞仙歌〉云：

> 飛流萬壑，共千巖爭秀。孤負平生弄泉手。歎輕衫短帽，幾許紅塵，還自喜，濯髮滄浪依舊。　人生行樂耳，身後虛名，何似生前一杯酒。便此地、結吾廬，待學淵明，更手種、門前五柳。且歸去、父老約重來，問如此青山，定重來否。

詞題作「訪泉於奇師村，得周氏泉，為賦」，奇師村即期思村，周氏泉即後來經稼軒更名為「瓢泉」者，此詞作於發現瓢泉之初，且在尚未更名瓢泉之時，約在淳熙十二、三年（1185 或 1186）所作。[60] 當時辛棄疾落職閒居上饒（今江西省上饒市），他發現周氏泉相當興奮，上片即寫他對泉水的讚賞，下片則直抒他對人生的態度，認為「人生行樂耳」，即使獲得身後虛名，還比不上身前一杯酒。今天他有幸發現這塊寶地，因此準備在此結廬，並學陶淵明在門前種五柳，意指過隱居的高潔生活。宋詞中寫「人生行樂」的句子，比比皆是，茲將列舉如下：

> 人生無事須行樂，富貴何時且健身。（米芾〈鷓鴣天〉）
> 人生不解頻行樂。昨旦花開，今日風吹落。（周紫芝〈醉落魄〉）
> 人生行樂，算一春歡賞，都來幾日。（曾覿〈念奴嬌〉）
> 好景良辰，人生行樂。（曾覿〈踏莎行〉）

59　〔明〕陳邦瞻：《宋史紀事本末》（臺北：里仁書局，1981 年 12 月），頁 8。
60　鄧廣銘箋注：《稼軒詞編年箋注》（上海：上海古籍出版社，1993 年 10 月），頁 197。

> 人生行樂耳,須富貴何時。(向滈〈臨江仙〉)
> 人生行樂,宦遊佳處,閒健莫辭清醉。(管鑑〈鵲橋仙〉)
> 記從來、人生行樂,休更問、日飲亡何。(辛棄疾〈玉蝴蝶〉)
> 人生行樂,且須痛飲莫辭杯。(劉過〈水調歌頭〉)
> 人生行樂,何自催得鬢毛斑。(劉過〈水調歌頭〉)
> 算人生行樂,不須富貴,官居游適,必就高明。(吳泳〈洞庭春色〉)
> 說與人生行樂耳。富貴古來如此。(黃機〈清平樂〉)
> 人生行樂耳,君不見、迷樓春綠迢迢。(方岳〈風流子〉)

這些句子都直接表達人生應該行樂,有的也說出行樂的理由,如人生短暫、好景不常;有的則說出行樂的方式,如飲酒、玩賞良辰美景等。

　　人生應該及時行樂,這是許多宋代詞人對人生的因應之道,至於如何行樂,也有不同的主張,最常見的莫過於飲酒作樂。如舒亶〈菩薩蠻〉寫道:

> 樽前休話人生事。人生只合樽前醉。金盞大如船。江城風雪天。　綺窗燈自語。一夜芭蕉雨。玉漏為誰長。枕衾殘酒香。

這首詞以喝酒不問世事開端,接著提出人生應該喝酒買醉,尤其在風雪的天氣更要大杯的喝酒。下片轉寫漫漫長夜及自己的孤獨寂寞,末句「枕衾殘酒香」,呼應上片的喝酒作樂,意即在「夜長衾枕寒」的時候,幸有美酒作伴,消解淒涼。宋詞中寫人生以喝酒為樂的句子很多,茲將列舉如下:

> 暮去朝來即老,人生不飲何為。(晏殊〈清平樂〉)
> 白髮戴花君莫笑,六么催拍盞頻傳。人生何處似尊前。(歐陽修〈浣溪沙〉)
> 黃菊枝頭生曉寒。人生莫放酒杯乾。(黃庭堅〈鷓鴣天〉)
> 人生只有尊前樂。前度劉郎,莫負重來約。(周紫芝〈醉落魄〉)
> 人生如意享歡榮。得酒娛情。(沈瀛〈風入松〉)

不飲香醪，孤負人生也。（劉光祖〈醉落魄〉）
人生有酒，得閒處、便合開懷隨意。（朱元夫〈壺中天〉）

這些句子寫喝酒的動機雖然有所不同，有的說人生短暫容易老去，有的說人生如意享歡榮，但都在強調喝酒給人帶來快樂，如果美酒當前不飲，實在有負人生。

人生行樂的方式除了喝酒之外，宋代詞人也主張欣賞良辰美景、聽歌跳舞等活動，如下列詞句：

想人生，美景良辰堪惜。（聶冠卿〈多麗〉）
道人生、但不須煩惱。遇良辰，當美景，追歡買笑。（柳永〈傳花枝〉）
人生樂事知多少，且酌金盃。管咽絃哀。慢引蕭娘舞袖迴。（晏殊〈採桑子〉）
人生可意。祗說功名貪富貴。遇景開懷。且盡生前有限杯。（韋驤〈減字木蘭花〉）
人生遇坎與乘流。何況有花有酒。（郭應祥〈西江月〉）

聶冠卿、柳永都認為人生要把握良辰美景，韋驤也認為遇到美景要開懷，郭應祥則用賈誼〈鵩鳥賦〉：「乘流則逝，得坎則止」的句子，[61] 表示人生要順應自然，不勉強，接著說何況有花可以欣賞，有酒可以歡飲。而晏殊則感嘆人生樂事不多，所以應該藉著喝酒、聽歌、與女子跳舞來享樂人生。

（二）樂天適性

人生短暫，不如意事十常八九，宋詞人除了提出欣賞良辰美景、喝酒、聽歌、跳舞等種種享樂，以消解人生的悲苦外，更重要的，他們懂得內在的心理建設，勇敢去面對人生。宋代結合儒釋道的理學盛行，對孔子所罕言的性與天命有更深一層的體會與發揮，因此，宋詞人在面對

---

[61] 同註41，卷48，〈賈誼傳〉，頁2229。

失意挫折時，似乎能保持理性與冷靜，以達觀的心態看待人生，這類「樂天適性」的作品約有 65 首，如蘇軾〈浣溪沙〉：

> 山下蘭芽短浸溪。松間沙路淨無泥。蕭蕭暮雨子規啼。　誰道人生無再少，門前流水尚能西。休將白髮唱黃雞。

詞題云：「遊蘄水清泉寺，寺臨蘭溪，溪水西流。」蘇軾在神宗元豐五年（1082）三月，被貶到黃州（今湖北省黃州區）期間，曾生了一場病，後來由一位聾子醫生幫他治好，於是很高興地和聾子醫生同遊清泉寺。[62] 詞的上片側重寫景，從周圍的環境寫起，襯托出寺廟的清靜優雅。下片轉向說理，作者用反問語氣，對人生不可能返老還童的說法表示強烈的質疑。接著提出有力的證據：「門前流水尚能西」。中國大陸由於地形的關係，江水通常是向東流的，因此人們也習慣以水向東流比喻時光消逝，青春不再。但門前的蘭溪，居然一反自然常態而向西流，水既然可以向西流，那麼時光似乎也可以倒回，誰又能說人生不可以老當益壯，重返少年呢？這裡作者所要強調的，是人的樂觀與自信，人只要有信心，不要絕望，很多不可能的事都會變成可能。所以他最後發出「休將白髮唱黃雞」的呼籲。白居易有一首傷老詩〈醉歌示妓人商玲瓏〉，其中有「黃雞催曉丑時鳴」的句子，[63] 丑時是晚上一點到三點，後人於是就以「黃雞催曉」比喻時光的流逝。蘇軾用在這裡，意思是勸人不要因為年老髮白而感嘆時光流逝，應該要樂觀進取，人生才有希望。

蘇軾〈浣溪沙〉以反詰的口吻否定「人生無再少」的說法，並非他認為人生真的可以返老還童，而是主張人應該武裝自己的精神，才不會被打敗。他在〈哨遍・春詞〉（睡起畫堂）末尾又寫道：

> 君看今古悠悠，浮幻人間世。這些百歲，光陰幾日，三萬六千而已。醉鄉路穩不妨行，但人生、要適情耳。

---

[62] 〔宋〕蘇軾：《東坡志林》（臺北：木鐸出版社，1982 年 5 月），頁 2。
[63] 同註 19，冊 13，頁 4823。

這首詞作於哲宗元祐三年（1088），當時蘇軾在朝任翰林學士，知制誥兼侍讀。[64]這時他仕途雖然順遂，但過去已歷經無數風波，使他對人生的體悟相當深刻，在詞句中蘇軾看透世間的「浮幻」，了解生命的短暫，所以他提出「醉鄉路穩不妨行」，以喝酒享受人生，最後並主張「人生要適情耳」，讓自己生活悠然自得，過的暢快。

　　蘇軾可說是宋代達觀詞人的代表，此外，宋詞中提出人生應該樂天適性的作品也相當多，如以下的句子：

想人生、會須自悅。浮雲事，笑裡尊前休說。（晁補之〈上林春〉）
人生隨分足，風雲際會，漫付伸舒。（張耒〈滿庭芳〉）
人生所貴無拘束。且採芳英，瀲灩泛醽醁。（張掄〈醉落魄〉）
人生所貴，逍遙快意，此外皆非。（張掄〈朝中措〉）
陶然無喜亦無憂。人生且自由。（張掄〈阮郎歸〉）
勸人生、且隨緣分，分外一毫莫取。那富貴、由天付與。（汪晫〈賀新郎〉）
人生適意。流轉共、風光遊戲。（劉子寰〈花發沁園春〉）
勘破人生都已了。江湖歸興渺。（吳潛〈謁金門〉）
人生適意，封君何似橘千頭。（李曾伯〈水調歌頭〉）
人生得失且笑，休遣兩眉愁。（譚方平〈水調歌頭〉）
人生只合隨他去。便不到天涯。天涯也是家。（劉辰翁〈菩薩蠻〉）
人生窮達皆天鑄。試燈前、為問靈龜，勸君休怒。（蒲壽宬〈賀新郎〉）

這些詞句認為人生應該採取「自悅」、「適意」的態度，使自己「自由」、「無拘無束」、「逍遙快意」，並且能「勘破人生」，隨緣隨分，不要太在意得失，諸如此類無非都在說明以樂天適性來面對人生。

　　古人為了生活，為了人生理想，常藉著仕宦以達成目標，但宦海風

---

[64] 鄒同慶、王宗堂：《蘇軾詞編年校註》（北京：中華書局，2002年9月），冊中，頁592。

波無定,仕途也成為險路,所以許多高潔之士,為了追求逍遙適性的生活,便從官場隱退下來,如陶淵明不願意為五斗米折腰,選擇歸隱田園就是一個非常著名的例子。宋代詞人一方面主張人生應該樂天適性,另一方面也學陶淵明高唱「人生歸去好」,希望掙脫名利,過與世無爭的生活,如下列的詞句:

> 須信人生歸去好,世間萬事何時足。(呂本中〈滿江紅〉)
> 歸去好,人生莫被浮名誤。(王之道〈千秋歲〉)
> 人生一世,種瓜何處無地。(袁去華〈念奴嬌〉)
> 須信人生歸去好,三徑舊,四時新。(魏了翁〈江城子〉)
> 須信人生歸去好,他鄉未必江山美。(吳潛〈滿江紅〉)
> 人生功名,在醉夢中,早須掉頭。(陳著〈沁園春〉)

這些句子,或勸人知足,或勸人看破浮名,或說山林、田園之美,但總括一句歸隱是美好的。其中「種瓜何處無地」,是用秦東陵侯召平的典故,他在秦亡後為平民,在長安城東種瓜為生,因所種的瓜甚美,世稱之為「東陵瓜」。[65]「三徑舊」則用了漢兗州(今山東省兗州市)刺史蔣詡的典故,他見王莽篡漢奪權,便告病辭官,隱居杜陵(今陝西省西安市東南),閉門不出,舍中竹下三徑,唯羊仲、求仲二人與其往來。[66] 所以這裡的「種瓜」、「三徑」都用以比喻棄官歸隱的生活。

人類為了爭名奪利,往往結黨營私,打擊異己,泯滅人性的勾當也經常出現,有些人不願同流合污,於是退出名利場,與世無爭,以過樂天適性的生活。宋代也有詞人提出「無爭」的主張,如曹組〈撲蝴蝶〉寫道:

> 人生一世。思量爭甚底。花開十日,已隨塵共水。且看欲盡花枝,未厭傷多酒盞,何須細推物理。　幸容易。有人爭奈,只

---

[65] 〔漢〕司馬遷撰、楊家駱主編:《新校本史記》(臺北:鼎文書局,1983 年 11 月),卷 53,〈蕭相國世家〉,頁 2017。

[66] 〔漢〕趙岐撰、〔晉〕摯虞注、〔清〕張澍輯:《三輔決錄》(上海:上海古籍出版社,2002 年《續修四庫全書》本),卷 1,〈逃名之士〉。

知名與利。朝朝日日,忙忙劫劫地。待得一晌閒時,又卻三春過了,何如對花沈醉。

曹組曾六次科舉不第,宣和三年(1121)詔赴廷試,賜同進士出身。官至道州(今湖南省道縣)刺史、閤門宣贊舍人、睿思殿應制,以占對開敏得幸。[67]曹組雖然最後得到功名,受到皇帝寵幸,但這首詞卻對人生有深刻的體悟,上片劈頭就說人生一世,到底有什麼好爭的?頗有當頭棒喝的味道。接著以花開短暫,勸人要把握美好時光,多賞花喝酒,這是無須細推的簡單道理。「何須細推物理」是出自唐杜甫〈曲江二首〉之一:「細推物理須行樂,何用浮名絆此身。」[68]下片則批判有人只知爭名奪利,每天汲汲營營,當你有空時,春天已經過去了,如何對花沉醉呢?全詞旨在告誡世人,要看開名利,過與世無爭、樂天適性的逍遙生活。所以這首詞恐怕是曹組晚年對人生的頓悟之作吧!

(三) 立功顯名

生命既然是那麼短暫,如何將有限的生命充分發揮,使無形的生命永留人間,以使自己不朽,這一直是人類追求的一個目標,因此古人有立德、立功、立言三不朽的說法,[69]《古詩十九首・迴車駕言邁》也寫道:「人生非金石,豈能長壽考?奄忽隨物化,榮名以為寶」,[70]將不朽的榮名當作寶貝,以彌補人生短暫的缺憾。宋代詞人在作品中,也經常表現對功名德業的追求,如劉一止〈望明河・贈路侍郎使高麗〉(華旌耀日)云:「丈夫功名事,未肯向、尊前輕傷別。」認為大丈夫應追求功名,無須為離別感傷。陸游〈漢宮春・初自南鄭來成都作〉(羽箭雕弓)亦云:「君記取,封侯事在,功名不信由天。」認為追求功名,事在人為,而不是可以聽天由命。辛棄疾〈水龍吟・為韓南澗尚書壽甲辰歲〉(渡江

---

[67] 吳熊和主編:《唐宋詞彙評・兩宋卷》(杭州:浙江教育出版社,2004年12月),冊2,頁1253,〈曹組小傳〉。
[68] 同註19,冊7,頁2410。
[69] 同註15,襄公二十四年,頁609。
[70] 同註18,頁75。

天馬南來)則云:「算平戎萬里,功名本是,真儒事,君知否。」強調為國殺敵,追求功名,才是真儒。這些積極進取的句子,令人讀了精神為之一振。但在含有「人生」一詞的作品中,這類立功顯名的作品並不多,只有 5 首左右,茲舉趙長卿〈朝中措〉一詞為例:

> 南樓風物一番新。春暮畀斯民。豈但仁人愷弟,更兼政事如神。　人生最貴,榮登五馬,千里蒙恩。祗恐促歸廊廟,去思有腳陽春。

詞題作「上錢知郡、符主管、朱知錄三首」,此為第一首,應是送給錢知郡的作品。上片稱讚錢知郡治理地方氣象一新,並引《詩經‧大雅‧泂酌》:「豈弟君子,民之父母。」[71] 稱美他是和藹可親的仁人君子,可以當老百姓的父母,而且處理政事明快如神。下片則以「人生最貴,榮登五馬,千里蒙恩」歌頌錢知郡目前相當風光,「五馬」是指太守,漢時以四馬載車為常禮,惟太守則增一馬,故稱為「五馬」。結尾則擔心錢知郡很快被召回朝廷,讓百姓思念不捨。「有腳陽春」是用唐代宋璟的典故,宋璟為太守時,愛民恤物,時人稱為「有腳陽春」,言所至之處如陽春煦物。[72] 這首詞雖然屬於酬贈之作,但從中也可以看出作者對立功顯名持肯定的態度。

另外再舉文天祥〈沁園春〉一詞為例:

> 為子死孝,為臣死忠,死又何妨。自光岳氣分,士無全節,君臣義缺,誰負剛腸。罵賊睢陽,愛君許遠,留得聲名萬古香。後來者,無二公之操,百鍊之鋼。　人生翕欻云亡。好烈烈轟轟做一場。使當時賣國,甘心降虜,受人唾罵,安得留芳。古廟幽沈,儀容儼雅,枯木寒鴉幾夕陽。郵亭下,有奸雄過此,仔細思量。

---

[71] 同註 51,頁 622。
[72] 〔五代〕王仁裕:《開元天寶遺事》(臺北:臺灣商務印書館,1985 年《景印文淵閣四庫全書》本)卷 4,〈有腳陽春〉。

詞題作「至元間留燕山作」，文天祥抗元失敗被俘，囚於燕京四年，始終不屈，最後為國殉節，這首詞是文天祥被囚禁時所作。[73] 上片開始即提出臣子為忠孝而死，死而無憾，這是過去傳統的道德標準，也是作者認同的生命意義。接著批判安史之亂時，未見死節之士，沒有盡忠之臣，以映襯死守睢陽（今河南省睢陽區）的張巡、許遠，頌揚兩人聲名萬古香。「後來者」三字，又將時代從唐轉到宋亡之際，批判沒有人像張、許二公的氣節與風骨，文天祥以「二公之操，百鍊之鋼」自許，凜然見於言表。下片則直接指出，人生短暫，「好烈烈轟轟做一場」，也就是要為國家幹一番轟轟烈烈的大事業，這正是作者的人生態度。接著以假設口吻，說張、許兩人如果賣國降敵，一定遭人唾罵，無法流芳後世。文天祥遙望懷想睢陽人為張、許兩人所立的雙廟，古廟幽邃深沈，二公儀容莊嚴典雅，並以枯木寒鴉夕陽等自然界易衰之意象，映襯張、許兩人精神生命之不朽。最後以奸雄過此雙廟，也應當反躬自省作結。全詞表現文天祥重視氣節勝於生命的人生態度，正可與〈過零丁洋〉詩的「人生自古誰無死，留取丹心照汗青」，[74] 相互輝映。

四、結語

　　人生是一個很複雜的課題，古今中外多少哲學家、宗教家，都試圖在幫我們闡釋、解決人生的種種問題，雖然文學家是感性的，文學作品也往往是靈光一現的產物，缺乏完整的系統與邏輯辯證，但這些作品都是作家親身體驗、所思所感而創作出來的，往往能直接擊中每個人的內心深處，文學作品的魅力及感人之處就在這裡。

　　詞體是宋代文學的代表，這種說法已獲得大多數人的認同，但就宋人而言，韻文書寫的主戰場仍然在詩，他們雖然也喜歡填詞，可是並沒

---

[73]　同註67，冊5，頁3893,〈沁園春編年〉。
[74]　同註38，冊68，頁43025。

有抱持很莊重的態度,甚至當作一種「謔浪遊戲而已」。[75]其實人生本來就像一場戲,越當真往往越失真,越隨興往往越真實,這也是我們要觀察宋人的感情,經常無法乞靈於詩而必須借重於詞的原因。

宋代詞人在不同場合吐露對人生的感悟,這些創作出來的詞大都有它真誠的一面,如我們以上所歸納的,或感悟人生的短暫、空幻,或感悟人生的離別、漂泊,或感悟人生的悲苦、失意,也有對人生的忙碌、難料、多情等發出聲音,他們經常運用熟語,順手拈來,隨口說出,相當自然而不造作,這些都是他們面臨某種人生情境的真實告白。

宋代詞人一方面發出不同的人生感悟,另一方面也嘗試要如何面對不同的人生境遇,我們從含有「人生」一詞的作品中,發現他們所採取的態度有:及時行樂、樂天適性、立功顯名等不同的因應方式。或許從作品中所看到的大都是行樂、飲酒、聽歌、看舞,或者是歸去、隱居等較消極的作為,而積極的立功顯名則屬少見,當然詞人中的英雄志士也相當多,他們曾留下不少志氣恢弘的作品,因受限於我們的取樣標準,所以無法完整的呈現出來。加上詞體的先天本質與舞榭歌樓、花間尊前的親密關係,行樂、飲酒、聽歌、看舞等內容毋寧說是很自然的事。但話說回來,以上這些不管是消極或積極的人生作為,它們都有一個共同點,就是珍惜生命、把握當下、善待此生。宋代詞人在感悟人生短暫、離別、悲苦等等之餘,他們並沒有放棄生命,反而更珍惜這有限的生命,正如陳著〈沁園春〉所言:「人生幾何,如何不自,珍重此生」,朱敦儒〈西江月〉所言:「片時歡笑且相親,明日陰晴未定」,這應該是宋詞人給我們最好的人生啟示。

──原載《彰化師大國文學誌》22 期(2011 年 6 月),頁 69-100。

---

[75] 胡寅〈題酒邊詞〉云:「然文章豪放之士,鮮不寄意於此者,隨亦自掃其跡,曰謔浪遊戲而已也。」見〔宋〕向子諲:《酒邊詞》,收入毛晉:《宋六十名家詞》(臺北:臺灣商務印書館,1956 年《國學基本叢書》本)。

文學三要素與宋南渡詞人研究

一、前言

　　學者從事學術研究，就猶如廚師從事烹調。廚師要燒出一道好菜，首先當然要選擇新鮮的食材，其次就要運用最適合食材的烹調方法。烹調的方法很多種，譬如煎、炸、煮、烤、清燉、紅燒等等，同樣是魚這種食材，但魚的品類很多，有的適合做生魚片，並不適合紅燒，有的適合煎、炸，並不適合煮或清燉，而烹調的方法也不是一成不變，端看你如何與食材搭配。做學問也是如此，學者首先要挑選研究材料，材料越新鮮，越少人觸及，研究成果自然比較會引人注意。另外就是要選擇適當的研究方法，以處理所要研究的材料。有時雖然研究材料相同，只因運用的方法不同，而所獲得的成果就有很大的差異。正如食材一樣，因烹調的方法不同，所做出來的口味自然有別。所以挑選研究的材料和選擇適當的研究方法，是撰寫學術論文的第一步。

　　筆者在民國64至67年就讀碩士班期間，曾以《朱敦儒詞研究》撰寫碩士論文。朱敦儒為南北宋之交的重要詞人，宋室南渡前乃是一位名士，「插花醉洛陽，不肯看侯王」，但靖康之難後，就一改作風，成為力謀恢復的志士，詞中表現甚為慷慨激昂。可惜宋高宗苟且偷安，用秦檜推動和談政策，朱敦儒懷才不遇，壯志難伸，失望灰心之餘，詞作又是非常淒咽感人。後來覺得恢復中原已經無望，於是由積極轉入消極，「看透人生，諳知物外」，思想曠達高遠，頗有陶淵明的境界。筆者有感於朱敦儒如此波瀾起伏、苦樂兼具的人生境遇，而表現在作品上也是情真意切，有血有肉。因此，民國69年退伍考上博士班後，就以研究朱敦儒詞的心得為基礎，進而探討與朱敦儒同一時代的詞人，希望以靖康、建炎以至紹興初年為背景，分析他們前後的心靈活動，於是就將題目定為《宋南渡詞人研究》。

二、何謂文學三要素

　　題目選定之後,首先面臨的是研究方法的問題。就像從市場買回一條新鮮的魚,要用什麼方法來烹調呢?這是需要考慮的。平日閱讀一些有關文學理論方面的書籍,曾介紹到法國的重要批評家泰恩(Hippolyte-Adolphe Taine,1823-1893)。泰恩是十九世紀法國實證主義的代表人物,他出生在亞耳丁的一個律師家庭,十五歲時不再信仰基督教,後來以第一名考入國立高等師範,專攻哲學。泰恩受到孔德(Comte,1798-1857)實證哲學與達爾文(Darwin,1809-1882)進化論的影響,力求運用科學的方法研究文學與藝術、心理學、文化史、形而上學和倫理學。曾任巴黎美術學校美術史和美學教授。著有《英國文學史》、《藝術哲學》、《十九世紀法國哲學家研究》、《論智力》等書。

　　《英國文學史》是泰恩於 1864 完成的重要著作,這部文學史可說是第一部結合歷史與文學對英國文學整體之發展經過,作科學性研究而寫成的專著,此書的誕生帶動了後世文學史的興盛。泰恩就在《英國文學史》序言中提出了文學三要素,他認為文學必然受到作品的製作者這人所屬的種族(race)、環繞作品及作者的環境(surroundings),及作品所發生及作者所生存的時代(epoch)等三個因素的制約,所以人們也應該以這三個因素去研究文學。以下就根據 H. Van Laun 的英譯本《History of English literature》(New York : Holt & Wiliams, 1872),將這三要素稍做介紹:

(一)種族:泰恩認為「所謂的種族,即指天生的和遺傳的那些傾向,是人們與生俱來,而且通常與身體的氣質和體態所含的明顯差異相結合,這些傾向因種族的不同而不同。人和牛馬一樣,存在著不同的天性,有的人勇敢、聰明,有的人膽小、依賴;有的人具有較好的構思和創造力,有的人想法和發明力都很平庸。有的人適合獨特的工作,被賦予豐沛的特殊才能,就像有些狗天生比較受寵愛,而有些則善於打獵、戰鬥力強、善於追捕,造成家犬和牧羊犬的不同。我們源於個別的種族,是如此不同,以致縱使受

到環境、時代的影響,別人還是可以辨別出來。」他又舉例說明:「關於種族,像是古亞利安(Aryans)人,分布從恆河到赫布里底群島(Hebrides),居住在不同地區,散佈於不同等級的文化形態中,因三千年的變革而各有所改變。然而表現在語言、宗教、文學、哲學上,這群體的血緣和智力的共同點仍將各旁支聯繫在一起。」

(二) 環境:泰恩分析環境對文學藝術的影響有幾方面,如自然環境方面,他以日耳曼民族和希臘、拉丁民族的差異為例,說:「如居住在嚴寒潮濕的土地、陰暗多沼澤的森林、或貧瘠多風暴的海岸等之類的人民,都較傾向於戰鬥、酗酒、貪吃等屬於較野蠻的行為,暴戾之氣較重。反之,若處在風景亮麗、陽光普照、令人愉悅的海岸,則較傾向於航海與通商,因為生活環境優越,他們能免於飢餓的困擾,因此有餘力致力於科學、文學、藝術等方面與城邦結構的發展。」又如政治環境方面,他以義大利古羅馬時期和文藝復興時期的兩種文明為例,說:「第一種完全傾向於行動、征服、統治、立法,藉由城市作為庇護所、藉由邊境的市場、武裝的貴族政治,招募並訓練新手,然後立刻使兩軍交鋒,無法避免內部的不和與貪婪的本性,而有系統的製造戰爭。另一種則藉其穩定的地方自治特色、具有世界觀的教皇、鄰近國家的軍事調停,排除統一和其他的政治野心,使其城市邁入宏偉、和諧、崇尚快樂美好的狀態。」另外如社會環境方面,他以一千八百年前的基督教和二千五百年前的佛教為例,說:「當時在地中海的四周,以及在印度斯坦,因亞利安人的征服和其文明,帶來了難以忍受的壓迫、個人的被征服和徹底的絕望,以及認為世界是苦惱的思想,隨之也發展了形上學和神話,以致處在這悲慘地獄般的人可以感覺心變得溫和,產生克制力、慈悲、溫柔、馴良、謙遜及博愛等觀念,那邊,是抱著一切皆空的想法,這邊,是處在上帝天父般的威權之下。」

（三）時代：泰恩認為時代是後天的要素，文學藝術都有時代的印記。他舉例說明：「考察兩個時代的文學或藝術，好比高乃依（Corneille）時代和伏爾泰（Voltaire）時代的法國文學，安斯基勒斯（Aeschylus）時代和尤里比底斯（Euripides）時代的希臘戲劇，達文西（Da Vinci）時代和伽多（Guido）時代的義大利繪畫，誠然，在這些極端的例子中，創作的整體概念並未改變，總是相同的典型人物出現在戲劇或繪畫中，而詩句的模式、戲劇的結構等主體形式也仍然維持不變，但不同的是，某一個藝術家是開拓者，其他則是後繼者；最先出現的作品沒有範例，而隨後出現的則有；最先的創作者是直接觀察客體，而後繼者則是透過他的視界來看。藝術的許多主幹消失了，許多細節被潤飾過，原先簡單且偉大的印記減少，而令人愉悅的、精確的形式增加，也就是說，獨創的作品影響了後繼者的作品。這個道理也可應用在植物上，相同的樹液、溫度、土壤和產量，卻在不同的成長階段中，有不同的形態，如芽、花朵、果實、種子，總是先有個起源，然後發展直到死亡。」

三、三要素的優點與侷限

泰恩提出從種族、環境、時代三個要素來研究文學，是有其客觀及方便之處，因為文學這種精神產物是比較複雜的，但泰恩卻將之化繁為簡，他認為：「德行與罪惡，就如硫酸和糖一樣的產品，每一種複雜的現象，都可以從它所依存的簡單因素組成的混合物中找到它的來源。」所以他這種研究方法被認為是「科學的批評論」（Scientific Criticism）。

泰恩的三要素理論，用來分析一個民族的文學形成與發展過程，確實能獲得較令人信服的理由。如最近剛過世的臺灣文學大師葉石濤先生，他在一九六五年十一月發表了〈臺灣的鄉土文學〉一文（《文星》97期），發下宏願：「我渴望著蒼天賜我這麼一個能力，能夠把本省籍作家的生平作品，有系統的加以整理，寫成一部鄉土文學史。」他在文中即

指出泰恩《英國文學史》的寫作觀點值得借鏡。後來葉先生果然完成了《臺灣文學史綱》（高雄：文學界雜誌社，1987 年 2 月），在這部文學史中也可看到泰恩理論的影子。但更明確的揭櫫則在二○○二年所撰寫的〈臺灣文學導論〉一文（《臺灣文學評論》2 卷 2 期，2002 年 1 月），他在文章開宗明義就指出：「種族、歷史與風土（包括大自然環境及社會環境）是構成臺灣文學的三要素。」很顯然的，除「種族」相同外，葉先生的「歷史」、「風土」也等同於泰恩的「時代」、「環境」，可見葉先生就是運用泰恩的理論來研究臺灣文學史的。此外，臺灣資深文學評論家齊邦媛在《千年之淚》自序也認為：「泰恩所持的文學三要素——時代、民族、環境，在重要的文學作品中仍具有支配性的地位。」（臺北：爾雅出版社，1990 年 7 月）這些都可說明泰恩的理論仍然受到重視。

　　泰恩的研究方法固然有其優點，但難免也有它的侷限，他的批評方式難免偏於機械的、唯物主義的解釋範圍，而忽視了人性方面的因素，正如道登（Dowden）所說：「然而他（指泰恩）同時也忽視了研究文學上最必要的事情。那不是什麼，就是藝術家個人的天才。他忽視了祇有一個作家所具的獨特的觀照力，想像力。此外。他還忽視了一件重大的事情，就是不論人種如何，時代如何，各人種、各時代共通的所謂『人性』（humanity）的一般的感知。泰恩極力注重那關於藝術上地方的、時代的事情，而關於藝術上永久不變的，及一般的、人性的東西，卻幾乎忽視過去了。」（見〔日〕本間久雄撰、章錫琛譯《文學概論》，臺北：臺灣開明書店，1974 年 3 月）泰恩受到當時唯物論思想的感染，將文學研究看作與植物學、動物學的研究一樣，而忽略了作家的「個性」與身為人類所共通的「人性」，這是不容諱言的。

四、從三要素研究宋南渡詞人

　　筆者撰寫《宋南渡詞人研究》論文時，覺得泰恩這種科學的批評方式和孟子的「知人論世」實有相通之處，於是便運用這三要素來做分析。如論文的第二章，分別從政治背景、社會因素、文壇風氣、地理環境等

四方面來探討南渡詞人所受到時代、環境的影響。至於種族方面的因素，也就是漢人受到金人的侵略，所激發出來的民族意識，本論文在第三章論述南渡詞人的作品特色中，以「充滿民族意識」一節專門來討論它。

雖然選定以泰恩的三要素為研究方法，但筆者也並不是一成不變的沿用，而針對研究的需要與三要素的侷限加以改變。如泰恩所提出的「種族」因素，主要是指文學受到一個種族的習性、傳統的影響，但筆者將這個「種族」的因素加以擴大，也就是種族與種族的衝突，或者一個種族為了維繫其生存與傳統所產生的意識，都對文學創作造成相當大的影響，筆者也把它歸為「種族」的範圍。

另外，泰恩在三要素中忽略了人類共通的「人性」與作家的「個性」，筆者為了彌補他的不足，在研究過程特別注意南渡詞人的「共性」與「個性」，所以在第三章特別探討南渡詞人作品的特色，如這時期的作家大都表現出婉約穠妍、憤激沈咽、曠達高遠等三種不同詞風，他們的詞境也有了開闊拓大，詠物節序作品興盛等等，這顯示出處在同一時代、環境的作家，一定會將上天所賦予人類的共性表現出來。

至於「個性」方面，筆者在第四章分別介紹十六位重要的詞人，如朱敦儒、李清照、陳與義、葉夢得、張元幹、向子諲等，在論述時特別將他們個人的才華、感情、思想表現在詞作上的特色，一一詳加介紹。

五、結語

筆者在鄭因百（騫）老師的指導下，終於在 1984 年 7 月完成了《宋南渡詞人研究》，通過博士論文學位口試。又承蒙劉兆祐老師的推薦，於是將論文改名為《宋南渡詞人》，交由臺灣學生書局於 1985 年 5 月正式出版。論文完成後，同門王偉勇兄正以《南宋詞研究》為題撰寫博士論文，他在筆者的研究基礎上，繼續將南渡詞人擴充到整個南宋詞壇，某些論點也承蒙他的肯定、引用或加以發揮，他洋洋灑灑的探討了半個宋詞史，精神著實令人敬佩，論文通過後由文史哲出版社於 1987 年 9 月出

版。另外,在當時海峽兩岸尚屬隔絕的時代,南京師範大學博士生王兆鵬在唐圭璋教授的指導下,也以《宋南渡詞人群體研究》為題撰寫博士論文,於 1990 年完成通過學位口試,他的論文在 1992 年 3 月由臺北文津出版社正式出版。據兆鵬兄事後告訴我,他當年為了參考《宋南渡詞人》一書,特別託友人從北京圖書館影印,其辛勤可見一斑。《宋南渡詞人群體研究》也在筆者的研究基礎上,援引或擴充筆者的某些論點,而他在從「範式的演進」論述宋南渡詞人群體「心靈世界的多維化」,與「感事紀實的深化」,則顯得相當的宏觀與有見地。學術研究本來就需要在前人的研究基礎上推陳出新,如此累積成果才能讓學術日新月異,筆者以泰恩的三要素研究宋南渡詞人在先,提供了某些論點給王偉勇兄繼續從事南宋詞的研究,以及王兆鵬兄對宋南渡詞人群體的研究,他們的豐碩成果有目共睹,筆者拋磚引玉的作用或許還值得欣慰。

——原載《國文天地》24 卷 9 期(2009 年 2 月),頁 16-20。

發揚詩教，重建詩國——
談臺灣國民中學的古典詩歌教育

　　中華民族是一個對詩有特別喜好的民族，早在先秦時代，詩歌已變成人人必須具備的基本素養。孔子說：「不學《詩》，無以言。」不論國與國間使者的外交辭令，或人與人間平日的應對酬酢，都與詩脫離不了關係。孔子鑑於詩之為用大矣，於是便把《三百篇》當作教材，時常鼓勵弟子學詩，他說：「小子何莫學夫《詩》，《詩》，可以興，可以觀，可以群，可以怨，邇之事父，遠之事君，多識於鳥獸草木之名。」詩既然這麼重要，《三百篇》也就被列入為經，成為「標準本的教科書」。除《詩經》之外，歷代優秀的詩歌作品也都成為士子誦習的對象，舉唐宋以來文人學士研讀文學最重要的範本——《昭明文選》為例，其中所選的作品，詩歌就佔有極大的比例，如大家耳熟能詳的〈古詩十九首〉，便靠它得以保存。此外，教導兒童的啟蒙書中，有關詩歌的選本也很多，最著名的，莫過於《千家詩》及《唐詩三百首》，這兩本詩選，可謂家喻戶曉，影響極為深遠。凡此種種，在在顯示傳統教育中，對詩教重視之一斑。也因為對詩教的重視，所以每一個時代詩歌創作都非常興盛發達，從《詩經》、《楚辭》、漢魏樂府、唐詩、宋詞、元曲，一直延綿下來，每一體都曾產生許多燦爛輝煌的作品。而中國人民在詩歌儒雅蘊藉無形的薰陶之下，都含有溫柔敦厚的特有氣質，因此以「詩國」來稱呼中國，正是適如其分，當之無愧。

　　可是，民國成立以來，新文學運動勃興，一切要求解放，不受傳統束縛，從西方引進許許多多的文學理論及創作技巧，並對古典文學作強烈的批判，於是美麗的詩國被礮火打得滿目瘡痍，而新移植過來的西洋詩種，卻不見得適合中國土壤，過去的繁花綠葉，便逐漸在這塊泥土上凋謝枯萎，呈現一片荒蕪淒涼的景象。詩距離民眾愈來愈遠，民眾對詩也愈來愈反感，幾乎已達到「厭食」的地步。加上新式教育剛被引進，初期難免矯枉過正，因此國語文教材的編纂，大都只重淺顯實用，而忽

略性情的陶冶,反映在國小教材上是側重識字、說話、閱讀的訓練,缺少較有深度的文學欣賞;反映在中學教材上是重文輕詩,詩歌往往都被安排在教材之末,只是聊備一格而已,沒有給它應有的地位,這種種現象,怎教詩國不衰微頹弊呢?

所幸還有不少有識之士,經過一番省思之後,大聲疾呼詩歌創作不能只是橫的移植,更需要縱的繼承,也就是說現代詩要向古典詩歌認同,結合古典詩歌的優點,才能在本國泥土生根成長,開創新氣象。同時在教育方面,也需要重視古典詩歌的選讀,訓練學生欣賞詩歌的能力,以抒發其性情,培養其氣質。從近十幾年來的一些出版訊息,反映出國人對古典詩歌並沒有忘情:筆者曾在民國67年重新整理《千家詩》,68年8月由國家書店出版,書名作《千家詩詳析》(74年6月改由頂淵文化事業公司出版),出版沒多久,就發現幾種盜印本,而且本書也不斷再版。另外,黃永武、張高評兩位教授合著《唐詩三百首鑑賞》(尚友出版社,民國72年9月,後改由黎明文化事業公司出版),亦頗獲青年學子的歡迎。其他新編選的古典詩歌賞析書籍,正如雨後春筍,紛紛推出,一版再版,都有很好的銷售成績,

可見社會大眾對古典詩歌讀本的需求。最近,一群提倡詩教的教授及作家,向國立編譯館建議,希望從《唐詩三百首》中選出一百首,編成教材,以供中小學生誦讀,據報載已獲得館長同意採行。由以上這些事實,可以很樂觀地指出,發揚傳統的詩教,將不再是個夢想。

其次,我們觀察現行的國民中學國文課本,它對古典詩歌教育的重視程度,又是如何呢?國民中學屬於國民義務教育,它除了銜接國民小學的課程,貫輸一般國民應具備的知識外,最重要的是完成一個正常國民的人格塑造。這階段的孩子感情豐富,善於想像,如果不因勢利導的話,就如心理學家所說的「狂飆期」。所以國民中學的詩歌教育,益發顯其重要。現行國文課本共有六冊,分三年六學期講授,每一學期講授一冊,除第六冊為了配合畢業時間,只有十八課外,其餘每冊都是二十課。在這二十課(或十八課)當中,古典詩歌配有二課,分別安排在第五課

及第十五課,它的份量佔課文的比例約為百分之十;另外再加上一課的現代詩(都安排在每冊的第三課),詩教的比例則為百分之十五,以詩歌在中國文學所佔的份量,這樣的比例似乎嫌低了一點,如果能提高到百分之二十或二十五,應當較為理想,那麼在選擇各體詩作時,就有篇幅可以容納更多優秀的作品,才不致像目前一樣,只是象徵性點到為止,學生所受的薰陶太有限了。當然比起早年,詩選被排在課本之末,當作點綴,則有很大的進步。

國中課本的古典詩歌所佔的比例雖然不高,但依形式來看,它還算是各體兼備,安排講授的順序也極為合理。第一學年選近體詩,絕句在前,律詩在後,而且先五言,再七言,符合由簡入繁、由易到難的教育原則。絕句只有四句,可以不用對仗,它的格律是很容易理解的。等認識絕句之後,再來講授律詩,律詩的平仄規律和絕句一樣,只是句數從四句變成八句,增長一倍而已,另外最重要的是中間兩聯須對仗,這時只要加強學生對仗的觀念,從絕句過渡到律詩來,則是輕而易舉。第二學年選古體及樂府詩。上一學年的近體詩,格律非常嚴謹,有規矩可循,學生從此比較容易瞭解古典詩歌的特色,同時也可指引學生認識詩文之差別。近體詩的音樂性靠固定的句數、字數、平仄與押韻造成的,算是人籟,比較容易學。古體詩及樂府詩則不然,古體詩的句數不限,每句的字數雖也以五、七言為主,但可插進一些五、七言以外的句子,它的平仄、押韻都比近體詩自然有變化,乍看之下,或許有人會以為古體詩比近體詩簡單,容易學,其實這是錯誤的,就是因為古體詩沒有固定的格律,必須靠詩人對詩的素養,才能渾然天成,產生詩味,否則只變成押韻之文而已,不能算詩,古體詩的韻律,是一種天籟,反而不容易學。樂府詩本是配樂歌唱的詩,後代用古樂府的題目和題材來寫的詩,雖不能歌唱,也稱樂府。後來有些詩人根本不用古樂府題目,只用古樂府的精神(即寫實的、歌詠民生疾苦的)寫的詩,也稱樂府,或新樂府。由於樂府主要是內容和題材方面的問題,和格律的關係不大,因此它和古體詩一樣,較難掌握,必須先瞭解近體詩之後,再學古體及樂府,才是

正途。第三學年選讀詞曲，詞曲產生的時代固然距離我們比較近，但它原是配樂的歌詞，每一首作品都有它固定的句數、字數、平仄及押韻，也就是詞調、曲調，不同調的作品它的格律就完全不同，所以詞曲雖是長短句，並不意味著它可以任意長短，必須遵照調式該長則長，該短則短，格律之謹嚴，比起近體詩有過之而無不及，將詞曲放在最後一年講授，是很恰當的。如果教師在講解作品的同時，也能夠把詩體的格式介紹一下，如此三年下來，學生對古典詩歌的各種體式有大略的了解，對他以後欣賞閱讀古典詩歌將有莫大的幫助。

在作品內容方面，根據國民中學國文學科現行教育目標第一條：「指導學生由國文學習中，繼續國民小學之教育，增進生活經驗，啟發思辨能力，養成倫理觀念，激發愛國思想，並宏揚中華民族文化。」（民國72年7月教育部公佈），所以能夠入選當作國中教材的詩，大都是健康、積極、富有正面意義的，文字也比較淺顯易懂。如王之渙〈登鸛鵲樓〉（第一冊、五課），藉著登高望遠，可以鼓舞人奮鬥向上。李白〈黃鶴樓送孟浩然之廣陵〉（第二冊、十五課）及孟浩然〈過故人莊〉（第二冊、五課），一是送友人，一是與友人相聚，兩首詩的背景題材雖然有很大的差異，但表現出對友人情感的深厚、純真則是一致的。張繼〈楓橋夜泊〉（第一冊、十五課）、馬致遠〈天淨沙〉（第六冊、五課），兩者都是寫遊子漂泊異鄉的痛苦，與杜甫〈聞官軍收河南河北〉（第二冊、十五課）寫準備歸鄉的欣喜，對鄉情的刻劃，都有異曲同工之妙。白居易〈慈烏夜啼〉（第三冊、五課）、及佚名〈木蘭詩〉（第四冊、十五課），或用比興的技巧，藉夜啼的慈烏，諷刺世人的不孝；或用寫實的手法，表揚代父從軍的木蘭，以教化人類至情之孝道。時下的學生在升學主義籠罩之下，讀書頗為痛苦，如果讀了翁森〈四時讀書樂〉（第四冊、五課），當可瞭解古人讀書樂趣之所在，痛苦或許稍獲紓解。在熙攘的工商社會裡，人們汲汲營營於生活，陶淵明〈歸園田居〉（第三冊、五課）、關漢卿〈四塊玉〉（第六冊、五課），他們所追求的快意、閒適，正可給大家很大的反省，至少他們作品中所構造的景象，猶如一帖清涼劑，亦能冷

卻熾熱的心，使人獲得片刻的愉悅。所有教材中，份量最多的，莫過於提倡尚武精神，激發愛國思想之類的作品，如盧綸〈塞下曲〉（第一冊、五課）、王維〈觀獵〉（第二冊、五課）、王維〈出塞作〉（第二冊、十五課）、杜甫〈聞官軍收河南河北〉（同上）、杜甫〈後出塞〉（第三冊、十五課）、佚名〈木蘭詩〉（第四冊、十五課）、朱敦儒〈相見歡〉（第五冊、五課）、岳飛〈滿江紅〉（第五冊、十五課）等八首，這些固然都是不朽之作，但在有限的篇幅裡面（全部僅二十二首），主題類似的作品出現太多次，在教育效果上恐怕會受影響。幸好在詞曲方面，也選了幾首寫景清新的作品，如李珣〈南鄉子〉（第五冊、五課）、辛棄疾〈西江月〉（第五冊、十五課）、張養浩〈水仙子〉（第六冊、十五課）、張可久〈梧葉兒〉（同上）等，或可彼此調劑一下。至於陳子昂〈登幽州臺歌〉（第三冊、十五課），雖是作者失意時所抒發的感慨，但在瞭解人類的侷限之後，更能夠激勵人去創造不朽之生命，從另外的角度來看也有它積極的意義，端視老師如何詮釋它，以導引學生走向健康的人生。所以像這一類的作品，應該也可酌量選入，並不一定要完全迴避它。

　　國中國文古典詩歌的編選，除了重詩體形式、作品內容之外，對於作家在文學史上的代表性，是否有兼顧到呢？以下我們試作分析。在近體詩方面，共選了王之渙、孟浩然、王維、李白、杜甫、張繼、盧綸等八位作家，除王維選兩首外，其他各一首，這些作家都是盛唐詩人。「王孟」、「李杜」在詩史齊名並稱，有不可動搖的地位，王維、孟浩然擅長五言，專用五律寫山水，自成名家，課本五言律詩選兩人的作品是很恰當的。詩仙李白及詩聖杜甫，一擅絕句，一重律體，皆「天授神詣」，杜甫更有「七言律聖」之稱，課本選李白的七絕、杜甫的七律，都是適如其分。王之渙為著名的邊塞詩人，與王昌齡、高適友善，有「旗亭畫壁」故事，課本選他的五絕〈登鸛鵲樓〉，屬膾炙人口之作。盧綸是「大曆十才子」之一，作品缺少明顯的個性，不能成為大家，他的入選，同張繼一樣，都是因為名篇的關係，非干詩壇地位。古體詩方面，選了陶淵明、陳子昂、杜甫、白居易四人的作品，陶淵明是中國古代偉大的詩人，他

的詩在建安之後盛唐以前的詩歌領域中，蔚成一個嶄新高峰，在文學史上影響既深且遠，課本選他的古體田園詩，自屬必然。陳子昂為初唐詩人，主張復古，高倡漢魏風骨，反對齊梁詩風，他的詩下開盛唐浪漫詩派，地位非常重要。杜甫雖以律體著名，但他兼擅眾體，他的五言古詩善於描寫社會動亂、民生疾苦和個人飄泊，課本選的〈後出塞〉一首，就是安祿山謀叛時所作。白居易是杜甫以後最偉大的寫實主義詩人，生在中唐，主張「文章合為時而著，詩歌合為事而作」，重視詩歌的教化功能及政治的諷諭作用，選他的〈慈烏夜啼〉實有醒世意義。樂府詩方面，佚名〈木蘭詩〉是南北朝時期北方民間敘事詩的傑作，在文學史上，它和〈孔雀東南飛〉成為南北民間文學的兩大代表，選它乃理所當然。翁森的知名度不高，選他的〈四時讀書樂〉，純粹以篇取勝。最後詞曲方面，詞選了李珣、岳飛、朱敦儒、辛棄疾等四位作家，朱敦儒及辛棄疾算是詞壇大家，值得選外，李珣和岳飛所以入選，則因作品的緣故，其實詞史上的一些重要作家，如溫庭筠、韋莊、李煜、晏殊、歐陽修、蘇軾、周邦彥、李清照等，不難找出好作品，不一定非選這兩篇不可。曲選了關漢卿、馬致遠、張養浩、張可久等四位大家；元曲從時間分，有前、後期，從風格分，有清麗派、豪放派，前期以豪放派為主，清麗派為輔，後期以清麗派為主，豪放派為輔；關漢卿屬前期清麗派，馬致遠、張養浩屬前期豪放派，張可久屬後期清麗派，四人都是各期各派的代表作家，選的非常得體。從上述可知，除了某些適合國中生的名篇佳作外，大致也都考慮到作家的代表性，這是教材周密的地方。

　　透過前面的分析，明白古典詩歌教材的整個架構之後，接著就要如何去運用教材，發揮教材的優點，彌補其不足，以下我們提出幾點建議：
一、要能掌握各體詩歌的格律。本教材基本上是按詩體類別來選詩，從近體詩、古體詩、樂府詩，到詞曲，循序漸進。古典詩歌最大的特色就在於格律，有的比較謹嚴，有的比較寬鬆，它都是根據漢字的特點來適應詩歌的需要，經過長期醞釀發展而逐漸形成的，如果對詩歌的平仄、押韻、對仗和句法等最基本的知識理解之後，就好像

瞭解運動規則，觀看比賽自然興趣多多，同理，欣賞詩歌也才能夠深入，並可發現古人用心之處。各體詩歌的格律，除《教師手冊》有介紹外，呂正惠教授著《詩詞曲格律淺說》（大安出版社，民國75年），深入淺出，頗有參考價值。

二、要注重誦讀。中國古典詩歌和音樂本來是合在一起的，後來詩歌和音樂脫離，但卻吸取了音樂的因素，構成詩歌的音節。所以指導學生養成誦讀習慣，不僅能從音節的抑揚頓挫感受到作品的和諧，並且對詩歌所表達的內容體會將深刻一些。誦讀包括背誦和朗讀，古人的教育方式，先求背誦，再求理解，當然這種死記的功夫並不值得學習。現在的教育講究理解，不重視背誦，這也不完全正確，尤其用在文學上。有人認為現在科技發達，電腦的記憶比人腦迅速精確，何必再浪費精神去記呢？其實文學是人學，不是機器學，要真正理解欣賞作品，必須背誦若干篇，才能得到所謂文學素養，「操千曲而後曉聲，觀千劍而後識器」，背誦相當數量的詩詞，正是幫助我們欣賞大量詩詞的必要條件。欣賞文學是要靠自己，不能完全仰賴機器，機器可以當助手，助手不能代替主人。至於朗讀，鄭師因百在〈論讀詩〉文中有一段很好的解說，他說：「因為詩的生命總有一半寄託在音調上，朗讀便是讀者與作者的共鳴。至於朗讀的腔調，則無一定，大概每人各有不同，都是讀詩多了之後，自己養成的習慣腔調。拿著自己慣用的腔調去讀詩，也容易懂，也容易背，常有事半功倍的情形。」（見《從詩到曲》）現在視聽設備普徧，如果要瞭解前人如何吟唱，市面上有不少詩詞吟唱的帶子，亦可參考，最近聽說推廣詩樂的名教授邱燮友先生，已準備與《國文天地》合作，錄製中學課本古典詩歌吟唱的音樂帶，對中學師生將有很大的幫助。

三、要注重思考分析。詩歌是用最精鍊的語言，來表達作者深邃的思想與豐富的情感，無論意象的營造、題材的取捨、時空的設計、字句的安排等，都是經過作者再三推敲、嘔心瀝血完成的，所以讀者必須仔細思考分析，方可通過文字媒介，掌握作品的詩境，進而瞭解

作者的心境。在分析作品之前,必須有基本的準備功夫,首先要通訓詁、明典故,瞭解詩中字句的正確含意及典故的運用,才不會望文生義,曲解詩意。其次察背景、考身世,察考作品的時代背景及作者的身世,才能掌握詩的題旨,不致任憑己意,附會古人。準備功夫完成後,便可進一步分析,大致可從形式及內容著手。形式方面,應注意詩的結構、辭采、聲律及神韻;內容方面,須留心時空、情景的安排與配合,詳細方法可參考黃永武教授《中國詩學・鑑賞篇》(巨流圖書公司,民國 65 年),或者多閱讀學者專家對作品的實際分析,亦可從中領悟鑑賞要領。教師講授古典詩歌時,應多用啟發式,提問題供學生思考,避免用權威式直接灌輸,因「詩無達詁」,詩歌本身具有多義性,故顯得活潑可愛,千萬不要使它僵化,讓學生情思凝滯,無法悠遊其中。《文心雕龍・辨騷》論《楚辭》對後世的影響說:「故才高者菀其鴻裁,中巧者獵其艷辭,吟諷者銜其山川,童蒙者拾其香草」,講授詩歌,最好導引學生自由玩賞,依其經驗、才能,各取所需,如此則興味無窮矣!

四、要多補充教材。課本所選的詩歌總共二十二首,孔子時代學生所讀的詩歌就有三百篇,歷經二千五百多年,其中不知產生了多少優秀的作品,我們只讀這區區二十二首,未免太藐視古人,瞧不起詩歌了。所以教師可利用上課前後的緩衝、零星時間,按照四時節令補充一些應景的作品,如七夕,可舉杜牧〈秋夕〉:「銀燭秋光冷畫屏,輕羅小扇撲流螢;天階夜色涼如水,臥看牽牛織女星」,中秋節可舉蘇軾〈中秋月〉:「暮雲收盡溢清寒,銀漢無聲轉玉盤;此生此夜不長好,明月明年何處看」,冬天可舉杜耒〈寒夜〉:「寒夜客來茶當酒,竹爐湯沸火初紅;尋常一樣窗前月,纔有梅花便不同」等等,不但可充實教學內容,並且可增加學生上課的情趣。補充教材近體詩以絕句或五律、詞曲以小令為宜,因這些作品簡短易誦,也不會佔用太多的時間,每週只要一、兩首,三年下來至少也有二百多首,正如俗諺所說:「熟讀《唐詩三百首》,不會作詩也會吟」,

對學生的文學品味,或氣質涵養,將會提高很多。

總之,詩歌在中國是一條長江巨河,代代都有才人出,作品豐富,燦如繁星,這除了是中國文字的優美特性適合詩歌表達外,最重要的應歸功於傳統的詩教。所以民國以來,詩教隱微不彰,詩壇也黯然無光,社會沒有詩的氣息,人們也缺乏溫雅氣質。今日如果我們願意放棄「詩國」這個桂冠,寧讓暴戾、虛無侵蝕心靈,否則我們沒有理由不重視古典詩歌,荒廢這個取之不盡、用之不竭的精神寶藏,因此,從事國文教育的老師們,以「發揚詩教,重建詩國」為使命,正是時候了!

——原載黃文吉、袁行霈等著:《國中國文古典詩詞曲鑑賞》（臺北:國文天地雜誌社,1989年11月）,頁1-12。

臺灣高職國文教科書詩選之檢討與建議

一、前言

　　中華民族是特別喜愛詩的民族，自古以來，每一朝代的詩歌都有過輝煌的紀錄，「唐詩、宋詞、元曲」，正是大家所熟知的文學常識。任何一種文學的興盛，都需要許多內外在的因素，而中國詩歌之所以如此發達，應歸功於傳統的詩教。孔子以六藝教人，詩歌就是其中之一，他老人家曾說：「不學詩，無以言」，又說「小子何莫學夫詩，詩可以興，可以觀，可以群，可以怨，邇之事父，遠之事君，多識於鳥獸草木之名。」《禮記‧經解篇》更記載孔子「溫柔敦厚」的詩教理念，這個理念一直指導著後世的讀書人。

　　高職教育是我國教育體系中重要的一環，其目標在於培育學生的職業技能，以適應社會就業市場之需要。然而人並非機器，即使機器也需要油脂的潤滑，所以在訓練職業技能的同時，人文素養的薰陶尤其重要。詩歌是陶冶性靈、抒發情感的極佳工具，如果在高職國文教學中，能夠好好培養同學對詩歌的興趣，增強對詩歌的認識與鑑賞，甚或有創作詩歌的能力，相信對學生未來生活的充實，將有莫大的幫助。因此本文站在發揚傳統詩教的立場，來檢討高職國文教科書詩選的一些缺失，最後並提出建議。

　　高職國文教科書是由各書局自行編印，經國立編譯館審定公告後，各校方可採用。79年度國立編譯館公告准採用的書局有：正光書局、東大圖書公司、復興書局等十六家。本文撰寫的目的在於檢討過去、策劃未來，所以選用74年所公告的書局十家：正大書局、正中書局、正光書局、世界書局、全華科技圖書公司、海國書局、海源書局、復興書局、維新書局、環球書局，所編印的教科書作為研究對象，這些教科書大致已完成階段性任務，在探討的過程中就比較可以無所顧忌，暢所欲言。

二、高職國文教科書詩選之檢討

我們從以上十家書局所出版的國文教科書中,將有關詩歌的課文,《詩經》、《楚辭》、樂府、古體、近體、詞曲、現代詩等都包含在內,一一加以比較、統計、分析,約可發現如下之缺失:

(一)與國中國文教科書缺少連貫

教育是國家百年大計,基於不同層次的教育目標,分成國小、國中、高中(職)、大專、研究所等不同階段,這並不意味著各個階段可單獨存在,其實教育應有它的整體性與連貫性,從縱的方面而言,前後不同階段應該彼此連貫,如此教育方可由淺入深,由簡入繁,也不會因為教材的重複造成教育的浪費。依據這個理念,我們檢視高職國文教科書,與國中國文教科書(69年8月改編本初版)比較,可發現所選的詩歌作品有幾處重複,如:

1. 高職環球版(四冊十六課)選了一首王之渙〈登鸛鵲樓〉,其實這首家喻戶曉的詩,在國中(一冊五課)早已上過。
2. 高職海源版(一冊十五課)、海國版(一冊十八課)都選了盧綸〈塞下曲〉(月黑雁飛高)這首詩,在國中(一冊五課)早已出現過。
3. 高職環球版(二冊十二課)選了陶淵明〈歸園田居〉(種豆南山下)這首,和國中(四冊十三課)重複,〈歸園田居〉共五首,如果改選「少無適俗韻」這首不是也很好嗎?
4. 高職環球版(二冊十四課)選了〈木蘭詩〉,這首北朝民歌在國中(三冊二課)早已上過,如果改讀南朝民歌〈孔雀東南飛〉,兩相比較,不是更理想嗎?

編教材的人若不閉門造車,肯花點心思瞭解前面階段所選的篇目,以上的重複便可避免。更積極的作法是,把讀過相關的課文在題解加以說明,可以幫助學生溫故知新。教材前後階段的連貫是不容忽視的。

(二)沒有循序漸進的觀念

一般學詩,都是從近體詩入門,因為律詩、絕句的音樂性靠固定的

句數、字數、平仄與押韻造成的，算是人籟，比較容易學。古體詩及樂府詩則不然，古體詩沒有固定的格律，必須靠詩人對詩的素養，才能渾然天成，產生詩味，否則只變成押韻之文而已，古體詩的韻律，是一種天籟，反而不容易學。樂府詩本是配樂歌唱的詩，後代用古樂府的題目和題材來寫的詩，雖不能歌唱，也稱樂府。後來有些詩人根本不用古樂府題目，只用古樂府的精神寫的詩，也稱樂府，或新樂府。由於樂府主要是內容和題材方面的問題，因此它和古體詩一樣，較難掌握，必須先瞭解近體詩之後，再學古體及樂府，才是正途。詞曲產生的時代固然距離我們比較近，但它原是配樂的歌詞，每一首作品都有它固定的句數、字數、平仄及押韻，也就是詞調、曲調，不同調的作品它的格律就完全不同，所以詞曲雖是長短句，並不意味著它可以任意長短，必須遵照調式該長則長，該短則短，格律之謹嚴，比起近體詩有過之而無不及，將詞曲放在後面講授，是比較恰當的。

　　高職國文教科書大部分都能夠依循上述的學詩歷程安排作品，但也有些教科書倒行逆施，先選古體詩，再選近體詩，如正中版、復興版都是如此。環球版最妙，從《詩經》、古詩、古體詩、律絕、詞、宋詩，一路選下來，完全按照詩歌的發展順序安排，似乎符合歷史邏輯，其實並不恰當。試想在第二冊就安排《詩經》、古詩等作品，第四冊再教古體、律絕，由深入淺，教學生如何消受？像正大版、維新版第二冊就上屈原〈國殤〉，一樣不符合循序漸進原則。世界版在詩選部分，大致能夠依照上述的順序，但在第一冊十八課，突然選了一課鄭珍〈題新昌俞秋農先生書聲刀尺圖〉，屬於五言古詩，顯得非常突兀，因為該教科書第四冊才教到古體詩，編者不管如何賞識這首題畫詩的內容，至少也應該把它放在第四冊之後才算正確。正光版也有很奇怪的地方，曲選（小令）安排在第五冊二十課，但在三冊八課及四冊十九課卻出現了〈歲暮懷金門將士〉、〈哭母〉兩個散套，小令之前就先教散套，我真不敢想像高職老師如何來講授這兩課？

（三）選詩不能兼顧各體

高職學生畢業後，大部分都離開學校從事各行各業，高職恐怕就成為求學的最後階段，所以高職國文教科書在選詩時，最好能夠各體兼顧，讓學生對各體詩歌都有粗略的認識，但我們審視一下這些高職國文教科書，有的沒有選絕句，如正中版、正光版；有的沒有選律詩，如正大版；有的沒有選古體詩，如全華版；有的沒有選樂府詩，如正光版；很特別的是環球版，居然沒有曲選。另外，正中版、復興版沒選《楚辭》，正大版沒選《詩經》，這都不太妥當。維新版也沒選古體詩，它選了孔尚任《桃花扇》傳奇中的〈哀江南〉，能重視戲曲值得鼓勵，但之前沒有先選散套，未免美中不足。

（四）各體所選作家、作品諸多不當

高職國文教科書選錄各種詩體作品，其目的在於引導學生入門，所以選擇作家及作品時，應考慮到是否有代表性，如果只讓學生隨便讀幾首詩，對整個詩壇概況不能粗略瞭解，只認得有一兩篇名作留傳的作家，而對於最具代表性的重要作家一概不知，正如提到律詩不曉得杜甫、古風絕句不曉得李白，不是很奇怪嗎？但高職國文教科書確實有這種現象發生：

1. 正大版在五絕部分，只選了駱賓王兩首；可笑的是，詩仙李白連一首都沒有出現過。另外同樣怪誕的，詞選只選晚唐五代詞人溫庭筠、韋莊、馮延巳，宋詞竟然一首都沒有入選，如何讓學生知道詞是宋代文學的代表呢？

2. 環球版選李白的五律、七律各一首，對於他所擅長的絕句、古風卻不選，詩仙的特色不曉得如何凸顯出來？在詞選部分，選的作家、作品數量可觀，共選了十家、十六首作品，其中李煜選了五首，特別受寵，辛棄疾選了一首小令〈菩薩蠻〉，對於他所擅長的長調卻一首都沒選。

3. 海源版詞選共選了李煜、歐陽修等八家，像蘇軾、周邦彥都沒入選，未免太可笑。長調只選柳永、秦觀、李清照三家，豪放派的詞人都沒

選，編者強加自己的品味給學生，不是編教科書正常的態度。
4. 維新版的詩選也和正大版一樣，把李白趕出詩國，對這位大詩人實在大不敬。詞選四首之中，居然寧願選明代王九思的〈蝶戀花〉（門外長槐窗外竹），而割捨柳永、周邦彥、李清照等大家，這種勇氣也太可議了！
5. 全華版絕句四首，其中王維占兩首，五律選兩首，都是杜甫；海國版詞選，蘇軾、周邦彥、辛棄疾各兩首，其他大家一首闕如，這樣分配不均，都不是編教科書應有的現象。

（五）作家、作品的排列次序錯亂

國文教科書各體詩選中，所選的作品大都不只一家或一首詩，在許多作家及作品並列在一起時，應按時代先後安排次序，教師在講解作家及作品時，才能講出詩體的發展脈絡來。但不少編者缺乏這個觀念，將許多作品拉雜胡亂編排，一點條理都沒有，令人不知道如何講授，如：

1. 全華版詞選將周邦彥排在朱敦儒、陸游之後，又將蘇軾排在李清照之後，李清照更排在辛棄疾之後，這種教材如果教師不自行調整順序，真不曉得該怎麼教？曲選也是如此，張可久居然排在白樸、姚燧、張養浩之前，元曲後期的作品竟超越前期的作家，可見文學史常識的缺乏。
2. 環球版也有同樣毛病，如柳永安排在蘇軾之後。又李清照選了兩首，一是早期的〈醉花陰〉，一是晚年的〈聲聲慢〉，照道理應〈醉花陰〉在前，〈聲聲慢〉在後，才能有序的瞭解詞人心路歷程，但該教材剛好相反，教師只能倒敘了。
3. 正光版第三冊選李清照〈醉花陰〉及辛棄疾〈永遇樂〉，第四冊則選了范仲淹〈漁家傲〉及蘇軾〈水調歌頭〉，這種不按時代先後的安排，真無法理解其用意所在。
4. 海源版第二冊選了五律、七律各四首，第三冊又選了五律四首、七律五首，不知兩課的教學目標有何不同？因為第二冊選了杜甫一首五律，第三冊又選了杜甫兩首五律，同一作家三首同體作品分屬兩冊，不知

有何目的？第五冊詞曲選，專選詞曲的小令，第六冊也有詞曲選，則選詞的長調、曲的散套，這種編排方式並不理想，如果把詞選、曲選分開，詞的小令、長調在一起，曲的小令、散套在一起，對教學應該比較方便。

（六）不重視詩歌教育，尤其不重視現代詩

民國以來，由於新舊文學論戰，傳統詩歌受到嚴厲的批判，新起的白話詩大受西洋詩的影響，變成橫的移植，缺乏縱的繼承，一般人難以接受。加上教育理念的偏差，太過講求實用而缺乏性情的陶冶，反映在國文教科書上，便重文而輕詩，詩歌作品只佔教材的一小部分，這種現象在高職教科書中最為明顯，許多書局都把詩選放在每冊之末，像是可有可無的東西，如正中版、復興版、全華版、海源版、正光版都是如此。根據一般老師教學經驗，安排在教材之末，往往因期末時間匆促，而無法詳細講解，即使老師講完，也為了期末考試，學生根本沒有心思去仔細玩味，這樣的教學效果如何引導學生對詩歌的興趣？有的教科書兩冊才有一課詩選，如環球版第一冊、三冊、六冊都沒有選詩，學生讀詩的機會這麼少，那還談得上鑒賞詩歌品味？有的教科書雖然每冊照例都有詩選，但作品選的太少，只是點綴性質，如正中版的近體詩，只選一首五律，一首七律，正光版也是如此。正大版五、七律皆未選，詞、曲選各選三首。維新版五、七絕，五、七律都各選一首。經由這樣的教科書所訓練出來的學生，如何培養「溫柔敦厚」的氣質，國人愛詩風氣怎不沒落蕭條呢？

其次，談到對現代詩的漠視。杜甫「不薄今人愛古人」之所以能夠成其大，我國的詩歌除了甘願放棄前途，否則必須朝現代詩方向發展，這是無庸置疑的。尤其經過數十年的嘗試，無數作家的創作，也確實產生許多優良作品，為了鼓舞年輕學子朝這方向創作，國文教科書應酌量選些現代詩，像國中教科書每冊都有一課現代詩，就是面對現實的具體作法。高職國文教科書在現代詩選讀方面，卻付之闕如，世界版（二冊

十六課）有胡適〈談新詩〉的文章，但沒有新詩作品配合，空談又有何裨益？尤其令人納悶的，全華版（二冊三課）及正中版（一冊五課）都選了一首佚名的〈你可曾望見我那年邁的媽媽〉，新詩發展那麼多年，結果落到只能選出一篇沒有作者的作品，實在太諷刺了吧？而且這首詩除了政治囈語外，如詩的末尾：「料峭的夜風，細吹著媽媽的話：『去國謀復國，離家莫憶家！』微揚的海波，低吟著媽媽的話：『爭得自由再回家！爭得自由再回家！』」根本就沒有詩的藝術價值，竟然成為高職國文教科書唯一的現代詩，選詩的標準未免太偏了。

三、結語

根據以上的檢討，我們可以發現過去高職國文教科書的詩選，確實存在著許多缺失，這些缺失正可作為今後編纂教科書的借鏡，以免重蹈覆轍。最後我們總結上述的缺點，並提出一些發揚詩教的積極作法，為本文對今後編纂高職國文教科書的期許與建議：

（一）詩選除了要注意縱的連貫，更要有高職自己的特色

許多高職國文教科書缺少教育整體性與連貫性的體認，與國中教科書無法緊密銜接，並有教材重複的現象。其實不僅要與國中銜接，也要瞭解國小教科書的狀況，現在國小教科書已經選有八、九首古典詩歌，如賀知章〈回鄉偶書〉、李白〈早發白帝城〉、張志和〈漁歌子〉等，這些應該儘量避免再出現。尤其現在國立編譯館正在編纂國小古典詩歌的課外讀物，完成之後，編纂高職國文教科書時，應該考慮如何與它銜接。另外高職教科書也要發展自己的特色，不要老是跟著高中教科書走，在詩選部分可選一些與職業類科相關的作品，如農業詩、工商業詩、題畫詩、樂舞詩等，這樣一方面可提升學生學習興趣，一方面也可配合職業教育的特色。

（二）詩選所佔的比例應酌以提高，並要兼顧各體

如果我們想要建立詩國的美譽，對於詩歌教育不得不予以重視。所

以國文教科書的詩選,不能只停留在點綴的性質,應該和文選分庭抗禮,至少也要有百分之二、三十的比例,高職學生馬上要面臨就業,詩歌的薰陶應比高中學生多一點才算合理。在兼顧各體方面,除了一般常選的近體、古體、樂府、詞曲外,《詩經》、《楚辭》也應酌選,才可追溯中國詩歌的源頭。曲選一般都只選小令,由小令擴大篇幅而成的散套、劇曲,更能表現曲與其他詩體之不同,不妨擇要節選,讓學生有一窺堂奧的機會。現代詩也需要關懷與重視,才能引導大家欣賞、創作的興趣,屬於現代的詩歌才有希望蓬勃發展起來。

(三)詩選作品應該注意內容的多樣化,及技巧的藝術性

過去基於海峽兩岸的強烈對峙,教育充滿政治掛帥的濃厚色彩,國文教育當然也不例外,教科書所選的篇章都偏向愛國思想、忠貞觀念、尚武精押、仇敵意識等內容,在這種一切向政治看的取向之下,往往忽略了藝術技巧,若干課文常有教條、口號出現,今後我們編詩歌教材時,內容應涵蓋各種題材,表現不同的情感與思想,不要再侷限於某種目的。在寫作技巧也要考慮它是否具有藝術性,才不致喪失語文教育的基本功能。

(四)詩選應附有格律介紹,及作品賞析

根據筆者從事教學的實際經驗,現在的大專學生對詩歌格律的認識多半一竅不通,即使連最起碼的對聯都不曉得如何分辨上下聯,更遑論其他,追究責任在於教材沒有詳細介紹格律,老師講解就無法落實。中國古典詩歌非常重視格律,如果捨棄格律的認識,對於詩歌的鑑賞將大打折扣,中國文字的特性及優美,就很難深入理解,這一點對學生從事現代詩的創作應有很好的啟發作用。其次,每首作品之後,也應附有賞析。以往的教育大都屬於填鴨式的教育,學生只記憶一些零碎餖飣的知識,缺乏鑑賞力及分析力,我們應扭轉這種偏差,以實際的鑑賞分析作示範,讓學生能舉一反三,培養對作品的賞析能力。

（五）高職國文教科書應編教師手冊，及詩歌課外讀物

　　國立編譯館的國中、高中國文教科書，都編有教師手冊，提供教師許多教學參考資料，對減少準備教材時間及提升教學品質有莫大幫助。高職國文教科書是由各書局自己編印，限於人力、物力，不可能編出教師手冊，高職國文教師只有自求多福了。近年發現已有書局大手筆投資，編有教師手冊供教師參考，這是一件很可喜的事。因為詩歌教學如果沒有充分的資料，是很難面面俱到，將作品講解得很深入。

　　除了幫助教學的教師手冊外，我們更期望國立編譯館編完國小的詩歌課外讀物後，繼續往上延伸，再編國中、高職的詩歌課外讀物，讓高職學生課外之餘，能享受吟哦之樂，如果從小學培養到高職畢業，相信以後我們的社會將充滿詩的氣息，詩國的光輝必能再次發揚。

──原載《人文及社會科教學通訊》2卷2期（1991年8月），
頁138-145。

臺灣高中古典詩歌教育新趨向

一、前言

　　臺灣從今年（1999年）9月開始，高級中學的國文教育有一項重大變革，就是教科書開放民間出版社編印，這也算是臺灣繼政治解除戒嚴以來的另一項開放政策。回顧臺灣自1953年由教育部審定統編標準本教科書以來，總共有四十五年之久，高中國文教學都是用統一教材。統一教材提供大學考試的命題範圍，在減少學生學習負擔上固然有其貢獻，但不容否認的，它也給國文教育一個很大的束縛，如配合政策、意識形態掛帥之下，選文常缺乏多樣性及活潑性；而學生為了應付考試，只反覆記誦教科書的內容，無心擴大閱讀，因此對國文程度的提升頗有負面影響。個人多年來曾參與大學、高中、國中等各級學校國文教科書的編纂，就高中國文而言，既是國立編譯館統編本的末代編審委員，也是開放後民間版的首代編著委員，處在這新舊交替的階段，難免有一些心得，因此擬就高中古典詩歌教育這部分，提出個人的觀察、淺見，希望大家對高中古典詩歌教育的未來趨向有所了解。

二、新課程標準的特色——
　　韻文獨立一類及重視宋詩

　　教育部為了因應時代的需要及社會變遷，每隔一段時間就重新檢討修訂課程標準，隨著新課程標準的頒布，教科書也重新編纂，過去由國立編譯館統編的教科書是如此，現在開放民間編纂的教科書也是如此。換言之，教科書必須遵照教育部公布的課程標準編纂，送交國立編譯館審查通過，才能正式發行供學校採用。

　　因此要了解高中古典詩歌教育的新趨向，首先必須認識教育部所頒布的新課程標準有何特色。1995年10月教育部修正公布的

「高級中學國文課程標準」中,範文的分類除了承繼過去的記敘文、論說文、抒情文三種文類之外,特別新增了韻文一類,並且規定高一上學期教古詩選,下學期樂府選;高二上學期教唐詩選,下學期宋詩選;高三上學期教詞選,下學期曲選。對每一學期所要教的古典詩歌作明確的規定,這是過去的課程標準所沒有的,由此可見古典詩歌教學在今後國文教育中,已經取得了一個重要的地位。過去的課程標準雖然沒有規定韻文一類,但國立編譯館統編的高中國文教科書,還是有將古典詩歌納入教材,以最後一版(1996年8月~1998年1月改編三版)為例,高一上學期有樂府詩〈飲馬長城窟行〉,下學期有古體詩選;高二上學期有近體詩選,下學期有詞選;高三上學期有散曲選,下學期有戲曲選《琵琶記・糟糠自厭》一齣。所以過去高中的古典詩歌教育還是正常在實施,只是缺少獨立一類之名而已。新的課程標準除了給古典詩歌教學獨立韻文一類之名外,如果將它和統編本最後一版的內容作比較,可以發現它另有一個很重要的特色,就是對宋詩的重視。過去的教材古體詩選或近體詩選,從未選入宋人的作品,我們的高中生在課堂上就沒有機會接觸到可以和唐詩互別苗頭的宋詩,這是相當可惜的。由於新課程標準規定在高二下學期必須有宋詩選一課,所以民間版的教科書都要遵照規定,如大同資訊公司版擬選王安石〈明妃曲之一〉(七古)、黃庭堅〈寄黃幾復〉(七律)、朱熹〈觀書有感之一〉(七絕)等三首,大致已將宋代詩人喜用古體、好說理議論、以文為詩等特色呈現出來。其他版擬選的宋代名家佳作也不少,如:歐陽修〈再和明妃曲〉、蘇軾〈和子由澠池懷舊〉及〈出潁口初見淮山,是日至壽山〉、王安石〈讀史〉及〈泊船瓜洲〉、黃庭堅〈夏日夢伯兄寄江南〉、陸游〈書憤〉、范成大〈四時田園雜興〉等,都有其代表性。相信透過這樣的教學引導之下,以後的學生對宋詩必定有較正確的認識。

三、民間八家爭鳴——普遍重視古典詩歌

　　教育部將高中教科書開放民間編纂之後，許多出版社都傾全力參與這項工作，禮聘各大學教授或高中老師進行規畫編纂，經國立編譯館審查通過並積極從事促銷活動者共有以下八家：大同資訊公司、三民書局、正中書局、東華書局、南一書局、建宏出版社、翰林出版事業公司、龍騰文化事業公司。其中尚有少數幾家審查未通過，或審查通過較遲並無促銷活動者，則不包括在內。

　　我們從這八家已經出版的第一冊課本及所擬的六冊範文選目中可以看出，每一家均按照課程標準規定安排古詩選、樂府選、唐詩選、宋詩選、詞選、曲選，而且所選的作品也都達到一定的質和量，如第一冊古詩選，各版本大都選有兩首，以〈古詩十九首〉及陶淵明〈飲酒之五〉最受各家青睞，大同版選有三首，算是最多的。第二冊樂府詩選，有的版本因選較長的作品而只選一首外，如翰林版只選李白〈長干行〉，其它一般都選有兩首，如三民版選〈陌上桑〉、〈長歌行〉，龍騰版選〈飲馬長城窟行〉和李白〈關山月〉。第三冊唐詩選，一般都選有三首，而大同版、南一版、建宏版則選到四首，其中以崔顥名作〈黃鶴樓〉及李白、杜甫、李商隱等人的詩入選較多，並且各家所選都以近體詩為主。第四冊宋詩選，大同版選有王安石〈明妃曲〉、及南一版選有歐陽修〈再和明妃曲〉最能凸顯宋人喜作古體詩的特色外，江西詩派開創者黃庭堅的〈寄黃幾復〉、南宋大詩人陸游的〈書憤〉、集理學大成朱熹的〈觀書有感之一〉等詩，也都是各家爭相編選的對象。除南一版、建宏版擬選四首最多外，一般都擬選三首。第五冊詞選，除龍騰版只選兩首較少、翰林版選三首側重豪放詞較偏外，其他各家大都選三至四首，婉約及豪放兼顧。第六冊曲選，除正中版、翰林版、龍騰版全選小令外，其他各家也尚能兼選散套，如大同版擬選馬致遠〈雙調夜行船・秋思〉；有的還節選戲曲，如三民版擬選關漢卿〈竇娥冤・第三折〉。各家曲選也都擬選三至四首。

　　除了課程標準規定的六課韻文選之外，某些較有名的長詩也被各家以抒情文或記敘文選入，如李白的〈長干行〉，大同版、東華版、南一版

都額外加選;白居易的〈琵琶行〉,大同版、建宏版、翰林版、龍騰版也都加選;文天祥的〈正氣歌〉,大同版、正中版、南一版、建宏版、翰林版等家加選。而對於詩歌的源頭《詩經》、《楚辭》,各家也大都能注意到,如《詩經》,大同版、三民版、正中版皆擬選〈蓼莪〉,三民版又多選〈碩鼠〉,南一版擬選〈關雎〉、〈蒹葭〉,翰林版擬選〈靜女〉、〈碩鼠〉,龍騰版擬選〈蒹葭〉;《楚辭》,大同版、正中版擬選〈橘頌〉,翰林版擬選〈國殤〉,龍騰版擬選〈少司命〉,其他家則未見編選。

　　由上述資料顯示,大同版所選的韻文篇數可說居各家版本之冠,而尤其值得注意的,各家版本雖然在現代文學方面選了不少本土作家的作品,但在古典文學方面則尚未受到重視,大同版在第四冊特別安排一課臺灣古典詩選,擬選海東文獻之祖沈光文的〈感憶〉,開臺以來第一位進士鄭用錫的〈颶風〉,抗日志士丘逢甲的〈離臺詩〉,對學生認識臺灣古典詩歌應有極大的啟發作用。

四、配合新教材——詩歌教學法的調整

　　我們觀察已經出爐的第一冊民間版高中國文教材,可以發現它每一課的項目都比統編本增加了許多,因應這些新增的項目,老師在詩歌教學方法上勢必也要作一些調整,個人認為有以下幾點值得注意的地方:

(一)掌握各類詩體的特色及流變

　　新課程標準既然規定韻文選讀有:古詩選、樂府選、唐詩選、宋詩選、詞選、曲選,而許多出版社在編纂教材時,對各類詩體的特色及流變也大致會作介紹,如大同版及龍騰版,在古詩選課文之前,都先對古體詩的名稱及形式特點作簡要的解說,三民版及翰林版則將介紹安排在題解裡面。東華版雖沒有介紹,但在學習重點也特別標示:「認識古體詩的體制。」因此老師在講授作品之前,一定要讓學生認識該類詩體的特色及流變。

（二）加強詩歌的賞析

根據新課程標準的規定，每課範文宜附有「賞析」項目，這個項目是過去統編本所沒有的，因此各家版本也都附有課本範文的賞析。或許每位編纂者對賞析的著眼點不同，而有詳略深淺的差別，但各家對詩歌的賞析都不敢忽視則是事實。如果我們再觀察供老師參考的教師手冊，每一家都用盡許多力氣，將教科書的賞析再加擴充，分析更加深入細密，有時則另從不同角度切入，以呈現詩意的多樣性。由此顯示，老師今後在詩歌教學上，勢必對詩歌的賞析多加著墨，使學生就詩歌的主題思想、內容題材、形式結構、藝術技巧等，都能夠有深刻的認識。

（三）重視討論與練習

新課程標準規定每課範文宜附有「問題討論」項目，這是和過去統編本相同的地方，其目的是要培養學生獨立思考及參與討論、發表意見的能力，因此各家版本也都有「問題討論」一項。就以陶淵明〈飲酒之五〉一詩為例，有的是讓學生發表對詩意的看法，如：「〈飲酒之五〉詩中，並未描寫與飲酒相關之事或出現『酒』字，請問其詩意安在？」（大同版）有的是讓學生體悟作家創作時的心境，如：「請描述淵明見南山時的心靈境界。」（東華版）有的是針對一些關鍵語辭的探究，如：「〈結廬在人境〉云：『此中有真意』，嘗試說明此處所謂『真意』的意思。」（龍騰版），「〈結廬在人境〉第六句有的版本作『悠然望南山』，一『見』一『望』，孰優孰劣，請比較之。」（三民版）有的則是和其他詩作比較，如：「請比較本課三首詩中所表現的人生態度有何不同？並發表自己對人生的看法。」（大同版）有的則讓學生在詩意陶冶後，自由抒發己見，如：「你的心境會受環境影響嗎？較嚮往田園生活或都市生活呢？請說明。」（建宏版）從各種不同的問題設計，使學生對詩歌的了解與薰陶有更寬廣的空間，老師也可藉此給學生作語言訓練。

除「問題討論」之外，各版本為了讓學生學以致用，培養其寫作能力，都增加了「應用與練習」（或作「應用練習」、「寫作練習」、「語

文綜合練習」）一項，這是過去統編本所沒有的。有關這類語文應用練習，有的是修辭的認識與應用，如：「試將〈古詩十九首〉中另一首擅用疊字的〈青青河畔草〉，填入適當疊字。」（翰林版）有的是句型的活用，如：「模仿『風聲一何盛，松枝一何勁』的句型，嘗試用『……何其……，……何其』、『……多麼……，……多麼……』，各造一句。」（大同版）有的是將詩意改寫成文章：「選擇本課任何一首詩，將它改寫成一篇抒情短文。」（龍騰版）有的則要學生以詩的情境，發揮想像力，寫一篇文章：「本詩（〈飲馬長城窟行〉）云：『長跪讀素書，書中竟何如？』以『書中竟何如』為範圍，請你進入塞外征夫的情境，代這位連年征戰的阿兵哥，完成想像中的家書，向家裡老小報平安。字數在五百字左右。」（南一版）有的則以讀後感的方式，讓學生寫作文章，如：「請以『男女平權』為主題，寫一篇〈客從遠方來〉的讀後感。題目自訂，文長六百字以上。」（三民版）從以上的題目設計，可看出詩歌教育不僅在於情意陶冶，也有培養語文能力的功能。

（四）善用輔助教學工具

各家出版社為了幫助老師教學能更活潑、生動，也製作了不少的輔助教學工具，在詩歌教學上，最重要的莫過於灌製詩詞吟唱錄音帶。因為詩歌是一種音樂性極高的文學作品，不管是用吟或唱的方式，都能充分表現詩歌韻律節奏之美，所以在教學時，能夠透過一些名家吟唱的錄音帶，供學生欣賞或學習，如此對詩歌的音樂性，必有更深的體會與掌握。

五、因應多元入學方案──擴大閱讀古典詩歌

臺灣隨著教育改革的腳步，過去大學入學考試唯一的途徑──大學聯考，也即將被多元化的入學方案所取代；根據大學招生策進會所通過的「大學多元化入學新方案」，除了一階段考試入學制是改良自大學聯考的「一試定江山」外，其他則先參加「學科能力測驗」，再參加甄審，或

再參加指定科目考試的二階段考試入學方式，這種多元入學新方案已準備在三年後（2002年）實施。

　　由於教科書的開放及未來多元入學方案的實施，我們可以預見未來的學科能力測驗或一階段的入學考試，國文科的命題已經不像過去只限定在教科書的範圍內，因為各版本所選的範文差異甚大，就以古典詩歌為例，同樣古詩選，八家總共選了十一首不同的詩，除陶淵明〈飲酒之五〉有五家選較具共識外，其它則少有重複，如〈古詩十九首〉入選於各家版本的即有：〈行行重行行〉、〈涉江采芙蓉〉、〈迢迢牽牛星〉、〈迴車駕言邁〉、〈凜凜歲云暮〉、〈客從遠方來〉等六首之多，另外有的還選〈飲馬長城窟行〉、劉楨〈贈從弟之二〉、左思〈詠史詩之一〉、杜甫〈贈衛八處士〉等。

　　因此今後的古典詩歌教育，應著重在啟導學生的學習興趣，使他們喜歡詩歌，擴大閱讀範圍，這樣培養學生的實力，才能適應未來多元化的大學入學方式。其實現在各版本都已有這樣的設計，有的在教材中即直接立「課外閱讀」一項，以古詩選這課為例，正中版的課外閱讀：「請閱讀唐杜甫五律〈月夜〉（今夜鄜州月）、宋蘇軾詞〈蝶戀花〉（花褪殘紅青杏小），以及今人鄭愁予新詩〈錯誤〉（我打江南走過），體會離人、思歸的文學主題。」其設計是希望學生擴大閱讀與課文主題相同而形式不同的詩作。龍騰版的課外學習是：「一、自行閱讀〈古詩十九首〉中〈冉冉孤生竹〉一詩。二、閱讀陶淵明〈讀山海經十三首〉中第一首〈孟夏草木長〉一詩。」其設計是希望學生擴大閱讀課文作者的其他詩作。有的版本則在教師手冊設有「類文」一項，蒐集與課文形式或內容相類似之作品，以提供老師指導學生課外閱讀，如大同版的古詩選，因選〈古詩十九首〉的〈迴車駕言邁〉、劉楨的〈贈從弟之二〉、陶淵明的〈飲酒之五〉，所以在教師手冊中，就選錄了〈古詩十九首〉四首、〈贈從弟〉二首、〈飲酒〉詩五首，作為類文，讓學生能就課文再延伸出去，作更廣泛的閱讀。相信透過課外閱讀的指導，必定能提升學生欣賞古典詩歌的能力，打下良好的語文基礎，面對未來的任何考驗則無所畏懼。

六、結語

　　臺灣在過去二十世紀末期，無論是政治、經濟等方面，都有傑出的表現，最近教育當局為了回應民間求變求新的改革呼聲，已先從教科書開放民間編印踏出了第一步，緊接著大學聯考制度也馬上被「大學多元入學新方案」取而代之。個人對於改革開放下的臺灣高中古典詩歌教育是深具信心的。因為詩歌是人類抒發情感最好的文學形式，不僅在中國文學史上是一條綿亙長遠、極為燦爛的銀河，在臺灣過去的文學苑囿裡，也是一株最具生命力、壓不扁的玫瑰。

　　除非我們寧願放棄先人遺留下來的文學寶藏，否則沒有理由不重視它。根據以上的分析探討，我們可以發現臺灣在即將邁入二十一世紀的同時，整個高中古典詩歌教育有一番新面貌：

（一）在教育目標上──新課程標準確立「韻文」一類，使古典詩歌教育正式成為語文教育的重要一環。

（二）在教育內容上──新課程標準規定二年級下學期講授宋詩，民間各家版本普遍重視詩歌，所選的作品質與量都甚為可觀，使詩歌教育的內容更加充實。

（三）在教育方法上──民間各版本花盡巧思，使老師的詩歌教育方法必須求新求變，如掌握各類詩體的特色及流變、加強詩歌的賞析、重視討論與練習、善用輔助教學工具等，都是今後教學努力的方向。

（四）在教育功效上──期望能啟發學生興趣，擴大閱讀古典詩歌，增強語文能力。

我們希望經過這樣的改變，使臺灣的詩歌教育更紮實，進而使臺灣的社會更充滿「溫柔敦厚」的詩歌文化氣息。

　　──二十一世紀中華詩詞展望國際研討會論文，澳門中華詩詞學會主辦，1999年10月18日。收入《中華詩詞學刊》1期（2000年5月），頁87-97。又載《國立編譯館通訊》47期（2000年4月），頁18-24。

臺灣《高中國文》唐宋詩詞教材探究
——以八十四年課程標準編纂的六家教科書為例

一、前言

  教育部為了配合時代的脈動，每隔一段時間都會修訂課程標準，教科書也隨著課程標準的修訂而重新編纂。民國 84 年 10 月，教育部又修訂公佈〈高級中學國文課程標準〉[1]，隨著這次課程標準的公佈，《高中國文》教科書也同時開放民間出版社編印，這是臺灣教育史上的一項重大變革。經過三、四年的準備、編纂，從 88 年 9 月開始，民間版的《高中國文》教科書正式面世，逐年取代過去的統編標準本。這次課程標準的教科書共使用了七年，去年（95 年）開始，根據 94 年〈高中國文課程暫行綱要〉所編纂的國文教科書又已上路，雖然 84 年課程標準的教科書即將完成階段任務，但筆者本於檢討過去、策勵未來的精神，特別以這次課程標準的國文教科書作為探討的對象。

  84 年〈高級中學國文課程標準〉公佈後，原有多家出版社投入教材的研發，經過市場的激烈競爭，有的出版社中途退出，最後編完六冊的出版社共有六家：三民書局、正中書局、南一書局、康熙圖書網路公司（原名大同資訊企業公司）、龍騰文化事業公司、翰林出版事業公司。本論文即根據這六家所出版的《高中國文》課本[2]，探討其中有關唐宋詩詞

---

[1] 教育部於民國 84 年 10 月修訂公佈的〈高級中學國文課程標準〉，見教育部高級中學課程標準編輯審查小組編輯：《高級中學課程標準》（臺北：教育部，1996 年），頁 37-56。以下引用〈高級中學國文課程標準〉，只在引文之末以夾注號標明頁碼，不另標注。

[2] 本文所根據的六家《高中國文》課本如下：三民版《高中國文（三）、（四）、（五）》（臺北：三民書局，2001 年 8 月初版二刷、2002 年 2 月修正初版二刷、2002 年 8 月初版二刷）、正中版《高中國文（三）、（四）、（五）》（臺北：正中書局，2000 年 8 月初版、2001 年 2 月初版、2001 年 8 月初版）、南一版《高中國文（一）、（三）、（四）、（五）》（臺南：南一書局，2002 年 8 月修訂版、2001 年 8 月修訂版、2001 年 2 月初版、2003 年 8 月修訂版）、康熙版《高中國文（一）、（二）、（三）、（四）、（五）》（臺中：康熙圖書網路公司，

教材的編纂情況。

　　教科書的編纂，必須遵守教育部所公佈的課程標準，在八十四年〈高級中學國文課程標準〉中，有「範文篇數之配置」一項，其中規定「韻文」篇數之配置如下：第一學年上學期「古詩選一篇」，下學期「樂府選一篇」；第二學年上學期「唐詩選一篇」，下學期「宋詩選一篇」；第三學年上學期「詞選一篇」，下學期「曲選一篇」（頁42）。因此各版本都遵照規定編有〈唐詩選〉、〈宋詩選〉、〈詞選〉各一課。此外，也有版本在〈樂府選〉中選唐詩，也有將唐詩中篇幅較長的作品以「文言抒情文或記敘文」的名分選入教材中。以上這些只要與唐宋詩詞相關的教材，都是本論文所要探究的範圍。

　　教科書的編寫過程中，選材、作品解讀、基本知識介紹、評量及延伸學習等內容，都關係到學生的學習成效，因此本論文擬分別從這些重點，探究各版本唐宋詩詞教材的異同，並評論其得失。

二、選材

（一）唐詩選

　　各版本都遵照規定，在第三冊編有〈唐詩選〉一課，只是所選的作家及作品各有出入。並且有的版本考量一些篇幅較長的唐詩名作，也應該讓學生研讀，所以在〈唐詩選〉之外，另外單獨設課加選，以下將各版本所選唐詩列表如下：

2003年8月修訂四版、2003年2月修訂三版、2003年8月修訂三版、2003年2月修訂二版、2003年8月修訂二版）、龍騰版《高中國文（二）、（三）、（四）、（五）》（臺北：龍騰文化事業公司，2002年2月三版一刷、2001年7月二版一刷、2001年12月二版一刷、2002年7月二版一刷）、翰林版《高中國文（二）、（三）、（四）、（五）》（臺南：翰林出版事業公司，2002年2月修訂一版、2002年8月修訂新版、2001年2月初版、2002年8月二版）。以下引用六家《高中國文》課本，只在引文之末以夾注號標明冊數、頁碼，不另標注。

版本 課別 作品	三民	正中	南一	康熙（大同）	龍騰	翰林	合計
1. 王勃〈送杜少府之任蜀州〉（五律）				唐詩選			1
2. 崔顥〈黃鶴樓〉（七律）			唐詩選	唐詩選		唐詩選	3
3. 王維〈九月九日憶山東兄弟〉（七絕）		唐詩選					1
4. 王維〈使至塞上〉（五律）			唐詩選				1
5. 李白〈送友人〉（五律）			唐詩選				1
6. 李白〈長干行〉（樂府）			第一冊單獨成課	第一冊單獨成課		樂府選	3
7. 李白〈關山月〉（樂府）					樂府選		1
8. 杜甫〈月夜〉（五律）				唐詩選			1
9. 杜甫〈旅夜書懷〉（五律）					唐詩選		1
10. 杜甫〈登高〉（七律）		唐詩選					1
11. 杜甫〈蜀相〉（七律）			唐詩選				1
12. 杜甫〈石壕吏〉（五古）	唐詩選					唐詩選	2
13. 岑參〈走馬川行奉送封大夫出師西征〉（樂府）					唐詩選		1
14. 薛濤〈籌邊樓〉（七絕）	唐詩選						1
15. 白居易〈輕肥〉（樂府）		唐詩選					1
16. 白居易〈琵琶行并序〉（樂府）	第三冊單獨成課		第三冊單獨成課	第二冊單獨成課	第二冊單獨成課	第三冊單獨成課	5
17. 杜牧〈山行〉（七絕）						唐詩選	1
18. 李商隱〈賈生〉（七絕）				唐詩選			1
19. 李商隱〈夜雨寄北〉（七絕）					唐詩選		1
20. 李商隱〈無題〉（七律）	唐詩選						1
合計	4	3	6	6	5	5	

根據上表所列，以下從選詩的數量、入選的作者、入選的作品等方面，來探究各版本的唐詩選材情形：

1. 就選詩的數量而言

以南一版、康熙版所選的六首為最多，因為這兩家版本除了〈唐詩選〉一課都選四首詩之外，另外還以「文言抒情文或記敘文」的名分，

單獨設課加選了李白的〈長干行〉及白居易〈琵琶行并序〉兩首名作,可見這兩家版本對唐詩極為重視。而數量最少的是三民版及正中版,這兩種版本在〈唐詩選〉中都只選了三首詩,三民版另外加選白居易〈琵琶行并序〉單獨成課,正中版則一首都未加,因此數量最少。

2. 就入選的作者而言

上表所列入選的唐詩作者大都是具有代表性的大家,如王勃為初唐四傑之一,力求擺脫齊梁華麗詩風,擅長五律和絕句。王維、李白、杜甫、岑參均為盛唐詩人,在文學史上分別以自然詩、浪漫詩、社會詩、邊塞詩取勝。白居易為中唐著名的社會寫實詩人,其新樂府運動影響深遠。杜牧、李商隱則為晚唐傑出的詩人,合稱為「小李杜」。在教材有限的篇幅中,入選詩人以大家為主乃是理所當然的事。

另外,入選作家比較特殊的是崔顥和薛濤,崔顥流傳下來的詩《全唐詩》所收才一卷四十二首[3],在文學史的地位並不是很高,他之所以入選,純粹以〈黃鶴樓〉這首名詩的緣故,因此有南一、康熙、翰林三家版本選他這首名作。而薛濤雖然是一位擅長寫詩的女歌妓,曾與元稹、白居易等詩人唱和,但其存詩僅一卷[4],成就仍然有限,她之所以入選,正如三民版《高中國文教師手冊》(第三冊)選文動機所述:「從性別切入,我們鎖定一位女詩人——薛濤,用來標示唐代也有不讓鬚眉的女性詩人。」[5]可見她是出於性別考量而被選入教材之中。

這些入選的作家從時代來看,主要還是集中在盛唐,另外也搭配中唐或晚唐,初唐除了康熙版選了王勃之外,其他版本則多未選。康熙版選的唐詩最多,所以便能兼顧到唐詩各期的代表作家,這是其他版本所不及的地方。

3. 就入選的作品而言

上表所列各版本選的作者雖然大都集中在七、八位大詩人,但每位詩人入選的作品卻有很大的差異,除了白居易〈琵琶行并序〉(五個版本

---

[3] 清聖祖御定:《全唐詩》(臺北:文史哲出版社,1978年12月),冊2,頁1321-1330。

[4] 同前註,冊11,頁9035-9046。

[5] 三民版《高中國文教師手冊(三)》(臺北:三民書局,2001年8月初版),頁259。

選)、崔顥〈黃鶴樓〉、李白〈長干行〉(以上三個版本選),各版本共識較高,杜甫〈石壕吏〉(兩個版本選)還有點共識之外,其餘都是按照選材設計,各有自己的考量,選的詩都不一樣。

在選材設計中有一個很重要的因素,那就是詩體的搭配,如南一版、康熙版都有加選李白的〈長干行〉及白居易〈琵琶行并序〉兩首樂府詩,因此這兩家的〈唐詩選〉就都只選近體詩(絕句與律詩)。在絕句與律詩的安排中,五言絕句在國中階段所學比較多,所以高中各版本都選七言絕句、五言律詩及七言律詩。如康熙版的〈唐詩選〉一課四首詩中,包含七言絕句一首、五言律詩兩首及七言律詩一首,比起南一版五言律詩兩首及七言律詩兩首,應該比較能兼顧各體,而且學生負擔也不至於太重。龍騰版在第二冊〈樂府選〉就選了李白的〈關山月〉,另外又選白居易〈琵琶行并序〉單獨成課,在〈唐詩選〉一課三首詩中,卻又選了岑參的樂府詩〈走馬川行奉送封大夫出師西征〉,其他兩首是七絕和五律,可見這個版本偏重在樂府詩,對於近體詩選材似乎稍嫌不足。翰林版在〈唐詩選〉中也只選了一首七絕和一首七律,其缺失和龍騰版相近。

(二)宋詩選

84年〈高級中學國文課程標準〉和統編本最後一版的內容作比較,可以發現它有一個很重要的特色,就是對宋詩的重視。過去的教材〈古體詩選〉或〈近體詩選〉,都從未選入宋人的作品,更遑論以〈宋詩選〉單獨設課?這次課程標準規定在高二下學期必須有「宋詩選一篇」,所以各版本的教科書都遵照規定,編有〈宋詩選〉一課,這對宋詩的教學有莫大的幫助。以下將各版本所選宋詩列表如下:

版本 課別 作品	三民	正中	南一	康熙 (大同)	龍騰	翰林	合計
1. 王安石〈泊船瓜州〉(七絕)					宋詩選		1
2. 王安石〈明妃曲之一〉(七古)			宋詩選	宋詩選			2

3. 蘇軾〈出潁口，初見淮山，是日至壽山〉（七律）					宋詩選		1
4. 蘇軾〈紅梅〉（七律）			宋詩選				1
5. 蘇軾〈和子由澠池懷舊〉（七律）						宋詩選	1
6. 黃庭堅〈寄黃幾復〉（七律）	宋詩選			宋詩選	宋詩選		3
7. 黃庭堅〈題竹石牧牛〉（五古）		宋詩選					1
8. 陸游〈書憤〉（七律）	宋詩選	宋詩選	宋詩選			宋詩選	4
9. 范成大〈春日田園雜興〉（七絕）	宋詩選						1
10. 朱熹〈觀書有感之一〉（七絕）		宋詩選	宋詩選	宋詩選		宋詩選	4
11. 朱熹〈觀書有感之二〉（七絕）		宋詩選					1
合計	3	4	4	3	3	3	

　　根據上表所列，以下從選詩的數量、入選的作者、入選的作品等方面，來探究各版本的宋詩選材情形：

1. 就選詩的數量而言

　　以正中版、南一版所選的四首為最多，其他四家則全部都是三首，可見各家版本編選宋詩時在數量上差異不大。

2. 就入選的作者而言

　　上表所列入選的宋詩作者可說都是具有代表性的大家，王安石是西崑體到江西詩派的關鍵人物[6]，蘇軾則是宋代最傑出的詩人，黃庭堅為江西詩派的宗主[7]，陸游、范成大則都列名為南宋四大家[8]。雖然朱熹並不是以

---

[6] 王安石詩的內容學歐梅，形式似西崑，他不但含有歐梅的優點，而且存有西崑的長處。在政治上，王安石是過渡時期，在文學上，他也扮演同樣的角色，他是「西崑一脈到江西」的中間人物，具有承先啟後之功。參見拙文〈宋詩的特質及其發展〉，《復興崗學報》35 期（1986 年 6 月），頁 498。

[7] 方回評陳與義〈清明〉詩云：「嗚呼！古今詩人當以老杜、山谷、后山、簡齋四家為一祖三宗，餘可預配饗者有幾焉。」見〔元〕方回選評、李慶甲集評校點：《瀛奎律髓彙評》（上海：上海古籍出版社，1986 年 4 月），頁 1149。

[8] 方回評范成大〈鄂州南樓〉詩云：「乾淳間詩巨擘稱尤、楊、范、陸，謂遂初、誠齋、放翁及公也。」見同前註，頁 43。

詩名家，但他的詩常寓議論於寫景，富有哲理，為道學詩人之佼佼者。所以各版本從這些作家挑選作品，可說是非常恰當。

這些入選的作家從時代來看，北宋和南宋各半，而各版本也大致以南北宋詩人搭配的方式選詩，如南一版所選的四位詩人：王安石、蘇軾、陸游、朱熹，南北宋各半，可說相當均衡。唯一比較特別的是龍騰版，所選的三位詩人：王安石、蘇軾、黃庭堅，全都是北宋，竟然沒有一位南宋詩人，實在令人納悶。

3. 就入選的作品而言

宋詩在形式上的特色，日人吉川幸次郎《宋詩概說》指出：「宋詩完全繼承了唐詩，所以只有古詩、律詩、絕句三種形式，別無新樣，而且，由於宋人喜歡敘述和說理，他們往往有意迴避格律嚴整的律詩絕句，或甚至於有愛用韻律比較自由的古詩的傾向。」[9]所以在〈宋詩選〉中如果能安排古體詩，對學生認識宋詩應該是很好的引導。我們觀察南一版、康熙版所選的王安石七言古詩〈明妃曲之一〉，確實比較能凸顯宋詩的形式特色。

另外宋詩的內容喜歡詠物說理，朱熹〈觀書有感之一〉透過「半畝方塘」的描寫，說明方塘要「活水」才能清澈明亮，從中暗喻人要不斷讀書，吸收新知，才能永保一顆澄澈清明之心，給讀者以豐富的哲理啟迪。正好能反映宋詩詠物說理的特色，所以它受到正中等四個版本青睞，並不是沒有原因的。

江西詩派也是宋詩的重要特色，其宗主黃庭堅所創的「以拗入律」、「點鐵成金」、「奪胎換骨」等技法[10]，影響後世極為深遠。黃庭堅這首〈寄黃幾復〉除了感情豐富之外，在形式技巧上也能凸顯江西詩派的特

9　〔日〕吉川幸次郎著、鄭清茂譯：《宋詩概說》（臺北：聯經出版事業公司，1977年4月），頁50。

10　〔宋〕惠洪：《冷齋夜話》云：「山谷言詩意無窮，而人才有限，以有限之才，追無窮之意，雖淵明、少陵不得工也。不易其意而造其語，謂之換骨法。規摹其意形容之，謂之奪胎法。」見〔宋〕胡仔：《苕溪漁隱叢話》（臺北：長安出版社，1978年12月），前集，卷35，頁235。

色，因此獲得三民、康熙、龍騰等三家版本一致肯定，可謂實至名歸。

宋南渡之後許多詩人對國事都相當關心，想要為國殺敵，恢復中原，陸游是箇中翹楚，他的這首〈書憤〉，展現憂時報國的情操，頗具代表性，因此有三民等四家版本選它。

以上四首是各家較有共識的作品，其他雖然都僅有一個版本採用，但除了各家有自己的安排考量之外，大都也還能凸顯宋詩的特色，如王安石〈泊船瓜州〉一詩，龍騰版以其「造語自然平淡，卻深蘊波瀾曲折的情思變化。」（冊4，頁250）所以選它，而自然平淡正是宋詩的好處。又如蘇軾〈紅梅〉一詩，南一版以其「體物得神，小中見大，寄託高遠，是一首美妙的咏物詩。」（冊4，頁190）所以入選，而宋人喜歡咏物，確實是應該介紹給學生了解的特色。

（三）詞選

課程標準規定高三上學期必須有「詞選一篇」，各版本都遵照規定，在第五冊編有〈詞選〉一課，以下將各版本所選的詞家、詞作列表如下：

版本＼課別＼作品	三民	正中	南一	康熙（大同）	龍騰	翰林	合計
1. 李煜〈虞美人〉（春花秋月何時了）（小令）[11]				詞選			1
2. 李煜〈浪淘沙〉（簾外雨潺潺）（小令）	詞選					詞選	2
3. 柳永〈雨霖鈴〉（寒蟬淒切）（長調）					詞選		1
4. 蘇軾〈定風波〉（莫聽穿林打葉聲）（小令）		宋詞選					1

---

[11] 此表小令、長調之區別，係根據鄭騫先生〈再論詞調〉一文的劃分：「大概七八十字以下即是小令，八九十字以上即是長調。」見《從詩到曲》（臺北：中國文化雜誌社，1971年3月），頁96。日人村上哲見在統計比較晏殊、歐陽修、張先、柳永所用的詞調時，也同樣以「八十字以上為長調」作標準。見《宋詞研究——唐五代北宋篇》（東京：創文社，1976年3月），頁199-204。

5. 蘇軾〈水調歌頭〉（明月幾時有）（長調）			詞選			1
6. 蘇軾〈念奴嬌〉（大江東去）（長調）			詞選		詞選	詞選	3
7. 李清照〈一剪梅〉（紅藕香殘玉簟秋）（小令）	詞選		詞選			2
8. 李清照〈武陵春〉（風住塵香花已盡）（小令）		宋詞選				1
9. 李清照〈聲聲慢〉（尋尋覓覓）（長調）			詞選			1
10. 辛棄疾〈醜奴兒〉（少年不識愁滋味）（小令）			詞選		詞選	2
11. 辛棄疾〈破陣子〉（醉裡挑燈看劍）（小令）	詞選					1
12. 辛棄疾〈賀新郎〉（甚矣吾衰矣）（長調）		宋詞選				1
合計	3	3	3	3	2	3

根據上表所列，以下從選詞的數量、入選的作者、入選的作品等方面，來探究各版本對唐宋詞的選材情形：

1. 就選詞的數量而言

各版本所編〈詞選〉一課，除了龍騰版只選兩首數量較少外，其餘五家則步調一致，全部都是三首，可見各家版本選詞的數量並無太大差異。

2. 就入選的作者而言

上表所列入選的唐宋詞作者可說都是具有代表性的大家，如南唐後主李煜「變伶工之詞而為士大夫之詞」[12]，提升了詞的境界。柳永大量製作長調，在形式上使詞體發展。[13] 蘇軾擴充詞的題材，在內容上使詞體發展[14]，為北宋豪放派詞人的代表。李清照為中國最著名的女詞人，亦是婉約詞的大家。辛棄疾以他特有的動盪身世與強烈的愛國熱情，繼續發展

---

[12] 王國維：《人間詞話》（臺北：河洛圖書出版社，1975 年 10 月），頁 197。
[13] 鄭騫：〈柳永蘇軾與詞的發展〉，見同注 11，頁 118。
[14] 同前注。

蘇軾豪放詞風，兩人合稱「蘇辛」。所以各版本從這些作家挑選作品，洵屬得當。除了上述入選的作家之外，唐宋詞家中仍然有其他可供選擇，如晚唐「花間鼻祖」溫庭筠、北宋情韻兼勝的詞人秦觀、集婉約派大成的周邦彥、及南宋清空騷雅的詞人姜夔等，在詞史上也都有其地位。

從各版本入選作家的時代安排來看，三民、康熙、翰林等三家考量晚唐五代為詞的興起時期，所以都選了李煜作為代表。其他三個版本就都只選了宋代詞家，所以正中版便乾脆將課程標準所規範的「詞選」名稱改為〈宋詞選〉，這樣倒是更加貼近選材內容。另外單就宋代詞家而言，各版本大都會考量南北宋的搭配，所以選了蘇軾之後，也選了李清照或辛棄疾；唯一與各家不同的是龍騰本，所選的兩位詞人──柳永、蘇軾，都屬北宋，如果按照正中版的課名，恐怕改為〈北宋詞選〉較為貼切。

國文教材過去常受到社會的批評，就是對女性作家不夠尊重，但是中國傳統文學傑出的女性作家本來就不多，在選材時確實有其困難之處。很難得的在詞壇上出現了一個李清照，她的文學成就與男性作家相比絕不遜色，因此詞選挑選作家時，無論出於文學成就或性別考量，都不能缺少李清照，但龍騰版和翰林版卻讓她缺席了，尤其翰林版宋詞只選「蘇辛」，陽剛氣也未免太重了。

3. 就入選的作品而言

詞在形式上，一般按其篇幅長短分為小令和長調，教科書選材必須兼顧教學時數，往往也要考慮作品的長短，因此各家大多以小令和長調搭配，如正中、康熙、翰林等三家都以兩首小令搭配一首長調，這樣不但反映詞人創作的比例，也比較符合教學時數的需求。南一版以一首小令搭配兩首長調，教學負擔恐怕稍重一點。而比較特別的是三民版和龍騰版，三民版所選三首都是小令，沒有一首長調；龍騰版則剛好相反，所選的兩首都是長調，沒有一首小令，這樣的安排對學生認識詞體實在不太妥當。

各家所選的作品，除了蘇軾〈念奴嬌〉（大江東去）共識較高，有三個版本選之外，其餘雖然共識不高，但也都是具有代表性的作品，如康熙版選的李煜〈虞美人〉（春花秋月何時了），及三民、翰林兩家選的李煜〈浪淘沙〉（簾外雨潺潺），都是後主亡國之後以血淚寫成的名作，值得讓學生研讀。龍騰版選的柳永〈雨霖鈴〉（寒蟬淒切），柳詞本以羈旅行役為後世所稱，而此首更是其中佼佼者，入選乃理所當然。蘇軾〈定風波〉（莫聽穿林打葉聲）及〈水調歌頭〉（明月幾時有），一為小令，一為長調，都能表現東坡處在逆境中的曠達胸襟，為歷來選家所青睞，正中與康熙版各選其一給高中生閱讀相當合適。李清照入選的作品有〈一剪梅〉（紅藕香殘玉簟秋）、〈武陵春〉（風住塵香花已盡）及〈聲聲慢〉（尋尋覓覓）等三首，〈一剪梅〉為李清照早期寫與丈夫離別的閨情相思之作，〈武陵春〉、〈聲聲慢〉則是後期寫丈夫過世的孤苦哀愁，都相當感人，三民等四個版本各選其一值得肯定。辛棄疾也有〈醜奴兒〉（少年不識愁滋味）、〈破陣子〉（醉裡挑燈看劍）、〈賀新郎〉（甚矣吾衰矣）等三首入選，這三首詞都表現出作者懷才不遇、有志難伸之悲憤，具有代表性，但〈醜奴兒〉文字稍淺，恐怕給國中生閱讀較為適合。

三、作品解讀

　　教科書選材確定之後，編纂者必須幫忙解讀，讓學生容易了解。84年〈高級中學國文課程標準〉在「教材綱要・教材編選之要領」中規定：「每課範文宜附有題解、作者、注釋、賞析、問題討論等項。」（頁38）規定項目中的「題解」、「注釋」、「賞析」都和作品解讀有關，以下則由這三項探究各版本對唐宋詩詞的解讀狀況。

（一）題解

　　題解，顧名思義，是在解說題意，但「題意」卻有兩種意涵，一是作品題目之意，一是作品主題之意。而要解讀作品主題之意時，也往往牽涉到作品的創作背景，因此課程標準在「實施方法・教材編選之要

領」中規定:「題解宜包括文體、主旨、寫作背景之剖析。」(頁47)由於各家選材有很大的差異,以下以共識最高的白居易〈琵琶行并序〉為例,探討各家在「題解」的處理情形。

1. 解說作品的題目之意

各版本都有就〈琵琶行〉中的「琵琶」及「行」作解說,只是在詳簡的拿捏上有所差別。最簡單的莫過於翰林版:「琵琶,樂器名。行、引,為樂府詩的一體。」(冊3,頁52)南一版也差不多,三民版則增加對琵琶由來的說明:「琵琶,樂器名,來自胡中,漢時已流傳中國。」(冊3,頁87)龍騰版另加琵琶的絃數:「琵琶,樂器名,四絃,傳自胡地。」(冊2,頁103)而最詳細的是康熙版:

> 琵琶,樂器名,以桐木製成,下圓上彎,唐代琵琶有四絃或五絃,後世亦偶有作六絃者,今琵琶則以四絃為主。行,樂府詩的一體,如漢樂府有〈長歌行〉、〈飲馬長城窟行〉(飲,音一ㄣˋ)等。(冊2,頁60)

將琵琶的材料、形狀及演變都有介紹;也舉漢樂府詩的篇名為例來說明「行」這種樂府詩體。

2. 解說作品的創作背景

有關〈琵琶行〉的創作背景,仍然以翰林版和南一版最簡單,都只說明白居易被貶江州司馬及作詩的時間,如南一版寫道:「唐憲宗元和十年(西元815年),白居易被貶為江州司馬。第二年秋天,寫作此詩。」(冊3,頁90)龍騰版增加被貶的原因:「因政敵讒毀而貶任江州司馬。」(冊2,頁103)三民版則將觸犯當道的過程寫出:「唐憲宗元和十年(西元815年),宰相武元衡遇刺,白居易以太子屬官而越職上書論政,並請求緝兇,因而觸怒了當道,被貶為江州司馬。」(冊3,頁87)康熙版不僅說明觸犯當道的過程,而且將被誣陷的情況一一道出:

> 唐憲宗元和十年(西元815),宰相遭政敵派人行刺致死,白

居易基於義憤，上疏急請捕賊，因而得罪權貴，被指越權；同時又遭人誣陷，謂其母看花墮井而死，他卻作〈賞花〉及〈新井〉詩，有傷名教；故被貶為江州司馬。（冊2，頁60）

透過如此詳盡的背景解說，學生當可更了解白居易被貶的心境，及創作此詩的原因了。

3. 解說作品主題之意

各版本解說〈琵琶行〉的主題，大致都相同，如三民版解道：「借琵琶女淪落天涯的遭遇，抒發自己遷謫不遇的苦悶；既憐人又自憐，極其真摯感人。」（冊3，頁87）南一版寫道：「詩中藉琵琶女遭遇的不幸，抒發詩人天涯淪落的感慨。」（冊3，頁90）龍騰版也寫道：「以己身與琵琶女相互映襯，相互寓托，寫盡天涯淪落之情。」（冊2，頁103）文字表達雖有所不同，但對主題的認定並沒有任何出入。

以上藉著〈琵琶行〉一詩為例，比較各版本「題解」詳簡之異同。本文限於篇幅，無法將其他詩詞的「題解」逐一討論，以下僅就各版本為唐宋詩詞解題時的某些缺失，指出以供參考：

1. 將作品的內容放在題解中闡述

「題解」應該僅在解題，旨在幫助讀者了解題目之意，或者掌握作品的主題。但有的編者迫不及待，在題解中就先闡述作品的內容，如翰林版編選崔顥〈黃鶴樓〉的「題解」寫道：

> 詩的前兩聯寫黃鶴樓的由來，從神話傳說寫到現實感受。鶴去樓空，白雲悠悠，不僅反映了黃鶴樓的古今變化，也表現了詩人登樓時的寂寞之感。後兩聯寫登樓所見景色，以漢陽樹木、鸚鵡洲芳草、江上煙波等寥闊空曠的景色，寄寓遊子思鄉的愁情。（冊3，頁192）

試想學生都還沒閱讀〈黃鶴樓〉詩的內容，在「題解」就先告訴他們前兩聯寫什麼，後兩聯寫什麼，這樣前後順序顛倒，未免讓學生滿頭霧水了。翰林版編寫杜牧〈山行〉「題解」（冊3，頁187）也犯這種毛病，幸

好其他各版本都沒有這種寫法,翰林版第四冊〈宋詩選〉所選三首詩的「題解」也沒有再犯。但第五冊〈詞選〉三首之一的李煜〈浪淘沙〉,「題解」仍然分上下片闡述內容大意,也是不妥當的。

2. 將作品的寫作技巧放在題解中分析

與上一點缺失相同,讀者尚未閱讀作品,但編者卻急於推銷這首作品有哪些寫作技巧,如翰林版編選崔顥〈黃鶴樓〉的「題解」寫道:

> 全詩熔神話與現實於一爐,古今、虛實、遠近、情景巧妙結合,創造了蒼茫壯闊的意境。(冊3,頁192)

南一版編選李白〈送友人〉的「題解」也寫道:

> 其中「浮雲遊子意」一聯,情景交融,對仗自然。(冊3,頁204)

以上這些寫作技巧,應該在學生讀完作品之後,再來告訴他們,所以放在「賞析」項中較為妥當。

(二)注釋

注釋是針對課文中的生難字詞、典故、或難懂的句子,給予解釋,以幫助學生了解文意。課程標準在「實施方法・教材編選之要領」中規定:「注釋以語體文為原則,其有引用成語典故而文字深奧者,應再加說明,或酌予語譯,俾學生易於了解。引用他書文字,應顧及文意之完整,不可斷章取義。」(頁47)各版本為唐宋詩詞作注釋時,考量學生理解的程度有所出入,所以便有詳簡的差異。以下舉〈宋詩選〉共識較多的朱熹〈觀書有感之一〉為例,來探討各家注釋的差異性:

1. 半畝方塘一鑑開

康熙版先解釋全句:「只有半畝大小的方形池塘,像一面剛從鏡匣中打開的鏡子,非常明亮。」接著再解釋單字:「鑑,鏡子。」(冊4,頁111)正中版分三個詞頭來做解釋:①方塘,約略方形的池塘。②鑑,鏡子。③開,打開。古人鏡子多置於鏡匣之中,或有鏡袱包裹,故用時須

打開。(冊4,頁183)南一版只有一個詞頭「一鑑開」,解釋道:「像打開的一面鏡子。鑑,鏡子。古人以銅為鏡,以巾包之,用時打開。」(冊4,頁198)翰林版則只解釋「鑑,鏡子。」(冊4,頁182)

2. 天光雲影共徘徊

　　康熙版解釋全句:「天光和雲影反映在池塘之中,慢慢地一起移動。」(冊4,頁111)翰林版也是解釋全句,但和康熙版有點出入:「指天光和雲影都倒映在方形的水塘中。」(冊4,頁182)似乎沒有將「徘徊」的動態表達出來。南一版則只針對「徘徊」作解釋,但它的解釋是:「此指盪漾之意。」(冊4,頁198)恐怕和「徘徊」的意境有點距離。正中版此句都沒有解釋。

3. 問渠那得清如許

　　康熙版先解釋全句:「問池塘怎能這樣清澈?」接著再解釋字詞:「渠,它,指方塘。那得,怎能。如許,如此、這樣。」(冊4,頁111)南一版分兩個詞頭解釋:①渠:它。此指方塘之水。②那得清如許:怎能這樣清澈。那得,那能、怎能。如許,如此。(冊4,頁198)正中版、翰林版都只解釋「渠」和「如許」,翰林版「渠」的解釋為:「它,指方塘。」和康熙版一致,但正中版的解釋為:「音ㄑㄩˊ,他。《集韻》:『佢,吳人呼彼稱。通作渠』」(冊4,頁183)雖然正中版引用《集韻》說明「渠」的原字,但原字如此罕見,對學生的學習並無幫助,既然已通作「渠」,直接解釋「渠」即可。而且這裡用「他」字來解釋「渠」,和我們平日的用字習慣不同,應該用「它」較為妥當。

4. 為有源頭活水來

　　康熙版和翰林版都注釋「為」和「活水」,兩個版本「為」的解釋都是:「音ㄨㄟˋ,因為。」這是考慮到學生有時會將「為」讀為「ㄨㄟˊ」,所以特別標出注音,並作解釋。「活水」,康熙版解釋是:「經常流動的水。」(冊4,頁111)翰林版解釋是:「有源頭常流動的水。」(冊4,頁182)南一版這句只注「活水」,解作「流動的水。」(冊4,

頁198）三個版本的意思差不多。正中版這句一個注也沒有。

　　從以上四個版本對同一首詩的注釋做比較，可以發現康熙版儘量力求詳細，其他三個版本則比較簡略。本文限於篇幅，無法將每首詩詞的「注釋」一一舉出討論，以下則指出各版本為唐宋詩詞注釋時的某些缺失，提供參考：

1. 注釋羅列太多與解讀作品無關的資料

　　注釋只在幫助學生了解作品，所以不能貪多務博，應該避免羅列與解讀作品無關的資料，如南一版〈詞選〉選了蘇軾〈念奴嬌〉（大江東去），編者為「赤壁」所作的注釋如下：

> 地名，有四，皆在今湖北省境內：（一）嘉魚縣東北，長江南岸，岡巒綿亙如垣，上鐫赤壁二字，三國時赤壁之戰所在地。（二）黃岡縣城外，長江北岸的赤鼻磯，為蘇軾所遊，並非三國時吳、蜀聯軍破曹軍之赤壁。（三）武昌縣東南，又名赤磯，或稱赤圻。（四）漢陽縣沌口之臨嶂山，其中烏林峰俗稱赤壁。（冊5，頁180）

編者相當用心，將四個「赤壁」地名都列出來，其實與解讀〈念奴嬌〉有關的，只要前面兩個解釋就夠了。如翰林版在〈題解〉解道：「赤壁，此指湖北省縣黃岡城外的赤鼻磯，非昔日孫、曹交戰之赤壁（今湖北省蒲圻縣）。」（冊5，頁158）這樣就簡明扼要多了。

　　又如正中版〈唐詩選〉選了白居易〈輕肥〉，編者為「鱠切天池鱗」句中的「天池」作注如下：

> 海。韓愈〈應科目時與人書〉：「天池之濱，大江之濆（ㄈㄣˊ）。」

其實學生只要了解「天池」就是海的意思也就夠了，編者引用韓愈〈應科目時與人書〉中的兩句並沒有多大意義。如果要注「天池」的出處，應該引《莊子・逍遙游》：「南冥者，天池也。」[15] 但這種資料放在教師

---

[15] 郭慶藩：《莊子集釋》（臺北：河洛圖書出版社，1974年3月），頁2。

手冊供老師參考即可,沒有必要出現課本中以增加學生負擔。教師手冊除了引《莊子・逍遙游》之外,還可引成玄英疏:「大海洪川,原夫造化,非人所作,故曰天池也。」[16]提供老師講解時參考。

2. 注釋臚列異文或異說

古典詩詞由於版本不同或傳刻錯誤,因此便常有異文的情況發生,教科書選文當然要重視版本,也要留意校勘,但在課本中只要呈現較正確或比較為學界所接受的文字即可,無須在注釋中臚列異文,讓學生無所適從。如翰林版〈詞選〉選了李煜〈浪淘沙〉(簾外雨潺潺),編者為「獨自莫憑欄」句中的「莫憑欄」作注如下:

不要倚欄遠眺。莫,一作「暮」。憑,音ㄆㄧㄥˊ,通「憑」。(冊5,頁156)

編者既然標注「莫」有異文作「暮」,但又沒有解釋「暮憑欄」的意思,這樣學生恐怕滿頭霧水。其實像這樣的異文,可以安排放在教師手冊,將異文的意思也做解釋,並說明課本之所以選擇用「莫」的原因,經過如此處理,老師講解時便可選擇是否要補充說明異文「暮」。但像翰林版在課本如此注法老師就非說明不可,而且翰林版在手冊中並沒有提供「暮憑欄」的相關資料,是不是給老師增加負擔與麻煩?翰林版另外在〈唐詩選〉注杜牧〈山行〉的「白雲生處」:「白雲湧生的地方。生,一作『深』。」(冊3,頁188)也是犯同樣的毛病。

與臚列異文相類似的就是臚列異說,詩詞中的字詞、甚或整句,有時會有不同的說法,編者應該為學生篩選較正確的說法,注釋中無須臚列異說。如翰林版在〈唐詩選〉為崔顥〈黃鶴樓〉「昔人已乘黃鶴去」的「昔人」作注:

前人,指傳說中的仙人。一說,費褘(音ㄧ)在此駕鶴登仙;一說,仙人子安乘鶴過此樓,因此得名。(冊3,頁193)

---

[16] 同前註,頁4。

既然哪一位仙人無法確定,課本就無須臚列各種不同說法,像南一版就只解釋:「昔人,指傳說中騎黃鶴的仙人。」(冊3,頁208)康熙版也是如此解釋,而將黃鶴樓名稱由來的各種傳說放在教師手冊(冊3,頁428),提供老師參考,這種作法應該比較妥當。

(三)賞析

以上所探討的「題解」、「注釋」兩項,都是過去統編本所原有的,而「賞析」這一項則是八十四年〈高級中學國文課程標準〉的新規定,所以各版本每課範文之後都附有「賞析」,唐宋詩詞的選文也不例外。課程標準在「實施方法·教材編選之要領」中規定:「賞析應深入剖析文章結構、段落大意、課文之優點與欣賞之門徑。」(頁47)觀察各版本的唐宋詩詞賞析,發現它們有相當大的差異,以下就舉〈宋詩選〉共識較高的陸游〈書憤〉為例,分從篇幅、內容兩方面來說明:

1. 篇幅

陸游〈書憤〉一詩,共有三民、正中、南一、翰林等四家版本選它,其中以正中版的賞析篇幅最長,共分五段,約有739字。最短的是三民版,分為四段,約僅有325字,兩家版本相差足足一倍以上。南一版和翰林版都分為三段,字數也很接近,南一版約361字,翰林版約371字。從這四家賞析的篇幅比較,正中版似乎太長了,恐怕會增加學生的閱讀負擔,南一版和翰林版則比較適中。

2. 內容

詩人從事創作時,一定有他的中心理念,也就是作品的命意所在,所以鑑賞詩詞,首先必須掌握它的主旨。各版本鑑賞陸游〈書憤〉一詩時,也大都能開門見山點出主旨,如翰林版第一段即寫道:

> 詩題為〈書憤〉,書壯志未酬身先老之憤,書山河淪落未收復之憤。是陸游憂國感時的名篇。(冊4,頁179)

南一版也點出:「愛國和忠憤,正是陸游詩中的靈魂和精髓。本詩為此

類詩的代表作,更是陸游七律中的名篇。」(冊4,頁195)三民版則先點出:「愛國是陸游生命的基調、寫作的動力。」結尾再總結:「陸游懷抱壯志未伸的悲憤,情感激烈。」(冊4,頁72、73)唯一沒有直接點出主旨的是正中版,或許編者認為「題解」中已有說明,為了避免重複,所以「賞析」就省略了。但一篇完整的賞析文章,主旨是不容缺少的,編者可以將「題解」和「賞析」的文字稍作調整,詳略容或有別,若完全省略則不太妥當。

詩詞都有固定的形式,其結構相當謹嚴,因此編者多半會根據結構來解說作品的意涵,如正中版首段就從結構下筆:

> 這首詩兼有追懷往事與瞻望將來的雙重情感,結構上,分得很清楚,前四句屬於前者,後四句屬於後者。然而,追憶與瞻望之間,情感轉折甚為自然,所以全詩仍緊密銜接,毫無割裂之病。(冊4,頁178)

接著就按首聯、頷聯、頸聯、尾聯的順序,分成四段來解說各聯的意涵。南一版在首段說明主旨之後,第二段接著也從結構切入,分析此詩的意涵:

> 七言律詩的寫作,大多暗合起、承、轉、合的設計,本詩也不例外。就結構來說,陸游書寫憤慨大抵分兩層:前四句撫今追昔,兩相對比,發現山河破碎依舊,早歲的豪情壯志全都枉然,這才體悟到世事的艱難。後四句借古諷今,敘寫期待落空,報國無門,既當不了「塞上長城」,卻又期待來日出孔明。
> (冊4,頁195-196)

翰林版的寫法也大抵如此。唯一不同的是三民版,它的賞析並不涉及結構,只是直接敘說詩意,如第二段所云:

> 年輕人總是熱情洋溢、充滿正義和使命感的;年輕的陸游更是如此。如今回想,那似乎太天真了,太不了解「世事艱」了。

正因為不知世事艱,所以豪氣如山,所以以「塞上長城」自我期許,立誓恢復中原。在夜雪紛紛的瓜洲渡口,那高大的樓船;在秋風瑟瑟的大散關上,那披甲的戰馬,都曾激起陸游的雄心。(冊4,頁72)

這一段是根據〈書憤〉前四句:「早歲那知世事艱,中原北望氣如山。樓船夜雪瓜洲渡,鐵馬秋風大散關。」來加以敘說,有一點像白話翻譯,雖然有助於學生了解詩意,但也僅限於如此,無法讓學生去關照詩歌的結構。

另外,詩詞是相當精煉的文學作品,它的寫作技巧也不容忽視,教材編者作賞析時,一般都會涉及。如南一版在賞析第二段說明此詩的意涵之後,接著就針對寫作技巧加以著墨:

全詩運用先揚後抑的手法,寫出深沉的嘆惋和無窮的抱負。「塞上長城」暗用典故,既總結前四句,又開啟後半篇。「樓船夜雪」一聯,全用名詞組成,故形象鮮明,意象具足,富於雄放豪邁的陽剛之美。(冊4,頁196)

翰林版除了在第二段解說此詩的意涵時,提到:「其中頷聯二句,全用名詞組成,以具體之景物,構成兩幅水上交戰、陸上進擊的出師圖,使人想見作者當年豪氣干雲的胸懷。」已將「二句全用名詞」的技巧和意涵合併說明,末段結尾又指出其他的寫作技巧:

本詩雖以〈書憤〉為題,詩中卻沒有出現一個「憤」字,然而壯志未酬的憤懣感慨,充溢全詩之中。整首詩對仗工整,又以壯歲豪氣如山與暮年長城空自許作對比,使人感受到情感跌宕、悲壯雄渾的氣勢。(冊4,頁179)

正中版也將寫作技巧和解說意涵一併說明,如第三段解說頷聯「樓船夜雪瓜洲渡,鐵馬秋風大散關」時,最後提到:

兩句中的「夜雪」、「秋風」,渲染出軍事行動的艱辛,也襯托

出「樓船」、「鐵馬」的壯盛軍容，透顯著一股大無畏的豪壯之氣。（冊4，頁178）

但它並不像南一版或翰林版對寫作技巧有比較完整的歸納。而三民版此詩的賞析不但沒有論及結構，連寫作技巧也都付之闕如，這可說是一項缺憾。

從以上四個版本對同一首詩的賞析做比較，可以發現正中版雖然篇幅最多，但其內容缺少主旨，寫作技巧分析也不夠完整。三民版篇幅最短，只是像翻譯般將詩意敘說一遍而已。南一和翰林版的篇幅較適中，賞析的內容也比較週到。本文限於篇幅，無法將其他詩詞的「賞析」逐一討論，以下則僅就各版本賞析唐宋詩詞時的某些缺失，提出以供參考：

1. 賞析文字偶有艱澀難懂之處

賞析的目的是幫助學生深入理解作品，文字應力求淺顯易懂，如果遣詞用字過於艱澀，學生畏懼閱讀，則喪失賞析的功能。各版本大致都能掌握深入淺出的原則，只是偶而還是有一些超越高中生程度的用語，如三民版〈唐詩選〉賞析薛濤〈籌邊樓〉云：「首句以登上此樓所見的景色，襯托出此樓的高聳軒朗」，賞析李商隱〈無題〉云：「只聞麝香餘息，隱約飄送」（冊3，頁151）；正中版〈宋詩選〉賞析朱熹〈觀書有感二首〉云：「若是有深厚的學思經驗，潛心靜慮，優遊饜飫，積累了足夠的道理，有自得之妙」（冊4，頁184~185）；龍騰版〈宋詩選〉賞析黃庭堅〈寄黃幾復〉詩云：「作者遣詞造句一向注重來歷出處，又能自鑄偉詞，別創新意」（冊4，頁267），〈宋詞選〉賞析蘇軾〈念奴嬌〉云：「結句歸訖於江月，開闔有度，縮結合韻」（冊5，頁244）等，其中的「高聳軒朗」、「麝香餘息」、「優遊饜飫」、「自鑄偉詞」、「縮結合韻」等用語都偏於艱澀，應避免使用。

2. 引用妨礙閱讀，增加學生負擔

賞析為了增加說解的說服力，有時難免會引用別人的話作印證，但教材的賞析是幫助學生理解課文，太多或太難的引用，反而會妨礙學生

閱讀,增加學生的學習負擔。各版本賞析唐宋詩詞時大都以直接解說為原則,只是偶而也會出現一些不必要的引用,如三民版〈宋詩選〉賞析陸游〈書憤〉,便引用陸游的〈示兒〉詩說:

> 「王師北定中原日,家祭無忘告乃翁」(陸游〈示兒〉),這是陸游的悲憤。他竟在那「世事艱」的時代,齎志以終。(冊4,頁72)

編者引用〈示兒〉詩後兩句,就直接說「這是陸游的悲憤」,這其中的轉折恐怕不是學生所能理解的。南一版〈宋詩選〉賞析陸游此詩,為了說明「愛國和忠憤,正是陸游詩中的靈魂和精髓。」一開始也引用梁啟超的詩:

> 梁啟超〈讀陸放翁集〉稱:「辜負胸中十萬兵,百無聊賴以詩鳴。誰憐愛國千行淚,說到胡塵意不平。」(冊4,頁195)

這首詩固然不是很深,但對學生而言畢竟也不是那麼容易懂,其實這樣的引用大可省略,以免增加學生閱讀的障礙。

正中版〈宋詩選〉賞析朱熹〈觀書有感二首〉,則企圖引用朱熹的言論來闡發詩意:

> 那麼,朱熹這兩首詩,究竟比擬了有關讀書的那一方面呢?我們從朱熹的其他文章、言論中,知道他非常強調「讀書須是心虛一而靜,方看得道理出」。也許專一、虛心、不毛躁,便是他所說的那「源頭活水」吧?……他又說:「讀書須是以自家之心體驗聖人之心,少間體驗得熟,自家之心便是聖人之心。」而體驗得熟,必須靠積久而至的工夫。(冊4,頁184)

編者的用心固然值得肯定,但引用朱熹這兩段話不但沒有將詩意闡明,反而讓讀者更加迷糊,如「源頭活水」本來是指從書本上所獲得的新知,但編者卻引用朱熹的話說成是「專一、虛心、不毛躁」,這應不是詩的本

意。後又引用朱熹的話說明「體驗得熟,必須靠積久而至的工夫」,其實這也是多餘的。

四、基本知識介紹

　　課程標準規定配置〈唐詩選〉、〈宋詩選〉、〈詞選〉的目的,除了讓學生閱讀唐宋詩詞作品之外,同時也要讓學生獲得唐宋詩詞的基本知識,課程標準在「教學方法及過程」中規定,老師講讀範文時要注意「文章體裁及作法」、「文學作品之流派、風格及其價值」(頁49),因此各版本編纂唐宋詞教材時,大都在課文之前對詩詞體製及流變做簡單的介紹,以方便老師講解。另外,在作者介紹中,也都會涉及這些詩詞名家在文學史上的流派、風格及其成就。因此,以下從詩詞體製、作者這兩方面,來探究各版本對唐宋詩詞基本知識的介紹情形。

(一) 詩詞體製介紹

　　觀察各版本的〈唐詩選〉,只有三民版、正中版缺少唐詩體製之介紹,其他南一等四個版本或詳或略都有著墨;〈宋詩選〉的情況也是如此;但〈詞選〉這課,三民版和正中版則將詞的體製放在「題解」中介紹、南一等四個版本仍然在作品之前就先介紹。以下就以〈詞選〉為例,探究各版本對詞體基本知識的介紹情形。

1. 起源

　　各版本介紹詞體時,都涉及詞的起源,但說法稍有差異。三民等四個版本較強調詞的起源在於配樂,三民版云:

> 詞是韻文的一種,……最早本是為配樂歌唱而寫的歌詞,所以也稱曲子詞、樂府;與唐人近體詩有相當的淵源關係,又稱詩餘;同時因為句式長短不一,又稱長短句。(冊5,頁160)

正中版的介紹和三民版相似;康熙版更明確說明詞體是從配樂歌詞轉為詩歌體裁:

詞，興起於唐代，原本是配合當時流行音樂的歌詞，稱為「曲子詞」，傳唱於民間。後來由於文人的喜愛與參與，重視詞的文學性，才成為一種獨立具有特殊形式的詩歌體裁。（冊5，頁206）

龍騰版的介紹也和康熙版類似。但翰林版則強調詞是由詩演化而來：

詞，又名「詩餘」，實由詩演化而來。詩的創作至中、晚唐，無論古體、近體，都已發展至極，於是有一新形式的詩歌出現，那就是將整齊的句法變為長短句的「詞」。詞中雖仍有五言、七言句；甚至有五言八句、七言八句的詞調，與律詩的形式相似，但仍是極少數，而且僅限於小令。（冊5，頁206）

翰林版這種「詩餘」說，雖有所本，一些文學史也常如此介紹，但這種說法並不被詞學界所接受[17]，其實翰林版第二段接著說：「詞，實際就是唱詞，是專為伴樂歌唱而作。」這和前面的「詩餘」說就自相矛盾。南一版的介紹雖然也強調詞的音樂性，說詞是「接受外來音樂影響」、「始稱『曲子詞』」，但它推其源頭是「傳承漢魏樂府遺風」，似乎是遠了一些。

2. 體製

各版本介紹詞的體製時，都不外乎說明詞牌，及每個詞牌都有固定的格式，如三民版云：

詞有詞調，也稱詞牌，即填詞時所依據的樂譜。每一詞調的音律節拍，包括片（闋）數、句數、字數、平仄、用韻等方面，都有一定的格式。（冊5，頁206）

各版本的介紹也大致如此。只是有的版本則更進一步介紹詞牌的分類，如龍騰版云：

---

[17] 如〔清〕汪森《詞綜序》說：「古詩之於樂府，近體之於詞，分鑣並騁，非有先後，謂詩降為詞，以詞為詩之餘，殆非通論矣。」見〔清〕朱彝尊：《詞綜》（臺北：世界書局，1980年5月），頁1。

> 結構上，除單調小令外，多為雙調，由上下兩片組成，詞之上
> 一片與下一片之間的過渡，稱「過片」。過片之詞意須與上一片
> 銜接貫穿，不能割裂隔絕。慢詞則多至三疊、四疊。(冊 5，頁
> 233)

這是從樂曲的分段而言，詞牌可分為單調、雙調、三疊、四疊等四種。正中版除了介紹這種分類外，又介紹字數的分類：

> 前人依據字數多寡，將詞區分為小令（五十八字以內）、中調
> （五十九字至九十字）、長調（九十一字以上）三種。(冊 5，
> 頁 183)

但這種分類頗有爭議，根據詞調的長短來分類，始於明顧從敬重刻《草堂詩餘》，他把詞分為小令、中調、長調三類，並以此給《草堂詩餘》分卷。清毛先舒《填詞名解》更進一步予以界說，認為：「凡填詞五十八字以內為小令，自五十九字始至九十字止為中調，九十一字以外者俱長調也。此古人定例也。」[18]但這種說法過於拘泥，所以清萬樹《詞律・發凡》說：「所謂定例，有何所據？若以少一字為短，多一字為長，必無是理；如〈七娘子〉有五十八字者，有六十字者，將名之曰小令乎？抑中調乎？如〈雪獅兒〉有八十九字者，有九十二字者，將名之曰中調乎？抑長調乎？」[19]因此教材對於這種有爭議的分類法，最好避免介紹，以免徒增困擾。

3. 發展

有關詞體的發展，各版本大都以「興起於唐，發展於五代，盛行於宋」一筆帶過，只有康熙版有較詳細的介紹：

> 詞從民間孕育產生之後，中唐就有文人嘗試填詞，晚唐五代，
> 詞家漸多，不過大都以寫艷情為主，如溫庭筠就是例子。南唐

---

[18] 〔清〕查培繼輯：《詞學全書》(臺北：廣文書局，1971 年 4 月)，頁 29。
[19] 〔清〕萬樹：《詞律》(臺北：廣文書局，1971 年 9 月)，頁 1。

後主李煜以亡國之君填詞,寫身世家國之感,提升了詞的境界。到了宋代,填詞風氣更加興盛,名家輩出,如北宋柳永,大量製作長調,他在形式上使詞體發展,與後來的蘇軾擴充詞的題材,在內容上使詞體發展,有同樣的貢獻。蘇軾重視詞的內容,比較不重視格律,後人將他視為「豪放派」;南宋辛棄疾也是承繼這條路線,兩人合稱「蘇辛」。與蘇軾相對的,精於審音創調、謀篇鍛字的周邦彥,則被視為「婉約派」。南宋姜夔也是承繼這條路線,兩人合稱「周姜」。南、北宋之交的李清照,作品感人至深,更是歷史上最知名的女詞人。因此,詞被後世視為宋代文學的代表,與漢賦、唐詩、元曲並稱為中國四大韻文。(冊5,頁206)

這一段文字將詞體的演變過程及重要詞家都概括了,對增進學生的詞史知識應該有所幫助。

(二)作者介紹

課程標準規定每課範文宜附有「作者」一項,並提示編寫之要領:「作者介紹宜力求翔實深刻,與選文之背景密切配合。」(頁47)因此各版本所選的唐宋詩詞作家,都有翔實的介紹。以下就以各版本〈詞選〉幾乎都有選的大家蘇軾為例(三民版雖沒有選蘇詞,但在第三冊選了蘇軾的〈赤壁賦〉,本文就將此課作者納入討論),探究各版本對蘇軾的介紹情形。

1. 基本資料

各版本介紹作者時,首先都會列出作者的字號、籍貫、生卒年、歲數等基本資料,如三民版介紹蘇軾的第一段:

蘇軾,字子瞻,號東坡居士,宋眉州眉山(今四川省眉山縣)人。生於仁宗景祐三年(西元1026),卒於徽宗建中靖國元年(西元1101),享年六十六。(冊3,頁98)

其他五家版本除了「享年六十六」都不加「享」字外,這些資本資料的羅列都相當一致。

2. 經歷

蘇軾一生的經歷非常豐富,在課本有限的篇幅中只能擇要介紹,各版本的介紹重點約有以下幾個方面:

(1) 資質及啟蒙教育:南一及龍騰版只提到蘇軾「稟性聰慧」、「幼知向學」或「博通經史」而已,三民、正中、康熙及翰林版都提到「幼時由母視程氏親自教他讀書」這件事,蘇軾受母教影響頗深,應該值得一提。

(2) 科名:各版本都提到蘇軾「二十二歲中進士」之事,表示他的才華傑出。南一、龍騰版又特別提到「時主考官歐陽脩歎賞其才,曾云:『吾當避此人出一頭地。』」更能加深讀者對這位才士的印象。

(3) 仕途:蘇軾的仕途極為坎坷,但各版本的處理方式不太一樣,有的版本只是三言兩語帶過,如三民版的介紹:「官至禮部尚書;其間因新舊黨爭,屢遭貶謫。」(冊3,頁98)有的版本則詳述其仕宦過程,如正中版:

> 神宗熙寧四年(西元1071年),上書議論新法,與王安石政見不合,乃自請外放,通判杭州。歷官密州(今山東諸城縣)、徐州(今江蘇徐州市)、湖州(今浙江吳興縣),又因所作詩,被指譏刺朝政,貶為黃州(今湖北黃崗縣)團練副使。哲宗元祐元年(西元1086年),因廢行新法,才奉召回京。累官至翰林學士,知制誥。四年(西元1089年),出知杭州,建西湖長堤(世稱蘇堤,蘇堤春曉為西湖十景之一)。哲宗紹聖初,新黨得勢,復遭排擠,出知定州(今甘肅平羅縣),再貶惠州(今廣東惠陽縣)。四年(西元1097年),更貶至儋州(今海南島儋縣)。徽宗建中靖國元年,遇赦北還,途中病卒於常州(今江蘇武進市),諡文忠。(冊5,頁184-185)

南一、康熙、翰林等三個版本也大致如此介紹。比較特別的是龍騰版，它除了詳述仕宦過程外，另在貶為黃州團練副使之後，加入這樣一段的評論：

> 黃州五年，使軾之人格、風格俱臻成熟：於生命境遇，能超脫現實悲苦；於作品格調，能形成高曠飄逸之風，其最膾炙人口之佳作，如前、後〈赤壁賦〉、〈念奴嬌〉（赤壁懷古）等均作於此期間。（冊5，頁241）

按照各版本的編纂體例，這一段文風的形成和創作成就，應放在最後一段介紹，龍騰版對陶淵明、李白、歐陽脩等作者的介紹，也都沒有類似寫法，這算是特例。

3. 文學成就

蘇軾創作是多面向的，各類文體都擅長，他的古文、賦、詩、詞都一再被選入教材中，雖然各版本對他的文學成就都有介紹，但詳略差異相當大。最簡略的是翰林版，它的介紹如下：

> 蘇軾一生宦途坎坷，然而在文學藝術上卻成就非凡。其文汪洋宏肆，尤長於說理，策論議辯均所擅長，詩詞、書畫造詣亦高。與父洵、弟轍，並稱「三蘇」，同列唐、宋古文八大家。著有《東坡全集》等書。（冊5，頁159）

這一段很明顯的著重蘇軾在古文的成就，詩詞就只一筆帶過。正中版雖然比翰林版稍詳，但詩詞成就並沒有多加著墨。其他三民等四個版本就比較詳細，如龍騰版的介紹：

> 蘇軾豪邁曠達，天才傑出，於文學有多方面之成就：其詩氣象宏闊，意極超妙，為宋詩開闢新境界；其文馳騁多變，汪洋恣肆，為宋文展現新風貌；其詞於婉約豔情之外，別開高曠與韶秀之格調，影響俱極深遠。著有《東坡全集》。（冊5，頁159）

雖然篇幅和翰林差不多，但詩詞的成就也都能兼顧。而最詳細的是康熙版，它的介紹如下：

> 軾思想恢弘，才氣橫溢，嘗自謂：「作文如行雲流水，初無定質，但常行於所當行，止於所不可不止。」為唐宋古文八大家之一，文筆雄深雅健，與父洵、弟轍並稱「三蘇」，其策論之作，受《孟子》、《戰國策》影響，筆勢縱橫，雄辯滔滔，深受士子重視，以為應制的範文；他的詩題材廣泛，內容豐富；他的詞擴大了意境，突破音律的限制，注入雄健清剛之氣，後人視他為豪放派大家；他也擅長書、畫，都具有特殊風格。著有《東坡全集》等書。（冊 5，頁 213）

這一段文字開始就引用蘇軾的名言，以凸顯他追求自然、不受形式束縛的文藝思想。接著介紹他的古文成就，而且特別提到他的策論，因為各版本不是選他的〈留侯論〉（三民等五個版本選）、就是選〈教戰守策〉（康熙版選），這樣的介紹正好和選文相呼應。另外對蘇軾的詩詞特色也一一說明，最後才順便點出他擅長書畫，如此的介紹，確實比較完整概括了蘇軾的文學成就。

五、評量及延伸學習

　　評量及延伸學習也是教學過程中的重要一環，在課程標準中規定每課範文宜附有「問題討論」一項，透過問題討論可以了解學生對課文的學習狀況，算是評量的方式之一。另外，有的版本又加設有「應用練習」，這也是評量的另一種方式。老師講授範文之後，如能引導學生閱讀與範文相關的文章或書籍，將可擴充學生學習的廣度與深度，所以有的版本也有「課外閱讀」的設計。以下就從「問題討論」、「應用練習」及「課外閱讀」三項，探究各版本有關唐宋詩詞教材的評量及延伸學習情況。

（一）問題討論

各版本都遵照規定，附有「問題討論」，但所設計的題數卻有所出入，以〈唐詩選〉為例，三民等四個版本都是三題，康熙版比較多，有五題，翰林版的安排方式較特殊，它是在每一首詩之後附「問題討論」，而且每一首詩有兩題，它選了三首詩，所以共有六題，算是題數最多的。三民、正中、龍騰三個版本都選三首詩，每一個問題討論都針對一首詩，所以剛好三題。南一版共選了四首詩，它雖然只有三個問題討論，但它的第二題：「本課中四首律詩，你認為那些句子是佳句？原因何在？試加以分析。」（冊3，頁214）其實已經涵蓋了四首詩。康熙版也是選了四首詩，每一首都設計一個題目，最後再一題綜合題，所以共五題。可見各版本都有針對每一首詩來設計問題討論。

課程標準提示「問題討論」編寫之要領：「問題討論宜引導學生深入體會範文之旨趣，提升其思辨及表達之能力。」（頁48）以下就以〈唐詩選〉為例，探究各版本「問題討論」的設計是否與課程標準提示之要領符合。

各版本的〈唐詩選〉，共有南一、康熙、翰林等三家選了崔顥〈黃鶴樓〉，就先比較這三家對同一首詩所設計的題目有何不同。南一版並未單獨為此詩設計題目，只有上引的第二題與本詩有所關聯，題目是要學生指出四首律詩（當然包含〈黃鶴樓〉）中那些句子是佳句，並要說明原因。這樣的題目固然可以讓學生思考，怎樣的詩句才能獲得讀者的賞識，而且每人的欣賞角度也會有所不同，讓大家各自表達，這也是很好的訓練。其缺點是這樣的題目太過浮泛了，它涵蓋了四首詩三十二句，無法讓學生集中力量就〈黃鶴樓〉一詩作深入的討論。

康熙版共有兩題與〈黃鶴樓〉詩有關，第二題是完全針對〈黃鶴樓〉詩而設計的：

崔顥〈黃鶴樓〉一詩，前四句寫黃鶴樓的今昔變化，五、六句寫登樓所見景物，與結尾兩句所寫鄉愁有何關連？（冊3，頁226）

藉此可讓學生思考作者選材與題旨的關連，並從中了解此詩的結構及寫作技巧。第五題是綜合題，也與〈黃鶴樓〉詩有關：

請比較本課四首中所抒發的情感有何不同？你最欣賞那一首，為什麼？（冊3，頁226）

康熙版所選的四首詩，〈送杜少府之任蜀川〉是抒發與朋友離別之情，〈黃鶴樓〉是抒發遊子思鄉之情，〈月夜〉是抒發懷念妻子之情，〈賈生〉則是抒發懷才不遇之情；透過比較，可讓學生更深入去體會詩歌之旨趣，並且有一部分開放給學生說出自己喜歡的詩，學生可就內容、形式、寫作技巧、或個人感受方面自由發表意見，這樣的題目設計，確實對提升學生思辨及表達之能力是有所幫助的。

翰林版在〈黃鶴樓〉詩之後設計了兩個題目：

一、詩中前三句連用「黃鶴」，不合律詩的格律，但卻產生什麼樣的效果？
二、作者在具體描寫黃鶴樓眼前景物的部分裡，特別寫到鸚鵡洲，有沒有什麼用意？（冊3，頁195）

第一題是讓學生回答「類疊」修辭的效用，第二題是讓學生思考「鸚鵡洲」的典故與詩旨的聯繫，這樣的題目固然是針對〈黃鶴樓〉詩的特色而設計，可惜比較缺乏變化，能夠引起學生討論的空間實在有限，是其美中不足之處。

另外，龍騰版的問題討論前兩題是針對杜甫〈旅夜書懷〉、李商隱〈夜雨寄北〉而設計的：

一、杜甫如何透過前四句的寫景來表現孤獨感？
二、〈夜雨寄北〉一詩即景見情，情景交融，試與同學共同討論其文學筆法。（冊3，頁247）

情、景的密切關係固然是詩歌的重要特點，值得學生深入思考，但一課

三題中卻有兩題類似的問題,這樣的設計也未免太單調了。

正中版的問題討論就顯得較有變化:

一、請說明〈九月九日憶山東兄弟〉詩結構上的特色。

二、〈登高〉一詩很能呈現人站在高處的感覺,請就前四句,指明那些詞句是視覺、聽覺或觸覺的描寫。

三、〈輕肥〉一詩極有力量地諷刺與會的內臣,其諷諭的效果是如何達到的?(冊3,頁193)

第一題是讓學生討論詩的結構,第二題屬於「摹寫」修辭的辨識,第三題則與詩旨的呈現有關,這三題各有側重,也能啟發學生從多方面去分析詩歌的特色。

(二)應用練習

課程標準雖然有規定教學評量:「國文成績之評量,包括日常考查、平時練習、定期考試等方式,考查學生在範文學習、作文練習、課外閱讀、及書法練習等各方面學習進展之情況。」(頁52-53)但在教材編選要領所規定的項目中,僅有「問題討論」一項與評量有關,其他並無特別要求。各版本在市場的競爭下,紛紛另立與評量相關的項目,只有正中版仍然遵守課程標準規定的項目外,其他五種版本都有添加,所加的項目名稱雖有不同,其內容主要分為兩類:一是語文能力評量,一是寫作練習。以下就以〈宋詩選〉為例,考察各版本的設計情況。

1. 語文能力評量

三民版沒有這方面的題目設計,南一版的名稱為「語文認知能力」,其〈宋詩選〉共有三個題目,都是針對四首詩的認知而設計。如第一題是要學生在空格中填寫〈紅梅〉、〈書憤〉、〈觀書有感〉三首詩的「作者」、「詩類」、「詩體」、「題旨」。第二、三題也留空格要學生填寫,其題目如下:

〈明妃曲〉一詩中,那些詩句是運用側筆烘托的手法?蘇軾

〈紅梅〉以那些意象凸顯紅梅內在的神韻？

陸游〈書憤〉一詩以那些人物自我期許？朱熹〈觀書有感〉，看似寫景，其實主題何在？（冊4，頁200）

這些題目旨在評量學生對詩歌寫作手法及內容意涵的理解，但如果將它們安排在問題討論也相當合適，不一定要讓學生用筆填寫。

康熙版的名稱為「應用與練習」，其題目設計是根據範文所學的知識，加以延伸應用，如第一題是以範文〈明妃曲〉的句子：「淚溼春風鬢腳垂」，其中「春風」借代「美麗的臉龐」，透過這個例子，讓學生寫出下列引號內的詞彙所借代的意義：

1. 歸來卻怪「丹青手」
2. 好在「氈城」莫相憶
3.「鴻雁」幾時到（杜甫〈天末懷李白〉）
4. 過盡千「帆」皆不是（溫庭筠〈望江南〉）
5. 留取丹心照「汗青」（文天祥〈過零丁洋〉）（冊4，頁113-114）

前兩題是課內，為範文〈明妃曲〉的句子，後三題則延伸到課外，讓學生能將「借代」的知識應用到解讀其他的詩句上。又如第二題是以範文〈寄黃幾復〉中間兩聯用數目字相對：「一杯酒」對「十年燈」、「四立壁」對「三折肱」為例，舉出《唐詩三百首》中類似數目字對仗的上句，讓學生從選項中找出適當的對句，如舉出杜甫〈蜀相〉：「三顧頻煩天下計」，讓學生從選項中找出對句「兩朝開濟老臣心」。這種語文知識的應用與練習，對學生語文能力的培養是相當有幫助的。

龍騰版的名稱為「語文能力測驗」，它設計的題目有單選題、複選題及配合題，單複選有七題，配合題有八題，主要是在評量學生對範文的理解，如單選第二題：

黃庭堅作詩喜歡用典，下引文句盡出自〈寄黃幾復〉，請問所示典故出處，何者有誤？（A）「我居北海君南海」：莊子〈逍遙

遊〉(B)「寄雁傳書謝不能」:《漢書・蘇武傳》(C)「持家但有四立壁」:《史記・司馬相如傳》(D)「治病不蘄三折肱」:《左傳・定公傳》(冊4,頁269)

是針對範文〈寄黃幾復〉一詩而設計,旨在評量學生對典故出處的認知。也有一些從課文知識延伸的測驗題目,如複選第七題,從唐詩重情韻而宋詩重理趣的特質差異,讓學生分辨選項中的詩句何者是說理,何者是抒情,再挑出何者應該是宋詩的作品。雖然這些測驗題目可以很快評量學生的學習及應用狀況,但它和坊間參考書的題型太類似,使教科書與參考書的區隔變模糊了。

翰林版的名稱為「應用練習」,其題目設計是語文常識的應用,有的配合範文所學再延伸出來,如第一題是針對蘇軾〈和子由澠池懷舊〉而產生的「雪泥鴻爪」成語,因此設計如下的題目:

請在下列成語中,選出與人生或世事無常有關的成語,並將其代號填入括弧內。(A)雪泥鴻爪(B)冰消瓦解(C)白衣蒼狗(D)春樹暮雲(E)東海揚塵(F)滄海桑田。(冊4,頁184)

此題是測驗學生學了「雪泥鴻爪」之後,是否能夠將意義類似的成語連結起來,可以收到舉一反三的效果。第三題則是針對朱熹〈觀書有感之一〉而設計的題目,因此詩富有理趣,所以要學生將唐宋詩詞的句子所衍生的意義寫出來,這樣的題目實在太過艱深,如所舉的蘇軾〈定風波〉詞句:「莫聽穿林打葉聲,何妨吟嘯且徐行。」及〈卜算子〉詞句:「揀盡寒枝不肯棲,寂寞沙洲冷。」學生如果沒有讀過這兩首詞,如何寫得出來?更何況詞選是安排在第五冊,這樣的命題實非妥當。

2. 寫作練習

課程標準規定國文教學要有作文習作,有的版本就在教科書加入「寫作練習」一項,六個版本中,除了正中與翰林版無此項外,其他四個版

本都有，只是名稱稍有不同。觀察四個版本〈宋詩選〉所設計的「寫作練習」題目，南一版的名稱為「語文表達能力」，題數最多，共有三題。第一題是「閱讀作文」，要學生閱讀陸游〈書憤〉及杜甫〈蜀相〉二詩，然後從下列兩題擇一寫作：

（一）請從唐、宋時空中引出杜甫、陸游，針對當時的處境，讓兩人直抒胸臆，分別敘說他們兩人的抱負。每一則兩百字以內。

（二）請就杜甫、陸游二詩的感懷憂憤之情，發表你的評論。每則兩百字以內。題目：「滿襟熱淚豈英雄」、「北定中原夢耶非耶」。（冊4，頁201-202）

雖然陸游〈書憤〉及杜甫〈蜀相〉都是該版本所選的詩，〈蜀相〉在第三冊〈唐詩選〉，學生應不陌生，但在限定兩百字的短文中，要寫兩人的抱負或二詩的感懷憂憤之情，題目未免過大，其實只要以〈宋詩選〉剛教的〈書憤〉一詩也就夠學生發揮了。而且第二題既然要學生發表評論，但又規定兩個題目，豈不束縛學生揮灑的空間？這樣的設計是需要斟酌的。第二題為「意象經營」，配合該版本所選蘇軾〈紅梅〉一詩及龔自珍〈病梅館記〉一文，先說明兩篇作品是如何經營「梅花」意象，對學生頗有引導作用，接著要學生「仿照藉物寓情或寓理的手法，仍以『梅花』為象徵，寫一篇短文，字數三百字以內。題目自擬，如：『寒梅傲霜枝』、『最是孤瘦凌霜姿』、『山梅獨開春先到』、『村梅一枝獨繽紛』……。」（冊4，頁202）這是範文寫作技法的模仿練習，可增進學生寫作能力，題目自擬也能讓學生自由發揮，但例舉的題目缺乏現代感，顯得畫蛇添足。第三題「情境作文」，配合課文王安石〈明妃曲〉，以王昭君出塞和番的故事，要學生選定下列主題，寫一篇文章，字數在六百字以內：

（一）請以兩性平權的立場，代王昭君擬一篇控訴。題目：「和番？我有話要說！」

（二）請以愛情或婚姻的立場，代王昭君寫一篇：「我嫁給一個叫做呼韓邪單于的男人」。

（三）請你代王昭君寫一封信給漢元帝。題目：「那個男人比你好多了」。

（四）請你代王昭君寫一篇十分顛覆的文章。題目：「和親，其實是我的意思」、「毛先生，我害了你」。（冊4，頁184）

此題透過歷史故事，讓同學選定一個主題，然後設想主題的情境，寫出一篇文章，編者從不同角度所擬的四個主題，都相當有創意，可提供學生許多思考與想像的空間。

康熙版的寫作練習有兩個題目，第一題是「情境作文」，和南一版一樣，是配合課文所選王安石〈明妃曲〉而設計，題目是：

假如你是王昭君，讀了王安石的〈明妃曲〉之後，有何感想？請以王昭君的名義寫一封信給王安石。（冊4，頁115）

這個題目和上述南一版所擬的第三主題「請你代王昭君寫一封信給漢元帝。題目：『那個男人比你好多了』。」相類似，但它除了要設想王昭君的情境外，還要仔細玩味王安石的詩意，所以也包含了閱讀心得寫作，涵蓋面比較廣。第二題為「寓意寫作」，是配合該版本所選朱熹〈觀書有感〉而設計，舉出蘇軾〈題西林壁〉詩，要學生「仔細玩味這首詩，看它含有怎樣的道理？然後根據你對這首詩的理解，抓住它所含的道理，和現實生活聯繫起來，寫一篇三～四百字短文，題目自擬。」（冊4，頁115）這樣的題目，除了考察學生解讀作品寓意的能力外，也可看出學生如何將寓意和現實生活結合的應用能力。

三民版的寫作練習只有一題，大概是配合該版本所選范成大〈春日田園雜興〉而設計，題目是：

請以「○○即景」為題，寫短文三則，各以二百字為限。（冊4，頁73）

題目之後並有三點提示，頗有引導作用，如第一、二點提示告訴學生題意，先說明「○○」可以是處所，如「山中」；可以是情境，如「雨中」；可以是時令，如「夏日」；再說明「即景」，是就你眼中所見，將它組織成文，至於你心中有何感想，並不在題旨之中。第三點提示則在告訴學生命題用意：「這個題目，目的在訓練你的觀察力，由於各種各樣的『景』是混雜的，並不是為你的寫作而產生或存在，因此你必須有自己的觀察重點。」（冊4，頁73）透過這些提示，學生比較能掌握寫作方向，而不致偏離題意。只是這樣的題目，相當普通，缺乏創意。而且和範文的呼應也不夠緊密，范成大〈春日田園雜興〉著重在「興」，是有感而發，但寫作練習卻強調「即景」，並提示學生不能摻雜自己的感想，如此背離範文所學，設計顯然有欠妥當。

龍騰版此項的名稱為「應用練習」，也只有一題，其題目是：

任擇本課任何一首詩，將它改寫成一篇抒情散文，題目自擬，文長不限。（冊4，頁269）

題目之後有四點提示，前三點告訴學生應該如何寫作：「宜掌握詩之意境與情感」、「宜注意情景如何兩相融攝」、「宜了解詩與文分屬不同文類，有其不同的書寫特色」。最後一點提醒學生要避免的錯誤寫法：「改寫時，不宜白話翻譯，且不宜拘泥於原文，可自由發揮。」該版本共選了王安石〈泊船瓜州〉、蘇軾〈出穎口，初見淮山，是日至壽山〉、黃庭堅〈寄黃幾復〉等三首詩，透過詩文的轉換寫作練習，一方面可以讓學生深入了解詩的意境與情感，另一方面也可以從實際的寫作中，讓學生更深刻體會詩文的不同書寫特色，這可說是一種不錯的寫作訓練，但觀察該版本〈唐詩選〉的「應用練習」第一題：「以杜甫的口吻，將這首詩（指〈旅夜書懷〉）改寫成抒情文。」（冊3，頁248）如此重複同一模式的寫作練習，就顯得編者不夠用心了。

（三）課外閱讀

課程標準規定國文教學要有課外閱讀，並在「教材綱要‧教材編選

之要領」明白揭示:「課外讀物之選材,宜著重文字難易適中、內容豐富賅博、思想敏銳持平、文學技巧精妙,能由學生自行閱讀吸收,足以補充國文範文教學者。」(頁39)雖然課程標準沒有規定教材中應列「課外閱讀」一項,但各版本基於課外閱讀對提升學生語文程度的重要性,所以大都設有「課外閱讀」一項,只是名稱稍有不同,以下就以〈詞選〉為例,考察各版本如何指引學生課外閱讀。

在六個版本中,除了三民版、南一版沒有「課外閱讀」外,其他四個版本都設有這一項。在名稱上康熙版用「延伸閱讀」,龍騰版用「課外學習」,翰林版用「課外學習指引」,其性質和正中版的「課外閱讀」是一樣的。在內容上,正中、龍騰、康熙都是針對所選的詞家或作品,再加選其他作品供學生課外閱讀。如正中版在範文選了蘇軾〈定風波〉(莫聽穿林打葉聲)、李清照〈武陵春〉(風住塵香花已盡)、辛棄疾〈賀新郎〉(甚矣吾衰矣)等三首詞,因此其課外閱讀便做如此安排:

一、請閱讀蘇軾〈念奴嬌〉(大江東去),並探討其寫作技巧。
二、請閱讀李清照〈聲聲慢〉(尋尋覓覓),並分析其寫作特色,以進一步了解作者後期的風格。
三、請閱讀辛棄疾〈醜奴兒〉(少年不識愁滋味),並探討其寫作技巧及風格。(冊5,頁199)

正中版在範文中選了蘇軾、李清照的小令,因此課外閱讀安排了這兩人的長調,辛棄疾則剛好相反,這是讓學生多接觸同一詞家不同形式的詞體,而且其內容也相類似,可彼此參照閱讀。

龍騰版在範文選了柳永〈雨霖鈴〉(寒蟬淒切)、蘇軾〈念奴嬌〉(大江東去)等兩首詞,其課外學習做如此安排:

一、試閱讀柳永〈八聲甘州〉(對瀟瀟暮雨灑江天),加強了解柳永慢詞的特色。
二、試閱讀辛棄疾〈破陣子〉(為陳同父賦壯語以寄),加強了解豪放詞的特色。(冊5,頁245)

編者已將安排的用意寫出來,範文選了柳永的慢詞、蘇軾的豪放詞,因此要學生再閱讀柳永〈八聲甘州〉,以加強對其慢詞特色的了解;另外要學生閱讀豪放派大家辛棄疾的〈破陣子〉,則為了加強對豪放詞特色的認識。

康熙版在範文選了李煜〈虞美人〉(春花秋月何時了)、蘇軾〈水調歌頭〉(明月幾時有)、李清照〈一剪梅〉(紅藕香殘玉簟秋)等三首詞,其延伸閱讀的安排如下:

一、〈浪淘沙〉(簾外雨潺潺) 李煜 《南唐二主詞》 文史哲出版社《全唐五代詞》本
二、〈定風波〉(莫聽穿林打葉聲) 蘇軾 《東坡樂府》 世界書局《全宋詞》本
三、〈武陵春〉(風住塵香花已盡) 李清照 《漱玉詞》 世界書局《全宋詞》本
四、《中國古典詩歌欣賞系列——高級第一、二冊》(詞選部分) 國立編譯館主編 中視文化公司
五、《花間之歌》(錄影帶) 中視文化公司 (冊5,頁223-224)

康熙版和正中、龍騰版一樣,也根據範文所選的三位詞家,再選這些詞家的其他名作,供學生閱讀,以加深對這些詞家作品的認識。但除了單篇詞作之外,它還多選了一本詞選和一支錄影帶,這是和正中、龍騰版不同的地方。它所推薦的《中國古典詩歌欣賞系列》,係國立編譯館為了順應社會的需求,邀請國內各大學及師範院校對詩歌教學有研究的專家學者所編,這一套書共九冊(國小四冊、國中三冊、高中二冊),每冊都包括詩、詞、曲,每首作品之後附有注釋及賞析,是中小學國語文的優良課外讀物。康熙版推薦學生閱讀高級第一、二冊(詞選部分),共有十八首詞,是很不錯的安排。另外所推薦的錄影帶《花間之歌》,是熊旅揚於民國75、6年在中視所主持的節目,該節目介紹了許多唐宋詞家及作品,透過影音的效果,必能引發學生的學習興趣,這套錄影帶供學生

課外觀賞也很適宜。

翰林版的課外學習指引,和上述三個版本有很大的差異,它所安排的都是專書,沒有單篇詞作,而且所列的專書非常多,茲將引之如下:

> 一、李中華著,《李後主的人生哲學——浪漫人生》,臺北:揚智出版社
> 二、徐楓著,《李後主》,臺北:知書房出版社
> 三、汪誠著,《辛棄疾》,臺北:幼獅文化事業有限公司
> 四、夏承燾著,《辛棄疾》,臺北:萬卷樓圖書有限公司
> 五、孫乃修注,《氣吞萬里如虎——辛棄疾詞選》,臺北:業強出版社
> 六、曹明綱編,《唐五代詞三百首新譯》,臺北:建安書局
> 七、蔡義江編,《宋詞三百首新譯》,臺北:建安書局
> 八、陳振寰著,《讀詞常識》,臺北:萬卷樓圖書有限公司(冊5,頁167)

這樣的書單,只能以龐雜、缺乏規劃來形容,就龐雜而言,書單中推薦的詞人傳記有四本:李後主兩本、辛棄疾兩本,詞選有三本:辛棄疾詞選、唐五代詞選、宋詞選各一本,詞學知識介紹一本,如此份量的書單放在教師手冊提供老師參考還可以,安排在課本中學生如何消受得了?只是增加篇幅而已,並不切實用。就缺乏規劃而言,該版本共選了李後主、蘇軾、辛棄疾等三位詞家的作品,何以書單中未見蘇軾的傳記或詞選?辛棄疾既然有傳記和詞選,李後主為什麼只有傳記沒有詞選?課外閱讀雖然只是教科書中的一項,但也需要妥善規劃,像正中、龍騰、康熙等三家版本配合範文的設計,是比較得體、切合實際需要的。

六、結語

本文透過對各版本《高中國文》唐宋詩詞教材的討論,可歸納為以下幾個重點:

（一）就選材而言

各版本都遵照課程標準的規定，編有〈唐詩選〉、〈宋詩選〉、〈詞選〉各一課，對唐宋詩詞的教育極有幫助。尤其〈宋詩選〉單獨設課，顯現語文教育已對宋詩開始重視。另外由於唐詩名作甚多，並非〈唐詩選〉一課所能容納，所以不少版本以變通的方式加選篇幅較長的唐詩，使唐詩在教材中多佔一些篇數，這對於詩歌教育具有正面的意義。另外，各版本所選唐宋詩詞的作家及作品，除了少數特殊考量，一般所選的作家都頗具代表性，作品也都是名作。但由於各版本有自己的選材設計，因此所選的作品僅有少數相同，大部分都不一致，這也反映出教材的多元化。雖然有人擔心會增加學生的負擔，但就語文教育而言，如果老師願意將不同版本所選的詩詞作品介紹學生閱讀，這對提升學生的文學素養應該是一件好事。

（二）就作品解讀而言

各版本對所選的唐宋詩詞作品，都安排有「題解」、「注釋」、「賞析」等項目，以幫助學生了解作品。其中「賞析」一項，是過去統編本所沒有的，對學生了解作品的結構、題材內容、寫作技巧等，頗具參考價值。雖然各版本撰寫「題解」、「注釋」、「賞析」都很用心，但難免也有一些疏失，如有些版本將作品的內容及寫作技巧放在題解中闡述分析，這就逾越「題解」所應該涵蓋的範圍了。另外有些版本在「注釋」中羅列太多與解讀作品無關的資料，或者臚列異文或異說，這使原本要幫助學生了解文意的「注釋」，變的更加雜亂了。而某些版本的「賞析」，有的缺少點明主旨，有的缺少寫作技巧分析，而賞析文字也偶有艱澀難懂之處，或不必要的引用，妨礙學生閱讀，這都應該改善的地方。

（三）就基本知識介紹而言

各版本編纂唐宋詩詞教材時，大都在課文之前對唐宋詩詞體製及流變做簡單的介紹，以方便老師講解。但也有一、二個版本對唐宋詩的體製並未特別著墨，使學生無法了解唐宋詩的整體特色，實在是一項缺失。

本文以各版本〈詞選〉介紹詞的起源、體製、發展為例，比較之下可看出各版本的詳略差異，並指出一些不妥當的說法。另外，各版本在作者介紹中，也都會涉及這些詩詞名家在文學史上的流派、風格及其成就。本文以各版本都有介紹的作者蘇軾為例，從基本資料、經歷、文學成就等項，探究彼此的詳略差異，並指出某些版本介紹不足之處。

（四）就評量及延伸學習而言

本文從「問題討論」、「應用練習」及「課外閱讀」三項，探究各版本有關唐宋詩詞教材的評量及延伸學習情況。「問題討論」以〈唐詩選〉為例，比較之下可看出各版本題數的多寡，及問題設計的優缺點。「應用練習」以〈宋詩選〉為例，探討各版本的語文能力評量及寫作練習所設計的題目是否得體，或者具有創意。「課外閱讀」以〈詞選〉為例，可看出多數版本都是配合範文所選的詞家或作品，再加選其他作品以供學生課外閱讀，這是比較務實的作法，至於有版本臚列一堆專書，缺少仔細篩選及規劃，並不足取。

——唐宋詩詞國際學術研討會論文，彰化：明道大學中文系暨國學研究所主辦，2007 年 11 月 16 日。收入《唐宋詩詞研究論集》（彰化：明道大學中文系，2008 年 6 月），頁 558-616。

臺灣國語文教科書之考察——
以原住民文學選文為對象

一、前言

　　劉三富教授賢伉儷鶼鰈情深、待人熱誠，凡是到過日本福岡的臺灣學界朋友，對這一對模範夫妻都讚不絕口。劉教授為傑出的原住民，當年和夫人結婚的時候，也是轟動一時的社會新聞，媒體記者用大標題寫著：「漢家女下嫁山地郎」。雖然事隔多年，劉教授回憶起來，還是憤憤不平地說：「什麼下嫁嘛！」這種感受，絕對不是那些漢人本位思想者所能體會的。

　　媒體記者的無知、措辭不當，固然難辭其咎，但形成這種觀念的背後力量，更要負大半責任。臺灣過去戒嚴時期的教育，都是以「反共愛國、鞏固領導中心」為最高指導原則，就以國語文教育為例，課文中不是充滿政治人物教條式的文章，就是充滿中國大陸情懷的文章。至於與臺灣這塊土地息息相關的作品，則往往被忽略了。

　　尤其不可原諒的，是對這塊土地、人民、語言、文化所存在的鄙夷態度，電視節目常以樸拙的臺灣市井小民為取笑對象，臺灣人的母語被禁止出聲，這是眾所周知的事。對臺灣原住民傷害最深的，不是颱風，不是洪水，更不是猛獸，而是號稱得到原住民崇拜的「吳鳳」。過去的小學國語教科書，為了宣揚「成仁取義」的精神，特別編寫了一課與吳鳳故事相關的課文，大意是：臺灣阿里山原住民有以人頭祭祀的習俗，通事吳鳳為了改變他們的習俗，最後犧牲了自己的性命。原住民誤殺吳鳳之後，發誓再也不取人頭祭神了。

　　吳鳳的故事由來已久，雖然不是教科書編寫的人創造出來的，但為了宣揚一種理念，不考慮少數族群是否會受到傷害，硬將這則故事編入教材，無疑地是一種很粗暴的行為。原住民子弟在這樣的教材踐踏下，

屈辱了二三十年，也使得曾經受這種教材荼毒的人，對原住民留下一種野蠻的、文化落後的刻板印象。

　　隨著臺灣政治自由化、民主化的腳步，原住民的基本人權也逐漸浮出檯面，吳鳳故事的課文在各方壓力下終於被刪除了，「吳鳳鄉」也正名為「阿里山鄉」。但教育的目的，並不只是消極地避免歧視不同的族群，更應該積極的尊重各族群，增進族群間的瞭解。因此，本人願意利用為劉教授祝壽的機會，對目前臺灣各級學校的國語文教科書，作一全面的考察，以瞭解這些教科書對原住民文學的選文情況，並提出個人的一些淺見。

二、大專教科書──《大學國文精選》率先選用原住民文學作品

　　臺灣的大學及專科學校，承繼中小學階段的國語文教育，在一年級都安排有國文課程。由於大專教育自主性較高，所以各學校的實施方式不盡相同，如有的學校開設一些專書課程，供學生依自己興趣選修，如此就沒有統一教材。但大部分學校還是採取共同的教材，遵照規劃的進度上課。教材的來源，有的是學校老師自己編纂，有的則採用市面流通的教材。本文是以這兩類教材為考察對象，共蒐集有下列十一種版本：

1. 《國立政治大學國文選》（增訂本）　國立政治大學中國文學系主編　臺北：編者出版　1964年9月初版、1995年2月初版24刷
2. 《東吳國文選》　東吳大學中國文學系國文選編輯委員會編　臺北：東吳大學　1984年8月重編初版、1993年版
3. 《大學國文選》　國文教學研討會編　臺北：幼獅文化事業公司　1984年9月初版、1999年8月修訂版
4. 《師院國文選》　李殿魁總主編　臺北：五南圖書出版公司　1988年10月初版、1999年10月初版7刷
5. 《大學國文選》　國立高雄師範大學大學國文選編輯委員會編　臺北：學海出版社　1995年7月初版

6.《大學國文精選》　彰化師範大學國文系編輯委員會編著、李威熊總主編　臺北：五南圖書出版公司　1997年9月初版、1998年7月初版3刷
7.《大學國文選》　師大、臺大、政大等校十六位名教授合編　臺北：三民書局　1998年8月初版、1999年8月再版
8.《大學國文選》　大學國文選重編委員會編　臺北：中國文化大學出版部　1998年9月
9.《輔大國文選》　輔大國文選編纂委員會編　臺北：輔仁大學出版社　2000年10月3版
10.《大學國文選》　大學國文編輯委員會編　臺北：五南圖書出版公司　2000年9月初版
11.《大學文選》　國立成功大學中國文學系大學文選編輯委員會編　高雄：麗文文化事業公司　2001年9月初版

　　這些版本中有的出版較早，還可看到一些政治性文章，如五南版《師院國文選》，選有：蔣中正〈大學之道〉、蔣經國〈我們是為勝利而生的〉二文；幼獅版《大學國文選》，在1984年版也選有：孫文〈民報發刊詞〉、蔣中正〈國父百年誕辰紀念文〉、蔣經國〈創造新時代的大事業〉等三文；由此可看出過去語文教育受到政治滲透之一斑，即使自主性較高的大專國文教育也不能倖免。

　　一般大專國文教材，都是以古典文學為主，如《國立政治大學國文選》（增訂本），共收有七十五篇文章，都是古文、詩詞選；《輔大國文選》，共收有六十六篇文章，也都是古文、詩選、詞選、曲選；高雄師大《大學國文選》，在六十篇範文中，除了一篇〈現代詩選〉外，其它也全都是古文。但隨著社會的腳步，新編或新修訂的教材，也開始重視現代文學了。如幼獅版《大學國文選》，在1999年8月修訂時，增加了：〈現代詩選——履歷表〉（梅新）、〈現代散文選——一方陽光〉（王鼎鈞）、〈現代小說選——屏東姑丈〉（李潼）等三篇現代文學；三民版《大學國文選》，在四十課範文中，也有五課與現代文學有關：〈說青年之人生〉

（唐君毅）、〈置電話記〉（吳魯芹）、〈瓷碗〉（洪素麗）、〈一勺靈泉〉（李元洛）、及一課含有〈金龍禪寺〉（莫洛夫）等四首的〈現代詩選〉。

在眾多版本中，選文最具開創性的，莫過於五南版《大學國文精選》，本書是由彰化師大國文系二十位教授共同編纂而成，筆者忝為編輯小組召集人，與同仁擬出選文的方向，就是要：重視作品的「文學性」、「典範性」，並兼顧「現代性」及「本土性」。所以除選有膾炙人口的古典經典名作外，也選有許多臺灣先賢的作品；現代文學除當代名家外，也選有臺灣早期的作家。本書可以說最能掌握時代脈動、最貼近臺灣土地的大學國文教材。（有關本書較詳細的介紹，可參考拙文〈大學國文教材的新突破〉，發表於《自由時報‧自由廣場》，1997年8月27日）。

因此，《大學國文精選》沒有讓原住民在這本教材中缺席，收錄有早期平埔族的歌謠〈下淡水頌祖歌〉，還選有田雅各小說〈最後的獵人〉及莫那能新詩〈鐘聲響起時〉，這是原住民文學首次登上國文教科書的舞臺，也是大專學生首次能從國文課中聽到原住民的心聲。茲將這三篇原住民作品介紹如下：

（一）〈下淡水頌祖歌〉

這首早期平埔族的歌謠，是選自黃叔璥《臺海使槎錄‧番俗六考》。黃氏在清康熙六十一年（1722），首任巡臺御史，任職期間，他透過公私管道采擷風俗歌謠，撰成《臺海使槎錄》。其中〈番俗六考〉三卷，搜集臺灣南北兩路各地原住民部落的歌謠三十四首，以漢字記錄其音，並翻譯其意，可說是重視原住民歌謠採集工作的第一人。下淡水是當時鳳山八社之一，屬於平埔族中西拉雅族的馬卡道支族，大概在今天屏東的萬丹鄉一帶。這首歌謠的譯文如下：

> 請爾等坐聽！論我祖先如同大魚，
> 凡行走必在前，何等英雄！
> 如今我輩子孫不肖，如風隨舞！請爾等坐聽！

歌謠是在祭祀時頌揚祖先有骨氣、有擔當、勇往直前的英雄氣概，同時，

也一再提醒、訓戒後世子孫，不能淪為隨風起舞的牆頭草。歌謠很忠實地反映出原住民的勇武精神，對經常受外力欺侮的臺灣子民頗有鼓舞作用。

（二）〈最後的獵人〉

這篇小說選自《最後的獵人》。作者田雅各（1960- ），本名拓拔斯‧塔瑪匹瑪，南投縣信義鄉布農族人。現擔任醫師，從事基層醫療工作，業餘之暇勤於寫作，小說集除《最後的獵人》外，還有《情人與妓女》，並有散文集《蘭嶼行醫記》，曾獲吳濁流文學獎、賴和文學獎。

這篇小說是以作者的故鄉為場景，描寫主角比雅日與妻子吵架，賭氣上山打獵的過程。故事情節雖然簡單，但對日常生活的描繪非常細緻，將臺灣的山林景色，以及布農族打獵的情況，很生動的刻劃出來。尤其作者有深刻的文化思考，從中反映出現代文明侵襲下原住民文化的失落，也讓大家思考在多元化的社會裡，如何尊重少數族群文化的問題。

（三）〈鐘聲響起時〉

這首新詩選自《美麗的稻穗》。作者馬烈亞佛斯‧莫那能（1956- ），漢名曾舜旺，臺東縣達仁鄉排灣族人。中學畢業後，因眼疾而無法進入師專、軍校就讀，後從事捆工、砂石工等勞力工作。現眼睛已經全盲，以按摩維生。在惡劣的生活環境中，仍然秉持對族人之愛，化作心靈之歌，著有詩集《美麗的稻穗》。曾應邀到美國愛荷華大學及日本訪問，並獲1989年「關懷臺灣基金會」獎助。

這首詩是在反映原住民的雛妓問題，但作者並不採取直接的控訴，而以原住民少女的口吻，借用教堂與學校的鐘聲，泣訴她們受難的心聲，第三段寫道：

> 當教堂的鐘聲響起時
> 媽媽，妳知道嗎？
> 荷爾蒙的針頭提早結束了女兒的童年

>   當學校的鐘聲響起時
>   爸爸，你知道嗎？
>   保鑣的拳頭已經關閉了女兒的笑聲

鐘聲、心聲交織著原住民雛妓的血淚，聲聲震撼人心，只要有道德良知的人，在受感動之餘，一定支持富有正義感的檢察官掃除人口販子，將作奸犯科者繩之以法，並激發關懷弱勢族群的熱情。

彰化師大編的《大學國文精選》問世之後，馬上受到許多大專院校採用，銷售量逐年增加，尤其重視本土文學、選用原住民文學作品的作法，更獲得教育界的肯定，成為各級學校國文教科書的編纂趨勢，如目前剛出版由成功大學中文系主編的《大學文選》，除了在現代詩單元也選用莫那能的〈鐘聲響起時〉外，並且在史傳文學單元還選用蔡善神的〈布農女人的故事〉，在母語文學單元選用〈賽夏族矮人祭歌歌詞〉，由此可見本書也相當重視原住民文學。茲將這兩篇選文介紹如下：

（一）〈布農女人的故事〉

本文選自江文瑜編《阿媽的故事》，該書是女權會策劃「阿媽的故事」徵文比賽作品集。作者蔡善神（1974-　），族名達嗨憫奇暖，臺東縣布農族人。他生性豪邁熱誠，關心原住民事務，自高二起即參加「還我土地」、「原住民正名」等社會運動；又喜好寫作，迭有佳構，除本篇外，也曾參加《山海文化雜誌》舉辦的原住民文學獎，獲得散文類佳作。

這篇故事，是作者訪談媽媽、及伯父、姑姑等親人之後，以祖母自述的口吻，來描寫一個布農族阿媽的一生遭遇及內心世界。從故事中，我們可以瞭解布農族婦女在過去封閉的原住民社會裡，她們的婚姻制度、家庭地位、宗教信仰、經濟活動、風俗習慣等情形，也體會出布農族婦女在遭遇種種困境時，所表現的韌性及適應力，令人敬佩。

（二）〈賽夏族矮人祭歌歌詞〉

這首歌詞選自《山海文化》（1994年3月號），是中央研究院民族學研究所胡臺麗教授與其師李壬癸先生前往新竹縣五峰鄉採錄，根據賽夏

族人朱耀宗的念唱與解釋加以記錄而成。朱耀宗（1920- ），本名 bonai kale，新竹縣五峰鄉賽夏族人，從小便從父親處習得祭歌，父親並為他解釋過詞義，曾經是賽夏族中唯一會唱祭歌者。

　　矮人祭是賽夏族大規模的祭典活動，其背後有一個充滿史詩性質的傳說故事，是賽夏族獨特文化的表徵。矮人祭歌共十五首，包含三十四節，二百二十九句，每節以一種植物的尾音押韻，具有詩形完整、詞意豐富的史詩形式。本教材選錄祭歌第四首，有唱法、歌詞、及章節說明。這首歌分為三節：第一節以矢竹的尾音押韻，為矮人訓示：女子出嫁如小鳥般飛走了，要好好照顧，不可欺負，攜手作親家，不要吝嗇。第二節以桃李樹的尾音押韻，為矮人勸勉賽夏族婦女不可偷懶。第三節以黃藤的尾音押韻，矮人繼續勸勉賽夏族婦女種植穀物不可半途而廢。祭歌所呈現的文學、藝術價值，值得大家珍惜。

三、高中教科書——
　　已有三家版本選用原住民文學作品

　　臺灣高中國文教科書，過去從 1953 年起，共有四十五年之久都是由國立編譯館統編標準本。隨著政治開放的腳步，1999 年 9 月開始，高中國文教科書也逐年開放民間出版社編印，目前已開放到第五冊（高三上學期）。經審查通過從第一冊編到第五冊的出版社共有：大同資訊公司、三民書局、正中書局、南一書局、翰林出版事業公司、龍騰文化事業公司等六家。

　　回顧過去統編本的國文教科書，都是以古典文學為主，現代文學所佔的比例偏低，本土文學更是點綴性質，並沒有受到重視。在這種情況下，見不到原住民文學作品則是很自然的事。

　　我們考察開放後六家不同版本的國文教科書，雖然各種版本都必須受到教育部課程標準的規範，但很明顯的，各家版本在選文方面已經趨於多樣化，而且比較重視本土文學。因此，我們發現這六家版本中，已

有三家選用原住民文學作品,即:大同資訊版第一冊選用夏曼・藍波安的散文〈飛魚季〉(第二版編在第三冊,第三版改編在第一冊)、正中版第四冊選用夏曼・藍波安的另一篇散文〈海洋朝聖者〉、龍騰版第四冊選用莫那能的新詩〈恢復我們的姓名〉,茲將這三篇介紹如下:

(一)〈飛魚季〉

本文選自《冷海情深》,作者夏曼・藍波安(1957-),漢名施努來,蘭嶼雅美族人。大學法文系畢業後,曾擔任國小、國中代課老師,也開過計程車,後又進入清華大學人類學研究所深造。他熱心原住民事務,曾任蘭嶼公共事務促進會會長、原住民權利促進會執行委員等職務。平日勤於寫作,因生長環境與海洋長期為伍,其作品對海洋有深刻的體會,既善於敘寫雅美族的風俗人情,也經常歌頌海洋的豔麗和雄闊。著有《八代灣的神話》、《冷海情深》、小說《黑色的翅膀》等書。

本文以雅美族重要的活動──飛魚季節的捕魚為敘述主軸,作者除了生動活潑的描述自己的捕魚經過,更在行文間記錄了雅美人的文化傳統、習俗禁忌和價值觀。文章以捕魚事件的具體描寫,指出自己族群潛藏逐漸漢化的困境,結尾處則以捕獲難得的大魚,來重新肯定自己在族群中的地位,並深刻體會唯有親身力行到大海捕魚,才能明白雅美文化的特質。雖然本文是以雅美族的飛魚文化和價值觀出發,但也啟發了任何族群的省思,不應該以自己文化為本位而否定他人的文化,應尊重每個文化的形成及其特殊的表現和意義。

(二)〈海洋朝聖者〉

本文也是選自夏曼・藍波安的散文集《冷海情深》。作者敘述他和叔叔、表哥三人,利用夜晚到小蘭嶼(位在蘭嶼東南方海面的小島)附近海域射魚的體驗和省思。文中描寫他們夜間潛泳於浩瀚的大海,冒著強勁的激流,只憑著防水手電筒照明,捕捉龍蝦,射獵大魚,顯現出雅美族與大海相融合的天性,因此他們敬畏大海,信仰海神。由於作者是頭一次夜潛深海射魚,也是頭一次受叔叔感召,「面對夜裡的海洋虔誠的祈

禱」，篇名〈海洋朝聖者〉正點出雅美族崇拜海洋的特殊意義。全文不僅客觀描述射魚的經驗，更重要的，是作者對傳統雅美文化的不斷省思，經過身體力行之後，表現出回歸與認同的態度。在多元化的社會裡，此文所呈現的雅美族海洋文化風貌，耐人尋味，對增進族群間的瞭解頗有助益。

（三）〈恢復我們的姓名〉

這首新詩選自《美麗的稻穗》。是莫那能第二首入選國文教科書的作品，前面〈鐘聲響起時〉已介紹過他的生平，莫那能選擇詩歌體裁吐露原住民的心聲，確實有其過人之處。

原住民是臺灣這塊土地的最早居民，他們有自己的語言、文化、風俗習慣，命名方式也有自己的倫理背景，和漢人不一樣。但隨著漢人的大量移入，他們的經濟、文化受到很大的衝擊，生活日益艱困，連代表自己身分的姓名，都遭受政治力的逼迫，使他們的姓名「在身分證的表格裡沉沒了」，這是非常悲哀的事。所以作者藉著詩的語言，細數他們現在的處境：

無私的人生觀
在工地的鷹架上擺盪
在拆船廠、礦坑、漁船徘徊
莊嚴的神話
成了電視劇庸俗的情節
傳統的道德
也在煙花巷內被踩躪

除了反映原住民在現實生活的劣勢外，作者仍然很堅強的鄭重宣告：「我們拒絕在歷史裡流浪」，他要求社會讓他們重新恢復自己的「神話」與「傳統道德」，在原來是「自己的土地」上，讓他們恢復自己的「姓名與尊嚴」。這是一首原住民自覺的詩，近幾年隨著法令的修訂，原住民已經可以恢復他們的姓名，但如何讓他們有尊嚴生活在自己的土地上，還需要靠社會大眾的彼此關懷與尊重。

四、國中教科書——
　　正蓄勢待發選用原住民文學作品

　　從小學到大學各級學校教科書中，國民中學這一階段是最後開放的，到目前為止，國中國文教科書仍然使用國立編譯館統編本，必須等到明年九月，教育部實施的九年一貫課程延伸到國中一年級之後，才將逐年告別統編本的時代，改採各民間出版社編纂的教科書。

　　目前國中國文教科書，是國立編譯館根據教育部於 1994 年 10 月所公布的課程標準編輯而成，1997 年 8 月出版第一冊，供國中一年級新生使用，到 2000 年 1 月出版了第六冊，教科書更新才大功告成。這一次的課程標準規定，和過去有一個很大的不同，就是除了必修之外，又增列了選修課程，使學校可以因應不同的需要，開設選修課程。國文除規定為必修之外，也可另外開設選修課，因此，國立編譯館遵照課程標準，又編有國文選修課本一至三冊，供一至三年級選修使用。

　　我們考察這一次的新教材，大都能尊重從事教學老師的意見，將一些老師反映不佳的課文加以汰換，如政治意味濃厚又令師生厭煩的文章：蔣中正〈我們的校訓〉及〈弘揚孔孟學說與復興中華文化〉兩篇舊課文，都被刪除了，增選了不少富有時代意義的好文章。另外現代文學的比重增加了，本土文學也比較受到重視，這些都是值得稱許的好現象。因此，我們雖然在必修本中沒有發現原住民的文學作品，但在選修本第三冊中，瓦歷斯‧諾幹的散文〈來到部落的文明〉終於被選進去了，這也是國立編譯館國文統編本首次對原住民文學的肯定，編者的用心由此可見。

　　隨著九年一貫課程列車的啟動，明年九月國中一年級又將更換教材，這是四十多年來國中國文首次開放民間編印，目前許多出版社都積極的投入教科書事業，在市場的競爭下，如果所編的教科書不能貼近時代的脈動，這種教科書將被淘汰。所以各出版社的編者，無不卯盡心力去掌握社會對教科書的期待，希望自己編的教科書能被肯定而樂於採用。因此，尊重多元文化、關懷少數族群既然是開放後臺灣社會的主流價值，

所以原住民文學作品在國語文教育中必然扮演不可或缺的角色。如筆者參與康軒文教公司編纂的國中國文第一冊，已擬選用利格拉樂・阿𡠄的散文〈男人橋〉，友人張高評教授參與南一書局編纂的國中國文第一冊，也擬選用亞榮隆・撒可努的散文〈飛鼠大學〉，其它版本雖然不可得而知，但相信在重視原住民文學的趨勢下，各家版本都不敢讓原住民文學缺席的。茲將國立編譯館選修本及康軒版、南一版所選用的三篇原住民文章介紹如下：

（一）〈來到部落的文明〉

　　本文選自《荒野的呼喚》。作者瓦歷斯・諾幹（1961-　），因音譯不同，又名瓦歷斯・尤幹，漢名吳俊傑，筆名柳翱，臺中縣和平鄉泰雅族人。師專畢業後，回母校自由國小擔任教師；教學之餘，熱衷創作，兼擅詩、散文、小說、報導文學等各種文體，並關注臺灣原住民議題。曾任《原報》總主筆，並與排灣族妻子利格拉樂・阿𡠄創辦《獵人文化》雜誌，後又成立「臺灣原住民人文研究中心」，致力於推展原住民文化工作。著有《永遠的部落》、《荒野的呼喚》、《想念族人》、《山是一座學校》等十餘種。曾獲鹽分地帶文學獎散文首獎、時報文學報導文學類首獎及詩類推薦獎、臺北文學獎散文首獎、文學年金等多項榮譽。

　　本文記述在「文明」的衝擊下，作者童年的夢想消失，族人生活的逐漸改變；人們陶醉在「文明」帶來的種種方便中，忘了老泰雅的傳統與身為泰雅人的尊嚴，藉此寄託他的感慨。全文藉著交通與電視傳播兩種科技文明，描述強勢文化入侵原住民部落的情形。作者雖以第一人稱觀點，敘述了部落文化在二十年裡變遷的景況，但行文之間，非但不見作者個人憤懣埋怨之情，反而在略帶幽默的筆調之中，看到作者的自我嘲諷。這種含蓄的表現方式，使隱藏在文字背後的辛酸，彷彿一道安靜卻又掙扎不已的伏流，隨著作者自我調侃的文筆，不時觸動讀者的心靈，令人讀後有「笑中帶淚」之感，並且深深地思考如何保存傳統文化的嚴肅課題。

（二）〈男人橋〉

本文選自《穆莉淡——部落手札》。作者利格拉樂・阿熓（1969－），漢名高振惠，生於屏東市，父親是安徽人，母親為排灣族人。高中畢業後，曾任小學代課老師，後與丈夫瓦歷斯・諾幹合辦《獵人文化》雜誌，開始投入原住民運動和文學創作，2000 年代表原住民膺選為總統府人權咨詢小組的一員。她曾以報導文學的方式，記錄到各族訪查的觀感，同時在散文創作中，深刻省思原住民女性的處境。其作品著重於社會關懷與族群問題的表達，文字質樸，具有明顯的敘述性。著有：《誰來穿我織的美麗衣裳》、《紅嘴巴的 VuVu ——阿熓初期踏查追尋的思考筆記》、《穆莉淡——部落手札》等書。

本文是作者追憶童年時期與母親回娘家的經歷，描寫出遙遠艱辛的路程、惡劣的颱風天氣，甚至吊橋遭洪水沖垮時，都無法擊退母親與族人返回部落的意念，最後藉著數十個排灣族男人的手臂串連成「男人橋」，相互扶持，以護衛女人與小孩過溪，而安全抵達彼岸。文章傳達了作者對族人團結合作的感動，刻畫出他們不畏艱辛的性格，以及捍衛部落的強烈信念，值得讀者細心體會。

（三）〈飛鼠大學〉

本文選自《山豬・飛鼠・撒可努》。作者亞榮隆・撒可努（1972－），漢名戴志強，臺東縣太麻里排灣族人。現職擔任警察，並開設一家原住民文化沙龍性質的餐廳，業餘從事寫作。擅長描述山中的自然萬物，將原住民的獵人哲學融入作品之中，對原住民文化的失落有很深的感觸，著有《山豬・飛鼠・撒可努》。曾獲巫永福文學獎、及第一屆中華汽車原住民文學獎散文組第一名。

本文是作者回憶國中時跟隨父親尋找飛鼠窩、獵捕飛鼠的經過，清晰地描述飛鼠的習性和驚人的求生本領；而父親則以飛鼠上大學變聰明的妙喻，說明了動物繁衍種族、逃避災難的生存之道，也鼓舞作者學習和上進的動機。尤其文末特別點出父親的獵人哲學：「把動物當成人

看待，把自己也想成是動物，你就會了解牠們的習性，聽得懂牠們說的話。」這種尊敬自然的精神，正是山林生命生生不息的關鍵，處在自然生態橫遭破壞的今日，能掌握自然生存法則的獵人文化，更值得我們重視。

五、國小教科書——
　　介紹原住民的課文內容相當豐富

　　國民小學國語教科書開放民間出版社編印，是從 1996 年 9 月國小一年級新生開始，到現在剛好邁入第六年，今年六年級就是一路使用新教材上來的。而參與開放後新教材編印的單位，除原有的國立編譯館之外，另有民間業者：牛頓出版公司、南一書局、康軒文教公司、新學友出版公司、翰林出版公司等五家參與。由於政府從今年開始實施九年一貫教育政策，所以一年級新生又更換新教材，但必須等數年之後，各年級才能全面更換完成。因此，本文以目前國小所使用的六種版本教科書為依據，除牛頓版只出到三下（第 6 冊）及各版六下（第 12 冊）尚未出版外，其它各冊都是考察的對象。

　　國小的本國語文教育稱為「國語」，和國中以上稱「國文」是有區隔的。換言之，國小的國語文教育首重在語言訓練，其次才是文學養成。為了循序漸進讓學生認字，所以每一課的生字都必須按照規劃出現，在這種情形下，國小國語教科書的課文，大半都是由編者自撰或改寫，少有選文。但也有版本嘗試在高年級（五、六年級）以選文的方式呈現，這是較為特殊的。為了完整呈現國小國語教科書對原住民的反映情況，因此考察的對象就不能侷限於選文，只要內容和原住民有關的課文，即使是編者自撰或改寫，也都包含在裡面。

　　在諸多版本中，和原住民有關的課文以國立編譯館版、新學友版為最多，各有三課，翰林版有二課，其他牛頓版、南一版、康軒版，則都只有一課。茲將各版本和原住民有關的課文內容介紹如下：

（一）祭典

各版本和原住民有關的課文內容，以描寫祭典最常見，如南一版（4下第五課）的〈歡樂豐年祭〉，以原住民歌唱的方式，感謝天、地、神明的賜福，及山、水、祖先的護佑，讓他們能夠豐收。新學友版（2下第十三課）的〈看豐年祭〉，描述參觀魯凱族豐年祭的情形，除寫他們華麗的傳統服裝和族花百合花之外，並凸顯慶典活動中最具特色的盪秋千：

> 秋千差不多有三層樓高，用長長的竹子架起來。魯凱族的少女，在那麼高的秋千上，盪過來盪過去，好像美麗的蝴蝶在空中飛來飛去。

讓學生對豐年祭有更深刻的印象。牛頓版（3上第八課）的〈布農族的「打耳祭」〉，以書信的方式介紹布農族打獵的特殊祭典，寫信的小朋友敘述他在打耳祭上，看到一位老祭司，將獵物的耳朵掛在大樹上，布農族的小男孩排成一排練習射箭；接著，大人的射箭比賽，他們拿著很大的弓箭，以能射中目標為莫大光榮。接下來，有幾位布農族老人圍成圈圈唱歌，表演的是最特別的「八部和音唱法」。康軒版（2上第六課）寫祭典的另一種活動，題目為〈卑南人的「兒童節」〉，敘述卑南人每年小米收割完了，完成「新米祭」之後，晚上，卑南部落的小男孩，一個個光著上身，手上、臉上都畫得黑黑的，手裡拿著香蕉葉。在大哥哥的指揮下，跑進人家屋裡，趴在地上，一邊用力拍打，一邊叫著：「ㄚㄅㄚ──ㄚㄅㄚㄍㄞˋ·ㄊㄚ！」他們一家一戶的去報佳音，也為每一戶人家帶來幸福和平安。主人為了謝謝大家，還做了許多好吃的小點心，送給大家吃。這一天是小朋友最快樂的日子，可說是卑南人的「兒童節」。編纂者用「兒童節」描述卑南小孩子參加祭典的歡樂情形，頗能引起小學生的興趣。

（二）生活環境和技藝

另外也有描寫原住民生活環境優美的課文，如國立編譯館版（3下第四課）的〈大海裡的翠玉〉，歌頌雅美族人的家鄉──蘭嶼，形容她像

藍色大海裡的一顆翠玉,在白浪間閃耀著碧綠的光芒;同時觸及雅美人生活的辛勞,稱許他們「上山勤耕種,下海捕魚忙。……小米地瓜芋頭香,飛魚魚乾掛成行。」新學友版(4下第二課)的〈高山青〉,雖以「高山青,澗水藍,阿里山的姑娘美如水呀!阿里山的少年壯如山……」這首歌當開頭,描寫阿里山的林木之美,但文中則沒有再涉及原住民。

臺灣原住民婦女擅長織布,原住民的衣服顏色鮮艷,圖案美麗,富有民族特色,頗能引人注目。翰林版(2上第九課)的〈魯凱族的女孩〉,特別介紹魯凱族衣服上百步蛇花紋的由來。課文寫一個魯凱族的女孩,有一天,在田裡挖番薯的時候,突然看到一條百步蛇,她被蛇身上美麗的三角形花紋吸引住了。回家以後,她立刻坐在織布機前,試著織出那種花紋,經過很多次的失敗,最後終於成功了。她把織花紋的方法告訴大家,從此以後,魯凱族的衣服比以前更加漂亮了。這樣的課文,除了引發學生文學的想像力之外,也使他們對原住民的服飾留下深刻的印象。

(三)神話和歷史人物

臺灣原住民的神話相當豐富,只可惜過去不受重視。國立編譯館版(4下第十三、四課)的〈日月山水〉,以兩課的篇幅介紹了邵族的神話,編者的用心值得肯定。這則神話大意如下:住在中部高山的邵族,生活快樂逍遙,有一天,日月突然消失,大地一片漆黑,人們失去了笑容,生活越來越苦。有一對年輕夫妻,下決心要幫大家把日月找回來,他們歷盡險阻,發現了日月原來被兩條惡龍摘來當球玩。在苦思對策時,一位老婆婆賜給他們金、銀剪刀,夫妻倆就以金、銀剪刀和惡龍展開大戰,憑著過人的勇氣終於殺死了惡龍。當他們搶回日月,不知道如何送這兩個火球回天上時,忽然,雷聲大作,他們的身體不斷長高,力氣也變大了。夫妻各拔起一棵樹,把日月托在樹頂,努力將日月托回天上去。最後,他們成功了,但兩人也精疲力盡,這時才發現自己手臂上已經長出了樹,身體化作了岩石,兩腳也深深的埋入地裡,動彈不得。他們變成兩座大山,分別站在潭的兩邊。這兩座大山,據說是大尖山和水社大

山,這個深潭就是日月潭了。這則神話用來解釋自然山水的由來,富有豐富的想像力,也歌頌祖先勇於為公的犧牲精神,深具啟發意義。

原住民的歷史典範人物,過去也被埋沒而不為莘莘學子所知,殊為可惜。新學友版(4上第八課)的〈霧社勇士〉,介紹泰雅族的抗日英雄——莫那‧魯道。莫那‧魯道為霧社泰雅族的總頭目,在日治時期率領族人起來抗暴,日軍出動飛機、大砲猛攻,這些霧社勇士一再抵抗,數次擊退日軍,但還是無法抵擋敵人的現代化武器,最後壯烈犧牲了。這是原住民對抗外來侵略可歌可泣的一頁,值得成為臺灣人民共同的記憶。

(四)選文——〈山是一座學校〉

以上的課文都是編者自撰或改寫,只有翰林版(6上第一課)的〈山是一座學校〉,是一篇選文。該篇為新詩,選自《山是一座學校》一書。作者瓦歷斯‧諾幹,國中國文選修本第三冊選了他的〈來到部落的文明〉一文,前面已經介紹過。這首詩以親切的口吻告訴孩子,山像是一座學校,它提供我們許多學習的地方。作者運用生動的譬喻,娓娓道來:

> 推開第一道門
> 你將發現
> 是一座沒有黑板的教室:
> 操場就是寬廣的草原,
> 你將與野獸一同捉迷藏,
> 和星星親密的交談,
> 樹藤和你跳繩比賽,
> 流水教你歡唱童謠。

接著描述第二、三座教室,山中的各種景物,透過擬人化之後,都變成我們的玩伴,如寫黃昏:「它會舞動輕柔的金披風,引領你徘徊而迷路」;有的則變成我們的學習對象,如寫草和石頭:「柔弱的草,謙虛的彎腰;巨大的石頭,堅忍的立正」等等。因為山中可以讓我們玩及學習

的東西實在太多了，它有無數座的教室，但都必須靠自己去接觸、去發現、去體會，所以作者結尾說：

> 你將發現自己是學生也是老師，
> 你的眼睛、你的皮膚、你的手腳，
> 甚至於你的耳朵，都是最好的老師。

整首詩活潑有趣，充分體現了原住民熱愛自然，以自然為師的民族性，這正是工商業發達的今天，生活在城市的人們所欠缺的，值得大家反省和學習。

六、結語

我們考察了臺灣各級學校的國語文教科書，由於高職國文教科書很早就開放民間編印，各家版本原來就相當多，目前根據教育部新的課程標準又更新到第三冊，屬於新舊交替之際，版本愈加顯得龐雜，故暫時沒有將這些教科書列入考察範圍。其他從大學以降的高中、國中、國小等各級學校的國語文教科書，都已經針對原住民文學選文情況作了介紹。由以上的介紹，我們可以將臺灣國語文教科書選用原住民文學的情況歸納如下：

（一）原住民文學作品已成為教科書選文的對象

從彰化師大編纂的《大學國文精選》選用原住民文學作品以來，由於本土化、多元化已是臺灣社會的主流價值，認識和尊重原住民文化也是值得重視的課題，所以各級學校國語文教科書的編者，都逐漸注重原住民文學，將他們的作品選入教材之中，以供學生仔細研讀，這是一個非常值得肯定的現象。

（二）原住民文學選文的作者涵蓋面廣

我們觀察各級學校教科書所選原住民文學的作者身份（國小編寫的課文則以內容代表所屬族群），不僅有早期的平埔族，就目前的原住民而

言，也包含有：布農族、排灣族、賽夏族、雅美族、泰雅族、卑南族、魯凱族、邵族等，幾乎已經涵蓋原住民各個族群，使各個族群不同的生活習俗、文化特色都能五彩繽紛呈現出來，如亞榮隆・撒可努（排灣族）對山的謳歌、所反映的獵人文化，和夏曼・藍波安（雅美族）對海的禮讚、所描寫的漁人文化，兩者雖然都原味十足，但畢竟還是有一些差異性，這種不同的特色，正是它們可貴的地方。

（三）原住民文學選文內容相當豐富

原住民在臺灣屬於少數族群，其部落文化受到工商社會的衝擊，逐漸的流失，目前原住民的有識之士，都積極投入搶救文化的工作，其文學作品在這方面的呈現最多，國語文教科書選文的內容也大都反映這樣的事實。此外，原住民的祭典、生活環境、神話、歷史典範人物、乃至於社會弱勢地位問題等，在教科書選文中也都可以看得到，這對瞭解原住民具有正面的意義。

（四）原住民文學選文形式呈現多樣化

原住民是喜愛唱歌的民族，像早期記錄下來的平埔族歌謠，或目前還在傳唱的賽夏族祭歌，都可印證這樣的說法。歌謠之外，原住民的神話傳說，富有豐富的想像力及很高的敘事性。現代的原住民作家，有的擅長新詩，有的擅長小說，也有的擅長散文；一般而言，他們都喜歡以散文從事報導文學創作，反映原住民生活及文化的困境。原住民文學形式的多樣化，在教科書選文中都已經呈現出來。

除了以上客觀情況的歸納之外，個人對未來教科書的編纂及原住民的文學創作也有一些期許：

（一）教科書編纂方面

雖然原住民文學作品已經成為國文教科書選文的對象，尤其教科書開放民間編印之後的趨向更是如此，但是還有不少民間版的教科書，或昧於呼應本土化、多元化的社會主流價值，或不瞭解原住民文學的特殊

成就，因此有關原住民文學的選文付之闕如，這是編者需要加油的地方。

目前教育部正在推行九年一貫教育，其實不只九年要一貫，就國語文教育而言，從國小、國中，以至高中、大學，也都需要一貫，因此，我們希望每一階段的國語文教科書都有原住民的文學作品，而且能循序漸進、有計畫地讓學生透過文學作品瞭解原住民。

如果教科書因篇幅有限，無法完整呈現原住民的文學風貌，個人建議民間出版業者，可編一套原住民文學作品選讀，就像國立編譯館編的《中國古典詩歌欣賞系列》（國小四冊、國中三冊、高中二冊），提供學生課外閱讀之用，相信透過優良的文學作品，是增進瞭解和尊重原住民的一條便捷道路。

（二）原住民文學創作方面

原住民早期的歌謠和神話傳說，由於沒有文字記錄，很多都流失了，這是非常可惜的事。近年來，已有不少原住民朋友投入搜集歌謠和神話傳說的工作，希望這項工作能夠持續，也期盼歌謠和神話傳說對豐富原住民文學的內涵有所幫助。

原住民從事現代文學的創作雖然起步較晚，但某些長期筆耕不輟的原住民作家，像田雅各、瓦歷斯・諾幹、夏曼・藍波安等人，作品已經寫出自己的獨特風格，在臺灣文壇上也有一定的評價。目前社會對原住民文學創作頗多期許，如中華汽車公司成立中華汽車原住民文教基金會，和山海文化雜誌社、中國時報人間副刊共同舉辦「中華汽車原住民文學獎」，去年與今年兩屆下來，共收有近三百篇的稿件，提升了原住民文學的創作風氣；因此，我們希望原住民朋友，透過文學來捍衛固有文化，也能夠創造新文化，相信經過一段時間的努力，原住民文學就如運動、歌唱一樣，將為臺灣在國際上揚眉吐氣。

——原載《笠征教授華甲紀念論文集》（臺北：臺灣學生書局，2001年12月），頁523-544。

《國文天地》解惑四則

一、張可久〈水仙子〉曲的疑義

問：高中國文第五冊第十六課〈散曲選〉，〈水仙子〉（春晚）一曲中的「海棠鸚鵡，巖花杜鵑，楊柳秋千」，此三景在此有何代表意義？又「杜鵑」宜解為「杜鵑鳥」或「杜鵑花」？（臺南讀者・洪慶明）

答：張可久這首〈水仙子〉，是寫晚春時候，回憶去年南浦送別，思念遠人的作品。他最後用景物作結：「可憐景物依然，海棠鸚鵡，巖花杜鵑，楊柳秋千。」很顯然地，他是借著景物的不變，來襯托人事已非的悲哀。《國文天地》出版的《高中國文動動腦》就如此分析說：「這三種景都是極其精緻優美，並且女性化的景，這種景致原是適合雙雙儷影，同賞共玩的，但作者卻利用純靜態的羅列筆法，將這幅圖景展示出來，讓讀者從他刻意雕琢的美景中，嗅到了異乎尋常的冷硬與孤寂，從而領會到了作者『此去經年，應是良辰好景虛設，便縱有千種風情，更與何人說』的惆悵心境，靜態的景，象徵著人活力的喪失，景致愈美愈襯出人事的虛寂──『物是人非事事休』。」（冊 5，頁 236）此外，我們如果再深入探索，可發現作者鏡頭特寫這三種景物的意義：「海棠鸚鵡」，鸚鵡俗名八哥，牠固然巧言可學人語，但畢竟無法取代人，亦映襯出別後無人言語的孤寂。「巖花杜鵑」，杜鵑鳥的鳴聲是「不如歸去」，非常淒厲，直可令離人泣血。「楊柳秋千」，秋千是古代女子消遣玩樂的東西，但人去之後，只剩空空蕩蕩的秋千懸在那裏，多麼淒涼的畫面。尤其秋千懸在楊柳上，古人折柳相送，「柳」與「留」諧音，希望對方能留下來，但留下的只是秋千，豈不令人感傷？從這些景物的深層意義，可印證「一切景語皆情語」（王國維語），言之不虛也。至於「巖花杜鵑」，個人認為應解作「杜鵑鳥」較妥當，因為這三句是鼎足對，「巖花」、「杜

鵑」解作兩種不同的景物，才能和「海棠、鸚鵡」、「楊柳、秋千」對仗工整，而且多一種杜鵑鳥，可使傷心的氣氛更加濃厚。

——原載《國文天地》5卷9期（1990年2月），頁10。

二、「柴」門一任絕車馬如何讀？

問：高中國文第五冊第十六課〈散曲選〉，〈題西湖〉一曲中「漁村偏喜多鵝鴨，柴門一任絕車馬」，此「柴」字宜唸ㄔㄞˊ或ㄓㄞˋ？（臺北讀者・馬良）

答：馬致遠〈題西湖〉套曲中的「柴門一任絕車馬」，「柴門」是指以柴木作成的門，形容其居住樸素簡陋，所以「柴」應唸作「ㄔㄞˊ」。如果唸「ㄓㄞˋ」的話，這裏的「柴」字就是動詞，作「杜塞」解，「柴門」即「杜門」、「閉門」，如《後漢書・楊震傳》：「於是柴門絕賓客」，就是這種用法。本曲子的「柴門」作「杜門」解固然可通，並且句型與《後漢書》相類，但此句與上句「漁村偏喜多鵝鴨」對仗，「漁村」對「柴門」，如果「柴」作動詞，則詞性不妥，故不應唸「ㄓㄞˋ」。

——原載《國文天地》5卷10期（1990年3月），頁9。

三、「月照西鄉」典故為何？

問：戊戌年八月，譚嗣同到日本使館見梁啟超，託付詩文辭稿本，臨別時說：「不有行者，無以圖將來；不有死者，無以酬聖主。今南海之生死未可卜，程嬰杵臼，月照西鄉，吾與足下分任之。」文中「月照西鄉」一詞作何解？有無典故？（臺南讀者・王穎）

答：譚嗣同臨別時對梁啟超的這段話，他是抱著必死的決心，以報

答光緒皇帝對變法維新派的知遇之恩，而勸梁啟超保存性命，以便將來有所作為。其中他用了兩個典故，一是「程嬰杵臼」，一是「月照西鄉」。春秋時，公孫杵臼選擇犧牲自己以保全趙氏孤兒，程嬰則承擔撫孤報仇重任，這是大家耳熟能詳的故事，不用多言。「月照西鄉」是東洋典故。「月照」（げっしょう，1813～1858），日本僧人，俗姓玉井，初名宗久。父親業醫早逝，他在 1827 年出家，改名忍向。1835 年為京都清水寺成就院住持。當時幕府專政，對外無能，他抱有勤王之志，遊歷各地高倡尊王攘夷，結交不少志士，西鄉隆盛（さいごうたかもり，1827～1877）就是其中之一。後來幕府為了鎮壓這批尊攘派，便爆發了著名的「安政大獄」（安政五年七月～六年十月，西元 1858～59），大舉捕殺異己。月照與西鄉一同逃往鹿兒島，但被薩摩藩拒絕收留，兩人一同投錦江灣自殺，結果月照溺死，西鄉獲救。西鄉經過一番奮鬥，後來成為倒幕運動的中心人物，討幕戰爭他當東征大總督參謀，1868 年，他交涉成功使江戶城兵不血刃地投降。明治新政府時，他首當參議，協助廢藩置縣。與大久保、木戶被稱為「明治維新三傑」。譚嗣同所以用這個典故，是自比作月照，而希望梁啟超像西鄉隆盛，忍辱負重，繼續努力變法維新的大業。「月照西鄉」與上句「程嬰杵臼」在修辭技巧上是屬於對仗的方式，一中一外的典故，相互輝映，顯得工整而貼切，這是中國文字巧妙的地方。

——原載《國文天地》5 卷 12 期（1990 年 5 月），頁 10。

四、文嘉的〈明日詩〉

問：記憶中民國 60 年左右的國文課本曾選錄一首很好的詩，開頭是「明日復明日，明日何其多……」，但不知此詩全文如何？出處如何？（臺北讀者・黃先生）

答：此詩係明人文嘉的〈明日詩〉，出自《文氏五家詩》卷九，全文

是這樣的：

> 明日復明日，明日何其多。
> 日日待明日，萬事成蹉跎。
> 世人皆被明日累，明日無窮老將至。
> 晨昏滾滾水東流，今古悠悠日西墜。
> 百年明日能幾何？請君聽我明日歌。

——原載《國文天地》7卷3期（1991年8月），頁8。

研究中國古典文學的一座指標——
談《中國古典文學研究論文索引》

臺灣從事中國文學研究者，都不會忘記翻閱國立中央圖書館編的《中國近二十年文史哲論文分類索引》（正中書局，1970年出版），從其中瞭解民國37年至57年間，曾有那些論文與自己研究主題有關者，以作為自己研究或教學時之參考。近幾年國立中央圖書館又與中華文化復興運動推行委員會合作，完成了《中國文化研究論文目錄》（民國35年至68年）的編纂，共計六冊，其中第一冊（包括國父與先總統蔣公研究、文化與學術、哲學、經學、圖書目錄學）、第二冊（語言文字、文學）、第五冊（傳記）皆已出扳，第三、四冊（歷史）、第六冊（著者索引）也即將陸續出版，由臺灣商務印書館發行，對學界來說算是一件功德無量的盛事。

最近由於政府一連串的開放措施，海峽兩岸的學術交流或競爭將會很自然地形成，臺灣的學者首先要關切的，中國大陸的學術行情到底如何？在自己研究的領域裏，大陸學者有那些研究成績？大家一定會想，如果有像《中國近二十年文史哲論文分類索引》、《中國文化研究論文目錄》這樣的工具書，這些問題不是解決大半了嗎？因此本文所要介紹的，就是大陸有關中國古典文學研究論文索引。

早在民國六十八年十一月，大陸的中華書局就曾出版了一本《中國古典文學研究論文索引》（增訂本），這本索引收錄了民國38年至民國55年6月間，有關研究中國古典文學的論文篇目，全書分成兩部分：民國51年以前的論文索引，為河北北京師範學院中文系資料室所編，內分：一、關於中國文學史的編寫和研究；二、文學史分類研究；三、作家作品研究三大類。民國52年至民國55年6月的論文索引，為中國社會科學院文學研究所圖書資料室所編，內分：概論和作家作品研究兩大類。全書所收論文在時間上是銜接的，編排體例也相同，這本書基

本上可以反映民國 56 年 6 月以前中國大陸中國古典文學研究領域的成果。

民國七十三年六月,大陸廣西人民出版社又出版了一本《中國古典文學研究論文索引》(1949～1980),這是由大陸的中山大學中文系資料室所編,收錄了民國 38 年到民國 69 年,共三十一年間的古典文學研究論文篇目,是目前大陸最新的中國古典文學研究論文索引。

這本索引收錄的範圍,包括大陸的報紙、雜誌、及各高等院校學報、集刊上發表的有關中國古典文學研究的論文、資料的篇目,並從若干中等專業學校刊物及香港、臺灣出版的某些文學雜誌上搜集了少數論文、資料篇目。全書分兩大部分:一、總論,包括中國古代文學研究的若干問題、中國古代文學分類研究、中國古代語文的教學以及中國古代文獻的研習;二、作家作品研究。其分類編排,總論部分的篇目,先按門類編排,再按文章發表時間的先後排列;作家作品研究部分,按朝代先後劃分,研究論文、資料較多的作家、作品,再分列生平思想、作品研究等細目,其文章篇目仍按發表時間先後排列。至於論文資料篇目收錄的體例,是先列篇名、作者姓名,後列報刊名稱、出版時間或卷期,作者一般只錄第一人姓名,其後加注「等」字;刊物原標卷期,則注卷期;原標年月,則注年月。

這本書雖是針對中國古典文學研究而編的專科索引,但它收錄的範圍並不僅限於純文學的論著,凡與研習古典文學有關的論文篇目,史、哲而外,音韻文字、版本校勘、古典文獻、筆記傳說等,都有所兼顧,這可說是本書最大的特色之一。大陸的學術研究常常受到政策的影響,古典文學研究也經過多次論爭,從批評俞平伯先生的《紅樓夢研究》、「反右派鬥爭」,到文革期間的所謂批儒評法,批《水滸》運動,本書對論爭各方的論文篇目,是有目必錄,不厭其詳,能夠向讀者提供比較全面的資料,而不受政治左右,這也是本書值得稱讚的地方。另外,本書對臺灣及香港的中國古典文學研究,也持肯定的態度,只是限於各種因素,僅收錄了少數的期刊論文,這一鱗半爪固然不足以反映臺灣及香港

的研究成果,但大陸學者能伸出觸角,注意臺灣及香港的研究概況,也算是難能可貴了。

　　本書前言自稱是「目前研究古典文學的一部內容較完備、編纂較認真的工具書」,但我們從其中的許多缺失可以發現,大陸編纂索引的水平並不高:一、本書雖然很認真地搜集報紙、期刊、大專院校學報等論文,即使中等專業學校刊物及臺灣、香港的文學雜誌也偶有搜集,但對於論文集的論文,並沒有收錄,這是美中不足的地方。二、論文篇目的收錄體例,列有篇名、作者姓名、報刊名稱、出版時間或卷期,大致還算正確,但沒有標明頁次,一方面讓讀者要尋找這篇論文時有所不便,另一方面也讓讀者無法知道這篇論文共有幾頁,其篇幅份量也就難以窺曉。並且某些論文只標明卷期,如頁429,收錄了李昌陟撰的〈蘇軾詩歌的藝術成就〉,只標注:《四川大學學報叢刊》第六輯;頁450,收錄了陸成侯撰的〈談辛棄疾永遇樂‧京口北固亭懷古〉,也只標注:《中華文史論叢》第八輯,都沒有注明出版年月,這未免太疏略了。三、缺少收錄期刊、報紙一覽表,因此讀者無法知道本書到底收錄了那些期刊、報紙;前面介紹的由河北北京師範學院中文系資料室主編的《中國古典文學研究論文索引》(1949～1962),就附有「引用期刊報紙目錄」,而後出的反而沒有,可說是一種退步。國立中央圖書館編的《中國文化研究論文目錄》,這方面就做得非常好,它的期刊一覽表除列刊名外,並注明有創刊(復刊)年月、出版地、出版者、本書收錄的卷期、收錄的篇數、及涵蓋的年代,罕見期刊則注明收藏機關,間亦注明編者或刊名、刊期變更經過。報紙一覽表除注明報名外,也注明創刊年月日、收錄的年月及篇數、間亦注明停刊及改名經過。這種詳實的做法,值得大陸編索引時參考。四、缺少輔助索引。本書既然是按照分類編纂,照理應該附有著者索引,但本書並沒有這麼做,如果我們想要瞭解大陸某一學者,他曾發表過那些論文,他的研究方向或研究成績如何,本書就很難查尋了。五、互見工作做得不理想,如頁450,收錄了胡澄志的〈讀蘇軾、辛棄疾的兩首懷古詞〉,是放在「辛棄疾」這一名目之下,而在「蘇軾」底下

就查不到這篇文章。又如頁626，收錄了黃淺的〈孔夫子和賈寶玉〉，也只放在「賈寶玉」名下，而「孔子」之下就沒有再列了。這都是編者沒有把兩個以上主題的篇名，作好分析片，以歸入有關各類，才會產生這種缺失。

　　總之，儘管大陸編纂索引的水平不高，但能推出這樣的專科工具書，以方便學界，應該值得鼓勵的。反觀我們國立中央圖書館所編的《中國文化研究論文目錄》，不管是分類、體例，或是論文的搜集、附錄等各方面，都做得非常合理完備，編輯水準是很高的，但出版速度太慢，如第二冊（語言文字、文學類），只收錄到民國68年，而這一冊直到今年，已經是77年了才出版，在這學術一日千里的今天，我們的出版速度是需要加油了。又《中國文化研究論文目錄》算是一種綜合性的論文索引，我們應該也編一本像《中國古典文學研究論文索引》這樣的專科索引，筆者認為，像這樣的專科索引，所收錄的不僅是期刊、報紙或論文集的論文，必須連專書也一併收入，才能真正全面地反映研究成果，讓讀者檢尋時莫大的方便，就像日本人所編《中國文學研究文獻要覽・1945～1977，戰後編》（石川梅次郎監修、日外アソシエーツ株式會社發行）一樣，對學術界將有更大的貢獻。日本對研究中國的東西，都能做到如此仔細，而臺灣及中國應該更加努力，希望海峽兩岸的學界要彼此共勉了。

　　──原載《國文天地》4卷1期（1988年6月），頁88-90。

文學史的歷史——
談《中國文學史書目提要》

　　中國是一個重視歷史的民族，歷代的史書也很重視文學，如《前、後漢書》就將有關政治的論文和文學價值較高的辭賦，收入到每位作者的傳記中。可是近代有關「中國文學史」這樣的專門著作，卻由東洋學者撰述在先，才引起中國人的發憤，一般認為中國人自著最早的文學史——林傳甲的《中國文學史》，完成於光緒三十年（1904），即仿照日本早稻田大學的《中國文學史講義》編成。以後學界踵事增華，除文學通史外，各朝代文學斷代史、各類文學專史，著作如林，洋洋大觀，蔚為風尚。

　　中國文學史書目的輯錄，始於梁容若、黃得時兩位先生（見 49 年 7 月東海大學《圖書館學報》第 2 期），以後曾加重訂（56 年 5 月《幼獅學誌》第 6 卷第 1 期）、三訂（56 年 9 月《文壇》87 期），因尚有闕漏，於是青霜先生又加以增補，寫成〈中國文學史書目新編〉（見 65 年 8 月、9 月、11 月、12 月《書評書目》第 40、41、43、44 期）。

　　從上述目錄，固然可以瞭解歷來「中國文學史」著作的概況，但對其內容梗概得失，除非自己檢尋原書，否則還是無從窺曉。梁容若先生曾寫專文評劉大杰《中國文學發達史》（初評見 49 年 6 月《東海學報》2 卷 1 期，再評見 55 年 9 月 10 日《書和人》第 40 期），又完成〈中國文學史十一種述評〉（見 56 年 7 月三民書局出版的《中國文學史研究》），其中對每一本書所作的「簡評」，都鞭辟入裏，能導引讀者認識這些著作的優缺點，算是比較有系統的作法。

　　前年（民國 75 年 8 月）中國大陸黃山書社出版了一本《中國文學史書目提要》，作者陳玉堂先生，他把民國 38 年以前有關「中國文學史」的著作都寫成提要，對研究中國文學史者頗有幫助。這本書收錄的範圍，以中國文學史書、史論、史評著作為主，其他和文學史相關的著作，也酌量編入。全書共分為「通史」、「斷代史」、「分類史」三大部分，「分

類史」中也包括韻文、美文、詩、賦、曲、散文、駢文、小說、民間文學、戲劇、音樂、民族文學、抗戰文學、婦女文學及宗教文學等。本書的編排，以所見著作的出版年月先後為順序；出版年月不詳的，則按有關情況斟酌編入某一時期。斷代史則按時代先後排列，所有譯著也按類附在後面。每本書的提要分兩個部分，其一是介紹原著的版本和成書簡況，並稍加評述；其次是詳錄原著的章節，重要處並摘錄其內容要點，或另加簡注，使讀者能了解各書的基本面貌。

由於作者長期苦心搜集，所以從清末到民國38年為止，所有與「中國文學史」相關的著作，幾乎都一網打盡。我們把本書與青霜的〈中國文學史書目新編〉比較一下，就可看出兩者所搜集的書目相差甚遠，如通史部分，本書收了一二二種、譯本十種，〈新編〉才收了六十九種、譯本二種；斷代史部分，本書收了五十五種、譯本二種，〈新編〉才收了三十九種、譯本一種；分類史部分，本書收了一四六種、譯本十種，〈新編〉才收了八十五種，譯本四種；總計本書共收了三二三種、譯本二十三種，〈新編〉才收了一九三種、譯本七種（按：〈新編〉所收書目是到民國65年，以上的統計數字已將38年以後的書目扣除）。因此要瞭解民國38年以前，曾經有那些「中國文學史」的著作誕生，必須要來檢尋本書。

臺灣的出版界翻印了不少民國38年以前出版的舊作，但限於種種因素，這些翻印本往往經過了「整容」（如更改書名、作者姓名或修改內容等等不一而足），其中與「中國文學史」有關的著作也不少，如鄭振鐸《插圖本中國文學史》、陸侃如及馮沅君的《中國詩史》、劉大杰《中國文學發展史》、郭紹虞《中國文學批評史》、魯迅《中國小說史略》、王古魯譯、青木正兒著《中國近世戲曲史》等，都是大家書架上常擁有的書，但對於這些書的來龍去脈、何時何處出版、曾否修訂等等，恐怕皆毫無所悉，這對於學界講究學術源流，則不無遺憾，如果能看本書提要，問題即可迎刃而解。

本書所列的書目，作者大都親自看過原書，只有少量是根據有關資

料著錄存目,所以很多罕見的著作,我們便可藉著作者的提要,知其成書經過、內容梗概、章節篇目、編寫體例等等,對於研究過去的中國文學史著作之發展,和今後撰寫中國文學史,都有參考價值。本書所收的著作雖止於民國38年,但每一本書如果38年以後有修訂本,作者都不憚其煩地敘述其修訂經過、前後版本有何不同,使讀者能掌握到一本書的成長歷程。另外臺灣如有翻印本也偶會提及,只是作者囿於所見,無法一一詳載而已。

作者撰寫提要時,都能客觀地介紹每一本書,而不妄加評論,如中國大陸以前曾對胡適的《白話文學》、《五十年來之中國文學》大肆攻訐,即使陸侃如、馮沅君《中國文學史簡編》、鄭振鐸《插圖本中國文學史》、劉大杰《中國文學發展史》都難逃批判的命運,但本書作者在介紹這幾本書時,都沒有任何過激的言論,敘述非常平實,反而對劉大杰不能堅守學術立場,有所批評:「1973年和1976年,作者出於歷史原因,將前版在內容和篇目上作了更大的改動,先後由上海人民出版社出版了第一、第二兩冊,計六十五萬餘字,本版之觀點,多有謬誤,不為人取。」(頁110,《中國文學發展史》條)作者能有這樣的寫作態度,是令人讚賞的。

本書作者搜羅固然力求完備,但還是難免有一些遺漏,如通史部分:徐信符《中國文學史》(民國11年,廣東高師)、謝次陶《中國文學史》(民國14年,廣東國民大學)、胡懷琛《中國文學史》(民國22年,上海持志大學)等書就沒有著錄。斷代史部分:朱希祖《中國古代文學史》(民國10年,北平師範大學)、傅斯年《中國古代文學史講義》(民國14年,國立臺灣大學,收入《傅孟真先生集》第二冊)、霍衣仙《最近二十年文學史綱》(民國25年,北新書局)、李長之《近代中國的文藝復興》(民國35年,商務印書館)。分類史部分:黃節《詩史》(民國10年,北京大學)、蔣祖怡《詩歌文學纂要》(民國35年,正中書局)、許文玉《唐詩綜論》(南京鍾山書局)、費海容《唐詩研究》(上海大東書局)、陸侃如《樂府古辭考》(民國15年,商務印書館)、趙景琛《彈詞

考證》（民國 27 年，商務印書館）等書也都不見著錄。

此外，本書所寫的提要，大致偏重於介紹成書經過，抄錄章節目次，對於每一本書的價值、貢獻，則鮮少涉及，當然過於主觀或帶政治色彩的批判是不足取，但站在純學術立場，對於過去的這些文學史著作，給予適如其分的評價，指出其優缺點，供以後的學者當借鑒，也是作者撰寫提要時不能迴避的責任，要能做到這種境界，一方面需要作者的學術功力，一方面則需要作者花費更多的時間精力，否則是不易達成的。

總之，作者以個人之力，編寫這本包羅三百四十五種書籍的提要，其精神是可佩的，讀者由此可以認識從清末到民國 38 年這段文學史著作的歷史，其貢獻是應該獲得肯定的。我們在檢閱方便之餘，也寄望海峽兩岸的學術界，繼續努力，把民國 38 年到今天出版的有關「中國文學史」著作，再寫成提要，如果能把外國學者在這方面的著作，也一併收入，那就更為理想了。而最重要的，就是從事中國文學研究者，能夠從過去這麼多有關「中國文學史」的著作中，獲得借鑒，以新的觀點，利用新的資料，不斷地推陳出新，寫出更有創見、更有價值的「中國文學史」這樣的著作來，則是大家所期盼的。

——原載《國文天地》4 卷 6 期（1988 年 11 月），頁 92-94。

我們不需要拼裝車——
《唐詩新賞》的資料來源

最近地球出版社推出一套書，叫做《唐詩新賞》，共十五冊。除執行主編張淑瓊外，並列出總編審高明、編審王熙元、李周龍、林茂雄、莊雅州、張仁青、陳弘治、閔宗述等幾位大學教授。乍看之下，這套書有這麼多教授負責編審，應是品質最好的保證，但經閱讀比對之後，事實並不然，這套書根本就是「拼裝車」——幾種書拼湊起來而已，何以須要這麼多教授編審，令人不曉得「編審」到底所為何事？

這套書是怎樣編成的？它的資料來源如何呢？高明教授在書前寫的序文說：「她（指張淑瓊小姐）找了許多唐詩的選本和總集，對每一個唐代詩人的生平行迹，對每一首唐代詩人的作品注釋，尤其是古今人對唐詩賞析的資料，儘量地蒐集，終於編成了《唐詩新賞》這部書。」從這段話似乎肯定了張小姐花費不少苦心才編成的，但真相是如此嗎？

王熙元教授比較客觀，由他寫的序可以看出一些真相：「上海商務印書館出版《名家鑑賞唐詩大觀》一書，所選詩人達一百九十六家，詩作多至一千一百零五首，確是洋洋大觀，名不虛發。……此間地球出版社社長魏成光先生，鑒於《唐詩大觀》之優點，甚有可讀性與可信度，且深入淺出，不可多得。遂以此書為藍本，每家各繫生平，各附簡明注釋，以作者為綱，作品為緯，不分體類，予以重編，援用原書之賞析文字，聘請專家審閱一過，並請張仁青教授增補詩家八人、詩作六十六首，各作賞析。共收詩家二百零四人，詩作一千一百七十一首，全書篇幅及詩篇數量，約數倍於《唐詩三百首》，定名為《唐詩新賞》。」王教授的交代大致還算中肯，但對本書所有資料來源並沒有和盤托出，恐怕連他也不太清楚吧？

正如王教授所說，這套書是以《名家鑑賞唐詩大觀》為藍本，只是《名家鑑賞唐詩大觀》並非上海商務印書館出版。它有兩種版本，都是簡體字，大陸本原名《唐詩鑑賞辭典》，1983年12月由上海辭書出版社

出版,等到 1984 年 4 月,才再和商務印書館香港分館合作出版香港本,並改名為《名家鑑賞唐詩大觀》,唯內容沒有絲毫不同,這是我們首先要說明的。至於《唐詩新賞》最重要的序——《編者的話》,根本就是《唐詩大觀》程千帆先生寫的〈序言〉,只把少數文字稍作更動,竟然改題「地球出版社唐詩新賞編纂委員會」,不知地球出版社何時請程先生入編纂委員會的?

其次根據《唐詩新賞》的體例順序,即:作者生平、詩作、注釋、賞析等四部分,逐一揭舉它的資料來源,並指出它在編纂上的許多缺失。

一、作者生平部分

《唐詩大觀》附錄有〈詩人小傳〉,簡單扼要介紹每一位詩人的生平,《唐詩新賞》編者大概嫌它不夠詳細,於是就從譚正璧《中國文學家大辭典》(光明書局,1934 年,此間河洛出版社、世界書局都曾翻印)取材。也不管文體與後面注釋、賞析的文字不一致,全部照抄,若《中國文學家大辭典》沒有,才根據〈詩人小傳〉。這種缺失除文體不一外,另因《中國文學家大辭典》早在民國 23 年即已成書,經五十多年來,許多學者對詩人的生卒年考證花了不少功夫,《唐詩大觀》的《詩人小傳》多少能反映出這個成果,可惜編者寧願放棄這些現成的新資料,一味抄襲舊資料,未免太沒眼光了。

二、詩作部分

《唐詩大觀》所收的詩人及作品固然很多,但並沒有把《唐詩三百首》的作品全收進去,《唐詩新賞》編者想要把《唐詩三百首》也一併涵蓋,所以請張仁青教授增補詩家八人,詩作六十六首,可笑的是,他並沒有仔細核對,增補的六十六首中,居然有很多與原有的重複,大部分都是因為《唐詩大觀》與《唐詩三百首》所標的詩題不同造成的,如;王之渙已有〈涼州詞〉,卻又從《唐詩三百首》補了〈出塞〉;王維已有

〈送元二使安西〉,又補〈渭城曲〉;劉長卿已有〈送靈澈上人〉,又補〈送靈澈〉;李白增補了四首,其中三首:〈下江陵〉(一名〈朝發白帝城〉)、〈長相思〉、〈黃鶴樓送孟浩然之廣陵〉都是重複的,可見編者多麼不用心!劉禹錫已有〈和樂天春詞〉,也重複補了〈春詞〉;白居易已有〈賦得古原草送別〉,卻又補了〈草〉。另外在目錄上杜牧增補有〈旅宿〉一首,內文竟然給遺漏了,真是「該有的沒有,不該有的卻有」,滑人之大稽。

　　詩作的編排順序有些地方也令人滿頭霧水,編者大概為了避免和《唐詩大觀》完全一樣,所以把作品的順序稍作更動,再把新增的六十六首放進每一位作家的作品之末。但不要更動還好,更動了反而出現許多紕漏,如陳子昂有〈感遇詩〉三十八首,《唐詩大觀》選了三首,都按順序編在一起,《唐詩新賞》竟然把它分散,叫讀者如何讀?又王昌齡〈從軍行〉共有七首,《唐詩大觀》選四首都編在一起,《唐詩新賞》也同樣把第一首和其它三首拆開了。另外盧綸的〈塞下曲〉共有六首,《唐詩大觀》選有二首,張仁青教授增補了二首,按理應把它和原有的二首放在一起,才較完整,但編者還是把它分開在最後,而且題目也標錯了;只選了二首,卻作〈塞下曲四首〉,按前面體例,應作〈塞下曲〉六首(其一、其四)才算正確。

三、註釋部分

　　《唐詩大觀》以賞析為主,所以註釋較為簡略,《唐詩新賞》不知從何處弄到一本註釋詳盡的詩選,再將它移花接木,因此就產生了如下現象,假使這本詩選有的詩,《唐詩新賞》的註釋就很詳細,如果這本詩選沒有的詩,《唐詩大觀》有註釋,當然就沿用,則比較簡略;如果連《唐詩大觀》也沒有註釋,《唐詩新賞》便乾脆讓註釋開天窗。如王績〈秋夜喜遇王處士〉、王梵志〈吾富有錢時〉、寒山子〈杳杳寒山道〉、劉希夷〈代悲白頭翁〉、宋之問〈早發始興江口至虛氏村作〉等等,有很多處都需要註釋,但編者只仰賴一本書,不會再找其它資料,因此這些詩的註

釋都空白了,前後體例極為紊亂。

　　令人啼笑皆非的,編者「偷吃還不曉得抹嘴」,平白露出許多馬腳,如陳子昂〈登幽州臺歌〉註①說:「參見〈感遇〉(朔風吹海樹)註③」、王維〈九月九日憶山東兄弟〉註②說:「參閱儲光羲〈登戲馬臺作〉註⑥」、又〈輞川閒居贈裴秀才迪〉註④說:「參見陳子昂〈度荊門望楚〉註④」、白居易〈杜陵叟〉註⑨說:「見〈重賦〉註⑩。」讀者試遵照他的指示找看看,相信把書本翻爛也找不到,因為人家原來有選這些詩,所以要讀者參閱這些詩的註釋,而《唐詩新賞》根本就沒有選,也跟著照抄,豈不是在尋讀者開心?

　　關於張仁青教授增補的六十六首,這些詩的註釋完全抄自金性堯《唐詩三百首新注》(上海古籍出版社,1980年9月,里仁書局有翻印),所以前面所舉與原有重複的詩,它們的註釋都不一樣,原因就是各抄各的,才會有這種奇怪的情形發生。

四、賞析部分

　　《唐詩大觀》每一首詩的賞析,都是請古典文學專家、學者、專業工作者撰寫,而且文後都有署名,以示負責,共動用了一百二十六人,由此可見這本書的規模及嚴謹。《唐詩新賞》的賞析文字完全援用《唐詩大觀》,但卻把以示負責的作者署名刪去,這種不重視著作權的作風實在要不得。另外張仁青增補六十六首的賞析文字,則由他一人撰寫,不是參考《唐詩三百首新注》,就是堆砌資料,和《唐詩大觀》的賞析格調極不協調,只要把重複的幾首對讀一下,自然就很容易分出高下了。這大概是由於他一個人要負責六十六首,沒有辦法仔細去推敲玩味,品質難免就大打折扣,並不代表我們的教授比彼岸差。

　　經過以上的分析舉證,《唐詩新賞》是一部「拼裝車」殆無疑義,真是「國產」的部分只有增補六十六首的賞析文字而已。又《唐詩大觀》原有許多附錄,除〈詩人小傳〉外,還有〈詩人年表〉、〈唐詩書目〉、〈名句索引〉、〈詩體詩律詞語簡釋〉、〈篇目筆劃索引〉,因為這些「附

件」太複雜了，所以我們這部「拼裝車」就把它們廢棄，只編了一個很簡單的〈全部作者編列冊第總目錄〉，實在「暴殄天物」！

最後我們要作如下的呼籲：以前戒嚴時期，層層管制，大陸版的書都列為禁書，許多出版商不知是為了利，或是文化使命感，常常突破管制翻印大陸的書，為了避免被查禁，當然就把它改裝，就如偷車賊一樣，偷了車之後，有的換牌照，有的重新鈑金，有的解體拼裝，這固然不是高尚的行為，但在戒嚴時期，讀者對翻印大陸書並不忍苛責，就如人在飢餓時不得已偷點東西，還能為社會忍受。可是現在情況不同了，政府一連串的開放措拖，出版社已可光明正大出版大陸圖書，只要向他們買版權、付版稅即可。其實這是應該的，我們不是大聲疾呼「保護智慧財產權」，不是要幫助「苦難的同胞」，尤其那些孜孜矻矻的大陸學者，在那種惡劣的環境下，居然肯努力為學術文化奮鬥，我們還忍心偷人家的東西？希望出版社拿出道德良知，重視大陸學者的「智慧財產權」，要嘛，就向人家買版權，不然就請臺灣學者自己動手來寫，不要胡亂拼湊，以掩飾「盜版」之實。再者，大學教授更應有維持學術秩序的道德及原則，不要被出版商的「情」或「錢」所利用左右，而導致「教授與海盜同船」，變成出版商欺騙社會大眾的「人頭」工具，這是多麼可悲！如果教授都要幫助宵小製造「拼裝車」，我們的社會還有何公理正義可言！連教授本身都不重視「智慧財產權」，那麼要贏得人家的尊重，則戛戛其難矣！

——原載《國文天地》5 卷 5 期（1989 年 10 月），頁 98-101，署名「李渡」。

一盞學術明燈——
劉兆祐教授的《國學導讀》

一、前言

　　記得 35 年前，也就是民國 61 年的時候，我念完東吳大學中文系一年級，囿於社會的價值觀，我申請轉企業管理學系，但並未轉成，心中相當懊惱。在別無選擇之下，只有繼續留在中文系。在二年級安排的課程中，已結束大一的通識課，正式進入中文系的專業領域，如國學導讀、中國文學史、聲韻學、歷代文選及習作、歷代詩選及習作、經典選讀等，課業相當繁重。

　　過去中文系的任課老師，大都來自中國大陸不同的省份，他們多多少少帶有各種鄉音，因此都需要一段時間適應。二年級的任教教授中，擔任國學導讀的劉兆祐老師，當時他最年輕，講課的語言和我們最沒有距離，因此這門課很快就進入狀況。

　　後來慢慢才知道劉老師是師範學校畢業，再讀東吳大學中文系，接著又考上臺灣師大國文研究所，得到碩士學位後繼續攻讀博士，當時他一面授課，一面仍在寫博士論文，我們對老師不斷上進的求學歷程相當景仰。

　　劉老師上課時除了用屈萬里老師的《古籍導讀》當教材外，也補充了相當多的資料，他經常很工整的寫在黑板上，從右到左，連私名號、書名號也一一標註，老師是經過師範學校的養成教育，因此在板書的使用上，可說是一絲不苟，這對不太會做筆記的同學，相當方便。

　　我們雖然已經讀了一年的大學，但對學術仍舊懵懵懂懂，劉老師是受過完整學術訓練的年輕學者，他教我們這一年的國學導讀，帶領同學認識了國學的內涵，研治國學的方法，讓我們茅塞初開，了解到學術為何物。

大學三年級，劉老師擔任「訓詁學」，四年級，我又選修老師開的「四史選讀」，在老師的引導下，我逐漸的走上學術之路。東吳中文系在老師的奔走下，陸續成立了碩士班、博士班，我躬逢其盛，成了第二屆碩士班、第四屆博士班的研究生。攻讀學位期間，我又修習老師在碩士班所開的「文史資料研究及討論」、及在博士班所開的「中國文學專題研究及討論」等課程，所以在學術的養成過程中，劉老師一路給我許多教導，讓我受益無窮。

博士班畢業後，我開始在大專院校任教，從亞東工專、政戰學校、彰化師大，輾轉之間已經二十多年，算一算也符合退休年齡，每次遇見劉老師，老師仍然精神矍鑠，和以前並沒有多大差別。最近同學提起為老師祝壽事宜，才驚覺老師已經七十歲了。歲月固然匆匆，三十五年是不算短的日子，但老師當年在外雙溪講授「國學導讀」，充滿學術熱誠的神情，依然印象深刻。

近幾年，劉老師與四位教授共同出版了一本《國學導讀》（臺北：五南圖書出版公司，2002年11月），計有845頁，是一本非常有份量的著作。劉老師負責的是緒論部分，經部則由江弘毅（元智大學中語系教授）、史部由王祥齡（逢甲大學中文系教授）、子部由熊琬（政治大學中文系教授）、集部由蘇淑芬（東吳大學中文系教授）等分別撰稿，透過專長分工合作而成的國學入門書。

本文擬透過這本《國學導讀》的緒論部分，來介紹劉老師對國學的概念，以及引導學子研治國學的方法。

二、國學概念明確清晰

劉老師身為《國學導讀》緒論的撰稿人，首先要面臨的是「國學」的義界問題，因為「國學」一詞，並非自古以來就有的名稱，它起源清代末期，是相對於西學的傳入而產生。在清道光、咸豐以後，西方列強勢力不斷壓迫中國，當時的改良派和洋務派為了鼓勵接受西方科學文明，以救亡圖存，於是提出「中學為體，西學為用」的主張。「中學」是中國

傳統學術的統稱，是和西方傳入的學問——「西學」相對的。

　　清光緒中期以後，知識分子強烈感受到傳統學術所受西方學術的衝擊，於是有人提出保存「國粹」的主張，如鄧實、黃節等人在上海成立「國學保存會」，以「研究國學，保存國粹」為宗旨，並發行機關刊物《國粹學報》。

　　雖然某些知識分子基於民族感情，將傳統學術稱為「國粹」，但事實上傳統學術也有一些糟粕，並非全是精粹，於是章太炎便將「國粹」改稱「國故」，他也寫了一本名叫《國故論衡》的書。

　　中國的門戶被打開之後，外國人為了瞭解這個歷史文化悠久的國家，也有不少人投入研究中國傳統的學術，他們於是稱這門學術為「中國學」、「支那學」或「漢學」。

　　國學既然有那麼多的異稱，我們應該用哪一個名稱較為恰當呢？劉老師在第一章〈國學的名義及內涵〉就說：

> 「國粹」與「國故」，很容易讓人聯想它是一門守舊、與時代脫節的學術。至於「漢學」一詞，在我國學術史上有兩種涵義：一是指漢代的學術；一是指以訓詁、校勘等為主的考據之學，它常和講求義理的「宋學」對稱。所以國人自己稱之為「漢學」並不適當，用「國學」一詞較為適切。

劉老師認為使用「國學」這個名稱比較合適，並且很明確的為它下了定義：「『國學』，就是指我國固有的學術。」

　　了解「國學」一詞的意義之後，劉老師接著為讀者介紹它所涵蓋的內容。一般談到「國學」的內涵，都以為就是經、史、子、集四部圖書的研究。但劉老師並不贊同這種說法，他認為：

> 經、史、子、集四部，基本上是圖書的分類，而不是學科的分類，所以，經、史、子、集四部，只是國學典籍的內涵，並不完全等於國學的內涵。

既然「國學」的內涵是從事國學研究的內容，老師於是相當務實的從過

去學界所發表的國學論文著手。民國 18 年至 25 年間，國立北平圖書館曾出版《國學論文索引》（分為初、二、三、四編），收錄清光緒至民國 24 年間國學方面的論文，這四編的目錄索引，是根據實際從事國學研究的論文編纂而成，因此老師認為它的分類相當能反映國學的內涵，其類目如下：

1. 總論。2. 群經。3. 語言文字學。4. 考古學。5. 史學。6. 地學。7. 諸子學。8. 文學。9. 科學。10. 政治法律學。11. 經濟學。12. 社會學。13. 教育學。14. 宗教學。15. 音樂。16. 藝術。17. 圖書目錄學。

以上這十七種類目，代表著各種不同的學科，它已涵蓋國學研究的內容。另外老師也特別說明，這些學科研究的內涵，必須是根據古籍從事對古代事物的研究，但如果是根據近代的文獻，研究近代的事物，就不屬於國學的範圍了。

三、研治國學的方法具體可行

國學的範圍相當廣泛，時代又如此長遠，常讓許多年輕學子視為畏途，即使有興趣者，也苦於不知從何著手。劉老師在〈緒論〉第二章便提出「研治國學的方法」，指引年輕學子一條明確的道路。老師所提的方法共分為四部分，茲依序介紹如下。

（一）熟讀基本要籍

研治國學首先要奠定國學的基礎，要奠定國學的基礎當然要多涉獵國學相關的書籍，這是不容置疑的。所以過去許多學者經常為年輕學子開書單，期勉他們應該要讀哪些書。如梁啟超《國學必讀書及其讀法》共分五大類：1. 修養、應用思想史關係書類；2. 政治史及其他文獻學書類；3. 韻文書類；4. 小學書及文法書類；5. 隨意涉覽書類；每類各舉書若干，共舉圖書約一百六十種。胡適〈一個最低限度的國學書目〉，則分

三類：1.工具之部；2.思想史之部；3.文學史之部；共舉圖書一百八十餘種。陳鐘凡在《古書讀校法》書中也附了〈治國學書目〉，該書目分為七類：1.學術流別及目錄學書目；2.文字學及文法書目；3.經學類書目；4.史學書目；5.諸子學術思想書目；6.文學書目；7.彙書及札記書目；每類所列圖書甚多，但他認為特別重要的則以雙圈「◎」或單圈「○」標示。屈萬里老師的《古籍導讀》也列有〈初學必讀古籍簡目〉，是按經、史、子、集四部分類，共舉圖書約四十種。

　　劉老師認為以上四位學者的初學必讀書目，比較適合一般學文史的初學者參考使用。但老師除了將這四位學者的書目一一列出以供讀者參考之外，也不忘作如下的提醒：

1. 各家所列的書目，重點有很大的差異，這是由於他們個人研究方向及領域不同所致。其中又以梁啟超和胡適兩人所開具的書目，差異最大。由於胡先生的研究，偏重於哲學和文學，所以所開具的書目偏重於和思想史、文學史有關的書目，像佛經、理學家的著作及小說、戲曲等方面的書，為數不少。因此參考各家所開的書目，還是要斟酌自己的興趣與研究方向。
2. 上述四家書目，距離現在已經有一段時日。梁啟超、胡適、陳鐘凡三家的書目，都是在一九二三年所擬訂的，屈先生的書目，則是載於一九六四年所出版的《古籍導讀》。因此，有些近人所撰的注本，由於用了新的出土文獻或新發現的資料，要比前人的注本好，但未能收錄。所以在參用這四家書目之餘，也應留意近人重要的相關著作。
3. 在所舉四家書目中，以屈先生的書目最少，但是卻比較符合現代青年人的需要，這是由於屈先生的書目成於最晚，比較切合實際。但不論這四家書目的多寡，絕對無法適合人人的需要。這是由於國學的範疇太廣，書單不論怎麼開，總是無法面面周到，樣樣兼顧。

所以劉老師建議初學者，除了參考這四家書目外，還可以參考下列書目：

1. 張之洞所撰《書目答問》。
2. 清乾隆年間永瑢等所編《四庫全書總目》。
3. 中華書局所輯編《四部備要》所收的書。
4. 商務印書館所輯編《四部叢刊》各編所收的書。

老師認為：「如果能把自己研究領域有關的基本要籍加以熟讀，則研治國學時，可以左右逢源了。」

（二）明瞭學術發展的途徑

研治國學者熟讀基本要籍之後，接著應該明瞭學術發展的途徑，如此才有宏觀的視野，不會只侷限在某一點上，而見樹不見林。劉老師所說「學術發展的途徑」，指的是：每一學科發展的過程、每一朝代或時代階段學者研究的成果、每一時代學術的風尚、每一個學者的學術淵源等，這些對研治國學者都是相當重要的。如一個想要研究李白詩歌的學者，如果他對詩歌的發展過程認識不清，如何瞭解李白擅長古風、絕句在詩歌發展史上所具有的意義？又如果他對唐代以降乃至現代研究李白的成果不瞭解，他又如何以前人的研究成果為基礎而進一步去研究李白詩歌呢？另外唐代詩歌的創作風氣、李白詩歌的創作淵源，也都是研究李白詩歌不可忽視的。

既然學術發展的途徑對研治國學者如此重要，那麼要如何去瞭解呢？劉老師在書中提出兩個方法：

1. 熟讀各史書的〈藝文志〉（〈經籍志〉）及有解題的目錄。史書的〈藝文志〉（〈經籍志〉），著錄當代的著作（像《漢書‧藝文志》、《隋書‧經籍志》、《新唐書‧藝文志》、《宋史‧藝文志》等，除著錄當代人的著作外，也著錄前代人的著作），我們可以透過這些史志的類目及著作的多寡，了解每一時代的著作及當時的學術風尚。
2. 熟讀記述學者學術淵源的傳記，例如各史書裡的〈儒林傳〉、朱熹的《伊雒淵源錄》、馮從吾的《元儒考略》、黃宗羲的《宋元學案》及《明儒學案》、徐光啟的《清儒學案》、江藩

的《國朝漢學師承記》及《國朝宋學淵源記》等。從這些著作中，可以清楚了解每一位學者的學術淵源，進而了解某一學派、某一時代的學術發展過程。

劉老師所提出的方法相當具體可行，但第二個方法舉例時，偏重於儒學家，所以讀者要能舉一反三，如果研究文學家時，則要參考各史書裡的〈文藝傳〉（〈文苑傳〉、〈文學傳〉），以李白為例，則可閱讀《舊唐書‧文苑傳》、《新唐書‧文藝傳》或《唐才子傳校箋》等書。

（三）具備基本的文化知識

國學所涵蓋的範圍極為廣泛，所涉及的古籍又相當可觀。古籍裡涉及的人、事、物也非常複雜，因此想要研治國學，則一定要具備豐富的文化知識。劉老師在此小節中，特別列舉三項與研治國學相關的文化知識為例來加以說明，其一是動植物的知識，老師說：

> 《詩經》裡有很多鳥獸草木蟲魚的名稱。其實，不僅《詩經》如此，其他的文學作品，尤其是詩、詞、賦，都有各種各樣的動植物名稱，治國學者，如能有豐富的動植物知識，有助於對古籍的了解。

像我過去曾寫過一篇論文〈唐宋詞中「鵲鳥」的意義〉（發表於《宋代文學研究叢刊》8期，2002年12月），由於鵲鳥聲音喳喳吵雜，顯得特別喧鬧，似乎和喜慶的熱鬧氣氛相呼應，自古就被認為是喜事來臨的象徵，因此詞人心目中的鵲鳥，以報喜最為大宗。鵲鳥生性喜歡乾燥，在天氣放晴時經常在第一時間出來喧叫，因此詞人的作品中又有報晴的說法。又鵲鳥有築橋讓牛郎織女相會的傳說，所以宋代詞人吟詠七夕時也將這則民間故事寫入詞中。凡此種種，如果缺乏鵲鳥這方面的知識，對詞作的理解將會大打折扣。

其二是天文的知識，老師說：

在古籍裡，有許多文獻是涉及天文學的，如果不具備最基本的天文學知識，對古籍是很難透徹了解的。就以《詩經》為例，試舉幾首涉及天文的詩句，如：〈小星〉：「嘒彼小星，維參與昴。」〈女曰雞鳴〉：「子興視夜，明星有爛。」〈綢繆〉：「綢繆束薪，三星在天。」〈七月〉：「七月流火，九月授衣。」〈漸漸之石〉：「月離于畢，俾滂沱矣。」如果不了解什麼是「參」「昴」，什麼是「明星」、「三星」及「流火」，又怎能理解詩中的意義？如果不了解星宿運行的道理，又怎能了解「月離於畢，俾滂沱矣」的現象？

由於古代沒有光害，晚上舉目所見經常是滿天星斗，許多文人從事創作時，很自然的將星象寫入作品中，並且以星象作譬喻。如杜甫著名的〈贈衛八處士詩〉云：「人生不相見，動如參與商。」他為什麼要用「參」與「商」兩個星座來比喻別離呢？原來中國古代的天文學家，依東西南北四個方位劃分天空中的恆星，稱為二十八宿，其中心宿（即商星）在東方，參宿在西方，兩者在天體相差一百八十度，互不相見，因此文人才用來比喻分離或形容乖隔。閱讀古籍要具備天文學的知識，由此可見一斑。

其三是避諱的知識，所謂「避諱」，就是迴避某些人的名諱。避諱通常是為了表示尊敬，約可分為三種：避自己先人的名諱、避聖人的名諱，以及避皇帝的名諱。研治國學為什麼要有避諱的知識呢？劉老師認為有兩個主要的原因：

> 一是由於避諱的緣故，古書常常遭到改字，如果沒有避諱的知識，就不能使古書恢復原來的面目，而引起誤解。二是可以用避諱的知識，幫助我們從事各種研究考證的工作，使研究成果更為完善。

老師在書中也特別舉例說明避諱的原則、以及避諱的方法，這對讀者研治國學都非常實際有用。

（四）善用工具書

我們出外旅行，都會選擇最便捷的交通工具，以安全舒適的抵達景點；研究任何一門學問，也需要利用工具書，以求事半功倍來達成研究目標。劉老師在書中除了說明工具書的特質外，也分別介紹工具書的類別，共分為以下八類：

1.書目。2.索引。3.字典與辭典。4.傳記參考資料。5.年鑑、年表。6.地理參考資料。7.法規、統計。8.名錄、手冊。

老師對於每一類工具書的功用，都有簡單扼要說明，並列舉數種工具書供讀者參考使用。最後還告訴讀者如何正確使用工具書，提出了五點應注意的事項：

1.要熟悉排列檢字法。2.要了解工具書的編輯體制。3.要了解同類工具書的異同。4.要隨時注意新的工具書與新資料。5.要注意工具書的錯誤。

以上這些叮嚀確實能夠使工具書發揮最大的效用。如劉老師提醒我們「要隨時注意新的工具書與新資料」，因為現代學術研究日新月異，新的工具書與新資料不斷產生，如果不注意新的出版資訊，往往無法掌握最新的治學工具。尤其現在是 e 化的時代，許多資料透過電腦網路資料庫或古籍電子檔，彈指之間即可獲得，老師在書中雖然沒有特別提到如何利用電腦檢索，但老師目前也已使用這種迅捷的治學工具，這種求新求變的精神可以給後學一些鼓舞與啟示。

四、研治國學的資料介紹詳盡

我們常引用老子的話：「治大國若烹小鮮」，不僅治國可以用烹魚譬喻，其實研究學問和做菜也相當類似，治學的資料就像做菜的食材，治學的方法就像烹、煮、煎、烤、燉等各種做菜方法，好的食材必須配合好的手藝才能烹調出可口的料理，好的手藝也必須有好的食材才能供其

揮灑；治學也是如此，只有資料而沒有方法，是很難突顯資料的價值；只有好的方法，而沒有新的資料可供運用，就像巧婦難為無米之炊，則不太可能寫出有價值的論文。劉老師有鑑於國學資料的重要性，特別建立專章討論研治國學的資料問題。老師將研治國學的資料，清楚的劃分為「圖書資料」與「非圖書資料」兩部分。

（一）圖書資料

從先秦到清末，歷代的著作，雖經過了多次的戰爭、火災、黨爭、文字獄等災厄而毀棄不少，但數量仍然十分可觀。在那麼多的古籍中，要一冊一冊的檢索資料，的確很困難。有一些圖書，像類書、方志、叢書、政書、筆記雜著等，把各種資料或圖書，彙聚在一起，提供學者方便檢索各種資料。所以老師在此節中，完全針對類書與叢書做介紹，指引讀者能正確使用這些圖書。

老師介紹類書時，一方面從檢索的角度——「以類繫事」和「以字繫事」，來談類書的體制及著錄資料的方式。另外則舉較常用的類書並作說明，以供讀者參考，共舉了以下十種：

1.唐徐堅等奉敕撰《初學記》。2.唐虞世南撰《北堂書鈔》。3.唐歐陽詢等奉敕撰《藝文類聚》。4.宋李昉等奉敕撰《太平廣記》。5.宋李昉等奉敕撰《太平御覽》。6.宋王欽若、楊億等奉敕撰《冊府元龜》。7.明解縉等奉敕撰《永樂大典》。8.清張玉書等奉敕撰《佩文韻府》。9.清康熙敕撰《駢字類編》。10.清陳夢雷奉敕編撰、蔣廷錫等奉敕重校《古今圖書集成》。

以上這些類書對於檢索詞藻、典故相當方便，但老師也不忘提醒讀者：「索得所需資料後，宜再取原典覆核，免得為類書的錯誤所誤導。」因類書編纂往往陳陳相因，假若初編者有誤，後代類書也隨之而誤，這是讀者使用時不可不留意的。

老師介紹叢書時，先解釋叢書的意義及其由來，再參酌各叢書的性質，分為以下九類：

> 1. 彙聚四部之書者。2. 彙聚一代之書者。3. 彙聚同類之書者。
> 4. 彙聚一地文獻者。5. 彙聚專人之著作者。6. 彙聚佚書者。
> 7. 彙輯佚存域外之書者。8. 彙輯未刊稿本者。9. 彙聚叢書而成者。

瞭解叢書編纂的不同類別之後,老師又從治學材料的角度來告訴讀者,叢書有以下三點功用:

> 1. 彙聚圖書,保存文獻。2. 所收錄者多為有用之書。3. 多收罕見或未單行之書。

如研究詞學者都知道,明毛晉輯《宋六十名家詞》、朱祖謀輯《彊村叢書》、吳昌綬、陶湘輯《景刊宋金元明本詞四十種》、趙萬里輯《校輯宋金元人詞》等叢書,對詞學界的貢獻,因為有這些叢書的基礎,所以後來唐圭璋才得以完成《全宋詞》、《全金元詞》的編纂,而這些全集的出版,對研究宋金元詞,可以說莫大的便利。再加上《全宋詞》、《全金元詞》數位化之後,研究者對於研究資料的取得,彷如乘坐飛機般的迅速。

(二)非圖書資料

圖書資料大家都知道指的是記載在書本上的文獻,那什麼是「非圖書資料」呢?劉老師在書中有很清楚的解釋,他說:

> 所謂「非圖書資料」,就是指那些不是寫在書本上的文獻,這包括地下的文物,如甲骨、石碑、銅器等;也包括地上的文物,如草、木、蟲、魚、鳥、獸、書、畫、磨崖、碑碣等;另外如生活習俗、民間信仰等,都屬於「非圖書資料」的範圍。這些「非圖書資料」,常可用來印證古籍上的記載,成為釋疑解惑的最佳佐證。

老師並從甲骨文、鐘鼎文、石刻、習俗及其他等五項非圖書資料,來論述它們對閱讀古籍的助益。老師論述每一項非圖書資料時,都舉數個實

例作為印證,不僅讓讀者了解其重要性,也有舉一反三的效果。如老師在論述石刻的功用時,就舉《後漢書・鄭玄傳》載〈戒子益恩書〉:「吾家舊貧,不為父母昆弟所容」為例來加以說明:

> 依《後漢書》說法,鄭玄由於讀書不治生產,不能得到父母兄弟的寬容諒解。清乾隆末年,阮元視學山東,展視鄭玄墓,見墓園毀壞,於是撥款修復。無意間在積沙中發現金朝承安五年(相當於南宋寧宗慶元六年,西元一二〇〇年)重刻的唐代萬歲通天(此為武則天年號)史承節所撰的碑文,上寫「為父母群弟所容」。可見《後漢書・鄭玄傳》的「不」字是個衍字。阮元說:「為父母群弟所容者,言徒學不能為吏以益生產,為父母群弟所含容也。」(說見《揅經室集》)。這個碑文,訂正了史書的錯誤,對研究鄭康成的生平,助益很大。

雖然「不為父母昆弟所容」和「為父母群弟所容」,只差兩個字,但多出一個「不」字,使整個文意肯定變成否定了,讓大家對鄭玄「父母昆弟」的胸襟都產生不良印象,也對鄭玄不避諱談論家庭隱私感到不解,幸好有這塊石碑幫鄭玄說話,也幫鄭玄的「父母群弟」說話,使整個文意逆轉,可見石刻對研究國學的重要。

另外老師論述習俗對閱讀古籍的助益時,特別舉他在民國44年(1955)參加畢業教學參觀旅行所見為例,他說:

> 在臺東和花蓮,看到原住民負物爬山時,就是用額等頂著繩帶,竹簍則放在背上傴僂而行,與《溪蠻叢笑》及《雲南風土記》所載完全相同。這倒不是邊疆民族或原住民的額頭多力,而是爬山時身體向前傾斜,這種負法是最省力的。

老師經過自己的觀察,不僅印證宋代朱輔《溪蠻叢笑》及清代張詠《雲南風土記》對邊疆民族用頭負物習俗的記載,同時也反駁了張詠在《雲南風土記》所說的:「雖大木巨石亦用此法,豈其額多力,異於他處耶?」從上述的例證,可以瞭解非圖書資料的重要性,另外也可知道要

獲得這些非圖書資料:「一方面要充分利用已出土的文物,一方面則養成實地考察、蒐採文物的習慣。」

五、研治國學所需修讀的基本學科切合實際

大學中文系的課程中,有三門研究字形、字音、字義的學問,即「文字學」、「聲韻學」、「訓詁學」,這三門可說是閱讀古籍的基本學科。另外像「中國文學史」、「中國思想史」等課程,提供學生宏觀認識中國文學、思想之演變歷程,對研究國學也相當重要,這些課程中文系一般都列為必修學分。劉老師認為這些課程,大家遲早都會修讀,所以在書中不再討論。而老師所提出討論的,是和從事研究工作時關係較為密切的學科,他特別以三小節的篇幅,分別論述「目錄學」、「版本學」、「校讎學」這三門學科。

(一)目錄學

所謂「目錄學」,就是研究歷代圖書目錄的體制、分類、性質等,據以作為辨章學術、考鏡學術源流的工具,這種學問,就叫做「目錄學」。老師認為研治國學必須修讀「目錄學」有以下八種原因:

1.熟悉目錄,可以明治學的途徑。2.可以考見學術的發展源流。3.可以考訂圖書的存佚。4.可以辨古籍的真偽。5.可以考知佚籍的梗概。6.可以得知圖書的版刻。7.可以得知一書的性質。8.可以得知一書的作者及篇卷。

修讀「目錄學」之後,研治國學各個領域,就好像掌握到鎖鑰一般。研究任何一門學問,對該門學問的典籍及前人研究成果必須先行了解,這必須藉助於目錄,否則就無法取得研究學問的入場券。東吳大學中文系所過去由於劉老師對「目錄學」的重視,所以許多他教過的學生在不同領域中,也都非常重視這門學問。如目前擔任臺北大學古典文獻學研究所所長的王國良教授,他研究六朝小說及唐傳奇,因此編纂有《魏晉南

北朝文學論著集目正、續編》、〈近五十年臺灣地區六朝小說論著目錄〉、〈唐五代書目考〉等目錄。又如擔任中央研究院中國文哲研究所研究員的林慶彰教授，他研究經學績效卓著，也編纂有《經學研究論著目錄》（正編、續編、三編）、《日本研究經學論著目錄》、《乾嘉學術研究論著目錄》等，對研究經學者極為稱便。個人在研究詞學與文學史的同時，也編纂《詞學研究書目》、《臺灣出版中國文學史書目提要，附中國文學史總書目》等，以自利利人。從上述的例子中，可知「目錄學」對研治國學者是一門相當重要的學科。

（二）版本學

所謂「版本學」，就是研究圖書製作有關的一門學問。包括：各種版本的行款（包括圖書的長寬、行數、每行字數、版心、邊欄、封面、用紙、裝訂、藏書章等）、各種版本的流傳經過、各種版本的優劣、版刻的真偽、各種版本的比較等的研究。劉老師認為研治國學必須具備「版本學」的知識，有以下兩個最重要原因：

1.為了避免錯字的欺騙。2.為了避免刪節的欺騙。

老師在說明原因時也一一從古書中舉例以資印證，使讀者愈了解「版本學」的重要性。根據個人研究的經驗，不僅古書有版本的問題，現代人的著作也要注意版本，如過去臺灣在「漢賊不兩立」的戒嚴時期，中國大陸出版的書都被列為「匪書」，有些出版社鑒於市場的需要偷偷翻印「匪書」，但為了避免被查扣，於是將作者、書名加以變造，如夏承燾的《唐宋詞論叢》（上海：中華書局，1962年增訂版），臺灣宏業書局翻印時將作者改為「夏壽」；又如楊海明的《唐宋詞風格論》（上海：上海社會科學院出版社，1986年3月），臺灣木鐸出版社將書名改為《唐宋詞的風格學》，作者姓名也被刪除，所以我們從事詞學研究時，若不留意版本，那麼在引用這些研究成果時，若出現「夏壽」的《唐宋詞論叢》、不著作者的《唐宋詞的風格學》，這豈不是很奇怪嗎？

現代文學研究仍然存在版本的問題，如陳列寫的〈玉山去來〉這篇散文，原載於1991年4月28日《中國時報》的〈人間副刊〉，陳義芝主

編《臺灣文學二十年集 1978-1998・散文二十家》（臺北：九歌出版社，1998 年 3 月）時即將此文收入，我們再看陳列後來出版的散文集《永遠的山》（臺北：玉山社，1998 年 2 月），也收入此文，但他已將文章做了不少的更動，所以我們要研究〈玉山去來〉時，就必須留意這個問題。

（三）校讎學

所謂「校讎學」，就是研究與校讎相關知識，使校讎工作成為一門有系統的學術。校讎的目的，就是要使圖書的文字、篇章得以精確的流通。為了使圖書的文字正確、篇章完善，需要涉及很多的學問和方法，例如校勘的基礎學識、圖書常見的訛誤現象、校勘時所需涉及的資料、校勘的過程，乃至校勘凡例的撰寫、校勘記的寫作等，都得加以研究。至於校讎學發展的歷史、歷代重要校讎學家的理念、校讎方法及他們的校勘成就等，也有必要認識，做為從事校讎的借鏡。

劉老師認為校讎古籍的目的，是使圖書恢復原來的面貌，使研究工作能有正確的論說。所以他從以下三方面論說研治國學必須具備「校讎學」的知識：

> 1.校讎古書，可補簡冊錯亂、缺脫之失。2.校讎古書，可改正誤字、衍字、脫字、妄乙等之失。3.校讎古書，可改正句讀錯誤之失。

老師論說每一方面的用處時，都從古籍中舉出許多例子，讀者不僅從例證中可以獲得了解，也有舉一反三的效果。個人於民國八十六年時，從國家圖書館所藏的明抄本《天機餘錦》中，發現了它保存許多宋金元明佚詞，曾撰寫〈詞學的新發現——明抄本《天機餘錦》之成書及其價值〉（發表於《宋代文學研究叢刊》第 3 期，1997 年 9 月）等一系列的論文，其中一篇〈瞿佑詞校勘輯佚及板本探究〉（發表於《國文學誌》第 4 期，2000 年 12 月），就是透過瞿佑詞的校勘發現：「《天機餘錦》收瞿佑詞有一四五首（含〈殿前歡〉曲一首），今存《樂府遺音》一卷本，收瞿佑詞一一三首，附北曲十七首。經過比對之後，兩者只有十八首相同，

而且文字常有很大的差異。可見《天機餘綿》絕對不是選自《樂府遺音》本。」因此我推論：「《天機餘錦》收錄的瞿佑詞一四五首，是錄自《天機雲錦》，所以《天機餘錦》保存了大部分《天機雲錦》的作品。……尤其當年瞿佑被貶之後已經『散亡零落』的《天機雲錦》，居然藉《天機餘錦》的收錄而重見天日，這恐怕連瞿佑在世時都不敢置信吧？」所以從校勘中可以發現古籍版本的源流，這也是研治國學不得不具備「校讎學」知識的個人體驗。

現在網路資訊發達，但建構網站或資料庫時，如果不重視校勘，致使許多文獻的電子檔錯誤百出，又經過網路的傳播，以訛傳訛，這種後果相當嚴重，正如明人刻書不重視校勘，因此遭受後世譏為「明人刻書而書亡」，身為現代的學者，引用網路資料時，更應該格外小心謹慎。

六、結語

劉老師與江弘毅等教授合著這本《國學導讀》，老師負責的是緒論部分，旨在論述國學的名義及內涵，研究國學的方法、資料，與研治國學所需修讀的基本學科等。經過以上的介紹分析，可看出老師所闡釋的國學概念相當明確清晰，所提出研治國學的方法具體可行，所介紹研治國學的資料非常詳盡，所論述研治國學所需修讀的基本學科切合實際，所以老師的緒論，可以說是《國學導讀》中的「導讀」，對有志於從事國學研究的年輕學子，具有相當良好的引導作用。

由於撰寫本文，重新仔細閱讀老師的這本《國學導讀》，腦海中總是老師三十多年前講課的點點滴滴，猶如時光倒流，回到外雙溪行政大樓的教室。當年老師所教導研究國學的功夫，雖然沒有「驚動武林、轟動萬教」般的炫人耳目，但一點一滴，「聚水成河、聚沙成塔」，相當紮實有用。回想出道走出外雙溪後，在學術研究的旅程中，能夠有一些收穫，就不得不感謝外雙溪這個學術源頭，尤其劉老師的啟發教導更是點滴在心頭。

——原載《劉兆祐教授春風化雨五十年紀念文集》（臺北：臺灣學生書局，2010年9月），頁119-134。

國家圖書館出版品預行編目（CIP）資料

黃文吉古典文學論集 / 黃文吉著 -- 初版 .-- 新北市：
華藝學術, 2013. 12
面；公分
ISBN 978-986-5792-39-8（平裝）
1. 中國文學史 2. 中國古典文學 3. 文學評論 4. 文集

820.9　　　　　　　　　　　　102022242

黃文吉古典文學論集

作　　者／黃文吉
責任編輯／陳水福
美術編輯／林玫秀

發 行 人／鄭學淵
經　　理／范雅竹
發行業務／楊子朋
出版單位／華藝學術出版社（Airiti Press Inc.）
　　　　　234 新北市永和區成功路一段 80 號 18 樓
　　　　　電話：(02)2926-6006 傳真：(02)2231-7711
　　　　　服務信箱：press@airiti.com
發行單位／華藝數位股份有限公司
　　　　　戶名（郵政／銀行）：華藝數位股份有限公司
　　　　　郵政劃撥帳號：50027465
　　　　　銀行匯款帳號：045039022102（國泰世華銀行　中和分行）
法律顧問／立暘法律事務所　歐宇倫律師
ISBN ／ 978-986-5792-39-8
出版日期／ 2013 年 12 月初版
定價／新台幣 720 元

版權所有・翻印必究　　Printed in Taiwan
（如有缺頁或破損，請寄回本社更換，謝謝）